L'EMPIRE
DES LARMES

Le sac du Palais d'Été

DU MÊME AUTEUR

La Sinologie, Presses universitaires de France, coll. « Que sais-je ? », 1975.
Les Musées de France : Gestion et mise en valeur, La Documentation française, 1980.
L'ENA, Voyage au centre de l'État, éditions Conti, 1981.
La France socialiste, Hachette Littératures, coll. « Pluriel », 1983.
Le Coup d'État permanent, La Table Ronde, 1984.
La Télévision par câble, Presses universitaires de France, coll. « Que sais-je ? », 1985.
La Guerre des images, éditions Denoël, 1985.
Modernissimots : Le dictionnaire du temps, en coll. avec Alain Dupas, Jean-Claude Lattès, 1987.
Voyage au centre du pouvoir : La vie quotidienne à Matignon au temps de la cohabitation, Odile Jacob, 1989.
Toulouse-Lautrec, Les lumières de la nuit, en coll. avec Claire Frèches, Gallimard, coll. « Découvertes », 1991.
Le poisson pourrit par la tête, en coll. avec Denis Jeambar, Le Seuil, 1992.
Le Caravage, peintre et assassin, Gallimard, coll. « Découvertes », 1995.
Le Disque de Jade
    I. *Les Chevaux célestes,* XO Éditions, 2002.
    II. *Poisson d'Or,* XO Éditions, 2002.
    III. *Les Îles Immortelles,* XO Éditions, 2003.
L'Impératrice de la soie
    I. *Le Toit du monde,* XO Éditions, 2003.
    II. *Les Yeux de Bouddha,* XO Éditions, 2003.
    III. *L'Usurpatrice,* XO Éditions, 2003.
Moi, Bouddha, XO Éditions, 2004.
Art & Cie (en coll. avec l'agence Artissimo & Co), Dunod, avril 2005.
Il était une fois la Chine, XO Éditions, 2005.
Le Centre d'appel, Au Diable Vauvert, 2006.

José Frèches

L'EMPIRE DES LARMES

Le sac du Palais d'Été

L'Empire des larmes

★ La Guerre de l'opium
★★ Le sac du Palais d'Été

www.josefreches.com

ISBN : 2-84563-282-7
© XO Éditions, 2006.

TROISIÈME PARTIE

Les destins contrariés

29

Pékin, Cité Interdite, 21 juin 1847

Les rayons jaune d'œuf d'un soleil qui semblait peser, à force de luire, sur les moulures dorées « façon Versailles » du salon privé de Première Concubine Céleste éblouirent le vieil eunuque Toujours Là lorsqu'il y fit son entrée, perché sur ses cothurnes et nimbé d'un capiteux parfum au musc. Du sol au plafond, la pièce où la vieille courtisane passait ses journées à écouter les ragots des uns et des autres suintait le mauvais goût : depuis ses gigantesques meubles pompeux et chantournés, beaucoup trop massifs vu l'espace disponible, jusqu'à cette ridicule profusion de miroirs qui n'avaient de vénitien que le nom, sans oublier les fauteuils de style Louis XVI mal interprété et tape-à-l'œil, commandés à un ébéniste moldave par le tsar de Russie et dont l'empereur n'avait pas voulu pour le palais d'Été. Le simple fait de traverser cet improbable bric-à-brac était un périlleux parcours d'obstacles.

— Madame Première Céleste cherchait à me voir ? fit le castrat hors d'âge, plutôt inquiet car il connaissait parfaitement le motif de sa convocation.

Le corps de Première Concubine Céleste, cabossé comme une vieille carriole par des années de soumission à l'empereur, était calé par des coussins de soie dans un canapé ventru aux montants de bois de rose, plaqués d'épaisses guirlandes, cadeau de l'Empire ottoman, essentiellement destiné à épater le Fils du Ciel. Dès qu'elle aperçut, démultipliée par les miroirs où elle avait si souvent – jadis ! – contemplé sa beauté, la silhouette de son visiteur qui tanguait sur ses socques, la plus ancienne maîtresse de l'empereur de Chine explosa :

— Toujours Là, je compte sur vous pour faire quelque chose ! Cette abominable Sibérienne est revenue, et l'on me dit que le Fils du Ciel veut revoir l'enfant que cette diablesse lui a fabriqué !

Des yeux fardés de Première Concubine Céleste jaillissaient des éclairs de colère. Elle avait été superbe – c'était obligatoire, pour atteindre le grade qui était le sien –, mais la peau fripée de son visage l'obligeait désormais à user d'épaisses couches de maquillage. Malgré les soins prodigués par les esthéticiennes affectées à l'entretien des pensionnaires du Gynécée Impérial, elle faisait plus que son âge. Il faut dire que passer son temps à intriguer pour être celle que l'empereur choisirait de venir visiter en s'arrangeant pour que ce fût en période féconde, puis, une fois cette première bataille gagnée, se gaver de nourriture Yang et courir tous les magiciens et rebouteux de Pékin pour éviter à tout prix le malheur d'une fille, vous stressait à un tel point que vous vieillissiez plus vite que la normale...

— Je suis au courant, Première Céleste. Vous m'en voyez tout aussi accablé que vous... gémit l'eunuque.

— J'espère en tout cas que le nécessaire a été fait pour que ce bâtard disparaisse à jamais ! lâcha Première Concubine en frappant du poing avant de se lever puis de se diriger tant bien que mal vers la fenêtre sur ses pieds en miettes qui tenaient dans de minuscules chaussures à la semelle brodée au fil d'or.

La vue de ce jardin à la française planté de buis taillés au cordeau et dessiné un siècle plus tôt par le père jésuite Attiret[1], à laquelle elle avait droit depuis qu'elle avait atteint le plus haut grade de la hiérarchie des courtisanes impériales, était bien la seule chose qui l'apaisait.

— J'ai fait ce que j'ai pu, malgré la défection du prince Tang... Souvenez-vous, ô Première Céleste, c'est lui que nous avions chargé de ladite besogne.

— Je sais. Eh bien, si ce diable de Tang a trahi, mort aux traîtres ! Ah, il ne manquait plus que ça !

— Quoi, Première Céleste ? ne put s'empêcher de demander Toujours Là en bafouillant.

Il frissonna. En présence de la première concubine, qui attaquait souvent par surprise, il valait mieux être sur ses gardes.

— Rien ! Mon doigt ! pesta-t-elle.

En frappant le rebord de la fenêtre, Première Concubine Céleste

---

1. Le peintre jésuite Jean Denis Attiret entra en 1739 à la cour impériale où il exécuta de nombreux travaux pour l'empereur Qianlong.

venait de perdre au passage l'ongle enroulé sur lui-même, tellement il était long, de son auriculaire. Toujours Là, quelque peu rassuré, se garda bien de relever.

— Nous voilà dans de beaux draps ! Yixin[1], mon garçon chéri, risque de perdre toute son avance dans cette inepte course à la succession. Tant que l'édit le nommant prince héritier du trône n'a pas été promulgué, rien n'est joué. Et ce renard de Daoguang, qui le sait et joue là-dessus, attendra le plus longtemps possible avant de se décider ! Il ne s'agirait pas que ce maudit La Pierre de Lune devienne le phénix né dans un nid de corbeaux !

— Je sais, Première Céleste... Je sais !

— De tous les fils de Daoguang, Yixin est le seul à avoir la cervelle suffisamment dense pour succéder à son père... En outre, il tire à l'arc à merveille et monte à cheval comme un dieu ! Il ferait un valeureux chef de guerre respecté de tous, y compris de ces diables de « nez longs » qui passent leur temps à nous humilier... gronda la vieille courtisane impériale.

Même si une mère est toujours persuadée que son fils est le meilleur, de l'avis unanime, Yixin était celui qui surpassait de loin tous les autres fils officiels de Daoguang.

— Je n'ai jamais douté des immenses qualités du prince Yixin, ô Première Céleste. Il est bien plus apte que le prince Yizhou[2]. Avec mes amis, il y a longtemps que notre choix est fait. Nous vous en avons apporté la preuve, se défendit l'eunuque.

Même si cela n'avait pas été le cas, que pouvait-il dire d'autre ?

— Toujours Là, il faut que vous m'aidiez, avec vos amis... La Sibérienne est l'ennemie de notre cause ! rugit, telle une tigresse défendant son petit, la mère de Yixin.

Toujours Là, accablé et blême, essaya tant bien que mal de la rassurer.

— Je vous promets, madame, de tout essayer. Bien sûr, nous ferons tout ce qui est en notre pouvoir afin de préserver les intérêts de votre fils !

— Depuis que cette Russe a débarqué à la Cour, l'empereur est enfermé dans sa chambre avec elle ! Cela fait trois jours ! Cette femme va obtenir tout ce qu'elle veut et nous serons dans de beaux

---

1. Né en 1833, Yixin, sixième fils de Daoguang devenu entre-temps le prince Gong, jouera un rôle très important à la mort de l'empereur Xianfeng (1861). Initiateur du Zongli Yamen, le ministère des Affaires étrangères, il dirigera notamment la politique étrangère de la Chine jusqu'en 1884.
2. Né en 1831, Yizhou succédera à Daoguang sous le nom de Xianfeng (1851).

draps ! se mit à hurler la première concubine en se tordant les mains de rage.

— Le Fils du Ciel m'a convoqué tout à l'heure, madame.

— Je sais... Un coup de la Sibérienne ! C'est elle qui a manigancé ce rendez-vous... tonna la vieille courtisane, qui disposait encore de suffisamment de relais dans l'entourage immédiat de Daoguang pour être avertie en temps et en heure de l'identité des visiteurs reçus en audience.

— Au moins serai-je le premier informé de ce que le Fils du Ciel a décidé, ce qui me permettra de vous en faire part immédiatement, madame...

Première Concubine Céleste serrait si fort les poings que ses phalanges étaient blanches comme des galets de rivière.

— Je m'attends au pire...

— Le pire n'est jamais sûr, Première Céleste, lâcha l'eunuque d'une voix blanche, avant de s'éclipser, persuadé que ses ennuis ne faisaient que commencer. Il ne se trompait pas, même s'il était loin du compte.

**

— Toujours Là, mon Seigneur, pour vous servir ! hurla le Grand Chambellan Impérial Élévation Paradoxale à l'adresse de Daoguang au début de l'après-midi du même jour.

Élévation Paradoxale, qui n'arrivait pas à cacher la haine que lui inspirait le vieil eunuque, grimaçait comme un masque d'opéra. De son côté, Toujours Là, vêtu d'une longue robe de soie noire brodée au fil rouge d'animaux à écailles, transpirait à grosses gouttes lorsque, juste après l'annonce de son ennemi intime, il fut propulsé par deux gardes dans le cabinet de travail du Fils du Ciel.

Il faut dire que l'eunuque risquait beaucoup.

Avec l'arrivée inopinée de la Sibérienne, le Fils du Ciel pouvait à tout moment s'apercevoir qu'il avait été dupé par lui quant au sort réservé à La Pierre de Lune.

Sans surprise, car s'attendant au pire, Toujours Là découvrit la mine sombre de Daoguang, lequel marchait de long en large, d'un bout à l'autre de son bureau. Sa main droite battait la cadence avec le somptueux ruyi spécialement fabriqué pour son ancêtre et prédécesseur Kangxi dans une extraordinaire dentelle de bois d'ébène incrusté d'agate, d'ivoire et de lapis-lazuli. Ce sceptre lui servait également de grattoir lorsque son dos le démangeait, ce qui était le cas lorsqu'il était très énervé. Quand l'empereur de Chine arpentait de la sorte son cabinet de travail, son ruyi à la main, c'était fort mauvais signe. D'ailleurs, à peine le vieil eunuque était-il entré que le Fils du Ciel, sans même lui jeter un regard, lui ordonna :

— Il faut retrouver au plus vite La Pierre de Lune ! Je veux le voir ici ! Avec la princesse Irina, nous souhaitons serrer notre enfant dans nos bras.

Jamais Daoguang n'avait prononcé le nom de son fils caché, depuis le fameux jour où il avait ordonné à Toujours Là de l'éloigner de la Cour. La façon dont le Fils du Ciel était allé droit au but, sans la moindre entrée en matière, témoignait de l'ampleur de la besogne que la Sibérienne avait accomplie en fort peu de temps.

À côté de l'empereur de Chine se tenait cette femme droite et élégante, au port altier. Sa peau blanche, ses yeux en amande aux reflets turquoise, ses longs cheveux noirs faisaient ressortir le parfait ovale de son faciès de médaille et témoignaient du sang caucasien qui coulait dans ses veines. Une terrible dureté transparaissait dans son regard. Elle n'y était sûrement pas allée de main morte pour convaincre Daoguang de rappeler auprès de lui le fruit de leurs amours.

Toujours Là, tétanisé, constatait que la Sibérienne n'avait pas changé du tout. Bien qu'elle ne fût pas loin de la quarantaine, Irina semblait immunisée contre les outrages du temps, et le contraste était saisissant avec le Fils du Ciel, qui paraissait largement son âge et dont l'embonpoint était perceptible sous la robe de soie jaune brodée d'oiseaux phénix.

Irina avait gardé intacts tous ses charmes.

Et Dieu sait s'ils étaient nombreux. D'ailleurs, Daoguang ne s'y était pas trompé, qui s'était empressé de l'inviter à déjeuner en tête à tête lorsqu'il avait su qu'elle avait débarqué de façon inopinée à Pékin, quelques jours plus tôt. Dès leur rencontre, avec ses lèvres pulpeuses et sa langue habile, elle s'était arrangée pour lui rendre un de ces hommages appuyés qu'il n'était pas près d'oublier. Depuis, elle n'avait plus quitté les appartements impériaux.

Toujours Là, très inquiet, se croyait projeté un peu plus de quinze ans en arrière, à l'époque où Daoguang était tombé follement amoureux d'Irina Datchenko.

Comme souvent, le hasard s'était employé à bien faire les choses. Sans une négligence du service du Protocole de la Cité Interdite, cette jeune aventurière ne se fût pas retrouvée à l'audience impériale. À peine le Fils du Ciel l'avait-il aperçue, dans la suite de ce gros ambassadeur extraordinaire et plénipotentiaire du tsar Nicolas Ier venu lui présenter ses lettres de créance, qu'il s'était entiché d'elle. Une fois l'audience achevée, Daoguang n'avait eu de cesse de revoir l'intéressée. Dès le lendemain, au mépris de toutes les règles de l'étiquette et faisant fi des convenances les plus élémentaires, il l'avait invitée à dîner en tête à tête dans ses appartements privés.

À la cour impériale, l'initiative avait fait scandale, mais peu importait au Fils du Ciel, qui avait bel et bien succombé à un coup de foudre…

À une amante au nez long, faute d'occasion, Daoguang n'avait jamais goûté, s'étant jusque-là contenté des pensionnaires du Gynécée Impérial. Et pour cause : aucune femme étrangère n'était admise dans l'entourage du souverain. En revanche, les Chinoises et les Mandchoues étaient si nombreuses à être passées dans son lit qu'il eût fallu consulter le registre ultrasecret tenu par le scribe officiel pour en obtenir le nombre exact, qui dépassait à coup sûr une bonne centaine. La Russe avait tellement fait merveille que le Fils du Ciel avait décidé de la garder auprès de lui.

Au grand dam de l'ambassadeur moscovite, qui était reparti sans elle dans son pays natal, et de tous les membres de la Cour du Fils du Ciel, des concubines aux chambellans en passant par les eunuques, la belle Irina Datchenko était restée à Pékin.

De la part de Daoguang, rien n'avait été trop beau pour séduire la sublime Sibérienne. En pleine saison hivernale, il lui avait fait servir une de ces grappes de raisin récoltées à Tianjin et que ses médecins conservaient pieusement dans la glace pour son seul usage. Parce qu'elle aimait les fourrures, il était allé lui-même chasser la zibeline pour en doubler une somptueuse cape de soie matelassée qu'il lui avait offerte.

En quelques mois à peine, Irina, que toute la Cour surnommait la « Sibérienne », avait appris à baragouiner suffisamment le chinois pour se passer d'interprète et poursuivre sans intermédiaire ses doux tête-à-tête avec Daoguang.

Onze mois plus tard et dans le plus grand secret, un enfant était né de cette union scandaleuse et hors normes. Ses parents l'avaient appelé La Pierre de Lune.

Un nom porte-bonheur. Le nom d'une gemme très rare, à l'extraordinaire luminosité et aux couleurs chatoyantes et subtiles. Une pierre qui semble tombée du ciel, encore plus prisée que le jade…

Mais à cause de cet enfant, le scandale couvait. Cette union entre une étrangère et l'empereur de Chine passait mal. D'autant que Daoguang, de plus en plus épris de la belle Russe, ne lui refusait rien. Il l'avait installée, avec l'enfant, dans un pavillon de son jardin privé. Le couple ne se quittait plus. Beaucoup, dans le proche entourage du Fils du Ciel, considéraient avec inquiétude ce vent de folie qui soufflait dans sa tête et l'amenait à délaisser sa tâche de commandant en chef de la Chine au profit d'une simple femme, étrangère de surcroît. Ses rivaux et ses ennemis, dont le nombre croissait chaque jour, se frottaient les mains. À la Cour, les haines et les jalousies s'exacerbaient. Nombreux étaient les hauts mandarins d'origine Han, pourtant plus tolérants que les Mandchous, qui commençaient à trouver que la Sibérienne se comportait un peu trop comme une impératrice à part entière.

Très vite, la Russe était devenue l'intruse haïe et jalousée, l'usurpatrice en puissance, la gêneuse qui fait trembler sur ses bases le Temple du Ciel... La pression devenait telle, sur les épaules de l'empereur, qu'il avait décidé d'envoyer l'enfant en province et ce, malgré les protestations d'Irina, qui fût volontiers repartie en Russie avec son fils. Mais cette perspective avait été irrémédiablement refusée par le Fils du Ciel.

— Si tu pars avec cet enfant, il perdra tous ses droits sur le trône de Chine ! Nous allons le mettre à l'abri pour quelque temps et, lorsque les choses se seront calmées, il reviendra ! lui avait-il lancé, furieux, lorsqu'elle avait évoqué cette hypothèse.

Entre eux, la scène avait été d'une violence inouïe, à la hauteur de leur passion. Elle s'était déroulée sous les grands yeux étonnés de l'enfant, qui avait à peine commencé à marcher mais que cela n'avait pas empêché d'éclater en sanglots.

— Mais regardez un peu ce petit enfant... il va être séparé de sa mère !

Les bras d'Irina, en pleurs, serraient La Pierre de Lune au point de l'étouffer.

— Tu devrais me remercier ! Plus d'une mère accepterait de payer si peu pour que son fils garde le bénéfice de ses origines impériales !

— Peu m'importe le prix à payer ! La Pierre de Lune est mon fils ! Notre enfant ! Un enfant a le droit d'être élevé par sa mère !

— Ici, c'est moi qui dicte le droit.

— Je ne m'adresse pas à l'empereur mais au père de mon enfant.

— Je ne connais pas d'empereur qui agirait comme moi !

— Qu'est-ce à dire ?

15

— Cet enfant pourrait devenir, le moment venu, Fils du Ciel à son tour ! Voilà pourquoi il ne doit pas quitter le périmètre intérieur de la Grande Muraille !

Irina était interloquée. Daoguang parlait-il sérieusement ? Un enfant dans les veines duquel coulait du sang russe pourrait un jour succéder à un empereur mandchou ?

— Vous n'avez donc pas choisi votre successeur ?

— Je n'exclus rien. S'il apparaît que La Pierre de Lune est le plus capable de mes fils, c'est lui que je désignerai...

— Mais comment cet enfant pourra-t-il prouver qu'il est de votre sang ?

— Tous mes fils bénéficient d'un certificat officiel de paternité !

En tout état de cause, elle n'avait pas été en mesure de s'opposer à la volonté de l'empereur. Que pesait une jeune femme russe face à l'un des monarques les plus puissants du globe ?

Le pot de fer a toujours le dernier mot sur le pot de terre.

Anéantie et impuissante, elle avait assisté à la fameuse entrevue au cours de laquelle Daoguang avait chargé Toujours Là d'éloigner leur enfant de Pékin et à l'issue de laquelle le Fils du Ciel, comme il s'y était engagé, avait apposé son cachet sur un certificat attestant que l'enfant était bien de lui.

Ce jour-là, le principal ressort de l'existence d'Irina s'était cassé et le monde s'était effondré.

L'eunuque avait confié La Pierre de Lune à l'un de ses petits-cousins, calligraphe à Canton, du nom de Bouquet de Poils Céleste, qu'il avait mis dans la confidence avec une forte somme d'argent destinée à pourvoir aux besoins du fils caché de l'empereur. En même temps, il lui avait donné l'étui à pinceau dans la doublure duquel était enroulé le précieux certificat paternel de celui dont il avait désormais la charge.

Mais l'éloignement de l'enfant de la Sibérienne, loin d'apaiser les esprits, avait exacerbé les tensions au sujet de la succession de Daoguang. Son geste, parfaitement décodé, signifiait que La Pierre de Lune était entré dans la liste des prétendants au trône. Pour l'en faire sortir, il fallait désormais à tout prix éliminer la Sibérienne dont la présence à la Cour devenait encore plus dangereuse.

Au bout de quelques mois, sentant que le Fils du Ciel risquait de céder aux injonctions de ceux qui souhaitaient sa disparition, la Russe, la rage au cœur, avait pris les devants en s'enfuyant sans demander son reste.

Ulcéré par le départ inopiné de cette femme dont il restait épris,

Le sac du Palais d'Été

Daoguang, dans un geste de fureur, avait commencé par ordonner la fermeture des frontières de la Chine.

— Monseigneur, si vous me demandiez d'empêcher la mer de se retirer après être montée sur le sable de la plage, vous me verriez dans le même embarras... Les trous dans le Grand Mur sont bien trop nombreux pour que nous puissions prétendre les boucher ! avait fini par lui avouer l'un de ses vieux conseillers qui avait pris son courage à deux mains pour lui tenir ces propos.

Le Fils du Ciel avait dû se rendre à l'évidence : la Sibérienne s'était bel et bien évanouie. Malgré l'efficacité de son entourage – soulagé ô combien ! par ce départ précipité – qui s'était empressé d'installer dans son lit des filles éblouissantes, Daoguang avait mis longtemps à oublier la belle Russe.

Et puis, comme à l'accoutumée, le temps – cet incomparable effaceur des taches les plus douloureuses – avait fait son office et, s'il arrivait encore à l'empereur de repenser à la belle Irina, ce n'était que par bouffées de plus en plus espacées.

Entre-temps, tant de nouvelles amantes s'étaient succédé dans le lit impérial, multipliant la descendance de Daoguang, qu'il s'était progressivement désintéressé du sort de La Pierre de Lune, lequel était devenu un enfant naturel parmi d'autres aux yeux d'un père qui comptait bien, en tout état de cause, retarder le plus longtemps possible le moment où se poserait la question de la désignation du prince héritier au trône de Chine.

On comprend dans ces conditions en quoi la réapparition de la Sibérienne, après seize ans d'absence et de silence, avait fait l'effet d'un séisme à la cour de Chine. Pour Daoguang, dont la colère envers Irina s'était depuis longtemps effacée, c'était une divine surprise. En revanche, pour les concubines dont les rejetons pouvaient prétendre à la succession, le cauchemar recommençait, qui risquait d'anéantir des années d'intrigues.

Irina Datchenko savait mieux que personne comment s'y prendre avec le Fils du Ciel, si bien qu'elle avait réussi à faire renaître avec la force du premier jour la passion dévorante que Daoguang nourrissait à son égard.

— Vous devez vous douter que je ne suis pas revenue ici que pour vous ! lui avait-elle asséné d'une voix dure après avoir prodigué l'hommage qui convenait à sa Tige de Jade.

— Je parierais que tu souhaites revoir ton fils.

— Exact. Comment va-t-il ?

— On ne peut mieux...

— Que fait-il ? Où est-il ?

— À vrai dire, pas de nouvelles, bonnes nouvelles… Je vais mander quelqu'un le quérir… De toute façon, je comptais le faire revenir auprès de moi. Tu sais, je n'ai pas changé mes dispositions pour ce qui le concerne ! avait déclaré le Fils du Ciel qui brûlait de subir à nouveau un traitement identique à celui qu'elle venait à peine de finir de lui administrer.

— S'il ne vient pas, cette fois, c'est moi qui irai à lui !

Irina, impériale, bien décidée à jouer son va-tout, avait toisé le père de son fils comme s'il s'agissait d'un valet sans importance.

— Ma mie, il viendra ! Je m'en occupe ! Je vous assure. Je convoque céans ce vieil eunuque…

— Toujours Là ?

— Quelle mémoire, ma chère !

— Il est des choses, monseigneur, qui ne s'oublient pas !

C'est ainsi que le tout-puissant empereur de Chine, décontenancé et contrit comme un enfant pris en faute, s'était empressé de convoquer le vieil eunuque qui se dandinait à présent devant lui.

— Je vais m'efforcer de vous donner entière satisfaction, ô Très Haut, répondit celui-ci après s'être prosterné à trois reprises.

La Sibérienne fit quelques pas vers l'eunuque, qui se sentit comme transpercé par ses yeux durs.

— Je veux revoir mon fils. Où se trouve-t-il ? lui demanda-t-elle.

— Toujours au même endroit, dans le sud du pays, madame, à Canton.

— Combien de temps faut-il pour le prévenir ?

— Quelques semaines. Le temps d'envoyer sur place une estafette et quelques bons chevaux…

— Dix jours suffisent amplement pour se rendre de Pékin à Canton par les voies navigables ! lâcha Daoguang d'un ton sec avant de s'emparer d'un cure-oreille d'ivoire et de se l'enfoncer délicatement dans le conduit auditif.

Il exagérait. Il en fallait au moins vingt, à condition de tomber sur un bon équipage et que ce ne fût pas pendant la période succédant à la récolte de riz, le Grand Canal Impérial étant alors encombré par les péniches qui remontaient vers le nord à la queue leu leu.

Mais tous les hommes de pouvoir sont ainsi faits : ils exigent pour la minute qui suit mais, lorsqu'ils promettent pour le lendemain, il leur faut au moins l'année pour s'acquitter de leur engagement… si toutefois ils ne décident pas de l'oublier.

— Votre Seigneurie, une dizaine d'écluses du Canal Impérial

sont actuellement en réparation, ce qui oblige les marins à débarquer les passagers et à les convoyer par le chemin de halage. Donnez-moi de trois à quatre semaines, et je me fais fort de ramener ici le prince La Pierre de Lune, répondit Toujours Là en s'efforçant d'adopter le ton le plus convaincant possible.

À vrai dire, il était à moitié soulagé de constater que Daoguang n'avait toujours pas cité le nom de Tang, ce qui l'eût obligé à donner au souverain la raison de son absence.

— Je ne veux pas que cela traîne ! s'écria, agacé, le Fils du Ciel.

Comme tous ses prédécesseurs, il détestait qu'on lui rappelât l'état de délabrement avancé dans lequel se trouvaient, faute d'entretien, les routes et les voies navigables du pays.

— J'ai tellement hâte de serrer mon enfant dans mes bras… Ce doit être à présent un jeune homme, soupira Irina, la larme à l'œil.

L'empereur, subjugué, regardait son amante. Mouillés, ses yeux immenses étaient encore plus beaux.

— Tout sera fait pour que le dénommé La Pierre de Lune soit rendu à ses parents. Je compte bien m'y employer personnellement, fit Toujours Là d'une voix étranglée par l'angoisse.

— Quand pars-tu le chercher ? tonna Daoguang à l'adresse du vieux castrat, non sans lancer à la Sibérienne un regard entendu.

L'eunuque, qui n'avait jamais songé y aller lui-même, vacilla. Le Fils du Ciel lui mettait l'épée dans les reins. À son âge, un si long voyage n'était pas évident à accomplir. Et puis, les chances paraissaient minces de mettre la main sur cet enfant qui, après l'assassinat de son tuteur, avait déserté, aux dires de la police locale, la maison familiale pour disparaître dans la nature.

Soucieux toutefois de ne pas laisser paraître la moindre panique – devant l'empereur, il valait mieux ne pas montrer ses failles –, il se raidit légèrement et bomba le torse en masquant de la main une grimace de douleur puis s'inclina avec respect devant le Fils du Ciel.

— Dès demain, Votre Seigneurie, souffla-t-il en essayant de maîtriser l'angoisse qui lui étreignait la gorge.

Il était au bord de la syncope et avait hâte de quitter les lieux avant que son trouble ne fût trop visible.

— Tiens-moi au courant de tes faits et gestes… Je n'en attends pas moins de la part d'un Second Secrétaire !

— Monseigneur, ce sera fait !

— À mes yeux, c'est toi qui es responsable du retour auprès de moi de La Pierre de Lune.

Après sa mise au point, Daoguang fit tinter une clochette pour signifier au Grand Chambellan, tapi derrière la porte, que l'entretien était terminé.

Lorsqu'il fut reconduit dans l'antichambre par Élévation Paradoxale comblé par la mine déconfite de son ennemi intime, le vieil eunuque Toujours Là eut l'impression qu'il venait de signer son propre arrêt de mort.

30

Environs de Canton, 21 juin 1847

Mesure de l'Incomparable, qui venait de se réveiller tout bourdonnant de la folle étreinte du début de la nuit, regarda un premier rayon de soleil glisser sur le lit pour y former un trait lumineux presque phosphorescent. Peu à peu, à travers les persiennes, d'autres rais blanchâtres se mirent à fouiller la chambre encore plongée dans la pénombre, dont l'espace, peu à peu, prenait corps. Il s'étira longuement, tel un fauve après la chasse. Puis, de l'index de sa main droite, il parcourut avec délicatesse le ventre plat et musclé de Jasmin Éthéré. La jeune femme, lascivement allongée, abandonnée à ses rêves, était profondément endormie. Le Taiping avait furieusement envie de lui refaire l'amour, ainsi qu'en attestait sa Tige de Jade toute gonflée par le désir. Jamais aucune femme ne lui avait procuré autant de plaisir ! Jamais il ne s'était perdu à ce point dans les subtiles profondeurs d'une Vallée des Roses ! Jamais son extase n'avait été aussi puissante, au point qu'il avait eu l'impression de décoller du sol et d'atteindre le royaume des nuées. Tout ce qu'il avait appris jusque-là, de la bouche de Hong Xiuquan et de Feng Yunshan, ne franchissait pas les limites de la pure abstraction. Le fabuleux « royaume des cieux » qu'ils décrivaient dans leurs prêches, où régnait l'« amour universel » inventé par le « grand frère » de Hong, un certain Jésus-Christ dont il fallait manger le corps et boire le sang au cours d'une cérémonie appelée « sainte messe », restait pour lui un concept immatériel, une sorte de rêve vers lequel les hommes devaient tendre mais qu'ils ne pourraient jamais atteindre. En matière d'« amour universel », il continuait à croire aux pratiques alchimistes taoïstes qui permettaient de « garder l'un » ou encore aux pilules du bonheur vendues par certains magiciens qui rendaient insensible aux brûlures et aux coupures.

Et voilà que grâce à cette somptueuse contorsionniste, ce « royaume des cieux » devenait enfin réalité tangible ! Avec Jasmin Éthéré, il participait à ce que Hong Xiuquan appelait « communion des saints », cette fusion entre les humains choisis par Dieu et lui-même.

Chaque fois que le Taiping et la contorsionniste s'unissaient, la spirale de leur plaisir mutuel augmentait, dépassant la précédente et faisant mentir l'impression qu'ils avaient d'être allés jusqu'aux frontières les plus extrêmes de la jouissance, là où les sensations deviennent si fortes que la douleur et le plaisir se confondent parfois. Jasmin Éthéré était, à cet égard, un véritable phénomène qu'il s'était promis de présenter à Hong, ne doutant pas que celui-ci accepterait d'enrôler une personne aux talents aussi multiples dans le mouvement de la Grande Paix, où la femme avait toute sa place puisqu'elle y était considérée comme l'égale de l'homme...

Après cette fameuse première nuit où il l'avait prise sans qu'elle en fût consciente, elle s'était réveillée, persuadée qu'il l'avait pénétrée pendant qu'elle dormait. Sans perdre un seul instant et comme s'il se fût agi d'une revanche, elle avait enfourché à son tour son nouvel amant qui avait immédiatement ouvert un œil, puis l'autre. En l'espace de quelques secondes, sur le lit défait imprégné de leurs odeurs respectives, elle l'avait rendu fou d'excitation.

— Je t'assure, Jasmin Éthéré, j'étais persuadé que tu ne dormais pas ! Ton ventre ondulait comme la vague, tes yeux brillaient comme les étoiles... Quant à tes gémissements, ils n'avaient rien de factice ! lui avait-il murmuré, à nouveau au bord de l'extase.

Elle l'avait gentiment taquiné, en frottant sa grotte de jade transformée en fontaine intime contre son sexe turgescent. Il avait suffi de quelques effleurements pour qu'il devînt un cheval sauvage et fougueux, pressé d'aller galoper dans la campagne où son maître l'a conduit, ou encore un papillon de nuit irrésistiblement attiré par la lanterne allumée sur la terrasse d'une maison.

— Faux et archifaux, Mesure de l'Incomparable ! Tu as profité de la situation pour abuser de moi !

— Tu criais et tu riais... Tu avais les yeux ouverts... Tu n'arrêtais pas de m'en demander plus ! Tu invoquais le plaisir partagé du Heqi... Tu me disais que je devais ouvrir toutes grandes les portes de mon Champ de Cinabre Inférieur !

— Tu as profité de mon sommeil ! Ce n'est pas convenable ! Tu t'es fort mal comporté... Et dire que j'étais persuadée d'avoir rêvé lorsque je me suis réveillée !

— Comment aurais-je pu deviner que tu dormais ? Je te prie de m'excuser. C'était si bon... si délectable... Tu répondais à la moindre de mes sollicitations ! Voilà pourquoi l'adepte du Neidan[1] que je suis s'en est donné à cœur joie.

— J'ignore tout de ces exercices d'alchimie intérieure auxquels tu prétends avoir procédé avec moi ! s'était écriée la jeune femme qui commençait à jouir.

Dans la pièce à côté, il pouvait entendre les pas de Prune Sombre qui préparait le petit déjeuner. Bientôt, ils devraient se lever, quitter cette chambre, et la vie normale reprendrait son cours. Un cours qui lui semblait désormais singulièrement morne. L'idée que peut-être Jasmin Éthéré ne serait plus là, auprès de lui, à la fin de la journée, et que les moments rares qu'ils avaient passés ensemble n'auraient été qu'une simple parenthèse, lui avait soudain paru insupportable. Aussi, sans plus attendre, le Taiping avait-il décidé de lui déclarer sa flamme.

— Ce qui s'est passé entre nous est tout à fait extraordinaire... Tu es le nord et je suis l'aiguille aimantée de la boussole, voilà tout. Nous sommes faits l'un pour l'autre, Jasmin Éthéré ! Toi et moi avons cette chance inouïe de nous être rencontrés ! s'était-il exclamé, euphorique et d'une voix tremblante.

La jeune femme avait paru touchée.

Il avait alors poursuivi son vigoureux plaidoyer :

— Rends-toi compte de notre chance, nous n'avons même pas eu besoin de prendre des mixtures de plantes ni d'ajouter à notre thé vert de la poussière de cailloux, et nous étions pourtant accordés comme les roseaux de la flûte à plusieurs tuyaux !

Désireuse d'en savoir un peu plus sur ce nouvel amant qui la comblait, Jasmin Éthéré l'avait interrogé sur ses origines, sur son enfance et sur son éducation. Volubile, spirituel même, il lui avait raconté comment sa famille avait déménagé au gré des postes occupés par son père, depuis la petite sous-préfecture de Zunyi, aux confins du Sichuan et du Guizhou, où il gérait les archives, jusqu'au port de Fuzhou dont il avait supervisé la construction des entrepôts de la douane. Élevé selon les préceptes confucéens, il avait appris à obéir et à reproduire les conduites de ses aînés et il s'apprêtait à « chausser les bottes de son père » quand sa rencontre avec Hong lui

---

1. Nom chinois désignant l'alchimie intérieure.

avait « ouvert les yeux » et fait comprendre qu'il faisait fausse route. Cet événement capital s'était produit devant l'entrée principale du Grand Jardin Public de Canton où un petit attroupement s'était formé devant un homme vêtu à l'occidentale qui parlait d'un « Dieu fait homme » d'une voix vibrante. Les yeux de braise du prêcheur hakka avaient magnétisé le jeune étudiant avide de servir une aussi noble cause. Le lendemain, il était revenu en cachette écouter Hong Xiuquan qui encourageait les badauds à entrer dans la Société des Adorateurs de Dieu. Cette fois, le discours du chef Taiping avait fustigé l'occupation de la Chine par les puissances étrangères et l'absence de réaction de la dynastie mandchoue « engoncée dans sa décrépitude ». Mesure de l'Incomparable, dont les penchants nationalistes ne demandaient qu'à être flattés, avait été subjugué par les propos enflammés de Hong qui prônait l'avènement de la Grande Paix... c'est-à-dire la fin des privations et de la misère pour le peuple de la Chine où chacun disposerait enfin de ce dont il a besoin. Les familles recevraient toutes le même lopin de terre et les biens des riches seraient confisqués au profit de la collectivité. Mais auparavant, il faudrait chasser du pouvoir les envahisseurs mandchous qui maintenaient le pays sous une férule inégalitaire et le gouvernaient au détriment du peuple. Autant de perspectives qui n'étaient pas pour déplaire à un jeune homme nationaliste et généreux de son espèce.

— Il t'a enrôlé comme ça ? lui avait demandé Jasmin Éthéré, assez stupéfaite.

Bien trop éprise de sa propre liberté, elle ne se voyait pas changeant brusquement de vie après avoir écouté un prêche, fût-il conforme à ses propres convictions.

— Je n'ai pas hésité une seconde lorsqu'il m'a dit que j'avais les qualités requises et qu'il me suffisait de le suivre !

— Ainsi, sur-le-champ, tu as tout quitté de ta vie antérieure ?

— Les disciples qui suivirent Jésus furent enrôlés par le Seigneur d'un simple regard !

— Tu veux parler de ce Jésus qui est le fils du Dieu Unique ?

— Bravo ! Tu as bien appris la leçon, Jasmin Éthéré ! s'était-il exclamé avant d'être interrompu par l'arrivée de Prune Sombre venant s'assurer, une assiette de poires à la main en guise de cadeau de bienvenue, qu'ils avaient passé une bonne nuit.

— On a dormi comme des loirs ! Pas vrai, Jasmin Éthéré ? lui avait répondu, enthousiaste, le Taiping.

— As-tu fait au moins un beau rêve ? avait ajouté la vieille paysanne à l'intention de la belle contorsionniste.

— Oui ! J'en ai fait un... avait murmuré celle-ci en rougissant.

Dès que la vieille était repartie, il s'était à nouveau jeté sur elle et leur troisième étreinte avait eu lieu, encore plus forte que les deux premières. Foin des simagrées ! La contorsionniste s'en était alors donné à cœur joie. Le moindre grain de sa peau, le moindre recoin de son corps avaient encore en mémoire les caresses de son partenaire. Enivrée par le désir, elle avait abandonné toute retenue, prenant l'initiative, le léchant de pied en cap, retardant l'entrée de sa Tige de Jade dans sa Vallée des Roses jusqu'à l'amener au bord de l'explosion. Les leçons de Tang avaient porté. Elle connaissait désormais sur le bout des doigts l'art de se faire désirer et aimer par un homme, qui consiste à lui donner envie et à le rendre fou de désir tout en prenant garde de ne rien lâcher trop vite.

Mesure de l'Incomparable accentua légèrement la pression de ses doigts sur le Bouton de Rose du sexe de son amante. En même temps qu'elle émergeait de son sommeil, la jeune femme se mit à gémir doucement. Il n'avait qu'à attendre. Une fois encore, la magie opérerait et le rituel de l'amour se déroulerait dans cette chambre pauvrement meublée qui, du coup, prendrait des allures de grotte enchantée.

Il regarda les vêtements épars de son amante sur lesquels la lumière inondante du soleil s'attardait, lui rappelant que depuis qu'ils dormaient ensemble, elle finissait toujours nue...

Se tournant de son côté, il la vit se réveiller, légèrement nuageuse, avec des airs d'enfant repu, ce qui la rendait encore plus sensuelle et séduisante. Il roula vers elle. Leur étreinte fut brève, mais d'une telle intensité qu'ils en sortirent vidés et pantelants, gorgés de plaisir comme des agneaux gavés du lait de leur mère.

Elle se pelotonna contre lui, tel un chat.

— Qu'allons-nous faire à présent ? soupira-t-elle.

— C'est à toi qu'il faut poser la question... Où veux-tu que nous allions ?

— Je te suivrai où tu iras.

— Juste avant de sauter par la fenêtre pour échapper à la police, Hong nous a donné rendez-vous à Jintiancun. C'est son village natal. Un lieu à l'écart du monde où les Taiping ne courent aucun danger...

— Tu saurais comment y aller ?

— Hong nous a expliqué où ça se situe. Ses trois frères habitent là-bas. Ils pourront nous héberger.

— C'est loin ?

— À environ deux jours de marche d'ici, dans les montagnes occidentales. Le chemin de Jintiancun ne devrait pas être très difficile à trouver car la Société des Adorateurs de Dieu compte de nombreux adeptes dans la région ! Et personne ne viendra nous y chercher... répondit Mesure de l'Incomparable qui jubilait à l'idée d'aller faire retraite en aussi bonne compagnie.

Cet éloignement de Canton la fit soudain repenser à Tang. En l'absence de nouvelles de sa part, il devait être aux cent coups. Jasmin Éthéré se leva et ouvrit les volets. Aussitôt, un air humide et chaud s'engouffra dans la pièce à laquelle l'éclairage diurne venait de rendre sa banalité coutumière.

Alors, pour se donner du courage, elle songea aux paroles du vieux maître Laozi que lui avait apprises le noble Han :

Ceux qui sont forts se laissent entraîner par le courant du fleuve et ils restent vivants ; ceux qui sont faibles se mettent à lutter contre la force des eaux et finissent par s'y noyer.

31

Canton, 3 juillet 1847

Lorsque Antoine Vuibert ressortit, presque guilleret, du bâtiment des douanes de Canton, son soulagement était à la mesure de l'angoisse qu'il avait éprouvée au moment où il y était entré.

Le Français n'en revenait pas. Alors qu'il s'attendait au pire, la mission que lui avait confiée Épée Fulgurante s'était déroulée sans encombre. C'était en effet sans la moindre question qu'on lui avait remis le formulaire sur lequel il ne restait plus qu'à apposer le tampon des services consulaires britanniques.

Il se faisait pourtant un sang d'encre et avait du mal à contenir son extrême nervosité au moment où, flanqué des deux « accompagnateurs » que le chef des pirates avait mis à ses basques, il s'était présenté au Bureau du Dédouanement des Marchandises, une vaste bâtisse de type industriel dont les trois étages dominaient les quais de déchargement des navires de commerce. À l'intérieur, le vacarme assourdissant des centaines de bouliers manipulés par les commis aux comptes et aux écritures alignés derrière de longues tables ne lui avait pas semblé de bon augure. Un préposé à l'œil soupçonneux les avait fait monter jusqu'au dernier étage, avant d'introduire Antoine auprès du « sous-chef de bureau », ainsi que le précisait l'écriteau placé sur la table derrière laquelle l'intéressé trônait. Impavide comme un bouddha obèse, il tamponnait d'un air négligent, tout en picorant des graines de tournesol, les certificats de dédouanement que ses acolytes lui présentaient à grand renfort de courbettes, comme s'il avait été le Fils du Ciel en personne.

— Je viens pour dédouaner de la marchandise, avait hasardé le

Français, prêt à subir un véritable examen de passage. Mais le sous-chef s'était contenté de hausser un sourcil avant de lâcher :
— Nationalité ?
— Euh ! Anglais... je suis anglais... avait bredouillé le Français, liquéfié, qui s'attendait avec terreur à une avalanche de questions plus indiscrètes les unes que les autres.

Mais le chef de bureau avait tamponné, comme si de rien n'était, le fameux certificat officiel. Autant dire qu'il l'avait empoché sans demander son reste avant de dévaler les escaliers quatre à quatre, craignant que le fonctionnaire ne se ravisât.

La déroutante facilité avec laquelle il avait franchi la première étape de sa mission l'avait rendu plus optimiste pour la suite. C'était plutôt réconfortant, vu les exigences d'Épée Fulgurante qui avait catégoriquement refusé de lui révéler le contenu des caisses à dédouaner. Il se doutait bien qu'il devait s'agir d'une marchandise particulièrement sensible. Tout ce que le chef des pirates avait daigné lui préciser, c'était qu'elle était d'origine britannique, ce qui rendait obligatoire l'intervention d'un ressortissant de ce pays pour la faire sortir de l'entrepôt où elle était stockée depuis plusieurs mois.

Une fois dehors, il regarda avec satisfaction le formulaire que le douanier lui avait remis. Il lui restait à présent à obtenir du consulat de Grande-Bretagne le deuxième coup de tampon qui, cette fois, mettrait un point final à sa mission. Pour éviter d'y être reconnu par le consul ou par sa femme, il s'était laissé pousser un léger collier de barbe qui lui donnait l'allure d'un de ces jeunes *condottieri* italiens à l'élégance nonchalante tels que les affectionnait Titien, le grand peintre vénitien de la Renaissance.

Pressé d'en finir, il se dirigea sans plus attendre, toujours flanqué de ses deux gardiens, vers le quartier des affaires publiques à l'extrémité duquel se situaient les bureaux du consul Elliott. Les immeubles y étaient plus récents que dans le reste de la ville. Vestiges d'un passé révolu où l'administration servait encore de colonne vertébrale à l'État chinois, les bâtiments publics construits par les Ming s'alignaient de part et d'autre d'une large avenue qui semblait avoir été taillée au cordeau dans l'inextricable fouillis des ruelles entrelacées d'où les mendiants étaient impitoyablement chassés par des policiers en uniforme. D'un style pompeux et surchargé, que soulignait la taille hors normes des dragons et des chimères posés sur la terminaison des arêtes de leurs toits de tuiles vernissées, les bâtiments ministériels témoignaient de la volonté de la dynastie précédente d'imposer au peuple le respect pour l'institution mandarinale.

Le sac du Palais d'Été

Depuis l'avènement des Mandchous, la corruption sévissait dans ces lieux de pouvoir où les agents publics monnayaient des prébendes et des exemptions fiscales à leur seul profit alors même qu'ils étaient censés représenter l'intérêt général. Un gigantesque système de captation des flux d'impôts et de taxes empêchait l'État de disposer des ressources nécessaires à son fonctionnement. Faute d'avoir pu organiser, comme sous la dynastie précédente, la paysannerie par « familles », en réalité des sortes de phalanstères d'où il était impossible de s'échapper, le pouvoir mandchou en était réduit à envoyer au fin fond des campagnes une armée de percepteurs et de contrôleurs plus ou moins fiables pour pressurer des gens déjà très pauvres. Pour éviter de se faire lyncher, ces fonctionnaires étaient toujours escortés par des soldats en armes.

Lorsque Antoine aperçut, noyés dans un océan de verdure, les colonnes et le fronton à la blancheur immaculée du consulat britannique, d'un seul coup, la cavalcade des battements de son cœur reprit.

— Bonjour, je viens pour faire tamponner un formulaire de dédouanement, expliqua le Français, la gorge un peu nouée et dans son meilleur anglais, au factotum de service, un petit homme chauve aux rouflaquettes et aux fines bésicles qui lisait *Ivanhoé* derrière le comptoir du hall d'entrée.

Était-ce son accent, qui n'était pas forcément des plus parfaits, ou sa demande elle-même, qui avait paru saugrenu à l'agent consulaire, ou encore parce que ce dernier avait été dérangé dans sa lecture ? L'intéressé dévisagea Antoine avec méfiance.

— Qui êtes-vous ? lâcha-t-il en ôtant ses lunettes.

— Euh ! Je m'appelle Martin Davies... originaire du Yorkshire... bredouilla le Français qui enrageait devant sa piètre façon de donner le change.

— Pourrais-je avoir votre passeport ?

Il manqua de défaillir. Les choses se présentaient bien plus mal qu'à la douane chinoise. Il s'en voulait terriblement de ne pas s'être douté qu'en l'absence de passeport, c'était râpé. En désespoir de cause, il décida de jouer le tout pour le tout.

— Je n'ai plus de passeport. On me l'a volé. Euh !... un pickpocket. Je marchais sur les quais lorsque je fus bousculé... Avant-hier... oui, avant-hier ! Quand je me relevai, mes poches étaient vides... Les pickpockets, ça pullule à Canton...

— Dans ce cas, il vous suffira d'établir une demande de passeport accompagnée d'une déclaration sur l'honneur attestant que vous avez été volé.

— Auprès de vous ?

— Non ! Il faut vous adresser au premier étage. Les passeports sont établis par monsieur le consul en personne. Son secrétaire vous indiquera la procédure à suivre, monsieur Davies, expliqua la tête à claques en désignant du bout du nez le grand escalier de pierre avant de replonger le nez dans Walter Scott.

Antoine était aux cent coups. Il s'était réjoui trop tôt lorsqu'il s'était imaginé, au sortir de la douane, que le plus dur était fait. Il se retourna et expliqua rapidement à ses deux accompagnateurs de quoi il retournait avant de constater, à leur moue dubitative, qu'ils ne croyaient pas un mot de ses explications.

Accablé, il s'apprêtait à monter au premier étage comme un condamné à mort sur l'échafaud, lorsqu'une déflagration se produisit. Une seconde après, une boule de feu atterrit à ses pieds. Un réflexe le fit reculer de quelques pas. Deux, trois, puis quatre autres projectiles enflammés s'abattirent dans le hall, dégageant un épais nuage de fumée au goût âcre. Ahuri, le préposé consulaire, dont le livre était brusquement tombé des mains, se mit à tousser en même temps que plusieurs flèches enflammées se fichaient en vibrant sur le comptoir. Antoine se jeta derrière une armoire. Des coups de fusil retentirent, sur fond de brouhaha, où les vociférations se mêlaient aux pas précipités. Après cette première salve, le Français tendit le cou par-dessus l'armoire blindée. Ses deux accompagnateurs criblés de balles gisaient au sol dans une mare de sang. Arquebuse à la main, une dizaine d'hommes fit soudain irruption dans le consulat puis se rua vers le comptoir d'où le préposé avait disparu. Entièrement vêtus de blanc et le front ceint d'un bandeau jaune, les assaillants portaient également un sabre à la ceinture. Trois d'entre eux sautèrent par-dessus la banque. Antoine vit s'abattre leurs épées, tandis que le reste des assaillants se précipitait dans l'escalier et gagnait le premier étage. Lorsque la pièce fut vide, le Français passa derrière le guichet et buta sur la tête du préposé consulaire. Il faillit vomir lorsqu'il découvrit son corps un peu plus loin. Le petit homme chauve avait été sauvagement décapité. Antoine reprenait peu à peu ses esprits lorsqu'une nouvelle projection de mitraille déchira l'air. Quelques instants plus tard, alors qu'il s'était recroquevillé contre le comptoir, il vit apparaître une nuée de policiers impériaux, reconnaissables à leur tenue bleue et à leur brassard rouge. Ils devaient être une bonne trentaine, armés de fusils et de lances, à être entrés dans le consulat avant de s'engager à leur tour dans l'escalier.

Le sac du Palais d'Été

Le Français demeura de longues minutes sans bouger, de peur d'éveiller l'attention des uns ou des autres.

À l'étage, le combat faisait rage entre les policiers et les hommes en blanc. Les coups pleuvaient de toute part. Les doigts pressaient les détentes et les lames s'enfonçaient dans les poitrines et dans les gorges. Mais la police avait le double avantage du nombre et de l'armement. Le consul d'Angleterre, que les assaillants avaient eu le temps d'extraire de son bureau à l'intérieur duquel il s'était barricadé, n'avait été que légèrement molesté. Charles Elliott, qui en avait pourtant vu d'autres, s'était réfugié, commotionné et hagard, sur la terrasse d'où il assistait, protégé par trois policiers, au terrible spectacle de ces Chinois qui se massacraient entre eux.

Après s'être redressé, hébété, Antoine tomba nez à nez avec un brassard rouge.

— Je suis lieutenant de police ! Nous venons libérer les otages ! lui expliqua le flic avant de l'inviter à le suivre au premier étage.

Les cadavres d'hommes en blanc jonchaient le sol. Pas un d'entre eux n'avait survécu. Les impériaux n'étaient pas du genre à faire de quartier. C'est alors que le regard du Français croisa celui d'Elliott. Le consul vint aussitôt à sa rencontre. Quoique ayant perdu de sa superbe, avec ses cheveux ébouriffés, son col de chemise arraché et un œil au beurre noir, l'ancien héros militaire de Sa Majesté Victoria, souveraine de Grande-Bretagne et du Commonwealth, s'efforçait, « comme il se doit en toutes circonstances », de faire bonne figure.

— Nous l'avons échappé belle ! souffla, hors d'haleine, le consul en s'époussetant.

— Ces gens étaient féroces comme des tigres ! Heureusement que nous étions prévenus de l'attaque de votre consulat par des membres de la secte du Grand Jaune, expliqua le lieutenant de la police impériale.

— Vous auriez au moins pu nous avertir ! lâcha, furieux, Charles Everett Elliott que sa femme, éplorée et en sueur, venait de rejoindre.

— L'important est que nous ayons pu les surprendre ! rétorqua sèchement l'officier, pas impressionné pour deux sous par l'ancien héros de l'armée britannique.

Après s'être longuement essuyé le visage avec la serviette imbibée d'eau de Cologne que lui avait tendue Rosy, le consul dévisagea Antoine d'un air lourd.

— Qui êtes-vous ? Il me semble bien vous avoir déjà vu quelque part, lui lança-t-il.

— Antoine Vuibert. Je suis déjà venu ici avec M. Niggles !

répondit le Français qui n'avait plus aucune raison de continuer à mentir.

— Diantre ! Mais oui ! Je m'en souviens parfaitement...

— Moi aussi ! Comment allez-vous, cher monsieur ? lança, à son tour, Rosy, qui n'avait pas tardé à reprendre ses manières de femme du monde.

— Et quel bon vent vous amène ici ? ajouta son mari sur un ton enjoué.

— Je venais me renseigner sur les procédures de dédouanement, bredouilla le Français sans plus s'étendre tandis que le majordome indien du consul, dont la moue horrifiée en disait long sur les propos qu'il tenait à son maître, se penchait vers celui-ci.

— Pas possible ! s'écria ce dernier en frissonnant.

— Qu'y a-t-il, mon bon ami ? fit Rosy, soudain inquiète et dont le regard dérivait.

— Ces salauds de gueux ont décapité ce pauvre Holmes ! cria Elliott.

Holmes était le nom du préposé au dédouanement sur lequel les deux premiers assaillants s'étaient acharnés.

— Ces Chinois sont de fieffés barbares ! Il ne faut surtout pas se fier à leurs sourires de façade ! lâcha, venimeuse, la femme du consul de Grande-Bretagne en rajustant son corsage où ses énormes seins ne paraissaient pas correctement rangés.

— Ce n'est pas par hasard qu'on dit ici que le tigre peut toujours sommeiller sous le rat ! renchérit son mari en levant vers le ciel des yeux remplis de haine et de mépris.

Antoine Vuibert, écœuré par cette propension à la généralisation, n'avait désormais qu'une envie, c'était de fuir le plus loin possible de ces gens arrogants.

— Vous prendrez bien une tasse de thé avec nous, cher monsieur ? s'enquit la femme du diplomate de sa voix doucereuse.

— Je suis désolé mais je n'ai vraiment pas le temps. L'ami pour le compte duquel je devais obtenir les renseignements m'attend à son hôtel...

— Sachez que vous êtes toujours le bienvenu ici !

Le Français, qui, pour rien au monde, ne fût resté une seconde de plus sur cette infime portion de territoire britannique, la quitta sans demander son reste et, lorsqu'il en franchit la grille, entre deux cordons de policiers en armes qui contenaient la foule des badauds alertés par les explosions et par les nuages de fumée, il ne put s'empêcher de penser qu'il avait eu finalement beaucoup de chance...

32

Jintiancun (Guangxi), 6 et 7 juillet 1847

— Je n'ai jamais vu une montagne aussi bien sculptée ! s'écria, émerveillée, Jasmin Éthéré lorsqu'elle découvrit les centaines de terrasses taillées par les riziculteurs et qui transformaient le mont des Cardons en un gigantesque escalier aux marches arrondies.

Au-dessus des rizières, tout près des nuages, malgré la densité des bambous recouvrant les pentes abruptes de leurs touffes vaporeuses, on devinait déjà les toits des maisons qui s'y accrochaient comme par miracle. Sur le chemin qui montait par des lacets anguleux, Mesure de l'Incomparable se renseigna auprès d'une petite vieille édentée comme une poule et qui trottinait balancier à l'épaule. Ils étaient bien arrivés à Jintiancun, le village natal de Hong Xiuquan.

Les deux jeunes gens, au bord de l'épuisement, étaient on ne peut plus soulagés.

S'ils avaient mis une dizaine de jours à effectuer un parcours qui n'en demandait pas plus de deux ou trois, ce n'était pas faute d'avoir marché d'un bon pas mais en raison de l'omniprésence d'un régiment mandchou que les autorités avaient déployé dans cette partie du Guangxi pour y mater une révolte des bateliers. Cette corporation jadis très puissante était l'une des plus touchées par les Traités inégaux qui, en accordant aux Européens l'ouverture des plus grands ports chinois, avaient porté un coup sévère aux nombreuses professions disposant de monopoles.

Obligés de marcher pendant la nuit et de se cacher pendant la journée, ils avaient pris des chemins détournés pour éviter les postes de contrôle où les soldats arrêtaient systématiquement tous les *bendi*[1] qui s'y présentaient. De peur de tomber sur une patrouille canine dont les terribles chiens des steppes au pelage fauve étaient capables de tuer un homme, ils avaient emprunté les lignes de crête quand ils ne marchaient pas dans la boue des rizières infestées par les serpents et les moustiques.

Jasmin Éthéré avait pu mesurer à quel point la misère des campagnes du Guangxi était encore plus terrible que celle de son Hebei natal. Les gens y survivaient à peine, entre les corvées et les impôts prélevés par l'administration mandchoue qui ne laissait presque rien aux familles. De nombreux paysans étaient contraints à quitter leur lopin de terre et à errer sur les routes ou encore à s'enrôler dans des milices de mercenaires auxquelles les Mandchous faisaient appel pour mater les révoltes qui éclataient un peu partout, tant dans les grandes pêcheries côtières ou les ateliers textiles que dans les mines de sel creusées dans les chaînes montagneuses, où les conditions de vie des ouvriers étaient encore plus effroyables que partout ailleurs.

Arrivés sur ce qui tenait lieu de place centrale à ce petit village qui comptait à peine une trentaine de maisonnettes blotties les unes contre les autres, ils se rendirent à son unique épicerie, un baraquement de planches disjointes. Sur le seuil apparut une vieille femme à la face joyeuse mais dont la peau était fripée comme celle d'une vieille pomme.

— Bonjour, madame. Nous cherchons la maison de Hong Xiuquan... lui expliqua Mesure de l'Incomparable après s'être incliné avec tout le respect dû à une aïeule.

— Hong est mon neveu. Mon nom est Étoile Majeure de l'Ouest. Que puis-je pour vous ?

— Savez-vous s'il est chez lui ?

— Il y a bien six mois qu'il n'a pas mis les pieds ici ! Mais qui êtes-vous ?

— Je suis un ami de Hong. Il m'a dit que je serais bien accueilli si je venais ici, dans la montagne des Cardons.

— Vous faites partie des Adorateurs de Dieu ?

— Moi oui ! Pas elle... du moins pour l'instant !

— C'est elle qui a raison, glissa la vieille femme avant de balayer l'air d'un coup de chasse-mouches.

— Pourquoi dites-vous ça ? s'enquit la contorsionniste, plutôt amusée.

— Hong a toujours eu des idées bizarres ! Tout petit, il voyait

---

1. « Indigènes » en cantonais.

déjà des démons *gui* un peu partout ! soupira Étoile Majeure que son neveu n'avait visiblement pas acquise à sa cause.

— Il mène un combat contre l'injustice et pour la restauration d'un pouvoir public digne de ce nom ! lui rétorqua le jeune Chinois, d'un ton crispé.

— Puis-je vous offrir quelque chose à manger ? leur proposa la vieille femme, qui n'avait pas envie de polémiquer avec son visiteur.

Elle les fit passer dans une petite pièce poussiéreuse où un chaudron mijotait dans l'âtre.

— J'avalerais bien un peu de riz avec des légumes… J'ai l'estomac dans les talons, déclara Jasmin Éthéré qui mourait de faim.

Depuis trois jours, ils ne mangeaient que des racines.

— Non seulement j'ai du riz, mais j'ai aussi de très bons œufs de caille à battre dedans ! Avec de la ciboule, c'est délicieux. Prenez place ! s'écria Étoile Majeure de l'Ouest en leur désignant deux minuscules tabourets.

Puis, comme une abeille industrieuse, elle commença à s'affairer et ne mit que quelques instants à leur préparer un délicieux riz cantonais qu'ils engloutirent avec appétit.

— Comment Hong s'est-il converti à la religion du Christ ? s'enquit entre deux bouchées Mesure de l'Incomparable, curieux de connaître les circonstances qui avaient permis à son modèle de découvrir l'existence d'un personnage aussi fascinant que cet homme envoyé sur terre par Dieu.

— Hong a toujours témoigné d'un grand intérêt pour le monde des idées. Tout jeune, il était l'orgueil de son père ! Songez qu'il passa son premier examen officiel à treize ans et qu'à dix-huit, il possédait son diplôme d'instituteur !

— Belle performance ! Et pourquoi n'a-t-il pas songé à devenir Zhengyuan[1] ?

— Figurez-vous qu'il échoua à ce concours… et même trois fois de suite. La dernière fois, il avait vingt-trois ans… Je me souviendrai toujours de son visage décomposé lorsqu'il revint du centre d'examens de Canton ! souffla d'une voix triste Étoile Majeure de l'Ouest.

— Un centre d'examens ? J'ignorais qu'il en existât ! intervint, la bouche pleine, Jasmin Éthéré.

— Celui de mon pauvre Hong ne comptait pas moins de sept

---
1. Licence de premier degré qui conférait à son titulaire le statut de lettré.

mille cinq cents cellules individuelles... Une pour chaque candidat... Je précise que pour ce seul examen, ils étaient huit fournées, soit, en tout, soixante mille...

— Pour combien de postes ?

— Cinquante-huit très exactement ! Autant participer à un tirage au sort ! Hong aurait mieux fait de s'abstenir. Cela lui eût évité une sérieuse déconvenue !

Mesure de l'Incomparable comprenait mieux à présent la rancœur dont témoignait Hong à l'égard du système des examens mandarinaux dont il ne cessait de dénoncer les trucages. Il imaginait facilement le désarroi et la fureur du fondateur des Adorateurs de Dieu lorsqu'il avait découvert cette loterie.

— Quand on fait carrière dans l'administration, il est normal de vouloir grimper les échelons, mais plus on monte dans la hiérarchie des concours, et plus les dés sont pipés ! Certains prétendent même que les places sont vendues aux enchères, s'exclama-t-il, volant au secours de son maître spirituel.

— À vrai dire, je ne suis pas sûre que mon neveu était fait pour la voie mandarinale...

— Il défend aujourd'hui une cause autrement plus noble et plus utile !

La vieille tante de Hong, qui venait de leur servir une nouvelle ration de riz cantonais, fit la moue.

— J'avoue ne pas toujours comprendre mon neveu. Parfois, il part dans des discours peu compréhensibles...

— Pour ce qui me concerne, je trouve ses propos lumineux ! Que leur reprochez-vous ?

— Il n'aime pas le Bienheureux Bouddha. Or, étant moi-même une fervente adepte de sa Sainte Loi, je crois en la Délivrance comme seule issue à la souffrance et au cycle des réincarnations sans fin auxquels tous les êtres vivants sont condamnés !

À plusieurs reprises, Mesure de l'Incomparable avait entendu Hong pester contre les Nobles Vérités du Bouddha, coupables à ses yeux d'asservir ses adeptes et qu'il qualifiait souvent de « Piteux Mensonges ».

— Son exaltation m'a toujours fait un peu peur. Il y a quelques années de ça, si vous l'aviez vu après ses fameux rêves... Il ressemblait à un tigre sauvage prêt à dévorer tout ce qui passe à sa portée ! poursuivit le petit bout de femme.

— Il rêvait ? s'enquit Jasmin Éthéré, de plus en plus étonnée par le comportement du fondateur de la Société des Adorateurs de Dieu.

— Presque tous les soirs ! Cela dura des mois. Il nageait en plein délire. Il racontait qu'ayant été reçu par Dieu en personne au paradis, ce dernier lui avait remis une longue épée pour trancher la gorge des démons malfaisants ! Un jour que son pauvre père – paix à ses cendres ! – l'avait enjoint de cesser de divaguer ainsi, Hong lui répondit qu'il n'avait aucun ordre à recevoir de lui car il n'était pas son fils mais celui de Dieu lui-même ! Quant à sa mère – qui était ma sœur aînée –, elle le surprit une nuit en train de peindre sur la porte de sa chambre les mots de « Souverain Quan, Céleste Roi de la Voie Suprême » ! Lorsqu'elle lui demanda la raison de ce geste, il lui répondit qu'il agissait sur ordre de Dieu ! Quand je vous dis que le comportement de Hong a toujours été bizarre, je pèse mes mots !

— Votre neveu cite sans cesse les Saintes Écritures. Où a-t-il pu les lire ?

Elle se dirigea vers une étagère, s'empara d'un modeste fascicule à moitié en lambeaux et le lui tendit.

— Il y a quatre ans de ça, mon neveu Hong a rencontré à Canton un nez long aux cheveux rouges qui portait une barbe très fournie[1]... Selon mon neveu, cet homme ressemblait au Dieu de la Bible, qui a aussi une longue barbe. C'est ce nez long qui fit cadeau à Hong de cette brochure... où le portrait de Dieu a été dessiné.

Le livre était intitulé *Paroles de la sagesse destinées à convertir les gens*. Son auteur, un certain Lian Afa, s'y présentait comme un Han qui avait été converti au christianisme dans un collège de Malacca. En feuilletant rapidement l'ouvrage, Mesure de l'Incomparable découvrit qu'on y assimilait l'« Empire du Milieu » au « royaume des cieux » et que les Chinois y étaient qualifiés de « race élue du Seigneur ». Ce Lian Afa, comme beaucoup d'autres, à commencer par les jésuites, dans l'espoir de faire mouche, avait lié à la sauce chinoise les grands thèmes du christianisme.

— Hong plongeait des heures dans sa lecture. Il lui arrivait même d'en déclamer des passages entiers à voix haute !

— Il aura donc tout fait pour vous convertir à ses vues sans pour autant y réussir, plaisanta le jeune lettré.

La vieille bouddhiste leva les yeux au ciel. Elle goûtait assez peu à ce salmigondis dont se délectait son neveu et auquel elle ne comprenait goutte.

---

1. Il s'agissait d'Edwin Stevens, missionnaire baptiste américain présent à Canton dès le milieu des années 1830.

— Il n'y a pas de jour de repos pour Hong... à l'exception du « sabbat ». Le samedi, il s'interdit de se livrer à une quelconque activité !

Le jour du « sabbat », et pour cause, ne figurant dans aucun almanach, Jasmin Éthéré n'avait jamais entendu dire qu'il existait des jours où il était interdit de faire quoi que ce soit.

— Enfin... si vous vous convertissez à la religion des Adorateurs de Dieu, vous n'êtes pas au bout de vos surprises, soupira la vieille dame en se tournant vers la contorsionniste.

— Ce n'est pas encore fait, souffla celle-ci, rétive par principe à tous les embrigadements.

— Hong a échappé à un guet-apens... lâcha Mesure de l'Incomparable, une fois son riz avalé.

— J'espère qu'il n'a pas été blessé ! s'écria sa tante.

— Les balles l'ont évité.

— C'est heureux ! Hong prend tellement de risques !

— Il nous a expliqué que c'était ici qu'il fallait l'attendre. Il ne devrait pas tarder à arriver.

— Sur le mont des Cardons, personne ne viendra lui chercher noise !

Après les avoir menés, à l'écart du village, vers une sorte de clairière entourée par un rideau de canne à sucre, elle les installa dans un cabanon où ils ne tardèrent pas à s'endormir.

Leur première nuit s'était écoulée dans un silence à peine troublé de temps à autre par l'appel des crapauds. Jasmin Éthéré se réveilla la première. Le soleil dardait déjà ses premiers rayons sur la courtepointe dévastée par leur folle étreinte. Rompant la trêve de la paix nocturne, un coq signala fièrement sa présence, précédant les gloussements de plus en plus distincts et satisfaits de ses protégées au fur et à mesure qu'elles sortaient du poulailler pour aller prendre l'air. Puis, à l'approche de leur pâtée, les grognements des gorets se transformèrent en cris suraigus, en même temps qu'au cliquetis des ustensiles de cuisine succédait le tintamarre des écuelles en fer-blanc qu'on disposait sur la table pour le premier repas de la journée. Bref, le village de Jintiancun, peu à peu, reprenait vie.

Ces bruits du matin à la campagne rappelèrent à Jasmin Éthéré son enfance et les lourds seaux d'eau qu'il fallait aller puiser, dès l'aurore, de l'autre côté de la vallée où habitait sa grand-mère. À la campagne, les femmes n'étaient que de pauvres esclaves auxquelles incombaient les travaux les plus pénibles comme le repiquage du riz ou le transport des lourdes charges de fourrage pour les animaux. Comme une armée de fantômes, les jours pénibles d'autrefois où elle était une orpheline exploitée par sa grand-mère revenaient en foule et s'entrechoquaient dans son esprit, laissant place à la peur panique de retomber dans sa condition d'hier. Assise dans son lit, elle sentit soudain la tyrannie des quatre murs de planches de la chambre minuscule où elle avait dormi et où d'autres femmes, avant elle, s'étaient réveillées au chant du coq pour aller préparer le repas des hommes.

Alors, les yeux fixés sur Mesure de l'Incomparable encore endormi, Jasmin Éthéré se jura de quitter ces lieux qui lui rappelaient trop de mauvais souvenirs dès qu'elle aurait retrouvé quelques forces.

Qui plus est, la perspective de devenir membre de la Société des Adorateurs de Dieu et de lier son destin à celui d'un homme aussi fou que ce Hong Xiuquan ne l'enchantait guère. Elle était bien trop éprise de liberté pour aliéner celle-ci au profit d'un tel individu ou pour adhérer à la cause obscure d'un Dieu en trois personnes devant lequel les hommes étaient censés se laisser manœuvrer comme de vulgaires marionnettes. Elle n'avait jamais accepté d'être la prisonnière de quiconque, ce n'était pas le moment d'aller se jeter dans les bras d'une divinité triple à laquelle, de surcroît, il convenait de tout sacrifier !

À présent qu'elle avait échappé au danger d'être repérée par la police impériale, notre contorsionniste était décidée à poursuivre sa voie, celle de la liberté.

Mesure de l'Incomparable risquait évidemment d'être déçu, mais elle ne l'imaginait pas quittant pour ses beaux yeux le mouvement Taiping et son chef charismatique. Elle était sûre qu'il comprendrait son point de vue. Chacun sa route et chacun son chemin ! C'était donc sans le moindre état d'âme qu'elle s'envolerait vers d'autres cieux.

Poursuivant sa tâche de coloriste génial, le soleil commençait à dessiner d'incandescentes rayures de feu sur les murs de leur cabanon lorsqu'elle se faufila à l'extérieur, soulagée par sa décision, pour aller marcher seule sur un de ces sentiers escarpés qui menaient vers les cimes bleutées, encore embrumées et comme assoupies de bonheur, des montagnes environnantes.

Elle venait à peine de passer le seuil que son pied buta contre un panier d'osier. Des cri stridents fusèrent aussitôt qui la firent sursauter. Elle crut d'abord à un animal tapi dans le champ de canne qui s'apprêtait à bondir sur ses épaules. Mais les vagissements provenaient du couffin sur lequel elle se pencha aussitôt, anxieuse de savoir ce qu'il contenait. Il était recouvert d'un linge qu'elle écarta doucement. Au fond du panier, il y avait un bébé joufflu et entièrement nu qui battait des jambes. Sans hésiter, Jasmin Éthéré le prit dans ses bras et constata qu'il s'agissait d'une petite fille. Elle ne devait guère avoir plus de deux ou trois mois. Elle caressa doucement le front de l'enfant. Aussitôt, il cessa de pleurer. Le bébé, petite boule chaude et vibrante blottie contre sa poitrine, cherchait désespérément à la téter. Son nez et sa bouche fouillaient à l'aveuglette entre les plis de sa blouse entrouverte. Pour la calmer, elle lui donna un sein sur lequel l'enfant se jeta avec voracité. La succion, d'une extrême légèreté, provoquée par les lèvres du nourrisson qui s'acharnait à lui tirer du lait, lui procura une onde de plaisir...

Déjà, telle une mère et sa fille, elles ne faisaient plus qu'une...

— Ne t'inquiète pas, ma petite fleur... Je vais te trouver une poitrine plus remplie que la mienne, murmura-t-elle avec une infinie tendresse avant de se ruer chez Étoile Majeure de l'Ouest.

— Regarde ce que j'ai trouvé devant la maison ! s'écria-t-elle, euphorique, en déboulant chez la vieille bouddhiste qui était en train de rallumer son feu.

— Je parie que c'est une fille ! Deux ou trois fois par an, des gens nous en déposent. Quand c'est en plein hiver ou qu'il pleut, elles ne survivent pas et il arrive que leurs petits cadavres soient dévorés par des cochons...

La contorsionniste posa le nourrisson sur le lit de la vieille femme et entreprit de le frotter doucement avec un linge humide.

— Foi de Jasmin Éthéré, il n'est pas encore né, celui qui osera te bander les pieds ! murmura-t-elle à l'oreille de cette enfant tombée du ciel.

33

Canton, 8 juillet 1847

Le rouquin suait à grosses gouttes. Agité de tremblements, le visage grimaçant et défait, il étendit tant bien que mal un bras couvert de pustules pour faire signe à Laura Clearstone d'approcher. La jeune femme, qui avait déjà préparé son plateau et le surveillait du coin de l'œil depuis un petit moment, s'exécuta. Étant payée pour satisfaire le moindre désir des clients et leur faire dépenser le plus d'argent possible, elle se força à penser que le consommateur était toujours roi quel que fût le commerce… Lorsque, réticente malgré un sourire crispé, elle passa une tête dans le box occupé par ce Hollandais, l'odeur nauséabonde qui y régnait lui déclencha un violent spasme de nausée. Elle mit la main devant sa bouche afin d'éviter de rendre la gorgée de thé qu'elle avait ingurgitée quelques instants plus tôt pour se donner du cœur à l'ouvrage.

— Je veux autre dose et vite ! marmonna l'homme d'une voix pâteuse, dans un mauvais anglais au fort accent batave.

Devant le vilain box où cette loque humaine achevait de se consumer comme une mèche qui n'a plus d'huile, un Chinois dégingandé, au visage émacié et à l'œil torve, qui lui servait de factotum-interprète montait on ne sait trop pourquoi la garde. La jeune femme savait fort bien que le Hollandais lui réclamerait une dernière boulette à placer dans le minuscule fourneau de sa pipe.

Tous les clients nez longs procédaient de la même façon. Contrairement aux Chinois qui se contentaient d'une ou deux prises, ils étaient capables d'en prendre trois, voire quatre d'affilée. La plupart s'effondraient, plongeant dans une torpeur comateuse. Les autres, plus résistants, restaient réveillés mais se tordaient de douleur.

Inutile de préciser que pas un seul d'entre eux ne sortait de la fumerie en bon état. Malgré ces mauvais souvenirs, ils y revenaient tous sans exception, y compris ceux qui en étaient à leur première expérience et s'étaient juré qu'ils n'y remettraient jamais les pieds, car l'accoutumance avait déjà déployé ses redoutables mécanismes dans les cellules de leur cerveau.

Vu son état, le Batave en question ne pourrait guère aller au-delà de cette dernière boulette. C'était d'ailleurs un dur à cuire : il en était à sa cinquième prise et Laura, grâce à lui, avait déjà rempli son quota de doses de la journée.

— Il me faut l'argent... lâcha-t-elle, quelque peu gênée.

Elle était bien obligée d'appliquer la consigne très stricte du patron selon laquelle toute boulette d'opium n'était fournie à un client qu'après avoir été dûment payée. L'homme, au prix de mille efforts, sortit dans un râle la pièce d'argent de son gousset. Aussitôt, Laura l'empocha et prit sa pincette avant de déposer la boulette d'opium encore toute grésillante dans son réceptacle. Fébrile et tremblant, le Hollandais fourra tant bien que mal le tuyau entre ses lèvres et aspira longuement une première bouffée. Sous le choc, il poussa un cri déchirant puis retomba lourdement, telle une chiffe, sur sa banquette.

Une odeur légèrement sirupeuse s'éleva lorsque la pâte d'opium se mit à grésiller. Le regard de Laura n'arrivait pas à soutenir la déchéance de cet homme dont les yeux venaient de se révulser. Au fond du couloir, elle aperçut Joe. Le jeune garçon passait de longs moments – bien trop longs au goût de sa sœur ! – à traîner dans les étages, fasciné par le spectacle de ces fumeurs allongés sur les banquettes auxquels le personnel de service préparait la mixture qui causait leur mort lente.

Cela faisait deux semaines qu'elle était serveuse à la fumerie du *Paon Splendide*. Elle s'y occupait des clients étrangers auxquels les vingt-huit box du dernier étage du bâtiment étaient réservés.

On se doute que Laura Clearstone ne se trouvait pas là de gaieté de cœur. Mais il est des circonstances de la vie où l'on est obligé de prendre ce qu'on trouve...

Car elle n'avait guère eu le choix. C'était moins sur un coup de tête que poussée par une sorte de réflexe de survie qu'avec Joe, elle avait décidé de quitter le presbytère du pasteur Roberts, quelques heures après la découverte du corps sans vie de sa mère. L'Américain, après avoir béni le cadavre de Barbara à trois reprises en lisant un psaume, lui avait asséné, sans un mot de compassion, un petit prêche sur l'acceptation des épreuves qui n'étaient rien à côté de celles que Jésus avait subies.

— Qu'ai-je fait de mal à Jésus pour qu'il me traite ainsi ? avait-elle hurlé, révoltée.

— Une chrétienne ne doit pas blasphémer, mademoiselle Clearstone ! s'était écriée l'affreuse Bambridge tandis que le pasteur, piqué au vif, replongeait le nez dans sa grosse Bible.

Laura, qui avait jusque-là réussi à contenir tant bien que mal ses pleurs, s'était alors laissée aller au désespoir. Malgré les sanglots qui l'empêchaient de respirer, elle s'était mise à hurler que Dieu était si injuste qu'elle doutait de son existence. Roberts, pâle comme un linge, avait fait signe à Bambridge de le suivre. Ils étaient revenus avec une corde et, après avoir enfermé Joe dans le réduit qui servait à entreposer la nourriture, ils s'étaient rués sur Laura et lui avaient attaché les bras derrière le dos avant de la jeter sur son lit. L'Américain était revenu dans la chambre de la jeune fille muni d'un seau d'eau et de son manuel d'exorciste. Pendant les deux heures au cours desquelles Roberts avait débité, sous le regard haineux de Melanie, les formules qui intimaient l'ordre à Satan de quitter le corps de la possédée, la jeune femme, consciente que sa crise ne faisait qu'aggraver les choses, avait fait semblant de s'endormir. Roberts, satisfait de la voir calme, l'avait détachée. Profitant de l'absence du pasteur et de sa gouvernante, qui étaient partis prêcher, elle était allée libérer son frère.

Joe, épuisé à force d'avoir pleuré, avait accueilli sa sœur en libératrice.

— Partir… veux partir… toi partir… moi partir… loin… très loin !

C'était la deuxième fois que Joe parlait, disait quelque chose de clair et de sensé, raisonnait comme un être humain à part entière. Bouleversée, Laura l'avait serré dans ses bras et couvert de baisers.

Le lendemain matin, le pasteur Roberts avait annoncé tout de go à Laura qu'il comptait l'envoyer avec Joe aux États-Unis d'Amérique, plus précisément à San Francisco où son église baptiste disposait d'un centre qui dispensait des cours d'évangélisation aux foules mécréantes.

— Ainsi vous serez remise dans le droit chemin, mademoiselle ! avait-il conclu sans même lui demander si elle était d'accord.

Face à cet oukase, la jeune Anglaise était restée muette, incapable de proférer la moindre objection.

— Mais avant cela, il conviendrait que vous me disiez ce que vous comptez faire pour l'enterrement de votre mère... Vu la chaleur, son corps ne va pas tarder à se décomposer, avait ajouté Roberts en faisant le geste de se boucher le nez.

Pour un peu, Laura lui aurait sauté à la gorge. Quant à Joe, terrorisé, arc-bouté sur son idée de départ ainsi qu'en témoignait le semblant de baluchon qu'il avait déjà confectionné, il s'était collé à sa sœur, sa main agrippée à la sienne comme une ventouse.

— Vous n'avez pas répondu à ma question... Comment souhaitez-vous que nous procédions pour les obsèques ? avait insisté Roberts, avant de se lancer dans une longue digression sur le manque de cimetières et la nécessité de trouver une famille de paysans qui consentirait à accueillir sur son lopin de terre la sépulture de Barbara.

— Je... je n'ai pas d'idée précise à ce sujet... avait bredouillé Laura figée dans son chagrin.

Elle était si écœurée par les méthodes du pasteur qu'elle n'avait même pas osé lui dire que l'idéal eût été que sa mère fût enterrée aux côtés de son époux.

— Votre mère vous a-t-elle confié un peu d'argent ? avait enfin lâché Roberts pendant que Bambridge procédait avec de petits ricanements à la toilette mortuaire de son ennemie jurée.

Laura, choquée par cette absence de compassion de la part de quelqu'un qui n'avait pourtant que l'expression « amour du prochain » à la bouche, avait répondu d'une voix blanche :

— Maman ne possédait rien d'autre que sa foi... Je pensais que vous vous en étiez aperçu...

— Réfléchissez à ces obsèques qui vous incombent ! Nous en reparlerons ce soir !

Le pasteur baptiste parti pour sa tournée apostolique avec Bambridge, Laura, révoltée au plus profond d'elle-même, avait décidé de quitter ce presbytère maudit.

Partir en Californie, pour s'y faire endoctriner par la communauté rigoriste de Roberts et finir exposée à son opprobre, voire à son châtiment, lorsque son ventre s'arrondirait : plutôt mourir ! Son instinct de survie lui commandait de quitter au plus vite ce qui était à ses yeux un lieu de perdition et de mort.

Alors, rassemblant ce qui lui restait de forces, Laura avait ramassé ses quelques affaires puis, sans même jeter un regard au corps sans vie de sa maman car elle n'en avait plus le courage, elle s'était enfuie en serrant les dents, hébétée par le chagrin mais tenant fermement la main de son frère.

Le sac du Palais d'Été

Il était neuf heures du matin et les rues ensommeillées ne grouillaient qu'à moitié lorsqu'elle avait commencé à foncer droit devant comme un automate. Elle s'était dirigée au jugé, traçant son chemin à travers l'immense ville, sans prêter la moindre attention aux visages ahuris qu'elle croisait, pas plus qu'aux détritus et aux cadavres qu'elle enjambait sans s'en soucier, contrairement à l'ordinaire. Au bout de trois harassantes heures de marche en plein soleil, elle avait repris ses esprits. Elle se trouvait dans un quartier de Canton où elle n'avait jamais mis les pieds. Il était déjà midi et Joe, étrangement calme jusque-là, avait stoppé net devant la carriole d'un marchand de beignets de courge. Il avait faim. Laura, qui venait de prendre conscience qu'elle n'avait pas le moindre sou vaillant, en avait conclu qu'il ne lui était plus possible de continuer à errer ainsi sans but. Le handicap de son frère l'avait ramenée à la dure réalité de ses obligations élémentaires. À moins de revenir au presbytère, issue qu'elle refusait de toutes ses forces, il lui fallait trouver de quoi manger. C'est alors qu'elle était tombée nez à nez avec une discrète pancarte où elle avait réussi à déchiffrer l'inscription : *Cherchons personnel de service. Urgent.* Elle avait poussé la porte sur laquelle la pancarte avait été fixée. À l'intérieur, des hommes étaient allongés sur des bancs, la pipe à opium à la bouche.

— Bienvenue à la fumerie du Paon Splendide ! lui avait murmuré un petit homme au visage hâve et basané, dont les traits creusés trahissaient l'abus de drogue.

Le petit homme en question était tombé des nues lorsqu'elle lui avait expliqué qu'elle avait lu l'annonce et qu'elle venait lui proposer ses services.

— Je suis le patron de cet établissement... Tous mes employés sont payés deux *liang* par jour, nourris logés ! lui avait appris le petit opiomane avant de lui poser deux ou trois questions pour s'assurer qu'elle ne faisait pas une fugue.

— Je suis ici de mon plein gré ! avait-elle insisté.

L'affaire avait été rapidement conclue. La présence d'une serveuse étrangère était un atout indéniable.

— Vous êtes embauchée !

— La seule condition que je mets est que vous acceptiez de nourrir mon frère. Nous dormirons dans le même lit !

— Dans ce cas, je ne te paie qu'un *liang* ! avait illico répondu le petit homme dont l'âpreté au gain se lisait sur le visage.

C'est ainsi que Laura était devenue une belle hôtesse aguicheuse dont l'objectif consistait à faire consommer le plus d'opium possible à des clients pour l'essentiel anglais et hollandais. En quelques jours à peine, à la grande satisfaction de son directeur, la réputation de la jeune femme avait franchi les murs de l'établissement où de plus en plus de clients étrangers se pressaient dans l'espoir d'être servis par la « jolie petite Anglaise », ainsi qu'on la surnommait dans les tripots de Canton. Ce qui pesait le plus, dans ce travail harassant et répétitif, à Laura Clearstone, colombe blanche au milieu d'une nuée de corbeaux, c'était de constater les méfaits de l'opium sur l'organisme humain. Même si La Pierre de Lune les lui avait décrits maintes fois, elle pouvait juger sur pièces de leur terrible réalité.

L'extrait du pavot procurait à son consommateur un sentiment d'euphorie, d'exaltation et de bien-être qui disparaissait instantanément dès que ses effets cessaient, ce qui engendrait le désir immédiat d'y replonger. Au plaisir succédait le manque et le paradis se transformait en enfer. Alors, la peau devenait froide et bleuâtre et la température du corps affamé d'opium augmentait de plus de trois degrés ; la bouche de l'opiomane, reconnaissable aux énormes caries qui la ravageaient, se desséchait, prenait feu comme une éponge passée sur une flamme, devenait béante comme un cloaque, prête à ingurgiter la fumée mortelle. Stoïque, serrant les dents, Laura assistait ainsi à la mort lente de ses clients tout en surveillant du coin de l'œil son frère Joe qui parcourait les couloirs des fumoirs en riant. Elle ne supportait pas la vue de ces victimes non consentantes, piégées par l'accoutumance, constipées en permanence, contraintes à déployer mille efforts pour vider leurs intestins malgré une perte progressive de l'appétit qui les amenait peu à peu à l'état de cadavres ambulants. Un soir, elle avait assisté, horrifiée, à la mort d'un Chinois diaphane, auquel il était impossible de donner un âge quelconque, tellement il était usé jusqu'à la corde, sidéré par la première fumée avalée. Après un épisode de détresse respiratoire au cours duquel elle l'avait vu s'agiter, la bouche ouverte, comme un poisson échoué sur la rive du fleuve, l'homme était mort en poussant un râle en même temps que sa bouche lâchait un flot verdâtre.

— Dommage ! Cet homme était notre plus ancien client ! avait soupiré le directeur qui voyait s'envoler un flux d'argent plutôt conséquent.

Puis, comme s'il s'agissait d'un vulgaire sac de riz, il avait fait transporter le cadavre de la victime sur le trottoir où son fils, client occasionnel de la fumerie, était venu le récupérer dans l'indifférence générale. Un client de perdu, dix de retrouvés ! Quelle que fût l'heure de la journée, le Paon Splendide refusait du monde.

Le sac du Palais d'Été

Malgré tout cela, Laura ne regrettait rien. Et, quant à l'avenir, il valait mieux ne pas le connaître ni essayer de le deviner... Sagement, la jeune femme se contentait de vivre au jour le jour.

Soutenu par son factotum-interprète sur lequel il s'était affalé, le Hollandais venait de quitter péniblement son box, son ultime bouffée d'opium avalée, lorsque le directeur fluet demanda à la jeune femme de le suivre dans son bureau. Au moment où elle y pénétra, s'attendant au pire, le directeur, tout sourire, commença par la complimenter sur son zèle avant d'en venir au fait.

— J'ai besoin de toi pour aller chercher la « marchandise » chez mon *compradore*... lui souffla-t-il.

À ces mots, le sang de Laura se glaça. Elle savait fort bien que toute personne prise sur le fait à transporter la boue noire encourait la peine capitale.

— Le coursier qui en est chargé est tombé malade. La marchandise n'est pas lourde. Je te paierai huit *liang* de bronze pour la peine... ajouta, sourire en coin, le directeur, en découvrant une dentition qui virait au carnage.

Quoique alléchante sur un plan financier, la tâche comportait de tels risques que la jeune Anglaise décida sur-le-champ de tout faire pour y échapper.

— C'est loin d'ici ? lança-t-elle à son bourreau d'une voix étranglée par l'angoisse.

— Vers le port ! Et en plus, tu n'auras même pas à prendre des chemins détournés comme c'était le cas du coursier...

— Mais avec mon faciès de nez long, est-ce que je ne vais pas attirer l'attention de la police ?

— Au contraire ! Jamais la police ne songera à arrêter une nez long. Il te suffira de passer par la porte arrière du magasin de mon fournisseur et personne n'y verra que du feu !

— Je ne connais pas la ville ! Je risque de me perdre... gémit-elle.
L'horrible Chinois se mit à ricaner.

— Nous ferons ensemble le premier trajet aller. Je suis sûr que tu retrouveras sans peine le chemin du retour !

— Et si je refusais ?

— Nous nous comprenons mal. Je veux bien te laisser jusqu'à demain pour réfléchir à ton intérêt ! lâcha le directeur du Paon Splendide d'un air menaçant.

Laura ne se voyait guère en vaillant coursier transportant chaque jour au nez et à la barbe de la police la petite caisse de boules noires qu'elle serait allée chercher auprès du grossiste. Elle ne pouvait que refuser ce rôle qui la rendait complice d'un monstrueux crime d'empoisonnement.

Comme si un malheur ne suffisait pas, de retour dans son galetas, elle constata que Joe, contrairement à l'accoutumée, ne l'y attendait pas.

Paniquée et en proie à un pressentiment terrible, elle se rua à la fumerie, bien décidée à en inspecter un à un tous les recoins, et ne mit pas longtemps à tomber sur ce qu'elle craignait par-dessus tout. Pelotonné au fond de l'un des minuscules box du rez-de-chaussée réservés à la « clientèle pauvre », Joe, le regard vide, souriait aux anges et gloussait comme une poule. Le nécessaire à opium gisait encore sur la petite table basse. Au fond du couloir, elle aperçut deux serveurs qui pouffaient de rire. Ces vauriens s'étaient amusés à droguer son frère avant de s'éclipser dès qu'ils l'avaient aperçue. Bouleversée et ivre de rage, elle tira Joe de sa torpeur et le traîna tant bien que mal jusqu'à leur chambre. Lorsqu'elle l'étendit sur sa couche, elle crut l'entendre prononcer « papa » au milieu de ses borborygmes et ne retrouva son calme que lorsqu'elle l'eut inondé d'une pluie de baisers et de caresses.

Totalement exténuée, elle en était au point où elle se demandait si elle n'avait pas péché par imprudence, voire par aveuglement, en quittant sur un coup de tête le presbytère du pasteur Roberts.

Au moment où la nuit recouvrait tout son être d'un lourd manteau d'angoisse, elle eut soudain la conviction qu'elle était bel et bien tombée dans un terrible piège dont il lui fallait absolument s'extirper. Pour elle, pour l'enfant à naître, mais également pour Joe, c'était une affaire de survie.

Alors, furtivement, son pouce dessina une petite croix à l'emplacement de son cœur en même temps qu'elle se mit à supplier Dieu avec ferveur de l'aider à sortir du terrible mauvais pas où elle était.

34.

Londres, 20-21 août 1847

Il était trois heures du matin lorsque, dans une atmosphère alourdie par une nuit caniculaire, Nash Stocklett, pâle comme un linge, épuisé et en proie à un terrible accablement... Nash, qui comprenait mieux, à présent, la détresse de Brandon, ce fameux soir où il était venu le défier, Nash, qui eût donné cher pour que Barbara l'entendît hurler qu'il continuait à l'aimer de toutes ses forces, relut une dernière fois sa lettre de démission de ses fonctions de chef comptable de Jardine & Matheson.

Il avait dû s'y prendre à trois reprises, tellement sa main tremblait, pour la rédiger autrement que sous la forme de pattes de mouche indéchiffrables. Continuant à tergiverser sur son sort et toujours aussi incapable de trancher sur sa situation personnelle, il n'aurait pas tourné la page aussi vite, s'il n'avait reçu deux jours plus tôt un petit mot manuscrit d'un certain Sam Goodridge, rédacteur en chef à l'*Illustrated London News*, qui lui demandait de passer le voir au journal car il avait une communication importante à lui faire de la part de John Bowles.

— Regardez les beaux dessins que John nous a envoyés de Canton, lui avait annoncé Goodridge, cigare au bec et en guise de préambule, avant de lui tendre une chemise cartonnée dans laquelle Bowles avait rangé sa moisson de croquis des trois derniers mois.

Outre diverses vues de Canton, le dessinateur avait représenté, dûment légendées, de savoureuses scènes croquées sur le vif de « mandarins en train d'apposer leur sceau sur des documents officiels », de « marchands ambulants vantant leur marchandise », de « Cérémonie du culte des ancêtres », d'« Intérieur de fumerie d'opium » et autres « Moines dans une pagode devant d'immenses statues de Bouddha »... Ces images de Bowles avaient paru fascinantes à Nash. Elles lui donnaient envie d'aller admirer de visu tout ce que les yeux éblouis de sa chère Barbara avaient eu la chance de découvrir... grâce à lui. Mais c'était le dernier feuillet, bien plus encore que les autres, qui avait attiré son attention et suscité un immense espoir. Légendé « Arrivée d'une jeune Anglaise à Canton », l'on pouvait y voir un garçon et une fille qui souriaient, accoudés au bastingage d'un navire battant pavillon britannique. Stupéfait, il avait immédiatement reconnu dans ce jeune couple les portraits de Laura et de Joe, parfaitement identifiables, elle à sa chevelure vaporeuse et à son visage raphaélite, lui à son faciès mongoloïde. La présence des enfants Clearstone sur ce bateau ne laissait aucun doute sur le fait que, conformément à sa promesse, Bowles avait réussi à établir le contact avec Barbara.

Brûlant d'en savoir plus sur la raison pour laquelle le journaliste l'avait convoqué, il lui avait glissé :

— Je suppose que vous ne m'avez pas fait venir ici uniquement pour me montrer ces magnifiques dessins...

— Exact, monsieur Stocklett. En fait, John Bowles m'a demandé de vous remettre cette lettre...

Les doigts de Nash tremblaient lorsqu'il l'avait décachetée. Euphorique, il débordait d'espoir, allant jusqu'à imaginer que Barbara avait changé d'avis et décidé de revenir à Londres pour refaire sa vie avec lui... À moins qu'elle ne l'invitât à la rejoindre, ce qu'il ferait sans hésiter une seule seconde.

C'est dire s'il était tombé de haut, en lisant l'annonce du décès de la femme de sa vie, dont Bowles lui faisait part dès la troisième ligne de sa missive, avec ses « très profondes et sincères condoléances ». L'atroce nouvelle lui avait fait l'effet d'un coup de poignard en plein cœur. Le sort s'acharnait sur les Clearstone. Après Brandon, voilà que cette malheureuse Barbara avait quitté ce bas monde en laissant derrière elle deux orphelins... sans parler d'un amant inconsolable et frustré qui n'était autre que lui-même ! Anéanti, il était resté assis de longues minutes sur sa chaise, incapable de faire un geste ni de bredouiller le moindre propos.

— J'imagine qu'il ne doit pas y avoir là-dedans de très bonnes nouvelles... Voulez-vous une tasse de thé ? lui avait gentiment proposé Goodridge.

— En effet... avait soupiré Nash Stocklett d'une voix lasse, avant de saluer Goodridge d'un simple signe de la tête et de s'en aller sans un mot de plus.

Ce n'était pas le même homme qui était sorti, assommé et hagard, de l'immeuble de l'*Illustrated London News*.

Dehors, malgré un soleil couchant qui faisait rougeoyer son fleuve et nimbait ses majestueux bâtiments de délicats reflets roses, Londres lui était soudain apparue comme une ville sinistre, hostile, et pour tout dire étrangère à son cœur. Plongé dans un désarroi extrême, incapable d'accepter le fait qu'il ne reverrait jamais la femme de sa vie, il se reprochait sa conduite. Le vrai responsable de la mort de Barbara, c'était lui. Il était la cause principale du désastre qui s'était abattu sur ses enfants, orphelins et seuls au monde dans un pays si loin de Londres. Qu'allaient-ils devenir ? Comme si son auteur avait utilisé une mine de crayon maléfique, le dessin de Bowles ne cessait de s'afficher devant ses yeux. Mais Laura et Joe ne souriaient plus. Ils avaient la bouche ouverte. Ils criaient. Ils l'appelaient au secours !

Bien que l'horloge de Big Ben eût déjà sonné six heures, il avait marché comme un automate jusqu'à son bureau où il n'y avait, bien entendu, plus personne, à l'exception de ses deux adjoints qui, comme à l'accoutumée, faisaient du zèle. Dans leur minuscule cabinet de travail, sous la grosse lampe qu'il fallait allumer quelle que soit l'heure de la journée, depuis que le service de la comptabilité de Jardine & Matheson avait déménagé dans cet immeuble à la façade clinquante et impérieuse mais dont l'arrière donnait sur une cour étroite, ils continuaient à faire leurs additions et leurs soustractions, vautrés sur leurs paperasses.

— Monsieur Stocklett, sauf vot' respect, je ne sais pas si j'ai bien fait mais j'ai fait passer en charges quarante-trois caisses de marchandises qui ont pris l'eau, s'était écrié, tout content de lui, Neil Adams, le préposé aux facturations.

Adams interpellait toujours son patron sur le même mode, tel un chien sollicitant son maître pour obtenir une caresse. Il avait l'air encore plus béatement satisfait que d'habitude. Que Stocklett l'ait surpris à travailler après la fermeture des bureaux était pour lui pain bénit.

— Je n'ai pas le temps, Adams… On reparlera de ce problème une autre fois ! lui avait-il lancé d'une voix morne, tout en sachant pertinemment qu'il n'y aurait pas d'« autre fois » puisqu'il venait de décider de partir pour la Chine afin d'en ramener les deux enfants Clearstone.

L'Empire des larmes

Il s'était enfermé dans son bureau où, méthodiquement, il s'était mis à vider les tiroirs de sa table de travail. Les cadres supérieurs de son espèce passant le plus clair de leur vie sur leur lieu de travail, ses tiroirs étaient remplis d'effets personnels gravés à ses initiales, depuis les nécessaires à couper les livres, les cigares et les ongles, jusqu'aux piluliers et autres taille-crayons, sans oublier ce petit panier où il rangeait les minuscules flacons de sherry et de porto dont il prenait une gorgée de temps à autre pour se donner du cœur à l'ouvrage. Après avoir entassé ce bric-à-brac dans une caisse de vin de Porto, il l'avait ramené chez lui où il avait passé sa nuit à boire une bouteille de vieux whisky pour finir plongé dans un profond coma éthylique dont il n'avait émergé que l'après-midi suivant, avec un terrible mal de tête.

C'est alors qu'il avait commencé à rédiger la lettre par laquelle il annonçait à la direction générale de Jardine & Matheson qu'il cessait « dès réception par vos soins de la présente » d'y exercer les fonctions de « chef comptable et de l'établissement des comptes ».

Exténué, il reposa son stylo et relut sa lettre. Il n'avait aucun regret. Tourner la page Jardine ne lui coûtait rien. Pas même un penny ! Il en éprouvait au contraire une vague satisfaction, liée au fait que ses mérites n'y avaient pas été reconnus à leur juste valeur. Il se projetait en Chine et s'imaginait déjà à Canton, retrouvant Joe et Laura avant de les ramener à Londres où il comptait pourvoir aux études de la jeune fille. Promis juré, il ferait de cette petite Laura Clearstone une avocate ou un médecin et, quant à son frère Joe, il le placerait dans l'un des meilleurs établissements londoniens pour handicapés.

Plus rien, désormais, ne comptait, si ce n'était se racheter une conduite en suppléant à l'absence de leurs parents.

Malgré cette impression qu'on lui avait tapissé le crâne d'aiguilles, Nash Stocklett trouva la force de plier la lettre et de la placer dans une enveloppe sur laquelle il s'appliqua à rédiger l'identité et la qualité de son destinataire. Puis, satisfait du résultat, il alla s'asseoir sur le canapé de cuir du salon où il retrouva la bouteille de vieux whisky qu'il avait vidée la nuit précédente. Sentant qu'il en avait encore besoin, il se releva, alla en chercher une autre flasque, revint s'asseoir et laissa enfin vagabonder son esprit.

Au moment où les premières gorgées humectèrent son palais, la silhouette de Barbara lui apparut, évanescente et délicate. Toute proche et ô combien désirable... à portée de main. Il tendit les bras vers son ancienne amante et l'attira doucement vers lui. Comme des nuages poussés par la brise, les images de leur première étreinte se présentèrent. Il se trouvait dans la fameuse grange à foin où elle avait accepté de se donner à lui. Mais ce n'était pas la Barbara d'hier qui s'offrait à lui, mais celle d'aujourd'hui avec son ventre légèrement rebondi, sa poitrine que les maternités successives avaient alourdie, ses hanches larges, sur lesquelles il aimait tant, jadis, s'appuyer et enfin son pubis, qu'elle ne lui avait jamais montré de façon aussi provocante...

Du bout des doigts, il se mit à effleurer ce corps épanoui.

Le crissement des roues d'une diligence le sortit brusquement de sa rêverie. Il s'essuya la bouche et regarda sa montre. Elle marquait cinq heures du soir. S'il ne se précipitait pas au Nickerbocker Club, il ferait attendre Homsley puisque c'était le jour de leur partie de cartes hebdomadaire et qu'il ne l'avait pas prévenu qu'il ne s'y rendrait pas. Il y alla donc d'un pas lourd et retrouva Homsley sans réel plaisir. Ce dernier ayant par chance une forte angine, les deux hommes convinrent qu'il était plus sage de remettre leur partie à la semaine suivante.

Le lendemain matin, lorsque Nash Stocklett arriva à son travail, serrant furieusement sa lettre dans sa main comme s'il se fût agi d'une bombe, sa secrétaire l'attendait avec la mine des mauvais jours. Étant donné que, dans beaucoup de firmes, c'étaient les assistantes qui étaient chargées de transmettre les reproches de la direction à ses cadres, pour mieux les humilier, Nash se dit que son absence de la veille avait dû fortement déplaire en haut lieu. Mais il s'en fichait éperdument. Son avenir n'était plus chez Jardine. D'ailleurs, en d'autres circonstances, la prise de conscience qu'il avait été capable de manquer un jour sans prévenir ni s'excuser l'aurait presque rendu euphorique. Et pourtant il ne put s'empêcher d'avoir un haut-le-cœur lorsque la jeune femme, avec une pointe d'ironie tempérée par un flegme parfait, lui annonça :

— Monsieur Stocklett, M. Row vous cherche partout. Il vous fait dire qu'il souhaiterait que vous montiez le voir dès votre arrivée...

Maudissant ce vieux réflexe de cadre conditionné à obéir, il se dirigea vers l'escalier.

Pour Nash Stocklett, Stanley Row était une vieille connaissance. Avec George Matheson et un certain Jeff Steinberg, Row, surnommé « barreau de chaise » à cause du cigare qui ne quittait jamais ses lèvres, était, parmi les trois gérants de la compagnie, plus particulièrement chargé d'en tenir les cordons de la bourse. À ce titre, il supervisait directement les activités de Nash avec lequel il entretenait, comme c'est souvent le cas aux échelons supérieurs, une relation bizarroïde, où le chef comptable pouvait passer en quelques secondes du statut de collaborateur indispensable et apprécié à celui de souffre-douleur sur lequel son chef s'essuyait allègrement les pieds. Encore très récemment, Nash ambitionnait de remplacer Row, mais sans se faire la moindre illusion sur ses chances d'y parvenir. Il soupçonnait d'ailleurs celui-ci de s'employer à tout faire pour l'en empêcher. Nombreux sont les patrons qui ne supportent pas que leur adjoint prenne leur place. À présent que Stocklett n'éprouvait plus cette envie, il ne lui restait plus que du mépris pour ce gérant qui se gargarisait de chiffres... un travers auquel il avait au demeurant failli succomber lui-même !

Maussade, il arriva au huitième et dernier étage de l'immeuble.

C'était là, dans leurs somptueux cabinets de travail tapissés de boiseries blondes, que les trois gérants gouvernaient l'empire commercial et financier de Jardine & Matheson. Si George Matheson y était moins présent, en raison d'une certaine fatigue due à son âge et surtout de sa nouvelle passion pour l'élevage des papillons, il n'en allait pas de même de Jeff Steinberg et de Stanley Row. Ils y passaient le plus clair de leur temps à jouer les cerbères, prenant un malin plaisir à mettre sur le gril les collaborateurs sommés de s'expliquer sur la bonne marche de l'entreprise au cours d'interminables réunions d'où ils ressortaient essorés. Dans l'antichambre de Row, une dizaine de fondés de pouvoir attendaient d'être reçus par celui qui était le seul, à l'exception – bien sûr – de George Matheson, habilité à signer les chèques pour le compte de la compagnie.

— Monsieur Stocklett, veuillez entrer s'il vous plaît, M. Row vous attend ! lâcha d'un ton impérial la secrétaire, une femme crainte comme la peste et qui en imposait tant par son embonpoint que par sa voix de stentor.

— Bonjour, Nash, comment allez-vous depuis notre dernière rencontre ?

Stocklett, toujours sur ses gardes lorsqu'il pénétrait dans l'antre de Row, constata avec soulagement que celui-ci avait l'air de bonne humeur. Ils s'étaient vus dix jours auparavant, lorsque le chef comptable était venu lui soumettre les dernières retouches à apporter au bilan des comptes de l'année qui clôturaient au 31 juillet.

— Ma foi, ça pourrait aller mieux... fit-il, peu désireux de manier la langue de bois.

C'était aussi, pensait-il, une entrée en matière efficace, destinée à amorcer un processus dont la conclusion serait la remise de la lettre de démission qui brûlait dans sa poche.

— La santé ? Vous avez un truc qui cloche ?

— Non ! Du moins pas à ma connaissance ! lâcha Nash, visage fermé.

— Dans ce cas, il ne faut pas vous biler, mon vieux... Tant qu'il y a la santé, tout le reste suit. Pas vrai, Nash ?

Stocklett serrait les poings. Cette fausse jovialité, qui cachait mal le mépris et la désinvolture avec lesquels Stanley Row avait l'habitude de le traiter, lui était devenue insupportable. Tout à sa hâte de rompre en lui balançant à la figure sa démission et surtout d'assister avec délectation à son désarroi face à la perte irrémédiable d'un élément aussi stratégique de son dispositif, il ouvrit la bouche comme on arme un fusil.

— Je voudrais vous annon...

Il n'eut pas le temps de terminer sa phrase que celui qui était encore son chef lui coupait la parole.

— Savez-vous quoi, Stocklett ? Ce que je vais vous proposer tombe à pic... Vous allez pouvoir vous changer les idées... De temps à autre, c'est utile de lever la tête du guidon !

— Ah bon ? commença-t-il, pris de court.

Le bougre s'y connaissait, pour couper leurs effets à ses interlocuteurs.

— Oui ! Vous partez pour Shanghai par le prochain bateau. Il y a une grosse prime à la clé. Vous serez considéré comme un expatrié tout le temps que durera votre mission...

C'était du genre direct et précis. Row connaissait fort bien le type d'arguments susceptibles de faire mouche auprès de Stocklett qui ne ratait jamais une occasion de se plaindre auprès de lui de la maigreur de sa fiche de paie.

— Mais je...

Row balaya l'air d'un revers de la main et lui coupa la parole de nouveau.

— L'affaire est grave, Nash. Avec George et Jeff, nous sommes persuadés qu'à la filiale de Shanghai, un gros trafic de marchandises se fait sur notre dos. Le dernier inventaire de nos entrepôts m'a mis la puce à l'oreille.

Le regard du gérant était aussi dur que le ton qu'il avait employé pour faire sa confidence à Stocklett.

— Je n'ai rien remarqué ! Il est vrai que je ne suis qu'un comptable... rétorqua ce dernier, non sans une certaine dose d'aigreur qui atténuait l'ironie dont il eût volontiers teinté ses propos. Tout bien réfléchi, étant donné que l'audit général des inventaires et des stocks de Jardine & Matheson faisait partie de ses tâches, la remarque de Row équivalait à une grosse pierre dans son jardin.

— Nash... on ne peut s'apercevoir de ce genre de fraude que par une comparaison entre l'inventaire papier – si j'ose m'exprimer ainsi – et l'inventaire physique. Il y a des jours où il faut aller compter les petits pois et les carottes. C'est la raison pour laquelle je vous expédie là-bas. Vous m'avouerez que c'est une sacrée marque de confiance...

Row était coutumier de la méthode consistant à passer une bonne couche de pommade après le fer rouge. D'ordinaire, Stocklett était partagé entre la rage et le soulagement lorsque Row le retournait sur le gril comme une vulgaire côtelette. Mais cette fois, il se sentait rigoureusement incapable de sortir de ce rapport malsain que son chef lui imposait avec un art consommé de la manipulation dominatrice.

— Jack Niggles n'a pourtant pas mauvaise réputation ! Il est même considéré comme un homme rigoureux ! lâcha-t-il d'un air maussade.

— Les homosexuels, ça ne voit pas passer les balles. Ce garçon a souvent la tête ailleurs, savez-vous ? Pour ne rien vous cacher, je le fais surveiller, précisa Row avec des airs de conspirateur.

— Vous... vous l'espionnez ?

— Discrètement, bien sûr. Je paie un informateur pour ça. Un Occidental, je vous rassure tout de suite. Je n'ai aucune confiance dans les Chinois ! Là-bas, tout se monnaye et les Chinois, comme d'ailleurs tous les Asiatiques, n'ont aucune espèce de parole. Ils sont capables de trahir père et mère moyennant quelques piastres.

— Je vois... murmura Nash, songeur.

À vrai dire, Stocklett n'était qu'à moitié étonné par ces révélations. Il y avait belle lurette que ses illusions s'étaient envolées sur la bonté et le fair-play dont les êtres humains étaient capables lorsqu'ils étaient au service de grandes organisations commerciales. Quant au jugement péremptoire du gérant sur la malhonnêteté des Chinois, il ne l'étonnait guère. Row, qui n'avait jamais mis les pieds en Chine, ne faisait que répéter ce qu'il entendait dans les couloirs de Jardine & Matheson et lisait dans les journaux qui vantaient à longueur de pages la mission civilisatrice de l'Empire britannique. D'ailleurs, n'était-ce pas une façon de se donner bonne conscience quand on forçait les Chinois à acheter votre opium ?

Tout ce qu'il découvrait était désespérant mais parfaitement conforme à ce qu'il savait déjà.

Quant au fait que Niggles aimait les garçons, cela importait peu à Nash Stocklett. Après tout, c'était son droit. Que ses mœurs créent des difficultés à cette grande gueule royalement payée qui ne se gênait pas pour dénigrer son travail n'était cependant pas pour déplaire au chef comptable. Quant à Stanley Row, un homme pour qui la fin justifiait toujours les moyens, il était dans l'ordre des choses qu'il fît espionner le directeur de sa filiale chinoise. Depuis toujours, chez Jardine & Matheson, les bruits les plus divers couraient sur la présence – non seulement dans les entrepôts mais également à tous les étages du siège de l'entreprise – d'espions à la solde de la direction générale. Dans la plupart des entreprises, les financiers étaient persuadés qu'ils lui évitaient la faillite et les commerciaux qu'ils la faisaient vivre. Chacun jugeant l'autre éminemment inutile, voire parfaitement dangereux pour la bonne marche des affaires, se croyait par conséquent irremplaçable, alors qu'il y avait toujours pléthore de collaborateurs désireux de prendre la place de leur chef.

— Jusqu'à preuve du contraire, s'il y a faute, de la part de Niggles, c'est plutôt par manque de surveillance et de contrôle. Son honnêteté, pour l'instant, n'est pas en cause. Jack ne s'amuserait pas à détourner de la marchandise... avec la solde que je lui octroie, ce serait le pompon !

Le chef comptable faillit acquiescer mais il se ravisa. Abonder dans le sens de Row eût été faire preuve de faiblesse. Pas mécontent, toutefois, de voir le pétrin dans lequel s'était fourré son ennemi intime, il en profita pour enfoncer le clou et murmura :

— Les commerciaux pèchent souvent par manque de rigueur...

— Sans commerciaux, notre compagnie n'existerait pas ! rétorqua sèchement le gérant qui n'entendait pas céder à Nash le moindre pouce de terrain, avant d'ajouter, avec des airs de conspirateur :

— Bien sûr, tout ce que je vous ai dit doit évidemment rester strictement entre nous...

— Cela va sans dire, Stanley, souffla le chef comptable.

Le visage déformé par la contrariété, Stocklett serrait sa lettre de démission comme un poignard destiné à être planté en plein cœur de son chef.

— Plus tôt vous partirez et mieux ce sera ! conclut le gérant, à nouveau avenant.

— Il faut que je réserve très vite mon billet. À cette époque, les bateaux pour la Chine sont pleins, dit Stocklett, partagé entre la désagréable impression d'être poussé du haut d'un toboggan et la satisfaction de profiter de cette aubaine.

C'était incroyable ! Alors que, quelques minutes plus tôt à peine, il s'apprêtait à présenter à Row sa démission pour partir en Chine, voilà qu'il en était à collaborer avec lui comme si de rien n'était !

— Inutile, mon cher. J'y ai déjà pensé ! s'écria le gérant en désignant d'un air gourmand une enveloppe grise posée sur sa table de travail.

Nash ne put que s'en emparer, puis, machinalement, l'ouvrit. Malgré les circonstances, son contenu lui mit un peu de baume au cœur. Row y avait glissé un coupon aller-retour Plymouth-Le Havre-Shanghai à bord de l'*Adhémar*, le tout avec hébergement dans une « cabine individuelle, pont supérieur » et possibilité de prendre « tous les repas au restaurant du bord ». Autrement dit, on lui payait la première classe, un privilège réservé aux seuls « grands cadres » de Jardine & Matheson dont le nombre – il était bien placé pour le savoir, étant donné qu'il visait leurs faramineuses notes de frais – ne dépassait pas la vingtaine. Loué soit Dieu : il faisait désormais partie du club !

Le départ de France était fixé au 6 septembre, de sorte qu'il disposait à peine d'une quinzaine de jours pour faire ses valises et préparer son voyage. En même temps qu'une bouffée d'orgueil, un léger sentiment d'euphorie le gagna. Avec un peu de chance, dans moins de trois mois, il serait à pied d'œuvre et pourrait enfin commencer à faire le bien de Laura et de son frère. Il se rachèterait une conduite. Le jour du Jugement dernier, il se présenterait comme un pécheur assumant ses fautes mais ayant tout entrepris pour les expier et en atténuer les conséquences.

Lorsqu'il sortit de chez Stanley Row, les fondés de pouvoir qui faisaient antichambre scrutèrent son regard avec inquiétude pour y détecter les traces de l'engueulade ou du compliment qui les attendait. La satisfaction qu'il affichait leur rendit le sourire.

Au lieu de regagner son bureau, notre comptable en rupture de ban décida d'aller faire quelques pas dehors. Et lorsque ceux-ci, sans qu'il sût trop pourquoi, le firent entrer dans Hyde Park, son euphorie avait disparu et la culpabilité l'avait à nouveau envahi, au point qu'il était indifférent à la somptuosité des arbres majestueux et des pelouses impeccablement tondues. Alors que, d'ordinaire, il admirait toujours la robe noire et luisante des montures des Horse Guards, il croisa sans le voir l'un de leurs escadrons qui regagnait sa caserne au petit trot. Quant à la joyeuse agitation des enfants venus des beaux quartiers et qui jouaient à la balle ou au croquet sous la houlette de leurs gouvernantes, elle lui paraissait insoutenable, comparée à la tragédie vécue, à la minute même, par les enfants Clearstone.

Il se retourna et s'aperçut qu'il venait de traverser l'immense parc sans même s'en rendre compte.

Soudain, il eut le sentiment qu'il n'était que le rouage minuscule d'un mécanisme gigantesque sur lequel il n'avait aucune prise. Le destin n'en faisait qu'à sa tête, le forçant à rester dans ses rails comme un train qui n'a d'autre choix que d'aller vers sa gare terminale. Il s'en voulait de ne pas avoir eu le courage de refuser la mission de Row. Avait-il vraiment maîtrisé sa vie depuis qu'il était né ? Il n'avait même pas été capable d'épouser Barbara, et la femme de sa vie lui avait définitivement échappé par son entière faute, car il était bel et bien la cause de sa mort.

Un assassin par défaut, voilà ce qu'il était !

Il entendit un clapotis et constata qu'il marchait sur l'un des ponts qui enjambaient la Tamise. Perdu dans ses sombres pensées, il avait traversé près de la moitié de Londres... Le fleuve était à ses pieds, perturbé par les vaguelettes du contre-courant qui marquaient le début de la marée montante. Accablé, il déchira sa lettre de démission, en fit une boulette compacte et la lança en direction de l'eau d'un geste brutal.

La boule de papier froissé pesait si peu que sans la brise, qui venait de se lever, elle aurait lamentablement atterri à ses pieds au lieu de finir dans les eaux du fleuve.

Et lui, Stocklett, ne pesait pas plus que ce pauvre petit bout de papier soumis au bon vouloir des vents...

35

Canton, 24 août 1847

C'était le monde à l'envers.
Face au chef Liang, l'eunuque Toujours Là, qui avait l'habitude de traiter avec condescendance les préfets et les gouverneurs de province, était dans ses petits souliers. Pareil comportement, devant un fonctionnaire de rang somme toute très subalterne, en disait long sur les difficultés que rencontrait le vieux castrat. Il faisait de surcroît une chaleur accablante qui finissait par peser sur son moral, à l'image du pessimisme auquel il était en proie. Enfin, pour ne rien arranger, le policier avait fait asseoir celui que l'empereur avait chargé de lui ramener La Pierre de Lune sur une simple chaise en bois des plus inconfortables... et peu propice aux postérieurs affectés, comme c'était son cas, d'hémorroïdes...

— Je ne sais toujours pas ce que je dois écrire à l'empereur au sujet de l'enfant, murmura d'une petite voix l'eunuque impérial, comme un élève demande conseil à son professeur.

Depuis son arrivée à Canton, le vieux castrat avait perdu de sa superbe. Ce matin-là, en l'absence de maquillage, il n'était plus qu'un vieil homme accablé par le poids des ans auquel incombait une mission qui n'était vraiment plus de son âge.

Le Second Secrétaire de Daoguang était arrivé à Canton depuis bientôt deux mois et il ne s'était pas passé de jour qui ne fût entièrement consacré à la mission dont il avait été chargé par le Fils du Ciel. Tous les matins, les enquêteurs de la police impériale lui rendaient compte de leurs recherches de la veille. Hélas ! celles-ci demeuraient vaines. Une série de cartes, aux trois quarts griffonnées, s'étalaient devant lui sur la table. C'étaient les quartiers de Canton qui avaient déjà été explorés par la police sans qu'il ait été possible d'obtenir la moindre information sur La Pierre de Lune. Il n'y avait donc pas de quoi pavoiser.

Face à Toujours Là, le chef Liang mastiquait ses lupins en le regardant d'un air de commisération sous lequel perçait un soupçon de dégoût.

Il faut dire que le petit policier, qui détestait les eunuques et les homosexuels, ne l'avait pas accueilli à bras ouverts lorsqu'il avait débarqué dans son bureau, muni de son ordre de réquisition signé par Daoguang en personne. Comme la plupart des fonctionnaires, Liang avait pour adage : Vivons heureux, vivons planqués ! C'était donc par pure obligation, conscient qu'en cas d'échec il risquait fort de porter le chapeau avec Toujours Là, que, la mort dans l'âme, il avait consenti à mettre ses meilleurs limiers à sa disposition. Autant dire que cette traque qui s'éternisait ne lui disait rien qui vaille.

— Je serais à votre place, je n'écrirais rien du tout tant que je n'ai pas de bonnes nouvelles à lui annoncer ! pesta-t-il.

— Mais le Fils du Ciel va s'impatienter. Et je ne parle pas de la Sibérienne... Une femme redoutable. Oui, redoutable ! Et qui a de la suite dans les idées... Si elle n'a pas de nouvelles de son fils, elle est parfaitement capable de débarquer ici !

— Si tel devait être le cas, je souhaite à cette dame bien du plaisir ! s'écria le flic en faisant la grimace.

La perspective de rendre des comptes à la dernière foucade amoureuse de Daoguang n'avait rien pour réjouir le chef Liang. Comme tous les fonctionnaires de police d'un certain rang, il avait entendu parler du retour à Pékin de cette femme redoutable dont chacun, à la Cour, se gaussait tout en la craignant comme la peste.

— Je suis déçu. Cette fouille des auberges qui n'a rien donné, c'est assez désespérant ! gémit l'eunuque.

Il faisait allusion au passage au peigne fin, sans succès jusque-là, de toutes les auberges de la ville. Le petit flic prit des airs de conspirateur.

— À ceci près que la moisson d'hier n'a pas été complètement mauvaise, à croire que mes hommes, pour une fois, n'avaient pas les yeux plus hauts que les sourcils[1].

— Vraiment ? souffla Toujours Là, soudain fou d'espoir.

Liang, plutôt content de son effet, poursuivit sur un ton théâtral :

---

1. Expression populaire signifiant « passer à côté d'une chose sans la voir ».

— Vous allez voir. Elle m'a permis de mettre la main sur l'un de nos meilleurs indicateurs qui avait disparu de la circulation. Il a sûrement des choses intéressantes à nous dire. Faites donc entrer M. Wang !

Lorsqu'il fut poussé par deux policiers dans le bureau de Liang, Wang le Chanceux était en pleine crise de manque, gris comme un morceau de feutre, suant à grosses gouttes et les dents claquantes. Le flic sortit de son tiroir deux boulettes d'opium qu'il fit glisser sur son bureau. Aussitôt, les mains tremblantes du toxicomane se précipitèrent.

— Pas si vite ! D'abord, il faut qu'on cause ! s'écria le chef de la police impériale de Canton.

En bon adepte du jeu du chat et de la souris, Liang fit un petit signe aux deux policiers qui stoppèrent l'élan de l'interprète opiomane, lequel, comme s'il avait été touché par une flèche en plein cœur, émit un râle de désespoir et s'affaissa sur lui-même.

— Alors, quoi de neuf, Wang le Chanceux ? Tu t'étais rendu invisible. Cela fait des semaines que je te cherche !

— J'ai tenu mes engagements, ô très respecté commandant Liang. Comme convenu, je me suis enrôlé dans la société du Grand Jaune Centre. Je vous ai prévenu en temps et en heure du projet d'attaque du consulat d'Angleterre. Vous avez pu placer vos hommes en embuscade et cueillir le commando qui s'en était pris aux Anglais ! Que vous faut-il de plus ? Dites toujours… Je ferai le maximum… marmonna Wang, les yeux rivés vers l'opium.

À défaut de disposer de l'argent nécessaire, cela faisait des jours qu'il n'avait pas pris de drogue et il eût été capable de tuer père et mère pour en aspirer une minuscule bouffée.

— Je n'en attendais pas moins de toi. Tu me coûtes assez cher comme ça. Au fait, tu ne m'as toujours pas répondu, pourquoi te cachais-tu ?

— Depuis le jour de la funeste attaque contre le consulat des Anglais, je vis d'hôtel en hôtel ! gémit l'intéressé dont les yeux n'arrivaient pas à se détacher des deux boulettes que le flic avait délicatement placées dans une coupelle de bronze.

C'était au cours d'une descente dans une auberge dont ils n'avaient pas, au passage, oublié de racketter le propriétaire que les hommes du chef Liang avaient mis la main sur Wang le Chanceux.

— Tu as peur à ce point des représailles ?

— Pas qu'un peu ! Je suis comme une fourmi sur une poêle brûlante…

— Tu exagères ! Tous les membres de la secte du Grand Jaune Centre ont été massacrés !

Wang, qui ne doutait pas une seconde que sa tête avait été mise à prix par le grand maître de la secte, répondit d'une voix sombre :

— Pas tous, hélas ! Ceux qui ne participaient pas à l'attaque se portent comme un charme, et ils sont persuadés que c'est moi qui ai donné leurs camarades à vos services…

— Tu te fais des idées, Wang le Chanceux. Les indics s'imaginent toujours que tout le monde trahit tout le monde. Or les gens honnêtes, ça existe aussi, mon vieux ! lui fit cruellement remarquer le chef de la police impériale de Canton.

Comme tout bon policier, et même s'ils lui étaient indispensables, il n'avait que mépris pour la population des indics.

— Ce n'est pas correct de faire de l'humour sur le dos de l'un de vos plus zélés indicateurs, chef Liang. Depuis que je vous ai donné ce tuyau en or massif, je risque tout bonnement ma peau ! protesta, d'une voix mourante, Wang, dont les yeux blancs roulaient, agrandis par la terreur.

— Balivernes ! Explique-moi un peu ce qui t'autorise à proférer de telles inepties ?

L'indic piqua du nez. Il lui était difficile, pour ne pas dire impossible, d'expliquer au flic les raisons pour lesquelles il se faisait du souci.

La peur et le manque de drogue s'étaient à présent conjugués pour ne faire du traître qu'une pauvre loque avachie. Conscient qu'il risquait de ne pas tirer grand-chose de Wang le Chanceux s'il ne réveillait pas son attention, Liang se fit apporter un nécessaire à opium et tendit à son indic l'une des boulettes de boue noire.

— Tu peux tirer une bouffée. Après, je te poserai deux ou trois questions… lâcha le flic d'un air sarcastique.

Haletant comme un cheval après la course, Wang se prépara fébrilement une pipe. Plus le moment où il allait pouvoir enfin l'aspirer approchait, et plus il suait à grosses gouttes. Lorsque, avec délice, il en avala la première bouffée et que la délivrance vint, il émit un terrible râle qui déclencha chez le chef Liang un irrépressible rictus de dégoût.

Pendant de longues minutes, Wang demeura immobile, le regard vague et incapable de proférer le moindre mot.

— J'ai besoin d'autres renseignements sur ce que mijote la Confrérie Interne du Turban Jaune. Et à ce sujet, il n'y a guère que toi qui puisses me renseigner, lui lança le chef Liang au moment où il commençait à sortir de sa torpeur.

— Si le Grand Jaune Centre devait croiser mon regard, il croirait que je suis un revenant ! souffla l'indic déjà sur son petit nuage.

— Laisse-moi rire, Wang le Chanceux ! Tu as plus d'un tour dans ton sac ! Le serpent qui entre dans un tuyau de bambou ne perd pas pour autant sa nature retorse ! lui rétorqua méchamment le chef de la police qui ne détestait pas remuer le couteau dans la plaie.

— Il me croit mort dans l'attaque ! Si je vais le voir, c'en est fini de moi !

Toujours Là, qui n'avait en tête que sa quête de La Pierre de Lune, décida d'intervenir à son tour.

— La Pierre de Lune… ce nom vous dit-il quelque chose ? lui lança le vieil eunuque.

— Et comment ! Je l'ai croisé à plusieurs reprises chez un Américain. Un dénommé Roberts. Il est pasteur baptiste et habite à la lisière du quartier des bouchers et de celui du Panier Jaune.

— Je suis moi-même à la recherche de La Pierre de Lune ! annonça Toujours Là.

— Comme le prince Tang ! poursuivit l'indic en lançant un regard suppliant au chef Liang qui, d'un petit clignement des yeux, l'autorisa à aspirer sa deuxième bouffée.

— Tu connais le prince Tang ? hurla l'eunuque qui s'était brusquement redressé sur sa chaise.

— J'ai même communiqué au chef Liang le nom de cette fille avec laquelle le prince Tang voyageait…

— Jasmin Éthéré ! fit Toujours Là qui avait retrouvé sa verve.

— C'est cela même.

Liang se tortillait sur sa chaise. Il s'était bien gardé de faire état à l'eunuque de la capture et de la fuite de la jeune femme, cet épisode peu glorieux risquant de nuire à sa carrière s'il devait être connu en haut lieu.

Le vieil eunuque, qui semblait avoir rajeuni de vingt ans, se tourna vers le policier. Toutes ces cachotteries du chef Liang ne masquaient-elles pas d'autres turpitudes ? Entre lui et ce petit flic à la mémoire sélective, la confiance était bel et bien rompue.

— Tang ! Vous savez où se trouve Tang et vous ne m'en avez rien dit ! éructa-t-il, hors de lui.

Liang rétorqua, l'air maussade :

— Hélas ! si je savais où se cache actuellement le prince Tang, mes hommes seraient déjà allés le chercher. Il était hébergé chez un antiquaire mais, lorsque nous nous y sommes rendus, l'oiseau s'était envolé !

Excédé par ce qu'il considérait comme une fort coupable désinvolture de la part du policier, le vieux castrat se tourna à nouveau vers l'opiomane.

— Accepterais-tu de me conduire chez ce pasteur américain ?

Wang grimaça. Il voyait d'un mauvais œil tout ce qui pouvait ressembler à une collusion entre un indic et un eunuque.

— Je serais étonné que vous en tiriez quoi que ce soit. Cet individu est un illuminé. Il distribue ses brochures aux passants à l'entrée du Grand Jardin Public. Il croit que les gens savent lire ! Ces nez longs me font penser à des éléphants qui prétendraient tisser la soie ! s'écria Liang d'un air maussade.

L'irruption dans le bureau d'un policier en nage interrompit leur conversation.

— Un pli très urgent pour vous, chef Liang... et qui vient de très haut ! murmura l'agent qui peinait à reprendre sa respiration avant de tendre à son chef d'une main tremblante un rouleau frappé du sceau personnel de l'empereur Daoguang.

Les six caractères archaïques désignant l'Inestimable Fils du Ciel sous son nom de règne[1] s'affichaient en relief, parfaitement lisibles, sur le grand carré de cire rouge qui scellait le document en provenance du Palais Impérial. À cette vue, Toujours Là eut un léger frisson.

À l'aide d'une minuscule spatule, Liang décolla le sceau de cire et prit connaissance de la missive impériale. À la fin de sa lecture, son visage s'était décomposé.

— Il ne manquait plus que ça ! lâcha-t-il mystérieusement avant de refermer le document et de le fourrer dans le tiroir de son bureau. Puis il regarda l'eunuque d'un air bizarre, à la fois interrogatif et vaguement hostile.

— Que vous veut donc le Fils du Ciel ?

Toujours Là, persuadé que le Grand Chambellan continuait contre vents et marée à œuvrer à sa perte, subodorait encore un coup d'Élévation Paradoxale.

— Je n'ai pas le droit d'en faire état et vous le savez fort bien ! répondit sèchement le flic.

Le vieux castrat piqua du nez. La remarque du chef Liang,

---

1. Le nom de règne ou Nianhao ne doit pas être confondu avec le nom honorifique ou Zunhao.

quoique parfaitement justifiée, le délit de « viol de correspondance impériale » pouvant coûter la tête à son auteur, était on ne peut plus humiliante.

— Je sais tenir ma langue. Les secrets d'État, en tant que Second Secrétaire de Sa Majesté, j'en connais des flopées, soupira le vieil homme.

— Il est inutile d'insister ! lâcha Liang redevenu impassible.

— Dans ces conditions, il est temps de mettre un terme à cet entretien, conclut Toujours Là.

Péniblement, le vieil eunuque se leva, tâta son dos endolori par la trop longue station sur sa chaise de bois, fit un petit signe d'adieu à Wang le Chanceux et quitta d'un pas lourd le commissariat.

Lui qui avait passé sa vie à manipuler les autres et à les dominer, en mettant sur le gril tous ceux qui essayaient de lui résister, avait à présent l'impression d'être à la merci du premier malfrat venu.

36

Environs de Canton, 26 août 1847

Précédé du cliquetis de la clé ferraillant avec le mécanisme de la serrure, le grincement de l'ouverture de la porte fit sortir La Pierre de Lune de son demi-sommeil en même temps que la fulgurance d'un ouragan de lumière éblouissante chassait brusquement les ténèbres où le fils de Daoguang était enseveli.

À quelques kilomètres à peine du bureau du chef Liang, un homme venait de pénétrer dans la cellule où le prisonnier était enfermé sans jamais voir le jour. L'homme en question était un gardien et sa main gauche tenait une torchère. Comme à l'accoutumée, lorsqu'il apportait au prisonnier son unique bol de riz de la journée, il avait laissé la porte ouverte et fiché la flamme dans une fente du mur de pierre.

— C'est le moment de manger ! lança-t-il à La Pierre de Lune qui ne leva même pas les yeux vers lui.

Profitant de la lumière, le fils de Daoguang, concentré à l'extrême, se rua sur un gros pinceau en poils de loutre posé au sol et le plongea illico dans le pot à eau du geôlier. Pour calmer son angoisse, dès qu'il le pouvait, il s'adonnait à la calligraphie.

— Quel poème vas-tu écrire aujourd'hui ? lui demanda l'homme sur un ton sarcastique tandis que commençait le va-et-vient du pinceau, cet étrange ballet fait de souplesse et de précision millimétrique, de cette fausse désinvolture cachant une rigueur extrême dont seuls étaient capables les plus grands scribes.

Le fils de Daoguang était perdu dans la contemplation des premières strophes de la *Chanson du toit de chaume abîmé par le vent d'automne* du grand poète Dufu qu'il venait de tracer sur le sol avec l'eau du pot. Puis, toujours sans se soucier de la présence du geôlier analphabète qui ouvrait des yeux ronds, il se hâta de lire à voix haute sa calligraphie éphémère.

Au huitième mois de l'année, au début de l'automne, le vent hurlant de colère a enroulé sur elles-mêmes les trois couches du toit de chaume de ma maison...
Le chaume s'envole de l'autre côté du fleuve et se répand sur la rive...
Emporté vers le haut, il s'accroche à la cime des arbres...
Pour le reste, il est tiré vers les bas-fonds...
La pluie tombe comme du chanvre jamais coupé en fils...

Un genou à terre et le menton dans la main, dans le faux jour incertain créé par la torchère qui se consumait en sécrétant des fumerolles grésillantes, La Pierre de Lune le déclama d'une voix forte, une fois, deux fois, trois fois... Dire et redire ce poème, inlassablement, comme une incantation, en goûtant chacun de ces mots comme un mets délicat, était la seule activité qui calmait son esprit et apaisait son cœur depuis qu'Épée Fulgurante le retenait prisonnier dans une nuit perpétuelle.

Quelques secondes plus tard, sur le sol de terre battue, les caractères cursifs s'étaient évanouis...

— À quoi servent ces formes qui s'effacent aussitôt qu'elles ont été dessinées ? s'écria le geôlier en ricanant.

La Pierre de Lune respira un grand coup, tout en essuyant son pinceau, et répondit à l'ignare :

— Si tu avais appris à écrire les mots comme il faut, tu ne poserais pas ce genre de question inepte !

— Mes parents étaient pauvres. À la maison, personne ne savait écrire...

— Mon père était écrivain public... Toutes sortes de clients défilaient dans sa boutique. Les pauvres comme les riches. J'ai vu des pauvres écrire à merveille et des gens cousus d'or qui ne savaient même pas comment on tient un pinceau ! protesta La Pierre de Lune avec véhémence.

— Sans blague ?

— Je te jure ! Même que certains pauvres sont devenus très riches par la seule grâce de leur pinceau. Si tu dessines le caractère du bonheur, le *Fu*[1], la chance te sourira ! Un homme pauvre qui avait réussi à écrire *Yu*[2] devint un homme riche !

---

1. *Fu* signifie bonheur en chinois.
2. Parmi la dizaine de caractères qui se prononcent *Yu*, les plus usités signifient poisson et richesse. C'est la raison pour laquelle, en Chine, le poisson est associé à la notion d'abondance.

À ces mots, le gardien se rapprocha de lui et passa du bon côté de la torchère. Son visage, que le prisonnier ne pouvait voir jusque-là en raison du contre-jour, apparut, émerveillé et dépourvu de toute trace de mépris.

— J'aurais bien aimé que quelqu'un m'enseigne à écrire. Mon grand-père me répétait que si tu n'es pas capable de dominer le maniement des symboles, tu ne pourras jamais rien faire de ta vie ! soupira le geôlier dont le jeune calligraphe constata avec satisfaction qu'il avait changé de ton.

Le fils de Daoguang, jugeant que le moment était venu de l'entreprendre, le regarda fièrement dans le blanc des yeux.

— Ton grand-père était un vrai sage ! Je suis sûr que si ma main guidait la tienne, tu te débrouillerais comme un chef ! Veux-tu essayer ? Je pourrais t'aider à écrire le caractère de ton choix…

Pour que le geôlier accepte sa proposition, il fallait absolument le prendre par surprise et l'appâter en lui faisant miroiter le gros lot.

— Si maître Épée Fulgurante l'apprenait, il me châtierait…

— Pourquoi veux-tu qu'il le sache ? Ce n'est pas moi qui le lui dirai !

— C'est toi qui as raison, d'ailleurs, il est parti en ville pour la journée, fit le gardien qui en brûlait désormais d'envie.

La Pierre de Lune sortit un petit pinceau de sa poche et le lui tendit. L'autre, persuadé qu'il tenait là le sésame de la fortune, s'en empara avec voracité.

Le poisson était ferré.

— Tu vas passer devant moi, ainsi je te montrerai comment il faut faire. On va commencer avec ce petit pinceau.

Le gardien vint docilement se placer devant lui.

— Accroupis-toi ! Tu vas le tremper dans l'eau, puis je saisirai ton poignet et guiderai ta main. Nous commencerons par écrire *Tian*.

— Le ciel ?

— Oui ! *Tian* est facile à dessiner. Quand tu auras réussi *Tian*, nous pourrons passer à *Yu*, ou à *Fu*…

À présent, le cou de son geôlier était à la portée des mains de La Pierre de Lune.

— Maintenant que tu l'as écrit avec moi, tu vas recommencer mais tout seul…

Pendant que l'élève, désireux de s'appliquer le mieux possible, tirait la langue, son professeur lui plaqua violemment le gros pinceau à poils de loutre sur la pomme d'Adam tout en lui enfonçant un genou dans les reins avant de tirer d'un coup sec le manche vers l'arrière. Au premier craquement, il relâcha son étreinte, croyant avoir broyé les vertèbres cervicales de sa victime. C'est alors qu'il s'aperçut, en regardant ses mains qui tenaient chacune un morceau de manche, que celui-ci s'était brisé. Par chance, le geôlier, étourdi et choqué, gisait encore sur le sol, jambes écartées. Lorsqu'il se mit à quatre pattes pour se relever, La Pierre de Lune passa d'un bond derrière lui. Fou de peur et n'écoutant plus que son instinct de survie, il extirpa fébrilement de sa poche l'étui à pinceau que lui avait donné son père, et le plaça contre la thyroïde de son adversaire avant de tirer dessus de toutes ses forces. Il ne s'arrêta que lorsqu'il vit le flot de sang jaillir de sa bouche.

Tandis que la torchère jetait ses derniers feux dans la pénombre lugubre de sa geôle, le fils de Daoguang, après s'être penché sur les narines du cadavre et avoir constaté que plus aucun souffle n'en sortait, s'enfuit sans demander son reste.

Bien qu'il ait ôté la vie à autrui pour la première fois, il n'éprouvait aucun regret. Détenu de façon arbitraire et promis à une mort certaine, il avait agi en état de légitime défense.

Alors, tel un oiseau en cage ayant recouvré la liberté de voler, La Pierre de Lune, aspirant jusqu'à en perdre haleine l'air pur de la forêt, se mit à courir au milieu des bananiers et des tecks, tout heureux de quitter les miasmes de sa sinistre geôle et pressé de serrer dans ses bras sa chère Laura qui allait lui donner un enfant.

37

Shanghai, 26 août 1847

Niggles, qui ne s'était pas encore levé à cause d'un fort mal de crâne, entendit le tintement de la clochette de la porte d'entrée. Quelques instants plus tard, le visage de Zhong le Discret apparut.

— Qui est-ce ?

— Je pense que monsieur va être content. M. Antoine Vuibert souhaite voir monsieur, répondit en minaudant Zhong le Discret à son maître.

— Pas possible !

— Je l'ai installé au salon avec une tasse de thé !

— Dis-lui que je descends tout de suite ! s'écria le marchand d'opium en jaillissant de son lit comme un diable de sa boîte.

Ainsi, son cher petit *baby face* était de retour ! À vrai dire, il n'y croyait plus, persuadé que le Français n'avait pas survécu à l'attaque du Dragon Rouge par cette bande de pirates. Comme quoi, le pire n'était jamais sûr. Requinqué et soulagé comme si son ange gardien lui avait ôté un énorme poids de la poitrine, Jack se donna à la hâte plusieurs coups de peigne, se regarda dans le miroir puis, satisfait du résultat, s'empara fébrilement de son nécessaire à barbe. Il n'était pas question de se présenter avec une barbe de trois jours devant celui qu'il ne désespérait pas de séduire...

Lorsqu'il déboula dans le salon, après s'être superstitieusement aspergé d'eau de Cologne, il constata avec plaisir que *baby face* n'avait pas l'air spécialement marqué par ses mésaventures. C'est tout juste si sa peau était plus hâlée qu'auparavant, ce qui, au demeurant, le rendait encore plus beau et désirable... En l'observant de plus près, l'Anglais se sentit fondre. Il lui trouvait même un côté

« sauvage et félin » qu'il ne lui avait pas remarqué les fois précédentes et qui rajoutait terriblement à son charme. Euphorique, il mit ce nouvel atout sur le compte de la récente équipée du jeune homme, comme si les épreuves qu'il avait traversées le rendaient encore plus séduisant...

— Si vous saviez ce que je suis heureux de vous revoir, mon cher Antoine ! fit Niggles, aux anges.

Sentant que, sous l'effet du désir, son rythme cardiaque s'accélérait et que son sexe se gonflait, il croisa promptement les jambes.

— Je reviens de loin...

— Vraiment ? Je veux bien le croire. Racontez-moi donc, mon cher !

— Avec La Pierre de Lune, nous étions tombés dans un traquenard dont je ne pensais pas me sortir...

— Plus de deux mois sans donner de vos nouvelles, vous m'avouerez qu'il y avait de quoi être inquiet ! lâcha Niggles qui roucoulait presque.

Après s'être lancé, sous le regard de son hôte toujours plus sous le charme, dans un récit circonstancié de ses mésaventures, le Français, qui gigotait sur sa chaise comme s'il éprouvait une certaine gêne, acheva sa relation par ces mots :

— Pour finir, j'ai fait l'école buissonnière pour venir de Canton à Shanghai... Avec un détour par Changsha !

— En effet ! Vous en avez vu, du paysage !

— Chat échaudé craint l'eau froide, dit Antoine en grimaçant. J'ai préféré les petits chemins de traverse afin d'éviter les axes principaux et leurs barrages de police. Je me suis perdu, et pas qu'une fois !

— Vous avez l'air de souffrir, souffla Niggles auquel les rictus de *baby face* n'avaient pas échappé.

— Je suis resté assis sur une mule pendant huit jours alors que l'atmosphère était très humide. La selle m'a provoqué des clous...

— Comment ça, des clous ?

— Oui... si vous voulez des furoncles...

— L'essentiel est que vous soyez là devant moi sain et sauf, mon cher Antoine ! murmura Niggles, tout près de bondir sur une proie aussi désirable, à laquelle il eût volontiers passé une pommade cicatrisante sur les fesses avant de l'embrasser goulûment sur la bouche.

Au bout de quelques instants de silence, le Français finit par poser la question qui lui brûlait les lèvres depuis qu'il était entré dans le salon du marchand d'opium.

— Au fait, monsieur Niggles, qu'est devenue cette jeune Anglaise... Laura Clearstone ?

La question fit à Jack Niggles l'effet d'un poignard enfoncé dans son cœur. Il regarda *baby face* d'un air désespéré et lui répondit d'un ton las :

— Je n'en sais fichtre rien ! Après avoir ramé comme des fous, nous échouâmes sur la rive. À peine avait-elle mis le pied sur la berge, qu'elle voulut à tout prix repartir chez ce pasteur qui l'hébergeait et où son frère l'attendait. Depuis, je n'ai aucune nouvelle... Si vous voulez m'en croire, on ne fait pas faire ce qu'elle ne veut pas à cette Laura Clearstone.

— J'ai cru comprendre que son jeune frère ne pouvait compter que sur elle...

— À vrai dire, je ne m'inquiète pas trop pour elle. Cette jeune fille n'est pas du genre à s'en laisser conter. Elle sait ce qu'elle veut !

— Je partage votre opinion, lâcha Antoine qui gardait, à cet égard, un souvenir plutôt cuisant des propos par lesquels Laura l'avait éconduit.

Niggles, bien décidé à continuer son offensive, poursuivit, comme si de rien n'était, la conversation.

— Mais parlez-moi un peu de votre séjour chez ces pirates... Si j'en crois votre présence devant moi, malgré toutes les horreurs que vous avez subies, il ne s'est pas si mal terminé ?

— J'ai surtout eu de la chance. Normalement, je n'aurais pas dû m'en tirer à si bon compte !

— J'espère que vous ne m'en voulez pas trop, susurra le marchand d'opium en tendant à son interlocuteur une coupelle remplie de pastilles à la menthe.

Antoine, qui n'aimait pas les bonbons, refusa poliment d'un geste, tandis que Niggles en fourrait deux d'un coup dans sa bouche, pour le cas où *baby face* finirait par succomber à ses charmes.

— À quel titre devrais-je vous en vouloir ? Vous n'êtes nullement responsable de ce qui m'est arrivé ! protesta Antoine.

— Vous êtes trop aimable. C'est moi qui ai tenu à vous amener à Shanghai...

— Avec vous ou avec un autre, j'y serais allé de toute façon. Le projet consistant à m'associer avec vous dans le commerce d'antiquités m'avait séduit...

— Vous parlez de cela au passé. Est-ce à dire que vous n'envisagez plus de vous associer avec moi, monsieur Vuibert ? lâcha Niggles en se raidissant.

— Cette envie existe toujours, cher monsieur. Ce n'est pas notre équipée ratée chez cet antiquaire obtus qui m'aura fait changer d'avis !

Lorsque le directeur de Jardine & Matheson en Chine entendit ces mots, une bouffée d'espoir pénétra dans ses narines avant d'aller se poser sur son cœur. Tout n'était peut-être pas perdu avec *baby face*...

— Vous êtes adorable, très fair-play, un vrai gentleman, mon cher Antoine.

— C'est trop aimable de votre part... Jack !

Niggles, ravi d'être enfin appelé par son prénom, buvait du petit-lait.

— Voulez-vous goûter à mon whisky hors d'âge ? Il est excellent.

— Va pour un whisky !

Après en avoir avalé une gorgée et s'être raclé la gorge, le Français reprit la parole :

— En fait, Jack, si j'ai cru bon de venir vous voir, c'est également pour vous faire part d'un point susceptible de vous intéresser.

L'Anglais, aux anges, soupira d'aise : ce n'était donc pas uniquement pour prendre des nouvelles de Laura Clearstone que *baby face* était venu le voir !

— Je vous écoute, mon cher Antoine !

— La mission dont le chef des pirates m'avait chargé n'était pas sans rapport avec votre firme...

Niggles eut une sorte de haut-le-cœur et fit un bond.

— Que voulez-vous dire ?

— Épée Fulgurante croyait dur comme fer que j'étais d'origine anglaise et...

Niggles, tout à son fantasme de séduction, ne le laissa pas terminer sa phrase et s'écria d'une voix forte, presque braillarde :

— Sans vous flatter, vous avez l'air d'un Anglais de pure souche ! C'est vrai. Vous le parlez avec un très léger accent gallois. Vous avez la peau blanche et le teint clair...

Haussant légèrement le ton à son tour, Antoine décida d'écourter cette description qui s'annonçait par trop dithyrambique.

— En fait, ce pirate exigeait de moi que je dédouane des denrées stockées dans l'un de vos entrepôts de Canton, lâcha-t-il sobrement.

Jack, pâle comme un linge, s'écria, indigné :

— Mais c'est rigoureusement impossible ! Toute marchandise qui entre ou qui sort de nos magasins est obligatoirement accompagnée d'un certificat indiquant sa provenance et sa destination. Tout ! Absolument tout ce qui transite par nos magasins fait l'objet de contrôles systématiques ! Le moindre dédouanement s'effectue sous mon autorité directe !

La susceptibilité de Niggles était à rude épreuve. Où donc Antoine était-il allé pêcher tout ça ? Il n'arrivait pas à déterminer si ses propos relevaient d'insinuations malveillantes quant à l'efficacité et à la qualité des procédures de contrôle internes de son entreprise ou s'ils étaient fondés sur des éléments tangibles.

— Je n'invente rien ! D'ailleurs, pourquoi voudriez-vous que je vous raconte des histoires ? Je suis aussi désolé que vous de cette situation.

Niggles scruta le regard de *baby face*. Il avait l'air parfaitement sincère, sans compter que le règlement de Jardine & Matheson stipulait que seul un fondé de pouvoir ayant la nationalité anglaise pouvait signer les bons de sortie des marchandises stockées dans les entrepôts. Cela collait parfaitement avec le fait que le chef des pirates l'avait pris pour un Anglais. Il devait y avoir du coulage au sein de sa filiale.

— Et comment avez-vous échappé – si j'ose dire ! – à cette... euh ! pour le moins étonnante... euh ! disons... corvée ? souffla-t-il, accablé.

D'une voix empreinte d'émotion, Antoine lui raconta l'attaque du consulat britannique avant d'achever son récit par ces mots :

— J'ai eu beaucoup de chance, Jack. Si la police impériale n'était pas intervenue, je ne serais pas devant vous et le pillage de vos entrepôts continuerait de plus belle !

— Les indicateurs jouent parfois un rôle utile, ajouta Niggles à voix basse, comme s'il se parlait à lui-même.

Antoine Vuibert acquiesça et conclut :

— Je vous tracasse en vous faisant part de ces dysfonctionnements, mais j'ai estimé de mon devoir de vous prévenir.

— Et vous avez fort bien fait, mon cher, de m'informer de cette situation pour le moins inquiétante ! D'ailleurs, je ne vous en remercierai jamais assez !

La voix de Niggles tremblait.

— Il n'y a pas de quoi !

— Et comme un homme averti en vaut deux, il ne me reste plus qu'à me rendre à Canton pour tirer cette affaire au clair ! lâcha le marchand d'opium avec une moue de contrariété.

— Vous savez, cher Jack, il y a partout des gens malhonnêtes...

— Surtout dans ce foutu pays ! Sur dix Chinois, neuf et demi sont des gredins... du gibier de potence ! soupira l'Anglais, rageur, en tapant du pied.

— Quand les pauvres sont trop nombreux, la richesse attire de multiples convoitises...

— La pauvreté n'a jamais excusé la malhonnêteté. S'il voyait comment se comporte l'immense majorité de ses descendants, le malheureux Confucius se retournerait dans sa tombe !

Antoine, dont l'avis sur cette question était fort différent de celui de Niggles, préféra ne pas répondre.

Les événements qu'il venait de vivre avaient changé son regard sur la société chinoise. D'immenses tensions la traversaient, qui constituaient autant de lignes de fracture annonciatrices de séismes dévastateurs. Dans ce pays où tout paraissait lisse et le respect des rituels monnaie commune, les rapports entre les gens pouvaient passer en quelques secondes de l'indifférence à la violence la plus extrême. Les famines endémiques, les ravages de l'opium, la déliquescence de l'État mandchou, la corruption des fonctionnaires, y compris des juges et des policiers, la morgue des mandarins d'origine Han, l'analphabétisme des masses, les épidémies récurrentes qui pouvaient décimer des centaines de milliers de personnes, les crues dévastatrices des canaux, des fleuves et des rivières dont les berges n'étaient plus entretenues depuis des lustres, la sécheresse qui anéantissait les récoltes en raison des très mauvaises conditions de maintenance des systèmes d'irrigation dont la plupart dataient de la dynastie des Song, le déplorable statut de la femme chinoise, dont les misérables pieds brisés étaient le tragique symbole, réduite au rang de pauvre esclave domestique aliénée par le mâle, le nombre incalculable de fillettes tuées par leurs parents parce qu'elles étaient des bouches à nourrir inutiles puisqu'elles étaient destinées à appartenir à la famille de leur mari, enfin et surtout, le peu de prix qu'on accordait à la vie humaine tellement le réservoir de la population semblait inépuisable – autant d'éléments qui finissaient, selon Antoine, par constituer un mélange détonant susceptible d'exploser à la moindre étincelle...

Toutefois, peu désireux de se lancer dans une joute verbale avec son hôte, le Français préféra changer de sujet.

— Figurez-vous que je n'ai toujours aucune nouvelle de l'arrivée de M. de Montigny ! Le ministère des Affaires étrangères continue à faire le mort.

— Vous devriez en être satisfait, mon cher. En attendant, vous êtes libre comme l'air… vous pouvez vaquer à vos propres affaires. Si vous saviez comme je vous envie ! s'écria Niggles sur un ton qui se voulait à nouveau enjôleur.

— J'apprécie cette façon que vous avez de prendre les choses du bon côté… fit Antoine, mi-figue, mi-raisin.

L'Anglais, n'y tenant plus et prenant volontiers à la lettre le compliment du Français, décida de tenter le tout pour le tout.

— Mon cher Antoine, il faut que je vous avoue quelque chose.

— De quoi s'agit-il ? fit l'autre, à mille lieues de se douter de la déclaration qui allait suivre.

— Vous me plaisez énormément. À vrai dire… euh ! Je crois mon cher, que je suis un peu amoureux de vous !

Tombant des nues, l'apprenti diplomate était trop estomaqué pour articuler une réponse. Depuis qu'il connaissait Niggles, il n'avait jamais décelé en lui la moindre trace d'homosexualité. Soudain, il repensa à l'haleine fétide de Firouz, l'horrible individu qui avait failli le violer au Colibri d'Alexandrie, et une vague nauséeuse l'envahit des pieds à la tête.

— Vous ne dites rien. Ce que je vous apprends vous surprendrait-il à ce point ? ajouta l'Anglais en minaudant.

Antoine, visage fermé, qui le trouvait ridicule, presque pathétique, lui déclara :

— À vrai dire, je ne m'en étais pas aperçu, monsieur Niggles !

De longues minutes s'écoulèrent, pendant lesquelles Antoine, prêt à mettre son poing dans la figure de l'intéressé en cas de geste déplacé, dévisageait celui-ci d'un air à la fois détaché et hostile. L'Anglais, conscient qu'il avait fait chou blanc, commença à paniquer avant de s'écrier d'une voix angoissée :

— Je suis un très mauvais communicant. À présent que je me suis dévoilé, ôtez-moi d'un horrible doute et faites-moi part de votre réaction ! Éprouvez-vous pour moi un sentiment quelconque ?

Le Français, après avoir avalé sa salive, répondit :

— De l'étonnement, monsieur Niggles… Et pour ne rien vous cacher, une bonne dose de pitié…

— Vous ne m'aimez pas ? Sachez que je suis tombé follement amoureux de vous la première fois que je vous ai vu ! gémit le marchand d'opium.

— Ce n'est pas mon cas.

L'Anglais poussa un râle de désespoir et d'imploration avant de baisser la tête et de la plonger dans ses mains. Il sanglotait.

— Monsieur Niggles, je n'ai rien contre vous mais, n'ayant jamais été inverti, je ne vois pas au nom de quoi je le deviendrais !

Inverti ! Voilà que le Français avait employé ce mot quasi obscène par lequel désignaient l'homosexualité ceux qui la considéraient comme une tare !

Le visage de Niggles était défiguré par la souffrance. Il s'était fait des illusions et, en plus du reste, il avait tout cassé entre lui et Antoine. Il demeurerait à jamais un incompris.

Le Français se leva et s'apprêtait à lui tendre la main lorsque l'autre, accablé, s'écria d'une voix tremblante :

— Vous savez quoi, Antoine ?

Le Français, qui ne savait pas où le marchand d'opium voulait en venir, haussa les sourcils et le regarda d'un air à la fois désabusé et interrogateur.

Niggles, gris comme une ardoise, réitéra sa question :

— Vous savez quoi ?

— Non...

— Allez au diable !

Antoine était déjà parti lorsque le représentant de Jardine & Matheson en Chine alla chercher la plus belle soupière de son service « Compagnie des Indes » avant de la lancer violemment sur le sol où elle s'éparpilla en mille morceaux. Peu après, la voix mielleuse de Zhong, satisfait de voir s'éloigner un dangereux rival, demanda à son maître :

— Monsieur veut que je nettoie ?

Celui-ci, affalé dans son fauteuil comme une chiffe, ne répondit même pas, hanté par le souvenir de *baby face* dont il était certain, désormais, qu'il ne le reverrait plus.

38

Canton, 30 août 1847

— Nous ferions mieux d'aller tout de suite chez ce pasteur ! Bientôt, le soleil sera au zénith ! Une fleur ne reste jamais rouge cent jours de suite[1] ! gémit le vieil eunuque qui vomissait copieusement le contenu de son estomac.

En même temps qu'il sentait remonter dans sa gorge le goût terriblement amer de la bile, Toujours Là avait l'impression que son âme s'échappait par sa bouche.

— Vous allez voir, ça va passer ! Moi aussi, j'ai souvent des nausées quand je n'ai pas assez dormi. Après la douleur, le plaisir est encore plus intense ! Quant à ce pasteur américain, nous irons de ce pas taper à sa porte ! souffla Wang le Chanceux en se fendant d'un grand sourire.

L'indic avait facilement convaincu le vieux castrat de se rendre dans cette fumerie où ils avaient passé la nuit. Il avait rattrapé l'eunuque dans la rue, après qu'il eut quitté le commissariat de police.

— Si vous le souhaitez, demain, je pourrais vous conduire chez M. Roberts, lui avait-il proposé, ce que l'autre, bien entendu, avait immédiatement accepté.

Après quoi, voyant que le vieux confident de l'empereur Daoguang ne savait pas trop où passer sa soirée, il lui avait proposé d'aller fumer de l'opium. L'eunuque avait commencé par décliner l'invitation avec des mines effarouchées. Il n'avait jamais touché à la drogue et ce n'était pas à son âge qu'il allait commencer. Mais l'autre, toujours en manque, avait lourdement insisté :

---

1. Expression signifiant qu'il faut savoir saisir les opportunités.

— Qu'est-ce qui vous retient ? Dans cette fumerie, on sert un opium d'excellente qualité à un prix très raisonnable, surtout pour les nouveaux clients !

Wang désignait une enseigne aguicheuse qui promettait de conséquents rabais aux consommateurs qui se rendaient pour la première fois aux Dix Mille Ciels.

— Ce n'est pas une question d'argent ! Mes poches sont pleines.

La confidence n'était pas tombée dans l'oreille d'un sourd et l'indic avait redoublé de zèle pour faire fléchir l'eunuque.

— Laissez-vous tenter ! Vous passerez un moment délectable pendant lequel tous vos soucis vont miraculeusement s'évanouir !

Bien qu'en matière de tuiles, ce pauvre Toujours Là fût amplement servi, il avait continué à se faire prier. Rares étaient les eunuques qui prenaient de l'opium car la drogue était connue pour émousser les capacités manœuvrières des individus.

— Commençons donc par nous rendre chez cet Américain. Si j'arrivais à mettre la main sur La Pierre de Lune, ça arrangerait bigrement mes affaires !

— Roberts n'est disponible que le matin. Après quoi, il part en ville pour y faire ses prêchi-prêcha et exhorter les foules à se convertir à son Dieu.

— Peu importe. Essayons tout de même, ça ne coûte rien !

— Demain, c'est jeudi. Avec un peu de chance, nous nous retrouverons nez à nez avec La Pierre de Lune ! C'est le jour où il débarque chez Roberts !

Le ton était si péremptoire que, de guerre lasse et à bout d'arguments, Toujours Là, épuisé par la pénible séance chez le chef Liang, avait fini par se laisser entraîner aux Dix Mille Ciels. Avec l'argent de l'eunuque, Wang avait loué un petit box tapissé de soie noire et de miroirs puis installé son compagnon sur sa couchette. Lorsqu'il y était revenu, quelques minutes plus tard, muni du nécessaire à opium, il avait trouvé le vieil homme profondément endormi sur son oreiller de faïence. Il s'était bien gardé de le réveiller et avait passé la nuit à s'adonner à son vice, jusqu'à ce que, au petit matin, le castrat se réveillât enfin, tout étonné de se retrouver là. Alors, sans autre forme de procès, l'indic toxicomane lui avait fourré le tuyau de sa pipe dans la bouche et demandé d'aspirer à fond, ce qui lui avait provoqué cette terrible nausée. Quelques instants plus tard, il avait commencé à rendre ses boyaux. Dans le box, l'odeur de vomi était devenue suffocante.

— C'est que... je n'ai encore jamais pris d'opium... finit par avouer Toujours Là qui se tenait le ventre avant de se mettre à gémir de plus belle.

L'indic se mordit les lèvres. Il avait mal joué. Les organismes qui goûtaient pour la première fois aux substances opiacées, et surtout ceux des personnes d'un âge avancé, supportaient fort mal l'absorption de plusieurs doses consécutives car elles étaient susceptibles de leur provoquer des embolies cardiaques. S'il avait su ! Il lui aurait suffi d'en faire aspirer plusieurs bouffées d'affilée à Toujours Là et l'affaire eût été dans le sac : il l'aurait dépouillé en un tournemain avant de s'éclipser sur la pointe des pieds...

Mais il n'était pas trop tard pour essayer, se dit Wang en regardant le vieil homme étendu et immobile comme une momie dans son sarcophage.

— Reprenez-en une bouffée moins forte. Cela vous calmera ! Ce qui n'est pas bon, c'est de se contenter d'une seule aspiration... expliqua Wang à sa victime en forçant le mince tuyau à passer entre les lèvres serrées et bleuies.

— Tu es sûr que cet homme va bien ? hasarda un serveur qui venait de passer la tête dans le box, alerté par les gémissements de Toujours Là.

— Laisse-moi m'occuper de mon ami, ce n'est pas la première fois que je l'accompagne à la fumerie !

Pour obliger sa victime à ouvrir la bouche, Wang lui pinça les narines. L'eunuque émit un râle lorsque son bourreau, d'un geste brutal, réussit à lui enfoncer la pipe jusqu'au fond de la gorge. Un énorme spasme secoua son vieux corps adipeux de la tête aux pieds. Son estomac déjà vidé ne rendait plus que ses sucs. Ses yeux révulsés ne répondaient plus aux signaux trompeurs de son tortionnaire qui lui tapotait les joues en murmurant :

— Aspirez-moi ça, aspirez-moi ça... L'opium guérit tous les maux internes...

— Je n'en suis pas si sûr... réussit à articuler l'eunuque à bout de forces.

Le visage d'Élévation Paradoxale, son vieil ennemi, lui apparut soudain, ricanant comme le dieu des tempêtes lorsqu'il avale les navires. Fou de rage, il se redressa et essaya de lui balancer un poing dans la figure, mais celui-ci ne rencontra que le vide. Wang le fit se rallonger. Les yeux de l'eunuque sortaient de ses orbites, tandis que sa bouche ouverte cherchait désespérément de l'air. Quelques instants plus tard, une face lugubre apparut dans la pénombre du box et se pencha au-dessus de l'épaule de Wang.

— Le patron souhaite te voir ! lui souffla le serviteur dont l'haleine fétide lui fit détourner la tête.
— Que me veut-il ?
— Je n'en sais rien. Suis-moi !
Wang s'exécuta.
— Il faut payer tout de suite ta consommation de la nuit ainsi que la nouvelle dose de ton camarade ! La maison ne fait pas crédit ! lui dit le directeur, un petit homme au regard implacable dont les doigts sautillants manipulaient un boulier.
— Mon ami est plein aux as ! s'écria l'indic.
— Dans ce cas, dépêche-toi de faire passer la monnaie !
Lorsque, en toute hâte, Wang le Chanceux revint auprès du Second Secrétaire de l'empereur Daoguang, il comprit, à la fixité de son regard ainsi qu'aux boursouflures de son visage devenu bleu comme une prune, que Toujours Là venait d'exhaler ses souffles. Alors, avec fébrilité, l'opiomane se rua vers le cadavre et se mit à palper les poches de sa robe brodée d'animaux bénéfiques qui disparaissaient sous les vomissures. Le charognard finit par y trouver ce qu'il cherchait et s'empara avidement de la bourse de soie où Toujours Là rangeait ses économies. Avec avidité, il se mit à compter les *liang*. Il y avait une bonne cinquantaine de pièces, en or, en argent et en cuivre, attachées les unes aux autres par une cordelette passée en leur centre. La vie était belle ! Cai Shen, le Dieu de la Chance qu'on accueillait chez soi la nuit du nouvel an en se gardant bien de passer le balai pendant deux jours afin de ne pas chasser son influence, lui voulait à nouveau du bien, après une longue éclipse : une fois réglée la facture de l'eunuque, Wang le Chanceux avait de quoi se payer au moins une trentaine de doses dans les meilleures fumeries de la ville !

39

Shanghai, 3 septembre 1847

S'abandonner comme un cadavre...
Le soir allait tomber et Freitas, qui marchait d'un pas lourd dans une rue défoncée par les pluies en évitant les flaques de boue et en prenant garde de ne pas se tordre la cheville, ne cessait de penser à la phrase que tout jésuite était tenu de prononcer lorsqu'il faisait vœu d'obéissance absolue à son ordre et à son chef suprême, le « Pape noir ».
S'abandonner comme un cadavre...
Ces mots terribles qui s'entrechoquaient dans sa tête comme des osselets illustraient le degré de soumission auquel Freitas s'était engagé lorsqu'il avait professé ses vœux de soldat du Christ. Tout membre de la Compagnie de Jésus devait obéissance absolue à son supérieur. Refuser d'obéir, c'était trahir l'institution à laquelle on avait accepté de tout donner et, surtout, c'était faire preuve d'un individualisme qui n'était pas de mise. Le fantassin de l'Église était au service exclusif de son armée d'élite. Quand on cherchait à cultiver sa différence, il n'était guère judicieux d'aller frapper à la porte des jésuites.
Le Portugais, qui était, depuis quelques mois, en proie aux idées sombres, s'aperçut que le bas de sa soutane était constellé de traces blanchâtres de boue séchée. À l'instar de son âme, à ceci près, songea-t-il, accablé, qu'elle était souillée de vilaines taches noires... Le jésuite ne put s'empêcher de frissonner en pensant à cette âme de pécheur qui risquait fort de ne pas être sauvée. Car lorsque les remords le prenaient à la gorge, Diogo de Freitas Branco, qui avait des penchants cyclothymiques, se voyait à la merci du terrible cour-

roux de Dieu. Il avait péché, et le pécheur non repenti allait en enfer ! C'était écrit en toutes lettres dans la Bible... et aussi, même si c'était en filigrane, dans les Évangiles.

Quand le Portugais était fatigué, il avait toujours le moral en berne. Et ce jour-là, il y avait quelques bonnes raisons à son épuisement : il venait de passer trois longues heures à poireauter dans le pièce surchauffée du Bureau des Formalités Silencieuses. Ce n'était pas une mince épreuve que d'attendre qu'un mandarin hautain daignât prendre connaissance « en silence » – puisque c'était la procédure – des paperasses que devaient obligatoirement présenter chaque année les nez longs aux autorités municipales de Shanghai, lorsqu'ils professaient, ainsi que le stipulait le règlement, « des idées nouvelles dans des lieux ouverts aux gens », ce qui était évidemment le cas des pères jésuites. Pour corser le tout, il était tombé sur un fonctionnaire vétilleux. Ultra-méfiant, xénophobe et nationaliste, il avait excédé le Portugais avec une multitude de questions aussi inquisitoriales que stupides. En s'efforçant de garder son calme, Diogo de Freitas Branco avait décliné l'identité de tous ses collègues : les Français Anselmy, Jaccard et de Moustiers, toujours prêts à distribuer de l'argent aux pauvres alors que les caisses de la communauté étaient vides ; les Italiens Frigerio et Indagini, plus réalistes, mais essentiellement préoccupés par des questions liturgiques et théologiques qui n'intéressaient qu'eux-mêmes ; le Hollandais Van Houten, le seul à faire preuve de pragmatisme, et qui avait ouvert un réfectoire où il nourrissait chaque jour des centaines d'indigents ; l'Allemand von Furstenberg, compositeur de musique sacrée et virtuose à l'orgue mais condamné à faire ses gammes sur la table de la salle à manger, étant donné que cet instrument était intransportable, sans oublier son compatriote Manoel Goes e Fonseca, en charge de la surveillance des biens de la communauté et dont il se méfiait comme de la peste car ce fouineur malin comme un singe pouvait à tout moment tomber sur le pot aux roses dont il ne fallait à aucun prix qu'il fût découvert... Le mandarin obtus, cherchant la petite bête, était allé jusqu'à l'interroger sur la façon dont il percevait Confucius et le Fils du Ciel, obligeant le Portugais à se livrer à une piteuse défense et illustration du respect qu'il vouait à Maître Kong !

Freitas, qui était resté debout pendant toute la séance, en avait mal au dos.

Arrivé en vue de la chapelle de la communauté jésuitique et de son presbytère, il s'engouffra dans une ruelle où il se perdit rapidement dans la pénombre. Il ne tenait pas à être vu et Fonseca passait le plus clair de son temps accoudé au balcon qui surplombait l'entrée du bâtiment communautaire à scruter les va-et-vient de ses « frères dans le Christ »...

Freitas avait le sens du devoir chevillé au corps, même si celui-ci, hybride, avait un double visage : celui d'un jésuite, certes, mais aussi celui d'un aventurier légèrement chenapan sur les bords... Il est même possible d'affirmer, sans trahir la réalité complexe du personnage, que son incapacité à se soustraire à ses obligations ecclésiastiques était aussi ce qui le conduisait à franchir de temps à autre la ligne jaune. Il passait alors du rôle de zélé défenseur de sa cause religieuse à celui d'un être marginal que les hasards de l'existence avaient porté à des extrémités fort coupables.

Ce soir-là, il avait rendez-vous avec un enfant âgé de deux ans à peine et, s'il tenait à ce point à ce que personne ne fût au courant, c'est qu'il s'agissait de sa propre fille. Depuis quelques jours, l'enfant n'était pas bien. Elle brûlait de fièvre et avait la peau couverte de vilaines taches. Lorsqu'il poussa la porte d'une masure à moitié en ruine, Châtaigne d'Eau l'avait dans les bras et essayait de l'allaiter.

— Comment va Marie Flore ? s'écria Freitas, la mine inquiète.

Pour la première fois, sa fille affrontait la terrible épreuve de la maladie. D'ordinaire, dès qu'il la voyait, Diogo de Freitas Branco se sentait fondre, mais ce soir-là, c'était l'angoisse qui étreignait son cœur.

— Notre petite Rose Éminente ne va pas mieux...

Châtaigne d'Eau et Diogo de Freitas Branco avaient choisi d'appeler le fruit de leur union par ce nom double. Pour son père, elle était Marie Flore, et pour sa mère, Rose Éminente...

— Est-elle toujours aussi fiévreuse ? demanda son père, complètement défait, après avoir posé sa main sur le front de l'enfant.

— Depuis tout à l'heure, je m'échine à lui donner le sein mais elle ne veut rien prendre ! J'ai si peur que ses souffles ne puissent ni monter ni descendre[1]... gémit sa mère, livide, qui faisait peine à voir.

— Le médecin est-il venu ? s'enquit le jésuite dont l'angoisse étreignait la voix.

— Oui. Au fait, je n'avais pas de quoi le payer et il doit repasser tout à l'heure.

---

1. Expression qui désigne la mort.

Freitas sortit quelques *liang* de sa poche et les tendit à sa femme avant de lui prendre la petite. Chaque fois qu'il accomplissait ce geste, il repensait à ce moment étrange, décisif, terrible et magique à la fois, de sa rencontre avec Châtaigne d'Eau.

Elle avait eu lieu trois ans plus tôt, alors qu'il entamait sa deuxième année de présence à Shanghai. Il mettait la dernière main à l'atelier de production des ornements liturgiques. Ce projet continuait à lui valoir les railleries de la plupart de ses collègues qui n'y voyaient qu'une étrange lubie et doutaient de la réalité de sa mise en œuvre. Se sachant attendu au tournant, Freitas s'était mis en quête d'ouvrières brodeuses susceptibles d'assurer la fabrication de ses chasubles et de ses étoles et n'avait rien trouvé de mieux que d'aller puiser dans le vivier de la manufacture impériale des soieries. Pour attirer à lui les meilleurs éléments, il leur avait proposé de doubler leurs salaires. Dans le flot des candidats des deux sexes attirés par une telle aubaine, il avait vu débarquer une jeune femme dont le teint diaphane, qui témoignait d'une malnutrition chronique, n'arrivait pas à éclipser la beauté fulgurante. Le parfait ovale de son visage aux pommettes saillantes et au nez légèrement retroussé faisait penser à ceux des madones de la Renaissance.

Le coup de foudre avait été immédiat.

Châtaigne d'Eau était issue du peuple de ces marchands ambulants d'Asie centrale dont la richesse provenait du commerce de la soie et des métaux précieux qu'ils pratiquaient depuis des millénaires. L'avènement de la dynastie mongole, très hostile à l'importation en territoire chinois de tout ce qui pouvait rappeler leurs origines nomades, les avait obligés à cesser leur commerce pour se fixer dans la province du Zhejiang. Cette sédentarisation forcée avait plongé dans la misère ces passeurs de culture grâce auxquels le bouddhisme indien avait inondé la Chine, et la plupart étaient devenus ouvriers dans les soieries impériales.

Freitas, subjugué par sa beauté, ne savait pas trop comment l'aborder lorsqu'elle lui avait demandé, tout intimidée :

— Il paraît que vous cherchez des gens capables de broder correctement la soie ?

— C'est exact ! avait répondu le jésuite, gorge nouée et troublé à l'extrême par la jeune femme.

— Depuis des générations, ma famille travaille à la manufacture impériale de soie. J'y ai moi-même gagné le dernier concours de broderie. Mais la direction ne verse plus les salaires aux ouvriers.

Mes parents sont très âgés. Ils n'ont que moi pour les nourrir. Mes frères sont partis à la guerre.

Sur-le-champ, Freitas avait embauché Châtaigne d'Eau et il n'avait pas eu à le regretter car elle s'était révélée, et de très loin, sa meilleure ouvrière. Sous ses doigts de fée, les brocarts et les failles se chargeaient de figures et de motifs arachnéens où se mêlaient motifs chinois et symboles chrétiens. Le résultat était saisissant. Freitas fournissait à la jeune femme des modèles d'ornements de chasubles et d'étoles qu'elle n'avait plus qu'à accommoder à son gré, n'hésitant pas à ajouter un masque de dragon aux ailes des anges ou des fleurs de lotus à la croix du Christ. Les chimères, les oiseaux phénix, les coqs de bon augure à crête rouge[1] et autres carpes de cent ans peuplaient des ornements liturgiques qui commençaient à être portés par certains cardinaux de la Curie romaine.

Un soir où il s'était rendu à l'atelier pour y réceptionner un important stock de soieries, il s'y était retrouvé seul en compagnie de la belle ouvrière qui achevait de piquer une somptueuse étole de soie violette. Freitas, qui s'était abstenu de toute sexualité depuis son ordination, n'avait jusque-là connu que les rapports furtifs monnayés une misère auprès de vieilles prostituées de Lisbonne. La jeune brodeuse lui en avait paru d'autant plus attirante.

— Que fais-tu là ? Ce n'est pas une heure pour être encore au travail ! lui avait-il lancé sur un ton enjoué.

— J'aime ce que je fais. Tant que je n'ai pas fini mon travail, je reste à l'atelier.

Sur l'étole violette étalée devant la jeune femme apparaissaient déjà, brodées au fil d'argent, les figures des douze apôtres au milieu de lanternes de brûle-parfums suspendues à des nuages stylisés.

— De toutes mes ouvrières, tu es celle qui brode le mieux ! J'apprécie la façon dont tu sais mélanger ces motifs décoratifs chinois et les figures saintes de nos Évangiles.

— C'est grâce à vous, père Freitas, qui m'avez honorée de votre confiance en acceptant de m'embaucher ! Je me contente de faire à mon idée...

— Tu es modeste ! C'est une qualité. J'aime les gens modestes... avait-il bredouillé en se rapprochant d'elle.

— Sans vous, je ne serais aujourd'hui qu'une pauvre mendiante.

Le Portugais, interloqué par tant de franchise, pouvait sentir

---

1. *Ji* désigne à la fois le coq et la chance.

l'odeur légèrement musquée du parfum dont Châtaigne d'Eau enduisait sa longue chevelure noire et brillante qu'elle relevait dans un chignon impeccable. Il lui avait pris la main. Aussitôt, elle l'avait serrée, sans la moindre gêne. Donnant, donnant. C'était irréel mais parfaitement explicable : la jeune Chinoise ignorait que les jésuites faisaient vœu de chasteté. De fil en aiguille, le Portugais avait commencé par lui caresser les cheveux puis les joues. D'elle-même, la belle ouvrière était venue se blottir contre son épaule. Puis ils s'étaient embrassés, dans la semi-pénombre de l'atelier silencieux et désert...

Diogo de Freitas Branco, suffisamment lucide pour constater que ses ouailles s'intéressaient davantage à ce que les jésuites pouvaient les aider à mettre dans leur assiette qu'à l'apprentissage des Évangiles, souffrait de sa solitude ainsi que de la vanité de ses tâches apostoliques. Œuvrer dans un contexte de misère et d'indifférence finissait par user le plus aguerri des hommes. Le soldat de Dieu avait donc accepté le repos du guerrier et, dès le lendemain, les deux amants s'étaient unis dans l'atelier désert.

Dix mois plus tard, une fille était née. Son père l'avait baptisée, quelques instants après qu'elle fut sortie du ventre de sa mère, alors que celle-ci était encore épuisée par les efforts de l'accouchement. Pour Freitas dont la foi restait chevillée au corps, ne pas donner le sacrement du baptême à son enfant eût été inconcevable.

— Que le Dieu tout-puissant te bénisse, je te baptise au nom du Père, du Fils et de l'Esprit saint ! avait-il murmuré en faisant le signe de la croix au-dessus du front du bébé adorable et joufflu dont le corps tout bleu et sanguinolent venait d'être tiré de la matrice de sa mère par les mains expertes d'une matrone accoucheuse.

Au bout de quelques mois, Diogo, embarrassé, avait été obligé d'expliquer à Châtaigne d'Eau que l'Église catholique ne tolérait pas que ses prêtres fussent mariés.

— Est-ce à dire que Rose Éminente ne pourra jamais sortir au grand jour avec son père ? s'était-elle écriée, révoltée.

— À Shanghai, ce ne sera pas possible. Ici, je suis un prêtre. Si mes patrons apprenaient que je suis le père de cette petite fille, je perdrais mon emploi.

La belle ouvrière, qui voyait ses illusions compromises, s'était mise à pleurer.

— Pourquoi ne partons-nous pas ? Je ne voudrais pas que notre fille ne puisse jamais être vue en compagnie de son père !

C'est ainsi que l'idée de l'envoi de sa femme et de sa fille en Europe avait germé dans l'esprit tortueux du jésuite.

— Je te le jure, ma mie. Tu partiras d'ici avec l'enfant. Tu iras habiter dans une ville européenne. Notre fille recevra une éducation. Elle apprendra à lire, à écrire et poursuivra des études. Peut-être même – qui sait ? – réussira-t-elle à devenir médecin !

— Tu partiras avec moi, n'est-ce pas ?

— Je viendrai te retrouver. Dès que ma mission en Chine s'achèvera !

De la part de Freitas, c'était un pieux mensonge. Il n'avait aucune idée de ce qu'il adviendrait de lui. Partagé entre le désir d'expier son péché, ce qui impliquait de demeurer fidèle à la Compagnie de Jésus, et celui de fonder une famille, ce qui impliquait de déserter l'armée du Christ, il se refusait à choisir et avait décidé de laisser faire Dieu.

— Je prendrai le bateau ? s'était écriée la jeune femme qui n'avait jamais mis les pieds en dehors de Shanghai.

— Bien sûr !

— Comment ferai-je pour payer le capitaine ? Il paraît que la traversée de la grande mer coûte une vraie fortune !

— Compte tenu de ce que j'ai fait pour lui, M. Niggles ne pourra pas me refuser le service de te prendre à bord d'un de ses bateaux.

— J'ai peur de la mer... j'ai peur de ses vagues immenses... je ne veux pas partir sans toi ! Et une fois que je serai là-bas, comment nourrirai-je notre fille ? Il faudra de l'argent et je ne sais rien faire d'autre que broder !

— Je suis sur le point de vendre à des nez longs d'un pays appelé France un beau terrain pour qu'ils y installent un palais. La Compagnie va gagner beaucoup d'argent. Il suffira que j'en garde une toute petite partie !

— J'ignore où est la France !

— C'est un pays situé de l'autre côté de la mer !

Châtaigne d'Eau, qui ne possédait évidemment aucune espèce de notion de géographie puisqu'elle ne savait ni lire ni écrire, l'avait regardé avec des yeux étonnés et craintifs.

— Tu viendras m'y retrouver, de l'autre côté de la mer ?

En guise de réponse, comme il ne voulait pas mentir à celle à qui il avait fait un enfant, il s'était contenté de déposer un baiser sur son front.

Diogo de Freitas Branco caressa le front de Marie Flore qui poussait à présent de petits gémissements. La chaleur de son corps brûlant irradiait la poitrine du Portugais. Après un hoquet suivi d'un long spasme, la fillette se mit à hurler, obligeant le jésuite à la rendre à sa mère.

— Tu es sûre que ce médecin est compétent ? Je crains qu'elle ne soit très fiévreuse... fit-il, la moue inquiète, en s'essuyant le front.

— C'est un homme de l'art ! Il soigne les gens du quartier. Il lui donnera la bonne poudre et les flammes du feu interne baisseront...

Il tâta le poignet du bébé dont les os affleuraient sous la peau tellement elle était mince, puis dégagea la manche de sa chemise.

— Elle en a fort besoin. Je la trouve très amaigrie. Elle est légère comme une plume...

— Vraiment ? Je n'ai pas remarqué !

Par pure protection mentale, Châtaigne d'Eau ne voyait pas son enfant péricliter.

— Regarde ces traces bleues sur ses bras... On annonce des épidémies de peste dans le sud du Zhejiang. C'est une maladie qui s'étend vite, comme l'eau d'un fleuve lorsqu'il déborde, souffla Freitas d'un air sombre.

— La peste ?

La jeune femme ignorait manifestement la signification de ce mot.

— Oui ! Ce sont les rats qui transmettent la maladie.

— Mais ma fille n'a jamais été mordue par les rats !

— Il suffit d'être mordu par une puce contaminée par un rat.

Châtaigne d'Eau, qui ne comptait plus les fois où elle avait lavé les couvertures du lit de son enfant parce qu'elles étaient infestées par ces parasites, baissa la tête en pleurant.

— Comment détecte-t-on qu'une personne est empestée ?

— Elle tousse, son corps se couvre de taches brunes puis de vilains boutons purulents et puis la mort survient, à l'issue de terribles fièvres pendant lesquelles la personne est affectée de visions infernales. À Lisbonne, dans mon pays, la peste a tué des dizaines de milliers de personnes à la fin du Moyen Âge, dit le jésuite sur un ton lugubre tandis que Châtaigne d'Eau écarquillait les yeux d'horreur.

— J'ai si peur que ma Rose Éminente ne guérisse pas, qu'elle perde ses souffles ! avoua-t-elle en posant un regard éperdu sur sa fille qui ne cessait de gémir.

— Demain, je dirai trois messes pour que la santé de notre petite Marie Flore soit remise entre les mains de Notre-Seigneur.

— J'avais compris que le baptême empêchait les miasmes de s'installer dans le corps, gémit Châtaigne d'Eau.

— Le baptême s'adresse à l'âme… pas au corps ! soupira le prêtre qui ne se voyait pas se lancer dans un cours de théologie alors que l'attendait l'importante réunion de direction mensuelle à laquelle s'astreignaient les jésuites de la communauté de Shanghai.

— Et si l'état de Rose Éminente empire, que devrai-je faire ? lui lança Châtaigne d'Eau.

— Si elle devait mourir, elle irait directement au paradis… auprès de Dieu ! lui rétorqua Diogo, croyant la rassurer.

À ces mots, Châtaigne d'Eau, qui avait éclaté en sanglots, perdit ses nerfs.

— Je ne veux pas que Rose Éminente nous quitte… Je me fiche de ton paradis de Dieu !

La mort dans l'âme, Freitas constatait une fois de plus que sa maîtresse n'était pas prête à se convertir. Ce n'était pourtant pas faute d'avoir essayé. Mais chaque fois qu'il parlait de Dieu ou du Christ, il ne trouvait aucun répondant en elle. La jeune femme semblait totalement imperméable aux idées du monothéisme, ce qui en disait long sur la sincérité des Chinois qui se convertissaient au catholicisme…

— Demain matin à la première heure, je serai auprès de toi. Promis, ma douce ! souffla-t-il, accablé, en lui frôlant le front avec ses lèvres.

En regagnant le presbytère et alors qu'il enjambait dans la rue à moitié déserte des corps plus nombreux qu'à l'habitude, le père jésuite avait l'impression de monter à l'échafaud. C'était toujours ainsi : il allait voir Châtaigne d'Eau le cœur léger mais, après l'avoir quittée, il broyait des idées noires et marchait avec des semelles de plomb. Conscient de s'être fourré dans un inextricable guêpier, il s'en voulait terriblement d'avoir succombé aux charmes de cette petite brodeuse et maudissait ce jour funeste où il lui avait fait l'amour pour la première fois. Mais il était bien trop tard pour faire machine arrière.

Les calices se buvaient toujours jusqu'à la lie et, pour se consoler, Diogo de Freitas Branco se disait que cela avait été aussi le cas de Notre-Seigneur Jésus-Christ lorsqu'il avait entamé sa montée au calvaire qui s'était achevée par sa crucifixion et par sa mort sous les yeux éplorés de ses apôtres et de ses proches… Il avançait d'un pas lourd, en se persuadant que son itinéraire était d'ordre christique et que, malgré tout, il se taillait tant bien que mal un chemin vers le paradis, même si c'était un sentier parsemé de cailloux coupants comme des couteaux et de ronces dont les épines étaient aussi acérées que des pointes de clous...

La maison des jésuites se dressa brusquement devant lui, austère et imposante sentinelle au milieu du fouillis des maisonnettes chamboulées par les démolitions en cours. Il était si obnubilé par ses réflexions sur son état hybride de pécheur et de martyr qu'il n'avait pas vu venir la caserne des soldats de Dieu !

Au moment où il en sortait la clé de sa poche, il entendit quelqu'un chuchoter son nom. Il tourna la tête, inquiet. Après le coucher du soleil, il valait mieux être sur ses gardes car les malandrins rôdaient dans les rues, prêts à détrousser les passants. Surgie de la pénombre grise où elle était cachée, une silhouette apparut, dont il reconnut immédiatement le visage.

— Zhong le Discret ! Si tu es venu jusqu'ici, c'est que tu as des choses intéressantes à me dire !

— En effet, père Freitas... J'honore le contrat que nous avons passé ! Dès que je sens quelque chose de louche, je vous en informe ! souffla, mielleux, le serviteur de Niggles.

Après avoir levé les yeux pour s'assurer que le père Fonseca ne se trouvait pas sur le balcon, le Portugais entraîna le Chinois dans une ruelle à l'écart.

— M. Niggles continue à avoir de gros besoins d'argent ! gloussa Zhong.

— Ses amants ?

— L'amour que M. Niggles porte aux garçons lui coûte de plus en plus cher !

— Tu ne m'étonnes pas !

— Ses pillages se déroulent désormais à une bien plus grande échelle...

— On commence avec un œuf et on finit avec un bœuf ! lança le Portugais qui était un expert de la question.

— C'est même un troupeau de bœufs, monsieur Freitas ! fit le Chinois l'air gourmand.

— Comment fait-il pour voler sa compagnie à une si grande échelle ? souffla Freitas qui était bien placé pour savoir que les patrons de Niggles n'étaient ni des amateurs ni des plaisantins.

— M. Niggles n'opère pas à Shanghai, ce serait trop risqué.

— Et où se livre-t-il à ses turpitudes ? lâcha le jésuite d'un air profondément dégoûté.

Zhong prit des airs de conspirateur.

— À Canton, père Freitas !

— Quel gredin ! À Londres, ils vont tomber des nues !
— Niggles est en train de mettre en place un système de pillage en règle de ses entrepôts !
— À ce point ?
— Si je vous le dis ! Je crois bien que mon maître a perdu tout sens de la mesure !

Le jésuite, qui prenait pour argent comptant les propos de son informateur, lui glissa dans la main une grosse pièce d'argent.

— Merci pour ces renseignements. Et surtout, n'hésite pas, si tu en as d'autres, à venir me trouver.

D'un pas lourd, Freitas regagna le siège de sa communauté et alla s'enfermer dans sa cellule, une pièce minuscule à l'austérité toute monacale. L'information de Zhong était si importante que, malgré sa fatigue, il lui fallait rédiger au plus vite son compte rendu à Stanley Row et le confier à un marin du prochain bateau en partance pour l'Angleterre. Au moment où il soufflait sur la feuille pour en faire sécher l'encre, il était partagé entre le dégoût de lui-même et la satisfaction du devoir accompli. Mais sans ses turpitudes, comment aurait-il fait pour obtenir l'argent nécessaire à la Province de Chine ? Et puis, il lui fallait assurer l'avenir de Marie Flore.

Cela s'appelait boire le calice jusqu'à la lie…

Car c'était toujours Dieu le Tout-Puissant et le Miséricordieux qui décidait de la destinée des hommes. Freitas ne croyait pas au libre arbitre. Pour lui, les êtres n'étaient que des instruments dans les immenses mains du Créateur. Il n'avait pas choisi sa vie. Elle s'était imposée à lui. C'était Dieu qui l'avait fait entrer dans les ordres, c'était encore Lui qui lui avait fait rencontrer Châtaigne d'Eau. Il n'était pas un être libre mais une marionnette dont le sort relevait du Grand Marionnettiste…

D'ailleurs, c'était bien mieux ainsi car cela dispensait de devoir affronter sa conscience !

40

Nankin, 5 octobre 1847

La fin de l'après-midi approchait et, comme la journée avait été très ensoleillée dans le petit jardin de Prospérité Singulière paré de belles couleurs automnales, les plantes sortaient doucement de leur torpeur en exhalant de délicats effluves.

— Puis-je m'appuyer sur ton épaule pour aller m'asseoir au bord de la mare ? s'enquit le vieil homme.

Pour échapper à la chaleur accablante qui s'était abattue sur la ville, il était resté allongé sur son lit dans sa chambre aux volets hermétiquement clos.

— Bien sûr ! Je vous trouve pâle. Vous ne vous sentez pas bien ? lui demanda Tang, inquiet.

— Mes forces m'abandonnent... Le grand départ est proche ! souffla tristement le vieil homme, comme s'il avait deviné que la mort allait bientôt le cueillir.

Tang, d'un geste protecteur, pressa son bras.

— Les vieux arbres ne meurent jamais. Leurs racines sont plus longues que leurs branches...

— Quand un vieil arbre n'a plus de feuilles, ni le soleil ni la pluie ne peuvent rien pour lui ! On ne peut pas lutter contre les années qui s'accumulent, fit Prospérité Singulière avant de s'affaler sur un rocher lisse en forme d'œuf de poule au bord du petit plan d'eau où nageaient des poissons rouges.

— Si vous étiez à ma place, que feriez-vous de votre vie ? lui demanda son élève après s'être assis à ses pieds.

— Chacun est maître de son destin ! fit le vieil homme non sans une certaine gêne.

— Votre sagesse est immense. J'ai besoin de vos conseils éclairés.

Après quelques instants de réflexion, le vieillard lui dit :

— Les Taiping risquent d'arriver jusqu'ici. On dit que leur chef veut restaurer la Grande Chine dans son ancienne capitale. Si tu peux les y aider, ô mon cher Tang, il ne faut pas hésiter !

— Vous trouvez juste leur combat ?

— Ces hommes et ces femmes veulent relever ce pays qui est à terre, et en chasser les Mandchous et les nez longs qui se comportent ici comme s'ils étaient chez eux. Leur combat me paraît éminemment juste ! souffla Prospérité Singulière, très oppressé.

Au-dessus de la mare, une libellule bleue fendit l'air pour aller frôler une feuille de nénuphar. Bizarrement, l'insecte exécutait des piqués en rase-mottes avant de repartir, comme s'il hésitait à s'y poser.

— Je vous promets de suivre vos précieux conseils ! s'écria le Han ému aux larmes.

Après avoir aidé le vieux lettré à étendre ses jambes, Tang se mit à scruter les eaux planes et endormies de la mare au-dessus de laquelle continuait à virevolter l'insecte aux ailes transparentes. Au moment où la libellule finit par se poser, une grenouille sauta et la goba.

— La vie est ainsi faite qu'elle se nourrit toujours de la mort d'autrui, murmura le vieux lettré.

Les fleurs des nénuphars s'étaient ouvertes et offraient au regard leurs somptueuses formes étoilées, colorées de rose et de rouge, véritables gemmes végétales posées sur l'écrin aquatique de ces eaux assoupies. La vieille carpe bondirait-elle dans le ciel ? Le noble Han attendait avec délectation le moment où le gros poisson jaillirait de sa cache et il serait attentif au côté vers lequel il retomberait, comme si c'était le signe annonciateur d'un événement important. Le matin, vers la droite, cela voulait dire que la chance était au rendez-vous. En revanche, si elle tombait vers la gauche, il y avait péril en la demeure… Tel un acteur pour son spectacle, la vieille carpe avait ses heures. De midi à cinq heures, elle restait tapie dans la vase au fond de la mare. Mais en dehors de cette plage horaire, tout était possible : à tout moment, le gros poisson, d'un puissant battement de queue, pouvait prendre son envol et faire un petit tour dans les airs avant de replonger lourdement dans son élément naturel.

Prospérité Singulière, immobile et les yeux toujours mi-clos, semblait à présent profondément endormi. Entre les deux hommes, pareille coexistence silencieuse n'était pas un problème, bien au contraire. Plus d'une fois, le vieux maître lui avait raconté la belle histoire de la rencontre entre Wang Xizhi et Huan Yi, respectivement le plus célèbre calligraphe et le plus célèbre flûtiste de leur époque.

Tandis que Wang Xizhi voyageait en bateau, il avait aperçu Huan Yi qui cheminait sur la berge, dans une carriole. Le calligraphe, qui n'avait jamais entendu le grand musicien, lui avait dépêché un messager pour qu'il lui joue un morceau de flûte. Aussitôt, Huan Yi, qui avait déjà eu l'occasion d'admirer des calligraphies du grand maître, avait fait stopper sa carriole et s'était mis à jouer trois morceaux avec son instrument, avant de repartir sans avoir dit le moindre mot. La morale de l'histoire était que les hommes de bien se comprenaient à demi-mot. En jouant de la flûte, Huan Yi n'avait fait que rendre à Wang Xizhi le plaisir qu'il avait eu en regardant ses œuvres...

De l'autre côté du jardin, son cousin l'antiquaire, Sérénité Accomplie, avait sorti son nécessaire à encre de Chine et s'était mis à dessiner une sculpture en forme de rocher dont les vides étaient aussi importants que les pleins... Plein et vide, Yin et Yang : en l'espèce, il s'agissait d'une de ces roches philosophales que les lettrés utilisaient comme support de leurs méditations. En reproduisant ce rocher, l'antiquaire de Canton, qui avait, lui aussi, besoin d'y voir plus clair, pensait bel et bien se laver l'esprit et atteindre la « pensée juste »...

Depuis qu'ils s'étaient réfugiés chez Prospérité Singulière, après avoir fait chou blanc chez Issachar Jacox Roberts, les deux cousins s'adonnaient aux plaisirs simples des lettrés. Leurs journées se passaient à dessiner et à peindre, à siroter du thé sans rien faire et à observer les oiseaux se poser sur la mare ou les grenouilles guetter les insectes. *Après le temps des tourments, la paix des jours calmes et heureux...* comme disait son ami l'historien Wei Yuan[1], que le vieux professeur de Tang se plaisait à citer.

Tang et Sérénité Accomplie avaient singulièrement besoin de calme, après leur équipée chez le pasteur Roberts qui avait failli les jeter dans la gueule du loup. Lorsqu'ils s'étaient précipités chez l'Américain, croyant y trouver La Pierre de Lune, ils avaient fait chou blanc. Le pasteur baptiste n'avait pas vu son protégé depuis une bonne semaine. Il en était un peu surpris, vu la ponctualité de l'intéressé. Et la suite de leur équipée n'avait guère été plus faste. Au moment où les deux hommes s'apprêtaient à repartir, accablés par le résultat de leur visite, ils étaient tombés nez à nez avec une

---

1. Wei Yuan (1794-1856) fut un historien célèbre pour son *Mémoire illustré sur les pays d'outre-mer* (1840), une attaque en règle contre le colonialisme des Anglais en Chine.

escouade de policiers qui avait barré la rue du presbytère baptiste, empêchant les pousse-pousse et les charrettes de s'y frayer un chemin, ce qui causait un inextricable embouteillage. Tout le quartier du Panier Jaune était infesté par la police secrète ! Par miracle, les flics ne s'étaient pas intéressés à eux et ils avaient pu regagner sans encombre la maison de l'antiquaire... pour constater qu'elle était aussi cernée par des hommes au brassard rouge. Ils ne pouvaient pas entrer chez eux. L'antiquaire, accablé, y voyait la conséquence de son geste et Tang, avec son élégance coutumière, s'était employé à le consoler. La seule issue étant la fuite, Tang avait fait valoir à son cousin que se contenter de changer de toit sans quitter Canton était bien trop dangereux. Quand le noble Han avait proposé à Sérénité Accomplie de l'emmener à Nankin, chez son vieux maître Prospérité Singulière, l'antiquaire s'était d'abord montré réticent.

— Je ne veux pas abandonner le combat contre les nez longs de Canton... Je rejoindrai une autre triade. Je ne me vois pas arrêtant de lutter pour la survie de la nation chinoise !

— En restant ici, tu risques d'encourir les foudres du Grand Jaune Centre. Alors qu'en allant à Nankin, ils finiront par t'oublier.

— Je ne veux pas abandonner mes frères de combat.

— À Nankin, de nombreux patriotes seraient ravis de bénéficier d'un renfort de ta trempe ! Tu t'y rendras utile. Je n'en doute pas un instant. La police de Canton risque de nous arrêter à tout moment. Cette ville est truffée d'indics !

Sérénité Accomplie avait fini par obtempérer et les deux hommes avaient embarqué en catimini sur l'une des innombrables barges de transport qui sillonnaient le Grand Canal Impérial. Lorsque Tang s'était présenté devant le vieux lettré, encore plus maigre et diaphane que lors de son précédent passage, ce dernier l'avait accueilli par ces mots :

— Je savais bien que tu reviendrais auprès de moi.

— Vous êtes doué de prescience...

— Il est des liens qui ne s'effacent pas, avait mystérieusement répondu le vieux sage.

À ces mots, Tang avait paru si abattu que Prospérité Singulière lui en avait demandé la raison.

— J'ai perdu ma moitié... lui avait avoué son ancien élève, au bord des larmes.

— La belle jeune fille qui n'avait pas les pieds bandés ?

— Oui !

— Elle était charmante...

— Si vous saviez ce qu'elle me manque ! Une femme comme elle, je n'en trouverai pas d'autre parmi dix mille !

— Vous aviez l'air parfaitement accordés…

— Jasmin Éthéré était mon double inversé. Nous pratiquions le Heqi et jouissions à l'unisson. Elle m'est indispensable ! Sans elle, la vie n'a plus aucun goût pour moi !

— Le temps efface tous les chagrins. Quant au Heqi, je suis sûr qu'il reviendra pour toi sous une autre forme…

Tang avait mêlé ses mains à celles du vieillard, parcheminées et translucides, en murmurant :

— Vous êtes gentil de me dire ça. Je sens déjà que mon cœur se calme.

— Ce n'est qu'un début. Fais-moi confiance et le chagrin emmagasiné dans ton cœur finira par se dissiper…

— Je suis sûr qu'à vos côtés je vais me sentir beaucoup mieux, avait conclu Tang, fou d'espoir.

Mais hélas pour le prince Han, cette fin d'été, loin d'être enchanteresse, continuait à être ternie par le souvenir de Jasmin Éthéré. Il avait beau jurer à Prospérité Singulière, ne souhaitant pas lui faire de peine, qu'il se sentait de mieux en mieux, chaque jour qui passait ne faisait qu'accroître son angoisse. Hanté par son absence, il avait tendance à voir partout la trace de la jeune femme, derrière les arbres miniatures, sous les pierres minuscules et trouées comme de la dentelle, au fond de la mare où elle prenait la forme de la grosse carpe dont il ne se lassait pas de contempler les sauts…

— La carpe est partie se reposer, dit Prospérité Singulière qui avait jusque-là observé son protégé du coin de l'œil.

— Vous avez raison. Maintenant, elle ne reviendra pas avant ce soir !

— Approche-toi s'il te plaît, ajouta le vieux lettré, en accompagnant sa demande d'un geste.

Pressentant que le vieil homme souhaitait lui dire quelque chose d'important, le prince se précipita vers lui.

— J'ai quelque chose de capital à te révéler, qui conditionne la paix de mon âme lorsque je ne serai plus de ce monde. Ta venue auprès de moi est le signe que tes pas et les miens sont guidés, murmura le vieillard, ému aux larmes.

Tang, qui ne l'avait jamais vu dans cet état, s'assit à ses côtés. Il était loin de se douter de ce qui l'attendait.

— Qu'avez-vous à me dire de si important ? s'enquit-il, légèrement inquiet.

— Tu es mon fils, Tang ! Oui… je suis ton père ! s'écria, d'une voix étreinte par l'émotion, le vieillard, face à Tang, abasourdi.

Le vieil homme épuisé, qui venait d'avouer ce qu'il avait depuis des années sur la conscience, sembla s'effondrer sur lui-même et se raccrocha tant bien que mal au tronc d'un saule nain.

— Et que faites-vous de celui que j'ai toujours appelé père ? demanda Tang, haletant.

— Il a toujours ignoré que tu n'étais pas de lui.

— Pourquoi m'avoir caché cela ? J'aurais été heureux – et même flatté – de savoir que vous m'aviez conçu !

— Hélas ! l'amour n'a pas sa place dans les codes sociaux tels que Confucius les a instaurés ! Si ta mère avait avoué qu'elle avait eu un enfant de moi, elle eût été bannie… contrainte d'errer sur les routes à mendier sa nourriture ! Tu n'aurais même pas survécu.

Le petit jardin, désormais plongé dans une ombre somnolente, semblait avoir encore un peu plus rétréci.

— Vous auriez pu nous accueillir sous votre toit !

— Lorsque ta mère tomba enceinte, je venais d'être nommé préfet du Yunnan. Un fonctionnaire d'autorité n'a pas le droit de se marier sans demander l'autorisation au ministre ! Ta mère fut l'unique amour de ma vie ! gémit le vieillard en contenant ses pleurs.

Tang, qui s'était à plusieurs reprises posé la question, comprenait à présent pourquoi le vieux lettré n'avait jamais convolé en justes noces.

— Vous avez dû beaucoup souffrir l'un et l'autre… lâcha-t-il d'un air sombre.

— Il m'aura fallu toute une vie pour m'armer du courage qui me permet aujourd'hui de t'avouer cette vérité que je te devais ! Lorsque tu vins me voir l'année dernière, je n'ai pas osé parler et je l'ai regretté amèrement. Je m'étais juré que si tu revenais, je t'affranchirais ! Et le destin a voulu que l'occasion m'en soit donnée.

— Sachant que je ne descends pas des illustres Tang, je ne suis donc pas un prince !

— Ta mère en descendait ! Et puis, que sont les titres nobiliaires sinon des chiffons de papier ? L'homme finit toujours par retourner à la poussière, et le plus fier des coqs termine sa carrière comme simple plumeau. Avoir une âme noble, c'est la seule chose qui compte, ô mon cher fils ! Je suis fier de savoir que tu es dans ce cas !

— C'est me faire bien trop d'honneur que de parler ainsi de ma pauvre personne ! s'écria Tang, aussi ému par l'hommage de son père que par ses révélations.

— Tu le mérites !

— Ne vous ai-je pas gravement déçu lorsque j'acceptai de prêter le serment d'allégeance à cette dynastie illégitime ?

— L'adhésion de mon fils au régime mandchou, alors même que je l'avais quitté, aura été pour moi une cruelle épreuve. Mais j'en connais aussi les raisons. Nous en avons abondamment parlé !

— Et dire que si vous n'aviez pas été là, je serais encore au service de Daoguang, manipulé par un eunuque malfaisant !

— Un père se doit d'aider son fils à éclairer sa lanterne…

— Je vous en serai éternellement reconnaissant, ô mon père bien-aimé, murmura Tang, chamboulé des pieds à la tête.

Il se revoyait enfant, à l'époque où Prospérité Singulière lui apprenait à lire et à calligraphier, alors même que la figure de celui qu'il croyait être son père, de plus en plus évanescente, s'estompait peu à peu derrière celle de son vénérable maître. Il comprenait mieux certains de ses gestes, lorsqu'il s'occupait de lui. Seul le lien paternel pouvait expliquer son infinie patience ainsi que ses paroles encourageantes et affectueuses lorsqu'il lui tenait la main pour guider le mouvement du pinceau ou qu'il lui expliquait la façon de versifier des grands poètes Tang et Song, ou encore qu'il lui citait le nom de chaque plante de son jardin. Il se souvenait en particulier de ce matin calme et serein où Prospérité Singulière lui avait montré comment les grands collectionneurs apposaient leur sceau au regard d'une peinture ou d'un poème.

Seul un père pouvait agir ainsi !

— À présent que je t'ai dit qui tu étais, il me reste à faire le plus important, poursuivit le vieil homme à voix basse.

Tang, quelque peu incrédule, se demandait quel autre genre de confidence l'attendait.

— Peux-tu aller chercher la petite boîte en osier qui est posée sur ma table de travail, s'il te plaît ?

Tang s'exécuta.

— Prends la pochette de soie violette qui est dedans, ordonna le vieux maître quand il lui tendit la boîte.

Tang connaissait bien ce type de pochette qu'utilisaient les prêtres taoïstes pour y ranger leurs talismans et autres amulettes.

— Ce qui est à l'intérieur est pour toi ! ajouta le vieil homme.

Dans la paume de Tang apparut une drôle de monnaie en argent dépourvue de trou central. Sur ses deux faces, une ligne verticale croisait une ligne horizontale.

— Je ne connais pas ce mot ! souffla-t-il.

— C'est bien plus qu'un mot !

— Qu'est-ce à dire ?

Le vieil homme, d'ordinaire parfaitement maître de lui, se mit à pleurer à chaudes larmes. Tang ne l'avait jamais vu dans cet état, submergé par une vague d'émotion qui semblait l'avoir réduit en miettes.

— Cet objet me fut donné par un prêtre du temple de la Dévotion de Kunming. Son nom est Luang Fudong et, grâce à lui, je fus sauvé ! réussit à articuler le vieillard.

— Comment une simple monnaie d'argent qui n'a pas été dépensée peut-elle sauver la vie d'un homme ?

— Tu n'as pas tort de parler de monnaie : cet objet minuscule mais d'une valeur inestimable donne accès à la plus belle merveille du monde. Lorsqu'il me fut remis par ce prêtre, j'ignorais totalement ce qu'il m'apporterait…

— Qu'est-ce à dire ? fit Tang qui ne voyait pas où son père voulait en venir.

— C'est une histoire merveilleuse…

— J'ai hâte de la connaître, vous m'avez mis l'eau à la bouche !

Le vieil homme, qui avait soif, lui tendit son bol à thé d'un air las.

— Avant que je commence, pourrais-tu m'apporter encore un peu de thé, s'il te plaît, ô mon cher fils ? Ma gorge sèche rend difficile mon élocution…

— Avec plaisir ! J'y cours de ce pas ! s'écria Tang avant de s'élancer vers l'office comme une flèche.

Lorsqu'il revint auprès du vieil homme, brûlant de connaître le fin mot de cette belle histoire, il constata que sa tête, parfaitement immobile, penchait un peu de côté. Inquiet, il lui toucha l'épaule, d'abord tout doucement puis de plus en plus fort. Devant son absence de réaction, il se pencha vers son visage et poussa un cri. Les yeux de Prospérité Singulière étaient clos, au milieu de son visage calme et figé dans un mystérieux sourire.

Il avait l'air en paix avec lui-même et déjà si loin de son jardin…

Soudain, la carpe fit un saut et retomba en vrille du côté faste, juste avant le beau nuage de gouttelettes qu'elle avait arraché à la mare au moment où sa queue l'avait propulsée dans les airs. Tang s'agenouilla aux pieds du cadavre de son père, puis se mit à pleurer.

Son père venait de franchir les portes de l'au-delà.

La fleur s'était fanée, mais Tang se jura que, dans son cœur, son parfum demeurerait à jamais…

41

Canton, 7 octobre 1847

Il était quatre heures de l'après-midi et malgré le début de la saison automnale, le soleil avait réchauffé l'air au point que le parc, dont les tecks et les bananiers semblaient ragaillardis par ses rayons, baignait dans une atmosphère estivale. Épée Fulgurante, qui somnolait dans son hamac, fut brusquement réveillé par le son d'une voix suraiguë, reconnaissable entre toutes. Fort surpris d'entendre débarquer son compère Zhong le Discret, Épée Fulgurante se leva d'un bond et courut à sa rencontre avant de lui lancer, quelque peu inquiet :

— Si je mets de côté le plaisir de te voir, ô Zhong le Discret, les vents qui t'amènent ici doivent plutôt être néfastes que fastes...

— Les vents sont effectivement plutôt néfastes... soupira son visiteur.

— Je m'en doutais ! Que se passe-t-il ?

— L'Anglais que tu retenais prisonnier, ô Épée Fulgurante, ce n'était pas un nez long originaire de ce pays !

— Qu'est-ce que tu racontes ? L'homme qui nous a fait faux bond n'était pas un Anglais ? hurla, désappointé, Épée Fulgurante qui n'en croyait pas ses oreilles.

— Cet individu est un nez long de France ! Je connais même son nom : il s'appelle Antoine Vuibert ! Figure-toi que ce diable de Français est venu raconter ses malheurs à M. Niggles !

— Qu'il soit maudit ! Ce nez long parlait si bien notre langue que je ne me suis pas méfié assez. Il est vrai qu'il m'était impossible de vérifier s'il disait vrai ! J'aurais dû lui faire enfoncer des aiguilles sous les ongles pour m'assurer qu'il ne mentait pas !

Le sac du Palais d'Été

— Ton nom a même été prononcé... gémit le serviteur de Niggles.

— Ce chien noir a parlé de moi à ton patron ?

— Il lui a tout balancé : la mission dont tu l'avais chargé, l'opération manquée contre le consulat britannique... Le gredin en a déduit qu'il y avait du coulage de marchandise dans les entrepôts de la compagnie de Niggles !

— Je n'en crois pas mes oreilles ! Quelle malédiction ! Ce bougre nous aura bien eus !

Zhong acquiesça de la tête.

— La chance, ce jour-là, était du côté de ce maudit Français et pas de la nôtre ! Mais figure-toi que je ne crois pas aux coïncidences ! ajouta Épée Fulgurante d'un ton aigre.

— Que veux-tu dire par là ?

— Que nous avons été doublés... trahis de façon abominable par ce maudit Wang le Chanceux... Et dire que je dormais sur mes deux oreilles lorsque ce salaud de traître vint fièrement m'annoncer avoir réussi à convaincre le Grand Jaune Centre qu'il était bien plus aisé et somme toute plus efficace de s'en prendre au consulat britannique plutôt qu'aux entrepôts de la compagnie Jardine & Matheson !

— N'était-ce pas précisément ce dont tu l'avais chargé ?

— Cela m'aura hélas ! coûté assez cher. Ce garçon est une pipe à opium ambulante. Si tu savais la quantité d'argent qu'il lui faut pour assouvir son vice... J'aurais dû me douter que ce sinistre individu était une planche totalement pourrie, un bouffeur à tous les râteliers ! soupira Épée Fulgurante.

— C'est lui qui a prévenu la police ?

— Évidemment ! D'ailleurs, s'il n'avait rien à se reprocher, il serait déjà venu me voir la bouche en cœur pour réclamer son dû. Il a disparu de la circulation... comme par hasard ! Malgré la mobilisation générale de tous les membres des Trois Harmonies[1], notre triade n'a pas réussi à retrouver sa trace, c'est dire ! pesta le chef des pirates.

— Un beau salaud en somme... lâcha Zhong, la moue contrariée.

— Si je croisais ce traître, je l'étranglerais comme le canard que le cuisinier s'apprête à passer au four ! s'écria Épée Fulgurante dont les mains se crispaient autour d'un cou imaginaire.

Puis, devant le silence accablé de son visiteur, il ajouta d'un air inquiet, les yeux roulant de droite à gauche :

---

1. La triade des Trois Harmonies était à cette époque l'une des plus actives en Chine du Sud.

— J'imagine que ton Niggles nous prépare un chien de sa chienne après les révélations du diable de Français…

— Les ennuis vont toujours par paires, comme les roues de la charrette ! Au moment où je te parle, Niggles est en train de passer au peigne fin ses entrepôts du port de Canton avec une escouade de commis aux écritures… Quant à moi, j'ai fait des pieds et des mains pour l'accompagner afin de te prévenir au plus vite, soupira le serviteur du marchand d'opium.

— Tu as bien fait. En attendant, j'espère que Niggles ne se méfie pas trop de toi. Après ce que lui a dit ce Français, il doit redoubler de vigilance…

— Nous avons gardé de bons rapports ! Je m'en tiens à tes directives ! Lorsque tu m'enjoignis de me mettre à son service, tu connaissais déjà les mœurs de Niggles ! s'écria Zhong en esquissant une minauderie.

— Grâce à ce pauvre Garçon des Nuages ! Dommage que l'opium l'ait tué ! C'était l'un de nos éléments les plus brillants… soupira, accablé, le chef des pirates.

— Il faudrait me payer cher pour consommer la boue noire ! marmonna le serviteur félon de Niggles, agacé au plus haut point par les compliments décernés par Épée Fulgurante à celui qui avait toujours été son rival au sein de la triade des Trois Harmonies.

— Cela étant, même entre amants, lorsque rien ne va plus, la méfiance règne… poursuivit son chef, comme s'il n'avait pas entendu ses propos.

— Pour l'instant, ça n'a pas l'air d'être le cas. Ce matin, pour me rendre auprès de toi, j'ai prétexté une visite chez ma vieille mère !

— Très drôle ! Merci de m'avoir transformé en vieille baderne !

— À vrai dire, je n'avais pas trop le choix !

— C'est moi qui plaisantais… Au fait, il faut nous dépêcher d'allumer des contre-feux ! Si ton Niggles parvient à remonter la filière que nous avons mise en place, tout notre travail sera anéanti. Il faudrait arriver à lui couper les jarrets…

— À vrai dire, j'ai commencé, souffla Zhong avec un petit rire nerveux.

— Bigre ! Et comment t'y es-tu pris ?

Zhong raconta à Épée Fulgurante la teneur de son dernier entretien avec le père Freitas. Faire passer Niggles pour un escroc auprès de sa hiérarchie londonienne pouvait contribuer à le déstabiliser, voire même à le neutraliser.

— Bonne pioche. Il faut simplement espérer que ton père jésuite fera vite remonter l'information à ces messieurs de Londres.

— Je te l'ai déjà expliqué, tel que je connais ce nez long portugais, s'il accepte de me payer pour ça, c'est qu'il est lui-même grassement rémunéré pour le faire ! fit le serviteur de Niggles sans cacher le profond dégoût que lui inspirait le jésuite.

— Le fait que ses chefs le fassent surveiller par ce prêtre en dit long sur le peu de confiance qu'ils lui accordent ! gloussa Épée Fulgurante.

— Dès que le Portugais les aura informés des détournements de Niggles, ils le dégageront vite fait ! s'écria le Discret, tout feu tout flammes.

— Et en attendant, il faut espérer que les hommes de l'entrepôt de Niggles vont la boucler... sinon, tout notre système s'effondre ! lâcha le chef des pirates, guère convaincu par ses propos.

— Douterais-tu de la loyauté des magasiniers que nous avons mis dans la combine ?

— Ce sont des mercenaires sans foi ni loi qui vont là où le commande leur intérêt ! En cas de pression un peu appuyée, certains pourraient être tentés de vendre la mèche ! Ces hommes sont vénaux et pauvres, donc particulièrement vulnérables. J'en sais quelque chose pour les avoir moi-même achetés à un prix défiant toute concurrence...

— Niggles ne me paraît pas prêt à leur proposer de l'argent mais plutôt à les soumettre à la question !

— Encore heureux ! Cela étant, contrairement à ce qui leur avait été promis, ils n'ont pas vu la forme d'une sapèque depuis des mois...

— Tu ne les as pas payés ?

— Comment le pourrais-je ? Je ne sors plus ! Depuis le jour de l'attaque du consulat, la police impériale est déployée à tous les carrefours de la ville !

— Tu as raison, il ne faut pas prendre de risques inutiles...

C'est alors que, d'un geste sec, Épée Fulgurante passa le tranchant de sa main devant sa thyroïde avant de s'écrier :

— Quant à ton Niggles, tu sais ce qu'il te reste à faire ?

La voix de Zhong s'étrangla.

— Tu... tu veux que je tue M. Niggles ?

— À ton avis ? lâcha le pirate en levant les yeux au ciel.

— Comment m'y prendrai-je ? Je n'ai aucune habileté dans le maniement des poignards. Mes mains n'ont jamais tué personne.

L'Empire des larmes

Quand je dois égorger un poulet, je ne me sens même pas à l'aise ! gémit Zhong, soudain pris de panique.

— Idiot ! Tu n'auras même pas besoin de faire usage de tes mains ! lâcha Épée Fulgurante, l'œil noir.

— Vraiment ? fit l'autre, incrédule.

— J'ai une solution beaucoup plus expéditive et sûre ! précisa Épée Fulgurante avant d'aller chercher une fiole remplie d'un liquide blanchâtre qu'il tendit à son visiteur en disant :

— Il te suffira d'en verser quelques gouttes dans le thé de ton maudit Niggles et tu ne seras pas déçu du résultat !

42

Canton, 10 octobre 1847

C'était la huitième fois de la journée que John Bowles, d'humeur guillerette malgré la terrible épidémie de choléra qui sévissait à Canton depuis trois semaines, causant de terribles ravages au sein de sa population, se lavait les mains à l'eau bouillie avant de les essuyer soigneusement.

Tant dans les quartiers riches que dans les quartiers pauvres, les gens tombaient comme des mouches. Dans les temples taoïstes, les prêtres accumulaient les offrandes à Wen Qiong[1], le dieu-maréchal des épidémies dont le corps verdâtre s'accordait plutôt mal avec les cheveux rouges, ainsi qu'à Lei Qiong[2], le dieu des pestilences qui s'était jadis sacrifié pour éviter aux habitants de son village d'être empoisonnés. Persuadé que ce sujet particulièrement « trash » plairait à sa hiérarchie londonienne, Bowles avait décidé d'effectuer une enquête circonstanciée sur la façon dont les gens réagissaient à cette terrible maladie. Quoique du genre aguerri, le jeune dessinateur de presse n'arrivait pas à s'habituer au spectacle des cadavres au ventre dilaté et bleu des victimes de la terrible entérotoxine *Vibrio chole-*

---

1. Wen Qiong est homophone du mot signifiant épidémie. Selon la légende, Wen Qiong naquit à Wenzhou, de parents inféconds, avec une perle rouge dans la bouche. Un jour, il rencontra un dragon qui fit tomber sa perle et l'avala, ce qui transforma son aspect physique : son visage verdit et sa chevelure rougit, en même temps qu'il prit un air martial de maréchal.

2. Le village de Lei Qiong avait été condamné à la destruction par le dieu du sol parce que ses habitants commettaient le mal. Ayant appris que ceux-ci devaient périr en buvant l'eau du puits qui avait été empoisonnée, Lei Qiong en avait absorbé tout le poison, ce qui avait ému l'empereur de Jade, lequel avait décidé de le promouvoir dieu des pestilences en raison de sa conduite héroïque.

rae. Les êtres humains étaient les seuls hôtes naturels de ce bacille au nom fort méchant de « vibrion cholérique » qui colonisait rapidement l'intestin grêle lorsqu'il n'en était pas éradiqué suffisamment tôt. Transmis par l'eau mais aussi par les mouches, le microbe provoquait des diarrhées aqueuses et abondantes qui entraînaient une déshydratation extrême ainsi qu'une terrible augmentation du taux d'acidité sanguine. Les médecins chinois donnaient le nom d'« eau de riz » aux selles liquides, afécales et incolores des cholériques.

Profitant des pluies torrentielles qui s'étaient abattues sur la région comme à chaque début d'automne, l'entérotoxine cholérique, dont la présence au Guangdong était endémique, venait de réaliser l'une de ses plus fulgurantes percées. L'ampleur de l'épidémie était perceptible aux cohortes de pauvres gens qui sillonnaient le quartier des remèdes en se tenant le ventre sans pouvoir empêcher leur estomac de se vider d'un trait, s'accroupissant pour déverser dans la boue où pataugeaient des gosses la giclée d'« eau de riz » que leurs intestins en loques ne pouvaient plus garder. L'odeur de merde et de pourriture, à laquelle se mêlait celle des plantes fraîches et des produits organiques que la chaleur faisait tourner, était irrespirable.

Pour les charlatans, les pharmaciens et autres médecins des rues qui voyaient la clientèle affluer devant leurs étals, c'était une période faste. Les fortifiants sexuels comme la patte d'ours, le testicule de yack ou encore le sexe de cerf, qui occupaient d'ordinaire plus de la moitié des surfaces des comptoirs, étaient miraculeusement devenus des médicaments censés figer l'« eau de riz » à l'intérieur de l'organisme. Fous d'espoir, les clients se pressaient devant ces bonimenteurs qui avaient triplé leurs prix, avant de ramener pieusement chez eux le médicament parfaitement inadéquat mais dont ils croyaient dur comme fer qu'il allait les guérir.

Bowles, fasciné par le vil opportunisme de tous ces charognards capables de profiter du malheur des autres d'une façon aussi éhontée, avait passé de longues heures à arpenter le quartier médical une écharpe autour de la bouche, estomaqué par l'aplomb de ces charlatans qui rivalisaient d'éloquence pour vanter leurs remèdes à la foule des curieux qui se pressait devant leurs étals. L'un d'entre eux, encore plus menteur que les autres, parvenait même à vendre des petits galets provenant d'une « rivière enchantée » et qui « empêchaient l'eau de riz de se répandre » à des malheureux qui ingurgitaient comme des bonbons ce qui leur provoquerait à coup sûr un ulcère d'estomac !

Le sac du Palais d'Été

Sous le regard hostile des passants bien portants qui ne comprenaient pas à quoi rimait son petit jeu, John continuait à croquer tout ce qu'il voyait et à prendre force notes. Bien qu'excité par la perspective du tabac que ne manquerait pas de faire son reportage, il avait un peu honte de se comporter en voleur d'images face à un spectacle qui dépassait en horreur tout ce qu'il avait pu voir auparavant. Entre voyeurisme et journalisme, la frontière était singulièrement ténue.

Il venait de quitter le quartier des remèdes et était entré dans celui du Panier Jaune. Au bout de la rue, il aperçut soudain la façade du presbytère de Roberts et ne put s'empêcher de repenser à Laura Clearstone.

À mesure qu'il approchait de la maison du pasteur baptiste, il évoquait le beau visage de cette jeune Anglaise aux longs cheveux dorés qu'il n'avait rencontrée qu'une seule fois, le jour où il avait dû annoncer à sa mère la mort de son mari. Il revoyait l'intensité de son regard bleu lorsqu'elle l'avait sommé de quitter le presbytère.

Après le drame affreux, dont il avait été l'acteur involontaire, qu'avait été pour Barbara l'annonce du décès de Brandon, la façon brutale avec laquelle il avait été éconduit par Laura Clearstone, pourtant si douce et si calme en apparence, avait été un terrible coup de poignard. Le lendemain, incapable de mettre un pied dehors, il était resté cloîtré dans sa chambre d'hôtel et, comme pour conjurer le sort en fixant l'image éphémère de cette jeune fille angélique au doux regard et aux longs cheveux blonds, il s'était rué avec fébrilité sur son carnet à croquis afin d'en dessiner le portrait de mémoire. Bien que ne l'ayant vue qu'une fois, il avait suffi de quelques instants pour que, au bout de sa mine de plomb, le visage de Laura apparût sur la feuille, preuve que ses traits s'étaient durablement imprimés dans son cerveau. Il n'avait pas regretté ce geste irraisonné et quelque peu impulsif. Deux jours plus tard, lorsqu'il était revenu chez Issachar Roberts dans l'espoir de la revoir, le pasteur lui avait sèchement expliqué que la mère de Laura était décédée et que sa fille était partie avec son frère sans laisser d'adresse. Alors, ne sachant pas s'il la reverrait un jour et pour rendre un ultime hommage à cette famille décimée par le malheur, il avait immortalisé Laura et Joe au moment où les Clearstone débarquaient en Chine. C'était sur cette feuille, qu'il avait par la suite envoyée à Sam Goodridge avec d'autres scènes de la vie quotidienne cantonaise, qu'était tombé Stocklett dans le bureau du rédacteur en chef de l'*Illustrated London News*.

La perte de toute trace de Laura Clearstone avait curieusement plongé Bowles, tout feu tout flammes au moment de son arrivée à Canton, dans un état voisin du désespoir. En guise d'immersion, on ne pouvait pas faire pire. L'annonce de la mort de Barbara et la fugue inexpliquée de sa fille l'avaient bouleversé. Pendant plusieurs semaines, il s'était torturé les méninges, allant jusqu'à se demander s'il n'avait pas commis une bévue monumentale en acceptant la proposition de Goodridge. Mais étant donné que son journal s'était bien gardé de lui donner de quoi payer son billet de retour, il n'avait pas eu d'autre choix que de prendre en patience la neurasthénie dont il souffrait en espérant qu'elle finirait, avec le temps, par céder.

Par bonheur, son aubergiste, un bouddhiste au doux regard rempli de compassion, baragouinait l'anglais. Le saint homme avait déployé des trésors d'énergie pour aider son client à sortir de la léthargie où il était plongé. Il avait fait ingurgiter à Bowles, incapable de faire trois pas dehors et qui passait ses journées à dessiner les bananiers et la cage aux tourterelles du jardin intérieur de la minuscule pension de famille, toutes sortes de décoctions et de fortifiants à prendre sous forme de poudres, de pilules ou de liqueurs. Au bout d'un mois de ce régime, c'était uniquement pour faire plaisir à son hôte que notre reporter dessinateur avait consenti à mettre le nez dehors. Au moment où il s'apprêtait à franchir le seuil de l'auberge, après avoir préparé ses crayons et ses pinceaux, l'aubergiste lui avait murmuré, en plaçant ses mains jointes contre son front :

— Le Bienheureux a écouté mes prières... À présent, l'énergie des souffles est revenue en toi...

— Qui appelles-tu le Bienheureux ?

— Le Bouddha, voyons ! Le Bienheureux, c'est lui, Siddhârta Gautama ! Celui qui donna les Nobles Vérités au monde.

— Comment pourrais-je le remercier ?

— Il suffit de porter quelques offrandes à la pagode. Des bananes et des oranges, du riz et des pâtes, ou encore des colliers de fleurs, sachant qu'il vaut mieux offrir des choses comestibles...

— Pourquoi ?

— Les moines de la pagode ne mangent que ce qu'on leur donne... et ils offrent le surplus aux pauvres gens !

Bowles ne connaissait strictement rien aux arcanes de la religion bouddhiste.

— Y a-t-il une pagode à Canton ? s'était-il enquis auprès de l'aubergiste.

— Il en existe plus de cinquante !

— Quelle est la plus belle ?
— La pagode de l'Illumination. Tu prends la première avenue à droite en sortant d'ici et au loin tu apercevras une immense tour de briques à laquelle pendent des bannières qui flottent au vent. C'est là. Il suffit d'une bonne heure de marche pour y parvenir.
— J'y vais de ce pas ! J'achèterai de la nourriture au marché et je l'offrirai aux moines, s'était écrié, quelque peu ragaillardi, le dessinateur de presse.

Était-ce ou non grâce au Bouddha, ou parce que les neurones du cerveau de Bowles avaient commencé à perdre un peu moins de leur sérotonine, toujours est-il qu'un vrai petit miracle s'était accompli au plus profond de son être. À peine s'était-il retrouvé dans la rue que sa curiosité et ses réflexes de reporter avaient repris le dessus. Sur le chemin de la pagode, après avoir dévalisé un marchand de fruits et légumes, il s'était laissé guider par l'atmosphère envoûtante de l'immense ville, ce grand corps palpitant où le pire côtoyait le meilleur. Lorsqu'il avait déposé ses offrandes au pied d'une immense statue du Bouddha ventripotent et souriant devant laquelle s'inclinaient les dévots dont les mains jointes tenaient un bâtonnet d'encens, le journaliste avait éprouvé une incroyable sensation de délivrance, comme si son corps expulsait brusquement les miasmes dont il était jusque-là infecté.

En sortant de la pagode de l'Illumination, John était un autre homme et la léthargie dans laquelle il était tombé à cause des Clearstone n'était plus qu'un lointain souvenir.

Heureux comme un gosse qui revit après une rougeole ou une varicelle, Bowles avait décidé de consacrer son premier reportage à l'industrie cantonaise de la soie. Fasciné par le spectacle des centaines de tisserands qui s'affairaient devant leurs métiers dans les immenses halls de la manufacture impériale, il les avait croqués pendant des heures et sous tous les angles, malgré le regard quelque peu étonné – et même, parfois, hostile – des contremaîtres qui ne voyaient pas d'un bon œil l'irruption sur leur lieu de travail de cet intrus au nez long dont les feuilles se noircissaient à une vitesse hallucinante. À force d'arpenter les divers quartiers de Canton à la rencontre de leurs habitants et de humer l'atmosphère si particulière de son immense zone portuaire où toutes sortes de trafics illicites se développaient en plein jour sous l'œil goguenard d'autorités corrompues jusqu'à la moelle, le jeune dessinateur de presse commençait à bien connaître la ville où il était arrivé quatre mois plus tôt. Tout à son désir d'explorer tous les recoins du monde peuplé d'étrangetés qu'il découvrait chaque jour avec la même fascination, il avait fini par se faire à l'idée que sa route ne croiserait jamais plus celle de Laura Clearstone.

Jour après jour, la parenthèse « Laura Clearstone » se refermait tout doucement...

Mais John Bowles avait d'autres raisons d'être présentement d'humeur guillerette.

La semaine précédente, il avait reçu par courrier le premier retour des impressions de Goodridge concernant son travail. Et elles étaient mieux que bonnes. Presque dithyrambiques. Son rédacteur en chef le félicitait pour la qualité de ses reportages qui avaient fait augmenter sensiblement les ventes du journal. Son avenir professionnel était assuré, avait même précisé Sam, en lui souhaitant « de mettre la main sur le scoop du siècle », cet éléphant blanc que tout journaliste qui se respecte rêve de débusquer un jour...

Content de lui, il feuilleta rapidement son carnet qui regorgeait d'images de vomissures et de matières fécales sortant de corps squelettiques de tout âge qui s'amoncelaient dans les rues encombrées par les tas d'ordures sur lesquels couraient les rats. Il suffirait de réaliser trois ou quatre beaux dessins léchés à souhait qu'il accompagnerait d'un texte descriptif n'épargnant aucun détail au lecteur, afin de mettre en situation ces images totalement abjectes, et le tour serait joué.

Il s'apprêtait à regagner sa pension de famille pour se mettre sans tarder à cette tâche exaltante lorsque son regard fut attiré par la silhouette d'une femme qui marchait devant lui d'un pas décidé, rapide et souple à la fois. Drapée dans une robe vaporeuse de coupe occidentale, la femme en question s'apprêtait à traverser la vaste esplanade où des soldats en armes surveillaient des caisses soigneusement empilées devant les façades aux colonnades imposantes des entrepôts – on eût dit des temples grecs ! – des compagnies occidentales de commerce.

Comme il ne la voyait que de dos, John était incapable de deviner sa nationalité, même s'il était sûr qu'il ne pouvait s'agir d'une autochtone car, au niveau social dont témoignait sa robe parfaitement coupée, toutes les Chinoises avaient les pieds cassés, ce qui n'était pas le cas de la mystérieuse inconnue.

Que faisait donc là cette femme à l'élégance étrange, au milieu des coolies en haillons et des caisses de marchandises ?

Obéissant à son vieux réflexe de reporter dessinateur, Bowles pressa le pas pour dépasser la femme en la contournant. Puis il revint vers elle en se plaçant insensiblement dans son axe. Lorsqu'il se trouva presque nez à nez avec elle, il constata qu'elle était de la race de ces femmes à la beauté d'autant plus fascinante qu'il est impossible de leur donner un âge précis. Le visage parfaitement construit de la belle inconnue était mis en valeur par ses longs cheveux noirs qui contrastaient avec l'éclatante blancheur de sa peau. Ses yeux en amande et à l'éclat turquoise dévisageaient l'Anglais avec curiosité. Sa bouche, dont les divines lèvres pulpeuses étaient recouvertes de rouge à lèvres carmin, affichait une légère moue où le journaliste crut déceler de la bouderie. Au risque de passer pour le dernier des goujats, Bowles, complètement fasciné, la dévora du regard, tout en se demandant si elle avait détecté son manège. Butant presque sur elle, il était en train de se creuser les méninges pour trouver le moyen de l'aborder sans l'effaroucher, lorsque la magnifique inconnue planta ses yeux divinement beaux dans les siens avant de lui demander, dans un très mauvais anglais :

— Je cherche le Club des Anglophiles ! Savez-vous où il se trouve ?

Bowles n'avait pas encore mis les pieds dans cet établissement ouvert trois mois plus tôt sur Old China Street par un certain Lee Johnson. Comme l'indiquait un encart publicitaire paru dans le journal *Pearl River News*, où il faisait également l'objet d'un reportage extrêmement flatteur, au Club des Anglophiles, tous les Anglais étaient « accueillis à bras ouverts dans une chaleureuse atmosphère typiquement britannique ». Cette gazette, la première du genre à être éditée à Canton, avait été fondée par Johnson en même temps que son club auquel elle servait de feuille de liaison pour ses membres. Son propriétaire finançait ce petit organe de presse, qui ne comptait pour l'instant que quatre pages, grâce à la publicité qu'il vendait à ses compatriotes, hommes d'affaires et commerçants. Avant de recevoir les félicitations de sa hiérarchie pour ses premiers reportages, Bowles avait même caressé l'idée de proposer ses dessins à Lee Johnson pour arrondir ses fins de mois.

— Oui... il faut marcher un quart d'heure ! Étant moi-même anglais, quelle figure ferais-je si j'ignorais son existence ! Oui ! Je viens de Londres... Heuh ! Mon nom est Bowles. John Bowles...

— Bonjour, monsieur Bowles ! Vous tombez à pic. Emmenez-moi donc à ce club, s'il vous plaît. Mon nom est Datchenko et mon prénom est Irina. Je suis russe, de Saint-Pétersbourg.

Bowles, fasciné par le ton impérieux et l'autorité qui émanaient de cette femme au port sublime et au visage de madone, se permit un compliment tout en prenant le chemin du club.

— Vous parlez très bien anglais, madame Datchenko...

— Vous dites ça pour me flatter car ce n'est pas vrai... Mon anglais est très mauvais ! fit-elle en souriant.

Devant l'apparition des dents éclatantes de la superbe Russe, Bowles se sentit fondre un peu plus.

— C'est un plaisir que de vous conduire jusqu'au Club des Anglophiles. À vrai dire, cela tombe bien pour moi aussi. N'ayant pas encore eu l'occasion d'y mettre les pieds, je comptais y aller. Grâce à vous, ce sera chose faite ! Savez-vous qu'on en dit déjà ici le plus grand bien ?

— Puis-je savoir ce que vous faites en Chine, monsieur Bowles ? l'interrompit Irina.

John comprit, à la façon dont elle lui avait coupé la parole, qu'Irina Datchenko savait ce qu'elle voulait.

— Je suis dessinateur de presse. Je croque les gens, les faits divers et j'envoie ça à l'*Illustrated London News*, mon journal ! Il tire à deux cent cinquante mille exemplaires... C'est le premier organe illustré de Grande-Bretagne. Le nombre de nos lecteurs augmente de près de vingt-cinq pour cent chaque année !

— Mais c'est passionnant ! Il faut absolument que vous me racontiez tout ça, monsieur Bowles ! s'écria-t-elle, enthousiaste.

La belle Russe avait l'air heureusement surprise par les propos de ce dernier, un peu comme si cette rencontre était pour elle une vraie aubaine, ce qui faisait jubiler intérieurement notre dessinateur de presse.

— Puis-je à mon tour vous demander le but de votre voyage, madame Datchenko ? roucoula-t-il, persuadé qu'il avait une bonne touche.

— Vous êtes autorisé à m'appeler Irina ! En Russie, on s'appelle facilement par son prénom ! lui lança-t-elle sur un ton comminatoire, le tout accompagné d'un rire de gorge des plus charmants, ce qui l'encouragea un peu plus.

Cette ensorcelante Irina avait décidément un charme fou.

— Euh ! Irina ! Dans ce cas, appelez-moi John ! Nous...

Irina l'interrompit encore, en même temps qu'un voile de tristesse recouvrait ses yeux.

— Je suis venue retrouver mon fils. Il habite à Canton et cela fera bientôt vingt ans que je ne l'ai pas vu... souffla-t-elle.

— Votre fils a vingt ans... alors que vous paraissez si jeune !

La remarque, qui avait échappé à John, la fit de nouveau sourire. Elle s'essuya furtivement le coin des yeux avec un mouchoir de dentelle d'une blancheur immaculée.

— Merci pour le compliment, John !

— Vous devez être contente de revoir votre fils... après tout ce temps !

— Il faudrait déjà que je sache où il se trouve !

Face à un Bowles de plus en plus perplexe devant ses changements d'humeur, elle ne cachait pas son accablement. Depuis qu'elle était arrivée à Canton, personne n'avait été en mesure de lui donner des nouvelles de La Pierre de Lune.

— Vous ne connaissez donc pas son adresse ?

Irina regarda le journaliste d'un air las.

— John, accompagnez-moi donc au Club des Anglophiles. J'ai besoin d'une bonne tasse de thé noir.

— Nous y sommes ! s'écria Bowles en désignant l'élégante maison en brique, de style victorien, qui écrasait de sa superbe les méchantes bicoques en torchis de roseau bâties alentour, de bric et de broc.

Lee Johnson avait fait en sorte qu'à peine entrés dans le salon du club, une pièce cossue, à l'ambiance *cosy* et légèrement vieillotte, aux murs tapissés de tissu jaune à fines rayures noires où s'ouvraient de hautes fenêtres encadrées par de lourdes tentures couleur lie-de-vin, ses compatriotes se croient dans leur chère et bonne ville de Londres.

Tous les étrangers qui séjournent dans des pays lointains ont à cœur d'y reconstituer un petit bout de leur pays natal.

Un serviteur indien en vareuse de soie gris souris et au regard si obséquieux qu'il en était triste les fit asseoir tandis qu'un autre, la copie conforme du précédent à ceci près qu'il était coiffé d'un turban noir, vint prendre la commande, le tout dans un anglais impeccable. Ils optèrent, elle pour un Darjeeling et lui pour un Uva Highlands.

— Moi qui espérais trouver dans ce club un de vos compatriotes qui prêterait une oreille attentive à mes malheurs, j'ai la chance d'être tombée sur un journaliste, fit Irina sur un ton qui se voulait enjoué, après avoir avalé une première gorgée de thé brûlant.

— Il arrive qu'il y ait d'heureuses coïncidences !

— Je n'ai jamais vraiment cru aux coïncidences, John ! souffla-t-elle d'une voix rauque.

— Je pourrais dire la même chose que vous... même si je n'avais pas prévu de venir ici aujourd'hui ! De quels tracas auriez-vous souhaité parler à l'un des membres de ce club ? demanda John qui croyait à une plaisanterie tellement il lui semblait impossible qu'une créature telle qu'Irina Datchenko fût en proie au malheur.

— Si je vous expliquais la raison pour laquelle je me retrouve à Canton, vous auriez un très joli sujet de reportage, John !

— Je suis preneur de tout scoop digne de ce nom ! À Londres, ils m'ont envoyé ici exprès pour ça ! s'écria Bowles dont l'esprit s'échauffait.

Irina Datchenko darda ses yeux dans ceux, éblouis, de John Bowles.

— John, votre hiérarchie pratique-t-elle la censure ?

— Ils publient tout ce qui fait vendre du papier !

— Au risque de braver les autorités en place ?

— Bien sûr ! C'est la logique même du journalisme. Du patron au simple rédacteur, chacun poursuit le même but : accroître le nombre des lecteurs du journal ! Suis-je clair ? lui asséna Bowles, tout feu tout flammes.

La Russe rapprocha son visage du sien et, après avoir vérifié qu'on ne pouvait pas l'entendre, lui chuchota :

— Et si ce que je vous raconte devait mettre en cause les plus hauts dirigeants de ce pays, que feriez-vous ?

— L'*Illustrated London News* ne serait pas mécontent de mettre un peu de poil à gratter là où ça fait mal. Quant aux lecteurs, ils adoreraient ! Ils sont friands d'histoires qui mettent en cause les puissants de ce monde.

Elle but une gorgée de thé, réfléchit un instant, puis lui lança d'une voix frémissante :

— Dans ce cas, mon cher John, vous allez être servi ! Mon histoire fera copieusement augmenter le tirage de votre journal...

— Je suis tout ouïe ! fit l'Anglais en ouvrant son carnet noir.

Irina avait décidé d'aller droit au but :

— Il y a vingt ans, l'actuel empereur de Chine tomba amoureux d'une jeune Russe à laquelle il fit un enfant...

John commença à prendre des notes. À peine la Russe avait-elle entamé son récit qu'il en avait deviné la teneur. Irina était à la recherche d'un fils qu'elle avait eu de l'empereur de Chine. Il suffit de quelques minutes à Irina, de plus en plus vibrante et au bord des larmes, pour lui raconter les mésaventures de La Pierre de Lune. S'il avait osé, Bowles eût sauté au cou de cette femme au visage de madone qui lui apportait sur un plateau l'« éléphant blanc » dont il rêvait.

— Votre histoire est unique, Irina ! Absolument unique… murmura-t-il.

De peur d'être entendu par les autres clients du Club des Anglophiles dont certains les regardaient déjà avec curiosité, le journaliste s'exprimait à voix basse.

— J'espère surtout qu'en la dévoilant au monde, je pourrai faire en sorte de retrouver mon fils bien-aimé !

Il ne comprenait pas en quoi le fait d'ébruiter l'affaire aboutirait à un tel résultat, mais ce n'était pas le moment de contredire cette femme qui cherchait son fils comme la louve son petit et en faisant feu de tout bois.

— C'est tout le mal que je vous souhaite !
— Vous n'avez pas l'air convaincu !
— Pourquoi dites-vous cela ?
— Je ne sais pas… je le vois à vos yeux.

Diable de femme qui était capable de lire dans ses pensées !

— Avez-vous pris contact avec la police impériale de Canton ? Il paraît que rien ne leur échappe dans la ville, fit John, sincèrement inquiet pour elle.

— Surtout pas ! Tous ces gens ne sont pas censés savoir que je suis ici !

— Il faut faire attention à vous, Irina. Vous êtes peut-être surveillée… et en danger !

— Que pouvais-je faire d'autre ? Le vieil eunuque que son père a envoyé à Canton pour le retrouver ne donne plus aucune nouvelle. Je suis seule. Je me suis toujours battue seule !

— Et Daoguang ?

— Le Fils du Ciel a toujours eu tendance à éluder les problèmes, à l'instar des puissants qui ne veulent jamais être pris en défaut, quand ils se trouvent face à une question qu'ils sont incapables de résoudre ou à un événement qui les gêne. De peur que je ne devienne pour lui un reproche vivant, Daoguang m'a fermé sa porte. Il est sous influence. La Première Concubine veut ma peau… Quant à La Pierre de Lune, son retour inopiné à la Cour remettrait en cause la succession impériale !

Elle étouffa un sanglot. À présent qu'elle avait tombé le masque, Bowles, bouleversé, faisait face à une femme totalement désespérée.

— Sincèrement, Irina, j'aimerais beaucoup vous aider…
— Que pensez-vous de ma démarche ? À vrai dire, je n'ai pas

d'autre choix que de révéler l'existence de mon fils au monde entier ! lâcha-t-elle d'une voix rauque avant d'avaler d'un seul trait une autre tasse de thé.

— Tout tiendra dans les preuves que nous pourrons apporter du lien de filiation entre Daoguang et La Pierre de Lune ! répondit Bowles, songeur, et qui imaginait déjà le démenti offusqué de la Cité Interdite qui risquait de mettre à bas la crédibilité de son scoop.

— Serait-ce que vous doutez de ma parole ? souffla la Russe, furieuse.

— Pas le moins du monde, Irina !

— Il y a une preuve formelle. Le Fils du Ciel, ayant toujours considéré que La Pierre de Lune, comme ses autres fils, était susceptible de lui succéder un jour, a apposé son cachet personnel sur un certificat de paternité.

— Avec ce document, nous sommes sauvés ! Où se trouve-t-il ? chuchota Bowles, tout excité.

— Le certificat fut caché dans un étui à pinceau et remis au calligraphe dont je vous ai parlé.

— Bouquet de Poils Céleste... celui qui fut découpé en morceaux...

— Hélas !

— Il ne nous reste plus qu'à espérer que le document ne s'est pas perdu ! glissa le dessinateur de presse, fort désappointé et non sans une certaine lassitude.

Il en était déjà à imaginer les arguments qu'il devrait faire valoir auprès de Row pour que l'histoire d'Irina Datchenko ne soit pas assimilée à de la pure affabulation et son article jeté aux oubliettes. La Sibérienne, qui avait parfaitement jaugé l'abîme de perplexité dans lequel Bowles était plongé, se fit menaçante :

— Je vous trouve soudain moins enthousiaste. Ne seriez-vous pas en train de changer d'avis ?

Il sursauta et ne put que bredouiller :

— Ne vous méprenez pas, Irina ! Si je joue l'avocat du diable, c'est pour faire pièce aux arguments de ceux qui ont intérêt à vous décrédibiliser !

Fébrile, il extirpa de sa sacoche son crayon à sanguine, un petit couteau à tailler les mines ainsi qu'une gomme.

— Pourquoi sortez-vous tous ces ustensiles ?

— Je dois réaliser votre portrait ! Mon article sera évidemment illustré.

— Vous voulez commencer à le faire ici ? fit-elle, soudain calmée.

— Laissez-moi attraper votre profil ! s'écria Bowles, avant de virevolter autour d'Irina sans la moindre retenue.

L'époustouflante Russe pouvait être croquée sous tous les angles. Elle lui faisait penser à ces modèles immortalisés par le peintre Thomas Gainsborough[1] dont on ne savait plus, tellement ils étaient beaux, s'il s'agissait encore d'êtres humains.

— De trois quarts, ce sera parfait ! conclut-il en se figeant, après avoir fermé un œil pour mieux fixer son cadrage.

— Et dire que je ne suis même pas coiffée ! chuchota-t-elle en prenant coquettement la pose et en faisant mine d'arranger ses boucles.

— Ne bougez pas, s'il vous plaît. Là, c'est parfait ! lâcha John tandis que ses doigts habiles, en quelques traits hachés et tourbillonnants, faisaient apparaître, saisissants de ressemblance, le visage et le buste d'Irina. Lorsqu'il les eut achevés, il lui tendit la feuille.

— Qu'en pensez-vous ?

Le résultat était probant. Bowles avait réussi à capter cette grâce ensorcelante qui valait à la Sibérienne de faire tomber tous les hommes à ses pieds.

— Pas mal pour un premier jet. Vous êtes doué ! murmura-t-elle en souriant.

Flatté, il était à nouveau sous le charme, désireux de rester si près d'elle le plus longtemps possible...

— Voulez-vous que nous allions dans le jardin ? Nous y serons plus tranquilles et la lumière est plus belle qu'à l'intérieur...

« Vous êtes le genre de modèle que tout portraitiste se délecte à croquer sous tous les angles ! On va faire mieux. Ne bougez pas, s'il vous plaît. Votre attitude est parfaite ! lui lança-t-il après l'avoir installée devant une pelouse engazonnée typiquement anglaise.

Au bout d'un quart d'heure, John, qui n'était décidément pas en manque d'inspiration, avait déjà rempli trois feuilles, plus ressemblantes les unes que les autres.

— Savez-vous quoi, Irina ? J'aimerais tellement faire de vous une gouache ! Vos yeux, votre teint, vos cheveux, tout cela mériterait la couleur, la supplia Bowles.

— Vous peignez à la gouache ?

---
1. Thomas Gainsborough (1727-1788), l'un des plus célèbres peintres anglais du XVIIIe siècle, connu pour ses portraits.

— Je l'ai pratiquée lorsque j'étudiais à l'Académie royale des beaux-arts de Londres...

— Que je sache, les illustrations des journaux ne sont pas en couleurs !

Bowles, accablé, fit non de la tête.

— Dans ce cas, ne pensez-vous pas qu'un bon dessin comme celui-ci suffirait à illustrer votre article ? Il est vraiment très ressemblant ! fit-elle en désignant la première des feuilles où John l'avait représentée en buste, de trois quarts.

— Vous êtes trop indulgente ! protesta John, décontenancé.

Elle se leva. Il craignait tellement d'en rester là avec elle qu'il revint maladroitement à la charge.

— Au fait, Irina, quand pourrait-on se revoir pour ce portrait à la gouache ?

Elle le rembarra gentiment.

— Je crains que ce ne soit difficile... Je suis si occupée à essayer de retrouver mon fils... Pour moi, c'est la priorité des priorités.

— Comment voulez-vous que je puisse rédiger convenablement mon papier si vous ne me donnez pas l'opportunité de vous revoir ? s'écria Bowles, piqué au vif.

— Je vous ai tout raconté, John !

Pris de court, Bowles inventa une histoire.

— Si vous acceptiez de répondre à trois ou quatre questions plus précises que je vous poserais, cela renforcerait singulièrement la crédibilité de mon papier. Les lecteurs du journal sont friands d'interviews...

— John, quand comptez-vous le publier, ce papier ? s'enquit la Sibérienne avec des airs de petite fille abandonnée par les siens.

— Le plus tôt possible. Je n'ai qu'une parole !

— En Russie, aucun journal n'accepterait de publier une telle histoire de peur qu'elle ne perturbe les relations entre le tsar et l'empereur de Chine !

— En Angleterre, la presse est libre.

— La presse n'est jamais libre. La presse a besoin d'argent...

— Ce sont ses lecteurs qui font vivre un journal. L'*Illustrated London News* n'a qu'un seul maître : son lectorat !

— Plaise au ciel que vous disiez vrai, John, souffla-t-elle en frissonnant.

Au moment où elle lui tendait la main, Bowles, dont le cœur battait la chamade, lui lança :

— Seriez-vous disponible demain ? D'ici là, j'aurai eu le temps de préparer mes questions...
— Pour votre interview ?

Il acquiesça, avec les yeux d'un chien qui attend la caresse de son maître.

— Ici à la même heure, c'est possible, murmura-t-elle tristement.

Lorsqu'il rentra à son auberge à la nuit tombante, John se jeta sur son lit et, les yeux rivés au plafond, se mit à penser à l'incroyable histoire de La Pierre de Lune en se disant qu'un jour – qui sait ? –, peut-être aurait-il la chance de rencontrer l'enfant d'Irina Datchenko et de Daoguang...

Bercé par cette illusion, il finit par sombrer dans un profond sommeil.

43

Canton, 12 octobre 1847

— Monsieur a l'air bien fatigué... Je vais lui préparer du thé, murmura Zhong le Discret à son maître qui rêvassait, affalé sur un fauteuil d'osier à moitié dévoré par l'humidité.

Sa première semaine d'enquête avait complètement épuisé Niggles, qui avait décidé de s'octroyer une journée de repos. Alors que les interrogatoires des magasiniers qui se réfugiaient tous dans un mutisme réprobateur ne donnaient rien, l'inventaire des stocks laissait apparaître de nombreux écarts entre la marchandise entreposée et les quantités théoriques. Accablé, le directeur de Jardine & Matheson en Chine avait découvert que l'« évaporation » était loin de ne concerner que les caisses d'opium. Toutes les denrées stockées dans ses magasins, du thé de Ceylan aux cotonnades d'Angleterre, en passant par les aromates de la péninsule arabique et les tapis de Perse, faisaient l'objet de pillages systématiques, sans oublier les outils de menuiserie forgés dans la région de Bergame dont il s'était aperçu avec effroi qu'il en manquait les trois quarts !

Le sol s'était effondré sous Niggles lorsqu'il avait découvert l'ampleur de la fraude à laquelle il était confronté. Il craignait par-dessus tout l'effet du scandale lorsqu'il en référerait à ses autorités de Londres. Il passerait soit pour un voleur, soit pour un piètre gestionnaire, à tout le moins indigne des fonctions qui lui avaient été confiées. L'avenir s'annonçait par conséquent des plus sombres. Il se voyait déjà mis à pied sans la moindre indemnité, contraint d'abandonner son bureau et son train de vie, obligé de revenir en Angleterre la queue basse et marqué au fer rouge jusqu'à la fin de ses jours... à moins qu'il n'eût l'énergie de repartir dans d'autres aventures, vers de nouvelles activités comme celles dont les Elliott lui avaient donné l'idée. Marchand d'antiquités chinoises... Mais aurait-il seulement la force de changer de métier, d'effectuer la collecte des objets, de les transporter, puis de trouver de riches clients qui accepteraient de payer le juste prix ? À Londres, la *gentry* fortunée aurait tôt fait de se renseigner sur son compte car nul doute que ses collègues de Jardine & Matheson lui pourriraient la vie en colportant à son propos de quoi lui fermer toutes les portes !

Il poussa un soupir et repensa à *baby face*, à son visage angélique ainsi qu'à ce côté « baroudeur » qu'il lui avait découvert depuis son équipée récente et qui ajoutait un peu plus à son charme. Quel dommage qu'Antoine Vuibert n'aimât pas les garçons... Avec lui, tout eût été possible. Car à son âge, pour repartir valablement dans la vie, il fallait être deux ! Face à cette rude épreuve qu'il devait à présent traverser, il se sentait seul au monde, abandonné de tous et cerné par un ennemi invisible qui avait décidé d'avoir sa peau. Du coup, il en était presque à regretter de ne pas avoir fait médecine comme son père et son frère. Lorsqu'il se leva pour aller assouvir un besoin pressant, deux pieds de son fauteuil se cassèrent. Il ne put s'empêcher d'y voir un mauvais présage. Le serviteur traîna un nouveau fauteuil.

— Cette véranda est infestée par les insectes ! lâcha Niggles quand il revint.

Zhong désigna le petit pot de bronze placé sur son brasero incandescent.

— J'ai mis des feuilles de citronnelle à cuire... Quant au thé de monsieur, il est servi !

À la première gorgée, Jack Niggles fit la grimace.

— Ce thé est beaucoup trop amer ! Depuis quelques jours, tu me sers un breuvage imbuvable ! lâcha-t-il, agacé et sans cacher un certain accablement.

— C'est du Nuage des Forêts... l'une des meilleures variétés de thé vert ! s'écria le serviteur en minaudant.

— Il n'empêche, il ne me laisse que du feu à la gorge... maugréa l'Anglais en se tamponnant la bouche avec sa pochette de soie.

— En réalité, monsieur est très fatigué, mais monsieur ne veut pas l'admettre. Voilà pourquoi le thé Nuage des Forêts paraît si amer à monsieur ! ajouta Zhong le Discret comme si de rien n'était.

Il lui fallait être sur ses gardes, car c'étaient les gouttes blanchâtres d'Épée Fulgurante qui conféraient au thé de Niggles sa terrible amertume.

— Il est vrai que la station debout du matin au soir dans cet entrepôt où l'on étouffe est un rude exercice… soupira, maussade, le marchand d'opium.

Ses investigations n'avançaient guère, au point qu'il avait désormais l'impression de s'attaquer à la muraille de Chine. Les stocks à vérifier, gigantesques, fluctuaient selon les jours, au gré des entrées et des sorties des marchandises. Bref, la suite de l'enquête s'annonçait des plus difficiles et il n'était pas du tout sûr d'arriver à ses fins.

Il acheva son bol de mauvaise grâce, en pensant au rapport qu'il devrait rédiger pour Stocklett et ses chefs. Il importait, à cet égard, de ne pas trop tarder afin qu'il soit dit qu'il avait découvert le pot aux roses, sans attendre qu'une inspection diligentée par la direction générale – ils appelaient ça « audit » – lui coupât l'herbe sous le pied. Ce rapport, il lui faudrait le rédiger avec une encre diplomatique et une plume politique. Ni trop long ni trop court, sans fioritures ni justifications inutiles, il devrait mettre en exergue le fait que sa réaction avait été immédiate dès qu'il avait eu des doutes sur l'état des stocks de ses entrepôts cantonais. Il expliquerait aux gérants la façon dont, au cours d'une inspection inopinée, il avait découvert le pot aux roses. S'il n'avait pas eu la présence d'esprit de venir à Canton sans prévenir, le pillage aurait continué au grand dam de la compagnie. Mais ce n'était pas tout de rédiger un rapport pour se disculper. Encore fallait-il que là-haut, ils fussent convaincus du bien-fondé de son argumentation… et surtout de son honnêteté, ce qui n'était pas acquis d'avance. Il était en train d'imaginer cette ordure de Stocklett faisant à Row son numéro habituel sur les faibles capacités gestionnaires des commerciaux de son espèce et préconisant son renvoi de la compagnie sans un penny lorsque Zhong s'approcha de lui et lui glissa :

— Je vais vous préparer un autre bol de thé…

Le serviteur félon eût été satisfait de doubler la dose de poison destinée à son maître pour l'expédier encore plus vite *ad patres*.

— Surtout pas ! J'ai déjà le ventre en feu ! Accompagne-moi plutôt marcher au bord de la Rivière des Perles. Un peu d'air me fera du bien… Ici, il fait si chaud ! gémit Jack, dont les noires pensées pesaient à présent sur un estomac déjà passablement embarbouillé.

Bien que l'auberge où le marchand avait loué un petit appartement fût située à peine à trois ou quatre encablures du fleuve, ils mirent près d'une heure pour y arriver, le marchand d'opium peinant à marcher et s'appuyant de tout son poids sur l'épaule de son serviteur. La Rivière des Perles était, comme à l'accoutumée, jaunâtre et bouillonnante, pestilentielle et gonflée par les pluies diluviennes de la semaine précédente, charriant les putréfactions de toutes sortes qu'y déversait de jour comme de nuit la population de Canton. La force du courant était telle que même les grosses embarcations qui remontaient le fleuve, propulsées par la force des bras de la cinquantaine de rameurs qui se trouvaient à bord, semblaient faire du surplace. Après s'être traîné vaille que vaille vers un banc de pierre sur lequel des enfants en haillons jouaient à chat perché, Jack s'y affala comme une chiffe. Et en même temps qu'il contemplait ce grand torrent de malheur qui était capable, lorsqu'il sortait de son lit pour devenir une vaste nappe de mort, de noyer chaque année des dizaines de milliers de gens, il fut saisi d'un horrible doute.

Se tournant vers Zhong, il l'observa, tandis que l'autre, d'un air où il voyait de l'insolence, soutenait son regard. Son doute se transformait en certitude. Au bout de quelques instants, il lui souffla d'une voix blanche :

— Tu sais, Zhong… je pense à quelque chose…
— À quoi donc pense monsieur ?

Niggles grimaça.

— Je me dis que si tu me volais, je serais le plus mal placé pour m'en rendre compte ! Le mari cocu est toujours le dernier à le savoir !

Les yeux du serviteur, parfaitement maître de lui, ne cillèrent pas d'un iota.

— Monsieur ne parle pas sérieusement !
— Je parle le plus sérieusement du monde, souffla l'Anglais qui s'était levé et se tenait le ventre.

Souffrant le martyre, il se racla la gorge et manqua de vomir. Un feu intérieur rongeait son œsophage, provoquant un énorme spasme qui parcourait son torse, de l'anus jusqu'à la bouche. Ouvrant grand la bouche, il crut qu'il allait rendre ses tripes et se libérer de cette terrible acidité qui imprégnait son tube digestif, mais rien ne vint.

Pendant ce temps, Zhong scrutait la face de son maître afin de déterminer s'il plaisantait ou si, au contraire, il se doutait réellement de quelque chose. Le « nez long aux cheveux rouges » n'était plus que l'ombre de lui-même. Sous son béret de cheveux couleur de vieille étoupe, son visage hâve, creusé par les rides et mangé par des yeux profondément enfoncés dans leurs orbites bleuâtres, faisait peine à voir. Le poison à base d'arsenic qu'il lui inoculait depuis cinq jours commençait visiblement à produire ses terribles effets.

Ce n'était sûrement pas le moment d'interrompre la besogne dont l'avait chargé son chef Épée Fulgurante.

— Si j'étais son ennemi, monsieur s'en serait aperçu depuis belle lurette. Monsieur oublie qu'il a souvent offert son cou à mon rasoir... À la place de monsieur, je regarderais plutôt du côté de Vuibert !

— Je ne vois vraiment pas pourquoi Antoine Vuibert m'aurait menti ! lâcha Niggles d'un ton désabusé.

— Sa visite sentait la manœuvre à plein nez !

— Mais de quelle manœuvre veux-tu parler, grands dieux ! s'écria Jack, excédé.

Même s'il avait, vis-à-vis de *baby face*, la rancœur d'un amoureux déçu, il n'arrivait pas à imaginer le jeune diplomate en pilleur en chef des entrepôts cantonais de Jardine & Matheson. D'ailleurs, si tel avait été le cas, pourquoi serait-il venu le trouver pour lui raconter ses mésaventures et lui faire part de l'existence de ces activités frauduleuses ?

— Son histoire de capture par des pirates, je n'y ai jamais cru ! minauda l'« homme à tout faire ».

Niggles eut une moue de dégoût. En essayant de l'induire en erreur, Zhong le prenait bel et bien pour le dernier des imbéciles. Décidé à le débusquer, il abonda dans son sens.

— Après tout, tu as sans doute raison... Ce Français a sans doute cherché à me manipuler.

— Personnellement, il y a longtemps que je le vois venir... ajouta Zhong, venimeux.

— Tu es plus clairvoyant que moi !

Jack, qui venait d'acquérir la certitude que Zhong était dans la combine, laissa son regard vagabonder sur la crête mousseuse des vagues brunes du fleuve en crue. Il repensait à sa rencontre avec lui. Il n'y avait rien de fortuit dans la façon dont le domestique l'avait abordé sur le chantier de sa maison en lui faisant croire qu'il travaillait dans la fumerie d'en face. Le Chinois au visage d'ange raphaélite avait parfaitement joué la comédie en l'apitoyant avec son enfance malheureuse qui n'était évidemment que pure invention. Jack, sans le savoir, avait nourri la vipère en son sein et était tombé dans le panneau. Pour celui qui était devenu son amant dès le premier soir, cela avait été un jeu d'enfant que de se faire embaucher. C'est ainsi que Zhong était devenu son « homme à tout faire ».

Face à ce qui était à présent une réalité aveuglante, le marchand d'opium se mit à hurler :

— Pourquoi me voles-tu, ô Zhong ? N'as-tu pas une situation enviable ? Tu es en train de la mettre irrémédiablement en péril...

Le domestique serrait les poings, prêt à bondir sur ce maître qu'il haïssait de toutes ses forces.

— Réponds-moi, Zhong ! Tu es démasqué !

— Que voulez-vous que je vous dise, si ce n'est que je n'ai que faire de vos sarcasmes ?

— Ton absence de réponse vaut aveu ! Tu n'es qu'un traître ! hurla le marchand d'opium avant de s'accroupir pour cracher un flot de bile qui lui laissa à la bouche une terrible morsure.

Les mains de Zhong s'agrippèrent à ses épaules et le firent chuter lourdement à terre. Les deux hommes n'étaient plus qu'à quelques pas du fleuve.

— Monsieur Niggles, un voleur ne doit pas s'étonner de se faire voler !

— Je t'interdis de me traiter de voleur ! Je suis un honnête homme !

— Vendre de l'opium, cela s'appelle voler le peuple, monsieur Niggles ! Mes amis et moi vous suivons à la trace...

— De quels amis parles-tu ? souffla Jack, à bout de souffle.

— Monsieur Niggles, la triade des Trois Harmonies vous a à l'œil depuis que vous avez posé le pied sur le sol de ce pays...

— Tu es donc membre des Trois Harmonies... murmura l'Anglais en se tordant de douleur.

Comme tous les étrangers présents en Chine, il connaissait l'existence de cette société secrète, au sujet de laquelle couraient toutes sortes d'histoires plus abracadabrantes les unes que les autres quant à son organisation et à son rôle. Certains allaient jusqu'à prétendre que cette mafia qui s'était donné pour but d'assassiner Daoguang avait réussi à infiltrer son entourage immédiat. Grâce à la présence en leur sein de quelques puissants *compradores*, les Trois Harmonies contrôlaient les zones portuaires les plus importantes du pays, obligeant certaines compagnies de commerce à traiter avec ses mandants. Niggles, à présent, comprenait mieux pourquoi cette triade n'avait jamais sollicité Jardine & Matheson : elle préférait piller ses entrepôts.

— Je vous signale que Garçon des Nuages l'était aussi...

— Tu connais Garçon des Nuages ? fit Niggles, estomaqué.

— Les Trois Harmonies couvrent tout le territoire de la Chine. Dès mon entrée dans l'organisation, je fus envoyé à Tianjin auprès de Tripode Authentique. J'étais présent le fameux soir où Garçon des Nuages vous amena chez Tripode !

L'Anglais, déjà au bord de l'agonie, poussa un long râle. La manipulation était encore plus importante qu'il ne l'imaginait. Depuis Tianjin, ils l'avaient pisté, suivi, pénétré son dispositif... Ils avaient joué avec lui comme avec un pion et à présent ils le pillaient, le volaient, détruisaient sa réputation auprès des gens de Jardine. Repensant au somptueux acteur d'opéra dont l'épaule portait le corbeau qui tient le soleil, il gémit :

— Donne-moi au moins des nouvelles de Garçon !

— Il est mort quelques mois à peine après votre venue. Il était fort mal en point.

— L'opium ? souffla Niggles, accablé.

Il revoyait toute la détresse de l'ultime regard que Garçon lui avait jeté avant de s'évanouir dans la nuit. Il essaya d'étendre la main pour voir la bague de jade de Garçon, mais constata que son bras ne répondait plus. Tout son corps se paralysait lentement.

— À ton avis ? s'écria le Chinois en se penchant tout contre le visage de Jack.

L'Anglais, en découvrant les lèvres charnues de son ancien amant qui avaient si souvent rendu hommage à son sexe, poussa un long soupir. Il se revit le premier soir où Zhong lui avait offert le meilleur de ses caresses charmantes. Comme il avait été naïf ! Il avait cru que son serviteur était sincère. À l'instar de tous les coloniaux, il s'imaginait attendu comme le Messie, alors qu'il était cerné par de vils gredins qui guettaient la première occasion de se venger. Il avait pris le diable pour un saint ! Un immense marécage, une vaste étendue de sables mouvants, une mer au calme trompeur, voilà ce qu'était la Chine, l'empire des larmes pour ceux qu'elle engloutissait !

Soudain, il vit du jaune bouillonnant à quelques centimètres de ses yeux. Son nez et sa poitrine étaient mouillés. Il ne s'était pas rendu compte que Zhong le Discret venait de le traîner au bord du fleuve et n'eut pas la force de résister ni de se débattre lorsque celui-ci, d'un violent coup de jambe, le fit rouler dedans et que les eaux boueuses de la Rivière des Perles s'engouffrèrent instantanément dans sa bouche avant d'envahir ses poumons et son estomac.

Aussitôt, sous les yeux vengeurs de son ancien « homme à tout faire », le corps du marchand d'opium anglais fut avalé par un méchant tourbillon jaunâtre.

44.

Canton, 15 octobre 1847

Tandis que l'or du couchant se fondait dans l'orange rougeoyant des murs de la grande cour du monastère de l'Illumination, La Pierre de Lune, passablement amaigri, le teint hâlé et le crâne entièrement rasé, bref, méconnaissable, continuait à penser à sa chère Laura tout en fixant les yeux mi-clos, et comme éblouis par les derniers feux de l'astre solaire, du grand bouddha allongé devant lequel il s'était recueilli avec elle, le fameux jour où ils avaient visité la salle de l'Enfer du plus grand sanctuaire bouddhique de Canton.

En ce jour de fête, l'immense gisant noirci par la fumée des cierges et des bâtonnets d'encens disparaissait totalement sous les monceaux d'offrandes de fleurs et de fruits que les dévots déposaient sans discontinuer depuis le lever du jour sur ses pierres brûlantes.

Le fils caché de l'empereur Daoguang, qui portait la toge de couleur safran des moines bouddhistes, s'empara d'un petit balai et, d'un geste souple, chassa la nuée de moineaux qui venait de s'abattre une fois de plus sur ce fastueux festin en train de cuire. Il était chargé d'en éloigner les oiseaux jusqu'à ce que d'autres moines vinssent, après le coucher du soleil, récupérer les dons de la journée dont il serait fait deux tas : l'un, tout petit, pour la communauté monastique et l'autre, beaucoup plus gros, pour les pauvres et les indigents qui se pressaient aux portes de la pagode. Après quoi, il ne lui resterait plus qu'à balayer l'aire de prière de fond en comble avant d'aller récupérer, muni de son bol à aumônes, son unique pitance de la journée auprès de l'un des assistants du Père Supérieur.

Cela faisait deux mois que le jeune homme avait trouvé refuge au monastère. Deux mois pour ainsi dire immobiles et pendant lesquels, après les épisodes mouvementés qu'il avait vécus, le temps semblait avoir suspendu son vol. Invariablement et comme pour tous les moines, les journées de La Pierre de Lune étaient partagées entre les corvées communautaires et l'étude des textes sacrés du bouddhisme. Dans quelques semaines, à l'issue de son premier trimestre de présence au monastère du temple de l'Illumination, on lui donnerait son nom de moine au cours d'une cérémonie solennelle. Selon la règle édictée par le Supérieur de la Grande Pagode, tous les bonzes étaient obligés d'abandonner leur nom de famille avant de prononcer leurs vœux. Ce jour-là, le moine se donnait entièrement au Bienheureux Bouddha et devenait capable de suivre la même Voie que Lui : celle qui menait au nirvana[1].

Le Bouddha demandait à ses adeptes de renoncer à tout désir et de ne plus faire aucun projet. Selon lui, c'était ainsi que les êtres échappaient à la souffrance et à la frustration perpétuelles, amplifiées et démultipliées par les réincarnations incessantes auxquelles étaient condamnés ceux qui s'écartaient du droit chemin et se voyaient contraints de renaître sous des formes inférieures, par exemple celle d'un insecte à la merci du moindre oiseau qui passait, ou encore celle de la souris dont le destin était de finir dans le ventre d'un chat...

C'était pour apprendre à vivre sans Laura que La Pierre de Lune avait décidé de s'imposer ce nouveau mode de vie.

Il revenait de loin et avait eu très chaud, passant en quelques jours de l'euphorie de la liberté au désespoir de l'absence de la femme qu'il aimait. Traqué par la police secrète qui avait eu vent de son retour à Canton, il avait failli tomber dans une embuscade lorsqu'il s'était précipité chez Issachar Roberts, tout à sa hâte de retrouver sa chère Laura. Il y avait été froidement accueilli par Bambridge qui lui avait sèchement expliqué comment la jeune Anglaise, juste après la mort de sa mère, était partie avec son frère sans laisser d'adresse. Ces terribles nouvelles l'avaient laissé sans voix. Les questions se bousculaient dans sa tête. Pourquoi Laura ne l'avait-elle pas attendu ? Où se trouvait-elle ? Comment avait-elle réagi à la mort de sa mère ? Pourquoi avait-elle quitté le presbytère sans dire où elle allait, sachant que ce ne pouvait être que là qu'il reviendrait la chercher ? Pour La Pierre de Lune, rempli de joie lorsqu'il avait franchi la porte du presbytère, le temps de la désillusion était venu,

---

1. Le nirvana est l'équivalent du paradis pour les bouddhistes. Lorsqu'on atteint le nirvana, on devient soi-même un Bouddha et on échappe au cycle des réincarnations.

même s'il ne doutait pas que la jeune femme continuât à l'aimer. Car il en était sûr : si elle s'était enfuie, c'est que des circonstances indépendantes de sa volonté l'y avaient obligée. Cela faisait exactement quatre mois que leurs chemins s'étaient séparés sur le bateau-restaurant de la Rivière des Perles et qu'il ne lui avait pas donné de nouvelles. Peut-être avait-elle pensé qu'il ne reviendrait pas. Peut-être, aussi, voulait-elle cacher sa grossesse à Roberts et Bambridge... Au fil des semaines, le ventre de Laura avait dû s'arrondir. Bientôt viendrait le moment où elle accoucherait de leur enfant. Serait-il à ses côtés, ce jour-là ?

— Mme Clearstone n'était pas en bonne santé, avait-il fini par souffler, accablé.

— Elle est morte de fièvre en quelques heures, lui avait précisé la gouvernante du pasteur sans témoigner de la moindre émotion.

Imaginant le pire, il avait essayé d'en savoir plus sur les conditions du départ de Laura.

— Vous n'avez pas une idée de l'endroit où sa fille a pu se rendre, mademoiselle Bambridge ?

— Fichtre non ! Si vous voulez mon point de vue, cette fille n'est qu'une pimbêche totalement dépourvue de principes ! avait lâché Bambridge, avant d'insister lourdement sur le fait que Laura n'avait même pas eu l'élégance d'assister aux funérailles de sa mère.

Un malheur n'arrivant jamais seul, au moment où il quittait ce presbytère dans lequel il n'avait désormais plus rien à faire, La Pierre de Lune avait à peine parcouru quelques mètres qu'il avait entendu prononcer son nom par des policiers qui barraient la rue et contrôlaient tous les passants. Tout le quartier du Panier Jaune avait été bouclé par les impériaux. Parmi eux, il avait reconnu sans peine le flic au brassard rouge qui était allé le quérir chez sa grand-mère. De peur d'être fait aux pattes, il était entré *in extremis* et le cœur battant à rompre dans la première gargote venue et y avait commandé une soupe. Pour quelle raison, alors qu'il n'était même pas bouddhiste, s'était-il mis à implorer le Bouddha, persuadé que seul le Bienheureux Siddhârta Gautama pouvait le tirer de ce très mauvais pas, il était bien incapable de le dire... Cette invocation lui était venue instinctivement, comme le dernier recours possible. Le Bienheureux était connu comme l'avocat des causes impossibles, celui vers lequel on se tournait quand tout était perdu.

La suite allait montrer qu'il avait fait le bon choix. Alors que le sbire au brassard rouge faisait les cent pas de l'autre côté de la rue, une charrette débordante de fagots de canne à sucre tirée par un buffle avait été bloquée juste devant la gargote par la foule de plus en plus dense qui faisait la queue devant le barrage des policiers. La Pierre de Lune avait fébrilement extirpé de sa poche un *liang* de bronze et, d'un geste, avait supplié son conducteur, un homme au crâne totalement rasé qui trônait fièrement sur son chargement, de le laisser se glisser sous ses cannes. L'homme en question, dont le regard rayonnait de bonté, avait catégoriquement refusé l'argent tout en lui chuchotant :

— Tu as besoin de te cacher ?

— Si tu m'aides à sortir du quartier, tu auras sauvé la vie à un innocent... Combien veux-tu ?

— Moi, rien ! Ce que tu comptais me donner, tu l'offriras à la pagode !

La Pierre de Lune s'était allongé entre les cannes à sucre et, lorsque la carriole était passée devant le barrage de police, le flic au brassard rouge n'y avait vu que du feu. Un quart d'heure plus tard, tout danger était écarté et le fils caché de Daoguang avait pu s'extirper de sa cache. Les fibres des cannes lui ayant profondément déchiré les chairs, le cultivateur avait sorti de sa poche un onguent qu'il avait passé sur ses jambes meurtries.

— Je ne sais comment te remercier, avait-il lancé, éperdu de reconnaissance, à son sauveur.

— Il n'y a pas de quoi !

— Quel est ton nom ?

— Noblesse de la Vérité.

— C'est un nom bouddhiste.

— Je suis effectivement un adepte du Bienheureux Bouddha. Comme toi, n'est-ce pas ?

À cette question, qui ressemblait fort à une invite, La Pierre de Lune, tout songeur, avait répondu :

— Je ne sais pas... Cela se pourrait bien... avait-il murmuré, en même temps que le souvenir de son premier contact avec une pagode lui revenait à la mémoire.

C'était le jour de l'an. Il était environ dix heures du soir et les festivités battaient leur plein, transformant Canton en ruche bourdonnante illuminée par des milliers de lanternes. Les mendiants eux-mêmes, auxquels les gens donnaient un peu de nourriture parce que c'était censé, ce jour-là, porter chance pour le reste de l'année, avaient troqué leurs plaintes et leurs postures habituelles pour des sourires un peu niais. Tandis qu'il se promenait avec son père dans Old China Street, une très forte explosion avait retenti, qui l'avait violemment projeté dans les airs. Dans la rue noire de monde, des garnements lançaient des pétards dans les jambes des passants. Lorsqu'il avait repris ses esprits, son père était penché au-dessus de lui et lui parlait mais il n'entendait rien. Plus aucun son ne pénétrait dans ses oreilles alors que Bouquet de Poils Céleste vociférait après une meute de gamins qui s'était éparpillée comme une nuée de moineaux. Croyant qu'il était devenu sourd, La Pierre de Lune, terrorisé, s'était mis à hurler :

— Mes oreilles sont mortes !

Après l'avoir serré dans ses bras, tandis que les grappes d'explosions et les chapelets d'éclairs déchiraient l'atmosphère, son père l'avait porté jusqu'à un petit temple lamaïste qui était situé quelques rues plus loin. Sur le seuil les attendait un vieux « Bonnet Rouge [1] » au visage buriné et diaphane.

— Bienvenue au temple des Lamas, ô illustres visiteurs ! s'était écrié le vieillard dont la voix ferme contrastait avec les lèvres souriantes, amincies et blanchâtres d'où elle s'échappait.

— Des mauvais garçons ont balancé des pétards dans les jambes de mon fils, du coup, ses petites oreilles n'entendent plus rien.

— Veuillez me suivre, le Bouddha débouche les oreilles et ouvre les yeux de tous ceux qui cherchent la Voie, avait aussitôt répondu le moine tibétain à Bouquet de Poils Céleste avant de les conduire devant une fort belle statue en bois de santal de Vajrasattva, l'Adi-bouddha ou Bouddha Suprême.

Assise dans la posture du diamant [2], la divinité, entièrement nue, ne portait qu'un diadème incrusté de turquoises et des brassards ornés de lapis-lazulis. La Pierre de Lune, dont les oreilles continuaient à ne rien entendre, avait été frappé par son regard joyeux, empreint de cette ineffable douceur qui vous inondait le cœur. Autour d'elle, des moines en habits rouges soufflaient dans des

---

1. Pour se distinguer des prêtres du Bonpo, la religion primitive du Tibet, Guru Rimpoche, dit aussi Padmasambhava, fondateur du bouddhisme tibétain vers 750 ap. J.-C., décida que ses moines porteraient la robe et la coiffe rouges, d'où le nom de « Bonnets Rouges » donné aux membres de ce qui deviendra l'une des principales sectes du lamaïsme tibétain avec celle des Geluk-Pa ou « Bonnets Jaunes », fondée vers 1450 par le moine réformateur Tsongkhapa, dont les membres portent une coiffe jaune et qui ont pour chef suprême le dalaï lama. Les deux sectes continuent à coexister au Tibet et en Chine.

2. La posture du diamant est la suivante : les pieds sont posés sur les cuisses, comme les yôgi, et les mains tiennent la clochette et le foudre-diamant. Ce dernier (*vajra* en sanskrit), qui est l'un des objets rituels essentiels du lamaïsme tibétain, a la forme d'un petit haltère aux extrémités ajourées. Le foudre-diamant évoque l'idée de lumière, de chaleur, de membre viril et de purification. Associé à la clochette qui représente la « sagesse », il symbolise le « non-moyen » pour atteindre l'éveil, c'est-à-dire l'Illumination.

trompes, égrenaient des chapelets mâlâ aux cent huit grains, agitaient des tambours-sabliers à boules fouettantes faits de corne de rhinocéros et de peau de singe et faisaient tourner des moulins à prières disséminés dans le déambulatoire. D'une voix si basse qu'elle paraissait venir d'outre-tombe, tous les lamas psalmodiaient la célèbre formule sacramentelle du mantra *Om mani padme hum*[1].

Cette plongée dans ce monde obscur et magique s'était achevée par l'imposition des mains du vieux moine sur les tempes de La Pierre de Lune. Après avoir invoqué l'Adibouddha, le lama lui avait soufflé très fort dans les oreilles et, en quelques instants, il avait totalement recouvré l'ouïe. Au moment où le vieil homme l'avait béni, il avait été frappé par la douceur infinie de son regard bienveillant et lointain à la fois, qui paraissait scruter le vide.

— À présent, tu pourras entendre la voix du Bienheureux ! Un jour, il t'appellera. Si tu l'écoutes, tu seras sauvé ! avait murmuré le moine, toujours aussi énigmatique et souriant.

— Le monsieur ne nous a rien demandé... Il ne voulait pas d'argent ! s'était étonné le petit garçon qui avait déjà eu l'occasion d'observer l'habileté des médecins chinois lorsqu'il s'agissait de soutirer des sommes astronomiques à leurs clients.

— Ce lama est la compassion incarnée. Il souhaite faire le bien, un point c'est tout. Il ne cherche pas à gagner de l'argent, lui avait expliqué son père, sur le chemin de la maison.

— Père, qu'est-ce que la compassion ?

— L'attention aux autres. Le fait de compatir à leurs souffrances.

— Celui qui va m'appeler un jour, le Bienheureux Bouddha, qui est-ce, papa ?

Comme ils étaient arrivés à la maison, Bouquet de Poils Céleste, qui professait des idées confucéennes, avait préféré arrêter là leur conversation. Il n'était pas bien vu d'être bouddhiste, quand on était calligraphe. Pour La Pierre de Lune, l'occasion ne s'était jamais présentée de reparler du Bouddha avec son père, mais sa visite au temple des Lamas était restée gravée dans sa mémoire et lui avait donné envie de mieux connaître les Nobles Vérités du Bienheureux Siddhârta Gautama.

C'était dans cet état d'esprit que le fils caché de Daoguang regardait à présent son secourable cultivateur de canne. Il n'avait pas été

---

1. Ce mantra – littéralement « ce qui protège l'esprit » – qui signifie « Le joyau est dans ce lotus » est la principale invocation des Tibétains au bodhisattva intercesseur Avalokiteçvara (Guan Yin pour les Chinois).

surpris de constater que ses yeux avaient la même expression de bonté que ceux du vieux lama au bonnet écarlate lorsqu'il lui avait rendu l'ouïe et accordé sa bénédiction.

Noblesse de la Vérité tira d'un coup sec sur la longe de son buffle pour faire stopper sa carriole puis, une fois celle-ci immobilisée, il joignit ses mains contre son front et s'inclina respectueusement devant son passager en lui disant :

— Je l'avais deviné ! Tu as les yeux de quelqu'un qui a découvert, comme moi, la Bonté Infinie du Bouddha !

— Tu es consacré ? lui demanda La Pierre de Lune, de plus en plus intrigué par le comportement du saint homme.

— Étant marié et père de huit enfants, la vie monastique m'est hélas fermée. Mais cela ne m'empêche pas de me rendre à la pagode trois fois par jour pour y faire les offrandes et prier pour tous mes semblables. D'ailleurs, j'y vais de ce pas pour offrir au Bienheureux cette cargaison de canne à sucre. Je suis cultivateur. Je m'efforce de donner à la Grande Pagode la moitié de mes récoltes…

C'est ainsi que La Pierre de Lune, ému aux larmes par le souvenir de sa visite en compagnie de sa chère et douce Laura, avait retrouvé la pagode de l'Illumination.

Habitué des lieux, Noblesse de la Vérité y était connu comme le loup blanc. À peine avait-il guidé son buffle à l'intérieur de l'immense avant-cour du temple, qu'une nuée de bonzes s'était ruée sur sa carriole en riant aux éclats. En quelques secondes, ils en avaient effectué le déchargement puis ils avaient aspergé d'eau le buffle avant de l'étriller copieusement et de lui donner quelques feuilles de canne à sucre à mastiquer. Le spectacle de ces tiges flexibles qui pendaient, tels de verdoyants jets d'eau, hors de la bouche du buffle était si drôle que les moines avaient éclaté de rire. La Pierre de Lune, qui avait furieusement besoin de décompresser après les affres de sa sortie du presbytère, s'était esclaffé à son tour. Après ces jours terribles où s'étaient accumulés tant de malheurs, de coups de théâtre, de contrariétés et de faux espoirs, la pagode de l'Illumination lui était apparue comme un havre de paix situé à l'écart du monde, un lieu divin où, grâce à la présence du Bienheureux Bouddha, les blessures du malheur étaient susceptibles de faire un peu moins mal, un refuge accueillant aux accents mystérieux où les accidentés de la vie trouvaient le réconfort nécessaire pour se relever et continuer à marcher… en un mot, un endroit où il sentait qu'il pourrait doucement se reconstruire pour mieux repartir de l'avant par la suite.

Après ses prières habituelles, Noblesse de la Vérité s'apprêtait à prendre congé de La Pierre de Lune lorsque ce dernier lui avait annoncé :

— Je voudrais passer un peu de temps ici. Comment dois-je faire ?

— Rien de plus facile. Il suffit d'obtenir l'accord d'Illumination Subite. C'est le Père Supérieur. Suis-moi !

Sans perdre une minute, le cultivateur l'avait amené auprès du moine qui présidait aux destinées du millier de bonzes et de novices que comptait le monastère associé à la Grande Pagode. Lorsqu'il avait pénétré dans l'antre d'Illumination Subite, une pièce minuscule dépourvue du moindre meuble où le religieux méditait sur un simple lit de planches, La Pierre de Lune n'en menait pas large et frissonnait des pieds à la tête. L'homme qui était capable, pour apitoyer les fidèles, de mettre des ascètes dans des cages suspendues au plafond de la salle de l'Enfer ne devait pas être un enfant de chœur... À sa grande surprise, lorsque le cultivateur avait gratté à la porte, loin du monstre auquel il s'attendait, c'était un homme au physique d'ascète dont le regard lumineux et rassurant éclairait une face totalement dépourvue de rides qui était venu leur ouvrir.

— Quel bon vent t'amène ici, ô Noblesse de la Vérité ? J'ai toujours un grand plaisir à te voir... Comment va ta famille ?

Il était impossible à La Pierre de Lune de donner un âge quelconque à ce bonze qui venait de fêter ses quatre-vingts ans, même si, en raison de ses fonctions de chef de la communauté monastique, on pouvait en déduire qu'il en était l'un des plus anciens membres.

— Tout le monde va bien. Je suis venu vous présenter un ami qui souhaiterait habiter quelque temps ici...

Les yeux de braise du vieux moine, dont La Pierre de Lune ne mesurait pas ce qu'ils pouvaient avoir, aussi, de redoutable, s'étaient longuement attardés sur lui, comme si le moine cherchait à percer ses motivations.

— Tu veux donc intégrer la communauté monastique ? lui avait-il demandé.

— Je ne sais pas encore si j'en serai digne !

— En as-tu envie ?

— Oui ! avait répondu le fils caché de l'empereur Daoguang, loin de se douter à quoi il s'engageait.

Le sac du Palais d'Été

— Sais-tu que lorsqu'on devient bonze et qu'on a juré de respecter les Dix Interdictions [1], on le reste jusqu'à la fin de ses jours ?
— Je le sais !

Le vieux moine Illumination Subite s'était approché de La Pierre de Lune, puis avait posé sa main sur son crâne. Alors, le jeune Chinois jusque-là pétri d'angoisse avait eu l'impression qu'on lui ôtait du cœur un poids énorme et que son corps se vidait peu à peu de tous les miasmes qui s'y étaient accumulés.

— Sois le bienvenu ici ! Le Bienheureux te prend sous sa protection ! La fleur d'altitude renaît toujours après les neiges de l'hiver... avait murmuré, d'une voix douce et égale, le Supérieur dont les paroles réconfortantes avaient revivifié son visiteur pour lequel cette halte au monastère tombait à pic.

Il posa son petit balai. Les oiseaux, apeurés, s'étaient à présent réfugiés sur les branches des arbres et ne risquaient plus de toucher aux fruits et aux légumes

Le grain de pollen touche sa cible dès lors que le vent est favorable.

Cette belle maxime d'espoir et de sagesse de Zhuangzi, que son père lui avait fait écrire le jour de ses six ans, lui était toujours d'un grand réconfort lorsque, plus jeune, il peinait à recopier un caractère particulièrement difficile, ou qu'il n'arrivait pas à atteindre sa cible au tir à l'arc.

Le grain de pollen touche sa cible dès lors que le vent est favorable.

Sa cible à lui, où était-elle ? Dans une vie désormais consacrée au Bouddha ou bien dans une vie où il aurait retrouvé Laura, à laquelle il ne cessait de penser et dont il n'arrivait pas à se détacher ? Bien incapable de dire à quoi ressemblerait son destin, il regarda le soleil couchant qui, en diffusant depuis l'horizon les dernières bouffées de son encens de lumière, faisait rougeoyer les briques blondes de la Grande Pagode.

L'astre du jour venait de tomber derrière la ligne d'horizon pour laisser place à cet entre-deux bleuâtre qui durait moins d'un quart d'heure à la saison d'automne lorsque les premiers moinillons vinrent ramasser les tombereaux d'offrandes dispersées par les fidèles

---

1. Il s'agit des obligations suivantes auxquelles tout bouddhiste est soumis : ne pas tuer ; ne pas voler ; ne pas commettre l'adultère (respecter le vœu de chasteté quand on est moine) ; ne pas mentir ; ne pas tenir des propos spécieux ; ne pas médire ; ne pas pratiquer le double langage ; ne pas convoiter ; ne pas se mettre en colère ; ne pas se méprendre.

le long du corps lascif de l'immense bouddha couché. Âgés de treize à seize ans, ils étaient tous issus de milieux très pauvres et avaient été confiés au monastère parce que leurs familles étaient incapables de les nourrir. Le fils caché de Daoguang aimait la compagnie de ces jeunes garçons qui étudiaient les sutras[1] du Bouddha près de dix heures par jour et offraient perpétuellement aux autres leur joie communicative.

— La Pierre de Lune, tu as été magistral : les oiseaux semblent n'avoir rien mangé du tout alors que d'ordinaire ils se remplissent le ventre ! s'écria l'un d'eux en battant des mains.

— J'ai fait de mon mieux mais sans leur faire de mal, répondit le calligraphe en levant son balai.

Les novices entassèrent les bananes, les oranges et les feuilles de bananier remplies de riz gluant dans d'immenses paniers afin d'en distribuer une partie aux indigents qui se pressaient déjà aux portes du temple. Chaque soir, l'opération de répartition était supervisée par Illumination Subite en personne.

Devant les bassines ce soir-là bien plus remplies qu'à l'ordinaire d'offrandes comestibles, le Supérieur, ravi, s'écria :

— Demain, les moines ascètes seront dispensés de cage... Nous avons recueilli en une seule journée l'équivalent de trois jours d'offrandes.

Habitués, tels des fakirs, à tordre leurs membres pour faire rentrer leurs maigres carcasses dans les boîtes où un petit enfant pouvait à peine tenir, les huit bonzes squelettiques que le Père Supérieur faisait suspendre tous les matins au plafond de la salle de l'Enfer se prosternèrent, parfaitement indifférents à la nouvelle. La Pierre de Lune frissonna en pensant à ces fakirs indiens comme on en voyait de temps à autre dans les rues de Canton et qui prétendaient ne dormir correctement que sur leur planche à clous...

Le partage effectué, le Supérieur se tourna vers La Pierre de Lune.

— Viens dans mon bureau, j'ai quelque chose d'important à te dire.

Le Supérieur, après s'être installé dans la position du lotus, darda ses yeux dans ceux du jeune calligraphe et s'adressa à lui en ces termes :

— Le Maître des Études m'a fait part de tes pas de géant dans la compréhension des Nobles Vérités du Bienheureux. J'ai décidé d'écourter la période de ton noviciat. Demain, tu pourras prononcer

---

1. Mot sanskrit signifiant « sermon ».

tes vœux. Je t'ai choisi un nom de moine : désormais, tu t'appelleras Compassion Extrême !

Brusquement confronté à cette échéance, La Pierre de Lune, qui était loin de s'attendre à une telle annonce, fut soudain en proie au vertige, tel le montagnard découvrant le précipice. Il ne se sentait pas disposé à se priver définitivement de toute chance de retrouver sa femme et leur enfant. L'espoir que Laura l'attendait quelque part ne s'était jamais vraiment évanoui car *la montagne et l'eau*, ainsi que l'avait encore écrit Zhuangzi[1], *finissent toujours par se rencontrer*. Peu importait, entre Laura et lui, de savoir qui était l'eau et qui était la montagne.

— En suis-je vraiment digne ? bredouilla-t-il, bien décidé à gagner du temps.

— Tu es un novice exceptionnel... Tu as fais en deux mois ce que les autres mettent un an à accomplir... Le Bienheureux sera ravi de te compter parmi ses disciples.

Quelle que soit la longueur du fleuve, il termine toujours sa course dans la mer...

La Pierre de Lune psalmodiait ces mots à voix basse.

Quelle que soit la longueur du fleuve...

Il vit soudain la silhouette de Laura. Son ventre était de plus en plus arrondi. Depuis son arrivée au monastère, chaque fois qu'il disait cet autre aphorisme de Zhuangzi, sa femme lui apparaissait. Calme et souriante, elle lui tendait la main comme si de rien n'était, prête à partir avec lui au bout du monde, au pays des gens heureux... Ce n'était guère le moment de tout compromettre.

— Je ne me sens pas prêt... Je n'arrive toujours pas à comprendre certains passages du sutra du Lotus... lâcha-t-il d'un air buté.

— Tu es le premier novice que je connaisse à souhaiter différer la date de ses vœux. D'ordinaire, c'est l'inverse : il m'arrive souvent de retarder le serment de ceux qui souhaitent entrer dans la communauté alors qu'ils n'en sont pas encore dignes, déclara, fort désappointé, Illumination Subite qui se mit à tripoter nerveusement son *mâla*.

— Dès que je m'en sentirai digne, je viendrai vous en faire part, ô vénérable ! s'écria alors La Pierre de Lune, croyant que sa modestie serait comprise par le Supérieur.

Que n'avait-il pas dit ! À peine avait-il achevé sa phrase que ce dernier, agacé, murmura entre ses dents :

---

1. Grand philosophe chinois qui vécut au IVe siècle av. J.-C.

— Ici, ce ne sont pas les novices qui décident s'ils sont dignes ou non de devenir des moines ! C'est à moi – et à moi seul ! – qu'il revient d'exercer cette prérogative !

— Je ne voulais pas offenser la règle. Mon ignorance plaide en faveur des propos qui vous ont offensé... Je ne suis pas encore prêt.

Lorsqu'il quitta le bureau du Supérieur, soulagé d'avoir osé lui résister et conscient qu'il ne ferait pas de vieux os à la Grande Pagode, le jeune calligraphe comprit que si l'espoir lui était revenu, c'est qu'il avait commencé à se reconstruire.

Et cette renaissance, il la devait au Bienheureux Bouddha dont il ne louerait jamais assez l'infinie bonté et dans lequel il avait désormais foi.

45

Shanghai, 18 décembre 1847

Le navire était pile à l'heure ! Tandis que l'immense carcasse de bois et de fer du *Puissant* glissait vers le quai pour accoster, l'angoisse qui étreignait Antoine Vuibert depuis son réveil se dissipait. La pluie fine et tenace, coutumière de l'hiver shanghaien, empêchait de distinguer la rive opposée du Huangpu, et le navire en provenance de Hongkong avait brusquement surgi de ce brouillard grisâtre qui transformait le port en une lugubre zone fangeuse où pataugeaient quelques rares coolies trempés jusqu'aux os.

Après ces mois de liberté totale au cours desquels Antoine avait pu aller où bon lui semblait, notre apprenti diplomate était sur des charbons ardents, anxieux de savoir à quoi pouvait bien ressembler Charles de Montigny, le nouveau consul de France à Shanghai, auquel il devrait désormais servir de coadjuteur. Serait-il tyrannique et gueulard, exigeant une obéissance corps et âme, ou bien courtois et laissant les rênes longues ? Peut-être serait-ce tout simplement un homme tatillon et méfiant, de la race exécrable de ceux qui ne délèguent rien mais demandent tout, hypothèse qu'Antoine craignait par-dessus tout car ce sont là, hélas ! des chefs qui, n'en ayant pas le profil, sont à la fois insupportables et inefficaces…

C'était un collaborateur loyal mais néanmoins peu enclin à la soumission et encore moins à la compromission qui s'apprêtait à accueillir le nouveau consul de France à Shanghai.

Depuis son arrivée en Chine – où il avait l'impression d'être implanté depuis des siècles ! –, le cours de l'existence d'Antoine Vuibert s'était accéléré. Ses mésaventures avaient été autant d'épreuves qui lui avaient forgé le caractère. Nourri par l'expérience de la survie et conscient d'avoir échappé à la mort, il attaquait dans une humeur carnassière chaque nouveau jour de son existence, fermement décidé à ne pas s'y ennuyer. Bien qu'échaudé par cette équipée à Canton qui avait failli si mal tourner, puis par l'ahurissante déclaration d'amour de Niggles, il n'avait pas mis en sourdine ses projets aventureux.

C'est dire s'il attendait de pied ferme ce nouveau consul de France, qu'il comptait tester au plus tôt afin de déterminer si une collaboration avec lui était possible.

Le père Freitas lui avait, à cet égard, rendu un fier service. Grâce au terrain des jésuites, Antoine était en mesure de prouver sans délai à son patron qu'il avait en sa personne un collaborateur zélé et efficace. La mise au point des actes de propriété avait occupé le plus clair de son temps depuis plusieurs semaines et le Français vouait au Portugais une reconnaissance éternelle pour son coup de main décisif.

Il faut dire que ce redoutable manœuvrier de Freitas s'y était pris comme un chef. Sous le sceau du secret, il avait commencé par faire part à Antoine du jour de l'arrivée de Montigny à Shanghai. Fort surpris par cette annonce, le Français s'était écrié sans guère d'enthousiasme :

— Vous avez toujours d'excellents tuyaux, père Freitas ! À Paris, ils n'ont même pas jugé bon d'en informer le premier intéressé.

— Les diplomates croient souvent qu'ils ont l'éternité devant eux... Je plaisante ! Enfin, l'important est que vous soyez en mesure d'accueillir dignement M. de Montigny...

— Je vous remercie de m'avoir averti ! Il risque fort de ne pas reconnaître Shanghai où il n'est pas venu depuis trois ans. Tous les jours, de nouveaux immeubles se construisent. J'espère qu'il va se plaire ici ! Patron grincheux, collaborateur malheureux... avait ajouté Antoine, sur le reculoir.

— Il s'y plaira d'autant plus qu'il pourra s'appuyer sur un collaborateur efficace... lui avait glissé le jésuite, rassurant.

— Je vais faire de mon mieux. Selon vous, comment devrais-je procéder ? Je ne connais rien de ce M. de Montigny dont, à vrai dire, je ne sais même pas ce qu'il attend de moi !

— À votre place, je ferais en sorte de pouvoir lui annoncer tout de go que la France dispose à Shanghai d'un emplacement de choix où elle pourra ériger un superbe bâtiment consulaire !

— Le terrain dont vous m'aviez parlé, le jour de mon arrivée, est-il toujours disponible ? s'était empressé de demander Vuibert.

— Parfaitement. Je n'ai qu'une parole. Il est à votre disposition !
— Et son prix ? Vous ne me l'avez pas précisé...
— Trois cents écus d'or.
— Mais c'est là une somme énorme ! avait soufflé Antoine, saisi de vertige devant l'ampleur financière de l'opération.
— Vous voulez rire ! Ce n'est pas cher du tout. Ici, sous la pression des grandes maisons de commerce, les prix du foncier doublent chaque année. La Compagnie de Jésus n'ayant pas vocation à favoriser la spéculation immobilière, je vous propose ce terrain à un prix largement inférieur à celui du marché ! avait argumenté Freitas avec l'aplomb du redoutable homme d'affaires qu'il était.

Tant bien que mal, Antoine, qui craignait la réaction de ses supérieurs, avait essayé de faire machine arrière.

— À vrai dire, je ne sais pas encore où le consul de France souhaitera s'installer. Sans compter que le ministère des Affaires étrangères est une fort lourde machine où tout remonte au ministre qui est le seul à pouvoir prendre ce genre de décision...

— J'imagine que le ministre souhaitera que la France dispose d'un bâtiment qui ne fasse pas trop ridicule à côté de celui des Anglais !

Face au silence gêné d'Antoine Vuibert, Diogo de Freitas Branco avait argumenté avec fougue, mettant sa main au feu que Charles de Montigny serait éternellement reconnaissant à son collaborateur d'avoir saisi une telle opportunité. Enfonçant le clou, le jésuite s'était livré à une analyse fouillée des avantages financiers d'une telle opération immobilière en cas de revente du terrain par la France. Puis, constatant que sa force de conviction était en train d'ébranler les réticences du Français, il lui avait porté l'estocade définitive :

— Cette affaire n'a que trop duré, monsieur Vuibert. Si vous ne vous engagez pas, dans quelques jours je me verrai obligé de mettre ce terrain aux enchères. Sachez que je suis déjà harcelé par des Hollandais et par des Espagnols qui souhaitent s'en porter acquéreurs !

— Comment dois-je faire pour bloquer ce terrain au profit de la France ? s'était enquis l'apprenti diplomate, partagé entre l'envie de pouvoir annoncer la bonne nouvelle à M. de Montigny et la crainte de se voir reprocher une initiative intempestive.

Aussitôt, le jésuite, qui avait préparé son coup, lui avait présenté un feuillet à l'en-tête de la Compagnie de Jésus.

— Il vous suffit de signer ces documents... L'un est pour vous, l'autre est pour moi.

— J'espère que je ne signe pas mon arrêt de mort... avait, plaisantant à moitié, murmuré le Dauphinois au moment d'apposer sa signature au bas de la promesse d'acquisition du terrain moyennant la somme de trois cents écus d'or.

— À présent, il nous restera à aller trouver les services de l'administration foncière afin qu'ils établissent le dossier de propriété. La vente s'effectuera devant le mandarin Wong auquel il faudra remettre un petit cadeau si nous voulons éviter que la procédure ne s'enlise.

La coque du *Puissant* n'était plus qu'à quelques mètres du quai et Antoine, qui était allé voir Wong à six reprises, se voyait déjà annoncer fièrement à Charles de Montigny que la France disposait d'un superbe emplacement à Zikkawei.

Le navire en question était un beau trois-mâts aux formes fuselées et élégantes, bien plus fluides que les coques pansues des jonques de guerre entre lesquelles il avait dû se frayer un passage pour arriver jusqu'à l'embarcadère. Avec ses deux ponts et sa coque en bois doublée de cuivre qui mesurait près de quarante-cinq mètres de long, il jaugeait près de deux cent quarante tonneaux. Antoine n'avait jamais vu de steamer aussi moderne. Le grand vaisseau méritait bien son patronyme car c'était une vraie machinerie flottante. Fort à propos et comme si elles avaient souhaité entonner un hymne à la force motrice de la vapeur, ses deux cheminées se mirent à cracher fièrement leur jet de suie et de vapeur au moment où, dans un ultime effort, sa coque se collait doucement aux pierres taillées du quai que la pluie faisait luire. À peine le bruit provoqué par la paire de gros tuyaux pointés vers le ciel avait-il cessé que l'équipage, à grands coups de gueule, envoya les amarres à terre. Quelques instants plus tard, deux matelots détachèrent la passerelle accrochée au flanc du navire puis la firent pivoter avant de l'incliner vers le sol. Le commandant, le capitaine Gault des Étages, un vieux routier de la longue traversée qui permettait d'atteindre la Chine par le cap de Bonne-Espérance, vint s'assurer que les cordages étaient bien arrimés avant d'autoriser ses passagers à descendre. Antoine, qui s'était posté au pied de la passerelle et dont la main agitait un petit drapeau tricolore, avait pleinement conscience qu'une page de sa vie déjà fort remplie était en train de se tourner.

Dès qu'il aperçut le consul de France dans la file des passagers descendant du *Puissant*, il se précipita à sa rencontre. En grand uniforme diplomatique dont le plastron était brodé de feuilles de chêne, Montigny ne passait pas inaperçu, sous son bicorne noir orné d'une plume d'autruche blanche. Il discutait de façon animée avec un homme de type occidental. Les deux compères riaient aux éclats.

— Monsieur de Montigny ? s'enquit Antoine lorsqu'il se trouva à moins d'un mètre du diplomate.

— Exact. Je suppose que vous êtes Antoine Vuibert... répondit, plutôt étonné, le nouveau consul de France en Chine en ôtant poliment son bicorne.

— Pour vous servir, monsieur le consul...

— Votre présence ici m'épate, mon cher Vuibert. Comment diable avez-vous su que j'arrivais aujourd'hui ? Je ne m'attendais pas à vous voir ici !

Conformément au souhait du père Freitas, Antoine s'abstint de divulguer sa source.

— En l'absence de nouvelles du ministère, je m'efforce d'assister au débarquement des navires qui assurent les liaisons avec l'Europe, fit-il crânement.

Il était étonné par sa capacité à improviser des histoires.

Charles de Montigny, qui n'avait aucune espèce de raison de se méfier d'Antoine Vuibert, s'écria, aux anges :

— Et dire que les collègues ministériels se désolaient de ne pas avoir eu le temps de vous faire prévenir de mon arrivée. Il faut dire que c'est le ministre Guizot en personne qui a décidé de précipiter mon départ. Mon cher Vuibert, il sera dit en haut lieu que vous êtes quelqu'un de dévoué et de consciencieux. C'est bien !

Antoine, touché au cœur par le compliment, trouvait que la journée commençait plutôt bien.

— Avez-vous fait bon voyage, monsieur le consul ?

— Parfois un peu agité... la forte houle habituelle au passage du cap de Bonne-Espérance et une tempête essuyée avant le détroit de la Sonde. À part ça, tout s'est déroulé comme prévu, c'est-à-dire pour le mieux dans le meilleur des mondes ! assura Montigny dont le large sourire illuminait la face plutôt austère encadrée par des rouflaquettes d'ordinaire taillées au millimètre mais qu'estompait actuellement une barbe de plusieurs jours.

— J'en suis fort aise, monsieur le consul !

Le diplomate se tourna alors vers son compagnon et lui dit avec ce ton inimitable et faussement détaché de l'homme du monde :

— Mon cher Nash, puis-je vous présenter mon assistant, Antoine Vuibert... un homme jeune... mais néanmoins fort efficace !

M. de Montigny avait accompagné son propos d'une grosse tape dans le dos du jeune Français qui s'en était cabré de douleur.

— Ravi de vous connaître, monsieur Vuibert. Mon nom est Nash Stocklett et je viens de Londres.
— Enchanté, monsieur Stocklett.

La main étrange et souvent facétieuse du destin avait fait prendre le *Puissant* en même temps à Charles de Montigny et à Nash Stocklett ! Qui plus est, il ne leur avait pas fallu plus de deux jours pour faire connaissance et sympathiser jusqu'à devenir d'inséparables compagnons de voyage. Pendant les dix longues et éprouvantes semaines de navigation en haute mer et sans escale qui étaient nécessaires pour atteindre Batavia, les deux hommes ne s'étaient pas quittés d'une semelle. Dans ces voyages hauts en couleur, il ne fallait pas avoir froid aux yeux ni se montrer trop délicat.

Comme cela se pratiquait désormais pour les longues traversées, au fond des cales du steamer, le cuisinier et l'équipage avaient entassé une véritable ménagerie destinée à remplacer les éternels biscuits et salaisons qui formaient l'ordinaire des passagers des premiers voyages au long cours. Les poules, les lapins, les cochons, les dindons et autres moutons, abattus au fur et à mesure de la traversée, étant autant sujets au mal de mer que les humains, leurs déjections empuantissaient à un tel point l'atmosphère du navire que Montigny et Stocklett avaient effectué l'essentiel de la traversée sur le pont, y compris par gros temps. Lorsque la houle était trop forte et qu'il fallait descendre dans la cabine, c'était un véritable supplice que de subir les cris incessants, les piaulements désespérés et les odeurs putrides qui remontaient des entrailles de cette arche de Noé.

Dès le golfe de Gascogne, où soufflaient des vents qu'on disait ensorcelés par le terrible géant Gascon, avant la plongée direction plein sud vers le « Grand Océan », la mer donnait un bref aperçu des surprises qu'elle était susceptible de ménager aux occupants du navire pendant la traversée. Les tempêtes gasconnes, aussi courtes que violentes, engloutissaient plus d'un navire avant de pousser leurs épaves vers les côtes landaises où des pilleurs les faisaient brûler après en avoir volé la cargaison. Puis, la péninsule Ibérique doublée, on longeait les côtes africaines où, n'étaient les dauphins qui caracolaient devant l'étrave, les nuées de poissons volants qui s'abattaient sur le pont ou encore une baleine égarée là avec son baleineau, on ne croisait âme qui vive car les navires passaient bien trop au large pour apercevoir les pirogues des pêcheurs noirs. Deux mois plus tard, après avoir franchi le pot au noir de l'équateur, on atteignait le cap de Bonne-Espérance où la houle et les forts courants drossaient beaucoup de navires vers les terribles falaises acérées de piques rocheuses. La mésaventure avait failli arriver au *Puissant*, dont l'équipage, sous la houlette efficace de Gault des Étages, avait vaillamment lutté plus de huit heures d'affilée pour arriver à doubler sans s'y écraser la pointe extrême du continent africain. En plein milieu de la mer des Indes, un très violent cyclone avait permis à nos deux compères d'apprécier ce que Gault avait baptisé « méthode de tempête hollandaise ». Le capitaine avait ordonné à l'équipage de couper les moteurs et de ramener les voiles. Puis il avait fait bloquer le gouvernail du *Puissant* avant d'envoyer tous ses occupants s'allonger sur leurs couchettes. Enfin, il avait fait amarrer un chien sur le pont et attendu que le calme revienne. Lorsque Montigny et Niggles, après avoir rendu leurs boyaux pendant deux jours, lui avaient demandé à quoi servait l'animal, il leur avait expliqué le plus sérieusement du monde qu'il avait pour mission d'aboyer s'il venait à apercevoir un rocher ou un navire...

Aux escales de Singapour et de Batavia, Charles de Montigny, dont l'un des passe-temps favoris consistait à herboriser, avait récolté de nombreux échantillons de plantes[1]. Dans ces ports où l'activité ne s'arrêtait jamais, la présence de commerçants chinois déjà fort nombreux donnait au voyageur un avant-goût de ce qu'il allait trouver en Chine. Après la terrible tempête dans l'océan Indien, le passage du détroit de la Sonde avait été un vrai soulagement pour les passagers du vaillant steamer qui avait entamé une promenade de trois jours au milieu de ses îlots parfumés et verdoyants. À Macao, le consul de France avait été reçu en grande pompe par Jean-Baptiste Torette, le supérieur français de la mission lazariste. Le séminaire des lazaristes occupait une vaste bâtisse construite à une centaine de mètres du « Porto Interior », cette anse minuscule encombrée jour et nuit par des lorchas et des jonques qui faisaient la navette avec Hongkong et la Chine continentale. Dans la petite colonie portugaise, où pullulaient tripots et maisons de jeu, les églises et les palais baroques voisinaient avec les maisonnettes aux murs verts et roses, bordés d'azulejos comme c'était la mode à Lisbonne. Malgré cette architecture occidentalisante et assez irréelle dans le contexte, il flottait déjà là un parfum de Chine.

---

1. Cette collecte de vingt et une plantes fit l'objet d'une *Note des plantes recueillies dans l'intérieur de Java et dans les forêts vierges de Singapour et de la Malaisie pendant l'année 1847*. Charles de Montigny conduisit par la suite une mission diplomatique dans le nord de la Chine, au Siam et en Malaisie d'où il rapporta des échantillons de plantes et des insectes. Quant à ses collections chinoises et japonaises, après avoir été montrées au public à l'Exposition universelle de 1855, elles furent versées au Louvre par l'intéressé.

L'Empire des larmes

À bord du *Puissant*, Montigny et Stocklett avaient pu mesurer à quel point les motivations des individus attirés par le mythique Empire du Milieu avaient pour dénominateurs communs soit l'appât du gain et le rêve de faire fortune, soit la volonté d'y porter la parole du Christ.

— Il y a ceux qui considèrent la Chine comme un gigantesque marché et ceux pour lesquels ce pays est une immense terre de mission, avait conclu Charles de Montigny à l'issue d'une discussion passionnée avec Stocklett sur les conséquences de la guerre de l'opium.

La population des passagers du *Puissant* incarnait parfaitement cette dichotomie. Une dizaine de petits malfrats – aventuriers en mal de sensations ou gredins désireux de se faire oublier – y côtoyaient six missionnaires lazaristes, qui n'auraient pour rien au monde arrêté leurs prières et leurs offices même lorsque les creux faisaient monter et descendre le pont du *Puissant* de plusieurs mètres. Ces hommes à la foi rayonnante chevillée au corps et au courage physique exceptionnel ne doutaient pas une seconde du bien-fondé de leur démarche missionnaire. Il fallait les voir tous les matins, sur le pont ou dans la cale, revêtus de leurs vêtements liturgiques, dire leur messe après avoir allumé des cierges et fait brûler de l'encens comme s'ils se trouvaient à la chapelle de la rue de Sèvres.

Parmi les passagers également fréquentables qui prétendaient se lancer dans le commerce, se trouvait un certain Georges Pierrond, marchand de gravures d'Épinal de son état, qui espérait vendre aux riches Chinois les images lestes de trousse-jupons et de baisers volés qu'il avait entassées dans une grosse malle fermée à double tour. Un autre, du nom de Maxime Laval, fabriquait des horloges à Besançon. Le troisième, Ange Battista, corse d'origine, espérait séduire les riches Chinoises avec le fameux « cousu sellier » qu'il avait appris à pratiquer dans les ateliers de la maison fondée neuf ans plus tôt par Thierry Hermès. À l'exception des lazaristes, plongés dans la lecture de la Bible, tout ce petit monde affectionnait les jeux de cartes : bridge, tarot, belote, rami, tout était bon pour passer le temps. À cet égard, le capitaine Gault, qui n'était pas en reste, invitait volontiers ses passagers à jouer aux dames, aux dominos ou aux échecs tout en buvant un verre de fine dans la soupente qui avait été affublée du nom pompeux de « carré du commandant ».

Après avoir sifflé un coolie qui s'empressa d'entasser leurs bagages sur une brouette, Antoine aida les deux hommes à accomplir les formalités douanières. À vrai dire, elles avaient été considérablement allégées depuis son arrivée dix-huit mois plus tôt, les autorités chinoises se révélant de moins en moins capables d'assumer leurs prérogatives fiscales en raison de la crise des finances publiques qui privait de leur solde de nombreux fonctionnaires. Le préposé de service au guichet se contenta de regarder d'un œil torve le passeport diplomatique que Charles de Montigny lui tendit.

— Qui est cet officiel ? lança alors, toutes griffes dehors, un petit fonctionnaire barbichu.

Juché sur une estrade au fond de la pièce, il n'avait pas l'air commode et se faisait servir du thé par un serviteur qui le regardait avec des yeux apeurés. À en juger par les trois boules pendant de sa calotte, il s'agissait d'un mandarin du troisième grade.

— M. de Montigny est le représentant de la France à Shanghai, répondit Antoine.

— La France ? s'écria le fonctionnaire, dont les yeux étaient si fendus qu'ils paraissaient sourire perpétuellement et qui avait parfaitement compris qu'il avait affaire à un diplomate de nationalité étrangère.

— Oui, la France ! insista Antoine.

— J'ignore où est la France ! lâchèrent les trois boules d'un ton sec.

— La France est un pays qui touche l'Angleterre, expliqua Vuibert, sous le regard furieux de Charles de Montigny.

— Il m'est impossible d'accorder un visa au visiteur qui vient d'un pays que je ne connais pas !

— Je crois bien qu'il va falloir graisser la patte à ce sacripant... chuchota Antoine à l'attention du consul de France et de Stocklett.

— Il n'attend évidemment que ça ! fit ce dernier avec une moue de dégoût.

Antoine sortit de sa poche un chapelet de taels et le posa sur le comptoir, bien en évidence. Le guichetier apporta l'argent au mandarin barbichu qui, après l'avoir compté, glissa quelques mots à l'oreille du factotum.

— Pour que le chef du bureau des entrées reconnaisse le pays appelé France, il faudrait que les honorables nez longs fassent un effort d'explication ! déclara le plus sérieusement du monde celui-ci aux trois étrangers.

— En doublant la mise, je pense que ça ira, fit Vuibert en joignant le geste à la parole.

— Vous pouvez passer ! lâcha le guichetier non sans s'être, au préalable, concerté avec son barbichu de chef.

— Je n'imaginais pas que l'administration chinoise était pourrie à ce point ! murmura le consul de France tandis que le mandarin appliquait le sceau adéquat sur son laissez-passer.

— À vrai dire, moi non plus ! souffla son collaborateur qui se souvenait de la facilité avec laquelle il avait franchi, quelques mois plus tôt à peine, le même obstacle en compagnie de Diogo de Freitas Branco.

— C'est fou ce que la ville a pu changer ! s'exclama le consul de France au moment où ils franchissaient la porte de la muraille séparant Shanghai de son port marchand.

Dans la ville-marché qui se transformait de jour en jour, un monde nouveau, où l'argent et le commerce régnaient en maîtres absolus, remplaçait l'ancien, fait de rituels et de codes qui s'effaçaient peu à peu, alors qu'ils avaient semblé immuables : les maisons pimpantes de trois ou quatre étages, dont le rez-de-chaussée était invariablement occupé par une échoppe, poussaient à présent comme des champignons et les rues taillées au cordeau remplaçaient les venelles tortueuses où s'entassaient les ordures. Même les mendiants, moins nombreux que par le passé, désertaient la ville qui, en s'aseptisant, leur devenait hostile.

— Le temps viendra où Londres ne sera guère plus qu'un gros village comparé à Shanghai, soupira Nash Stocklett devant les nuées d'échafaudages et le va-et-vient incessant des matériaux de construction portés par des milliers de manœuvres marchant à la queue leu leu comme des fourmis en train d'aménager leur fourmilière.

— Monsieur le consul, je me suis permis de vous réserver une chambre au Grand Hôtel. À dire vrai, c'est le seul établissement digne de porter ce nom ici, annonça Antoine à l'intéressé.

— Vous avez bien fait ! Je connais cette maison pour y avoir logé lors de mon précédent séjour ! Les chambres y sont d'une propreté impeccable.

— Croyez-vous qu'ils auront une chambre pour moi ? s'enquit Stocklett.

Visiblement inquiet, le comptable de Jardine & Matheson, très impressionné par l'énormité de Shanghai, ne se voyait pas partir seul dans cette ville si grouillante et si sale, à la recherche d'un endroit où coucher.

— Ce devrait être possible. Le patron est un Indien originaire de Singapour ayant servi comme concierge dans un palace de Genève. Il déteste refuser des clients occidentaux...

— Au pire, mon cher Nash, vous pourrez toujours partager ma chambre ! Nous y ferons rajouter un lit ! conclut Charles de Montigny avec un grand sourire.

Le Grand Hôtel était un bâtiment de huit étages au style ostentatoire doté d'un porche soutenu par une colonnade pompeuse ornée d'une frise d'angelots, un ersatz des somptueux palaces des stations thermales européennes comme il commençait à s'en construire dans les ports francs de Chine où les puissances occidentales pouvaient désormais commercer à leur guise. Le directeur indien dénicha facilement une chambre pour Stocklett et les deux voyageurs montèrent dans leur chambre pour se changer. Stocklett descendit le premier.

— Quelle humidité... en plein hiver ! C'est bien pire qu'à Londres.

— Ici, beaucoup de gens souffrent de rhumatismes, répondit Antoine qui l'attendait dans le hall au milieu des porteurs affairés autour des clients.

— On m'a dit qu'il fallait aussi faire attention à la dysenterie et à la fièvre jaune. Il paraît qu'on appelle ça la « fièvre putride ».

— Les gens qui ont cette fièvre se vident de leurs viscères.

— J'ai pris avec moi quelques boîtes de poudre d'écorce de quinquina[1]. Je comptais en faire usage pour me fabriquer du gin tonic, mais je préfère les garder en cas de fièvre tierce, dit le comptable d'un air maussade.

Trois Chinois aux cheveux gominés qui avaient fait irruption dans l'hôtel, curieusement vêtus à l'occidentale, se mirent à rôder autour d'eux en les dévisageant à la dérobée. Antoine, qui avait observé leur manège, dit à l'Anglais :

— Cher monsieur, à votre place je ferais attention à mes poches...

— Pickpockets ?

Vuibert acquiesça.

— Mais que fait la direction de l'hôtel, grands dieux ! s'agaça l'ancien chef comptable.

— Ces gens sont de mèche avec les concierges. Sinon, on ne les aurait pas laissés entrer... Remarquez, il peut tout aussi bien s'agir

---

1. Découverte au Pérou au XVIIIe siècle, la quinine fut utilisée pour guérir la fièvre tierce (variété de fièvre intermittente se caractérisant par le retour de crises aiguës d'hypothermie dès le troisième jour) et le paludisme. Elle était également le principal composant aromatique de l'eau tonique que les Britanniques mélangeaient avec le gin pour lutter contre le paludisme lorsqu'ils étaient en Inde ou dans des pays exotiques.

de membres de la police secrète impériale ! Le gouvernement fait la chasse aux triades et aux mouvements nationalistes.

— Il y en a beaucoup ?

— Presque à tous les coins de rue. Les Mandchous sont de plus en plus mal vus par les Han. Vous savez, ce pays est un vrai baril de poudre... il suffirait d'une allumette pour que tout explose !

L'arrivée de Charles de Montigny qui s'était changé et aspergé les cheveux d'eau de Cologne interrompit leur conversation.

— Allons prendre un verre, voulez-vous ? fit le consul de France.

— Je mangerais bien un morceau, Charles, répondit l'Anglais, qui avait l'estomac dans les talons.

— Un ancien marin originaire de La Haye a ouvert un restaurant indonésien. C'est juste de l'autre côté de la rue. Il sert un excellent *ricetaffel* ! suggéra Antoine.

En traversant la rue, les deux voyageurs, encore peu habitués à la terre ferme, manquèrent de se faire renverser par des pousse-pousse lancés à pleine vitesse.

— Alors, Nash, que pensez-vous de Shanghai ? fit le consul de France tandis qu'un serviteur indonésien leur apportait la kyrielle de plats de ce repas traditionnel indonésien.

— À vrai dire, tout y est assez intimidant. La foule, la crasse, la misère... ces vieillards dormant à même le trottoir...

— Il faudra vous y habituer, mon cher. Quand j'ai débarqué ici avec M. de Lagrené, c'est à peine si je pouvais faire trois pas dans les rues sans défaillir ! Trois mois plus tard, j'enjambais les cadavres sans même y prêter attention. Vous savez, la vie ici n'a pas le même prix que chez nous ! La population de la Chine est comme la mauvaise herbe : plus on la coupe et plus elle repousse ! dit le consul en engloutissant une cuisse de poulet au curry.

Antoine déchantait, tout en se demandant s'il serait capable de travailler sous les ordres d'un homme qui tenait des propos aussi choquants. Il faillit même rétorquer au consul qu'il trouvait hasardeuse sa comparaison, mais préféra s'abstenir.

— Canton est-elle une ville aussi dure que Shanghai ? demanda Stocklett, qui n'arrivait pas à venir à bout de son *bami bilitung*[1] et dont le cœur se serrait en pensant au sort des deux enfants Clearstone.

— Les conditions de vie des habitants y sont encore pires

---

1. Plat indonésien à base de nouilles de riz (*bami*), d'ail, de crevettes décortiquées et d'ailes de poulet.

qu'ici... Canton reste la principale porte d'entrée de l'opium en Chine et l'humidité y est telle que les feuilles repoussent sur les meubles de bambou ! lâcha le jeune Vuibert auquel le patron venait de présenter une galette de riz frite farcie au poulet parfaitement craquante sous la dent.

— Si je comprends bien, les gens y vivent un enfer, souffla l'Anglais.

Livide, regard éteint et d'humeur sombre, essayant d'imaginer la vie de Laura et de Joe dans la mégalopole de la drogue, il frissonna à l'idée que le calvaire de ces deux enfants lui était imputable. Après la parenthèse du voyage en mer qui lui avait lavé l'esprit, voilà que sa culpabilité refaisait surface, intacte comme au premier jour.

— Nash, vous n'avez pas l'air bien... Vous devriez aller vous reposer ! lui lança, perplexe, Charles de Montigny, qui ne l'avait jamais vu dans un tel état, y compris lors de la grosse tempête qu'ils avaient essuyée dans l'océan Indien.

En même temps, il repoussa d'un geste le patron batave qui leur amenait le dernier plat du *ricetaffel*, en l'occurrence une marmite remplie à ras bord de *lumpia babi*, un délicieux porc sauté à l'oignon, au poireau et au chou blanc.

— J'ai un petit coup de barre. Je vais m'allonger et essayer de faire une sieste. Demain, ça ira mieux ! murmura l'intéressé en s'épongeant le front.

Lorsque le comptable, à présent d'une pâleur cadavérique, voulut se lever, il tenait si mal sur ses jambes qu'il faillit s'effondrer. Antoine se précipita et, pour le soutenir, passa le cou sous l'un de ses bras.

— Antoine, veuillez reconduire M. Stocklett jusqu'à sa chambre ! lâcha sèchement Montigny.

— C'est ce que j'allais faire, monsieur le consul ! crut bon de préciser le jeune Français, piqué au vif, en même temps que la bouche du diplomate, qui n'avait manifestement pas l'habitude d'être repris par ses collaborateurs, se figeait dans une moue agacée.

46

Shanghai, 19 décembre 1847

Ce jour-là, un soleil insistant avait réussi à percer puis à faire s'évaporer l'épaisse nappe de brume dans laquelle Shanghai baignait depuis huit jours. Après une nuit réparatrice, Charles de Montigny et Nash Stocklett s'étaient attablés au bar du Grand Hôtel où un obséquieux maître d'hôtel indien s'apprêtait à leur servir un solide *breakfast*. Lorsque Antoine Vuibert rejoignit les deux hommes, ils parlaient de leur traversée.

— Ce que j'ai vu de Batavia me donne fort envie de visiter Java... pas vous, Nash ?

— Euh... oui ! Moi aussi ! lâcha l'Anglais, la tête ailleurs.

— Les Philippines aussi me tentent bigrement. Ces îles sont réputées pour leurs variétés d'orchidées. Vous savez, j'ai promis au directeur du Museum de lui rapporter ma collection d'herbiers, lança Charles de Montigny en entamant ses œufs brouillés.

— Monsieur le consul est féru de plantes ? hasarda Antoine.

— Il en connaît tous les noms par cœur... pour avoir vu M. de Montigny à l'œuvre, je peux vous assurer que sa science est très impressionnante ! insista Nash qui avait été fasciné par la rapidité avec laquelle son compagnon de voyage identifiait toutes sortes d'espèces végétales.

— Billevesées ! Comparé à un botaniste professionnel, je ne sais pas grand-chose, fit le consul en se rengorgeant.

— Pour ce qui me concerne, j'ai un faible pour les bronzes archaïques ainsi que pour les disques de jade... au point que certains jours, l'envie me prend de me lancer dans une collection d'objets chinois archéologiques ! déclara Antoine, bien décidé à faire comprendre au consul que son collaborateur avait ses propres goûts.

— Malgré mon faible pour les orchidées et pour les papillons, ce que j'ai vu ici il y a deux ans en matière d'antiquités m'a déjà mis l'eau à la bouche ! M. de Lagrené avait l'œil aiguisé, fit Montigny sans relever.

— Quand on s'y connaît un peu, il n'y qu'à se baisser et on ramasse des merveilles...

— Chez les antiquaires ?

— Pas seulement ! Beaucoup de familles aisées se voient contraintes de vendre leur patrimoine sur le pas de leur porte lorsqu'un de leurs membres a le malheur de tomber dans l'opium ! Elles bradent des meubles et des objets légués par leurs ancêtres !

— Si je comprends bien, quand on marche dans certains quartiers, il faut avoir l'œil du chasseur ! Les parties de chasse ne m'ont jamais déplu ! gloussa le consul de France.

— Si j'en avais le temps et l'opportunité, je me joindrais bien à vous pour traquer ce genre de gibier, soupira Nash Stocklett qui n'arrivait plus à cacher sa tristesse.

Car son gibier risquait d'être beaucoup plus difficile à débusquer. Pendant la longue traversée, en affichant une bonne humeur que rien ne semblait pouvoir altérer y compris lorsque la mer était mauvaise, il avait réussi à donner le change à Montigny tout en se gardant bien de lui indiquer la vraie raison de sa venue en Chine. Mais à présent qu'il était le nez sur l'obstacle, il se sentait gagné par la déprime et ne savait plus trop par quel bout il devrait commencer à rechercher les enfants Clearstone. La partie s'annonçait difficile et pleine d'aléas.

— Et vous, monsieur, au risque de vous paraître indiscret, quel est le but de votre voyage en Chine ? s'enquit Antoine pendant qu'un serveur leur présentait des toasts dégoulinants de beurre.

— M. Stocklett est venu inspecter les comptes de la compagnie Jardine & Matheson ! expliqua Montigny sur un ton enjoué.

— Il faut que je rencontre son directeur au plus vite, ajouta l'Anglais, sans grande conviction.

— M. Niggles ? lâcha Antoine, surpris par la tournure des événements.

— Lui-même. Vous le connaissez ?

— Oui !

— Il paraît que l'immeuble où se trouvent ses bureaux est très facile à trouver.

— Il est tellement haut qu'on le voit pratiquement de partout !

— Je vais aller de ce pas prendre rendez-vous avec lui.

Le jeune Français, dont la gorge s'était nouée, avala sa salive. Il ne lui était plus possible de taire ce qui était arrivé au marchand d'opium et dont la presse s'était emparée pendant plusieurs semaines.

— Euh… C'est que… euh ! voilà : je crains que votre rendez-vous ne puisse avoir lieu.

— Qu'est-ce qui vous fait dire ça ?

— M. Niggles est décédé accidentellement à Canton il y a deux mois…

— Mais qu'est-ce que vous dites là ? hurla Stocklett, livide.

— On a retrouvé son cadavre échoué sur la berge de la Rivière des Perles. L'affaire a fait grand bruit. M. Niggles était quelqu'un de fort connu et estimé ici…

— Un accident ? bredouilla l'ancien chef comptable.

— Probablement. Il n'y avait pas de témoins lorsqu'il est tombé à l'eau. Il avait beaucoup plu à Canton et le fleuve était en crue…

Pour Stocklett, déjà passablement déstabilisé par ce premier choc avec la réalité chinoise, le coup était rude. Niggles disparu, l'enquête dont il était chargé n'avait plus d'objet, d'autant que le directeur de la filiale chinoise de Jardine, dépourvu d'adjoint, faisait tout lui-même. Il avait beau se rassurer en se disant que, la nouvelle de la mort de Niggles n'étant pas arrivée à Londres, il pourrait sans délai partir à la recherche des petits Clearstone, sa face décomposée avait viré au gris.

— Mon cher Nash, ce n'est tout de même pas la mort de ce Niggles qui va perturber vos plans ! s'exclama Montigny qui cherchait à réconforter son ami.

— Vous m'avouerez qu'elle tombe plutôt mal ! fit Nash, toujours sonné.

— Je ne vois pas en quoi l'absence de son directeur vous empêcherait de réaliser votre révision des comptes de la filiale de votre compagnie ! insista le consul.

Stocklett, qui avait hâte de trouver le moyen de se rendre à Canton le plus vite possible, s'abstint de lui répondre.

— Si je ne me trompe, le plus gros des entrepôts de Jardine se trouve dans le Guangdong, ajouta Antoine Vuibert.

— C'est exact. D'ailleurs, je crois bien que je vais commencer par me rendre là-bas. J'en profiterai pour rédiger un rapport à

Londres sur les circonstances exactes de la mort de ce pauvre Niggles.

— Est-ce bien raisonnable, mon cher Nash, de vous lancer dans une telle aventure alors même que vous ne parlez pas un mot de chinois ? Pour aller à Canton, la route est longue… objecta le consul.

Le comptable s'adressa à Antoine d'un ton suppliant :

— Monsieur Vuibert, si vous pouviez me trouver un interprète honnête et compétent, je vous en serais éternellement reconnaissant !

— Je n'ai pas de nom sous la main mais je vais y réfléchir.

Après avoir bu une dernière tasse de thé, Nash se leva pour prendre congé.

— Où allez-vous ? lui demanda le consul de France.

— Préparer mes bagages et rédiger un mémo pour Londres, que j'essaierai de remettre demain matin avant le départ du *Puissant* à son capitaine.

En réalité, il comptait bien s'affaler sur sa couche et tenter de faire un peu le ménage dans sa tête même si, tout bien réfléchi, le décès de Niggles changeait la donne tout en la simplifiant singulièrement…

Le départ inopiné de Stocklett jeta un froid entre les deux Français. Charles de Montigny mâchouillait son scone d'un air morne tandis qu'Antoine Vuibert, soudain désemparé, ne savait plus trop quoi lui dire. Au bout de dix minutes de silence, histoire de détendre l'atmosphère pesante, le jeune Dauphinois jugea opportun de faire part au consul de l'initiative qu'il avait cru bon de prendre au sujet du terrain.

— Monsieur le consul, il faut que je vous dise : j'ai trouvé un terrain pour la France… bredouilla-t-il sans la moindre entrée en matière et avant de vivement se reprocher sa maladresse.

— De quel terrain, grands dieux ! voulez-vous parler, mon jeune ami ? s'écria Montigny d'une voix irritée.

— Il s'agit du terrain destiné à notre implantation consulaire, monsieur le consul. Nous n'avons pas de bureaux. Il vous faudra songer à construire un consulat… comme celui des Anglais. Ils ont un bâtiment qui porte beau ! Le terrain en question appartient aux jésuites et il est fort bien situé. Voici l'acte que je me suis permis de signer pour bloquer cette excellente affaire.

Avec fébrilité, Antoine tendit à Montigny, dont la contrariété évidente s'affichait sur le visage, le double de la lettre d'intention qu'il avait signée au père Diogo de Freitas Branco. Le consul de France chaussa ses bésicles et commença à prendre connaissance du document par lequel la France, en la personne d'Antoine Vuibert dûment nommé, s'engageait à acheter le terrain à la Compagnie de Jésus représentée par le S.J. Diogo de Freitas Branco. Au fur et à mesure que Montigny le parcourait, Antoine, désemparé, voyait monter la colère dans le regard du consul dont les mains crispées sur la feuille se mirent d'un seul coup à trembler légèrement.

— Mais qui donc vous a autorisé à procéder à cet achat, mon jeune ami ? lança-t-il, vipérin.

— J'ai cru bien faire, monsieur le consul. Ici, la spéculation immobilière a pris de telles proportions qu'il est pratiquement impossible de trouver un terrain libre… articula le jeune Français cueilli à froid.

— Un fonctionnaire n'a pas le droit d'engager l'État sans le contreseing de son ministre ! Quand on manie des fonds publics, il faut respecter les procédures ! De surcroît, monsieur Vuibert, vous n'étiez pas mandaté, que je sache, pour vous lancer dans cette opération ! Si j'avais osé faire un coup pareil à M. de Lagrené, il m'eût congédié sur-le-champ !

— Ce terrain est fort bien placé, monsieur le consul. Vu la hausse du prix des terres ici, dans moins de cinq ans, selon le père Freitas, il vaudra le double de son prix actuel, tenta de plaider Antoine qui mesurait l'ampleur de sa bourde.

— Et combien en demandent vos jésuites, de ce terrain ?

La voix du Dauphinois tremblait d'émotion lorsqu'il répondit au diplomate :

— Trois cents livres-or, monsieur le consul…

— Mais c'est une somme astronomique, mon jeune ami ! Songez un peu que la dotation que m'accorde le département est de quatre cents francs-or pour une année pleine.

Montigny éructait au point que le maître d'hôtel s'était approché de leur table sur la pointe des pieds pour leur demander si quelque chose n'allait pas.

— La France n'est pas un marchand de biens, mon jeune ami. Elle ne cherche pas la plus-value misérable ! Vous devriez savoir que la diplomatie française ne mange pas de ce pain-là. Allez de ce pas trouver votre jésuite et lui demander de vous restituer le document que vous avez signé ! ajouta Montigny avant de se lever brusquement de table.

Pour Antoine, qui s'était décarcassé comme un beau diable afin d'obtenir l'accord des services de l'administration foncière du mandarin Wong, les propos du consul n'étaient rien d'autre qu'un gigantesque camouflet.

— Et s'il refusait de me le rendre ? s'écria-t-il, piqué au vif.

À présent, le consul de France à Shanghai, dont la face était devenue rouge comme une pivoine, toisait son collaborateur d'un air méprisant et hostile.

— Vous lui préciserez que votre signature n'est pas valable et que, par conséquent, elle n'engage que vous-même. Il comprendra ! Vous n'êtes pas la France, mon jeune ami… vous n'êtes pas la France ! conclut le consul sur un ton aigre avant de planter là le pauvre Antoine mortifié à l'extrême.

Après avoir signé l'addition, notre apprenti diplomate, qui avait un besoin urgent de faire le point au calme et de prendre l'air, héla un palanquin.

— Je veux aller au bord de la rivière de Suzhou ! Vers l'embarcadère ! lança-t-il à l'un des escogriffes qui trimballaient une caisse en bois bringuebalante ornée de dragons et de tortues célestes.

Une demi-heure plus tard, après quelques slaloms épiques pour éviter des charrettes lancées à pleine vitesse, il arrivait à l'embarcadère. Antoine avait l'habitude d'y louer une barque et de se laisser glisser pendant une ou deux heures sur les eaux tranquilles de la rivière où quelques rares pêcheurs taquinaient la carpe et le brochet. Le batelier qui le prit en charge était une robuste Chinoise au faciès mongoloïde. Ses joues perpétuellement exposées au soleil et aux intempéries étaient si rouges et brillantes qu'elles semblaient avoir été trop maquillées alors qu'il n'en était rien. À en juger par la taille de ses chaussures de feutre, elle devait être née dans une de ces contrées désertiques situées au-delà de la Grande Muraille où la coutume de casser les pieds des femmes n'avait pas réussi à pénétrer. Ses biceps témoignaient d'une musculature peu usuelle, forgée par une intense activité physique. Il suffit de deux coups de rames à notre athlétique batelière pour mener le Français en amont de l'embarcadère, à un endroit où les branches des saules penchés sur la rivière, filiformes et dépourvues de feuilles, formaient un épais rideau de lanières. Après lui avoir tendu en vain une canne à pêche, la femme sortit un petit réchaud sur lequel elle prépara un thé amer dont elle lui offrit un gobelet qu'il accepta.

En même temps qu'il sentait le liquide brûlant lui tapisser le fond de la gorge, Antoine pensait à la réaction du consul. En diplomate chevronné, respectueux des procédures et de la hiérarchie, il y avait fort à parier que Charles de Montigny n'accepterait jamais d'acheter le terrain des jésuites. Aux yeux d'Antoine, le consul incarnait le profil de l'individu totalement inapte à réussir en Chine où seuls les aventuriers qui n'avaient pas froid aux yeux et savaient prendre un minimum de risque étaient susceptibles de tirer leur épingle du jeu. Montigny était de ces hommes de dossiers qui se complaisaient à signer des parapheurs et à transmettre en haut lieu des ampliations ou des rapports « sous couvert », lesquels mettaient au bas mot six mois pour arriver à leur destinataire final... qui les enterrait dans un tiroir d'où ils ressortiraient le plus tard possible. Malgré les plaisanteries aussi salaces qu'incessantes de sa batelière qui voulait à tout prix le dérider, son humeur était de plus en plus sombre. Il s'était complètement trompé sur le métier diplomatique, une activité hors du temps, artificielle et procédurière, dont il était incapable de percevoir le bien-fondé et l'intérêt.

Lorsqu'il descendit de la barque après avoir payé à la batelière le double du tarif qu'elle demandait, il prit sa décision : il remettrait le soir même sa démission à Charles de Montigny. Soulagé et heureux d'être libre d'aller désormais où bon lui semblait, il regagna le Grand Hôtel pour faire part au consul de France de son choix et, lorsqu'il s'y engouffra, euphorique, le hasard le fit tomber nez à nez avec Nash Stocklett.

— Voulez-vous prendre un verre au bar ? lui proposa aussitôt l'Anglais qui affichait une meilleure mine.

— En fait, je suis venu remettre ma démission à M. de Montigny ! lâcha Antoine d'un air goguenard.

— Le consul de France est déjà couché.

— Il ne descendra pas dîner ?

— Il était épuisé. Vous pourrez le voir demain matin au petit déjeuner. Vous m'avez l'air énervé ! Il ne faut pas !

— Tout à l'heure, pendant que vous étiez dans votre chambre, M. de Montigny m'a traité comme un chien. Je ne peux l'accepter ! Jamais je ne pourrai travailler avec ce monsieur !

— Vous êtes jeune et vous démarrez au quart de tour... Croyez-en mon expérience, tout collaborateur finit par dompter son patron. Il suffit d'un peu de persévérance... M. de Montigny est soupe au lait, mais ce n'est pas un méchant homme !

En quelques mots, Antoine expliqua à Nash les raisons de sa colère.

— Vous vous êtes avancé un peu à la légère. M. Niggles, par exemple, était obligé de demander une autorisation au siège londonien pour tous ses investissements.

— Je croyais rendre service à mon pays !

— Il faut prendre les choses avec philosophie... Il n'y a rien de tel qu'un bon whisky pour retrouver le moral ! lui dit Stocklett avant de l'entraîner vers un coin du bar où il se fit déboucher par un serveur empressé une bouteille de pur malt écossais.

Le whisky ingurgité sans la moindre goutte d'eau ayant des effets aussi rapides que radicaux, l'atmosphère s'égaya rapidement entre les deux hommes qui avaient besoin de décompresser face à leurs difficultés et éprouvaient déjà une forte dose de sympathie l'un pour l'autre. Au bout d'un quart d'heure, ils se tapaient sur les cuisses et rigolaient comme des collégiens.

— Je n'ai pas trop l'habitude de boire... gloussa Antoine, impressionné par la capacité de descente de son compère.

— À propos d'alcool, quand j'étais enfant, le curé de la paroisse anglicane où je nourrissais les têtards que je prenais dans les étangs nous parlait souvent du « gentleman » Jack Mytton. Jack était né en 1796 ; d'extraction noble, il avait perdu son père à l'âge de douze ans...

— Quel est donc le rapport entre ce gentilhomme et l'abus des boissons alcoolisées ?

— Vous n'y êtes pas ! Ce jeune homme bien né et très riche mourut dans une prison en 1836 emporté par le delirium tremens...

— Il buvait ?

— Buvait... c'est peu dire. Cinq ou six bouteilles par jour de porto et de cognac qu'il ingurgitait par lampées entières...

— Piètre héros...

— D'un courage exceptionnel ! S'il n'avait pas été habité par la passion du jeu, Mytton serait devenu l'un des officiers en chef du 7e régiment de hussards, tellement il était doué. À la chasse aux canards, cet homme était capable de traverser un étang glacé nu comme un ver, pour éviter de mouiller ses vêtements et les garder au sec !

— Un excentrique...

— Chez nous, les héros se cachent volontiers sous l'étoffe de l'excentrique. Mytton avait apprivoisé un singe, qui l'accompagnait dans ses beuveries.

— Pourquoi, dans ce cas, est-il mort en prison ?

— Le bougre avait dilapidé plusieurs centaines de milliers de livres en alcool et en prêts à des compagnons de beuverie. Il se révéla incapable de rendre à ses créanciers l'argent qu'ils lui réclamaient. Ruiné, il fut contraint de s'exiler à Calais ! Vous vous rendez compte, à Calais, chez des Français de votre abominable espèce… lui, l'Anglais pur sucre ! s'exclama Stocklett avec un rire gras.

— Effectivement, mon cher Nash, je ne peux que compatir, lui répliqua Antoine, littéralement plié en deux et qui eût été incapable de marcher droit tellement il avait bu.

Après un dernier verre, voulant éviter de finir sur le carreau du bar du Grand Hôtel, il regarda sa montre. Elle marquait neuf heures du soir. Il en était à sa huitième dose et Stocklett, qui se versait rasade sur rasade, en avait bien absorbé le double. Au moment où l'Anglais s'apprêtait à commander une autre bouteille de nectar pur malt, le Français l'arrêta d'un geste.

— Que puis-je faire pour vous ? J'ai envie de vous aider !

À ces mots, le visage de Stocklett, jusque-là hilare, se figea brusquement en même temps que son corps se raidissait à vue d'œil, comme s'il avait été piqué par un animal venimeux. D'un trait, le comptable avala un autre verre d'alcool avant de murmurer à son interlocuteur d'une voix pâteuse et infiniment triste :

— À vrai dire, je ne suis pas venu en Chine pour le seul plaisir d'inspecter les comptes de Jack Niggles… paix à son âme ! Je suis venu chercher une personne, ou plutôt deux. Deux orphelins qui sont arrivés à Canton avec leurs parents. Le père est mort à Londres et la mère en Chine !

— Quel âge ont-ils ?

— Ils sont si jeunes… songez un peu que la fille va sur ses seize ans et que le garçon vient d'en avoir treize… gémit l'Anglais dont les yeux se mouillaient de larmes.

— Puis-je savoir comment s'appellent ces personnes, cher monsieur ? Ici, les étrangers sont peu nombreux et tout le monde finit par se connaître… hasarda Antoine.

Nash Stocklett poussa un long soupir, comme le bourreau auquel il eût coûté infiniment de nommer ses victimes.

— Ces deux enfants ont pour nom Laura et Joe Clearstone.

En entendant ces patronymes, le sang d'Antoine ne fit qu'un tour.

— Laura Clearstone ! J'ai rencontré cette jeune fille !

— Où ça ? s'écria Nash, abasourdi, en bondissant de son fauteuil.

— À Canton, pardi !

— Pas possible !

— Sur la tête de mes parents, je vous le jure. Cette jeune fille m'a également parlé de son frère dont elle me laissa entendre qu'elle l'avait plus ou moins à sa charge…

— C'est exact. Le jeune Joe est affecté d'un certain retard

mental. Depuis que leur mère, Barbara Clearstone, est décédée, Laura et Joe n'ont plus personne ici. C'est terrible ! Je dois absolument ramener ces deux orphelins à Londres. Quand je vois Shanghai et que j'imagine Laura et Joe traîner dans les rues de Canton, je n'en dors plus.

— Vous êtes de leur famille ?

— Pas vraiment. Je connaissais... euh !... très bien leur maman... à vrai dire, une femme extraordinaire... fantastique même !

À la façon dont Stocklett, qui sanglotait à présent comme un enfant, avait prononcé ces mots, Antoine n'avait aucun mal à comprendre la nature des liens qui avaient uni ces deux êtres.

— Je n'ai pas croisé Mme Clearstone, ajouta sobrement le Français.

— Puis-je vous demander dans quelles circonstances vous avez rencontré Laura ? s'enquit Nash, quelque peu ragaillardi.

Il achevait de sécher ses larmes en se disant que son équipée était somme toute moins folle qu'il n'y paraissait et qu'elle avait même quelque chance d'être couronnée de succès.

— Au mois de juin dernier, dans des circonstances plutôt mouvementées. Jack Niggles était là ! lâcha Antoine avant de détailler cette fameuse journée au cours de laquelle il avait rencontré Laura Clearstone chez les Elliott avant de se retrouver pris en otage par des pirates lors du dîner sur la Rivière des Perles tandis que Laura et Niggles avaient réussi à prendre la fuite.

Pendant qu'Antoine lui racontait son équipée, Nash lui servit un autre verre.

— Si je comprends bien, vous l'avez échappé belle ! s'exclama le comptable quand Antoine eut achevé son incroyable récit. Lorsque leur mère est morte, les deux enfants étaient hébergés chez un pasteur baptiste du nom de Roberts. C'est chez lui que je compte bien me rendre au plus vite.

— Si cela peut vous être d'une utilité quelconque, je pourrais vous accompagner jusqu'à Canton ! s'écria Antoine, désormais incapable de s'extraire de son fauteuil.

— Vous êtes vraiment certain que M. de Montigny n'aura pas besoin de vous ? lui demanda l'Anglais entre deux hoquets.

— C'est moi qui ne souhaite pas collaborer avec lui. La carrière diplomatique n'est pas faite pour moi !

— Qu'en savez-vous ?

— Je suis trop indépendant. Trop rebelle !

— Dans ce cas, c'est avec joie que j'accueille votre proposition, mon cher Antoine Vuibert. Quelle chance fut la mienne de vous avoir rencontré ! Trinquons à la vie et à la mort, s'il vous plaît !

Les deux hommes firent tinter leurs verres et Stocklett avala une dernière rasade tandis que Vuibert, hors d'état, faisait semblant de boire.

À cet instant-là, malgré le feu de l'alcool dont il brûlait de la tête aux pieds, les pensées du jeune Français étaient entièrement tournées vers Laura Clearstone, la jeune et mystérieuse Anglaise dont la route, décidément, ne cessait de croiser la sienne...

47

Pékin, 23 décembre 1847

Le Fils du Ciel avait encore en main le rapport dont la lecture n'en finissait pas de l'accabler lorsque son secrétaire particulier vint le prévenir que son « illustre visiteur de marque était arrivé ». Sur son bureau s'étalait un exemplaire de l'*Illustrated London News* que la police avait saisi sur John Bowles et que l'empereur de Chine avait longuement feuilleté. L'avantage, avec les journaux illustrés, c'était qu'on n'était pas obligé de lire leurs textes pour se faire une idée de leur contenu. Il avait été particulièrement ébloui par l'immense bâtiment de verre que le journal présentait sous plusieurs angles de vue. À en juger par la taille des gens qui se pressaient à l'intérieur pour y admirer les plantes exposées, la serre géante dépassait largement les trente mètres de haut. Daoguang, qui n'eût pas détesté faire construire un tel édifice dans les jardins du palais d'Été, ignorait qu'il s'agissait de la grande serre du duc de Chatsworth érigée en 1840 par Joseph Paxton et qui était encore la plus grande construction en verre au monde. En revanche, la représentation d'un terrible accident de diligence qui avait causé la mort de cinq personnes et de deux chevaux dont les tripes s'échappaient des ventres défoncés lui avait arraché un haut-le-cœur. Il n'y avait que les nez longs anglais pour publier des scènes aussi horribles et dégradantes !

Daoguang acheva son bol de thé de Longjin, le Puits du Dragon. Comme d'habitude, Élévation Paradoxale lui avait versé la variété la plus chère, celle de la Pointe des cheveux des monts Jaunes dite Huangshan maofeng. La tasse décorée d'un beau chien-lion était si fine que les reflets dorés du liquide pouvaient se voir par simple transparence à travers sa paroi arachnéenne. Dans moins d'une demi-heure, quand le Fils du Ciel aurait fait son entrée dans la salle de la Grande Harmonie Céleste, sous le regard impassible des cent quatorze membres de la garde impériale coiffés du bonnet noir à houppe jaune, l'audience solennelle pourrait enfin commencer.

Une fois le thé avalé, un majordome dont la tunique portait l'insigne du paon, celui du troisième grade dans la hiérarchie des fonctionnaires impériaux, ajusta sa robe de cérémonie de soie jaune découpée en multiples pans et ornée de broderies, lui passa autour du cou le grand cordon de l'ordre de l'éléphant blanc, cadeau du roi du Bhoutan, puis le ceignit du ceinturon en or pur incrusté d'émeraudes et de plaques de jade dont deux tortues affrontées formaient la boucle, avant de lui faire chausser ses bottines rouges en cuir d'agneau brodées au fil d'argent. Le cérémonial de son habillement accompli, un serviteur amena une glace à Daoguang qui y jeta un vague regard et approuva d'un air distrait. Le majordome réprima un soupir de soulagement. En cas d'insatisfaction du Fils du Ciel, il risquait la relégation et même la prison à vie si celui-ci avait été dans un mauvais jour ! Il ne restait plus au Grand Chambellan qu'à apporter la touche finale en plaçant sur l'auguste tête impériale la toque noire rectangulaire ornée de deux rangées de perles devant les yeux et derrière la nuque.

Puis, au son des tambours mongols et des gongs, le cortège s'ébranla lentement vers le pavillon de l'Harmonie Céleste où le Fils du Ciel tenait audience.

Ce jour-là, il recevait sir John Francis Davis. Davis était le gouverneur de Hongkong, un territoire abandonné cinq ans plus tôt par les Mandchous à la couronne britannique conformément aux clauses léonines du traité de Nankin dont ses conseillers, pour ne pas lui faire perdre la face, ne lui avaient présenté qu'une version édulcorée…

La Chine était à vendre ! Succédant à leurs marchands et à leurs missionnaires, qui agissaient en leur nom propre le sabre d'une main et le goupillon de l'autre, les grandes nations occidentales, avides de prendre pied dans cet immense pays déliquescent, semblaient s'être donné le mot. Le monde entier se pressait désormais aux portes de la Chine. Anglais, Français, Poméraniens, Américains, Belges, mais aussi Suédois et Norvégiens… chaque fois la même farce se répétait. Les consuls et les plénipotentiaires étrangers commençaient par faire allégeance au Fils du Ciel, en le soûlant de belles paroles quant à l'admiration que leurs rois et leurs dirigeants vouaient à la Chine. Mais ce n'étaient là que des discours de pure façade. Dès qu'ils sortaient de la Cité Interdite, une fois effectuées leurs courbettes rituelles, les mêmes diplomates étrangers n'avaient qu'une hâte, c'était de tirer le meilleur parti de l'immobilisme de la bureaucratie mandchoue pour implanter dans les ports francs leurs maisons de commerce et extorquer aux autorités locales le plus d'avantages possible, moyennant espèces sonnantes et trébuchantes qui n'aboutissaient que rarement dans les caisses impériales...

Avec Davis, il était prévu que le Fils du Ciel évoquât le statut de l'archipel des îles de Zhoushan, un point stratégique essentiel pour la défense navale chinoise qui avait fait l'objet, au mois d'avril de l'année précédente, d'une convention spéciale : les Anglais s'étaient engagés à l'évacuer après paiement par la Chine de la totalité des indemnités de guerre prévues par le traité de Nankin. Les sommes en question ayant été versées, Davis venait porter à Daoguang le document attestant de la restitution de ces morceaux de terre qui émergeaient de la mer de Chine et dont beaucoup de nostalgiques du premier empereur de Chine pensaient qu'il s'agissait des célèbres « Îles Immortelles » si chères au cœur de Qin ShiHuangdi.

Lorsque le gouverneur de Hongkong, revêtu de l'habit de cérémonie des ambassadeurs de Sa Majesté Victoria, fit son entrée dans la salle d'audience, c'est à peine si le Fils du Ciel lui jeta un regard.

Les relations diplomatiques entre la Chine et les puissances occidentales relevant du concours de lutteurs de foire où chacun, avant de se mesurer au combat, se présentait sous son meilleur jour pour mieux impressionner l'autre, l'Anglais s'était fait accompagner d'une suite nombreuse. C'est ainsi que pour faire masse, face à la pléthore de mandarins, d'eunuques et de gardes qui entouraient le Fils du Ciel, Davis s'était adjoint la totalité de ses secrétaires de chancellerie dont certains, encore plus joufflus et rouquins que les autres, paraissaient à peine sortis de l'adolescence. Ne reculant devant aucun moyen, le gouverneur britannique avait aussi enrôlé de force son médecin personnel ainsi qu'un expert géomètre et même un ingénieur hydrographe de la marine ! Tout ce petit monde assistait pour la première fois aux ballets étranges et compliqués d'une audience impériale et regardait d'un air amusé, parfois condescendant ou encore effaré, ces Chinois et ces Mandchous costumés et grimés comme des artistes de cirque. Le contraste était saisissant entre le sérieux des hôtes impavides qui déroulaient comme si de rien n'était leurs immuables rituels obscurs et le voyeurisme quelque peu cynique de leurs visiteurs qui riaient sous cape devant ce grand bazar gesticulatoire où ils ne voyaient que simagrées dérisoires et courbettes insignifiantes.

À peine les Anglais installés devant l'estrade impériale, le Grand Chambellan fit signe au préposé au gong de frapper ses trois coups puis déclara l'audience ouverte. Davis se leva et, après avoir accompli la courbette rituelle *ketou* de mauvaise grâce puis s'être raclé la gorge, déclara au Fils du Ciel d'une voix ferme :

— Conformément à ses engagements, la couronne britannique a le plaisir de vous restituer Zhoushan ! Voici le document. Je l'ai signé, il ne reste plus qu'à y apposer le sceau impérial.

L'interprète traduisit et l'empereur lâcha à son tour trois mots à l'interprète de service, un mandarin chétif entièrement vêtu de rouge, qui les répercuta au Grand Chambellan. En raison de l'obstacle de la langue, toutes les audiences officielles prenaient l'allure de ce va-et-vient long et besogneux entre un émetteur et un récepteur qui ne pouvaient se parler qu'indirectement, c'est-à-dire sans fiabilité réelle, les traducteurs chinois n'hésitant pas à modifier le sens des propos des visiteurs occidentaux lorsqu'ils les considéraient comme offensants ou déplacés...

— Sa Majesté vous remercie, fit ce dernier.

— J'ai une observation à faire à l'Inestimable Fils du Ciel, ajouta l'Anglais, raide comme un piquet.

— Faites donc ! miaula le dignitaire chinois, agacé par cette intervention imprévue.

— Nos compatriotes installés à Foshan font l'objet de vexations regrettables. Des femmes et des enfants ont été agressés par des habitants en furie ! La couronne britannique demande aux autorités chinoises de bien vouloir faire en sorte que ses ressortissants puissent aller et venir sans être inquiétés par cette populace excitée ni détroussés par les nombreux voyous qui hantent les rues !

Daoguang, qui avait jusque-là écouté les propos de son visiteur d'une oreille distraite, se pencha vers son interprète, lequel, contrairement à toute attente, traduisit *in extenso* et sans l'édulcorer la dure requête du gouverneur de Hongkong.

— Le Fils du Ciel fait dire à l'honorable gouverneur Davis que ce point ne figurant pas à l'ordre du jour de l'audience, il ne saurait être abordé ! L'audience est à présent terminée, déclara sans ambages le petit homme en rouge.

Sans le savoir, sir John venait de toucher un point sensible susceptible de faire perdre la face à l'empereur de Chine : le Fils du Ciel étant incapable de la moindre improvisation et n'ayant jamais entendu parler des incidents de Foshan, il lui était impossible de répondre. Daoguang sortit son mouchoir et le posa sur l'accoudoir de son fauteuil. À ce signal, deux mandarins cacochymes s'approchèrent à petits pas de l'Anglais et lui déclarèrent en chœur, dans un très mauvais anglais, avec des mimiques compassées et sur un ton infiniment obséquieux :

— Le Fils du Ciel doit à présent tenir le Conseil des ministres. Nous vous prions de bien vouloir gagner immédiatement la sortie, gouverneur.

Le gouverneur eût volontiers souffleté ces deux vieux singes, mais la crainte des suites de ce qui eût constitué sans nul doute un grave incident diplomatique le retint de passer à l'acte. À tout moment, le *statu quo* entre la Grande-Bretagne et la Chine pouvait tourner au vinaigre et dégénérer en affrontements sanglants. Davis dut se résoudre à repartir, furieux[1], drapé dans sa dignité outragée et sans le moindre regard pour le Chambellan qui le raccompagnait jusqu'à la Grande Porte de la Cité Interdite.

À l'issue de l'audience, Daoguang, le regard vague, jugeant qu'il n'était pas d'humeur à s'occuper des affaires du pays, demanda sèchement au secrétaire du Conseil des ministres d'annuler la tenue de celui-ci. Désireux d'apaiser son esprit et son cœur, il avait décidé d'aller se promener dans son jardin d'agrément. Ce n'était pas dans ses habitudes. Il ne s'y rendait qu'à jour fixe, une fois par semaine, sous l'un de ses petits kiosques, pour y griffonner un poème ou y esquisser un dessin. La venue impromptue du Fils du Ciel fit l'effet d'une bombe auprès de la centaine de jardiniers préposés à l'arrachage à la pince de la moindre des mauvaises herbes susceptibles de pousser entre les gravillons des allées. Ces hommes, qui n'avaient jamais vu l'empereur de leurs yeux, n'osaient pas relever la tête ni même respirer lorsque le Fils du Ciel déboula sans crier gare. Mais Daoguang, imperturbable, semblait ne pas s'être aperçu de la présence de cette armée d'esclaves accroupie et immobile, complètement terrorisée par cette apparition.

Il est vrai que, ce jour-là, l'empereur de Chine avait la tête ailleurs.

Le cœur gros, il ne cessait de penser à « sa » Sibérienne. La nouvelle de sa mort continuait à l'accabler. C'était la première fois qu'il

---

[1]. Quelques jours plus tard, Davies organisa une opération de police à Foshan qui déplut aux autorités britanniques. Contraint de quitter son poste, il fut remplacé par sir George Bonham au cours de l'été 1848.

se sentait aussi affecté par la disparition d'une de ses concubines. D'ordinaire, il se contentait de faire envoyer à sa famille, à titre de consolation, une forte somme d'argent et l'épisode lui sortait de la tête. Elles étaient si nombreuses à être passées par son lit ! Sans compter qu'on lui trouvait toujours des remplaçantes, chaque fois plus jeunes et plus expertes. Avec stupeur, il avait découvert qu'au sein de la cohorte des femmes auxquelles il avait accordé ses faveurs, Irina avait un statut différent. Elle était l'exception. Elle seule lui avait résisté. Aucune autre n'avait été aussi désirable. Il avait réellement, profondément aimé Irina Datchenko. Peut-être, même, avait-elle été son unique amour !

Il se mit à frissonner en même temps que son regard errait avec nostalgie d'une montagne factice à l'autre, enjambant les rivières artificielles avant de s'arrêter sur la guirlande de chrysanthèmes dont le jardinier en chef arrivait à faire durer la floraison jusqu'en janvier. D'habitude, un simple contact avec cette nature savamment miniaturisée et reconstituée suffisait à le faire s'évader de la prison virtuelle dans laquelle se trouvaient inéluctablement enfermés, quels que soient le temps et l'espace, tous les dictateurs de son espèce qui exerçaient un pouvoir absolu sur leur peuple.

Mais pour Daoguang, ce jour-là, c'était peine perdue.

Le Fils du Ciel ne retrouvait pas ses marques. Désemparé à l'extrême, il ne parvenait pas à oublier les termes du rapport que le chef Liang lui avait remis la veille au soir. Secs comme des coups de fouet, précis comme des pointes de flèche et tranchants comme des lames, ils l'avaient touché au cœur. Daoguang avait passé une bonne partie de la nuit à le lire en long et en large, plusieurs fois de suite. Une fois sa lecture achevée, il n'avait pas fermé l'œil. Son contenu se passait de commentaires. Le chef de la police impériale de Canton commençait par remercier le Fils du Ciel pour la confiance insigne qu'il lui avait témoignée en lui demandant de procéder à l'élimination de la femme nez long dénommée la Sibérienne... comme si c'était lui-même qui avait donné l'ordre d'abattre la femme qu'il aimait ! C'était le système qui en avait décidé ainsi, dans son dos et sans même qu'il l'eût demandé ! S'il n'avait tenu qu'à lui, la Sibérienne aurait eu la vie sauve ! D'ailleurs, l'édit sur lequel on lui avait demandé d'apposer son cachet stipulait qu'Irina Datchenko, après l'affront qu'elle avait fait subir au Fils du Ciel en déclenchant un terrible scandale qui risquait de ternir à jamais l'image de la cour de Chine, devait être capturée par tous les moyens. Par quelle alchimie bizarre cet ordre de capture s'était-il transformé en autorisation d'assassiner ? Daoguang n'en avait pas la moindre idée. Prisonnier à vie de la Cité Interdite, surveillé jour et nuit dans ses moindres mouvements, il était le moins bien placé pour se livrer à une telle enquête. Il aurait fallu suivre pas à pas et d'échelon en échelon le cheminement de son édit jusqu'au chef Liang, afin de déterminer l'endroit exact où le terme de « capture » avait été remplacé par celui d'« éliminer »...

Pauvre de lui ! Quelle eût été sa réaction s'il avait su que la modification avait eu lieu à quelques mètres de son bureau, dans celui du Grand Chambellan en personne ? Il avait suffi à un calligraphe expérimenté de gratter un caractère et de le remplacer par un autre...

Daoguang se pencha au-dessus d'une mare qui épousait les contours de la mer de Chine d'où émergeaient trois tortues de bronze, et y vit sa face terne, vieillie, abîmée, de souverain incapable de se faire respecter.

Avec une émotion mêlée de rage, il repensa aux dérisoires menaces d'Irina : « Si vous ne me rendez pas mon fils, je parlerai aux journaux occidentaux ! La terre entière connaîtra l'existence de La Pierre de Lune et vous passerez pour un père indigne ! » D'une telle issue, Daoguang se moquait comme d'une guigne. Il n'avait aucune idée, et pour cause, de ce que pouvait être cette « opinion publique » dont Irina semblait faire si grand cas. Que quelques rares lettrés anglais – Daoguang n'avait aucune idée de ce que pouvait représenter la diffusion d'un grand journal londonien comme l'*Illustrated London News* – eussent connaissance de l'existence de son fils caché lui semblait parfaitement anodin et même plutôt amusant. Le Fils du Ciel s'estimant sincèrement d'une essence supérieure à celle des autres hommes, même lorsqu'ils n'étaient pas ses sujets, peu lui importait, par conséquent, leur jugement. Bien plus que ses éventuels bavardages, c'était la violence du courroux d'Irina qui avait touché au cœur l'orgueilleux Fils du Ciel. Depuis qu'elle lui avait fait faux bond une nouvelle fois, il avait constaté qu'il n'avait jamais cessé de l'aimer.

Le Grand Chambellan de l'empereur, en revanche, n'avait pas fait la même analyse que son maître. Dès qu'il avait eu vent de la menace d'Irina, il s'était aussitôt mis à l'œuvre, remuant l'entourage dont il n'avait pas eu grand mal à provoquer l'ire en leur décrivant par le menu les conséquences des révélations de la Sibérienne. Selon les codes immémoriaux, dévoiler l'intimité de l'empereur était passible de la peine de mort. Toute la Cour s'était mobilisée. De la première concubine aux ministres, en passant par les eunuques, chacun craignait la perte de face – ce crime irréparable – qui menaçait le Fils du Ciel si l'impudente Russe n'était pas rapidement neutralisée. Une implacable machine à tuer s'était mise en marche et, lorsque la mère de La Pierre de Lune avait quitté Pékin pour se rendre à Canton, la police secrète était déjà à ses basques, observant le moindre de ses gestes.

Ce départ inopiné avait précipité les choses. Déchaîné contre cette empêcheuse de tourner en rond, Élévation Paradoxale, trop heureux par ailleurs de régler son compte à Toujours Là, avait répandu l'ordre d'éliminer Irina Datchenko pour « crime d'atteinte à la sûreté de l'État », une qualification pénale fourre-tout fréquemment utilisée par les régimes autoritaires volontiers adeptes, en l'espèce, de l'adage « Qui veut noyer son chien l'accuse de la rage… ».

Il est tellement plus simple de coller des crimes sur le dos de ceux qu'on veut éliminer !

Et c'est ainsi que le zélé chef Liang, tout à son désir de plaire en très haut lieu, avait cru bon de livrer à l'empereur en personne tous les détails, y compris les plus sordides, de l'exécution de la malheureuse.

Alors que la Sibérienne se rendait pour la seconde fois au Club des Anglophiles, un endroit où « pullulaient les journalistes occidentaux », les hommes de Liang, conscients qu'il fallait « à tout prix l'empêcher d'entrer dans ce lieu à nez longs », avaient commencé par ceinturer la femme russe appelée la « Sibérienne », puis ils l'avaient fait tomber à terre avant de « serrer son cou jusqu'à l'étranglement » et de la tuer « d'un coup de couteau porté en plein cœur ». Toujours selon le policier, un nez long anglais avec lequel elle était entrée la veille au Club et qui continuait à rôder dans les parages avait bien essayé de s'interposer. Les policiers avaient d'abord cru qu'il s'agissait d'un espion, vu la quantité de dessins représentant les jonques de guerre du port de Canton dont sa sacoche était remplie. À l'issue d'un interrogatoire poussé, l'intéressé avait admis être dessinateur de presse et travailler pour un périodique illustré londonien dont il avait sur lui un exemplaire que Liang avait jugé utile de joindre à son rapport « afin que Sa Majesté pût en prendre connaissance ». Le journaliste en question ayant assuré aux hommes de Liang qu'il connaissait à peine la Sibérienne et qu'elle ne lui avait rien dit de spécial, la veille, ils l'avaient laissé repartir libre. Le corps de la femme russe avait été enroulé dans une couverture et jeté dans la Rivière des Perles conformément aux instructions reçues.

Face à cette issue tragique qu'il n'avait pas voulue, le Fils du Ciel mesurait le caractère rigide, implacable, inéluctable, de la machinerie du pouvoir dont le rouage central, c'est-à-dire lui-même, ne pouvait que suivre le mouvement général. Le système l'avait bel et bien dévoré : quoique tout-puissant empereur de Chine, il n'avait pas été en mesure d'empêcher le meurtre de la seule femme qu'il avait vraiment aimée !

D'un pas lourd, il s'approcha de l'érable nain offert à son aïeul Qianlong par l'empereur du Japon où cet arbre pluriséculaire avait rang de dieu vivant. Avec ses faux airs de vieux lutteur, ce petit végétal rabougri possédait un tronc noueux et des branches torturées qui faisaient l'admiration de ses visiteurs, surtout à partir de septembre, lorsque ses minuscules feuilles se teintaient de reflets écarlates qui ne s'éteignaient qu'au début de l'hiver.

Comme s'il s'agissait d'un animal de compagnie, Daoguang caressa sa cime griffue. Il aimait bien rendre visite à cet érable sacré devenu au fil du temps le complice muet et immobile des bons et des mauvais jours. De lui, au moins, il n'avait pas à se méfier. Ce n'était ni un courtisan qui cachait son jeu ni un flagorneur par-devant et un comploteur par-derrière, encore moins un de ces mandarins Han perpétuellement courbés et souriants, quoique intimement convaincus que les Mandchous étaient d'infâmes usurpateurs. L'érable sacré ne pouvait parler, et pourtant le Fils du Ciel lui eût volontiers demandé s'il pouvait espérer qu'un jour quelqu'un mît la main sur La Pierre de Lune, cet enfant que personne en dehors de lui-même – mais encore fallait-il qu'il en eût la force ! – n'avait intérêt à voir reparaître un jour…

L'empereur de Chine considéra l'arbre sacré du Japon avec tendresse, comme s'il était La Pierre de Lune en personne, cet enfant qui avait été abandonné à son sort. Le reverrait-il ? Rien n'était moins sûr… Plus le temps passerait et plus la probabilité d'un tel événement deviendrait faible. Les chances que cet enfant lui succède étaient désormais infimes et le sang russe n'était pas près de couler dans les veines d'un empereur de Chine…

Lorsque, à la nuit tombante, Daoguang, tel un condamné à mort, regagna son cabinet de travail, il n'était plus tout à fait le même homme.

Pour la première fois, il venait de prendre conscience que le système dont il procédait avait eu raison de sa volonté intime.

Et qu'il n'était plus, de ce fait, maître chez lui.

48

Kunming, 29 décembre 1847

L'air vif et un ciel éclatant d'azur s'étaient donné rendez-vous dans la clairière au moment où le chemin étroit cessa de zigzaguer dans la pente forestière pour s'élargir brusquement, repoussant du même coup les arbres sur une distance de plusieurs mètres. Tang, que ses pieds endoloris faisaient horriblement souffrir, s'arrêta pour se reposer à l'ombre d'un grand sorbier. En dessous coulait un torrent dont il pouvait entendre, sans les voir, les eaux bondir sur la roche et fuir en cascades. Dès qu'il ôta ses chaussures, les cris des singes retentirent, tombant du royaume des arbres dont ils étaient les princes et où ils s'agitaient, tels des fruits vivants accrochés à leurs branches.

Kunming n'était plus qu'à une journée de marche et, malgré les courbatures qui faisaient de son corps une loque douloureuse, le fils de Prospérité Singulière était euphorique : son périple était en passe de s'achever.

Il avait hâte de rencontrer le prêtre Luang Fudong et ne pensait pas qu'il serait difficile à trouver. Il lui suffirait de se rendre à la pagode de la Dévotion. À coup sûr un jeu d'enfant, car tout le monde à Kunming devait connaître son emplacement, toutes les pagodes comportant au bas mot une vingtaine d'étages, ce qui permettait de les distinguer de très loin. Quant à Luang Fudong, même s'il ne savait rien de précis à son sujet, il était persuadé qu'il devait s'agir d'un bonze puisque tel était le nom qu'on donnait aux prêtres des pagodes.

En prévision de sa rencontre avec le moine Luang, Tang, qui n'était pas familier de la religion bouddhique, avait potassé divers manuels de méditation transcendantale et parcouru les principaux sermons du Bouddha ainsi que les récits de ses vies antérieures, les Jataka. Celles-ci étaient autant d'histoires édifiantes, plus belles et émouvantes les unes que les autres. C'est ainsi qu'une fois, le Bouddha avait été un lièvre blanc qui avait amené un chasseur assoiffé jusqu'à une source avant d'accepter sans sourciller de se faire tuer par cet homme. Des milliers d'années auparavant, il avait aussi connu la forme d'un petit singe qui s'était tué en faisant une cabriole après avoir donné un bol de miel sauvage à un autre Bouddha. Mais l'autre Bouddha avait eu pitié du gentil primate et fait en sorte qu'il se réincarnât en bodhisattva. Ces récits donnaient à espérer aux pauvres gens qui peinaient sur terre car, au cours de ses millions d'existence, il était arrivé au Bienheureux d'être un prince riche et beau mais également une pauvre souris en butte à tous les chats...

Après l'étude des Jataka, Tang s'était lancé dans l'étude du sutra de la Bonne Loi. Malgré sa bonne volonté de néophyte, il s'était penché pendant des jours et des nuits sur cet immense texte ésotérique sans y comprendre goutte. Il avait passé des heures à méditer assis devant un mur nu, suivant les conseils d'un maître de la méditation transcendantale, dans l'espoir que l'Illumination viendrait, mais c'était toujours l'image de sa chère Jasmin Éthéré qui finissait par lui apparaître, après qu'il se fut éreinté à faire le vide dans son esprit. La voie bouddhique lui avait paru un long chemin inaccessible, même s'il éprouvait une immense sympathie pour cet être d'essence divine qui prêchait à son prochain la compassion et le respect de l'autre. Pour Tang, inconsolable depuis le départ de celle avec laquelle il avait partagé le Heqi, la vie restait dénuée de sens. Il passait ses journées à se morfondre, en pensant à son père et à la femme aimée.

Et puis, un beau jour, à force d'errer sans but dans la maison vide de Prospérité Singulière, l'idée avait germé dans son esprit : il irait à Kunming afin d'y retrouver le moine Luang Fudong et là, il se ferait raconter cette histoire merveilleuse dont son père lui avait parlé juste avant sa mort. Tendu vers cet unique objectif, le fils de Prospérité Singulière avait avalé son périple vers Kunming comme une potion salvatrice.

Il avait choisi de se rendre à Kunming par le fleuve Bleu dont il avait remonté le cours sur une distance de près de deux mille huit cents kilomètres, jusqu'à Shigu. Le fleuve Chang Jiang était un dieu au caractère irascible, capable du meilleur comme du pire, devant lequel il fallait se montrer humble lorsqu'on était à sa merci. Les habitants qui peuplaient ses rives redoutaient ses terribles crues. Ce fleuve au débit énorme était capable de monter subitement de plusieurs dizaines de mètres, provoquant des inondations dévastatrices où les morts se comptaient par centaines de milliers. Mais ce tueur implacable, qui charriait les corps de ses victimes gonflés comme des outres, était aussi le fleuve nourricier dont on venait pieusement puiser les eaux le jour du nouvel an, celui dont les poètes et les peintres ne se lassaient pas de décrire les falaises abruptes, les délicats manteaux vaporeux dont il se couvrait le matin et le soir, les arcs-en-ciel dont il parait les somptueux paysages de ses rives ainsi que les noirceurs ombrageuses striées par les éclairs quand l'orage éclatait.

Au fur et à mesure qu'on remontait vers sa source, les contraintes de la navigation obligeaient les bateaux à rapetisser. De plus en plus effilés et fragiles, ils devenaient des proies faciles pour le prédateur aquatique tandis que leurs passagers, pour l'essentiel des marchands et des aventuriers, affichaient des mines grises, épuisés par le manque de sommeil et l'impossibilité de garder la moindre nourriture tellement leurs coques de noix étaient secouées.

Tous ces dangers, Tang les avait affrontés de façon impavide, sans y prendre garde, tellement il était obnubilé par l'histoire que son père n'avait pas eu le temps de lui raconter. Lorsque, à l'entrée des impressionnantes gorges du Saut du Tigre dont les sommets culminaient à près de 3 900 mètres au-dessus du niveau de l'eau, les hurlements de joie de ses compagnons de voyage, tout heureux d'avoir atteint Shigu sans se rompre le cou, s'étaient élevés vers le ciel, c'est tout juste s'il les avait écoutés d'une oreille distraite. De même, c'était sans s'arrêter qu'il était passé devant le « Tambour de Pierre », une belle plaque de marbre en forme de tambour qui commémorait la victoire du peuple Naxi[1] contre les Tibétains au XVIe siècle et avait donné son nom à la petite ville. Le reste du voyage avait été à l'avenant, rude et fantasque comme sait l'être la nature lorsque l'homme ne l'a pas encore domptée et qu'il s'y aventure. Ses fesses et ses pieds endoloris pouvaient en témoigner. Il avait parcouru à cheval d'immenses plateaux herbeux avant d'abandonner sa monture lorsqu'il avait atteint les premiers contreforts montagneux dont il avait gravi à toute allure les chemins étroits et

---

1. Peuple descendant de nomades tibétains dont l'organisation est caractérisée par le matriarcat. Adeptes du chamanisme Dongpa, les Naxi disposent de leur propre système d'écriture, fait d'extraordinaires pictogrammes.

escarpés. Par tous les temps et quel que soit le terrain, il avait cheminé comme un automate, dents serrées et les yeux dirigés vers le sol pour éviter de se tordre les chevilles ou de se rompre le cou, sans jamais abandonner son rythme effréné.

Quand l'homme recherche sa propre vérité, il est capable de marcher autant qu'il le faut pour la trouver.

Au détour du chemin, Kunming lui apparut enfin, blottie au cœur des sommets recouverts de neige qui barraient l'horizon et paraissaient se chevaucher les uns les autres à perte de vue comme dans les peintures anciennes. Son cœur se serra et il eut l'impression d'être redescendu sur terre après un long vol dans les nuages de la non-perception des choses. C'était la première fois qu'il levait réellement les yeux depuis son départ de Nankin. Jusque-là, il n'avait rien voulu voir et même les gorges inouïes où, parfois, des azalées en fleur allumaient d'étranges feux dans de vertigineux à-pic ne lui avaient fait ni chaud ni froid. Avec émotion, il contempla cette ville fortifiée par les Ming qui s'étaient réfugiés au Yunnan vers 1650 en espérant y établir une base de reconquête. Pour autant, ni les Han ni les Mandchous ne dominaient réellement la situation au Yunnan puisqu'ils y étaient cernés par les ethnies musulmanes Hui, et par les peuples montagnards Yi et Miao habitués depuis des millénaires à lutter contre le pouvoir central.

Lorsque, avec le sentiment du devoir accompli et la satisfaction de celui qui touche enfin au but, Tang passa la porte principale de la cité rebelle, il fut surpris par l'extrême pauvreté qui y régnait. Les conditions de vie y étaient bien plus rustiques que dans l'ancienne capitale de la Chine. Faute de salle commune dans leurs galetas, beaucoup de familles en étaient réduites à cuisiner dans les rues où s'affairaient des femmes vêtues de grossières robes de coton, dont les enfants, pour la plupart fort chétifs et hâves, devaient à peine manger à leur faim...

Avisant un homme basané qui venait de poser à terre les lourdes charges accrochées aux extrémités de son balancier, il lui demanda poliment où se trouvait la pagode de la Dévotion.

— Je n'ai jamais entendu parler d'une pagode ayant ce qualificatif ! lui rétorqua le noiraud d'un air méchant avant de tourner les talons.

Il n'était manifestement pas bouddhiste, songea Tang, quelque peu décontenancé, en poursuivant sa route. Les passants dévisageaient ses vêtements puis son faciès comme s'il était une bête curieuse. Lorsqu'il faisait mine de s'approcher d'eux, apeurés, ils passaient tous leur chemin en baissant les yeux. En désespoir de cause, il fit signe à un marchand qui tenait en longe un chameau bactrien chargé de ballots de thé mais l'intéressé, qui devait le prendre pour un brigand, porta aussitôt sa main sur le manche du poignard passé à sa ceinture tout en donnant à son chameau un violent coup de fouet pour le faire bondir en avant. À Kunming, la méfiance était de mise envers les Han qui n'y étaient manifestement pas accueillis à bras ouverts...

Après avoir erré pendant une bonne heure, il finit par tomber, à l'entrée d'un parc, sur un vieux mendiant édenté auquel il remit quelques piécettes.

— Sais-tu où se trouve la pagode de la Dévotion ?

— Je connais une église[1] qui porte ce nom ! Quand je n'ai plus rien à manger, je m'y rends et on me donne un bol de soupe !

— Qu'appelles-tu église ? lui demanda Tang, dont le sang n'avait fait qu'un tour, bien qu'il ignorât la signification de ce terme.

— Une église est un temple où les dévots vénèrent un Dieu qu'ils disent unique et supérieur à tous les autres dieux...

— Où se trouve-t-elle, ton « église » ? s'enquit le fils de Prospérité Singulière, qui n'avait jamais entendu parler de ce Dieu unique.

— Prends jusqu'au bout la deuxième rue sur la gauche et tu la reconnaîtras de loin, à sa façade surmontée par un clocher...

Intrigué, l'amant de Jasmin Éthéré se dirigea vers cette drôle de pagode qui ne ressemblait à aucune autre. Sur son clocher, une petite tour riquiqui comparée à celles des pagodes bouddhiques, il aperçut le même trait vertical barré d'un trait horizontal qui était gravé sur la monnaie donnée par son père avant sa mort. De plus en plus perplexe, il pénétra dans l'« église » et constata qu'à l'intérieur, il n'y avait nulle trace de statues ou de peintures du Bouddha, pas plus que de ses bodhisattvas. Au fond de ce qui n'était qu'une banale salle rectangulaire dépourvue de tout ornement, un gros livre était posé sur une table de bois flanquée de deux cierges allumés. Juste à côté du livre en question, un homme habillé de noir était assis contre le mur, sur un tabouret.

Qu'attendait-il ?

Le fils de Prospérité Singulière, auquel tout cela paraissait de plus en plus mystérieux, s'approcha de l'homme en question. Voyant

---

1. Comme on l'a déjà dit, le mot *miao* désigne à la fois un temple, une pagode et, partant, une église chrétienne.

qu'il avait les yeux fermés, il se racla doucement la gorge et aussitôt, l'individu vêtu de noir les ouvrit.

— Je souhaiterais parler au moine Luang Fudong... fit Tang, sans trop y croire.

— Mon nom est Luang Fudong ! Je suis pasteur de l'église baptiste de la Dévotion à Notre-Seigneur Jésus-Christ. Que puis-je pour vous ? répondit l'intéressé en se levant.

Habillé à l'occidentale, d'une veste et d'un pantalon, Luang flottait un peu dans ses vêtements élimés et couverts de traces de poussière. Tang, abasourdi, extirpa de sa poche la monnaie d'argent de son père et, d'une main tremblante, la lui tendit.

— Je m'appelle Tang. Ce tael d'argent m'a été donné par Prospérité Singulière !

— Comment va-t-il, mon très honorable frère dans le Christ ?

Le Han respira un grand coup.

— Mon père est mort.

— Toutes mes condoléances, mon cher Tang.

— Merci, ô Luang Fudong... répondit Tang en s'inclinant.

— Tu ne dois pas être triste, Tang. Ton auguste père s'était converti à la Divine Parole du Christ. Son âme est sauvée. Il est au Ciel, dans la lumière de Notre Divin Seigneur... murmura Luang dont le visage rayonnait d'allégresse.

Tang le regarda, surpris et courroucé. Comment pouvait-on manifester une telle joie lorsqu'on apprenait la mort de quelqu'un ?

— Je lis sur ton visage que tu n'es pas croyant... Seul un croyant peut comprendre mon attitude ! Pour un croyant, seul compte le royaume de Dieu ! C'est là où est ton père ! ajouta le pasteur qui avait deviné l'état d'esprit dans lequel se trouvait son visiteur.

— Comment le sais-tu ?

— Ton père s'était converti au Christ ! Les convertis au Christ sont accueillis après leur mort dans le royaume de Dieu.

— Mais qui est donc le Christ ?

Luang entraîna Tang dans la nef et alla lui montrer la grande croix de bois fixée au mur du fond, au-dessus de la Bible ouverte.

— C'est lui !

— Un morceau de bois ?

— La croix représente le fils de Dieu descendu sur terre pour nous sauver, pour te sauver, ô Tang. Ce que tu prenais pour une monnaie d'argent est la médaille du Christ ! Ton père la reçut de mes mains lors de son baptême.

— Baptême ?

— Parfaitement ! Quand tu reçois le baptême, tu deviens « baptisé », c'est-à-dire membre à part entière de l'Église de Dieu !

Inquiet et déstabilisé, Tang demanda à Luang :

— Quelle est la différence entre Dieu, le Christ et le Bouddha ?

— Le Christ fait partie de Dieu ! Le Bouddha refusait l'idée même de Dieu.

— Pourtant, le Bienheureux Bouddha semble avoir accompli tant de miracles, tellement aidé ses semblables ! Ton Christ en a-t-il fait autant ?

— Bien plus que le Bienheureux Bouddha, si tu veux tout savoir ! Le Christ a accepté de mourir sur la croix pour sauver le monde ! Il a donné sa vie pour que toi et moi soyons sauvés ! Le Christ est amour pur ! Au demeurant, les vies du Christ et du Bouddha sont assez proches. Ils vivaient pauvrement et recrutèrent des disciples prêts à les suivre jusqu'à la mort. Ils prêchaient tous les deux l'amour et la tolérance.

Luang continua à raconter à Tang la vie de Jésus, en lui expliquant que cette force d'amour pur, à la fois fils et partie intégrante de Dieu, était descendue sur terre pour sauver les hommes et leur dire la Vérité. Puis, avec les mots du cœur de l'homme de foi, il lui décrivit ses miracles, sa crucifixion et sa résurrection.

— Comment un Dieu peut-il accepter de se faire crucifier par les hommes ?

— Jésus-Christ, à la fois homme tout en étant fils de Dieu, accepta de se soumettre au jugement des hommes.

Tang était de plus en plus perplexe.

— Si j'en crois tes dires, tu n'es donc ni confucéen, ni taoïste, ni bouddhiste ?

— Je suis un pasteur de l'Église baptiste ou, si tu veux, un prêtre du Christ. Je crois en l'amour infini du Christ. Ma religion est le christianisme ! Confucius, Laozi et le Bouddha ne sont rien à côté du Christ fils du Dieu unique.

— Ton Dieu unique a donc fait des enfants...

— Dans son infinie bonté, Dieu envoya sur terre le Christ, son divin fils, pour sauver le monde. Grâce au Christ, nous sommes tous devenus fils de Dieu, s'enflamma le pasteur.

Le fils de Prospérité Singulière ne s'y retrouvait plus.

— Mon père croyait les mêmes choses que toi ?

— Bien sûr. Ton père était animé d'une foi intense envers le Christ ! C'était un homme extrêmement pieux.

— Il méditait ?

— Beaucoup ! Il priait et méditait sur les Saintes Écritures... celles que contient le gros livre que tu vois là-bas, lui expliqua le pasteur en désignant la Bible installée dans le chœur.

Il s'approcha des Saintes Écritures. Pendant qu'il les feuilletait, le pasteur lui demanda :

— Au fait, Tang, que me vaut l'honneur de ta visite ?

— Quand mon père m'expliqua que c'était toi qui lui avais remis sa médaille, j'eus envie de te rencontrer. Avant de mourir, il souhaitait me raconter une histoire merveilleuse qui lui était arrivée à Kunming mais la mort le prit avant qu'il ait pu la commencer ! Trompé par les mots sibyllins de mon père, j'étais persuadé que tu étais un moine bouddhiste !

Luang se mit à rire.

— J'espère que tu n'es pas trop déçu par ce que tu as trouvé ici !

— Pas le moins du monde. Je n'avais jamais entendu parler de Dieu et du Christ !

— Tu n'as donc jamais eu affaire aux Occidentaux qui construisent des églises et fondent des communautés ?

— C'est que je me méfie tellement des nez longs que je me garderais bien d'engager la moindre conversation avec eux. À vrai dire, je ne les aurais jamais imaginés capables de vénérer un Dieu qui aime les hommes ! Ils font tellement de mal avec leur boue noire que je les voyais plutôt voués au démon ! soupira le Han.

— Tous les nez longs ne sont pas, heureusement, des agents des grandes compagnies de commerce ! Il y en a qui veulent le bien de la Chine... À l'église de la Dévotion, nous avons une école où plus de deux cents enfants pauvres apprennent à lire et à écrire.

Tang regardait parler Luang Fudong. Ses propos, soutenus par une force de conviction à toute épreuve, lui paraissaient singulièrement limpides. Le Han, qui brûlait désormais de savoir comment on pouvait abandonner toutes ses croyances originelles pour devenir chrétien, lui demanda :

— Quel genre d'examen doit-on passer pour devenir pasteur ?

L'intéressé éclata de rire.

— Le métier de pasteur du Christ n'est pas une charge mandarinale ! Il faut connaître la Bible sur le bout des doigts et montrer à son directeur de conscience qu'on est digne de prêcher à autrui la Divine Parole du Christ, un point, c'est tout !

Le pasteur fit signe à son visiteur de l'accompagner dans le jardin où l'église avait été construite, non loin d'un canal dont les eaux ferrugineuses étaient recouvertes par un tapis de nénuphars géants.

— Qu'est-ce qu'un directeur de conscience ?

Les deux hommes s'assirent sur un banc.

— Un pasteur plus âgé que toi et qui accepte de te prendre sous son aile ainsi que de t'inculquer le métier.

— Qui était le tien ?

— Un nez long originaire de Hollande...

— Il était gentil ?

— Très ! Il s'appelait Jacob de Duve et, sans lui, je serais mort. Lorsque ma famille fut massacrée par une bande de brigands Naxi, je fus recueilli ici même par cet homme qui avait déjà fondé cette église. Il était d'une générosité à toute épreuve. Je lui dois tout.

— Que fait-il à présent ?

— Il est mort de la variole, il y a trois ans.

— Et c'est toi qui as repris le flambeau...

— M. de Duve me disait toujours que je serais appelé à lui succéder. Dieu l'a rappelé auprès de Lui plus tôt que prévu ! Ton père venait souvent écouter ses sermons en cachette !

— Pourquoi était-il obligé de se cacher ?

— S'il avait fait état de ses croyances, il n'aurait pu garder son poste de gouverneur du Yunnan et eût probablement risqué la mort. Encore aujourd'hui, les chrétiens du Yunnan ne sont en sécurité que s'ils adoptent un profil bas...

— Comment mon père a-t-il découvert le Christ ?

— Ce jour-là, ton père était parti chasser le faisan en montagne, vers le lac de la Pierre Plate, sans aucune escorte ni valet de pied.

— Il m'a souvent dit qu'il tirait bien à l'arbalète...

— J'étais allé méditer au même endroit. Le père de Duve disait qu'un beau paysage favorise la prière.

— Et vous vous rencontrâtes !

— Si l'on peut dire. En fait, je faillis buter sur lui. De retour de sa chasse, il était tombé de cheval et gisait sur le chemin, inconscient. Un mélange de bave et de sang coulait de sa bouche... Au début, je crus qu'il était mort. Désemparé, je sortis ma Bible de mon sac et me penchai au-dessus de lui en récitant le « Pater Noster ». Au bout d'un moment, il ouvrit les yeux mais sa bouche resta figée. Il était incapable de parler. En fait, tout son corps était paralysé. Je courus chercher de l'eau mais sa bouche refusait de la boire. À la nuit tombante, de peur qu'il n'ait froid, je le chargeai sur mes épaules et l'emmenai jusqu'à une cabane de berger pour le veiller. Il continuait à dormir profondément. C'est alors que je lui parlai du Christ, venu sur terre pour sauver l'humanité, et lui glissai entre les mains cette médaille. Au cours de la deuxième nuit, ne l'entendant plus respirer, je crus qu'il était mort. Au matin du troisième, il se réveilla enfin, souriant et dispos. Parfaitement lucide, il se souvenait de tout ce que j'avais dit sur le Christ et sur les Évangiles. En fait, ton père n'avait pas dormi. Il avait vu son âme s'extraire de son corps et flotter au-dessus de lui. D'une simple pichenette, elle avait repoussé les esprits malins *gui* qui prétendaient l'entraîner dans les royaumes infernaux. C'est ainsi qu'il se convertit au Christ, en plein coma !

— Mon père fut donc guéri par la seule force de sa foi dans le Christ… constata Tang, ému aux larmes.

— Tu l'as dit. Sa foi le sauva !

— Sur le chemin du retour, il se présenta, m'expliqua ses fonctions et me demanda si j'accepterais de le baptiser. Lorsque nous revînmes enfin à Kunming, il me demanda s'il pouvait garder la médaille que je lui avais glissée dans la paume. Deux mois plus tard, au début de l'été, je le fis plonger dans le lac de la Pierre Plate et le consacrai en tant que fils de Dieu, au nom du Père, du Fils et du Saint-Esprit. Il me fit bénir sa médaille et me confia qu'il la donnerait à la personne la plus chère à son cœur. Telle est la belle histoire que Prospérité Singulière voulait te raconter.

— Je comprends mieux à présent pourquoi mon père pleurait à chaudes larmes lorsqu'il me la remit, murmura Tang qui serrait la médaille dans sa paume.

— Ne croyant pas aux coïncidences, j'y vois un signe de Dieu. Ton père essayait de te mettre dans les pas du Christ ! Malheureusement, il n'en eut pas le temps.

— Dire qu'il aurait pu mourir sans que je sois présent à ses côtés, murmura Tang en réprimant un frisson.

— Heureusement pour lui et pour toi, la Providence en décida autrement…

— Pourrais-je solliciter à mon tour la Providence ? Mon âme souffre. J'ai perdu la femme que j'aimais. Je me sens terriblement abandonné, vide et inutile, murmura alors, d'une voix étranglée, le fils de Prospérité Singulière.

Sa souffrance était si évidente que le pasteur Luang posa son pouce sur son front avant d'y dessiner le signe de la croix.

— Veux-tu que je te fasse rencontrer le Christ ? Je suis sûr que tu en tirerais profit. Ta souffrance est immense, ô Tang ! s'écria celui qui avait baptisé Prospérité Singulière.

Tang, bouleversé, peinait à retenir ses larmes.

— Comment peux-tu deviner que je souffre ?
— Tes tourments sont écrits sur ton visage !

Face à ces propos qui venaient d'un homme bon et qui cherchait à l'aider, le Han, perdant soudain toute contenance, explosa :

— Ma femme me manque infiniment. Elle m'a quitté sans crier gare ni prévenir. Depuis qu'elle est partie, je me sens seul au monde !

— Tu l'aimais beaucoup !

— Avec elle, nous pratiquions le Heqi... Nous arrivions à vibrer à l'unisson. Nous mélangions allègrement nos humeurs. Elle et moi ne faisions plus qu'un ! Jasmin Éthéré était mon double. Dans la nature, chaque homme ou chaque femme n'a qu'un seul double. À présent qu'elle n'est plus avec moi, c'est comme si j'étais amputé d'une moitié de moi-même !

— Moi aussi, il m'est arrivé de pratiquer le Heqi, lui dit sobrement le pasteur Luang.

— Tu as rencontré ton double ?

— Non ! Je l'ai pratiqué avec le Christ !

— Le Heqi avec le Christ ? Mais comment est-ce possible ? fit Tang interloqué.

— L'union des souffles n'est qu'une forme particulière de la soif d'absolu que chacun d'entre nous recèle au tréfonds de lui-même. Lorsque le Christ est en moi, mes souffles se mélangent avec le Sien et je me sens comme un ange au ciel !

Un vent de fol espoir souffla soudain sur le fils de Prospérité Singulière, qui n'arrivait pas à cacher son étonnement.

— Et moi qui pensais que l'homme ne pouvait pratiquer le Heqi qu'avec une femme et vice versa... soupira-t-il.

— Les bouddhistes qui atteignent l'Illumination par la pratique de la méditation assise[1] prétendent jouir de la même sensation de plénitude et de bien-être... Ceci étant, rien n'égale, selon moi, l'union avec le Christ, conclut tranquillement Luang Fudong.

Tang voyait toutes ses certitudes mises à bas. C'était un comble ! Contrairement à ce qu'il croyait, l'union des souffles n'était pas réservée au seul et unique couple formé par l'homme et la femme complémentaires.

Réconforté, il repensait aux paroles de Vide Essentiel, l'ermite de l'Emeishan : *la Grande Fusion se situe bien au-delà du simple plaisir partagé... elle s'adresse à la fois au corps et à l'esprit ! Moi,*

---

1. La méditation assise ou *chan* (zen en japonais) est le procédé le plus courant de méditation transcendantale des bouddhistes.

je l'ai atteinte grâce à une femme. D'autres y réussissent par des méthodes... comment dire... plus spirituelles.

Le vieux sage ne lui avait pas dit autre chose, à ceci près que, de ses phrases, il n'avait retenu que la partie qui concernait la voie sexuelle de l'union des souffles et s'y était cantonné. Mais à présent que le pasteur Luang lui avait ouvert les yeux, l'espoir renaissait et son cœur s'apaisait. La perte de Jasmin Éthéré pouvait être compensée par une union avec ce personnage extraordinaire qui avait, par amour pour ses semblables, accepté la condition humaine alors même qu'il était d'essence divine.

Alors, humblement, tel un enfant qui veut tout apprendre, il s'agenouilla aux pieds de celui qui avait sauvé la vie à son père et lui souffla d'une voix apaisée :

— J'aimerais, moi aussi, devenir l'un des disciples de ton Christ.

49

Jintiancun, 23 janvier 1848

Dieu existait ! C'était sûr, Dieu ne l'abandonnerait pas. Car Dieu l'avait déjà tellement aidée ! Dieu protégerait son enfant. Mais au fait, pourquoi Dieu la séparait-elle de La Pierre de Lune ? Pourquoi le Tout-Puissant ne permettait-il pas à deux êtres qui s'aimaient de se retrouver et à l'enfant à naître d'avoir un père ? Comme à l'accoutumée, lorsqu'elle sentait son enfant bouger, Laura Clearstone était partagée entre la joie de la naissance à venir et la tristesse de l'absence de celui dont elle était toujours sans nouvelles.

Chaque jour qui passait, elle se sentait un peu plus lasse et vidée par l'énergie de ce bébé qui frappait contre la paroi de son ventre. La vie qui se nourrissait de son corps au point de l'épuiser devenait peu à peu celle d'un être à part entière qui finirait par définitivement lui échapper. Elle s'assit sur un banc et posa sa main sur son ventre alourdi, tendu et rebondi comme une jarre à grain. L'accouchement approchant à grands pas, le moindre mouvement occasionnait une terrible gêne à la jeune Anglaise.

— Veux-tu que je te porte une bouillotte ? lui demanda Xuanjiao qui ne la quittait plus d'une semelle, guettant la perte de ses eaux.

— Tu es gentille mais je prendrai plutôt un grand bol de thé ! fit-elle.

— Je vais faire chauffer de l'eau... proposa alors Jasmin Éthéré qui n'était jamais très loin de son amie anglaise.

Depuis l'arrivée de Laura Clearstone au mont des Cardons, les trois jeunes femmes avaient sympathisé au point de désormais former un trio inséparable et uni comme les doigts d'une main.

Xuanjiao était la sœur cadette de Hong Xiuquan. Laura appréciait particulièrement cette jeune fille au regard de braise qui, sous une douceur apparente, cachait un caractère bien trempé. Quelques mois plus tôt, Xuanjiao, à la demande de son frère, avait épousé le bûcheron Xiao Chaogui[1], l'un des plus brillants lieutenants de Hong. Ce mariage arrangé n'avait nullement entamé le soutien inébranlable de Xuanjiao envers l'ancien président de la Société des Adorateurs de Dieu devenu entre-temps le grand chef des Taiping. Rêvant de porter le plus loin possible, y compris par les armes, la parole de son grand frère, cette gymnaste hors pair, qui excellait à danser sur une corde tendue entre deux piquets, s'était également liée d'amitié avec Jasmin Éthéré. Il faut dire que les deux jeunes femmes partageaient la même passion pour les exercices destinés à forger le corps.

D'un pas souple, malgré le bébé joufflu qu'elle portait sur son dos attaché par un châle, la belle contorsionniste courut à la fontaine.

— Voici du thé bien chaud ! dit-elle à Laura en revenant une théière fumante à la main.

— Tu es adorable, Jasmin Éthéré. Boire chaud va me faire du bien… souffla Laura, épuisée par des nausées incessantes.

Non loin de là, sur un pré récemment fauché, Joe jouait à la balle avec une ribambelle d'enfants plus jeunes que lui. Depuis son arrivée à Jintiancun, le jeune trisomique était beaucoup plus calme. Il se plaisait visiblement dans ce village dont les habitants l'avaient adopté et le considéraient avec respect. Après tous ces épisodes mouvementés qui avaient mis ses nerfs à vif, ses journées se déroulaient selon un tempo invariable et qui lui convenait à merveille, à manger, jouer, dormir et rêvasser aux côtés de sa sœur. Depuis le début de leur séjour au mont des Cardons, le fils de Brandon et de Barbara Clearstone n'avait jamais exprimé oralement à celle-ci la moindre plainte ni la moindre satisfaction. À cet égard, le jeune garçon semblait avoir régressé. Cadenassé dans son état végétatif, il ne réagissait pas lorsque sa sœur essayait de lui expliquer qu'elle allait accoucher d'un enfant, se contentant de pousser un ou deux grognements quand elle plaçait sa main sur son ventre.

Laura, pensive et résignée, elle qui avait longtemps espéré que son frère continuerait à communiquer avec elle, regardait la partie s'achever. Joe, tout à son affaire, hurlait de joie. Les enfants, qui lui

---

[1]. Dès 1850, bûcheron pauvre, Xiao, qui entrait souvent en transe, ce qui lui valait la considération de Hong, avait réuni autour de lui plus de trois mille charbonniers hakkas qu'il avait ralliés à la cause de la Société des Adorateurs de Dieu. Il fut nommé par Hong « prince de l'Occident ministre d'État de droite et chef d'état-major en second ».

avaient remis la balle, faisaient à présent la ronde autour de lui en chantant des cantiques tirés de la Bible. Chacun, à Jintiancun, traitait le jeune Joe Clearstone avec respect depuis que Hong, à l'issue de l'un de ses prêches enflammés, avait décrété que le garçon était un « prophète muet envoyé par le Christ pour réconcilier les Chinois et les Anglais », soit un être d'essence divine. Tout ce que disait leur chef étant pris par ses disciples comme parole d'Évangile, le jeune trisomique bénéficiait chez les Taiping d'un statut à part.

Au départ, sa sœur, qui souhaitait par-dessus tout qu'on laissât son frère en paix, n'avait pas vu d'un très bon œil cette proclamation du chef des Taiping dont les effets risquaient de le perturber.

— Ton frère a le corps d'un nez long anglais et la face d'un Han ! Je le prends comme un signe du ciel. Joe a été choisi par le Christ pour être un médiateur. C'est un être pur et sans tache. Depuis que je l'observe, je n'ai décelé en lui que de la gentillesse, lui avait rétorqué Hong sur un ton péremptoire lorsqu'elle lui avait demandé, avec moult précautions, les raisons de son geste.

Le hakka paraissait si sûr de lui qu'elle avait jugé inopportun de le contredire, voire de poursuivre la discussion. À Jintiancun, il n'était pas recommandé de contrarier Hong. Au fil des jours, elle avait constaté que cette élévation de Joe au rang de « prophète muet », loin de nuire à son frère, lui valait nombre d'avantages.

Joe, quittant ses camarades, vint s'asseoir à ses pieds tandis qu'elle dégustait son bol de thé. Elle passa doucement sa main dans sa tignasse mouillée de sueur.

— Je vais amener ton frère à la rivière. Il a besoin d'être lavé… regarde un peu comme il transpire ! lui proposa alors Jasmin Éthéré.

— Dans ce cas, laisse-moi Fleur de Sel. Il serait temps que j'apprenne moi aussi à pouponner… répondit Laura à la contorsionniste qui, aussitôt, détacha le bébé de son dos avant de le lui déposer sur les genoux.

Dressée sur ses petites jambes potelées, Fleur de Sel, qui était à l'âge où les enfants commencent à vouloir marcher, se mit à tripoter le nez de Laura en riant.

— Regarde-moi ce qu'elle est dégourdie ! dit Laura à Jasmin Éthéré qui fondait.

La contorsionniste vouait à Fleur de Sel un amour sans bornes et se comportait avec elle comme si elle était sa mère. Lorsqu'elle avait buté sur la fillette, alors que, bien décidée à mener sa barque comme elle l'entendait, elle s'apprêtait à quitter subrepticement Jintiancun, elle avait compris que, pour elle, rien ne serait plus jamais comme avant. Dans la seconde même où ses mains avaient touché l'enfant, elle avait accepté d'en devenir la mère avec tout ce qui en découlait. Elle y tenait désormais plus que tout. En hommage à ses parents et aussi parce qu'elle avait toujours été frappée par la perfection des cristaux salins qu'on pouvait ramasser autour de la mine où ils avaient péri noyés, elle avait prénommé la fillette Fleur de Sel.

Depuis que cet enfant avait fait irruption dans sa vie, elle s'y consacrait corps et âme, sans autre but que de lui donner tout ce qu'elle n'avait pas eu et de l'élever le mieux possible. Du coup, elle s'était remise en ménage avec Mesure de l'Incomparable dont le rêve était désormais qu'elle donnât à Fleur de Sel un petit frère. Le jeune Taiping était, au demeurant, peu présent à Jintiancun. Feng Yunshan[1] lui avait confié la mission d'enrôler deux mille paysans pauvres dans le sud du Guangdong. À la tête d'une vingtaine d'hommes, Mesure de l'Incomparable écumait les campagnes des environs de Maoming et de Zhanjiang où vivaient de nombreux hakkas qui n'avaient plus grand-chose à perdre, face à des petits propriétaires terriens qui leur demandaient des loyers fonciers de plus en plus exorbitants.

Fleur de Sel, debout sur ses petites jambes, manifestant le désir de marcher, Laura la posa délicatement à terre en la tenant par les deux mains. Dès qu'elle vit sa mère, ramenant Joe de la rivière, propre comme un sou neuf, la fillette commença à avancer un pied, puis un autre. Arrivée à quelques pas de sa mère, accroupie et qui lui ouvrait ses bras, l'enfant se lança et effectua seule les trois enjambées qui lui permirent de se jeter contre sa poitrine.

— Fleur de Sel marche ! Ma petite Fleur de Sel marche comme une grande ! s'écria, au comble du bonheur, la contorsionniste qui battait des mains comme une petite fille.

Émouvante Jasmin Éthéré ! Elle eût assisté au plus grand des miracles qu'elle ne se fût pas montrée plus enthousiaste.

Feng Yunshan apparut, un épais exemplaire de la Bible à la main. Le bras droit de Hong était un homme d'aspect juvénile dont le

---

1. Homme lige et à tout faire de Hong, Feng Yunshan devint très vite le véritable organisateur du mouvement. Indispensable à son chef, qui n'avait pas toujours les pieds sur terre, Feng joua un rôle considérable dans le développement du mouvement Taiping. Il fut pour beaucoup dans l'organisation de la première grande offensive Taiping (1850) sous la forme de l'« armée de la Misère », dans laquelle furent enrôlés un millier de mineurs employés dans les mines d'argent de Longshan et près de quatre mille charbonniers des environs de la montagne des Cardons. Devenu prince du Midi (1851) dans la hiérarchie céleste instituée par Hong, sa mort (fin mai 1852) au cours d'une offensive lancée contre la ville de Xuanzhou dans la province du Guangxi causera une perte irréparable au mouvement Taiping et à son chef suprême.

visage aux traits fins était dépourvu de moustache. Il s'assit à côté de Laura et lui demanda :

— Je dispose d'une bonne heure et demie. Sans vouloir abuser de ton temps, serais-tu en état de traduire l'avant-dernier chapitre de l'Évangile de l'apôtre Jean ?

— Allons-y ! lâcha la jeune Anglaise qui n'était pas mécontente de constater que son travail s'achèverait bientôt.

— C'est Hong qui insiste. Il veut que la traduction soit terminée pour le nouvel an… Heureusement que tu vas vite. Sans toi, nous serions dans de beaux draps !

— Le nouvel an, si je ne m'abuse, est dans trois jours… Et si je ne me trompe, nous passerons du Bélier au Singe… fit-elle, enjouée.

Elle appréciait la gentillesse, le sérieux et la modestie de Feng qui tranchaient avec l'exaltation de son patron.

— Il ne nous reste plus que six pages à traduire… Deux séances et nous en viendrons à bout !

Laura se mit à traduire à voix haute les phrases de l'apôtre Jean que Feng transcrivait à la hâte sur un carnet d'écolier. Toutes les dix lignes, elle répétait l'exercice, afin de permettre au Taiping de s'assurer de la bonne signification des caractères qu'il avait employés. Comme la jeune femme parlait correctement le chinois alors qu'elle le lisait avec difficulté et était incapable de l'écrire, elle s'était arrangée de la sorte, dictant sa traduction tantôt à Feng, tantôt à Hong lui-même, auxquels leurs rudiments de pidgin permettaient en outre de déceler les éventuels contresens de leur traductrice.

Au bout de deux heures d'exercice, il ne lui resterait plus qu'à traduire les deux dernières pages de l'Évangile selon saint Jean et la tâche que Hong lui avait confiée serait enfin achevée.

Feng ayant pris congé, plein de reconnaissance pour la célérité et le sérieux avec lesquels la future maman avait mené sa tâche à bien, Laura, sentant l'épuisement la gagner, décida d'aller s'allonger sur son lit. Avec Joe, elle occupait une minuscule maison carrée construite en pisé et coiffée d'un toit de roseau. À l'intérieur, où régnait en permanence une odeur de vieux cuir moisi, outre la pièce à vivre, deux chambrettes contiguës permettaient à chacun de dormir séparément. Elle mit dans un couffin la sarabande de linge qui séchait sur un fil et s'affala sur la banquette recouverte d'une simple natte qui lui servait de lit, avant de s'emparer de deux coussins qu'elle glissa sous son dos. Comme à l'accoutumée, à peine allongée, elle se mit à regarder le plafond, laissant vagabonder son esprit entre ce futur qui approchait avec cet enfant qui allait naître bientôt et ce passé au cours duquel elle avait déjà échappé à mille dangers.

C'était peu de dire, à cet égard, qu'elle l'avait, avec son frère, échappé belle !

Il n'était pas de jour où elle ne repensât à la façon dont elle avait réussi à s'extirper de l'enfer de la fumerie du Paon Splendide. Avec Joe, ils étaient des rescapés, des miraculés, des ressuscités qui avaient bien failli y rester. Ce n'est qu'a posteriori qu'elle avait pris conscience du terrible guêpier dans lequel elle s'était fourrée avec une légèreté coupable.

Sans le chef Taiping, quel eût été son destin ? Elle n'osait pas l'imaginer. Esclave sexuelle dans un bordel aux Philippines ? Courtisane expédiée de force dans un lupanar de Pékin ? Enrôlée sur un bateau peuplé de malfrats ? Elle était partie pour dégringoler de plus en plus bas en entraînant ce pauvre Joe avec elle ! Et si elle n'était pas tombée de Charybde en Scylla, Hong Xiuquan y était pour beaucoup et même pour l'essentiel.

Car la Providence, pour ceux qui croyaient au ciel, et le hasard ou bien la chance, pour ceux qui n'y croyaient pas, avaient permis cette étonnante rencontre entre Laura et Hong que les deux amies de la jeune Anglaise lui avaient demandé, au moins cent fois, de raconter.

Ce jour-là, elle était désespérée. La veille, elle avait découvert avec effarement que son frère avait été drogué par l'un des serveurs du Paon Splendide. Elle n'avait pas d'autre choix que de quitter avec lui au plus vite ces lieux de perdition. Levée aux aurores, après une nuit où elle n'avait pas fermé l'œil, dans l'espoir de filer sans demander son reste, elle était tombée sur le directeur de la fumerie ! Passé l'immense contrariété et le sentiment d'impuissance qu'elle avait ressentis, elle s'était demandée avec angoisse si ce n'était pas là un signe de méfiance de la part du petit homme fourbe.

— À présent que tu as eu tout le temps de réfléchir, je propose de t'emmener chez mon fournisseur, lui avait lancé sur un ton mielleux le Chinois aux dents pourries par l'opium.

À moitié surprise, car elle ne s'était fait aucune illusion sur le prétendu délai dont elle disposait pour réfléchir à sa proposition, elle avait la peur au ventre.

— Tout de suite ?

— Tôt le matin, pendant que les policiers roupillent, c'est ce qu'il y a de mieux... Quand le tigre dort, les singes sont les rois de la montagne !

Prise au piège, elle avait immédiatement essayé d'échafauder un plan. En attendant, il n'était plus question pour elle de laisser Joe tout seul au Paon Splendide.

— Dans ce cas, mon petit frère vient avec moi !
— À ta guise !

Une heure plus tard, ils étaient à pied d'œuvre chez le *compradore*, un homme adipeux dont les yeux bridés, réduits à l'état de simples fentes, étaient noyés dans son visage boursouflé. Il était officiellement grossiste en graines. Mais ce n'était là qu'une couverture. L'obèse les avait conduits dans la cave de l'immense entrepôt où il stockait ses céréales et ses semences. C'était là, dans une pièce voûtée à laquelle on accédait par une porte blindée, qu'il entassait ses caisses d'opium. Le grossiste, qui transpirait comme une fontaine, en avait sorti trois sacs de drogue qu'il avait remis au directeur du Paon Splendide avec des mines de conspirateur. Sur le seuil de l'entrepôt, ce dernier avait donné son paquet à la jeune Anglaise en lui intimant l'ordre de revenir le plus vite possible à la fumerie.

— Dois-je effectuer le même trajet qu'à l'aller ? avait-elle soufflé, tétanisée par la perspective de ce convoiement.
— Sans problème. Tu ne risques rien !
— Et si la police m'arrêtait ?
— C'est hautement improbable ! avait lâché d'un air détaché le petit directeur qui se fichait manifestement comme d'une guigne de ce qui pouvait arriver à Laura.
— Plusieurs fois, j'ai vu des rues barrées par des impériaux qui contrôlaient tous les passants, avait-elle murmuré, gémissante.
— Dans ce cas, tu ne dois pas dire un mot de chinois et ils finiront bien par te relâcher ! conclut, passablement agacé, cet homme fourbe et sans pitié, avant de repartir de son côté.

Elle avait mis deux bonnes heures pour rentrer à la fumerie, après le long détour qu'elle avait tenu à effectuer, anéantie par la peur, en tenant fermement par la main son frère qui, de fort mauvaise humeur et au bord de la crise, traînait la patte. À peine était-elle arrivée que le patron, tel un diable de sa boîte, avait surgi de derrière son comptoir sur lequel elle s'était empressée de poser sa précieuse cargaison. Le lendemain matin, comme prévu, le petit Chinois, trop heureux de pouvoir compter sur une jeune Occidentale aussi efficace, l'y avait envoyée seule et elle s'était à nouveau retrouvée dans la rue avec son frère, bien décidée à ne plus remettre les pieds au Paon Splendide.

Et c'est alors que le miracle s'était produit.

Ses pas l'avaient guidée aux abords de la Grande Porte du Jardin Céleste qu'elle avait reconnue sans peine aux deux dragons dont elle était flanquée et qui crachaient fièrement leurs flammes de pierre au nez des visiteurs. C'était là que Roberts et Bambridge venaient avec sa mère, lorsqu'elle était encore de ce monde, prêcher l'Évangile. Un petit attroupement s'y était formé devant un prédicateur vêtu à l'occidentale. Le souvenir du pasteur et de sa gouvernante, sur lesquels elle n'avait aucune envie de tomber, lui avait fait hâter le pas. Au plus vite, elle avait contourné les badauds qui écoutaient religieusement le prêche. La présence d'une fosse à ordures béante où furetaient des enfants squelettiques et couverts de gale l'ayant obligée à traverser la rue, elle s'était rapprochée de l'homme qui haranguait la foule en brandissant un livre. C'est alors qu'elle avait reconnu Hong Xiuquan, le hakka qui avait déboulé chez Roberts pour y faire un scandale. Gesticulant sur une petite estrade, il exhortait ses ouailles, dont la plupart pleuraient et se signaient, à se convertir au Christ et à ses « Divins Commandements ». Son regard avait croisé celui du hakka mais elle était persuadée que, vu les circonstances, il n'avait pas pu la reconnaître. Aussi avait-elle été stupéfaite de le voir débouler de l'estrade en criant :

— Mademoiselle ! Mademoiselle !

Se ruant vers elle, il lui avait déclaré, mains jointes, comme s'il était en présence d'une apparition céleste :

— Mademoiselle, mademoiselle... je vous ai reconnue ! Dieu soit loué !

Derrière l'illuminé se tenait un autre hakka. Moins excité que Hong, mais tout aussi ravi que lui.

— Moi aussi. Vous êtes Hong Xiuquan ! Mon nom est Laura Clearstone et lui, c'est Joe, mon petit frère...

— Vous avez une excellente mémoire, Laura. Je suis effectivement Hong. Et lui, c'est mon meilleur ami, Feng Yunshan. Comme moi, Feng est un ancien maître d'école. Depuis que j'ai fondé la Société des Adorateurs de Dieu, il est devenu mon bras droit.

— Enchantée !

Sans perdre une seconde, Hong, qui triturait son chapeau de feutre à larges bords, était allé au fait.

— Mademoiselle Laura, Dieu ayant eu l'infinie bonté de vous placer sur la route de son fils, je vous supplie de me rendre un fier service... Je cherche quelqu'un qui parle bien l'anglais pour m'aider à traduire en chinois le Nouveau Testament... Vous habiteriez chez moi, à la campagne, pendant quelques mois. La Société des

Adorateurs de Dieu vous prendrait entièrement à sa charge, vous et votre frère. Vous savez, mon organisation compte déjà une centaine de membres. Au fil des semaines, elle grossit comme un fleuve en crue…

— Je suis disponible pour une telle tâche, monsieur Hong, s'était-elle entendue murmurer dans un souffle au hakka qui avait alors explosé de joie.

C'est ainsi que, louant Dieu pour la main secourable qu'il lui avait enfin tendue, elle avait suivi Hong et Feng jusqu'à une masure désertée par des paysans chassés de leurs terres où les deux hommes avaient installé leur quartier général. Quelques jours plus tard, Feng Yunshan, soupçonné d'avoir détruit des statues dans un temple taoïste, y avait été cueilli par la police. Hong, après s'être rendu au tribunal pour plaider la cause de son ami auprès de Jiying, le gouverneur adjoint de la province du Guangdong, un homme connu pour ses idées et sa sympathie envers la religion chrétienne, avait obtenu sa libération mais assortie de son bannissement de la province, ce qui l'avait amené à transférer le siège de la Société des Adorateurs de Dieu à Jintiancun afin d'y préparer les offensives ultérieures de leur mouvement.

La jeune Anglaise n'était pas près d'oublier son arrivée au village originel de Hong par un beau jour de juillet, après des jours de marche harassante. Malgré l'étouffante moiteur qui y régnait, l'endroit lui avait semblé paradisiaque, un havre de paix et de silence après tant de tourments et de fureurs. Sous un ciel de grands nuages bas traversés de lueurs, le hakka avait été accueilli triomphalement par tous ses habitants qui s'étaient massés sur la place du village en agitant des drapeaux jaunes.

Avec son cher Joe, elle était enfin, par la grâce de Dieu, en sécurité.

50

Jintiancun, 30 janvier 1848

Tombée depuis deux bonnes heures, la nuit du nouvel an s'annonçait glaciale, après la pluie qui n'avait pas cessé de la journée. Cela n'avait pas empêché Hong Xiuquan de convoquer pour une veillée d'action de grâces tous les habitants de Jintiancun.

— Hong va s'impatienter, il faut y aller... Mon frère, quand il prêche, n'aime pas les retardataires ! souffla, inquiète, Xuanjiao à l'attention de ses deux amies.

Jasmin Éthéré aida Laura, dont le terme approchait, à s'extraire de son lit. Depuis la veille, la jeune Anglaise sentait bien que son ventre durcissait par moments, mais elle en ignorait la raison. Frileuse, elle jeta un châle sur ses épaules – la montagne des Cardons culminait à près de sept cents mètres –, regarda ses amies avec lassitude et, prenant son courage à deux mains, leur emboîta le pas d'une démarche de somnambule.

Lorsqu'elles arrivèrent sur la place du village, le prédicateur hakka y haranguait déjà ses troupes assises autour de lui, à même le sol mouillé, et trempées jusqu'aux os.

— Excuse-nous, glissa Xuanjiao à son frère qui n'avait pas manqué de la foudroyer du regard.

Laura, incapable de s'accroupir vu son état, posa ses fesses sur le tabouret apporté par Xuanjiao. Après une méditation à haute voix sur la montée de Jésus au Calvaire, le chef Taiping dit à la foule d'une voix forte :

— Mes chers frères et mes chères sœurs, je veux profiter de cette occasion que Dieu me donne pour vous présenter le *Livre des Célestes Décrets et des Proclamations*.

L'Empire des larmes

Feng Yunshan lui tendit un coffret de laque écarlate. Il contenait la traduction du Nouveau Testament achevée deux jours plus tôt par ses soins et ceux de Laura, accompagnée d'un texte de Hong dans lequel le chef Taiping exposait le futur mode de fonctionnement de son mouvement, tant sur le plan hiérarchique que procédural. Le hakka, qui avait demandé à Étoile Majeure de l'Ouest de coudre les pages des deux manuscrits une à une pour n'en faire qu'un seul volume, hissa fièrement celui-ci au-dessus de sa tête, tel Moïse avec les Tables de la Loi, avant de s'adresser, vibrant et exultant, aux siens.

— Ce divin texte sera notre loi d'airain à tous ! Il se substitue à l'*Ode de la doctrine et du salut du monde*[1] ! En ce jour où la roue du temps revient à son départ, j'ai l'immense joie de vous annoncer que Dieu a décidé de me conférer le titre de Céleste Souverain de l'Universelle Paix ! Je nommerai aussi cinq Princes : celui de l'Est, celui de l'Ouest, celui du Midi et celui du Septentrion, et enfin un Prince Coadjuteur, qui m'aidera à maintenir la dynastie que je fonde à cet instant !

Un murmure admiratif parcourut l'assistance face à l'audace de celui qui osait enfin proclamer un ordre nouveau.

— Prosternez-vous devant notre Céleste Roi auquel vous devez respect et obéissance ! hurla Feng en joignant le geste à la parole.

Aussitôt, les hommes, les femmes et les enfants présents se jetèrent d'un seul élan face contre terre en gémissant :

— Respect et obéissance à notre Céleste Roi !

C'est alors que des hurlements déchirèrent cette atmosphère pieuse et concentrée, faisant tourner les têtes vers l'endroit d'où ils provenaient. Un peu à l'écart, un homme au visage noirci par la crasse se tenait à genoux et bras étendus. Il avait l'air en transe. Son corps agité de spasmes se raidissait à vue d'œil. Des borborygmes jaillissaient de sa bouche, en même temps que des flots de bave lui dégoulinaient sur la poitrine.

Hong fit signe à Feng de se rendre auprès de l'intrus.

— Qui es-tu ? Que fais-tu là, à semer le trouble dans une cérémonie divine ? lui demanda l'acolyte du chef Taiping à plusieurs reprises, avant de le secouer comme un prunier, ayant constaté qu'il ne réagissait pas à ses propos.

---

[1]. Premier grand texte de Hong, écrit un an plus tôt, dans lequel il expose les grandes lignes de la foi chrétienne tout en mettant en exergue sa parfaite adéquation avec la situation de la Chine. Auteur prolixe, le fondateur des Taiping rédigera également le *Canon de la raison originelle*, la *Dissertation sincère pour exhorter le monde*, l'*Ode aux cent vérités* ainsi que *Amendons ce qui est corrompu et tournons-nous vers ce qui est correct*.

Le sac du Palais d'Été

Au bout d'un moment, l'homme ouvrit les yeux et Feng réitéra sa question.

— Mon nom est Yang Xiuqing !

— Que fais-tu là, ô Yang Xiuqing ?

— Je suis charbonnier[1]. Je travaille dans la forêt, juste derrière la colline. J'ai entendu parler de Hong par des Adorateurs de Dieu qui étaient venus nous voir, afin de nous porter leur divin message. Le Saint-Esprit est mon interlocuteur perpétuel. Pendant que tu me parlais, j'étais en conversation avec Lui ! lâcha l'homme d'un trait et sur un ton parfaitement naturel.

— Tu m'entendais ?

— Oui, mais comme j'étais occupé avec l'Esprit saint, je ne pouvais pas te répondre ! fit l'inconnu, le plus naturellement du monde.

— Sais-tu qui est l'Esprit saint ? lui demanda Feng, méfiant.

— L'Esprit saint est la troisième représentation de Dieu, la deuxième étant Notre-Seigneur Jésus-Christ ! répondit Yang, imperturbable.

Hong, qui les avait rejoints, dit à son acolyte :

— Laisse-moi m'entretenir avec ce garçon.

Puis il releva Yang et commença à le questionner.

— Combien de fois as-tu écouté les sermons des Adorateurs de Dieu ?

— Trois fois. Tes disciples viennent souvent rendre visite aux charbonniers.

— Rares sont ceux qui, en trois fois, comprennent la Sainte Trinité. Tu es un garçon doué, Yang Xiuqing.

L'intéressé, qui n'en attendait pas moins, planta ses yeux dans ceux de Hong et lui déclara d'une voix vibrante :

— J'aimerais beaucoup travailler pour la noble cause que tu sers...

— À partir de ce jour, je te déclare citoyen du Royaume de la Grande Paix ! lui répondit le Souverain Céleste en lui imposant les mains.

Puis il se rendit auprès de Laura, et lui confia, euphorique :

— Si vous saviez comme je suis content du travail que vous avez accompli ! Sans vous, Laura, nous n'y serions jamais arrivés !

---

1. Orphelin errant sur les routes, Yang Xiuqing, après une première expérience de charbonnier, était devenu convoyeur de marchandises volées sur le port de Canton. La guerre de l'opium avait mis un terme à cette activité très lucrative qui lui avait valu de nombreuses accointances avec les plus grands bandits du Guangdong. C'est ainsi qu'il était redevenu charbonnier dans les environs de la montagne des Cardons.

La jeune femme, qui se languissait sur son tabouret, incapable de bouger fût-ce un orteil, tellement son ventre endolori était contracté, se contenta de lui sourire.

— Vous n'avez pas l'air bien ? s'enquit Hong en constatant la pâleur de son visage sur lequel perlaient des milliers de gouttes de sueur.

— L'accouchement est sûrement très proche... fit-elle d'une voix mourante.

— Le mieux serait d'aller vous allonger ! insista le chef Taiping.

— Hong, je ne vous remercierai jamais assez de m'avoir permis de mener cette grossesse tranquillement jusqu'à son terme. Cet enfant qui va naître vous devra la vie, lâcha la jeune femme, épuisée.

Le chef Taiping avait fait en sorte qu'elle ne manquât de rien, ne posant aucune question au sujet de l'identité du père de son bébé. Si, à Jintiancun, sa grossesse n'avait jamais suscité le moindre sarcasme, chacun la considérant comme voulue par le Dieu tout-puissant, c'était grâce à Hong qui avait à cet égard des idées fort larges.

Tandis que l'enfant gigotait de plus belle dans les entrailles désormais à demi ouvertes de Laura, Jasmin Éthéré, après l'avoir aidée à se lever, passa la tête sous son aisselle pour lui faire regagner sa maison. La pluie avait recommencé à tomber dru, transformant en un torrent de boue la rue principale du village. La contorsionniste, toute à sa hâte de déposer son amie sur son lit avant qu'elle ne fût trempée jusqu'aux os, accéléra le pas. C'est alors que son pied glissa sur une pierre mouillée, provoquant la chute des deux femmes qui furent violemment projetées à terre.

— Mon bébé ! hurla Laura dont le visage se tordait de douleur sous l'effet de contractions qui devenaient de plus en plus importantes.

Mais le temps, pour Jasmin Éthéré, d'aller chercher une civière, la jeune Anglaise avait perdu conscience. Folles d'angoisse et au prix de mille efforts, sous les hallebardes qui tombaient du ciel, la contorsionniste, que Xuanjiao, également aux cent coups, venait de rejoindre, réussit à la transporter jusqu'à chez elle où les deux femmes la hissèrent sur son lit.

Laura, lentement, reprit connaissance.

— Où suis-je ?

— Dans ta chambre, ma chérie !

— J'ai très mal… Je sens que mon ventre se déchire ! gémit-elle, en pleurs.

— Ne t'inquiète pas. La sage-femme est prévenue. Elle ne va pas tarder à arriver, lui murmura l'épouse de Xiao en passant une éponge humide sur le front de la jeune femme.

— J'aimerais tant serrer mon enfant dans mes bras, murmura-t-elle.

— Ne bouge pas, dans peu de temps, tu seras délivrée… et tu pourras même donner le sein au bébé ! Il faut rester détendue… tout va bien se passer ! ajouta d'une voix aimante Jasmin Éthéré à l'intention de la parturiente.

Un bruit de vaisselle brisée fit tressauter les deux femmes. C'était l'accoucheuse, une grosse matrone aux hanches encombrantes qui, en déboulant dans la minuscule salle commune, avait accroché sans le vouloir un coin du buffet où Laura rangeait ses bols et ses soucoupes. Lorsqu'elle pénétra dans la petite chambre de Laura, Jasmin Éthéré ne put faire autrement que de se coller au mur devant l'ampleur du volume qui en occupait soudain l'espace. Avec autorité, la sage-femme écarta les jambes de Laura puis elle les lui fit replier afin de constater où en était le travail.

— L'organe est déjà ouvert. La voie est libre dans le Champ de Cinabre. On aperçoit le crâne du bébé ! lança-t-elle, satisfaite.

Les deux amies de Laura se mirent à battre des mains. Mais une heure plus tard, hélas ! on en était toujours au même point : la tête de l'enfant restait à la lisière, comme s'il hésitait à effectuer le grand plongeon dans l'inconnu.

— Pousse plus fort ! hurla alors la sage-femme avant d'invoquer la Femme à la Fleur d'Or, la déesse donneuse d'enfants.

Complètement dans le cirage, Laura ne comprenait rien aux propos de cette grosse matrone dont les mains expertes s'affairaient, fouillaient entre ses jambes en suant à grosses gouttes. Le temps passait et la jeune femme avait beau essayer d'expulser le fœtus de toutes ses forces, celui-ci, accroché aux chairs de sa mère comme le minerai précieux à sa gangue, ne glissait pas d'un pouce.

La sage-femme ne cachait plus son inquiétude. Elle finit par lâcher, visage blême et au milieu d'une respiration sifflante :

— Ce bébé têtu me paraît fort mal en point. Je ne vois plus trop quoi faire, hélas ! si ce n'est invoquer Zhang l'Immortel, le dieu protecteur des enfants…

Joignant le geste à la parole, la matrone sortit de sa poche une effigie qui représentait ce personnage entouré d'une nuée d'enfants, vêtu de sa robe verte, coiffé de sa tiare trilobée, et tirant à l'arbalète contre l'étoile du Chien[1]. Mais l'Immortel Zhang était manifestement aussi impuissant que la Femme à la Fleur d'Or : cela faisait désormais plus de quatre heures que Laura, à demi consciente et dont le visage gonflé et bleui faisait peine à voir, poussait en vain, tandis que la sage-femme, consciente qu'elle ne pouvait rien faire de plus, s'était repliée dans la cuisine où elle s'était mise à pleurer doucement. Après un silence lourd et devant tant d'efforts inutiles, désespérés et épuisants, Jasmin Éthéré et Xuanjiao, après s'être concertées, finirent par s'écrier d'une même voix, exténuées et n'y tenant plus :

— Il faut aller chercher le Tianwan[2] ! Lui seul, par la prière, peut réussir à faire sortir cet enfant sain et sauf !

Quand Hong Xiuquan, sa Bible dans une main et un gros cierge dans l'autre, déboula dans la pénombre glauque de la pièce où Laura gisait allongée, la jeune femme venait à nouveau de perdre connaissance, le souffle court. Il s'approcha d'elle, lui imposa les mains et, sous le regard éploré de Jasmin Éthéré et de Xuanjiao qui étaient tombées à genoux où elles priaient mains jointes, il posa le Livre saint sur le ventre de la parturiente puis, couvrant de sa voix vibrante et claire les battements du plafond de roseau éclairé par la flamme vacillante de son lumignon, il s'écria :

— Loué soit le Tout-Puissant ! Lui seul a le pouvoir de faire naître cet enfant ! Cette femme et le fruit de ses entrailles doivent vivre ! avant de dérouler pendant un bon quart d'heure et d'une voix monocorde la liste de tous les saints qu'il invoquait à l'issue de ses prêches.

Dès qu'il eut achevé sa litanie, Hong, toujours en prières, plaça ses mains sur la Bible avant de s'y appuyer de tout son poids. Laura, jusque-là parfaitement immobile, comme si elle était atteinte de catalepsie, commença à gémir et à remuer doucement. Pour accentuer la pression, le Tianwan effectua une sorte de rétablissement qui lui fit décoller les pieds du sol de sorte que tout le poids de son corps s'exerçait à présent sur le ventre de la jeune Anglaise. Constatant que ses efforts ne donnaient rien, Hong Xiuquan, tout en conservant la même position, se mit alors à pivoter de droite à gauche et du haut vers le bas sur les entrailles de la gisante, en faisant jouer au

---

[1]. Les Chinois considèrent l'étoile du Chien comme particulièrement néfaste pour les enfants.
[2]. Tianwan signifie Souverain Céleste en chinois.

Livre saint le rôle du pilon écrasant le fond du mortier. Après de longues minutes d'un traitement dont n'importe quel spectateur extérieur eût légitimement pensé que le fœtus de l'amante de La Pierre de Lune ne réchapperait pas, celle-ci poussa soudain un hurlement de délivrance.

— La tête du bébé est passée ! Que Zhang l'Immortel soit loué ! souffla l'accoucheuse qui s'était ruée auprès de la jeune femme dès qu'elle l'avait entendue crier.

— Femme de peu de foi, que ton Zhang aille au diable ! Si ce bébé vient de bouger, c'est parce que Notre-Seigneur Jésus-Christ l'a voulu ainsi ! lança Hong à la mécréante.

D'une main experte, le chef Taiping s'empara délicatement du cou de l'enfant puis le tira légèrement vers lui en le faisant pivoter. Aussitôt, une première épaule apparut, suivie de la deuxième, et le corps sanguinolent du bébé glissa à l'extérieur du ventre de sa mère.

— C'est un garçon ! Dieu soit loué ! s'écrièrent alors les deux amies de la jeune Anglaise.

Lorsque la matrone coupa le cordon ombilical et que l'enfant se mit à crier, plein de vie et d'énergie, une atmosphère irréelle baignait cette chambre lancéolée des rayons tremblants de l'unique bougie allumée où un horrible drame avait été évité de justesse. Était-ce l'effet – au sens propre du terme ! – de la Bible, ou bien en raison des prières de Hong Xiuquan, toujours est-il que l'enfant de Laura Clearstone et de La Pierre de Lune était là, sain et sauf, reposant sur le sein de sa mère.

— Comment vas-tu l'appeler ? murmura Jasmin Éthéré, bouleversée.

— Paul Éclat de Lune ! murmura, en souriant, la jeune maman qui avait depuis longtemps choisi ce nom double.

À cet instant précis, c'était vers son cher La Pierre de Lune qu'allaient ses pensées. Où était-il ? Que devenait-il ? Continuait-il à la chercher ? Auraient-ils la joie de se revoir, de continuer ensemble la route de la vie, de concevoir d'autres enfants ? C'étaient là autant d'angoissantes questions, mais qui ne l'empêchaient pas de garder espoir. Leur fils méritait tant d'avoir un père !

— C'est un bien joli nom ! déclara Xuanjiao en posant ses lèvres sur le front de son amie.

Au moment où les feux timides d'une aube encore pâle commençaient à pointer à travers les persiennes de roseau, Hong se pencha vers la mère et son enfant.

— Béni soit cet enfant qui est né sous le signe du Christ ! Mademoiselle Laura, recevez mes félicitations les plus sincères ! Dieu tout-puissant et miséricordieux protégera Paul Éclat de Lune tout au long de sa vie !

Alors, après s'être signée, Laura Clearstone, qui avait tourné son visage exténué mais éperdu de reconnaissance vers l'homme qui venait de la sauver pour la deuxième fois, s'entendit lui murmurer :

— Respect et obéissance à mon Céleste Roi !

Elle se sentait désormais une adepte pleine et entière du mouvement que Hong avait fondé.

QUATRIÈME PARTIE

Au Céleste Royaume de la Grande Paix

51

Nankin, 27 avril 1853

Dans une atmosphère fantomatique, le grand navire glissait sans bruit sur le fleuve Bleu comme s'il était porté par un nuage. Puis, sous l'effet du soleil, les brumes tenaces qui, jusque-là, effaçaient l'horizon et les berges se déchirèrent, dégageant à la vue des passagers le long ruban argenté du fleuve qui semblait à présent se dérouler devant leurs yeux jusqu'à l'infini.

Au-dessus des eaux flottait une odeur pestilentielle, mais il eût fallu naviguer juste au ras des flots, sur un petit bateau de pêche, par exemple, pour en trouver la cause : des milliers de corps d'hommes, de femmes et d'enfants, aux ventres gonflés comme des outres et au bord de l'explosion, flottaient entre deux eaux, dispersant dans les eaux du fleuve de quoi donner le typhus à tous les habitants des villages situés en aval. Victimes de la peste, quelques centaines de porcs morts étaient venus ajouter leurs terribles miasmes à cette putréfaction généralisée. Mais la passerelle de l'impérieux navire de guerre britannique *Hermès*, qui avait appareillé de Shanghai cinq jours plus tôt, était située bien trop haut au-dessus du niveau du fleuve pour qu'il fût possible à ses occupants d'y distinguer ces horribles charognes.

Parmi eux se trouvait un homme aux cheveux grisonnants qui se tenait droit comme un I et dont le comportement était en tous points semblable à celui qu'on attend d'un chef. L'ensemble de l'équipage du grand vaisseau était d'ailleurs aux petits soins pour lui. Il faut préciser que sir George Bonham, car tel était son nom, cumulait les fonctions de gouverneur de Hongkong, de surintendant du commerce britannique et surtout de ministre plénipotentiaire de Grande-Bretagne en Chine.

Bonham venait se rendre compte « par ses propres yeux » de ce qui s'était passé à Nankin un mois plus tôt, le 19 mars 1853, lorsque l'ancienne capitale impériale de la Chine était tombée aux mains des Taiping. Il venait aussi informer Hong Xiuquan, leur chef suprême, de la « parfaite neutralité de la Grande-Bretagne » pour dissiper le mauvais effet des proclamations tonitruantes du Fils du Ciel. L'empereur Xianfeng, qui avait succédé à Daoguang depuis deux ans, avait en effet annoncé que les Occidentaux allaient lancer leurs flottes et leurs artilleurs contre les insurgés.

La veille, l'*Hermès* était passé devant la flotte impériale chinoise... ou plutôt, de ce qui avait nom de flotte impériale, vu qu'il s'agissait d'une quarantaine de vieilles « lorchas » portugaises au mouillage sur le fleuve à quelques milles en aval de Nankin. Louées à prix d'or par les Mandchous à d'habiles commerçants de Macao, il n'y avait guère à leur bord que quelques matelots macanais complètement perdus et qui ignoraient tout de la piètre mission dont ils avaient hérité.

Pour faire croire aux insurgés que les Anglais étaient de leur côté, le commandant de la flotte impériale, un gros Mandchou au visage grêlé par la petite vérole, avait donné l'ordre à ses lorchas de se placer dans le sillage de l'*Hermès*. Du coup, croyant à une attaque, la batterie que les Taiping avaient installée sur un monticule de terre sur la rive du fleuve Bleu s'était préparée à faire feu. Mais comme le prudent Bonham avait pris la précaution d'expédier par estafette à Luo Dagang, le général Taiping qui défendait le flanc sud de l'ancienne capitale impériale, une note faisant état de sa bienveillante neutralité, les artilleurs aux longs cheveux avaient attendu le passage de l'*Hermès* pour déclencher leur tir. Ensuite, la lorcha de tête avait pris feu à la première salve des Taiping avant de couler à pic, ce qui avait contraint les autres à rebrousser piteusement chemin en abandonnant à son triste sort l'équipage du premier bateau que les eaux brunâtres du grand fleuve venaient d'engloutir.

— Avec la vapeur et la Bible, les Anglais traverseront l'univers... s'écria Bonham en riant, s'adressant à l'homme qui était accoudé juste à côté de lui au bastingage de la passerelle de commandement.

— C'est un fait... se contenta de répondre l'individu en question.

C'est alors qu'un matelot en nage se précipita vers sir George, un pli à la main.

— Monsieur le gouverneur, une estafette ennemie vient de me le remettre à votre intention ! s'écria le marin en désignant la minuscule embarcation qui s'éloignait de l'*Hermès*.

— À vous de jouer, monsieur Bowles ! Je suis sûr qu'à cet égard vous êtes plus doué que Meadows[1]... ajouta Bonham à l'adresse de l'intéressé, auquel il venait de tendre le pli.

La réponse des Taiping, d'un style pompeux, faisait état de la création du monde, de la place que Dieu y avait, et de la mission divine qu'il avait confiée au Souverain Céleste, le Tianwan, de chasser du pouvoir les Mandchous démoniaques. Dans le droit fil de la posture adoptée par le Fils du Ciel vis-à-vis des puissances étrangères, Hong s'imaginait que les Anglais étaient prêts à faire allégeance au Céleste Royaume de la Grande Paix. Le message des insurgés s'achevait par ces mots stupéfiants :

Étant donné que vous autres les Anglais reconnaissez notre Suzeraineté, le Père et le Frère Aîné Célestes ne manqueront pas d'admirer cette manifestation de votre fidélité et de votre soumission. C'est pourquoi nous vous autorisons à adopter la conduite que vous jugerez utile pour nous aider à exterminer nos diaboliques ennemis ou pour vous livrer à vos opérations commerciales habituelles. Nous espérons vivement que vous acquerrez avec nous le mérite de servir avec diligence notre Très Royal Maître.

Lorsque Bowles eut achevé de traduire ce salmigondis, Bonham, hors de lui, s'écria :

— Pauvres imbéciles... S'ils pensent que je vais me prêter à leurs simagrées et que mon pays va leur faire allégeance !

— Hong Xiuquan est aussi aveugle et naïf que Xianfeng lorsqu'il s'imagine que le monde entier est à prêt à se jeter à ses pieds. Les dirigeants chinois ont toujours eu un malencontreux complexe de supériorité, monsieur le gouverneur. Ce n'est pas pour rien que Chine signifie en chinois « Centre du Monde ». Cela leur a d'ailleurs déjà coûté très cher... répondit Bowles, nullement étonné.

— En attendant, il est hors de question pour moi de traiter ce fou comme un roi ! S'il m'oblige à ployer l'échine et à procéder au *ketou*, je m'abstiendrai purement et simplement d'aller le voir. Jusqu'à preuve du contraire, il n'est tout de même pas empereur de Chine ! lâcha Bonham d'une voix aigre.

— Si vous voulez, avec M. Meadows, nous pourrions y aller en mission de reconnaissance...

---

1. Thomas T. Meadows était l'interprète officiel de la mission de sir George.

Un matelot qui nettoyait un des ponts inférieurs vint alors expliquer à sir George la cause de cette pestilence qui les prenait à la gorge. La présence de ces milliers de cadavres humains qui flottaient sur le fleuve Bleu jeta un léger froid.

— Peut-être y a-t-il une épidémie de choléra à Nankin ? se demanda le gouverneur quelque peu chiffonné par cette éventualité.

— Le choléra se transmet par l'eau. Il suffit de se laver souvent les mains et de ne boire que de l'eau bouillie ! lâcha Bowles qui ne voulait à aucun prix être obligé de renoncer à son reportage.

— Je crains que vous ne péchiez par optimisme, mon cher ami. J'ai moi-même perdu l'un de mes meilleurs collaborateurs à cause de cette terrible maladie. Et ce garçon, je peux vous l'assurer, avait pris les mêmes précautions que vous...

Le journaliste reprit le fil de la conversation que le choléra avait interrompue.

— Sir George, vous n'avez pas réagi lorsque je vous ai suggéré de m'envoyer avec M. Meadows en mission exploratoire...

— Je trouve que c'est une excellente idée, mon cher John. Promettez-moi, toutefois, d'être prudent !

— Vous parlez du choléra ou des Taiping, sir George ? plaisanta le dessinateur reporter.

— Entre deux calamités, je refuserai toujours de choisir ! s'écria le gouverneur en souriant, avant d'ajouter, pince-sans-rire : Savez-vous que vous auriez fait un excellent diplomate ?

— J'ai peut-être raté une belle carrière au sein du Foreign Office, fit Bowles, qui n'en pensait pas un mot.

John, qui avait le journalisme dans la peau, n'avait jamais éprouvé beaucoup de considération pour le métier diplomatique qui lui paraissait une activité sans intérêt, creuse, fondée sur des gesticulations codées ainsi que sur des éléments de langage inaccessibles au *vulgum pecus*. D'ailleurs, la preuve la plus manifeste de l'inutilité des consuls et des ambassadeurs était qu'ils finissaient toujours par s'effacer devant les militaires lorsqu'il fallait passer – comme on disait dans les états-majors – « aux choses sérieuses »...

Pour expliquer l'état d'esprit dans lequel se trouvait John Bowles, il faut préciser que quelque temps plus tôt, par simple lettre de Sam Goodridge, il avait été viré avec perte et fracas de son poste de reporter à l'*Illustrated London News*. Le prétexte en était que, les liaisons étant bien trop lentes entre Londres et la Chine, les dessins et les papiers envoyés par Bowles au journal n'étaient pas assez « chauds », ce qui affadissait dangereusement leur intérêt journalistique. La missive se concluait par une phrase dont la sécheresse se passait de commentaires :

Compte tenu de ce qui précède, nous sommes désolés de devoir mettre un terme à notre collaboration.

John, bien entendu, ne croyait pas un mot des raisons invoquées par son ex-rédacteur en chef.

Comme par un fait étrange, il avait reçu le mot de Goodridge après qu'il lui avait envoyé son enquête relative à la tragique histoire d'Irina Datchenko. Il l'avait titrée : « Assassinat par la police secrète impériale de Canton de la mère d'un des enfants naturels de l'empereur Daoguang ». Deux mois de travail intense et pas moins d'une quinzaine de feuillets écrits serré lui avaient été nécessaires pour relater avec un grand luxe de détails les circonstances du meurtre de la Russe dont il avait été le témoin direct, ainsi que les raisons qui avaient amené la cour de Chine à perpétrer un tel crime. Dans un style haletant, John y évoquait aussi les amours secrètes d'Irina et de Daoguang, la naissance de La Pierre de Lune et l'exil de l'enfant impérial à Canton où sa mère était partie à sa recherche. La dernière partie de son papier était consacrée au supplice des Dix Mille Couteaux dont le père adoptif du fils secret de l'empereur de Chine avait été victime. Le tout était accompagné de trois dessins : un portrait de la Russe, destiné à la une, une vue cavalière du port de Canton et une scène de rue où un condamné à mort se faisait découper lentement. Entre le sexe, le sang et les intrigues de la Cour la plus fermée du monde, John était persuadé qu'il y avait là de quoi faire bondir les ventes du journal.

Certain que son reportage valait de l'or, la missive de son chef l'avait cueilli à froid et mis de fort mauvaise humeur...

C'était une évidence : son papier avait fait peur en haut lieu. À Londres, la prétendue soif de son journal en matière de scoops « crapoteux », pour reprendre la piètre expression de Sam Goodridge, avait eu tôt fait d'être étanchée. La direction avait calé devant les répercussions que cette enquête n'eût pas manqué d'entraîner si le journal l'avait publiée. Il était sûr que le patron de l'*Illustrated London News* avait subi des pressions de la part du Foreign Office... ce qui tendait à prouver que, contrairement à toute déontologie, il soumettait préalablement les enquêtes sensibles au ministre des Affaires étrangères.

Tout cela n'avait qu'un nom – censure ! – qui résonnait désagréablement aux oreilles de Bowles lorsqu'il avait rageusement rangé la lettre de Goodridge dans un tiroir.

L'Empire des larmes

Son éviction ne lui faisait ni chaud ni froid. En revanche, il en voulait à ses chefs. Sa déception était à la hauteur de la considération et de l'estime qu'il leur avait portées, ayant sincèrement cru que le journal qui l'employait était un organe de presse indépendant au seul service de ses lecteurs. Plus que l'image de Goodridge, qu'il n'avait jamais trop pris au sérieux, c'était celle d'Ingram, le patron, qu'il avait peu ou prou hissé au rang de dieu de la presse et dont chacun louait les intuitions journalistiques ainsi que la capacité à présenter les informations sous un angle vendeur, qui était à ses yeux définitivement ternie.

Assoiffé de revanche, John avait décidé qu'il ne baisserait pas la garde. Il était hors de question pour lui de revenir en Angleterre et d'aller vendre ses compétences à un organe de presse du même genre. C'était une affaire de principe. Et même d'honneur ! Il resterait en Chine et y poursuivrait une activité journalistique pleine et entière, libre de toute considération politique ou économique. Dépeindre la Chine, la raconter à l'Occident, témoigner de son riche passé millénaire, illustrer ses forces et ses faiblesses, mettre en relief les contradictions de ses dirigeants, saluer l'immense courage de son peuple, pointer le doigt sur les mœurs tantôt bizarres et tantôt subtiles de ses habitants, rendre compte de toute cette violence accumulée au sein de la classe paysanne et qui risquait à tout moment d'exploser comme un baril de poudre, par là même, aussi, défendre la cause de ce pays immense et attachant où les gens étaient si joviaux, malgré les catastrophes et les souffrances que leur infligeaient la nature, le banditisme et la guerre civile, était une activité pour le moins exaltante !

Le virus de la Chine avait fini par infecter John Bowles qui maîtrisait suffisamment le chinois pour aller où bon lui semblait sans l'aide de quiconque. Il ne lui restait donc plus qu'à trouver sur place un autre journal susceptible de l'embaucher.

Au moment de son éviction, le hasard lui avait fait rencontrer George Sassoon, un fils d'industriel écossais récemment établi à Shanghai où il avait ouvert un chantier naval. Sassoon, tout comme Bowles, aimait le journalisme, qu'il avait pratiqué dans le lycée de Glasgow où il avait fondé un journal d'étudiants.

Les deux hommes s'étaient rapidement mis d'accord pour fonder leur propre organe de presse. Le père Sassoon leur avait avancé de quoi louer un trois pièces sur Nanjing Street et recruter deux pigistes. Sassoon s'occupait de la gestion et de la diffusion, tandis que Bowles faisait office de rédacteur en chef. Le 28 septembre 1849, le premier exemplaire du *North China Weekly* sortait, à mille exemplaires, d'une imprimerie de fortune qui avait accepté de leur faire crédit. Une semaine plus tard, ils avaient tous été vendus. Ce bimensuel n'avait eu aucun mal à s'installer dans le paysage : il était le premier du genre à s'adresser à la colonie britannique en Chine. Le slogan du journal était « Indépendance, liberté de ton et rigueur ». Bowles jouissait d'une liberté totale tant pour le choix des sujets qu'il traitait que de l'angle sous lequel ils étaient exposés, si bien qu'au bout de quelques numéros, le *Weekly*, ainsi qu'on le surnommait déjà, était considéré comme un véritable journal d'information et d'opinion.

La ligne éditoriale quelque peu rugueuse de Bowles et de Sassoon n'avait pas tardé à porter ombrage aux intérêts économiques anglais qui, dès l'année suivante, s'étaient empressés de susciter la création d'un journal concurrent, le *North China Herald*, dont la caractéristique principale était qu'il partait régulièrement en croisade contre toute autorisation de cultiver l'opium en Chine.

Il faut dire que le nombre de « mandarins éclairés », partisans d'une telle mesure dans laquelle ils voyaient la façon la plus efficace de faire baisser les importations anglaises, ne cessait de croître, si bien que les autorités mandchoues commençaient à leur prêter une oreille attentive. Inversement, tout le lobby anglais de l'opium, à commencer par Jardine & Matheson, qui finançait grassement le *North China Herald*, craignait comme la peste la mise en œuvre d'une telle mesure qui eût scellé pour les grandes compagnies de commerce la fin de la période des vaches grasses.

Mais l'opium n'était pas le seul sujet de divergence entre le *Weekly* et le *Herald*.

Contrairement à l'*establishment* britannique, qui voyait d'un fort mauvais œil ce mouvement nationaliste susceptible de remettre en cause la sacro-sainte liberté du commerce et de l'industrie concédée par les autorités locales lorsqu'elles avaient accepté de signer le traité de Nankin, l'organe de Bowles et Sassoon s'était bien gardé de toute opinion définitive sur le mouvement Taiping dont la foudroyante propagation commençait à faire trembler sur ses bases le régime mandchou. La récente prise de Nankin par les troupes de Hong était à cet égard un éclatant symbole qui avait poussé Bowles à aller y regarder de plus près. Les chancelleries occidentales oscillaient entre le soutien à ce mouvement aux racines chrétiennes et la méfiance envers son nationalisme ainsi que les excès de langage dont abusaient ses dirigeants, qui n'avaient pas de mots assez durs pour fustiger « le pillage de leur pays par les puissances étrangères ».

John avait décidé de consacrer une longue enquête aux « cheveux longs » qu'il projetait de publier le mois suivant. Il voulait notamment percer le secret de l'organisation de cet extravagant « Céleste Royaume » dont le chef suprême aux mœurs bizarres et au comportement fantasque s'était coulé aussi facilement dans le rôle de « Souverain Céleste ». Toutes sortes de bruits couraient sur la façon dont Hong Xiuquan exerçait son pouvoir, sur ses mœurs dissolues – son gynécée ne comptait pas moins de quinze femmes –, contraires aux règles qu'il imposait à ses coreligionnaires[1], sur l'immense palais de plus de mille pièces qu'il comptait se faire bâtir, bref, sur son mode de vie ahurissant et mégalomaniaque, à mi-chemin entre celui du premier empereur Qin Shihuangdi et celui d'un gourou.

Mais un esprit aussi curieux et avisé que celui de Bowles savait fort bien qu'au-delà de tout ce folklore, les Taiping puisaient leurs racines dans le tréfonds de l'histoire de la Chine, où les révoltes populaires servaient périodiquement d'exutoire à la paysannerie pauvre. Le nombre des membres de ce que d'aucuns n'hésitaient pas à qualifier de secte dépassait à présent le million et demi de personnes.

Leur incroyable épopée n'était pas sans poser d'innombrables questions.

Par quel miracle cette poignée d'hommes et de femmes partis de leur base initiale de la montagne des Cardons avaient-ils pu infliger aux troupes impériales de cuisantes défaites dès le mois de janvier 1851 à DaHuangjiang, avant d'entamer leur longue marche vers l'est et de s'emparer de Yongan ? Comment avaient-ils surmonté les écueils qui s'étaient abattus sur leurs armées aux pieds nus, tout au long de l'année 1852, face à des forces impériales dix fois plus nombreuses, ce qui n'avait pas empêché ces soldats qualifiés par les Mandchous de « pauvres fous » de jeter leur dévolu sur l'imprenable Changsha, orgueilleuse capitale du Hunan ? Par quel miracle cette armée exsangue et défaite avait-elle pu renaître de ses cendres et reconstituer ses forces au point de fondre sur le lac de Dongding et

---

1. Selon Hong, les hommes et les femmes étaient comme frères et sœurs. C'est pourquoi les relations sexuelles, considérées comme un péché mortel, étaient proscrites y compris entre époux qui se devaient d'être chastes. L'infraction à cette règle était passible de décapitation. Mais ni les Princes ni le Souverain Céleste ne se crurent obligés de respecter cette règle !

de s'y emparer, presque sans coup férir, de milliers de bateaux qui leur avaient permis de descendre le fleuve Bleu pour prendre Wuchang, la capitale du Hebei, puis fondre sur Nankin, promptement rebaptisée par Hong du nom de « Céleste Capitale » après qu'elle eut été submergée par une armée de plus d'un million d'hommes, de femmes et d'enfants qui y avaient exterminé non seulement les huit mille soldats de la garnison mandchoue, mais également, au bas mot, vingt mille de ses habitants qui refusaient de faire allégeance au Souverain Céleste ?

Et puis, qui était réellement ce Hong Xiuquan, l'homme par lequel cette épopée insensée avait été possible ? Où puisait-il son charisme, qui était réel, ainsi qu'en attestaient tous ses visiteurs ? Quels étaient ses rapports avec les cinq principaux membres de son « directoire » qui étaient ses principaux acolytes ? Ceux-ci étaient-ils unis ou bien rivaux ? Quelles étaient les motivations de Yang Xiuqing, le Prince de l'Orient, cet homme des basses besognes dont on disait qu'il disposait de sa propre police secrète et qui ne cessait d'exiger de Hong des marques d'attention qu'aucun de ses pairs n'avait jamais osé demander ?

Pour répondre à ces interrogations, et à bien d'autres, John se devait d'aller enquêter sur place.

C'est pourquoi, lorsqu'il avait appris que sir George Bonham se rendait en mission officielle à Nankin afin d'y prendre contact avec le Céleste Souverain Tianwan, il avait fait des pieds et des mains pour être du voyage et le rusé Bonham, qui voyait là une façon efficace d'établir de bons rapports avec le *Weekly*, avait accepté de bonne grâce de prendre ce passager sous son aile.

— Si ça vous chante, je pourrais vous recommander auprès du Foreign Office. Ils cherchent à envoyer en Chine des profils d'aventuriers ! s'écria Bonham, dont la proposition n'était pas feinte.

L'idée qu'il avait fait mouche sans le vouloir fit sourire John.

— J'ai assez à faire avec mon fichu métier, sir George.

Quelques minutes plus tard, l'*Hermès* accostait, toutes sirènes mugissantes et au son de trois coups de canon tirés par l'équipage vers le ciel car il fallait montrer aux Taiping de quel bois pouvait éventuellement se chauffer la couronne britannique...

Bonham, d'un geste autoritaire, dit à Meadows :

— Il est temps que vous y alliez !

— C'est avec plaisir que je vous rendrai compte de tout ce que je verrai, sir George ! ajouta quant à lui le dessinateur qui brûlait de voir à quoi pouvait ressembler le Céleste Royaume où aucun journaliste occidental ne s'était encore rendu.

— J'ai toute confiance ! Et n'oubliez pas de vous assurer des intentions de ce roi fou ! lança le gouverneur à Bowles au moment où celui-ci descendait à terre.

Sur le quai, un détachement de l'armée des gueux attendait de pied ferme la délégation britannique. Des soldats hirsutes et en haillons, armées les uns de tromblons hors d'âge pris aux troupes impériales et les autres d'arcs et de flèches, étaient alignés en un garde-à-vous impeccable, comme si les Taiping voulaient démontrer à l'Angleterre que leurs troupes étaient tout aussi capables de parader que les siennes.

À présent, John comprenait mieux pourquoi ces hommes, qui par défi au pouvoir mandchou refusaient l'obligation de se raser le crâne, ne répugnaient pas à ce qu'on les surnommât « longs cheveux ». Ils avaient tous le tif conquérant. Leurs tignasses hirsutes, jamais coupées, plaquées sur le front par un large bandeau rouge, retombaient sur leurs épaules comme des capes. N'était leur armement dérisoire, Bowles se fût sincèrement cru débarquant dans un campement d'hommes préhistoriques. Devant un bataillon de soldats qui ressemblait à une troupe de clochards se tenait fièrement le général Luo Dagang. Juste à côté, perché sur une petite estrade, Yang Xiuqing, le Prince de l'Orient, que le Tianwan avait chargé d'accueillir l'ambassade anglaise, attendait également l'arrivée des illustres visiteurs anglais.

Pour les Taiping, la mission de sir George Bonham valait reconnaissance de la légitimité de leur mouvement et de leur action.

Comme il semblait loin le temps où une poignée d'entre eux, conduits par Hong Xiuquan et ses principaux acolytes, avait entamé la longue marche qui les avait menés de Jintiancun jusqu'à cette fière capitale impériale qui était tombée entre leurs mains comme un fruit mûr.

Que de pertes en vies humaines ils avaient dû essuyer au cours de batailles où les soldats de leur armée de la Misère tombaient comme des mouches. Hong y avait perdu son plus proche camarade de combat Feng Yunshan, ce fin stratège qui savait pondérer ses pulsions et dont il avait fait le Prince du Midi. Sous les murailles de Changsha qui crachaient du feu, sa propre sœur Xuanjiao, l'amie de Laura Clearstone, n'avait pas hésité à remplacer au pied levé son mari Xiao Chaogui, le Prince de l'Occident, qui venait d'être mortellement touché. Cette femme hors normes avait alors brandi un étendard sur lequel elle avait écrit « Vengeance pour mon époux ». Vénérée pour son courage en raison de ce fait d'armes, Xuanjiao avait atteint le statut d'une icône sacrée aux yeux de tous ses membres.

Sous le regard légèrement anxieux de Bonham, Bowles et Meadows s'engagèrent avec précaution sur la passerelle étroite qu'un matelot venait d'installer. Au pied de celle-ci se tenait un petit Taiping aux yeux injectés de sang et profondément enfoncés dans les orbites. La petite vérole avait grêlé son visage que barrait une drôle de moustache clairsemée et jaunasse qui faisait penser à la touffe d'un épi de maïs.

L'homme en question les accueillit de façon tonitruante :

— Mon nom est Yang, je suis le Prince de l'Est et il arrive à l'Esprit saint de parler par ma bouche !

— Bonjour... firent en chœur les deux Anglais avant de décliner leur identité.

— Si vous voulez bien me suivre, le Prince du Septentrion et le Prince Coadjuteur nous attendent. Après quoi, nous irons manger ! se contenta de leur annoncer, raide comme un piquet, le Taiping vérolé auquel les deux visiteurs étrangers emboîtèrent le pas.

Non loin de là, une créature indéfinissable faisait le salut militaire devant une armée de femmes et d'enfants hirsutes. Lorsqu'il passa à côté d'elle, le dessinateur de presse constata que la créature en question était elle-même de sexe féminin. Il savait que chez les Taiping, les hommes et les femmes pouvaient occuper des fonctions similaires. Le Tianwan utilisait aussi des enfants soldats reconnaissables à leur petite taille et à leur crâne rasé. La rumeur courait depuis longtemps que Hong et ses Princes avaient levé pas moins de quarante régiments qui comptaient chacun deux mille cinq cents femmes, ce qui représentait près du quart de l'effectif total de ses forces armées. Le gros des troupes féminines était constitué par des hakkas ainsi que par des Miao. Habituées aux travaux pénibles, celles-ci étaient d'une robustesse légendaire. Au sein de ces deux groupes ethniques, la coutume de casser les pieds des petites filles était proscrite. Ces combattantes, qui étaient par conséquent parfaitement mobiles, étaient réputées plus cruelles encore que les hommes, n'hésitant pas à achever systématiquement les prisonniers pour ne pas s'embarrasser à les garder. Comme exemple de la redoutable efficacité de ces terribles amazones, Bowles avait souvent entendu citer le cas d'une certaine Yang Ergu, adepte du lancer du poignard qui ne ratait jamais sa cible et transportait toujours avec elle un sac de vingt couteaux de sept pouces de long...

Légèrement en retrait, un régiment masculin était déployé, dont le commandant tenait à la main quatre bannières de couleurs différentes : rouge, noire, blanche et jaune.

— Que signifient les couleurs de vos bannières ? s'enquit Bowles qui hésitait à sortir son carnet de dessin de peur d'effaroucher son petit guide moustachu qui n'avait pas l'air d'un plaisantin.

— Nos bannières sont des ordres. Lorsque nous hissons la bannière noire, nos hommes savent qu'ils doivent attaquer et tuer l'ennemi. À défaut, ce sont eux qui sont tués. Quant à la bannière rouge, elle signifie qu'ils doivent incendier. Le drapeau blanc est celui de la paix : lorsque nous le hissons, nos troupes doivent approvisionner les pauvres gens en vivres.

— Et la bannière jaune ?

Une lueur de cruauté traversa le regard de Yang Xiuqing lorsqu'il répondit à Bowles :

— La bannière jaune est celle du combat pour la survie de notre mouvement. Lorsqu'elle est hissée, nos hommes sont autorisés à piller, à voler et même à arracher des biens par le supplice ! Nos armées étant nombreuses, les hommes, les femmes et les enfants qui la composent doivent pouvoir manger suffisamment pour être en état de combattre !

Le Prince de l'Orient avait fait cet aveu à Bowles sans la moindre gêne. Les Taiping avaient beau prôner la charité chrétienne, ils n'étaient pas des enfants de chœur...

Après avoir franchi l'une des portes des remparts de la ville, Yang fit entrer les deux hommes dans le salon de réception d'une maison sévèrement gardée où les attendaient Shi Dakai, le Prince Coadjuteur, ainsi que Wei Changhui, son homologue du Septentrion. Les Princes en question étaient fort dissemblables. Le premier, impressionnant par sa haute taille et sa corpulence athlétique, avait la peau foncée comme s'il était d'origine malaise. Le second, un homme maigrichon à la laideur simiesque et au teint terne, était affublé d'un visage osseux ainsi que d'un crâne pointu du plus mauvais effet. Une fois les présentations faites, le Prince du Septentrion demanda brusquement aux deux Anglais s'ils croyaient en Dieu. Bowles fit signe à Meadows de répondre.

— La Grande-Bretagne est une nation de religion chrétienne. Sa Majesté Victoria préside en personne aux destinées de l'Église anglicane ! bredouilla l'interprète, qui cachait mal la gêne que lui occasionnait une entrée en matière aussi bizarre que brusque.

— Tous les nez longs anglais adorent donc le Dieu tout-puissant ? insista Wei Changhui qui n'arrêtait pas de se moucher.

— Oui ! Tous sans exception ! lança Bowles, qui savait fort bien quelle réponse le chef Taiping souhaitait entendre.

— À la bonne heure ! Dans ce cas, une entente est possible entre l'Angleterre et le Céleste Royaume ! poursuivit le Taiping avant de bombarder ses deux visiteurs de questions relatives à la façon dont on disait la messe en Grande-Bretagne.

Au bout d'une demi-heure d'échanges de nature théologique où tant Bowles que Meadows s'étaient contentés de répondre par l'affirmative aux assertions de leurs interlocuteurs, le dessinateur, jugeant que le moment était venu d'entrer dans le vif du sujet, leur déclara, après s'être raclé la gorge :

— Sir George Bonham, représentant plénipotentiaire en Chine de Sa Majesté la reine Victoria, est venu faire part au Tianwan de la neutralité des troupes anglaises dans la guerre qui vous oppose au régime mandchou...

— M. Bonham croit-il en Dieu tout-puissant ? s'écria Yang, comme s'il n'avait pas entendu les propos de Bowles.

Les deux autres Taiping scrutaient les lèvres du dessinateur, comme s'ils en attendaient l'oracle.

— Bien sûr qu'il croit en Dieu ! se crut obligé de souffler John qui n'avait pas la moindre idée des convictions religieuses du gouverneur.

Non sans un certain effarement, il constatait que les acolytes de Hong, arc-boutés sur l'unique préoccupation consistant à s'assurer que leurs visiteurs étaient bien des chrétiens convaincus, n'attachaient aucune importance au message politique de sir George !

— Sir George souhaiterait porter lui-même son message de paix au Tianwan... ajouta, à toutes fins utiles, le dessinateur de presse.

— C'est possible, mais pas aujourd'hui. Le Tianwan ne reçoit aucun étranger au pied levé. Sa porte est toujours fermée. Il est en prières du matin au soir et du soir au matin... lui rétorqua le Prince de l'Orient sur un ton péremptoire.

— Et demain ?

— À voir...

— Il faut que nous revenions au navire pour en faire part à sir George, déclara le journaliste qui cachait mal sa déception.

— Le Tianwan ne recevant que ceux qui font allégeance au

Céleste Royaume, si votre gouverneur est prêt à reconnaître la suzeraineté de notre nation sur celle qu'il représente, je me fais fort d'obtenir cette audience auprès de lui, précisa le chef Taiping qui n'avait pas l'air gêné le moins du monde par l'énormité de sa proposition.

— Pour demain ? s'écria naïvement Meadows.

— Je n'en sais strictement rien. Que votre gouverneur en fasse officiellement la demande et je la transmettrai aussitôt au Tianwan.

De retour au navire, lorsque Bowles fit part à sir George de la position exprimée par le Prince de l'Orient Yang, il ne fut pas surpris de la réponse cinglante de l'ambassadeur britannique.

— Le pays le plus puissant du monde, le phare de l'humanité, l'Atelier de la Planète ne va tout de même pas faire allégeance à cette armée de va-nu-pieds ! Il est hors de question que je mette un pied en dehors de ce bateau ! rugit Bonham.

— Nos hôtes nous attendent pour déjeuner, souffla Bowles qui n'entendait pas arrêter là ses investigations.

— J'espère qu'ils ne vous feront pas manger des clous ! maugréa le gouverneur qui continuait à fulminer.

Meadows et Bowles revinrent à terre où les attendaient le Prince de l'Orient et le Prince du Septentrion.

— Le gouverneur est souffrant. Il préfère rester à bord, leur expliqua avec diplomatie le journaliste.

— Rien de grave, j'espère ? En attendant, il est l'heure de manger, si vous voulez bien nous suivre au Palais d'Accueil… Ce n'est pas loin d'ici, répondit Yang.

En marchant dans Nankin, Bowles découvrait avec effarement les stigmates de la bataille acharnée à laquelle les Taiping s'étaient livrés pour faire tomber l'ancienne capitale. La plupart des bâtiments avaient été incendiés et les rues de la ville empestaient encore une odeur de brûlé qui prenait à la gorge. Aux principaux carrefours, les envahisseurs avaient entassé les cadavres, presque tous à l'état de squelette, des milliers d'habitants qu'ils avaient sauvagement exterminés. Autour de ces macabres empilements, le pauvre Meadows, moins aguerri que le dessinateur de presse, vit soudain fureter des rats de la taille d'un chat et ne put se retenir d'aller rendre ses tripes derrière un pan de mur. Quant aux rares passants autochtones, reconnaissables à leur tresse, ils baissaient systématiquement le regard.

L'interprète officiel de Bonham, qui était loin d'imaginer les exactions auxquelles les Taiping s'étaient livrés au moment de la prise de la ville, demanda à Yang Xiuqing :

— Pourquoi tous ces gens ont-ils l'air terrorisés ?

— Ils n'ont que ce qu'ils méritent. Si la population de Nankin s'était jointe à nos troupes, son sort eût été différent ! répondit durement le Prince de l'Orient.

— Si je comprends bien, elle a été mise au pas... fit Bowles, désireux d'en savoir plus.

— Seuls les repentis eurent la vie sauve. Pour tous les autres, ce fut la mort. Une à une, chaque maison fut vidée de ses occupants au profit de nos gens. Beaucoup de Nankinois allèrent se jeter dans le fleuve Bleu, expliqua tranquillement Yang Xiuqing, comme si de rien n'était.

— Nous avons pu le constater... souffla John en pensant aux milliers de cadavres qui flottaient sur le fleuve Bleu et n'étaient évidemment pas morts du choléra.

Ils passèrent devant une vingtaine de Nankinois au garde-à-vous devant deux femmes Taiping qui leur faisaient chanter des cantiques. C'était extraordinaire : les voix de ces hommes et de ces femmes parfaitement à l'unisson étaient justes et mélodieuses. N'eût été les paroles en chinois de ces chants, John se fût cru dans une bonne vieille paroisse d'un quartier cossu de Londres. Au moment où il passa devant la chorale improvisée, il découvrit les sabres des deux soldates, posés à même le sol à quelques centimètres des orteils des chanteurs du premier rang, et il comprit alors pourquoi ces hommes et ces femmes dont la peur se lisait sur les visages tuméfiés avaient tout intérêt à chanter juste...

Si l'ancienne capitale de la Chine s'était rendue aux Taiping, elle ne s'était pas encore donnée à eux, songea John devant le spectacle poignant des habitants de cette ville martyre dont il ne restait pratiquement plus rien, si ce n'était d'infimes indices qui témoignaient à peine de son brillant passé, tels des lambeaux de chair sur un squelette d'homme écorché.

Ce que les Taiping avaient pompeusement baptisé « Palais d'Accueil » était un bâtiment occupé avant l'invasion par l'administration impériale des archives publiques. Dans l'euphorie consécutive à leur victoire, les Adorateurs de Dieu avaient brûlé tous les documents qui y étaient conservés dont certains remontaient à la dynastie des Han. Sur la place attenante qui était encore recouverte de cendres, pendant deux jours consécutifs et à la grande joie des enfants, d'immenses bûchers avaient été nourris par cette paperasse officielle, symbole de la bureaucratie triomphante, vétilleuse et de plus en plus corrompue à laquelle Hong et ses hommes entendaient bien mettre un terme.

Leur déjeuner se déroula dans un champ de ruines et dans une atmosphère de fin du monde, sous le plafond crevassé et entre les murs en miettes de la salle principale où les archivistes impériaux classaient leurs documents. Visiblement habitués à manger sur leurs champs de bataille, les trois chefs Taiping n'en avaient cure, qui s'empiffraient de riz au poulet ainsi que de carpe farcie aux champignons sous le regard un peu ahuri de leurs deux convives. Bowles, qui avait à peine touché à cette nourriture, fit néanmoins honneur aux mangues mûres et juteuses qui leur furent servies en guise de dessert.

À l'issue de ces agapes, où personne n'avait prononcé le moindre mot, Yang demanda aux deux hommes :

— Accepteriez-vous que quelques-uns d'entre nous aillent visiter le grand vaisseau de sir George ?

— A priori, cela ne devrait pas poser de problème ! s'empressa de répondre Meadows.

Familier des missions menées par le gouverneur de Hongkong, il savait que celui-ci ne répugnait pas à accueillir à bord de l'*Hermès* les quelques officiels locaux – souvent des quémandeurs, qui attendaient ce moment pour faire part discrètement de leurs requêtes – qui souhaitaient y monter.

En sortant du Palais d'Accueil, Bowles entendit soudain des cris d'enfants fuser de derrière le mur aveugle qu'ils étaient en train de longer. Il s'arrêta pour tendre l'oreille. Dans la désolation et la douleur ambiantes, ces joyeux babils lui firent l'effet d'un baume au cœur. L'innocence, le bonheur, la vie tout simplement faisaient pièce à la désolation, à la violence et à la mort. Bizarrement, ces simples cris d'enfants, cristallins, séraphiques et légers comme les chants d'oiseaux, lui donnaient furieusement envie de découvrir le visage de leurs auteurs.

— Que font donc ces gosses ? hasarda-t-il à l'attention de Yang.

— Derrière ce mur, il y a le « camp des enfants » ! C'est là que nos enfants apprennent non seulement à lire, à écrire et à compter, mais aussi à manier le fusil et l'arbalète, lui expliqua fièrement le Prince de l'Orient.

Notre ami John, qui pensait déjà à l'écho du chapitre de son reportage sur la formation des enfants soldats et brûlait d'envie de le visiter, demanda alors à son guide :

— Pourrais-je jeter un simple coup d'œil à l'intérieur ?

Le sac du Palais d'Été

— L'entrée du Camp des Enfants est strictement interdite aux adultes. Si vous souhaitez avoir un aperçu de ce qui s'y passe, veuillez me suivre ! expliqua le Taiping avant d'entraîner les Anglais au deuxième étage d'un immeuble mitoyen d'où la vue sur la cour où jouaient les enfants était imprenable.

Charmant spectacle que celui de ces gosses dont les plus jeunes, vêtus de couleurs vives, s'amusaient à la balle ou chantaient en faisant la ronde, tandis que les plus âgés, assis sagement au pied d'un arbre, buvaient les paroles de leur maître d'école ! Bowles était tout retourné par la vue de cet îlot de bonheur surgi comme par miracle d'un océan de mort et de souffrance, où des enfants insouciants vaquaient tranquillement à leurs occupations...

C'est alors qu'il remarqua, au milieu d'un groupe de tout-petits dont les plus jeunes devaient avoir à peine un an, la silhouette d'une Taiping qui ne ressemblait à aucune autre. La femme en question leur ouvrait ses bras et les bambins riaient à gorge déployée, dressés sur leurs petites jambes encore flageolantes. Non loin d'elle se tenait un jeune homme qui n'avait pas l'air de bien coordonner ses gestes et mimait la ronde des enfants en se dandinant. John Bowles se demandait pour quelle raison son intérêt s'était porté sur cette femme, lorsqu'il aperçut ses longs cheveux blonds...

Il ne pouvait s'agir ni d'une Han ni d'une Miao, vu sa toison d'or.

Le journaliste n'en croyait pas ses yeux mais l'évidence s'imposait : une femme d'origine occidentale était hébergée par les Taiping, y jouait le rôle d'une puéricultrice et participait à leur épopée !

Lorsqu'il livrerait l'information dans le *Weekly*, à n'en pas douter, elle ferait l'effet d'une bombe ! Il imaginait déjà la manchette : « Une étrangère de son plein gré chez les Taiping ! » barrant fièrement la une de son bimensuel. De quoi donner des frissons à toute la colonie occidentale présente en Chine !

Le concours de circonstances qui avait amené cette jeune femme en ces lieux ne pouvait qu'être inouï...

Fébrilement, il scruta son héroïne de façon plus intense. Sous ses airs de rêveuse adolescente, il lui semblait l'avoir déjà vue. Les talents d'éducatrice de la belle inconnue ne faisaient pas de doute. Il la suivit des yeux avec gourmandise, alors qu'elle allait d'un bambin à l'autre, infatigable, rayonnante, aimante et joyeuse, consolant celui-ci, calmant celui-là et faisant rire tel autre, selon ce qui se présentait.

Soudain, il eut un choc.

C'était à la jeune Anglaise dont la mère était morte chez le pasteur, à Laura Clearstone, que ressemblait la jeune femme !

Il reconnaissait maintenant sa silhouette élancée et les longues mèches dorées qui encadraient son beau visage aux traits réguliers. L'émotion qui le gagnait était si intense qu'il dut poser la main sur le rebord de la fenêtre.

Laura Clearstone habitait chez les Taiping ! Laura Clearstone était peut-être devenue une Taiping. Il n'en croyait pas ses yeux et pourtant, c'était bien elle qui se penchait avec tendresse vers ces petits hakkas !

N'y tenant plus, il prit Yang à part et lui demanda à voix basse :

— Qui est cette nez long qui s'occupe si bien des enfants ?

— Une jeune Anglaise à laquelle le Tianwan demanda de traduire de l'anglais les Saintes Écritures ! Elle habite avec nous depuis longtemps et fait partie intégrante de notre famille.

— Ne s'appelle-t-elle pas Laura ?

— C'est son nom. Elle a un frère...

— Joe !

— Mais dis-moi un peu, il semblerait que tu la connaisses ! s'écria le Prince de l'Orient, méfiant.

John, bouleversé, répondit d'une voix étouffée et tremblante, comme s'il livrait à Yang un secret d'État :

— Je l'ai croisée, il y a bien longtemps... À vrai dire, j'aimerais beaucoup lui parler. Elle doit avoir plein de choses passionnantes à raconter...

Le Prince de l'Orient, qui jugeait avec sympathie la manifestation d'un tel intérêt, se dérida et répondit à son invité :

— Dans ce cas, il te faut attendre que Laura ait achevé son service. Plus tard, en soirée, ce devrait être possible.

— Ce soir, hélas ! l'*Hermès* aura appareillé... lâcha Bowles tristement.

— Qu'est-ce qui t'empêche de rester ici ? Si tu le souhaites, je pourrai te loger. La maison que le Tianwan m'a attribuée ne comporte pas moins de quinze chambres. C'est là que le gouverneur de Nankin habitait avec ses concubines et sa nombreuse progéniture ! fit Yang, soudain hilare.

Ravi de l'aubaine, John Bowles, voyant là une excellente façon de prolonger son enquête, ne se fit pas prier. Du tac au tac, il répondit à Yang :

— Je ne dis pas non... J'espère ne pas trop abuser de ton hospitalité !

— Ici, tu es chez toi ! lui répondit le Prince de l'Orient en souriant, avant de lui glisser une feuille dans la main.

— Prends ce document, ajouta-t-il, c'est un sauf-conduit qui porte mon cachet. Si tu es arrêté à un barrage, il suffira de le montrer et on te laissera passer…

Sans même se demander ce que cachait tant de sollicitude de la part du Prince de l'Orient, Bowles exultait. Il allait pouvoir explorer Nankin de fond en comble, entrer au cœur de la mystérieuse forteresse Taiping et en explorer tous les recoins. Avec un peu de chance, il réussirait à approcher le Tianwan… Enfin, il renouerait le contact avec cette belle Anglaise qui avait assurément mille choses passionnantes à raconter aux lecteurs du *Weekly* !

Lorsque, en milieu d'après-midi, sous un ciel plombé par la menace de l'orage, les deux Anglais s'en retournèrent vers le navire anglais, une bonne centaine de Taiping étaient à leurs basques.

— Sir George, ces hommes souhaiteraient visiter l'*Hermès*, expliqua Meadows à l'intéressé qui accepta, comme prévu, de bonne grâce.

— Je crains le pire si nous laissons monter ces gueux à bord, objecta, fièrement sanglé dans l'uniforme de la Royal Navy, le capitaine Fishbourne.

— Mon cher Fishbourne, tant que vous serez placé sous mon commandement, c'est à moi qu'il revient de décider ! fit sèchement Bonham qui n'était pas du genre à se laisser dicter sa conduite, fût-ce par un officier qui commandait l'*Hermès* depuis deux ans.

La nuit allait tomber et il était temps, pour le grand vaisseau de guerre anglais, de revenir à son port d'attache.

— Appareillage dans une demi-heure ! hurla un sous-officier dans un porte-voix.

Tant bien que mal, Meadows et Bowles firent redescendre les Taiping qui s'étaient répandus de la cale au pont supérieur du navire afin d'en explorer le moindre recoin. Tels des enfants découvrant leur nouveau jouet, ils s'extasiaient devant le moindre tuyau de cuivre et la plus petite poulie de voile même si c'étaient les puissantes canonnières du navire qui retenaient le plus l'attention de ces hommes habitués à se battre avec un armement dérisoire.

Au moment où, sous la pluie battante qui tombait d'un méchant ciel noirâtre strié d'éclairs, les sirènes de l'*Hermès* retentissaient, John, qui était allé récupérer son paquetage, alla faire part à sir George de ses projets.

— Si vous n'y voyez pas d'inconvénient, monsieur le gouverneur, je vais rester ici quelques jours...

— Vous êtes fou, mon jeune ami ! Les Taiping sont des gens aux mœurs très cruelles... bestiales même ! Songez un peu que leur Tianwan à la noix n'a même pas daigné me recevoir ! De ma vie je n'ai vu un tel comportement ! Si j'avais su le résultat de cette mission, croyez-moi, je ne l'aurais jamais entreprise ! s'écria le gouverneur de Hongkong.

— Je prends mes responsabilités, sir George ! Il y va de la crédibilité de mon enquête ! Le Prince de l'Orient m'a offert le gîte et le couvert... répondit le journaliste d'une voix ferme.

— Et s'il vous prend en otage, j'aurai bonne mine !

— Pour vous éviter ce genre de tracas, sir George, je suis prêt à vous signer une décharge comme quoi je reste ici de mon plein gré et assume toutes les éventuelles conséquences de cette décision.

Le gouverneur haussa les épaules, poussa un long soupir, avant de demander au journaliste :

— Bon Dieu, mais que leur trouvez-vous donc à ces foutus « cheveux longs »... à part qu'ils puent tous à dix mètres ?

— Ces hommes et ces femmes me fascinent, sir George. Leur armée aux pieds nus est en train de damer le pion aux troupes impériales. Pékin sera bientôt à la portée de Hong Xiuquan...

— Ne dites pas ça, mon jeune ami ! Ce serait la plus terrible des catastrophes pour ce pauvre pays qui n'a pas besoin de ça. Les Mandchous sont peut-être à la fois corrompus et assez nuls mais ils sont assurément moins fous que ces gens-là !

— Et moi qui pensais que vous étiez venu les assurer de la neutralité de la Grande-Bretagne ! soupira John, choqué et déçu par les derniers propos de Bonham.

— Les positions officielles de mon pays ne m'empêcheront jamais de garder mes opinions personnelles ! lâcha sir George, l'air pincé, avant de souhaiter bonne chance à cette tête brûlée de Bowles.

Après que la silhouette de l'*Hermès* eut achevé de se noyer derrière l'épais rideau de pluie et de brouillard tombé sur le Chang Jiang, John, qui marchait d'un pas rapide vers la nouvelle capitale du Céleste Royaume où l'attendait sa passionnante enquête, ne pouvait s'empêcher de se dire que le gouverneur de Hongkong était décidément sur une tout autre planète que la sienne...

52

Singapour, 29 avril 1853

Antoine Vuibert sortit sa montre du gousset de son gilet. Elle marquait trois heures trente. Il ne s'était pas rendu compte que l'heure du déjeuner était passée. Quand il était plongé dans les comptes, il ne voyait pas tourner les aiguilles de l'horloge. Il se leva et se dirigea vers la porte-fenêtre qui donnait sur la terrasse. Il fit basculer les deux volets et aussitôt la petite île de Singapour lui apparut, déjà plongée dans l'atmosphère poudroyante d'un soleil torride bien que l'été fût encore loin. Comme s'il avait voulu mieux capter cette vue pour se l'approprier, il mit un pied dehors. Quoique doucement ombragée par les feuilles d'une glycine géante, la terrasse étouffait sous une chaleur suffocante. Au loin, la mer était vide, plate, comme laquée. Parfaitement immobile, tel un animal en hibernation. Sur le port, d'ordinaire fourmillant, il n'y avait pas l'ombre d'un coolie en vue. Quant aux bateaux encore au mouillage, dont les cales étaient remplies de cire et de tripang[1] de Timor, d'antimoine et d'or de Bornéo, de nacre et d'écailles de tortue de la mer de Soulou, et bien sûr de caisses d'opium indien, ils ne lèveraient l'ancre qu'à la nuit tombante, lorsque leurs équipages pourraient s'aventurer sur le pont sans craindre l'insolation. Plus près, à mi-pente de la colline où, noyés dans leurs jardins luxuriants peuplés de senteurs rares, s'étageaient les cottages de style anglo-indien des familles opulentes, il n'y avait pas plus âme qui vive. De l'autre côté, les silhouettes capricieuses de collines mousseuses et empanachées de palmes servaient d'ar-

---

1. Concombre de mer ou holloturie, mollusque très prisé en Asie pour ses vertus reconstituantes et curatives.

rière-plan à des rues vides, bordées de bananiers et de maisons basses, qui dévalaient des coteaux où le vert pré des champs de canne alternait avec le violet tirant sur l'orange des géraniums.

Dans ce minuscule morceau d'Angleterre posé à l'extrémité de la presqu'île de Malacca, chacun affrontait comme il pouvait la fournaise tenace des premières journées vraiment chaudes, qui vous empêchait de mettre le nez dehors entre deux heures et quatre heures de l'après-midi.

Mais comme ce n'était pas le moment de laisser batifoler son attention – en d'autres circonstances, Antoine eût été capable de contempler ce paysage ou de compter les arrivées et les départs des navires pendant des heures –, il se hâta de regagner sa chaise, s'essuya le front puis, après avoir taillé son crayon, continua ses additions, prêt, s'il le fallait, à y rester vissé jusqu'au soir.

Car il n'était pas question pour Antoine Vuibert de ne pas en avoir le cœur net.

À cet instant, au milieu de ce bureau touffu, encombré jusqu'au plafond de livres de comptes et de registres commerciaux, où il se penchait des heures entières sur une table de travail de style chippendale, à manipuler un gros boulier chinois et à noircir des feuilles de chiffres, il était probablement l'un des seuls habitants de Singapour à ne pas faire la sieste. Le carillon de l'horloge du palais du gouverneur retentit de quatre coups, donnant à la ville assoupie le signal de la reprise d'une activité humaine qui irait crescendo jusqu'à minuit, où le couvre-feu obligerait les gens à rentrer chez eux et les maisons de passe comme les estaminets à fermer leurs portes.

On frappa à la porte et la tête de Jarmil apparut. Le Pondichérien, dont le bateau était arrivé de Madras le matin même, était en avance. Mais entre associés, peu importait l'heure... pas plus qu'on ne prenait de gants pour se dire les choses en face, lorsque les marges et les profits de la société dont on partageait le capital étaient en cause.

D'ailleurs, à peine le Franco-Indien était-il entré dans le bureau du Français que celui-ci, sans même lui demander s'il avait fait bon voyage, l'apostropha :

— À l'avenir, il faudra exiger de notre fournisseur qu'il fasse plus attention au pesage des caisses !

Le Franco-Indien blêmit. Il n'aimait guère faire l'objet de remontrances de la part de ses partenaires.

— Le compte n'y est donc pas ?

— Pas vraiment. La semaine dernière, figure-toi que j'ai fait peser dix caisses au hasard... Dans chacune, il manquait entre un et trois kilos d'opium... Soit de quatre à douze pour cent de marchandise ! C'est énorme ! lui lança, d'un ton sec, le Français.

Il faut dire qu'il avait de quoi être furieux. Depuis trois semaines qu'il était plongé dans ses comptes, il avait pu juger de la médiocrité de ses marges commerciales dont cette évaporation d'opium était à coup sûr la raison.

— Ce n'est pourtant pas faute d'avoir mis Abdullah en garde ! lui répondit du tac au tac le Pondichérien.

Abdullah Rainsy était leur fournisseur d'opium. Indien de pure souche, il opérait depuis Pondichéry où Jarmil se rendait tous les trimestres pour prendre livraison de la marchandise et la convoyer, *via* le port de Madras, jusqu'à la petite colonie britannique.

— Ou alors, ce sont les équipages qui font leur marché au passage !

— Difficile... Les caisses sont toutes cachetées à la cire !

— Les cachets sont-ils au moins vérifiés ?

— Systématiquement !

Comme d'habitude, Jarmil avait réponse à tout et cela faisait bouillir Antoine, qui supportait de plus en plus mal son comportement.

— Que faire, alors ?

— Je n'en sais trop rien ! lâcha, buté, son interlocuteur, ce qui eut pour effet d'irriter un peu plus le Français.

— Lors de ton prochain passage, tu diras à ton Abdullah que si la prochaine cargaison n'est pas conforme, nous changerons de fournisseur.

— Abdullah est le moins cher des grossistes de Pondichéry...

Vuibert en tapa du poing sur la table.

— Je m'en fous complètement ! On en trouvera d'autres, trop heureux de vendre leur marchandise à un client qui paie « cash » le jour de son enlèvement...

Chaque fois qu'il détectait ce qu'il appelait de la « gratte », ces petits ruisseaux de malhonnêtetés qui faisaient les grandes rivières des détournements d'argent, le Français s'emportait comme un beau diable. Et Dieu sait si les occasions étaient nombreuses, à cet égard, depuis quelques mois.

Car rien n'allait plus, au sein de V.S.J. & Co, la compagnie que Vuibert, Stocklett et Jarmil avaient enregistrée au registre du commerce de Singapour.

Tantôt, c'était le poids des caisses qui ne correspondait pas à leur valeur affichée, tantôt, c'étaient les « prélèvements » – un terme pudique ! – opérés par les douaniers de Madras et de Singapour, ou encore les deux ou trois caisses qui, tout aussi « malencontreusement », tombaient à l'eau pendant qu'on chargeait les navires, sans oublier, en bout de chaîne, les calculs des *compradores* de Canton et de Shanghai qui, comme par hasard, tournaient toujours à leur avantage… Commercer en Asie n'était pas une sinécure. Et encore moins lorsqu'on avait décidé d'affronter la concurrence anglaise sur son propre terrain en important de l'opium en Chine, puisque c'était l'activité principale de la firme fondée par les trois hommes.

— Tu parles de ce que tu ne connais pas ! jeta Jarmil.

— Dans n'importe quel marché, c'est le client qui est roi !

— Celui qui se tape la traversée jusqu'à Madras aller-retour par tous les temps, c'est moi ! Si le client ne trouve pas de marchandise, comment fait-il ?

Nash Stocklett, qui, contrairement à Antoine, était incapable de se passer de sieste lorsque la chaleur devenait par trop accablante, entra à son tour dans le bureau. Quoique supportant mal le climat tropical, ainsi qu'en témoignaient ses tempes grisonnantes et ses traits creusés, l'Anglais gardait bon pied bon œil. De loin le plus âgé du trio, il jouait volontiers les modérateurs entre le Français et l'Indien bien plus fougueux et « soupe au lait » que lui.

— Encore en train de vous crêper le chignon ! J'aimerais que nous arrivions à travailler dans une atmosphère plus sereine ! Entre associés, un minimum de fair-play est nécessaire ! tempêta l'ancien chef comptable de Jardine & Matheson. Comment s'est passé ton séjour à Pondichéry ?

— À Pondichéry, ce fut plutôt calme. En revanche, à Madras, au moment d'embarquer la marchandise, l'ambiance était des plus chaudes. Les mercenaires indiens employés par l'armée britannique des Indes pour mater les insurrections tamoules ont failli jouer un tour pendable à leur commandement ! lâcha Jarmil, mi-figue, mi-raisin.

— Ils se sont mutinés ?

— Pratiquement ! Les mercenaires refusaient d'obéir à la trentaine d'officiers censés les commander ! Leurs meneurs prétendaient qu'on les poussait au blasphème en les obligeant à enduire d'un mélange de suint de porc et de graisse de vache les cartouches des fusils Enfield flambant neufs qui leur avaient été distribués la veille.

— Les Hindous et leurs vaches sacrées… je vois d'ici le problème… plaisanta Stocklett d'un ton aigre.

— Vous n'y êtes qu'à moitié, Nash : dans les milices indiennes, il y a aussi des soldats de confession musulmane ! Les mercenaires ne lâchèrent prise que lorsque le colonel leur promit qu'à l'avenir on leur fournirait de l'huile de palme pour graisser leur armement... précisa, le plus sérieusement du monde, le Pondichérien, qui n'avait jamais pu se résoudre à tutoyer l'Anglais.

— On dit aussi que les Indiens n'en peuvent plus des humiliations que leur font subir les agents de la Compagnie des Indes orientales. Vous autres, Anglais, quand vous mettez le pied quelque part, vous n'y allez pas de main morte... fit le Français qui ne détestait pas taquiner son partenaire, avant de replonger le nez dans ses livres de comptes.

Jarmil regarda sa montre, leva les yeux au ciel et déclara à ses deux associés :

— Il va bientôt être cinq heures. Je dois aller retrouver Arturo.

Arturo Ramos était le contremaître timorien qui chapeautait la vingtaine de magasiniers dont la tâche consistait à ranger la marchandise dans le hangar de la compagnie V.S.J. & Co. L'exiguïté de celui-ci les obligeait à le vider entièrement à chaque arrivée d'une nouvelle cargaison d'opium. Afin d'être expédiées en Chine les premières, les caisses provenant des précédents voyages devaient en effet être stockées près de la porte.

— Cet Arturo... ne put s'empêcher de lancer Antoine.

Depuis toujours, il suspectait de malhonnêteté ce petit homme basané au regard de fouine qui baragouinait l'anglais avec un accent portugais à couper au couteau.

— Pourquoi dis-tu toujours ça, Antoine ? Tu deviens injuste ! Cela fait dix ans qu'Arturo travaille avec moi et je ne l'ai jamais pris en flagrant délit de malhonnêteté ! lâcha Jarmil, piqué au vif, avant de s'éclipser.

— Tu y es allé un peu fort... Si tu avais vu son expression, quand il est parti ! dit Nash en ouvrant la porte-fenêtre qui donnait sur le balcon envahi par les caoutchoucs et les bougainvilliers.

Le Français, consentant à s'extraire de ses calculs de taux de marge, se leva et vint s'accouder auprès de l'Anglais à la petite rambarde de fer forgé du balcon de la terrasse, d'où la vue sur le port de Singapour était imprenable, dans son encadrement touffu de bractées mauves, roses et orangées. Après la relative fraîcheur qui régnait à l'intérieur de la maison, l'extrême moiteur de l'après-midi, si difficile à supporter, l'enveloppa de la tête aux pieds.

— Pour tout te dire, j'ai de moins en moins confiance en ce garçon ! Il ment comme il respire ! Je suis sûr qu'il nous bouffe la laine sur le dos.

— Tu exagères !

— Je suis sûr qu'au fond de toi, tu partages ce point de vue !

Dès qu'ils abordaient le sujet « Jarmil », les deux hommes se chipotaient. Mais c'était moins à cause d'une différence de point de vue sur leur partenaire, puisqu'ils partageaient désormais la même défiance, qu'en raison de l'impasse dans laquelle ils avaient conscience de s'être mis, coincés dans le capital de la société qu'ils avaient fondée avec lui.

— Nous avons besoin de lui. Sans Jarmil, comment ferons-nous pour nous procurer l'opium ? Nous ne connaissons même pas l'adresse d'Abdullah Rainsy ! fit Stocklett, en nage et bourrelé de remords.

Il avait tellement insisté pour cette association qu'il se sentait chaque jour plus coupable d'y avoir entraîné Antoine.

— C'est bien là que le bât blesse. Nous sommes pieds et poings liés ! Sans compter le retard que nous accusons par rapport à notre plan d'affaires initial. Normalement, nous aurions dû engranger mille dollars de chiffre d'affaires depuis le début de l'année... À ce jour, nous n'en avons guère rentré que la moitié ! maugréa ce dernier, la mine sombre.

Stocklett accusa le coup. Il est vrai qu'il y avait de quoi enrager : c'était encore ce flibustier de Jarmil qui lui avait fourni ces chiffres en tous points mirobolants, et qu'un comptable aguerri de son espèce ait pu se laisser prendre au jeu de ce Franco-Indien si apte à faire prendre à autrui des vessies pour des lanternes dépassait l'entendement ! Désireux, pour une fois, d'annoncer quelque chose de positif à son ami, il lui lança :

— Au fait, j'ai une bonne nouvelle pour toi !

— Laquelle ?

— Wang Qing m'a proposé de nous vendre à prix coûtant trois cents théières qu'il n'arrive pas à écouler parce que leurs couleurs sont passées de mode.

Le Shanghaien Wang Qing était le plus gros marchand de porcelaines chinoises de Singapour. Dans ses entrepôts qui s'étendaient sur près de la moitié de la rue des marchands d'ustensiles s'entassaient des centaines de milliers de bols, d'assiettes, de théières et autres vases de tous les styles et de toutes les époques, certains d'une valeur inestimable.

— Pourquoi pas ! Encore que je me méfie de ce que Wang Qing appelle « prix coûtant »... fit le Français, sans conviction.

— Si nous devions arrêter le commerce de l'opium, j'ai pensé que les porcelaines de Chine seraient un bon créneau de substitution.

— À condition de trouver un grossiste efficace à Londres. Personnellement, je ne m'estime pas assez fort pour revendre leur propre porcelaine aux Chinois ! trancha Antoine.

— Pourquoi es-tu si dur avec moi ? Ne crois-tu pas que je regrette assez de t'avoir entraîné dans cette maudite aventure ? s'écria Nash.

— Excuse-moi, Nash, mais je n'arrive plus à faire face ! C'est plus fort que moi ! Ce coulage de l'opium est la goutte d'eau qui fait déborder le vase ! Je crains que nous n'ayons fait preuve d'une grande légèreté en acceptant de nous associer avec Jarmil…

— Si nous doutons à ce point de Jarmil, eh bien, je propose que nous en tirions les conséquences ! Entre partenaires, soit on a confiance à cent pour cent, soit on se sépare !

C'était la première fois que Stocklett, qui était pourtant à l'origine de leur association avec le Pondichérien, envisageait sa dissolution pure et simple.

— Je suis heureux que tu abordes le sujet ! Maintenant que j'ai appris à gérer une affaire, j'ai envie de revenir en Chine et de m'y lancer dans l'import-export, confia le Français à son ami.

— Il est normal que tu veuilles reprendre tes billes. Je suis sûr que tu feras merveille sur ce créneau ! Tu en connais déjà toutes les ficelles…

— Merci, Nash, pour ta confiance ! Et toi, quels sont tes projets si nous quittons Singapour ?

— Tu les connais ! Tant que je n'aurai pas retrouvé les enfants Clearstone, je ne serai pas en paix avec moi-même, fit Nash, en séchant une larme.

— Cela finira bien par arriver.

— Les années passent et je n'ai toujours pas la moindre nouvelle… Peut-être aurais-je dû m'y prendre différemment ! murmura tristement Stocklett qui ne comptait plus les avis de recherche des enfants Clearstone qu'il avait lancés, en vain jusque-là, à Canton ou à Shanghai.

— Je ne vais pas te resservir ton excellente phrase sur l'inutilité des regrets… souffla le Français en souriant.

Depuis cinq ans qu'ils se côtoyaient, les deux hommes n'avaient plus beaucoup de secrets l'un pour l'autre, d'autant que l'incroyable enchaînement qui les avait amenés à s'installer à Singapour les avait un peu plus rapprochés.

Après sa rupture avec Charles de Montigny, Antoine Vuibert avait accompagné Nash Stocklett à Canton afin d'y retrouver les enfants Clearstone. À peine arrivés, ils s'étaient rendus chez le pasteur Roberts où l'absence de Laura et de Joe avait fait à l'Anglais l'effet d'une terrible douche froide. Pour ne rien arranger, Roberts, agacé par cet incessant défilé de gens qui venaient demander des nouvelles tantôt de la fille de Barbara, tantôt de La Pierre de Lune, n'y avait pas mis les formes.

— Encore ! Décidément, cette Laura Clearstone suscite un intérêt qui semble aller bien au-delà de sa petite personne ! s'était écrié le pasteur. Sachez que la veille des obsèques de sa pauvre mère – paix à son âme ! –, cette petite écervelée a cru bon de partir de chez moi sans laisser d'adresse.

— Ce n'est pas possible ! s'était écrié Nash, au comble du désespoir.

— Ce que je vous dis est malheureusement exact, monsieur Stocklett...

Melanie Bambridge, pour ne pas être en reste, avait à son tour jeté son fiel :

— Si vous saviez ce que les obsèques de Mme Clearstone ont coûté au révérend... Sans compter la crémation du corps.

— Puis-je savoir ce que sont devenues les cendres de Mme Clearstone ?

La gouvernante était allée chercher un petit vase de bronze dont le couvercle avait été serti au plomb, puis, d'un geste théâtral et fort déplacé vu les circonstances, elle l'avait déposé sur la table.

— Si vous les voulez, prenez-les, elles sont à vous ! avait lancé l'Américain.

— Il nous en a coûté l'équivalent de quinze dollars, avait ajouté l'affreuse Mélanie.

Nash avait payé la somme et, à peine franchi le seuil du presbytère, s'était laissé gagner par le désespoir.

— Tout ce voyage pour ça ! s'était-il écrié, en larmes, en désignant l'urne funéraire.

Antoine, le cœur serré, avait essayé de consoler son compagnon.

— Nous la retrouverons, votre petite Laura ! Elle ne doit pas être bien loin...

— Qu'en savez-vous ?

— Je ne la vois pas se réfugier au Tibet ! Surtout avec son frère à charge... Elle est sûrement quelque part à Canton.

Vuibert avait beau argumenter, Stocklett, inconsolable, voyait s'effondrer tous les espoirs de rachat de conduite qu'avait fait naître en lui son départ pour la Chine.

— Cette urne me brûle les doigts... avait gémi l'Anglais, en tendant brusquement à Antoine le petit vase de bronze sur lequel se focalisaient tous ses remords.

Ne sachant trop quoi faire pour calmer son compagnon, Antoine lui avait proposé d'aller répandre les cendres de Barbara Clearstone dans la Rivière des Perles comme le faisaient les bouddhistes.

— Vous avez raison, ce sera mieux pour elle... et pour moi... avait soufflé Nash qui n'aurait pu côtoyer une seconde de plus l'implacable preuve de ses turpitudes.

Ce jour-là, les eaux boueuses du fleuve en crue, irradiées de zébrures mordorées par les rayons d'un soleil qui jouait à cache-cache avec les nuages, affleuraient au niveau de ses berges. Au milieu des troncs d'arbres et des poutres arrachées aux maisons dévastées par l'inondation, un puissant courant charriait vers la mer toutes sortes de détritus et de cadavres. Nash ne se sentant pas la force d'y verser lui-même le contenu de l'urne, c'était Antoine qui l'avait fait. Pâle comme la mort, l'amant de Barbara s'était signé au moment où tout ce qui restait de la femme qu'il avait tant aimée, c'est-à-dire un petit nuage de poudre beige, s'était dissous dans la Rivière des Perles.

Pendant huit jours, Stocklett était si abattu qu'il avait gardé la chambre. Si retrouver Laura lui paraissait une tâche inaccessible, il n'arrivait pas à se faire à l'idée qu'il ne la reverrait pas. Au bout d'une semaine, voyant que son compagnon ne cessait de péricliter, Antoine, qui n'avait lui-même aucun projet précis depuis qu'il avait rompu les amarres avec les autorités françaises, avait gentiment proposé à Nash d'aller visiter les Philippines.

— Il paraît que ces îles sont paradisiaques... Depuis longtemps, elles me font envie ! De Canton à Manille, il y a à peine plus d'une semaine de bateau !

— Pourquoi pas ? avait répondu distraitement Nash, l'esprit ailleurs.

— Sachez que vous n'êtes pas seul, Nash. Nous sommes deux...

Éperdu de reconnaissance, l'Anglais avait pris les mains du Français avant de le remercier avec effusion.

— Sans vous, je ne sais pas comment j'aurais fait... J'ai eu vraiment beaucoup de chance de vous rencontrer.

Quelques jours plus tard, les deux hommes avaient embarqué à bord du *Magellan*, un vieux quatre-mâts portugais qui faisait la navette entre Canton et Manille avec escale à Macao. À la grande surprise d'Antoine, le *Magellan* ne transportait presque pas de marchandises. Dans ses cales s'entassaient plusieurs dizaines d'hommes et de femmes dans des conditions d'hygiène pitoyables. Les malheureux, privés de lumière, n'avaient droit qu'à un bol de riz et un peu de soupe que leur amenait un membre d'équipage à la tombée de la nuit. Après deux jours de mer, Antoine avait fini par extorquer à l'un des matelots que le navire était affrété par un fournisseur de main-d'œuvre qui opérait depuis Manille. Parmi ces loques humaines, il y avait également une dizaine de femmes habillées de façon pimpante et outrageusement fardées, des prostituées destinées à la plus grande maison close de Macao.

Après une escale dans la petite colonie portugaise où le navire avait déversé son lot de filles de joie, puis six jours de navigation sur une mer agréable, rythmés par les assauts réguliers de l'écume sur l'étrave du *Magellan* et le noir ressac des bandes de dauphins qui devançaient gracieusement la fuite blanche des vagues, le vieux rafiot était enfin arrivé à Manille.

Établie à l'embouchure du fleuve Pasig, la capitale des îles Philippines avait été conquise en 1565 par les soldats du roi d'Espagne qui avaient chassé le rajah musulman alors régnant sur le « Maynilad ». Devenue port franc en 1837, la ville, hier encore simple bourgade aux petites maisons de type hispanique, s'était couverte de constructions nouvelles qui témoignaient de la vigueur de son développement économique.

La nuit tombait lorsqu'ils avaient débarqué sur le port éclairé par des centaines de flambeaux. Au pied de la passerelle, dans une atmosphère fantasmagorique, un homme à la taille et à l'embonpoint gigantesques, dont les mèches rousses et flamboyantes débordaient sous un chapeau noir d'encre à larges bords, vociférait dans un sabir où se mélangeaient des expressions en espagnol, en anglais, mais aussi en français. Renseignement pris, il s'agissait du fameux fournisseur de main-d'œuvre chinoise, venu contrôler l'état de sa cargaison. Affalé dans un fauteuil de cuir, flanqué d'un médecin qui palpait, toisait, examinait les dentitions et mettait de côté ceux que leurs pathologies rendaient invendables, il faisait défiler un à un tous les pauvres gens qui venaient de sortir, les yeux hagards et le visage crispé par la peur, de la cale du *Magellan*. Dès qu'il avait vu Vuibert et Stocklett débarquer à leur tour, le colosse à la tignasse en feu s'était précipité vers Antoine en lui tendant une main aussi large qu'une poêle à frire.

Le sac du Palais d'Été

— Je parie que vous êtes français !
— En effet, monsieur !
— Mon nom est Jovial. Bertrand Jovial, pour vous servir. Je suis originaire d'Orléans, et vous ? avait tonné le géant dont la main avait littéralement broyé les phalanges d'Antoine.
— Antoine Vuibert… Dauphinois, de la région de Chambéry. Et lui, c'est Nash Stocklett, un sujet de Sa Majesté la reine Victoria.

À la façon quelque peu méfiante, pour ne pas dire hostile, avec laquelle Jovial avait regardé Nash, Antoine avait compris que le rouquin géant, qui puait le vin à plein nez, ne portait pas les Britanniques dans son cœur.

— Bienvenue à Manille, ses filles et son alcool de canne ! Quel est donc le but de votre visite ?
— À vrai dire, nous n'en avons pas. Mon ami et moi avons entendu dire que les Philippines valaient le détour. Nous comptons rester ici une dizaine de jours… peut-être nous baigner… et pêcher dans les criques !
— Il faudra faire attention, par ici, la mer est infestée de requins… avait lâché, avec un sourire narquois, le tonitruant Jovial.

Puis, non sans tourner ostensiblement le dos à Stocklett, il s'était approché d'Antoine et, lui décochant un clin d'œil appuyé, avait posé sa grosse paluche sur son épaule avant de lui glisser, d'une voix grasseyante, dans le creux de l'oreille :

— Voyager sans but précis… je connais la chanson. À moi, on ne la fait pas. Tu peux me faire confiance. Tu peux me dire sans crainte la raison de ton séjour ici ! Si je peux t'aider, je le ferai…

Antoine s'était contenté de répondre par un vague sourire. Compte tenu de la personnalité de Jovial, confirmer qu'il était venu en touriste l'eût à coup sûr fait passer à ses yeux pour un dissimulateur. Le géant roux lui avait asséné une magistrale claque dans le dos.

— Je parie que vous n'avez pas de lieu où crécher !
— Nous trouverons bien une petite pension de famille…
— Il n'y en a pas à Manille !
— Une chambre chez l'habitant fera l'affaire…
— Trêve de chichis, Vuibert ! Ici, vous êtes sur mes terres. Vous logerez donc chez moi… avec votre ami bien entendu ! avait tonné l'immense Orléanais qui n'avait guère donné aux deux hommes d'autre choix que de le suivre.

Le géant d'Orléans habitait à la périphérie de Manille, dans un ancien fortin construit au XVIIe siècle par les Hollandais lorsqu'ils avaient essayé de s'emparer de la ville. Jovial entassait ses cargaisons humaines dans les salles voûtées construites par les bataves pour servir de soubassement au bâtiment. Après avoir installé Antoine et Nash dans deux chambrettes contiguës, il les avait conviés à dîner dans l'immense salle où, jadis, le corps de garde de la forteresse prenait ses repas. Nos deux voyageurs n'avaient pas tardé à connaître la raison de l'empressement qui avait conduit leur hôte à les loger chez lui. À peine la première bouchée de poulet rôti attaquée, celui qui était en réalité un marchand d'esclaves leur avait benoîtement expliqué qu'il vendait ses travailleurs chinois à de riches propriétaires de l'île Bourbon où il était impossible, suite à l'abolition de la traite des Noirs, de renouveler la main-d'œuvre d'origine africaine qui commençait à vieillir.

— Songez que les Chinois sont bien plus robustes que les Indiens dont la plupart sont rachitiques... sans oublier le plus important : les Han sont sacrément plus amis du travail et disciplinés que les nègres d'Afrique ! À l'île Bourbon, on se les arrache, s'était exclamé le colosse en se frottant les mains.

— Si je comprends bien, vous exploitez là un bon filon, avait lancé Antoine qui avait du mal à cacher son dégoût.

— Votre venue tombe à pic, Vuibert. J'ai besoin d'un convoyeur qui parle le français pour acheminer la prochaine cargaison à Saint-Denis. D'ordinaire, c'est moi qui m'y colle. Mais ce coup-ci, je me vois obligé de rester ici. J'attends depuis trois semaines d'être reçu par le gouverneur des Philippines. Il peut me convoquer d'un jour à l'autre... Il y va de ma patente, qui doit être renouvelée. Sans ce maudit bout de papier, je n'aurai plus qu'à aller planter mes choux ailleurs. Si vous acceptez, je vous paierai vingt dollars-or... la moitié au départ et l'autre au retour.

Au moins Jovial ne s'embarrassait-il pas de circonlocutions inutiles.

— Vous souhaitez une réponse tout de suite ? avait hasardé Antoine.

— Le navire part dans deux jours. La traversée dure grosso modo de deux à trois semaines, selon le temps. Demain, je vous communiquerai les coordonnées de mon correspondant à l'île Bourbon et ferai établir la documentation nécessaire, avait poursuivi Jovial comme s'il avait déjà obtenu l'accord des deux hommes.

Le soir même, Stocklett et Vuibert avaient longuement discuté de cette étrange proposition.

— J'ai bien peur que si vous refusez, ce gaillard ne nous le fasse payer très cher. Il ne tient qu'à lui de fermer la porte de sa forteresse et nous sommes ses prisonniers. C'est visiblement un homme sans foi ni loi, avait conclu Stocklett d'un air sombre.

— Je ne sais pas ce qui m'a pris d'accepter son invitation… Mais vous avez raison, au point où nous en sommes, il paraît difficile de refuser. Après tout, dans un mois et demi au maximum nous serons de retour avec vingt dollars-or en poche !

Stocklett avait vu juste. Le lendemain, lorsqu'ils étaient descendus pour prendre leur petit déjeuner, leur hôte les avait à peine salués. Ce n'était plus le colosse au ton familier et complice qui avait accueilli Antoine, mais un lascar implacable qui, après avoir posé sur la table dix pièces de un dollar en or et deux feuillets manuscrits, lui avait lancé, sur un ton coupant comme une lame :

— Prenez ça… vous aurez le reste au retour ! Il vous suffira de produire ces deux exemplaires de la décharge pour remise de la marchandise à Hubert de Ligny, mon correspondant à l'île Bourbon, et de les lui faire signer, en même temps que vous y apposerez votre paraphe. Vous garderez un exemplaire. Dès que je l'aurai en main, vous toucherez le solde !

Après que Jovial les eut plantés là sans un mot de plus, Antoine et Nash s'étaient regardés avec consternation : ils étaient bel et bien à la merci de ce marchand d'hommes.

Le lendemain matin, sous un soleil de plomb, Jovial, toujours aussi fermé, les avait conduits à bord du brick *Amphitrite*, un vieux coureur des mers qui avait appareillé sur le coup de midi avec, à son bord, cinquante Chinois et vingt Chinoises munis chacun d'un certificat médical attestant qu'ils étaient en bonne santé. À bord, l'équipage ne comptait pas moins de douze nationalités différentes. Les marins parlaient entre eux espagnol, ce qui ne facilitait pas les choses pour nos deux voyageurs dont aucun ne comprenait un traître mot de la langue de Cervantès. Après deux jours de mer, ils avaient fini par extorquer au capitaine, lequel baragouinait le pidgin, que leur navire, après avoir mis le cap sur Bornéo, effectuerait une unique escale à Singapour afin d'y embarquer des légumes et des fruits frais.

Mais le troisième jour, tout s'était gâté.

D'abord le temps, qui s'annonçait exécrable à en juger par un ciel devenu noir comme du charbon et une houle dont l'ampleur ne cessait de croître, et surtout, le comportement du capitaine, qui, sans la moindre explication, avait sommé Antoine de lui donner les dix dollars-or de Jovial avant de l'enfermer à double tour dans sa cabine avec Stocklett. Le Philippin agissait-il pour son propre compte ou pour celui de Jovial ? Le Français et l'Anglais étaient bien incapables de le dire. En tout état de cause, cela laissait augurer d'une fin de croisière mouvementée – et peut-être dramatique. Les deux hommes en avaient vite convenu : coûte que coûte, il leur fallait sortir de ce terrible traquenard avant qu'il ne fût trop tard.

Par chance, les vents mugissants qui poussaient le navire vers le sud, au large des côtes de l'île de Bornéo, les avaient puissamment aidés. Alors que l'*Amphitrite* s'apprêtait à doubler le cap le plus occidental de l'île des Dayaks pour entamer sa traversée vers Singapour, la tempête avait redoublé de violence, entraînant une rupture de gouvernail. Après une demi-journée de dérive dans des creux qui dépassaient la hauteur d'une maison de deux étages, le vieux rafiot, tournoyant sur lui-même et craquant de toutes parts, avait été drossé vers des falaises rocheuses hérissées de piques. Un terrible choc avait soudain projeté Nash et Antoine sur le plancher de leur cabine dont la porte avait été défoncée. Heureusement pour eux, ils étaient à l'arrière du navire, qui venait d'être éperonné par une barrière corallienne. À bord, c'était la panique. Sous la violence du choc, les mâts s'étaient brisés comme des allumettes et chacun tentait de sauver sa peau. À quatre pattes, nos voyageurs avaient, tant bien que mal, progressé vers le pont supérieur qui penchait dangereusement. Plusieurs Chinois, ainsi que quelques membres d'équipage, avaient déjà glissé sur ce gigantesque toboggan qui menait droit aux arêtes coupantes sur lesquelles s'était écrasée la proue du navire. Les corps déchiquetés s'y entassaient avant d'en être arrachés un à un par la houle qui s'abattait avec une force inouïe sur les roches acérées. Autour de l'épave, les hommes d'équipage tombés à l'eau surnageaient tant bien que mal, tandis que les malheureux Han, dont aucun ne savait nager, coulaient à pic les uns après les autres.

— Si nous ne mettons pas ce canot à l'eau, nous sommes morts ! avait hurlé Stocklett en avisant une minuscule chaloupe de sauvetage.

Alors qu'Antoine s'échinait à défaire les amarres, un brusque mouvement du navire, qui s'était à présent presque redressé à la verticale, avait précipité à l'eau non seulement les deux hommes mais aussi leur embarcation salvatrice dans laquelle le Français, excellent nageur, avait pu se hisser de justesse. L'Anglais n'avait pas eu cette chance. Tombé à quelques mètres de la chaloupe, il était sur le point d'avaler la tasse d'eau de mer qui eût irrémédiablement noyé ses poumons lorsque son compagnon, malgré son état d'épuisement, avait pu l'arracher à une mort certaine. Dans la chaloupe ballottée par les vagues et qui risquait à tout moment d'être précipitée vers les falaises, le corps de Stocklett, inconscient, à ses pieds, Antoine avait saisi les deux rames et souqué comme un fou vers une petite plage de sable qu'il avait atteinte, au bord de la syncope, après une demi-heure de lutte acharnée contre les courants. Au moment où, dans un ultime effort, il tirait Stocklett, toujours inanimé, vers la terre ferme, Vuibert avait buté sur le cadavre du capitaine philippin qui gisait sur la grève, la tête fracassée.

— Tu m'as sauvé la vie... Jamais je ne l'oublierai... Sans toi, je serais la proie des crabes et des requins... lui avait soufflé Nash lorsqu'il avait repris ses esprits.

C'était la première fois qu'il tutoyait Antoine.

— Je n'ai fait que mon devoir...

Entre eux, c'était désormais à la vie et à la mort !

Sous une pluie torrentielle, ils étaient tombés dans les bras l'un de l'autre avant de s'abriter sous leur canot et de sombrer, ivres de fatigue, dans un sommeil irrépressible.

Lorsque Antoine avait ouvert l'œil, incapable de déterminer combien de temps il avait dormi, le soleil déjà haut brillait dans un ciel sans nuages et, n'étaient les cadavres des Chinois qui jonchaient la plage léchée par les vaguelettes d'une mer d'huile, il eût été impossible de deviner qu'un typhon avait balayé la zone. Pour autant, ils n'étaient pas tirés d'affaire car sans eau ni vivres, sur une plage brûlante bordée par des falaises vertigineuses et lisses, leurs chances de survie étaient fort minces. Le lendemain, le miracle était intervenu sous la forme d'une goélette battant pavillon hollandais qui voguait au large, à quelques encablures de la petite plage.

En toute hâte, le Français, après avoir réveillé son compagnon encore dans le cirage, avait réussi à mettre le feu au goudron qui colmatait le fond de leur embarcation. L'épaisse colonne de fumée noire avait signalé leur présence au vaisseau qui avait aussitôt affalé ses voiles et jeté l'ancre avant de leur envoyer une chaloupe. Son capitaine, un sympathique vieux loup de mer originaire d'Utrecht qui naviguait dans les parages depuis près de vingt ans, les avait cordialement accueillis à son bord. La goélette faisait route vers Singapour où les deux hommes avaient débarqué quatre jours plus tard dans un état lamentable, couverts de bosses et de plaies.

Et là, à peine arrivé, quelle n'avait pas été la surprise d'Antoine de voir un homme enturbanné se précipiter vers lui en hurlant son nom. Après un moment d'hésitation, il avait reconnu Jarmil, le

Pondichérien dont il avait fait la connaissance au cours de son premier passage dans l'archipel. Signe que ses affaires devaient plutôt bien marcher, il avait planté dans son turban de mousseline rouge une aigrette dont la base était ornée d'un gros diamant.

— Bienvenue à *Singapore*, monsieur Vuibert ! J'étais sûr que vous reviendriez ! Il me semble même vous l'avoir prédit... Singapour est le lieu idéal pour faire du commerce !

Jarmil, aux anges, ne semblait pas douter une seconde des raisons de la présence du Français. La façon dont il se frottait les mains était, à cet égard, des plus éloquentes...

— Vous avez bonne mémoire, Jarmil ! Décidément, dès que j'arrive à Singapour, je tombe sur vous...

— Mon métier m'impose d'être présent à l'arrivée des navires qui transportent ma marchandise. Dans les cales du *Juliana*, il n'y a pas moins de huit caisses...

— En effet. Si je comprends bien, les affaires sont prospères, pour vous !

— Elles ne vont pas trop mal... Cela étant, monsieur Vuibert, si j'avais la chance de m'associer à quelqu'un de votre profil et de votre trempe, elles iraient encore plus vite et les marges seraient bien meilleures !

Vuibert, estomaqué par le culot du Franco-Indien, n'avait même pas eu le temps de trouver la réponse appropriée que ce dernier, faisant fi de toute réserve, l'avait pris par le bras pour lui chuchoter dans le creux de l'oreille :

— La couleur de ma peau m'est utile lorsque je suis en Inde, en revanche, elle me dessert considérablement lorsque je négocie avec mes grossistes importateurs chinois. Vous savez, les Chinois et les Indiens se détestent cordialement.

— Je l'ignorais, avait lâché le Français, très las. Mais à vrai dire, avec mon ami, nous avons pour l'instant besoin de repos.

— Je connais bien le patron d'une pension très confortable qui sera aux petits soins pour vous. C'est un compatriote de Pondichéry...

Après quelques jours de repos bien mérité, Jarmil avait invité Antoine et Nash à déjeuner. Entre le carry de crevettes et le chevreau rôti, le Pondichérien était allé droit au but :

— Je suis sur un coup fabuleux... mais je ne le réussirai que si vous m'aidez !

Il leur avait raconté avoir mis la main sur un fournisseur d'opium qui acceptait de lui vendre sa marchandise trente pour cent moins cher que ses concurrents à condition que ce fût par lots de trois mille caisses. Mais un tel objectif commercial était hors de portée pour Jarmil, qui ne disposait pas des entrées nécessaires chez les grands *compradores* de Canton et de Shanghai.

— À quel prix votre fournisseur vous vend-il ses caisses ? lui avait demandé Stocklett, qui avait en tête les prix auxquels Jardine & Matheson achetaient la drogue en Inde.

— Quatre dollars !

— Cela fait trois livres sterling et demie... Il y a six mois de ça, Jardine payait entre quatre livres sterling et vingt pence et quatre livres et demie... s'était écrié Nash.

Le visage de l'Anglais, jusque-là fort discret, s'était brusquement animé.

— D'après mes calculs, en vitesse de croisière, une marge de trois mille dollars-or paraît parfaitement accessible, avait précisé Jarmil dont les yeux brillaient autant que le métal précieux dont il parlait.

— Ne craignez-vous que la concurrence s'empresse d'aligner ses prix sur les vôtres ? avait objecté Antoine, guère impressionné.

C'est alors que Stocklett, qui voyait dans la proposition de Jarmil une façon de damer le pion à ses anciens chefs, avait volé à son secours.

— Là, Antoine, je suis catégorique : s'agissant de Jardine & Matheson, compte tenu des frais fixes colossaux de l'entreprise, je vois mal ses dirigeants accepter de rogner sur leurs marges. Sans compter que la moindre décision prend au bas mot deux ans à ces beaux messieurs...

Le Pondichérien, aux anges, s'était tourné vers l'Anglais.

— Vos compétences, monsieur Stocklett, tombent à pic. Quel est le coefficient multiplicateur de Jardine & Matheson entre le prix d'achat et celui de revente aux *compradores* ?

Pendant le reste de la soirée, sous l'œil de plus en plus intéressé de Vuibert, Stocklett et Jarmil avaient fait et refait leurs calculs. En sortant du restaurant, lorsque Antoine avait interpellé Stocklett sur les raisons de son euphorie, ce dernier, d'une voix tremblante d'excitation, lui avait expliqué qu'en un an et demi d'activité, il aurait de quoi payer les informateurs, les policiers, les indics, les membres de sociétés secrètes et qu'il pourrait enfin retrouver Laura et Joe. Stocklett était catégorique :

— En Chine, sans argent, tu ne peux rien. Tout s'achète et tout se vend, à commencer par la police. Si je revenais maintenant à

Canton, je ne saurais même pas par quel bout commencer pour me mettre sur la piste des enfants Clearstone... En réalité, je n'aurais plus qu'à acheter mon billet de retour pour l'Angleterre !

— Mais c'est de l'opium que nous propose de vendre Jarmil ! avait objecté Antoine, encore réticent à l'idée de se joindre à la cohorte de ceux qui faisaient fortune sur le dos des pauvres Chinois en leur procurant la boue noire.

— Peu m'importe la façon dont j'aurai sorti de l'enfer deux innocents ! Libre à toi, après tout, de ne pas t'associer avec Jarmil ! s'était écrié Stocklett avec véhémence.

Antoine s'était laissé convaincre et, dans le feu de l'action, le léger goût de honte qu'il avait à la bouche s'était rapidement estompé lorsque, trois jours plus tard, ils avaient créé V.S.J. & Co.

Les trois compères avaient installé leur firme au premier étage de l'une de ces belles maisons coloniales construites sur la colline du palais du gouverneur, juste au-dessous de celui-ci, leur proximité avec le siège du pouvoir local singapourien étant un gage de réussite sociale. Le propriétaire auquel Antoine et ses associés louaient leurs bureaux était un riche Malais du nom de Keluak qui continuait à habiter le reste de la maison. Le mois précédent, ledit Malais s'était fendu d'une visite à Vuibert et à Stocklett pour leur annoncer fièrement qu'il venait d'être admis au Country Club, l'endroit chic où tout ce que Singapour comptait de riches entrepreneurs se retrouvait pour boire du thé ou siroter un verre de gin. Dans le minuscule archipel exclusivement dédié au commerce, le dieu « argent » régnait en maître.

Le début de l'histoire de la petite société V.S.J. & Co avait été parfait. Pendant que Jarmil allait commander à Abdullah les quantités d'opium requises, ses deux partenaires étaient repartis en Chine pour y dénicher les *compradores* qui accepteraient de travailler avec eux. Les conditions commerciales qu'ils étaient en mesure de proposer avaient eu facilement raison des réticences des grossistes importateurs à affronter les éventuelles foudres des grandes compagnies anglaises. Le plus dynamique d'entre eux habitait Shanghai et s'appelait – ça ne s'invente pas ! – Deux Fois Plus de Chance... Tout le monde ayant mis les bouchées doubles, dès le mois de septembre 1848, la toute jeune compagnie de Vuibert, Stocklett et Jarmil avait commencé ses livraisons.

Cela faisait à présent près de cinq ans qu'Antoine et Nash s'étaient lancés dans cette aventure un peu folle, alors qu'au départ ils n'avaient pas prévu d'y consacrer plus de vingt-quatre mois. Mais l'histoire, comme c'est souvent le cas dans le commerce, ne s'était pas tout à fait déroulée comme prévu.

Si les deux premières cargaisons d'opium étaient arrivées à bon port chez leurs *compradores*, il n'en avait pas été de même de la troisième sur laquelle des pirates japonais avaient fait main basse. Quant à la quatrième, elle avait été envoyée au fond de l'eau par un typhon qui avait eu raison du navire et de son équipage. Après ces deux avanies, la compagnie s'était retrouvée à court de trésorerie, cernée par ses créanciers. Pendant neuf longs mois, ses trois actionnaires avaient peiné à réunir les fonds nécessaires pour payer de nouvelles traversées.

La principale conséquence de ces divers accidents de parcours avait été que V.S.J. & Co était restée déficitaire jusqu'en 1851 avant de devenir à peine excédentaire à la fin de l'exercice suivant. C'est dire si nos deux larrons avaient suivi avec inquiétude, grâce à la situation comptable trimestrielle que Nash mettait un point d'honneur à établir, l'évolution des résultats de l'année en cours. Mais face aux graves soupçons qui pesaient désormais sur les épaules de Jarmil, cet attentisme n'était plus de mise et l'heure était bel et bien à la rupture.

Antoine, sortant brusquement de ses conjectures, se tourna vers Nash, mais celui-ci n'était plus sur le balcon. La chaleur attisée par un vent brûlant venu de la mer avait ramené l'Anglais à l'intérieur de la maison où il s'était affalé sur un canapé. Il alla se planter devant lui et lui dit :

— J'ai bien réfléchi. Je propose que nous nous donnions trois mois – et pas un de plus ! – pour cesser de travailler avec Jarmil !

— Je suis d'accord ! En attendant, il convient de tirer au clair ces « évaporations » de marchandise, car il ne s'agirait pas que les caisses de la société soient vidées avant même que nous ayons récupéré notre dû.

— Il nous faudra opérer subtilement. N'oublie pas que tous nos coolies travaillaient déjà pour Jarmil avant qu'ils ne soient embauchés par V.S.J. & Co...

— La semaine prochaine, je disposerai des éléments qui me permettront d'établir la situation comptable au 30 mars... Nous y verrons plus clair sur l'ampleur de la fraude dont nous sommes les victimes !

L'arrivée inopinée de Jarmil, de retour de l'entrepôt, mit un terme à la conversation entre les deux hommes. Sous son turban rouge endiamanté, le Pondichérien affichait un air à la fois narquois et satisfait.

— Arturo s'est débrouillé comme un chef. Les caisses sont toutes à leur place, prêtes à l'embarquement pour le prochain bateau ! L'équipe de l'entrepôt est vraiment formidable. Surtout les coolies ! Ils nous sont dévoués corps et âme !

Les deux Occidentaux se regardèrent. Ils pensaient la même chose. Jarmil se payait leur tête.

53

Nankin, 29 avril 1853

Penché sur son carnet, John Bowles, fébrile et concentré, dessinait le couple de dragons enlacés qui ornait l'épaisse porte de la cave où les Taiping avaient entreposé leur « Céleste Trésor ». Celui-ci était composé de toutes sortes d'espèces sonnantes et trébuchantes, de soieries précieuses, d'objets en or et en argent, de vases de bronze, d'armes en jade et de bijoux qui provenaient des prises de guerre que chaque soldat devait, sous peine de décapitation, remettre à son chef à l'issue des pillages.

— J'aimerais tant voir ce qu'il y a derrière cette porte... supplia-t-il, au comble de l'excitation.

Savoir que le trésor de guerre des Taiping, qui permettait aux chefs du mouvement d'entretenir leur bon million de soldats en leur versant, en sus d'une petite solde, la ration alimentaire et le paquet de vêtements correspondant à leur grade, se trouvait à quelques mètres de lui, juste derrière ces planches de cèdre, était une considération qui le rendait fou.

— Tu ne verrais que des caisses de bois ! Et puis, gare à moi si Hong venait à apprendre que je t'ai laissé entrer ! chuchota le Prince de l'Orient.

— Quelle est la taille de cette réserve ?

— Elle est immense ! Deux cents Taiping adultes y tiendraient sans le moindre problème !

— Quel dommage de ne pouvoir y accéder, lâcha encore John qui mettait la dernière touche à ses dragons.

Une fois son dessin achevé, le journaliste, que son guide avait emmené dans l'une des seules maisons de thé encore ouvertes depuis la prise de la ville, sortit son calepin et demanda :

— Pourrais-tu me parler de la façon dont vous êtes organisés, tant sur le plan militaire que religieux ?

— Que veux-tu savoir au juste ? s'enquit Yang Xiuqing en faisant signe à une petite serveuse qui n'en menait pas large.

La pauvre fille était pâle comme la mort lorsqu'elle lui tendit d'une main tremblante la liste de la centaine de variétés de thé que la maison servait à ses clients.

— Comment le Tianwan dirige-t-il le mouvement de la Grande Paix ? commença John.

— Chez nous, l'armée et l'Église ne font qu'un et personne ne possède rien. Tous nos biens appartiennent à la communauté du Céleste Royaume qui est un État militarisé et centralisé autour de son chef suprême. Hong s'est inspiré du Rituel des Zhou[1] pour définir la hiérarchie militaire : à la base, il y a le brigadier qui commande une escouade de cinq soldats ; puis le sergent-major qui commande une section formée par cinq escouades ; au-dessus, il y a le capitaine qui dirige une compagnie formée par cinq sections et ainsi de suite jusqu'au corps d'armée commandé par un général.

— Combien vos corps d'armée comprennent-ils de soldats ?

— Dix mille ! Et une armée en comprend cent mille.

Bowles, qui continuait à prendre fébrilement des notes, imaginait le déferlement d'une armée de gueux partant à l'assaut d'une place forte avec pour seules armes leurs pauvres lances de bambou munies d'une dérisoire pointe en fer. La mort ne faisait pas peur à ces rebelles de Dieu, preuve incarnée de la maxime évangélique selon laquelle « la foi déplace les montagnes ».

— Pas si vite ! lança à Yang notre journaliste au moment où le Taiping commençait à lui décrire par le menu les règlements militaires extrêmement précis auxquels étaient soumis les « bandits aux cheveux longs », que ce fût au bivouac ou sur le champ de bataille.

Il était interdit à la soldatesque de causer le moindre préjudice à la population ou d'user de violence envers elle ; chaque militaire devait porter, outre son armement, sa nourriture et ses ustensiles ;

---

1. Le Code Rituel établi sous la dynastie des Zhou (1500-1000 av. J.-C.), ou *Zhouli*, dont l'authenticité n'a jamais pu être prouvée, fut utilisé par de nombreux usurpateurs, à commencer par Wang Mang sous les Han et par l'impératrice Wu Zitian sous les Tang, comme texte fondateur d'un nouveau mode de fonctionnement de l'État et de la société. Le fait que Hong s'en soit inspiré témoigne de sa volonté de restauration d'un ordre ancien correspondant à celui d'un véritable « âge d'or ».

lors des bivouacs, les armées masculines n'étaient pas autorisées à communiquer avec leurs homologues féminines. La consommation d'opium, de tabac et d'alcool était strictement interdite. Outre le bandeau rouge, pour témoigner de leur allégeance au Céleste Souverain, les soldats étaient tenus de porter un morceau de tissu arborant le caractère *shen,* « céleste ». Tout manquement à la discipline était puni de mort.

— Tu ne vas pas me faire croire que c'est Hong qui a mis tout cela en place ! s'exclama le reporter anglais.

— Détrompe-toi. Hong veille à tout dans le moindre détail !

— Tout procède de lui ?

— Il y a aussi les Princes ! fit Yang, avant de se lancer dans une longue digression sur ses propres transes qui lui permettaient de « deviner la pensée d'autrui », de « démasquer les espions à la solde des impériaux » et surtout d'« instruire la multitude », c'est-à-dire de parler au nom de l'Esprit saint.

Le Prince de l'Orient, que Bowles s'était mis à dessiner à toute allure pendant qu'il était occupé à son plaidoyer *pro domo,* se révélait un mégalomane au moins aussi exalté et dangereux que son chef...

Lorsque, lâchant enfin ses notes qu'il avait reprises, John acheva de boire son bol de thé, le Prince lui annonça, en ménageant ses effets :

— Au fait, j'ai une bonne nouvelle pour toi. Laura Clearstone est d'accord pour te recevoir chez elle avant le dîner...

— Comment pourrais-je te remercier ? Sans toi, il m'eût été impossible de mener correctement mon enquête, s'écria Bowles, aux anges.

À l'issue du deuxième jour qu'il passait chez les Taiping, John n'avait en effet toujours pas pu approcher la jeune femme.

Le premier soir, Yang lui avait expliqué que c'était impossible vu que Joe avait été réquisitionné par Hong pour participer à une cérémonie liturgique. Le Tianwan, qui avait fait du jeune handicapé une sorte de prophète, l'appelait de plus en plus fréquemment. Le lendemain, Laura avait été mobilisée par la fête des Enfants que les Taiping organisaient tous les six mois, au printemps et à l'automne, et au cours de laquelle ils remettaient aux adolescents qui avaient réussi leurs épreuves le ruban rouge qui faisait d'eux des combattants à part entière de leurs armées. John avait profité de ces contretemps pour creuser certains aspects de son enquête. Yang Xiuqing s'était révélé, à cet égard, un guide parfait, ne ménageant ni son temps ni sa peine pour permettre au reporter dessinateur d'aller où il voulait. Devant le Prince de l'Orient, toutes les portes de Nankin s'ouvraient comme par miracle...

Au sein du mouvement Taiping, Yang Xiuqing était un personnage particulièrement redouté en raison du statut spécial qu'il avait réussi à extorquer au Tianwan. Dans la Céleste Hiérarchie, il se situait au-dessus des autres Princes, au point d'apparaître comme une sorte de rival pour le Tianwan en personne, qui n'en avait cure. Pour mieux asseoir son pouvoir, cet homme rusé comme un renard avait créé à son seul usage une police secrète dont il réunissait les officiers tous les soirs dans sa vaste demeure. Désireux de se faire mousser auprès de Bowles, il lui avait proposé d'assister à cette réunion, ce que notre journaliste s'était empressé d'accepter. John avait pu observer la façon dont ces hommes aguerris vénéraient et craignaient leur chef. Le Prince de l'Orient disposait de milliers d'indics sur tous les territoires investis par l'armée des gueux. Il n'était pas de mois où, grâce à son réseau de sbires entièrement dévoués à sa solde, il ne démasquât les agents doubles que les impériaux envoyaient chez les Taiping pour les infiltrer.

Yang sortit de sa poche l'exemplaire du *Weekly* que Bowles lui avait remis dès le premier soir en lui expliquant qu'il comptait réaliser une grande enquête sur le Céleste Royaume. Puis il planta ses yeux dans ceux du reporter et lui murmura d'une voix rauque où perçait la volonté de revanche :

— Je voudrais que tu écrives dans ton journal que je suis l'égal du Tianwan !

— Ne risque-t-il pas d'en prendre ombrage ?

— Hong a tellement besoin de moi qu'il ne dira rien... et d'abord, cela m'étonnerait fort qu'il ait connaissance de ton enquête. Le Tianwan ne lit aucune gazette.

— Dès que le journal sera sorti, je t'en ferai passer une poignée d'exemplaires... promit le dessinateur enquêteur, estomaqué.

— Excellente idée, je le ferai lire par Laura Clearstone. C'est une traductrice hors pair ! D'ailleurs, il serait temps que nous nous rendions chez elle !

La nuit était déjà tombée lorsque le Prince de l'Orient frappa à la porte de la maison où habitait l'Anglaise.

— Laura, je vous amène un illustre journaliste qui souhaite vous parler, lui dit Yang avant de s'effacer devant John Bowles.

— Monsieur Bowles ! Vous ici ? s'écria la jeune femme, stupéfaite.

— Vous... vous me reconnaissez ? bredouilla le journaliste.

À présent qu'il était nez à nez avec elle, il pouvait constater qu'elle exhalait toujours ce charme indéfinissable, mélange de beauté et d'intelligence pures, qui l'avait profondément troublé lorsqu'il l'avait vue pour la première fois chez Roberts.

— Il est des circonstances, monsieur, qui ne s'effacent jamais de la mémoire !

— Pour moi, c'est la même chose, mademoiselle.

La jeune femme fit entrer les deux hommes. Jasmin Éthéré, qui avait apporté des gâteaux à Laura, salua les visiteurs de son amie qui se chargea de faire les présentations. Bowles ne put s'empêcher de détailler, évidentes sous ses vêtements de coton ultra-léger, les formes parfaites de la contorsionniste qui ne tarda pas à s'éclipser, le laissant en proie à une irrépressible pulsion de désir.

— C'est plutôt « madame » qu'il faudrait désormais m'appeler...

— Vous vous êtes mariée ?

— Je n'ai pas eu le temps de convoler en justes noces ! soupira-t-elle.

— Vous êtes maman ?

— Vous êtes quelqu'un de perspicace, monsieur Bowles ! Paul, veux-tu venir dire bonjour, mon chéri ? s'écria Laura.

Aussitôt déboula en riant un petit garçon qui courut se jeter dans les jupes de sa mère.

— C'est votre fils ?

— Il s'appelle Paul.

John, qui brûlait de savoir avec qui Laura avait bien pu se marier, crut bon de demander :

— Son père habite-t-il également ici, à Nankin ?

— Non, monsieur Bowles. Mon mari a été fait prisonnier par des pirates sur la Rivière des Perles. C'était il y a longtemps... au mois de juin 1847. Depuis ce jour, je n'ai aucune nouvelle de lui ! lâcha Laura Clearstone en étouffant un sanglot.

— Comment s'appelle-t-il ? Je le connais peut-être. Tous les Anglais se connaissent.

Une terrible angoisse assombrit brusquement l'éclat du beau visage de Laura.

— Vous n'en saurez rien... Mes rapports avec mon mari ne concernent que lui et moi ! fit-elle dans un long soupir désespéré.

En observant attentivement l'enfant, ses yeux marron en amande légèrement bridés et cernés par de longs cils, sa peau très fine et ses cheveux noirs et drus, raides comme des baguettes, John se prit à avoir des doutes. Et si le père était chinois ? L'hypothèse lui parut hautement probable. Peut-être même s'agissait-il de Hong Xiuquan...

— Je pourrais vous aider à le retrouver, à condition que vous m'en disiez un minimum...

— Monsieur Bowles, je n'ai besoin de l'aide de personne !

Le journaliste, conscient qu'il avançait en terrain miné, jugea qu'il valait mieux changer son fusil d'épaule.

— En fait, je suis venu solliciter une interview... J'ai fondé mon propre journal, le *North China Weekly*.

— Les journaux occidentaux n'arrivent pas jusqu'ici...

— Je m'essaie à une vaste enquête sur les Taiping. Un document que je veux strictement impartial, réalisé sans aucun a priori ni tabou. C'est la raison de ma présence ici. Je ne parlerai que de ce que j'aurai vu et entendu ! Si vous saviez le nombre de bêtises qui se racontent au sujet du Céleste Royaume et de son chef suprême...

— Votre démarche me paraît risquée mais, en tout état de cause, méritoire. Et qu'ai-je donc de si intéressant pour faire l'objet d'une interview dans votre journal, monsieur Bowles ?

— Votre histoire. Oui ! Votre itinéraire. Tout simplement phénoménal. Mes lecteurs seront passionnés par le récit de vos tribulations. Comment fait-on pour passer du presbytère d'un pasteur baptiste de Canton à la capitale du Céleste Royaume ? Telle est la question à laquelle j'aimerais beaucoup que vous me répondiez.

— Vous savez, ce que vous appelez mon « itinéraire » n'a rien d'extraordinaire...

— À vos yeux, sans doute, mais pas aux miens ni à ceux de mes lecteurs... et lectrices !

— N'ayant rien à cacher, je n'ai aucune gêne à vous expliquer comment je me suis retrouvée ici.

Laura, son fils Paul assis auprès d'elle, se mit à raconter d'une voix égale et douce son histoire à Bowles qui la transcrivit fidèlement sur son carnet de notes.

— Et vous trouvez cela banal ? s'écria ce dernier lorsqu'elle l'eut achevée.

— Je pense surtout que Hong fit preuve à mon égard d'une grande générosité !

— Adhérez-vous à ses croyances ?

— Je mentirais si je prétendais le contraire... Ma conversion s'est faite par étapes. Les préceptes de Hong sont tellement entiers et purs qu'ils se heurtent au relativisme des esprits occidentaux...

— Vous semblez croire à la légitimité de son combat.
— Plus que jamais, oui, j'y crois parce que je le trouve juste. Cela fait des années que cette malheureuse Chine souffre le martyre. Les puissances occidentales empoisonnent son peuple à grande échelle. Quant aux Mandchous, ils sont indignes d'y exercer le pouvoir. L'État et la justice, censés protéger les citoyens, sont dans l'incapacité d'exercer le moindre rôle depuis belle lurette. Le nombre des pauvres gens ne cesse de croître. Dans les campagnes sévissent des famines de plus en plus terribles. À la moindre épidémie, les gens tombent comme des mouches… Et vous voudriez, face à une telle tragédie, que les patriotes restent les bras ballants ? déclara la jeune femme avec fougue.

Il y avait de quoi être impressionné par l'aplomb et la force de conviction de Laura, à présent qu'elle avait décidé d'ouvrir son cœur.

Bowles observait le fils de Laura blotti contre sa mère et qui dormait paisiblement, insensible au bruit et à la lueur des chandeliers qui éclairaient la pièce. C'était un enfant magnifique, dont les traits trahissaient à l'évidence une ascendance paternelle chinoise. En quelques coups de crayon, il fit apparaître la belle frimousse du fils de Laura sur une page de son carnet à croquis avant de la lui tendre.

— Si je vous disais que le père de Paul est un Han, que me répondriez-vous ? lança-t-il, à tout hasard, à celle-ci.
— Inutile d'insister, monsieur Bowles. Sur ce point, je ne vous dirai rien.

C'est alors qu'une estafette en armes s'approcha de Yang et lui glissa quelques mots dans le creux de l'oreille. Aussitôt, le Prince de l'Orient se leva et dit à Bowles :

— Suis-moi, le Tianwan ayant appris ta présence parmi nous souhaite te voir toutes affaires cessantes…

John eût volontiers poursuivi sa conversation avec Laura mais l'occasion qui se présentait était unique : aucun journaliste occidental n'avait encore approché le Tianwan. Aussi, après avoir fait à la jeune femme un baise-main parfaitement protocolaire, il lui déclara :

— Madame Clearstone, je ne vous remercierai jamais assez de la confiance que vous m'avez témoignée en répondant avec autant de sincérité à mes questions…

— Monsieur Bowles, nous allons être en retard et le Céleste Souverain déteste attendre ! cria Yang, agacé par ces salutations.

Le journaliste ne put que s'exécuter. Dehors les attendait un vieux palanquin sur le point de rendre l'âme et qui avait dû servir des générations de mandarins.

— Le Céleste Palais est situé de l'autre côté de la ville... Ce n'est pas tout près d'ici ! expliqua le Prince de l'Orient, légèrement mal à l'aise.

En cette veille de sabbat où tout s'arrêtait chez les Taiping, aucun travail ni activité quelconque, agricole, industriel ou commercial n'y étant toléré, une nuit épaisse et collante comme de la poix était tombée sur la ville dont les rues dévastées et désertes n'étaient parcourues que par des chiens errants. C'était la première fois que Bowles voyait la situation totalement incongrue d'une ville chinoise sans la moindre échoppe. Entre les planches brinquebalantes de leur moyen de transport, le dessinateur de presse comprit pourquoi Yang Xiuqing faisait preuve d'une certaine nervosité.

— J'espère que tu ne diras pas un mot au Tianwan des confidences que je t'ai faites, lui dit, en grimaçant, le Prince de l'Orient.

— Tu peux avoir confiance, Yang. Je me garderai bien de faire état au Tianwan de tes propos. Un journaliste responsable préserve toujours l'anonymat de ses sources.

— Tu es mon ami ! Je te crois sur parole !

— Tu le peux ! Toi aussi, tu es mon ami, ô Yang Xiuqing !

Ces propos soulagèrent Yang qui, au passage, décocha un clin d'œil à John Bowles, lequel, perplexe, était loin d'imaginer jusqu'où pouvait aller cette terrible rivalité qui opposait le Tianwan au Prince de l'Orient.

Le palanquin traversa le quartier chinois aux ruelles infectes sur lesquelles donnaient de petites maisons basses, puis le « no man's land » qui le séparait de celui qui était, hier encore, réservé aux Mandchous dont les majestueux palais bordaient les avenues larges et propres, avant de s'immobiliser devant l'un d'entre eux. C'était un vaste bâtiment qu'occupait, avant la prise de Nankin, l'état-major des impériaux. Du haut de sa tour de commandement qui jaillissait de sa cour intérieure, le Tianwan pouvait surveiller les émeutes et les incidents qui mettaient encore aux prises à la moindre occasion les habitants de l'ancienne capitale impériale et la police Taiping.

Deux gardes en armes vinrent chercher Bowles, tandis que le Prince de l'Orient prenait congé de lui.

Après qu'on l'eut fait passer par des cours successives où de tout jeunes soldats tapaient le carton ou jouaient au ballon, John fut conduit au bout d'un couloir sombre devant une porte qui s'ouvrit au troisième coup frappé. Le journaliste fut poussé dans une salle gigantesque noyée dans la pénombre. Au fond de la pièce où flottait une forte odeur d'encens, il aperçut à contre-jour, devant une immense cheminée où flambaient quelques bûches, la silhouette d'un homme à la carrure impressionnante qui faisait les cent pas dans un silence sépulcral. L'homme s'avança vers Bowles et le dessinateur, dont les yeux s'habituaient peu à peu à l'obscurité, put enfin découvrir le Tianwan. Hong Xiuquan était beaucoup plus grand que la moyenne. Ses cheveux grisonnants adoucissaient quelque peu l'implacable dureté de son visage taillé à la serpe. Mais ce qui était le plus frappant chez lui, c'étaient ses yeux perçants et cruels, qu'il ne se privait pas de planter dans ceux de ses interlocuteurs pour les impressionner.

— Bienvenue au Céleste Royaume, monsieur Bowles ! lança le chef suprême des Taiping à son visiteur avant de le gratifier d'une poignée de main ferme.

— Je suis très honoré d'être reçu par son Céleste Souverain ! répondit le dessinateur, bien décidé à jouer le jeu de Hong Xiuquan.

— Quel bon vent vous amène ici, monsieur Bowles ?

— Je suis journaliste au *North China Weekly*. Un journal imprimé à Shanghai et qui tire à vingt mille exemplaires.

— J'ignorais qu'il y avait des journaux anglais en Chine...

— Je réalise une enquête sur le Céleste Royaume. Ayant pour habitude de ne parler que de ce que j'ai pu constater *de visu*, je suis venu sur place et vous remercie infiniment pour m'avoir autorisé à séjourner dans votre Céleste Capitale.

— Tous les observateurs de bonne volonté sont les bienvenus ici, monsieur Bowles.

— Je ferai mon travail de façon professionnelle, sans idée préconçue et, selon moi, en toute honnêteté.

Le Tianwan fit asseoir Bowles sur un tabouret tandis que lui-même prenait place sur une cathèdre de bois recouverte d'inscriptions latines à la gloire de Dieu.

— On m'a fait part de votre intérêt pour le cas de Mlle Clearstone. Vous avez raison. C'est une jeune femme de grande valeur... et que je tiens en haute estime.

— C'est réciproque, ô Tianwan ! Pour m'être entretenu avec elle pendant deux bonnes heures, je peux témoigner de son attachement à votre noble personne.

— Que pensez-vous de son frère ?

— Je connais à peine Joe Clearstone... répondit sobrement

l'Anglais, qui ne voyait pas où le chef suprême des Taiping voulait en venir.

Comme s'il voulait le tester, le Tianwan observait Bowles avec curiosité, détaillant ses vêtements de la tête aux pieds, s'attardant sur la sacoche où il rangeait son matériel de dessinateur.

— Pensez-vous qu'il s'agisse réellement de son frère ? Ils sont si dissemblables...

— Je ne me suis jamais posé la question.

— Joe a un faciès proche du mien tandis que Laura, avec ses longs cheveux dorés, ne pourra jamais passer pour une hakka ! fit Hong en éclatant de rire. Et il possède un réel pouvoir médiumnique... Il ne dit pas un mot mais il sent bien l'avenir.

— Comment s'exprime-t-il ? Je croyais que ce garçon était incapable de parler !

— Par simple contact. Lorsqu'il participe à un office, je le prends dans mes bras et, du coup, j'ai toutes sortes de visions. Grâce à lui, j'ai « vu » la prise de Nankin par le Céleste Royaume deux mois avant qu'elle ne se produise...

Bowles était surpris par la façon naturelle avec laquelle Hong parlait de ses visions, comme si ces faits étaient anodins et allaient de soi. Chez les Taiping, il n'existait pas de frontière entre la réalité et le surnaturel... ou plutôt entre le rêve et la réalité, auraient corrigé certains esprits moins bien intentionnés ou plus sceptiques. En attendant, il lui fallait profiter de ce tête-à-tête avec Hong pour lui soutirer le maximum d'informations.

— Le Céleste Souverain serait-il disposé à répondre à quelques questions sur la façon dont vous avez organisé le Céleste Royaume ?

— Vous avez le droit de m'interroger comme bon vous semble. Par quoi voulez-vous commencer ?

— Il se dit à Shanghai que si vous prenez le pouvoir, vous instituerez une vaste réforme agraire. Pourriez-vous m'en dire plus à ce sujet ?

— Le Prince du Septentrion a consigné mes pensées agricoles dans ce cahier ! répondit Hong en désignant à John un livre posé sur son bureau.

Il le tendit au journaliste qui se mit à le feuilleter. Le livre était intitulé *Le Régime agraire de la Dynastie Céleste*.

— Vous savez, les mesures que je prône sont réellement révolutionnaires. Lorsque la Nouvelle Dynastie régnera sur la Chine, le temps des paysans pauvres sera définitivement révolu... J'en prends l'engagement sur la tête de mon fils : chaque famille disposera de ce dont elle a besoin pour vivre ! précisa le Tianwan.

— Quelle sera votre méthode ?

— Tous les champs cultivables seront divisés en parcelles de taille strictement identique que le Céleste Royaume confiera à tout citoyen âgé de plus de quinze ans, qu'il soit homme ou femme.

— Si je comprends bien, vous avez donc pour objectif de développer une classe de micro-propriétaires ?

— Jamais de la vie. La propriété, c'est le vol ! L'unique propriétaire des champs, des rivières, des étangs, des canaux, des chemins, des maisons et des granges, c'est Dieu tout-puissant puisqu'Il les a créés. En tant que dépositaire de la volonté divine, il revient au Céleste Royaume d'en assurer la gestion ! Chacun disposera de ce dont il a besoin. Plus une famille sera nombreuse, et plus les champs qu'elle se verra confier pour les cultiver seront vastes.

— Quels furent vos inspirateurs, très honoré Hong ?

— Les plus grands sages de la Chine ancienne !

Bowles prenait furieusement des notes. Le chef Taiping était encore plus utopiste que ce qu'il pensait. Hong croyait visiblement dur comme fer à l'avènement d'une nouvelle Chine, dans la tradition de celle de son premier empereur Qin ShiHuangdi.

— Pourriez-vous me citer quelques noms ?

— Mencius[1], par exemple, qui a écrit : « *Donnez à chaque famille cinq arpents de mûriers, et aucun de ses membres ne manquera jamais de soie. Donnez-lui des poules, des chiens et des porcs à élever, et aucun vieillard ne manquera jamais de nourriture. Donnez-lui cent arpents de terre et aucune famille de plus de huit personnes ne connaîtra jamais la famine !* » Mon objectif est simple : que chaque citoyen du Céleste Royaume puisse manger à sa faim… Chacune de nos familles devra posséder un minimum de cinq poules et de deux truies.

— Je suis en admiration… dit John, afin de le faire parler le plus possible.

Hong ouvrit le tiroir de son bureau et en sortit un rouleau qu'il lança à l'Anglais, tel un os à ronger à son chien.

— Tenez ! fit-il en se rengorgeant, ceci est le texte de mon dernier édit par lequel j'ordonne qu'on plante des mûriers au pied de tous les remparts de nos villes. Ainsi, toutes nos femmes pourront

---

1. Disciple de Confucius, Mencius (370-290 av. J.-C.) développa une philosophie égalitariste qui fait une grande place à l'organisation économique de la société.

élever des vers à soie. Afin que nul ne l'ignore, cette ordonnance a été affichée aux principaux carrefours du Céleste Royaume.

Paradoxalement, le Tianwan prônait ainsi l'institution d'une bureaucratie chargée de faire appliquer ses lois, alors même qu'il reprochait à l'administration chinoise de se noyer dans la paperasse et de ne brasser que du vent. Il n'était pas de mois où il ne fît promulguer des édits sur les sujets les plus divers. Le Tianwan entendait régenter jusqu'au moindre détail la vie de ses ouailles. Tout à l'édification de son système pyramidal et totalitaire, il avait même projeté d'encadrer la population chinoise selon un système calqué sur celui en vigueur dans ses armées : à la base, il y aurait eu le *lin* constitué par cinq familles ; vingt-cinq *lin* eussent formé un *li*, ou village, et ainsi de suite jusqu'au *chui*, qui eût compté pas moins de très exactement treize mille cent cinquante-six familles...

— Ceci est mon premier édit. C'est celui dont je suis le plus fier, s'écria le Tianwan en montrant une affiche au mur où figuraient les Dix Commandements que chaque Taiping, quel que fût son niveau d'instruction, était tenu d'apprendre par cœur.

— Quels sont les châtiments encourus en cas de non-respect de ces préceptes ? demanda l'Anglais.

— Pour les quatre premiers, qui ont trait au culte exclusif de Dieu, c'est à Lui et à Lui seul de décider s'Il les envoie dans les dix-huit enfers. Pour ce qui concerne les six autres, leur non-respect fait encourir à son auteur la peine capitale.

— Sous quelle forme ?

— D'une façon générale la décapitation... sauf pour le manquement au septième, *adultère ne commettras pas et de toute impureté[1] te détourneras*, où je fais utiliser la technique de la « lampe céleste ».

— Qu'est-ce à dire ? demanda Bowles, sans lever le nez de son carnet de notes dont les pages noircissaient à vue d'œil.

Hong Xiuquan se rengorgea.

— Le condamné est brûlé vif après avoir été enrobé dans du papier imbibé d'huile. Son corps s'enflamme comme une mèche, mais il se consume lentement... précisa avec détachement le Tianwan comme s'il expliquait à son visiteur une vulgaire recette de cuisine.

---

1. L'alcool, le tabac et l'opium étaient ici visés. Quant aux relations sexuelles, elles étaient strictement proscrites. Un épisode illustre cet état de fait. En 1852, le Prince d'Occident Xiao Chaogui fit condamner à mort ses parents après avoir appris que son père était allé chercher sa mère au camp des femmes pour passer la nuit avec elle...

— C'est atroce ! laissa échapper John en frissonnant.

Contrarié par la remarque, le Tianwan s'écria :

— Prenez note de ceci, monsieur Bowles, afin que tous les lecteurs de votre journal le sachent bien : il suffit à un Taiping de respecter les Dix Commandements et il ira droit au Ciel après sa mort... Celui qui ne respecte pas les lois du Céleste Royaume doit en assumer toutes les conséquences.

Ainsi, le Tianwan, persuadé de faire le bien de ses ouailles, appliquait ses lois totalitaires de façon aveugle et implacable.

— Monsieur Bowles ?

— Oui... fit le dessinateur.

— L'intérêt que vous manifestez pour le Céleste Royaume m'amène à vous faire une proposition.

— Plaît-il, Votre Majesté ?

— Pour moi, Nankin n'est qu'une étape et il n'est jamais bon de s'endormir sur ses lauriers. Avant l'été, nos armées reprendront leur longue marche. J'ai décidé de lancer deux offensives majeures qui devraient nous rapprocher du centre du pouvoir actuellement détenu par les usurpateurs. La première visera le Henan. La seconde consistera à s'emparer de l'Anhui. Si vous le souhaitez, vous pourrez être des nôtres à ce moment-là. Ici, vous n'avez vu rien d'autre qu'un gros bivouac où se prélassent de gentils chats gorgés de lait de vache ! Il vous manque d'observer les Taiping au combat. Sur le champ de bataille, ils se comportent comme des tigres assoiffés de sang...

Quand on s'appelait John Bowles, il était hors de question de refuser une telle opportunité.

— Avec joie, ô Tianwan.

— Je vais demander au Prince de l'Orient de prévenir le général Lin Fengxian afin qu'il s'occupe de votre venue. Lin mettra un de ses meilleurs colonels à votre disposition afin que vous ayez un accompagnateur digne de ce nom !

— Je suis extrêmement reconnaissant au Céleste Souverain !

Après s'être emparé d'une feuille, Hong Xiuquan y griffonna le nom de Bowles en caractères chinois avant d'y apposer son sceau et de le tendre à son visiteur.

— Ceci est un sauf-conduit. Grâce à ce papier, vous franchirez sans encombre tous les barrages mis en place par les militaires du Céleste Royaume.

Bowles, qui, n'en espérant pas tant, exultait, se cassa en deux.

— Merci infiniment, ô Tianwan !

— Vous serez toujours ici chez vous ! conclut ce dernier en tendant une main ferme et brûlante à l'Anglais.

Lorsqu'il franchit la porte du palais du chef suprême des Taiping, Bowles était sur un petit nuage : dans sa besace, il tenait le reportage du siècle !

54.

Kunming, 10 mai 1853

Les rayons du soleil ne tarderaient pas à dissiper la brume de chaleur et, autour de Kunming, bientôt recouverte par une chape d'air brûlant, surgiraient à nouveau les cimes montagneuses qui lui servaient d'écrin.

Alors que, d'ordinaire, les petits mendiants se déplaçaient lentement, l'œil aux aguets, à la recherche du moindre détritus comestible, dans la rue des Remèdes, sous l'œil indifférent des charlatans qui commençaient à disposer sur leurs étals les plantes et les poudres médicinales, une fillette en haillons, d'une maigreur cadavérique, allait à toute allure. Elle avait le teint hâve, malgré la crasse qui recouvrait sa frimousse aux yeux tristes de petite chose abandonnée de tous. Arrivée à un croisement, la fillette tourna à droite, puis deux fois à gauche et frappa à la porte du presbytère de l'église de la Dévotion.

Comme de nombreux démunis, elle connaissait parfaitement le chemin qui menait au temple baptiste pour l'avoir parcouru maintes et maintes fois.

— Le pasteur Tang est-il là ? demanda la fillette à un jeune homme blond dont le corps musclé d'athlète semblait déborder du costume élimé de clergyman dont il était vêtu.

— Que lui veux-tu ?

— Un peu d'argent pour acheter du riz...

— Où habites-tu ?

— Dans la rue.

— Tu n'as plus tes parents ?

— Je ne sais pas où ils sont. Ils manquaient d'argent, ils m'ont demandé de quitter la maison.

— Depuis combien de temps ?

— Je ne sais plus ! murmura, sur le point de tomber d'inanition, la petite mendiante qui n'avait rien avalé depuis trois jours.

Tang apparut. Il était méconnaissable, dans une veste et un pantalon noirs de coupe européenne. Depuis qu'il était devenu pasteur baptiste, le fils de Prospérité Singulière n'était plus le même homme. À présent, avec ses cheveux lisses, brillants à souhait, séparés par une impeccable raie, et ses lunettes rondes aux fines montures, on l'eût volontiers pris pour le fils d'un de ces *compradores* de Shanghai ou de Canton fabuleusement enrichis par l'opium et qui s'échinaient à occidentaliser leur progéniture.

— Edward, donne un ticket de cantine à cette petite !

Le pasteur Edward Karlgren s'exécuta. Né à Copenhague vingt-huit ans plus tôt, il avait été envoyé à Kunming par l'Église baptiste du Septième Jour après la mort du pasteur Luang Fudong que Tang avait remplacé. La confiance, même entre gens de foi, ayant ses limites, les Églises étrangères implantées en Chine doublaient systématiquement les missionnaires autochtones par des Occidentaux.

Dans une maison basse située juste derrière le temple, Luang Fudong avait fait aménager une cantine où, du matin au soir, on servait aux indigents du riz aux légumes et de la soupe aux ailerons de poulet. Vu le succès de cette opération charitable qui provoquait d'immenses queues, Tang avait été obligé de mettre en place un système de coupons d'accès que les pauvres venaient chercher au temple trois fois par semaine. C'était également pour lui une occasion de lier connaissance avec ces miséreux et de tenter de les convertir au Christ en leur parlant de celui-ci en termes simples.

Karlgren alla chercher un ticket, le tendit à la fillette et l'emmena manger.

C'est alors qu'on frappa à nouveau. Lorsque le fils de Prospérité Singulière alla ouvrir lui-même, pensant tomber sur d'autres déshérités qui venaient chercher leur viatique, quelle ne fut pas sa surprise de voir sur le seuil un gigantesque Occidental, une grosse valise de cuir à la main. Les traits de son visage carré et massif paraissaient avoir été taillés à la serpe. Malgré son costume de clergyman, ses cheveux blancs coupés ras lui conféraient un aspect militaire. Que venait faire là cet inconnu ?

— Bonjour. Mon nom est Charles MacTaylor, médecin des âmes et des corps ! Je parie que vous êtes le pasteur Tang ! tonna l'intéressé dont la main écrasa celle du Chinois, beaucoup plus fine, presque fragile à côté de la sienne.

Le premier instant de surprise passé, Tang offrit au géant de le décharger. L'autre lui céda volontiers sa valise, comme s'il n'était qu'un vulgaire laquais. Dès qu'il aperçut la table de la salle à manger, MacTaylor, qui se sentait visiblement en terrain conquis, fonça s'asseoir sur l'unique chaise de la pièce.

— Vous prendrez bien un peu de thé, monsieur MacTaylor ! Vous êtes pasteur ? demanda Tang.

— Pasteur et médecin... Je viens d'Écosse. D'Édimbourg, plus précisément. L'Église à laquelle vous et moi nous appartenons m'a envoyé jusqu'ici...

— Au nom de la communauté chrétienne de Kunming, je vous adresse tous mes souhaits de bienvenue et tous mes vœux de réussite. Je me mets bien entendu à votre disposition, révérend MacTaylor ! s'écria Tang, quelque peu désappointé par les méthodes cavalières de son visiteur.

— Vous vous méprenez, mon cher Tang. On ne m'a pas demandé de venir m'établir à Kunming. Je suis simplement chargé de rédiger un rapport sur les circonstances de la mort du pasteur Luang Fudong. Paix à l'âme de notre frère regretté !

— Il est aux cieux ! Le pasteur Luang est décédé en martyr... lâcha, d'une voix sombre, Karlgren qui venait de les rejoindre.

Toujours aussi tonitruant, MacTaylor, après avoir bu un bol de thé et raflé la moitié des gâteaux secs de l'assiette apportée par Tang, reprit la parole :

— Comme vous l'imaginez, son vil assassinat causa une immense émotion au sein de nos communautés baptistes. A-t-on retrouvé le commando de tueurs qui mit fin à ses jours ?

— Tout le monde, à Kunming, connaît l'identité des assassins de Luang, mais ils sont réputés intouchables. La police les protège ! répondit Tang avec lassitude.

Le pasteur médecin tapa du poing sur la table.

— Mais qui sont-ils donc ? lâcha-t-il, la bouche pleine.

— Des membres de la triade locale qui vendent de l'opium en dehors des circuits officiels... des malfrats qui reprochaient à Luang Fudong ses sermons véhéments contre la boue noire !

— Comme si les sermons d'un pauvre pasteur baptiste risquaient de porter tort à leurs intérêts... soupira l'Écossais.

— Dans cette ville, monsieur MacTaylor, notre Église est réputée influente.

— Qu'entendez-vous par « influente » ?

— Il existe à Kunming une rumeur persistante selon laquelle le pasteur Luang avait converti au christianisme l'ancien gouverneur du Yunnan...

— Je peux confirmer les dires du pasteur Tang pour avoir moi-même entendu parler de cela... ajouta le révérend Karlgren.

Après la mort tragique de Luang, les langues s'étaient déliées et plusieurs fidèles de la petite communauté baptiste avaient averti, à mots couverts, les deux pasteurs de ce bruit qui courait dans les milieux bien informés de la ville, depuis le départ pour Nankin de Prospérité Singulière.

— Il faut toujours se méfier des ragots ! Cette histoire me paraît hautement improbable, déclara, péremptoire, l'Écossais, qui n'imaginait pas un pasteur chinois réussissant à convertir un mandarin de très haut grade.

Pour MacTaylor, lui-même fils de pasteur, un Chinois autochtone converti n'arrivait pas à la cheville d'un pasteur occidental qui baignait depuis sa naissance dans la Vérité du Christ. L'inspecteur de l'Église du Septième Jour avait constaté que la plupart de ses pasteurs chinois étaient incapables de réciter par cœur fût-ce un seul Évangile ou d'expliquer le concept de la Sainte Trinité sans s'emberlificoter.

— Je suis du même avis que vous, murmura Tang qui, pour rien au monde, n'eût livré son secret à un religieux aussi arrogant.

L'Écossais sortit un calepin de sa poche et chaussa des bésicles. Puis, comme un juge s'adresse au condamné, il fit signe à Tang de s'approcher de la table.

— En tant que témoin du drame, pourriez-vous me décrire exactement ce qui s'est passé ?

— Le pasteur Luang Fudong et moi-même étions seuls, en train de ranger l'église après l'office. Soudain, nous entendîmes un brouhaha. Une poignée d'hommes encagoulés avaient forcé la porte d'entrée du temple que j'étais allé fermer à clé, conformément aux instructions. Quelques secondes plus tard, deux d'entre eux se ruèrent sur leur victime et la lardèrent de coups de poignard jusqu'à ce qu'elle s'écroule au sol, la gorge tranchée. Son sang s'échappa très vite et il rendit immédiatement le dernier souffle en me regardant avec la joie de celui qui s'apprête à rejoindre le Christ.

— Si je comprends bien, vous n'avez pas pu intervenir...

Tang se raidit légèrement. Que cet outrecuidant MacTaylor, qui était pourtant son frère dans le Christ, pût le suspecter de non-assistance à personne en danger était somme toute plutôt attristant.

— J'étais moi-même entravé par deux hommes qui me maintenaient immobile. Si j'avais pu, j'aurais offert ma vie contre la sienne...

— Ces tueurs vous ont-ils fait passer un message, ou donné une explication quelconque ?

— Celui qui devait être leur chef me lança : « Quand on a percé la citrouille, la calebasse a intérêt à réfléchir »...

— Quelle drôle de phrase ! Ici, vous avez toujours de ces expressions ! pouffa l'affreux Écossais.

— En Chine, ce dicton signifie « donner un avertissement sans frais »... lui répondit de sa voix douce le fils de Prospérité Singulière.

— Soit c'est notre Église qui est visée, soit c'est vous-même, lâcha doctement MacTaylor sans la moindre émotion.

— Je ne crains pas la mort et, quant à notre Église, elle survivra à de telles menaces. Les catéchumènes ne cessent d'affluer. Leur nombre va croissant ! La lumière du Christ inondera peu à peu les cœurs...

— Au dernier office, j'en ai compté trente de plus ! Bientôt, nous refuserons des fidèles, s'écria le jeune Danois en volant d'autant plus volontiers au secours de Tang qu'il trouvait également choquantes les manières de l'inspecteur des consciences.

— Vous êtes en danger à Kunming, pasteur Tang... désolé de devoir me répéter. Les Chinois, lorsqu'ils sont fanatisés, n'acceptent pas de voir l'un des leurs se convertir. À leurs yeux, vous êtes un traître ! s'écria l'Écossais en levant les yeux au ciel.

— Lorsque je me suis converti, je n'ai pas eu l'impression de trahir quiconque !

— Tous les mois, des prêtres catholiques et des pasteurs chinois se font assassiner par des malfrats. La police impériale ferme les yeux. La montée en puissance du mouvement Taiping n'y est pas étrangère. Le pouvoir mandchou est acculé !

— Hong Xiuquan est pourtant l'un des adeptes les plus fervents de Notre-Seigneur Jésus-Christ ! Il suffit de lire ses écrits pour en être persuadé ! ne put s'empêcher de souffler le fils de Prospérité Singulière, dont le sang n'avait fait qu'un tour.

MacTaylor se raidit.

— Les écrits de ce fou furieux ? Parlons-en ! Nous en avons fait traduire les principaux... car l'animal semble noircir ses feuilles comme il respire ! Cet individu se prend pour le fils de Dieu et le frère du Christ !

— Mais n'est-il pas écrit dans les Évangiles que nous sommes tous des fils de Dieu et des petits frères du Christ ? protesta Tang.

MacTaylor, qui ne supportait pas la contradiction, surtout de la part d'un autochtone, darda ses yeux dans ceux du Chinois et lui déclara :

— Monsieur Tang, un pasteur de l'Église du Septième Jour se doit d'adopter les positions de sa hiérarchie ! Celle-ci s'interdit toute prise de position politique ! Nous sommes ici pour parler de Dieu et non pour prendre parti pour telle ou telle engeance !

— Veuillez m'excuser, révérend. Sachez toutefois que je n'aurais jamais fait état, hors de ces murs, de ce point de vue sur le chef des Taiping.

En tout état de cause, Tang se sentait bien plus proche du Tianwan que de ce MacTaylor qui traitait les Chinois comme des sous-hommes.

— L'incident est clos. À présent que vous m'avez instruit sur l'assassinat, il me reste une dernière formalité à accomplir, fit l'Écossais en tendant respectivement à Karlgren et à Tang une enveloppe cachetée.

Ils ouvrirent chacun le courrier qui leur était adressé. Les missives émanaient du secrétariat général de la Mission baptiste de Chine. Karlgren se voyait attribuer la charge de l'église de la Compassion de Kunming. Quant à Tang, il était prié de rejoindre Canton où il avait été nommé pasteur coadjuteur auprès d'un certain révérend Issachar Jacox Roberts. Il était en quelque sorte rétrogradé, placé sous surveillance !

— J'essaierai de me montrer digne de cette nouvelle tâche qui m'est confiée ! fit aussitôt Karlgren qui ne cachait pas sa joie devant la confiance que lui témoignait sa hiérarchie.

— Dans une vie antérieure, j'ai eu l'occasion de croiser M. Roberts... souffla, de son côté, Tang, l'air songeur.

Le fait de repenser à sa rencontre avec l'Américain, lorsqu'il s'était précipité chez lui avec Sérénité Accomplie dans l'espoir de retrouver La Pierre de Lune, faisait resurgir un passé qu'il avait réussi peu à peu à occulter. Comme le vent s'engouffre par la fenêtre qu'on vient d'ouvrir, les bouffées de cet hier enfoui au plus profond de lui-même remontèrent brusquement à sa mémoire. Les sons revenaient. Les odeurs se manifestaient. Les formes renaissaient. Tout un monde de sensations se reconstituait, troublant et familier. Si familier, même, qu'il lui semblait ne l'avoir jamais quitté. Le visage de Jasmin Éthéré lui apparut. Puis ce fut au tour de son corps, toujours aussi éblouissant et désirable, de surgir du néant. Il tendit les mains vers elle mais elle n'était pas palpable. Et malgré cela, les moments du Heqi avec Jasmin Éthéré lui revenaient, avec ses fulgurantes et folles montées de plaisir qui finissaient presque par en devenir douloureuses… au point qu'à côté d'elles, le Heqi de l'union avec le Christ tel que Luang Fudong le lui avait vanté paraissait singulièrement fade… À cet instant, où était-elle ? Retrouverait-il un jour sa belle contorsionniste ?

C'est alors qu'il prit conscience qu'il n'en avait jamais fait le deuil. Soldat du Christ il avait beau être devenu, amoureux de Jasmin Éthéré il restait…

— Pasteur Tang ? Pasteur Tang ?

La question répétée de MacTaylor, qui lui secouait le bras, le fit sortir de sa rêverie.

— Plaît-il, révérend MacTaylor ?

— Vous n'avez pas répondu à ma question…

Comme il ne l'avait pas entendue, il lui demanda de la répéter.

— Quand pensez-vous rejoindre Canton ? Le révérend Roberts a besoin de vous le plus vite possible…

Face à cet abominable personnage qui incarnait tout ce qu'abhorrait son cousin Sérénité Accomplie lorsqu'il accusait les nez longs d'écraser les Chinois de leur morgue, le prince Tang retrouva d'un seul coup sa superbe.

— Je ne partirai pas pour Canton, révérend MacTaylor !

L'Écossais, estomaqué, se redressa de toute sa hauteur, sous le regard effaré du jeune Karlgren.

— Un pasteur baptiste obéit corps et âme à son Église !

— Mon choix est fait ! Et il est irréversible, monsieur MacTaylor !

— Vous n'avez donc pas peur de mourir en enfer ?

— Je ne quitte pas le Christ, monsieur MacTaylor. Je compte même le servir encore plus… mais d'une autre façon, ajouta Tang en fermant les yeux.

À cet instant, le fils de Prospérité Singulière était déjà loin, rêvant au Céleste Royaume de Hong Xiuquan, celui de ses frères de sang, ces hommes et ces femmes qui luttaient pour leur dignité et pour la sauvegarde de leur nation, ces valeureux combattants qu'il n'aurait jamais dû abandonner.

55

Shantou, 8 au 10 juin 1853

Cela faisait plusieurs jours que La Pierre de Lune souffrait d'un terrible mal au crâne et qu'il se sentait brûler de l'intérieur. La nuit, les suées glaciales alternaient avec les bouffées de chaleur. Au réveil, une chape de douleur étreignait ses membres ankylosés lorsqu'il les déployait. Dans la journée, ses muscles tétanisés étaient incapables d'obéir à sa volonté et il devait faire d'immenses efforts pour ne pas hurler, tellement sa colonne vertébrale le faisait souffrir.

— Si vous avez mal au dos, il vous faut prendre ceci !

La Pierre de Lune, qui était penché sur un énorme tas de filets dont il réparait les mailles avec une longue aiguille, releva la tête. Une jeune fille souriante, aux traits fins et réguliers, lui tendait une pilule grisâtre.

— C'est un mélange de plantes et de cendre tamisée préconisé en cas de rhumatismes. Prenez-le, je vous assure... et vos douleurs disparaîtront rapidement.

L'inconnue, qui avait les pieds bandés, était richement habillée d'une robe de soie rose brodée d'animaux bénéfiques vert pomme et or. Était-ce la fièvre ou bien son état de fatigue extrême, le fils caché de Daoguang qui, jusque-là, s'était laissé rouler par la monotone catastrophe des vagues qu'on pouvait voir s'écraser au loin, contre l'extrémité de la jetée du port, commença par y voir une créature céleste avant de se raviser lorsqu'il aperçut les bottines de satin noir totalement crottées de la jeune fille. Une créature divine se fût arrangée pour ne pas avoir les pieds couverts de boue !

Le sac du Palais d'Été

Mais que diable venait faire en ces lieux une jeune personne aussi élégante ?

Il faut dire que le petit port de pêche de Shantou où La Pierre de Lune avait trouvé refuge était si lugubre que seuls les gens de mer habitués aux tempêtes étaient capables d'y habiter sans sombrer dans le désespoir. On n'y croisait d'ailleurs que des familles de pêcheurs en haillons qui vivaient là de père en fils. Pour ne rien arranger, le village était traversé par une rivière d'apparence calme et modeste qui, lorsqu'elle se heurtait à la marée montante, se transformait en un fleuve impétueux menaçant d'engloutir les barques des pêcheurs, et à l'inverse, à marée descendante, devenait un immense champ de sables mouvants recouverts de vase où il ne faisait pas bon s'aventurer. Quant au village de pêcheurs proprement dit, qui jouxtait son port minuscule, il puait la misère. Dans ses ruelles perpétuellement embourbées, quelques vieillards désœuvrés, pour la plupart d'anciens pêcheurs usés jusqu'à la corde, regardaient passer les charrettes remplies de poisson.

C'était par le plus grand des hasards que La Pierre de Lune s'était retrouvé dans ce coin perdu aux allures de bout du monde. Certains jours, il lui arrivait même de s'y sentir échoué, tels ces troncs d'arbres lisses, d'aspect minéral, immaculés et brillants comme l'ivoire, que les marées déposaient sur la grève de Shantou après la tempête.

Dans des lieux aussi lugubres, l'apparition de cette jeune fille avait quelque chose de parfaitement incongru.

— À force d'avoir le dos courbé, on a des crampes… Mais comment l'avez-vous deviné ? lui demanda La Pierre de Lune, abasourdi.

— Il suffit de vous observer… Vous avez l'air d'avoir mal partout.

— Vous m'observez depuis longtemps ?

— Depuis plusieurs… euh !… que vous êtes arrivé ici !

C'était un comble ! Depuis qu'il était arrivé dans ce petit village blotti le long du lit d'une méchante rivière boueuse, il était surveillé par une jeune Chinoise richement vêtue et il ne s'en était même pas rendu compte !

Alors, de plus en plus ahuri, il demanda à la jeune fille si elle était du coin.

— J'habite un peu plus loin, sur la route de Zhangzhou. Mon père est propriétaire du chantier naval.

— Quel est votre nom ? Moi, c'est La Pierre de Lune.

— C'est un joli nom ! Moi, c'est Pivoine Maculée de Rose.

Il se sentait si mal qu'il n'avait même pas la force de lui rendre la pareille en lui disant qu'elle portait elle aussi un très joli nom. Lorsque la jeune fille lui toucha le front, il ne put s'empêcher d'avoir un mouvement de recul. Depuis Laura, il n'avait eu de contact avec aucune femme.

— Vous avez une fièvre de buffle ! Il faut vous soigner. Je vous propose de venir à la maison. Mon père connaît bien les propriétés des simples...

La Pierre de Lune déclina poliment l'invitation. Il n'était pas dans les traditions qu'une jeune fille puisse ainsi faire venir chez ses parents un inconnu.

— Demain, ça ira mieux...

— Je vous assure, La Pierre de Lune, vous êtes gravement souffrant. Si vous restez là, bientôt, vous ne pourrez plus vous lever ! insista Pivoine Maculée de Rose.

Le fils caché de Daoguang avait le souffle court.

— Je n'ai pas fini mon travail ! Je me suis engagé auprès du propriétaire de ce filet à le lui fournir remaillé pour demain matin à l'aube...

C'était ainsi qu'il survivait depuis son arrivée à Shantou, six mois plus tôt, en rendant aux pêcheurs quelques menus services.

— Ce n'est pas étonnant que vous soyez malade quand on sait où vous logez... une simple cabane de roseau ne permet de s'abriter ni de la pluie ni du vent !

— Vous connaissez tout de moi ! murmura-t-il.

Puis, soudain glacé et les dents claquantes, il s'affala sur le côté comme touché en plein cœur par une flèche.

— Vous m'entendez ? La Pierre de Lune, vous m'entendez ? hurla la jeune fille en même temps qu'elle le secouait, sans succès.

Lorsqu'il ouvrit les yeux et découvrit, penché au-dessus de lui, le visage glabre et émacié d'un homme qui lui souriait, il se demanda s'il était vivant ou mort. Des moments qui avaient précédé sa perte de conscience, il ne se souvenait plus, si ce n'était d'une étrange rencontre avec une jeune fille richement parée.

— Où suis-je ? souffla-t-il, à moitié rassuré.

— N'ayez pas peur, La Pierre de Lune. Personne, ici, n'a l'intention de vous enfermer dans une cage ! L'heure du coq est largement passée et, comme vous avez beaucoup dormi, il est normal que vous ne sachiez pas où vous êtes.

— Qui êtes-vous ?

— Vous connaissez ma fille, Pivoine Maculée de Rose. On vous a transporté ici fort mal en point. La fièvre tierce vous a fait perdre connaissance…

Le visage de la jeune Chinoise apparut au moment où celui de son père s'effaçait.

— Qu'est-ce qui m'arrive ? lui demanda La Pierre de Lune.

— Cela fait deux jours et deux nuits que vous dormez. À présent, vous allez mieux. Votre température est tombée. Jusqu'à ce matin, vous déliriez ! Vous hurliez qu'il ne fallait pas vous enfermer dans une cage…

— Vous auriez dû me secouer pour me réveiller.

— Cela n'aurait servi à rien. Lorsque le chaton passe sur une branche au-dessus de la rivière, si on bat des mains, on le fait tomber à l'eau… Vous n'arrêtiez pas de prononcer le terme d'« Illumination Subite ». Du coup, papa pense que vous êtes bouddhiste. Est-ce vrai ?

Elle lui montra le bol qu'elle avait à la main puis elle l'aida à s'asseoir avant de lui faire boire la décoction qu'elle lui avait préparée. L'amertume du breuvage encore brûlant était telle qu'il ne put s'empêcher de grimacer avant de lui répondre, dans un souffle :

— Je l'ai été… dans une autre vie !

— Plus maintenant ?

— …

— Vous ne répondez pas ? Vous êtes encore trop fatigué pour parler de tout cela. Je vais vous laisser vous reposer.

Comment Pivoine Maculée de Rose aurait-elle pu deviner que ce n'était pas l'épuisement qui empêchait le convalescent de lui répondre, mais plutôt un traumatisme, un traumatisme à vrai dire si profond qu'il l'empêchait encore de mettre des mots sur l'incroyable calvaire qu'il avait vécu au monastère de l'Illumination ?

Le vrai miracle avait été de trouver la force de s'extraire de la redoutable prison mentale dans laquelle le Père Supérieur avait réussi à l'enfermer, à force de jeûnes et de privations, mais également à l'issue d'un conditionnement psychologique mené de main de maître. Cette terrible camisole, Illumination Subite la cousait sur ses ouailles si patiemment, si délicatement et de façon si insensible que lorsque celles-ci, un beau jour, s'en retrouvaient prisonnières, il était trop tard. Le Supérieur du monastère ne s'en prenait jamais aux novices. Ses cibles étaient des moines qui avaient déjà prononcé leurs vœux et dont les organismes étaient affaiblis par plusieurs années de privations et de jeûnes. Pour les entraîner vers la dépendance absolue qui leur faisait accomplir sans discuter la volonté de leur maître, ce dernier usait de tous les stratagèmes. Il les forçait à méditer dehors, pendant trois jours et trois nuits, exposés au soleil et aux intempéries et sans la moindre nourriture ni eau ; il les forçait à apprendre par cœur des centaines de pages de sutras ; il leur administrait des châtiments corporels pendant leur sommeil ; il les envoyait mendier pendant un mois dans les quartiers les plus pauvres dont les habitants n'avaient même pas de restes à donner aux chiens errants ; surtout, il leur faisait croire que c'était en se soumettant entièrement à son bon vouloir qu'ils gagneraient le nirvana.

Bien décidé à faire plier La Pierre de Lune, ce novice qui continuait à refuser obstinément de prononcer ses vœux de moine, Illumination Subite avait entamé une subtile manœuvre de contournement. Sans plus jamais évoquer la question qui fâchait, ce moine habitué à manipuler les esprits et les cœurs s'était fait complice et paternel avec le jeune calligraphe fragilisé. Prenant pour prétexte de lui expliquer les passages les plus obscurs du sutra de la Bonne Loi, il le faisait souvent venir auprès de lui et, là, lui prodiguait force conseils tout en évoquant ses souvenirs d'enfant très pauvre que ses parents avaient confié au monastère parce qu'ils étaient dans l'incapacité de le nourrir. Ses confidences étaient destinées à provoquer celles de La Pierre de Lune dont Illumination Subite cherchait à connaître le passé pour mieux cerner sa personnalité. La manœuvre était habile. Du bout des lèvres, La Pierre de Lune avait fini par évoquer sa rencontre avec Laura. C'en était assez pour Illumination Subite, qui s'était employé à convaincre son novice que s'il voulait arrêter de souffrir, il lui fallait définitivement renoncer à la femme qu'il aimait. Ainsi que l'avait enseigné le Bouddha dans son immense sagesse, faire le deuil des choses et des êtres qu'on désirait était l'unique voie de la paix de l'âme. Les ultimes préventions du novice avaient été balayées par la perspective que lui avait fait miroiter le Supérieur de lui confier, dès qu'il aurait prononcé ses vœux, la mise en place d'un orphelinat ouvert aux enfants des rues. Résigné, l'esprit dompté et vide, le fils de Daoguang, dont les défenses intellectuelles étaient déjà fort émoussées par la dureté des conditions de vie dans la communauté monastique, avait fini par accepter de prononcer ses vœux de bonze.

À la satisfaction de son maître spirituel, pendant deux ans et sous le nom de Compassion Extrême, le fils de Daoguang avait joué le jeu avec abnégation et ferveur. Entre la mise en œuvre de l'orphelinat, les tâches communautaires et l'enseignement que le Supérieur continuait à lui prodiguer, il était devenu une créature dépendante, un être dépourvu de tout recul sur ses actes, un instrument à la merci de son gourou. Le peu d'énergie qui lui restait, il le consacrait à repousser le souvenir de Laura. Son enfermement mental aurait pu se poursuivre si, un beau jour, Illumination Subite n'avait laissé tomber le masque.

À l'issue d'une de leurs interminables séances d'exégèse sur les obscurs sermons de Bodhidharma, l'un des moines indiens qui avaient introduit le bouddhisme en Chine, le Supérieur avait tenu au moine Compassion Extrême de mystérieux propos :

— À présent que tu es digne de devenir un ascète à part entière… que tu es rompu au jeûne et que ton corps est suffisamment maigre, nous allons faire un essai. Suis-moi, ô Compassion Extrême !

Il avait vite déchanté lorsque son maître l'avait conduit devant l'une des cages vides de l'Enfer.

— L'ascète Dix Mille Vies Antérieures vient d'entrer au Pâri-Nirvâna. Il te cède sa place. Ton heure de gloire est venue ! Il ne me reste plus qu'à m'assurer que tu es capable d'entrer dans cette cage. Dans le cas contraire, je demanderai au forgeron d'en construire une un peu plus grande… Vas-y, entre !

Horrifié par la perspective de passer ses journées suspendu au plafond de l'Enfer, les membres tordus et sans pouvoir bouger d'un millimètre, La Pierre de Lune avait eu un mouvement de recul.

— Elle est bien trop petite !

Illumination Subite l'avait alors empoigné par le haut de sa toge avant de réitérer son ordre, cette fois sur un ton implacable :

— Tu dois essayer ! C'est moi qui commande !

Immobile comme un marbre mais le visage ravagé par la contrariété, le Supérieur fulminait. Ce n'était plus l'ascète impavide au doux regard qui dirigeait le monastère d'une main de fer dans un gant de velours mais bel et bien un autocrate qui prétendait l'obliger à passer le restant de ses jours dans une cage minuscule pour apitoyer les dévots et leur faire cracher la monnaie.

— Je ne rentrerai jamais là-dedans ! avait-il hurlé.

Et en même temps qu'il clamait sa révolte, le voile pernicieusement tissé par Illumination Subite et qui l'empêchait, jusque-là, d'être lucide s'était brusquement déchiré. Il avait pris conscience qu'à rester sous la coupe de celui qui s'était arrogé le titre de gouverneur de son âme, il risquait tout bonnement d'abandonner toute chance de retrouver Laura. Alors, sous le regard incrédule du Supérieur, rassemblant ses maigres forces, il avait pris ses jambes à son cou et quitté sur-le-champ le monastère sans répondre aux moinillons qui l'avaient, comme d'habitude, joyeusement interpellé. Lorsqu'il s'était retrouvé dans la rue, enfin libéré de la gangue qui l'emprisonnait, respirant à pleins poumons l'air d'une liberté oubliée, il n'avait qu'une idée en tête : quitter Canton au plus vite, trouver un endroit où il pourrait physiquement et psychiquement se reconstruire afin de repartir d'un bon pied à la recherche de la femme qu'il aimait.

Sans plus attendre, convaincu que la marche était la meilleure des thérapies, La Pierre de Lune avait cheminé à l'aveuglette, quoiqu'il en coûtât à son organisme épuisé par les privations. Grâce à sa toge jaune, il recevait tous les jours de quoi manger et certains aubergistes lui offraient volontiers le gîte. Il s'était donné pour but d'avancer le plus loin possible, persuadé que plus il mettrait de distance entre Illumination Subite et lui-même, plus vite il guérirait, comptant sur la pluie et sur le soleil pour laver et sécher son esprit comme s'il était un linge souillé et froissé qui avait besoin d'être purifié. Lorsqu'il était à bout de forces, il méditait sur la façon dont Zhuangzi avait défini l'« homme parfait » : *L'homme parfait oublie qu'il a un foie et une vésicule biliaire; il ne se soucie pas plus de ses yeux que de ses oreilles; il est capable de se promener sans but en dehors du monde poussiéreux et trouve sa liberté en étant capable de ne rien faire.*

C'est ainsi qu'un beau jour de décembre 1852, il était arrivé à Shantou, cahin-caha. Il n'avait jamais vu la mer. Elle était déchaînée, dans la lumière de soufre d'un soleil blafard voilé par des brumes cotonneuses. Face au spectacle inoubliable et grandiose de l'océan transformé en un périlleux escalier festonné de vagues gigantesques, il était tombé à genoux sur la grève humide et avait décidé qu'il était temps pour lui de faire halte.

Quelqu'un lui toucha le front et il ouvrit à nouveau les yeux.

C'était le père de Pivoine Maculée de Rose. Il tenait une assiette de raviolis *jiaozi* et lui souriait.

— Comment vous sentez-vous ?

— Beaucoup mieux !

— Dites-moi, La Pierre de Lune, depuis combien de temps n'avez-vous pas mangé de viande ?

— J'ai passé cinq ans dans un monastère bouddhiste...

— Je m'en doutais... Vous deviez déjà vous sentir très fatigué lorsque vous en êtes parti...

— Exténué, à vrai dire.

Son hôte l'aida à se redresser et lui tendit un *jiaozi*.

— C'est à cause des carences alimentaires. La chose est courante chez les gens qui ne mangent que des légumes... Il faut recommencer à manger de la viande !

— J'ai bien peur que mon estomac ne l'accepte pas !

— Vos yeux sont rassasiés mais votre ventre crie famine sans que vous le sachiez !

Le calligraphe consentit à prendre le ravioli et commença à le mastiquer lentement, avec d'infinies précautions, comme s'il craignait qu'en l'avalant trop vite son conduit digestif ne le rejetât.

— Votre fille pourrait être médecin ! murmura-t-il, exténué par l'effort, au père de Pivoine Maculée de Rose.

— À force d'observer le comportement des malades que je soigne, il est vrai qu'elle devient capable d'établir certains diagnostics...

— Quelle sorte de maladie avais-je attrapé ?

— Vous souffriez des Six Excès[1]. Aussi vous ai-je administré trois pilules refroidissantes Yin à base de poudre de ciboule, de menthe des champs et de cigale pilée.

— C'est très efficace. La fièvre semble être tombée.

— Tout à l'heure, vous en prendrez deux autres et le tour sera joué !

— Que font tous ces gens ? ajouta le fils caché de l'empereur de Chine en désignant un groupe dans la cour, sous les fenêtres de sa chambre.

— Ma maison est devenue une sorte de dispensaire. Aucune de ces personnes n'a les moyens d'aller chez le médecin. Elles savent qu'en venant ici, elles seront convenablement soignées, expliqua sobrement le patron du chantier naval.

À présent qu'il reprenait peu à peu ses esprits, le fils de Daoguang pouvait mieux détailler son hôte. Il était sûrement d'origine Han, ainsi qu'en témoignaient sa natte et le soin qu'il mettait à se raser le crâne. Le plus frappant dans son visage aux traits fins, dont rien ne venait troubler l'harmonie, d'aspect quasiment minéral, c'étaient ses yeux noirs qui semblaient vous transpercer quand il vous regardait, des yeux qui rayonnaient à la fois de fierté et de bonté.

---

1. Terme traditionnel de médecine chinoise désignant l'état grippal fébrile.

— Je croyais que vous construisiez des bateaux...

— J'ai repris le chantier naval fondé par mes honorables ancêtres il y a plus de trois cents ans. Sous les Ming, on y fabriquait des jonques de guerre. Depuis l'arrivée des Mandchous, nous nous contentons de construire de solides petites barques de pêche !

— Vous avez fréquenté l'école de médecine ?

— Jamais de la vie ! Je suis un pur produit de l'apprentissage familial. Les premiers livres que me fit lire mon père, qui disposait des même dons que moi, étaient le *Classique de l'Empereur Jaune* et le *Classique du Pouls*. J'ai également étudié le panorama médical du docteur Li Shizhen. Dans la famille, nous avons une certaine propension à aider les gens à guérir. Il est bien possible que ma fille en ait hérité ! conclut le Han avec un sourire malicieux.

Pivoine Maculée de Rose apparut, un bol de soupe à la main, tandis que son père s'éclipsait pour aller soigner la vingtaine de patients qui l'attendaient. Elle cala des coussins dans son dos, puis, avec une douceur et une attention extrêmes, elle commença à le faire manger tel l'oisillon auquel sa mère donne la becquée.

La Pierre de Lune pouvait constater à quel point son visage, à présent tout près du sien, était la version féminine de celui de son père : tout aussi harmonieux mais d'aspect moins hiératique, plus mobile, ce qui lui conférait un côté mutin qui en accentuait le charme. Une drôle de petite lueur dans les yeux, elle lui souriait. Aux commissures de ses lèvres pulpeuses, dessinées à la perfection par ce délicieux rebord de la peau dont elles étaient ourlées, deux exquises fossettes s'étaient creusées, qui lui donnaient un air quasiment enfantin. Écraser sa bouche sur ces lèvres... Un vertige étouffant lui noua le cœur en même temps que montait en lui une ineffable bouffée de désir. C'était la première fois, après ces années d'abstinence et de privations, qu'il sentait fourmiller son sexe. Étant donné qu'il ne portait que des braies de coton léger, dans quelques instants, s'il ne se contrôlait pas, Pivoine Maculée de Rose risquait de s'en apercevoir. Il lui fallait à tout prix s'arracher à la contemplation de la jeune femme et reprendre le fil de la conversation.

— Votre soupe est délicieuse. Vous êtes aussi douée en cuisine qu'en médecine... dit-il.

Elle se retrancha derrière un rire cristallin, un de ces petits rires charmants, capables de désarmer ceux auxquels ils s'adressent, puis répondit, l'air de rien :

— Je vous y ai mis deux nids d'hirondelle... Ils vous fortifieront. C'est pour que vous guérissiez plus vite.

De sa main, elle lui effleura le front. Au contact de sa peau, les fourmillements reprirent de plus belle.

— C'est gentil ! Au fait, je ne sais même pas comment s'appelle votre père, fit-il fébrilement.

— Ses parents lui avaient donné pour nom Élévation Paisible de Trois Degrés. Il espéraient que leur fils embrasse la carrière du mandarinat et qu'il y atteigne le grade le plus élevé possible.

— C'est effectivement un nom évocateur...

— Désormais, il faut l'appeler Joseph. Joseph Zhong.

— Le Zhong du piège qui sert au chasseur ?

— Si vous voulez. Mais il vaut mieux dire le Zhong avec lequel le pêcheur attrape le poisson... Le filet... Jésus est le filet qui permet aux pêcheurs, c'est-à-dire aux hommes, de manger...

— Votre père est converti au christianisme...

— Oui, grâce à un prêtre lazariste, le père Emmanuel Lanchon. Cet homme avait fondé une église à Zhangzhou[1]. Quelques mois auparavant, il était venu trouver mon père pour lui commander la fabrication d'un bateau qu'il avait décidé de confier à tour de rôle aux familles de pêcheurs les plus indigentes.

— Quelle bonne idée !

— N'est-ce pas ! Grâce à ce navire, une dizaine de familles de Shantou mangent désormais à leur faim. Il fallait un système permettant à chacun de ses utilisateurs de profiter du navire de façon équitable. M. Lanchon demanda à papa de l'aider et ils devinrent amis... Lorsqu'il fut baptisé, mon père décida de changer de nom.

— Vous êtes baptisée ?

— Oui ! fit-elle avec fierté, maman aussi...

Il sourit. Après avoir vécu dans un monastère bouddhiste, voilà qu'il se retrouvait hébergé chez des Chinois convertis au catholicisme !

— Parce que votre père le souhaitait ?

— Pour ce qui me concerne, ce fut de mon plein gré ! Je crois en Dieu de toutes mes forces ! Je crois dans l'amour du Christ. Il n'y a qu'un seul Dieu tout-puissant et miséricordieux ! s'empressa de répondre Pivoine Maculée de Rose avec une pointe d'agacement, tout en donnant à La Pierre de Lune une dernière cuillerée de bouillon.

Midi approchait. Par son inclinaison, un soleil vengeur, qui, avec le secours du vent, avait chassé la pluie en un rien de temps,

---

1. Il s'agit d'une ville située dans l'intérieur des terres et à laquelle Shantou sert de port.

dessinait à présent sur le mur une grande flaque lumineuse sur laquelle se projetait l'ombre de la jeune fille. Son bras frôla la joue du convalescent. Électrisé, il se raidit et, soucieux de ne pas se laisser entraîner dans un gouffre dont il ne voyait pas le fond, décida de poursuivre coûte que coûte la conversation.

— Ce religieux réside-t-il toujours à Shantou ?

— Non. Le père Lanchon est reparti pour la France... Les lazaristes imposent à leur prêtres de prendre leur retraite quand ils atteignent soixante-cinq ans. Le père Lanchon en avait soixante-dix. Ses poumons ne supportaient plus le climat maritime et son humidité permanente.

— Soixante-dix ans, c'est à la fois beaucoup et en même temps fort peu par rapport à dix mille... *La vie d'un homme est comme un coursier blanc passant devant un interstice.*

— Zhuangzi était un grand poète... Je vois que vous connaissez vos classiques !

Une vague de nostalgie brouilla légèrement le regard du convalescent.

— Je les ai lus, grâce à mon père qui était calligraphe.

— Pour revenir au père Lanchon, je peux vous assurer que ce lazariste était un homme d'exception... toujours très aimable, à l'écoute des autres et bien plus respectueux des traditions chinoises que certains missionnaires protestants qui essayèrent de s'implanter ici.

Il la trouvait de plus en plus attachante, avec cette vivacité des êtres purs, qui ne cherchent pas à abriter leurs sentiments derrière les paravents où la frontière est des plus floues entre les convenances, la dissimulation et le pur mensonge.

— Pour quels motifs votre père décida-t-il de se faire baptiser ?

— Lorsque le père Lanchon lui expliqua qui était le Christ, mon père eut immédiatement envie de connaître Son amour.

— Moi aussi, j'ai entendu parler du Christ, murmura-t-il en même temps que son cœur se serrait.

L'amour... le Christ... Les souvenirs des temps heureux, à la fois si lointains et si proches, revenaient au grand galop et s'entrechoquaient avec le présent. N'était-ce pas le même jour qu'ils avaient parlé du Christ, avec sa chère Laura, devant l'Enfer bouddhique et fait l'amour l'un avec l'autre, mais aussi l'un et l'autre pour la première fois, sur le tapis d'herbe de l'île du lac de l'Ouest ? Comme un pendule affolé, La Pierre de Lune se sentait osciller entre deux pôles antagonistes. Sous l'effet d'une bouffée d'images où Laura était omniprésente et face à la jeune femme penchée sur lui et qui venait de lui prendre les mains, il se mit à frissonner et à claquer des dents.

C'est alors que Pivoine plongea ses yeux dans les siens d'une façon si particulière qu'il se demanda avec angoisse ce qu'elle avait bien pu y voir.

— Vous êtes tout pâle... Quelque chose ne va pas, La Pierre de Lune ?

Son embarras était manifeste. Lui aussi était incapable de cacher ses sentiments.

Mais il se ressaisit et préféra lui répondre par un sourire énigmatique avant que la douce torpeur d'un sommeil nécessaire, vu son état d'épuisement, ne vînt le libérer de ce qui s'annonçait comme un interrogatoire où il risquait d'en dire un peu trop, ou de finir par succomber définitivement à de charmants assauts.

56

Nankin, 2 août 1853

En ce début d'après-midi de sabbat, sous l'épais matelas de chaleur qui arrachait à la terre ses dernières traces d'humidité et faisait trembloter au loin les silhouettes des arbres et des passants, Laura Clearstone avait rejoint Jasmin Éthéré, laquelle, malgré l'extrême canicule, balayait la cour désertée du Camp des Enfants.

— Tu voulais qu'on se parle en tête à tête... souffla Laura.

Les deux femmes allèrent s'asseoir à l'ombre d'un magnolia dont les fleurs immaculées, évasées et ouvertes comme des calices, exhalaient à la ronde une délicieuse odeur.

— Oui ! Et je te remercie d'avoir accepté de venir ici malgré la chaleur ! Au moins, aucune oreille indiscrète ne nous écoutera.

— Ce que tu as à me dire est donc si grave ?

— Le bruit court que l'orage ne va pas tarder à éclater entre le Tianwan et Yang Xiuqing... Le Prince de l'Orient reproche à Hong de ne pas être assez exigeant avec son fils aîné en matière de conduite morale, répondit l'ancienne contorsionniste dont l'adorable petite Fleur de Sel s'était mise à lisser la cascade de cheveux noirs.

Comme toute organisation humaine, fût-elle au service d'une aspiration religieuse, le mouvement Taiping n'échappait pas aux règlements de comptes entre ses membres. D'ailleurs, Hong, qui divisait pour régner sans partage, avait organisé son pouvoir en suscitant volontiers les rivalités entre ses coadjuteurs. Mais depuis quelques mois, les choses commençaient à s'envenimer. Ce qui n'était, au départ, que des oppositions à mots couverts et des agaceries s'était transformé en tensions insidieuses qui avaient fini par éclater au grand jour. Après être allée ici et là aux nouvelles, de façon habile, Jasmin Éthéré avait souhaité en faire part sans tarder à Laura hors de la présence de Xuanjiao, compte tenu de sa parentèle avec Hong mais surtout en raison du fait qu'elle était devenue la maîtresse du Prince de l'Orient.

— Sans toi, je ne saurais jamais rien de ce qui se trame dans les hautes sphères…

— Ce n'est pas tout ! Yang reproche aussi à Hong et à son fils aîné leur conduite avec les femmes. Ils les collectionnent comme des bibelots !

— Je croyais qu'au Céleste Royaume, la chasteté était obligatoire, y compris entre les couples… lâcha Laura, consternée.

— Eh bien, figure-toi qu'en haut lieu, ils s'exonèrent tous de ce commandement ! Le Tianwan exige d'avoir dans son lit une femme nouvelle chaque soir… au point que le Harem Céleste est devenu trop petit pour héberger les nouvelles pensionnaires !

La jeune Anglaise tombait des nues. Elle continuait à vouer au chef Taiping une immense reconnaissance pour l'avoir sortie des griffes de l'horrible directeur de la fumerie du Paon Splendide et voyait toujours en lui l'homme intransigeant qui voulait établir en Chine un ordre juste. Aussi les propos de Jasmin Éthéré, qui l'ébranlaient profondément, n'en avaient-ils que plus d'impact.

— Cela paraît impossible ! fit-elle.

— Au début, j'étais comme toi : je n'y croyais pas ! Yang lui-même, qui reproche ses mœurs dépravées à son maître, après avoir courtisé Xuanjiao en a fait sa femme alors qu'ils ne sont pas unis par le sacrement du mariage.

— Je comprends mieux pourquoi tu tenais tant à ce qu'elle ne soit pas avec nous aujourd'hui, murmura l'Anglaise, abasourdie.

— Ton statut d'étrangère te protège, mais moi, depuis qu'ils m'ont nommée au secrétariat de la Chancellerie de la Guerre, je côtoie sans cesse la Hiérarchie Céleste. Pas plus tard qu'hier, le Tianwan m'a lancé une œillade à laquelle je me suis bien gardée de répondre mais qui m'a profondément déplu.

L'angoisse lourde, invisible jusque-là, qui tenaillait la contorsionniste venait soudain de figer comme de la glace son visage d'ordinaire si mobile.

Elle éloigna Fleur de Sel et fit signe à son amie d'approcher.

— Si je ne craignais pas pour la vie de ma fille, je quitterais Nankin sur-le-champ ! lui chuchota-t-elle.

— Tu en es à ce point ?

— Oui ! Hélas ! la ville est cernée par les impériaux... Ils ne font pas de quartier !

— Et que dirait Mesure de l'Incomparable, le jour où il découvrirait que tu es partie ?

La contorsionniste se contenta de lever les yeux au ciel. Elle ne se sentait pas le courage d'évoquer avec Laura les projets qu'elle avait déjà faits avec Mesure de l'Incomparable qui avait été nommé colonel dans l'armée des gueux et passait désormais le plus clair de son temps à combattre les impériaux.

Après un long moment de silence, Jasmin Éthéré se rapprocha de son amie avant de lui chuchoter, comme si elle allait lui délivrer un secret indicible :

— Je te jure qu'il y a de quoi être inquiet... Il y a trois jours, j'ai assisté à une scène hallucinante.

— Eh bien, parle !

— À l'issue du Grand Conseil des Princes, Yang est entré en transe et s'est mis à hurler que Dieu le Tout-Puissant parlait à travers lui... puis il s'est lancé dans une diatribe contre le Tianwan !

— Yang est coutumier des transes où il fait parler Dieu. Pour ce qui me concerne, je n'y ai jamais cru !

— Il l'accusait de maltraiter ses femmes... de leur donner des coups de pied dans le ventre alors qu'elles pouvaient être enceintes, de les faire bastonner par ses gardes-chiourmes et de les envoyer creuser des tranchées et élever des murailles autour de Nankin.

— Je vois d'ici le scandale...

— Pour finir, le Prince de l'Orient déclara que Dieu tout-puissant ordonnait que la bastonnade fût donnée à Hong en plein Grand Conseil.

— Et quelle fut la réaction du Tianwan ?

— À ma grande surprise, il accepta l'humiliation. Mais au dernier moment, Yang l'épargna, moyennant la promesse de lui rendre deux dames que Hong avait prises dans son sérail...

— Quel marchandage ignoble ! fit Laura, écœurée.

— Ce n'est pas tout ! Depuis que Yang a fait plier le Tianwan, il ne se sent plus ! On murmure qu'il fomente l'assassinat du Prince du Nord.

— J'ignorais que leurs querelles allaient jusque-là ! soupira l'Anglaise.

Son amie lui ouvrait les yeux. Confinée la plupart du temps à l'intérieur du Camp des Enfants, elle se consacrait entièrement à sa tâche et ne s'occupait guère de ce qui se tramait dans le proche entourage du Tianwan.

— Il faut bouger, Laura ! Si nous restons ici, nous risquons d'être encore sur le navire quand il fera naufrage… souffla Jasmin Éthéré d'une voix rauque.

— Tu ne crois donc pas à la noblesse de la cause défendue par Hong ?

— Il rêve d'un monde où les besoins de chacun sont satisfaits, mais, en attendant, partout où l'armée des gueux passe, elle ne sème que la désolation et la mort !

— N'exagères-tu pas un peu ?

— C'est la stricte vérité !

Laura, quoique ébranlée, n'arrivait pas à partager les préventions de son amie. Elle s'arc-boutait sur l'image d'un homme qui, à un moment crucial, lui avait tendu une main secourable et l'avait sauvée d'un terrible désastre. Dans un ultime effort destiné à se rassurer elle-même, elle lui déclara :

— Lorsque je verrai le Prince de l'Orient, j'essaierai de le faire parler. Il m'ouvrira le fond de son cœur.

— Méfie-toi de cet homme. Il est d'une susceptibilité maladive. Sa fourberie est sans limites. Je l'ai vu dire une chose et son contraire à deux interlocuteurs différents. Depuis qu'il essaie de prendre la place du Tianwan, Yang est devenu inaccessible et ne reçoit personne.

— Orgueilleux comme il est, il a, si tu veux m'en croire, de bonnes raisons de venir me voir !

L'air entendu, Laura tendit à son amie l'un des deux exemplaires du *North China Weekly* que John Bowles, qui devait rejoindre l'armée des gueux déployée par Hong dans l'Anhui un mois plus tôt, lui avait portés la veille. Daté du 30 mai 1853, sa une était barrée par un gigantesque bandeau qui annonçait « une enquête exclusive de John Bowles » dont le titre était « L'Anglaise des Taiping ! ». Juste en dessous, une gravure la montrait en compagnie du Tianwan. Comme c'était prévisible, le numéro en question avait eu l'effet d'une bombe. Les lecteurs s'étaient passionnés pour l'histoire de Laura Clearstone bien plus que pour celle du Tianwan ! Au bout de trois jours, il ne restait plus un seul exemplaire du *Weekly* en vente, au point qu'il avait fallu en catastrophe procéder à un tirage supplémentaire. Pas peu fier de son coup, le dessinateur reporter avait raconté à Laura qu'il commençait à être sollicité par les plus grands journaux anglais et américains pour des reportages exclusifs qu'il avait refusés, préférant donner la priorité à sa propre entreprise.

À présent, Laura donnait à boire à Joe qui venait de les rejoindre après sa sieste. Sur le plan physique, le trisomique avait beaucoup changé. Gagné par l'obésité, il était devenu un homme au poids et à la taille impressionnants qui le faisaient ressembler à ces vigoureux lutteurs mongols qui s'affrontaient sur les champs de foire dans les gros bourgs agricoles de la Mandchourie. Sur le plan intellectuel, il n'avait, en revanche, pas progressé d'un pouce.

Lorsqu'elle leva les yeux, Yang Xiuqing se dandinait devant elle. Le Prince de l'Orient, fier comme un coq et sur des charbons ardents, alla droit au fait.

— Mes hommes m'ont appris que vous aviez en main un précieux exemplaire du journal anglais où il est question du Céleste Royaume...

— M. Bowles m'en a remis hier un numéro à votre intention, répondit-elle en lui tendant un exemplaire du *Weekly*.

Lorsqu'il tomba sur le portrait de Laura qui était la seule image à s'étaler en une, les yeux de l'orgueilleux Taiping se remplirent d'agacement. Il se mit à consulter fébrilement le reste du journal en s'attardant sur la gravure où l'on voyait l'*Hermès* accoster, cherchant désespérément sa silhouette parmi celles que Bowles avait représentées sur l'embarcadère.

— Ce journaliste avait promis de faire état de ma personne ! lâcha-t-il, dépité.

— M. Bowles vous a consacré tout un passage de son enquête, lui annonça Laura en pointant son doigt sur la page où il était question de Yang.

— Qu'a-t-il écrit sur moi ?

— M. Bowles vous cite parmi les hauts dirigeants du Céleste Royaume...

— Parle-t-il de mes théories sur les règlements militaires[1] ?

Il n'y avait pas une ligne, et pour cause, sur cet opuscule dont le Prince de l'Orient portait toujours sur lui un exemplaire, pour la bonne et simple raison qu'il s'était contenté d'en montrer la couverture à Bowles.

— Oui. Il est dit quelque part que vous êtes le Prince de la Guerre, le grand stratège de Hong... répondit prudemment Laura.

---

1. Stratège hors pair et à ce titre parfois surnommé le Staline des Taiping, Yang publiera en 1855 les *Éléments Tactiques des Opérations Militaires*, un véritable manuel de combat à l'usage non seulement du commandement mais également des simples soldats.

Le sac du Palais d'Été

Échaudée par les confidences de Jasmin Éthéré, la jeune femme voulait éviter que Yang n'entrât dans l'une des terribles colères dont il était coutumier.

— Parle-t-il de ma position privilégiée, au sein de la hiérarchie des Princes ?

— Bien sûr !

À ces mots, l'intéressé se rengorgea, puis, tel un fauve en cage, se mit à marcher de long en large, une lueur inquiétante dans les yeux.

— Le Tianwan ne mérite plus de présider aux destinées du Céleste Royaume qu'il est en train de conduire à sa perte. Seul un homme de ma trempe peut redresser la barre. Seriez-vous prête à m'y aider ?

Laura vacilla. Son regard angoissé croisa celui de Jasmin Éthéré. Son amie avait raison. Yang avait bel et bien décidé de faire la peau au Tianwan.

— Compte tenu de ma modeste place dans l'organisation du Céleste Royaume, je crains fort de ne pas être à la hauteur de votre requête, répondit-elle, la gorge asséchée par la peur.

— Votre frère est l'un des familiers du Tianwan…

— Cela fait plus de trois semaines qu'il n'a pas fait appel à Joe !

— Peu importe. Il n'est pas de jour où Hong ne parle, comme il dit, de son « petit prophète » ! s'écria Yang, de plus en plus excité.

— Mon frère n'ayant pas l'usage de la parole, je ne vois pas de quel secours il pourrait vous être, souffla Laura, prête à défendre bec et ongles la tranquillité de son petit frère.

— C'est bien parce qu'il est perpétuellement muet que Joe m'intéresse… et même au plus haut point, répondit, la mine gourmande, le Prince de l'Orient.

— Où voulez-vous en venir ?

— Je pourrais fort bien être la bouche de votre frère. Il suffirait que je puisse entrer en transe avec lui en présence du Tianwan…

Laura jeta un regard affolé à Jasmin Éthéré. À l'expression de la contorsionniste, elle jugea qu'il était plus prudent de ne pas opposer à Yang une fin de non-recevoir.

— Nous pourrions en reparler… peut-être à un autre moment…

Sans lui laisser le temps de terminer sa phrase, le Prince de l'Orient conclut, péremptoire :

— Je repasserai en fin d'après-midi. Ce soir, le Tianwan préside à la cérémonie du sabbat… ce sera l'occasion idéale !

L'Empire des larmes

Le soir même, sous les yeux inquiets de Laura qui voyait avec angoisse le piège se refermer, Joe comparaissait devant le Tianwan en compagnie de Yang Xiuqing.

Sur le chemin du Palais Céleste, devant le Bureau des patronymes, des Han faisaient déjà la queue pour faire tamponner le lendemain leur certificat de changement de nom. Laura, que l'attitude du Prince de l'Orient avait profondément ébranlée, n'avait pu s'empêcher d'éprouver un certain malaise face aux conséquences de la décision de Hong qui obligeait tous les habitants de Nankin dont le patronyme comportait le caractère *Wan* ou « roi » à le changer en y ajoutant l'élément du « chien ». Le Tianwan était allé jusqu'à interdire l'usage de tous les mots qui entraient dans les noms et les titres de la Céleste Hiérarchie. Le Céleste Royaume n'était-il pas en train de dériver dangereusement vers une insupportable dictature ?

Elle était de plus en plus perplexe lorsqu'elle entra dans la salle du trône où la foule bigarrée des Taiping anoblis par le chef suprême du Céleste Royaume psalmodiait des cantiques en attendant sagement son arrivée. Femmes et hommes étaient séparés par une allée centrale. Procurateurs, surintendants et autres généraux en chef portaient des vêtements qui étaient la copie conforme de ceux des mandarins de haut rang lorsqu'ils étaient admis à comparaître devant le Fils du Ciel. Selon leur grade, du plus élevé vers le plus inférieur, ils étaient vêtus de rouge, de bleu, de vert ou de noir. À côté du trône vide de Hong était assis son fils aîné, le « Jeune Seigneur de Dix Mille Ans », un être réputé pour sa violence et ses multiples frasques. Soudain, Laura entendit un fracas de cymbales, de pétards et de roulements de tambour. Le palanquin tendu de satin jaune de Hong Xiuquan venait d'arriver dans la cour. Conformément à l'étiquette, il était porté par soixante-quatre hommes dont le cou était ceint d'une écharpe jaune, la couleur impériale. Quatre drapeaux le précédaient, les deux premiers étant décorés du phénix et les deux autres du dragon. Seul le Prince de l'Orient avait obtenu de disposer des mêmes insignes, mais à un seul exemplaire, tandis que les autres Princes se contentaient du dragon et du tigre, les chanceliers d'un éléphant et les procurateurs du cerf. Juste derrière le Tianwan suivait un détachement de soldats de l'armée des gueux, reconnaissables au liseré vert qui bordait leurs tuniques.

D'un pas leste, Hong sauta de son palanquin. Revêtu d'une tunique de cérémonie en soie jaune sur laquelle étaient brodées en rouge des inscriptions à la gloire du petit frère du Christ, il semblait d'humeur badine. Dès qu'il franchit le seuil de la salle du trône, l'assistance, unanime, se leva et l'applaudit à tout rompre. Yang, qui avait également le droit de porter des vêtements de couleur jaune, l'attendait au pied du trône. Il tenait Joe par le bras. Dès que le Tianwan aperçut le trisomique, il se précipita vers lui et, d'un geste affectueux, lui caressa la nuque.

— Ce garçon m'a parlé la nuit dernière, ô mon Roi ! J'ai cru qu'il était de mon devoir de t'en faire part ! lui dit Yang, qui avait pour tactique de toujours prendre ses adversaires de court.

— Joe n'a jamais prononcé le moindre mot devant moi ! fit Hong, très surpris.

— Il a utilisé ma bouche... Il m'a annoncé qu'il souhaitait s'entretenir avec toi sur un sujet très important...

— Nous verrons cela après la cérémonie du sabbat... maugréa l'intéressé.

Le Tianwan essaya de se diriger vers son trône mais le Prince de l'Orient, au mépris de toute étiquette, le retint par le bras, ce qui irrita le fils aîné du Tianwan qui descendit aussitôt les marches et tendit la main à son père. Sans plus attendre, Yang tomba à genoux. Ses yeux se fermèrent tandis que des gouttes de sueur commençaient à perler sur son front. Son corps se mit à onduler puis, tel un serpent pris au piège, à se tortiller dans tous les sens. Au bout de quelques secondes, il tressauta violemment et se redressa, avant d'écarter les bras comme s'il avait vaincu les forces obscures qui l'avaient jeté à terre. Tout son corps s'était à présent raidi comme une planche. De l'écume blanche perlait aux commissures de ses lèvres. Joe, derrière lequel il était passé et dont il se servait à présent comme d'une sorte de bouclier, roulait des yeux terrorisés. L'assistance, accoutumée aux transes du Prince d'Orient, retenait son souffle. Cela faisait des mois qu'il multipliait les transes d'une extrême violence. La tension était à son comble lorsque la voix rauque de Yang, qui s'était emparé des bras du pauvre trisomique et les manipulait comme ceux d'une marionnette, commença à tonner :

— Dieu n'est pas content de son fils Hong. Le Céleste Royaume court les plus graves dangers. Si je m'exprime aujourd'hui, alors que d'ordinaire je suis muet, c'est pour témoigner de la gravité de la crise que nous traversons. Le Tianwan ne s'applique pas à lui-même les règlements qu'il a édictés pour les autres. Tous les soirs, il fornique avec une femme différente et, lorsque ses maîtresses ne se soumettent pas à ses caprices, il les châtie ! Le Tianwan doit adopter une autre conduite avec les femmes... Le Tianwan doit cesser, par simple caprice, de requérir l'exécution de tel ou tel séance tenante... Le Tianwan doit se retirer et faire pénitence... Il doit céder son pouvoir pendant quelques mois au Prince d'Orient qui le restituera dès que Dieu le lui aura demandé !

Au premier rang de l'assistance, le regard de Wei Changhui, le Prince du Septentrion, était rempli de haine. Les deux hommes étaient devenus ennemis mortels depuis que Yang avait fait donner à son rival la bastonnade parce qu'il trouvait qu'il n'avait pas fait assez diligence pour préparer la campagne militaire de l'Anhui[1]. Parmi les Princes, Wei était le seul à ne pas croire un mot des transes de son homologue d'Orient, pas plus qu'il n'était impressionné par le *Livre des Déclarations de la Volonté Divine énoncées pendant la descente sur Terre du Père Céleste* que Yang prétendait avoir écrit sous la dictée de Dieu lui-même. Quant à Laura, pâle et défaite, elle était profondément accablée par le terrible portrait de Hong Xiuquan que le Prince de l'Orient venait de dresser.

C'est alors que Joe, de plus en plus gêné par les gestes saccadés de Yang, se dégagea d'un coup, propulsant ce dernier sur le sol, ce qui eut pour effet de le forcer à interrompre sa lugubre litanie de tous les errements du chef des Taiping.

Ce brusque mouvement, malgré le hurlement de peur poussé par Laura, détendit l'atmosphère. Devant le spectacle peu commun du Prince de l'Orient à terre, quelques rires fusèrent, venus des derniers rangs de l'assistance. Tout en s'efforçant de cacher sa fureur extrême, Yang, qui s'était fêlé une côte en tombant sur le sol, s'apprêtait à continuer son prêche lorsque le Tianwan se dressa et dit en ricanant :

— Si Joe Clearstone parlait par ta bouche, ô Yang Xiuqing, il ne t'aurait pas projeté à terre comme un vulgaire édredon !

— J'allais faire la même remarque ! lâcha d'une voix aigre le Prince du Septentrion, trop heureux de voir son adversaire en difficulté.

À présent, Yang, la mine dépitée et conscient d'avoir complètement raté son coup, n'en menait pas large. Hong en profita pour faire monter Joe sur l'estrade où il lui remit un petit miroir de bronze et un peigne en lui disant :

---

[1]. Wei Changhui se vengera en faisant assassiner Yang Xiuqing le 2 septembre 1856. De nombreux affidés du Prince d'Orient périront par la même occasion. Beaucoup de commentateurs voient, en fait, la main du Tianwan derrière cette élimination d'un homme qui lui faisait de plus en plus ombrage et cherchait clairement à le remplacer. Quelques semaines plus tard, entré lui-même en rébellion, Wei Changhui sera tué sur ordre du Tianwan.

— Tu t'en serviras pour lisser tes cheveux dès qu'ils auront poussé.

Dans la salle, on aurait pu entendre voler une mouche. Ces querelles ouvertes entre les chefs Taiping étaient d'autant plus consternantes pour leurs ouailles qu'ils avaient non seulement droit de vie et de mort sur elles mais également celui de les envoyer au paradis ou en enfer. Le Tianwan s'empara du bras du frère de Laura et le porta vers le ciel.

— À compter d'aujourd'hui, tu seras Prince de la Voix Muette !

Tandis que, sous les yeux de sa sœur bouche bée, Hong passait son écharpe de soie jaune autour du cou de Joe, la foule, docile, se mit à acclamer le nouvel impétrant qui riait aux éclats, comme s'il avait compris le sens de cette incroyable nomination.

— Honneur à Joe Clearstone, le petit cousin de Jésus-Christ ! Honneur à lui ! chantait l'assistance pendant que le trisomique, en proie au fou rire, gesticulait dans tous les sens.

Laura n'avait jamais vu son frère rire de la sorte. Ébahie, elle l'entendit chantonner la mélodie de la comptine qu'elle lui soufflait pour l'endormir lorsqu'il n'arrivait pas à trouver le sommeil. Soudain, Hong, ravi de son effet, leva les bras et l'assistance se mit debout en baissant la tête. Pendant que les quatre membres de la Cour Ecclésiastique[1] allaient chercher la Bible, le Tianwan reprit la parole :

— Le Grand Frère Aîné[2] et moi-même, avant le commencement du Ciel et de la Terre, étions nés des entrailles de l'épouse de Dieu, la Mère Céleste. Plus tard, Dieu envoya sur terre le Grand Frère Aîné pour racheter les péchés des hommes et entrer dans le ventre de Marie afin de devenir un homme. Je descendis du Ciel pour sauver Abraham. C'est alors que je sus que le Père M'enverrait sur Terre pour y être le Seigneur, de sorte que Je saisis l'occasion de faire Mon apparition sur Terre pour être le Seigneur. Je reçus le commandement de M'introduire dans le ventre d'une mère pour entrer dans le monde. Je savais alors que Yanluo, le démon serpent[3], Me molesterait et priai le Père de Me protéger afin que le Mal Me fût épargné. Mais ce monstre ne put rien faire contre le nouveau-né

---

1. Cet organe, composé de quatre théologiens et de quatre Princes de rang secondaire, était notamment chargé de superviser le système des examens d'accès aux charges publiques auxquels les fonctionnaires du Céleste Royaume étaient astreints.
2. Il s'agit de Jésus. Ce texte s'inspire directement des écrits de Hong Xiuquan dont il reprend certains termes.
3. Dans la terminologie du chef des Taiping, Yanluo représentait le pouvoir mandchou.

que J'étais car Je suis Moi-même le Soleil ! Le Céleste Royaume commença aussi menu qu'un grain de moutarde. Autrefois, vous ne cherchiez pas Dieu ; à présent, vous Le rencontrez. Autrefois, vous n'osiez pas demander à Dieu de s'occuper de vous et maintenant Il daigne descendre dans le monde avec le Christ et ma Personne pour vous conseiller !

— Amen ! Amen ! murmura l'assistance en se prosternant devant le Céleste Souverain.

Puis, tandis que le fils aîné du Tianwan lisait la Bible d'une voix forte devant le Prince de l'Orient défait et que le Tianwan, ragaillardi et guilleret, recevait les hommages de ses dignitaires, la cérémonie s'acheva. Laura, fort mal à l'aise, repartit chez elle au plus vite en traînant son frère par la main. Au moment précis où son fils Paul, resté à la maison, lui ouvrait sa porte, elle entendit le roulement d'une galopade effrénée. La silhouette fulgurante d'un cavalier surgit à l'angle de la ruelle avant d'arriver à sa hauteur, où elle stoppa net. C'était Yang Xiuqing. À vrai dire, elle s'en doutait un peu. Elle avait compris, à la mine furieuse et déconfite du Prince de l'Orient à l'issue de son putsch avorté, qu'il n'en resterait pas là.

— Votre frère m'a trahi ! éructa celui-ci en mettant pied à terre.

Il regardait Joe d'un air mauvais. Sous l'effet de l'énervement, son visage rabougri paraissait encore plus grêlé que d'habitude.

— Joe ne trahit personne. Pour trahir, il faut avoir sa tête. Joe est incapable de penser par lui-même !

— À cause de lui, le Tianwan m'a humilié !

— Joe est doté d'une très grande force physique qu'il n'arrive pas à maîtriser. Je vous assure qu'il ne l'a pas fait exprès... murmura l'Anglaise, toujours prête à défendre son frère.

— Comment le savez-vous puisqu'il ne parle pas ?

— Mon frère n'a pas partie liée avec le Tianwan !

— Il doit réparer le tort immense qu'il m'a causé ! lâcha le Prince de l'Orient, excédé.

— Compte tenu de l'état de Joe, c'est à moi que votre demande s'adresse ! fit Laura en serrant les poings, prête à affronter tous les courroux du monde lorsque Joe était en cause.

— Si vous le dites... souffla Yang Xiuqing, soudain plus calme.

La réponse de Laura lui ayant manifestement donné des idées, son rictus se transforma en sourire appuyé.

— Vous êtes vraiment très jolie ce soir... Cette robe vous va bien... ajouta-t-il en lui effleurant le bras, non sans lui avoir décoché un clin d'œil aigu.

Elle crut défaillir et recula de quelques pas. Depuis qu'elle partageait la destinée du Céleste Royaume, elle n'avait jamais été importunée par aucun Prince.

— C'est peine perdue... lâcha-t-elle en le défiant du regard.

Pas mécontent de son effet, le Prince de l'Orient lui déclara en souriant :

— Laura, je vous ai toujours trouvée très charmante...

S'étant approché d'elle, il tendit une main vers sa poitrine. Elle pouvait sentir l'écœurante odeur de tabac dont son haleine était imprégnée.

— Je vous interdis de me toucher ! Si vous continuez, j'irai tout raconter au Tianwan !

— Dieu m'a parlé. Il souhaite que nous unissions nos forces. Le Tianwan ne s'oppose jamais au jugement de Dieu...

— Quand Dieu vous parle, il n'y a que vous qui entendez ce qu'Il dit ! s'écria la jeune femme qui voulait montrer à Yang qu'elle n'était pas dupe.

Le Prince de l'Orient, aux pieds duquel tombaient toutes les hakkas, n'était pas habitué à ce qu'on lui résistât.

— Vous n'êtes qu'une pauvre mécréante ! Vous blasphémez ! N'oubliez pas que vous parlez au troisième des fils de la Mère qui enfanta le Grand Frère Aîné et le Tianwan lui-même ! Si Dieu parle par ma bouche, c'est qu'Il le veut ! Je ne suis que Son instrument...

— Je me dois d'être fidèle au père de mon enfant.

— Vous l'attendez depuis des années et il n'est toujours pas revenu...

— Nous nous sommes mariés devant Dieu ! souffla Laura d'une voix rauque.

En désespoir de cause, elle avait sorti ce pieux mensonge à celui qui se posait désormais en rival de Hong Xiuquan pour tenter de lui faire lâcher prise.

— L'entêtement n'est pas un bon conseiller... Quant à Dieu, je crois être le mieux placé pour savoir ce qu'Il pense... maugréa le Prince de l'Orient, de plus en plus énervé.

Joe, qui avait jusque-là assisté, impassible, à la passe d'armes entre sa sœur et le Prince de l'Orient, croyant que ce dernier menaçait sa sœur, s'interposa en le bousculant. Le dos de Yang heurta violemment le chambranle de la porte. En même temps, le petit Paul, qui ne voulait pas être en reste, se rua sur le chef Taiping avant de lui assener, de son pied minuscule, un coup dans les tibias. Le cheval, affolé, commençait à donner des ruades, contraignant Yang qui le tenait tant bien que mal par la bride à remonter en selle en pestant qu'il se vengerait.

Épuisée par cette journée mouvementée, Laura alla s'affaler sur un des larges et pompeux fauteuils de mandarin aux allures de bergère qui remplissaient l'espace quelque peu étriqué de son salon, et se mit à pleurer. Pourrait-elle résister longtemps aux assauts répétés de Yang Xiuqing dont le pouvoir ne cessait de s'étendre ? Que pesait-elle, face au tout-puissant numéro deux du Céleste Royaume ? Haletante et désabusée, elle se perdait en conjectures, ressassant les paroles de l'Évangile : *Tout Royaume divisé contre lui-même périra !*

C'est alors que, pour la première fois, germa dans son esprit l'idée qu'il était peut-être temps de fuir Nankin... à l'instar de Jasmin Éthéré, sa meilleure amie !

Fébrile et crispée, les mains cramponnées aux accoudoirs de sa pseudo-bergère, Laura se mit à imaginer le scénario d'une telle issue. Mais au fur et à mesure qu'elle le déroulait, le découragement ne tarda pas à la gagner.

Paul Éclat de Lune était encore bien jeune pour affronter les myriades d'obstacles qui se dresseraient inévitablement sur leur route. Les impériaux cernaient Nankin de tous les côtés. Il faudrait franchir les murailles de l'ancienne ville impériale dont les portes étaient gardées jour et nuit, puis passer au travers des multiples dispositifs de défense que les Taiping avaient installés sur son pourtour, avec leurs douves et leurs fossés hérissés de bambous taillés comme des lances où les soldats impériaux s'empalaient atrocement... Avait-elle le droit de lui faire courir un tel risque alors qu'à Nankin, ils ne manquaient de rien et vivaient sous la haute protection du Tianwan ?

Quant à son frère... c'était pire encore, puisqu'il se tenait devant elle, lissant son écharpe de soie jaune, souriant aux anges, visiblement au fait des pensées de sa sœur comme s'il eût été capable d'y lire à l'intérieur... C'est alors qu'il parla, pour la première fois depuis des années.

— Pas partir. Pas partir, Laura ! Moi Prince ! Moi Voix Muette ! Rester ! lui disait-il, exprimant son point de vue de façon parfaitement limpide.

Le petit Prince de la Voix Muette n'entendait pas lâcher son poste auprès du Tianwan !

Effarée, Laura regarda Joe, ravi, en train de se mirer dans son petit miroir de bronze.

Le sac du Palais d'Été

Devant un tel spectacle, elle préféra fermer les yeux et, le cœur serré, se mit à prier, s'en remettant au Seigneur.

Lui seul était capable de lui donner la force de ne pas sombrer dans le désespoir car la vie sans La Pierre de Lune lui paraissait non seulement de plus en plus fade, mais aussi de plus en plus dangereuse...

57

Singapour, 2 septembre 1853

Dans leur bureau transformé en fournaise, Nash Stocklett et Antoine Vuibert, qui y travaillaient d'arrache-pied depuis l'aube, pouvaient à peine respirer malgré la porte-fenêtre grande ouverte. Il est vrai qu'il s'y engouffrait un vent brûlant venu du large qui rendait encore plus insupportable la moiteur dans laquelle était plongé le petit archipel depuis la fin de l'hiver.

Mais les deux hommes, depuis que leurs soupçons s'étaient transformés en autant de certitudes, étaient tellement pressés d'en finir avec Jarmil en soldant une bonne fois pour toutes les comptes de V.S.J. & Co qu'ils n'avaient cure de la chaleur.

— À quelle heure as-tu demandé à Keluak de passer? demanda le Français à l'Anglais qui leva la tête de ses états de stocks et regarda sa montre.

— Il ne devrait pas tarder!

Au début de chaque mois, le propriétaire malais auquel ils louaient les bureaux de leur compagnie venait leur rendre visite afin de percevoir le loyer du terme échu.

— Chaque fois que je le croise dans l'escalier, il me salue si bas que j'ai l'impression qu'il va me baiser les pieds!

— Je trouve surtout passablement grotesque sa façon de s'habiller à l'occidentale depuis qu'il est devenu membre du Country Club... soupira Nash.

— Pour le coup, je suis assez d'accord avec toi! pouffa Antoine en songeant aux larges costumes de tweed à l'impeccable coupe prétendument anglaise dans lesquels flottait Keluak.

Le Malais étant fluet, ces habits, que l'intéressé se vantait de commander sur mesure chez un tailleur britannique de Hongkong et qui n'étaient pas spécialement adaptés au climat singapourien, conféraient au nouveau membre du Country Club une dégaine plus proche de celle d'un clown que d'un gentleman.

— Derrière ses simagrées, je me demande ce qu'il cache ! lâcha le Français qui ruisselait de la tête aux pieds.

— C'est Jarmil qui te rend aussi méfiant ? fit Nash, plaisantant à moitié.

Le Français n'eut pas le temps de répondre. Leur propriétaire malais déboulait, méconnaissable, habillé de la longue robe blanche qui était la tenue traditionnelle des musulmans de Kuala Lumpur.

— Bonjour, monsieur Keluak ! Vous êtes toujours d'une ponctualité exemplaire ! lança l'Anglais à l'intéressé.

— Excusez-moi, mais il fait si chaud que j'ai préféré garder mon vêtement d'intérieur... fit l'intéressé, avec les intonations d'un coupable demandant pardon pour ses fautes.

— Il vous sied fort bien ! lui répliqua, sans mentir, Stocklett qui, pour une fois, trouvait parfaitement adaptée l'ample tunique blanche de leur visiteur, avant de l'inviter à s'asseoir.

Le Malais, après avoir drôlement placé sa main entre ses jambes, ce qui lui permit de les croiser, rabattit promptement le pan formé par le tissu avant de lancer à la cantonade, l'air toujours aussi obséquieux :

— Merci, monsieur Stocklett. Comment vont les affaires de mes honorables locataires et amis ?

Vuibert répondit sur un ton maussade :

— Elles vont bientôt s'arrêter, monsieur Keluak !

— Qu'entends-je ? Vous arrêtez votre commerce ? fit Keluak en s'étranglant.

— Au moment où nous nous parlons, la société V.S.J. & Co est en voie de dissolution, s'empressa de préciser l'Anglais.

— Moi qui voulais vous proposer de louer la maison dans son entier, je tombe plutôt mal ! soupira celui-ci, l'air faussement contrit du traître de comédie.

— Vous déménagez aussi, monsieur Keluak ?

Le Malais se rengorgea.

— À vrai dire, la semaine dernière, j'ai acheté une maison un peu plus haut, sur la colline... une demeure un peu plus vaste et de meilleur standing que celle-ci... Contrairement à celle-ci, elle est de style parfaitement victorien...

— Et encore plus près de celle du gouverneur... plaisanta Nash.

L'Empire des larmes

Les deux Occidentaux connaissaient bien, pour être passés devant à maintes reprises, cette vaste demeure à colonnade qui appartenait à un armateur hollandais dont les trois navires avaient été capturés au début de l'année par des pirates philippins. Leur propriétaire ayant fait faillite, tous ses biens venaient d'être dispersés à l'encan et Keluak, pas peu fier, avait été le dernier à surenchérir contre deux Chinois et un Singapourien de souche.

— C'était une opportunité, lâcha ce dernier, tout heureux de montrer à ses locataires que, malgré la couleur de sa peau et ses origines, son ascension sociale se poursuivait.

L'Anglais se racla la gorge.

— Les bons comptes faisant les bons amis, monsieur Keluak, j'ai calculé ce que nous vous devons. Avec le préavis d'un mois, qui court par conséquent jusqu'à fin octobre, et sachant que nous vous devons évidemment le terme d'août, cela fait six livres sterling…

Nash alla ouvrir le petit coffre de fer scellé dans le mur où étaient enfermées les espèces détenues par V.S.J. & Co avant d'y plonger la main.

La veille, il avait achevé de calculer la liquidation des actifs de la compagnie V.S.J. & Co dont il était le gérant et dûment averti par lettre la chambre de commerce que ladite firme cesserait ses activités à la fin du mois de septembre. D'ici là, toutes les factures des fournisseurs devraient être réglées rubis sur l'ongle, si les associés voulaient échapper à l'infamant statut de « failli » qui empêchait d'exercer une quelconque activité commerciale dans tous les territoires sous juridiction commerciale britannique.

— Vous quittez donc Singapour… fit Keluak, faisant celui qui n'avait pas entendu.

— Exact ! Nous embarquons pour Shanghai dès la semaine prochaine.

— Vous allez vivre en Chine ?

— Nous allons commencer par aller demander des comptes à notre *compradore*… expliqua Vuibert.

— Je parie qu'il vous doit de l'argent. Tous les Chinois se font tirer l'oreille pour payer ! Pour obtenir les sous, il ne faut pas hésiter à y aller au couteau ! gloussa, geste à l'appui, le petit Malais.

Comme la plupart des musulmans de Malaisie, Keluak ne tenait pas les Chinois en haute estime.

— Si c'est nécessaire, on n'hésitera pas à lui mettre le pistolet sur la tempe ! maugréa Antoine, excédé par les mimiques de leur propriétaire.

— M. Jarmil part-il à Shanghai avec vous ?

— Diantre non ! laissa échapper le Français en comptant les pièces d'argent qu'il venait de sortir du coffre avant d'en faire un tas qu'il enroula dans une feuille de papier puis de tendre le tout au Malais qui s'empressa de l'empocher.

— Cela fait quinze jours que Jarmil aurait dû rentrer des Indes. Nous n'avons aucune nouvelle de lui. À vrai dire, c'est la raison pour laquelle nous avons décidé de liquider la compagnie plus tôt que prévu ! Continuer avec un partenaire si peu fiable rend les opérations trop difficiles ! expliqua Stocklett.

— Il y a peut-être des tempêtes dans l'océan Indien. Cette année, la mousson a commencé très tôt. Tout le monde s'en plaint !

— Il n'était pas sur le navire à bord duquel il aurait dû se trouver et qui est arrivé ici en temps et en heure ! trancha le Français.

— Je comprends, je comprends... fit Keluak de sa voix fluette et doucereuse, avant de saluer bien bas ses locataires.

Une fois le Malais reparti, Stocklett replongea la main dans le coffre et, après l'avoir vidé, continua à faire ses comptes pendant que Vuibert se rendait à l'entrepôt pour y effectuer un ultime contrôle des stocks. Lorsque, deux heures plus tard, il fit irruption dans le bureau, le Français, plus excédé encore que lorsqu'il en était parti, faisait grise mine.

— Ramos est un sacré voleur ! Sur les dix caisses que je lui ai fait ouvrir au hasard, six étaient vides ! Pour toute explication, il met en cause les bandes de pillards qui, selon lui, écument les entrepôts ! tempêta-t-il en s'écroulant sur sa chaise.

— Et dont Jarmil doit être le grand chef et Ramos le sous-chef ! grinça Nash. Cela t'étonne ?

— Pas vraiment ! soupira Antoine à qui son ami, comme si ce fut là un lot de consolation, désignait un petit tas de pièces d'or et d'argent.

— Voici ta part.

— Combien ça fait ?

— J'espère que tu n'es pas trop déçu. Il y en a pour cinquante !

— Dollars-or ?

— Oui ! Après paiement de tous les fournisseurs, il reste l'équivalent de cent cinquante dollars-or dans la caisse de V.S.J. & Co !

— Je pensais qu'il y en avait au moins le double ! lâcha Antoine, abattu.

— Je n'ai évidemment pas compté le stock, vu que ne pouvons pas l'emporter dans nos poches ! expliqua Stocklett, la mine contrite.

— Ou plutôt ce qu'il en reste ! Pour autant, il ne faut pas que nous le passions par pertes et profits.

Nash, qui semblait soudain vieilli de dix ans, se leva et, s'étant approché d'Antoine, lui murmura d'une voix tremblotante :

— Si tu savais ce que je m'en veux de t'avoir embarqué dans cette aventure ! Je ne sais pas ce qui m'a pris de faire confiance à ce maudit Jarmil...

Le Français, se gardant d'accabler son partenaire qu'il avait suivi de son plein gré dans leur association avec le Pondichérien, préféra poursuivre son raisonnement.

— Dis-moi un peu, Nash, combien nous doit Deux Fois Plus de Chance ?

— En théorie, près de quatre-vingts dollars-or, soit le prix des deux dernières livraisons qu'il ne nous a pas encore payées.

Vuibert fit rapidement ses comptes. Cela lui ferait en tout quatre-vingt-dix dollars-or. L'équivalent de cinq ou six ans de salaire d'un consul adjoint. Un joli pactole, qui permettait de voir venir et à tout le moins d'assouvir son envie de création d'une affaire à Shanghai. À condition, évidemment, de le toucher...

— Crois-tu que nous réussirons à nous faire payer ?

— Deux Fois Plus de Chance a toujours fini par honorer ses engagements ! souffla Stocklett, la mine de plus en plus défaite.

— Tu n'as pas l'air dans ton assiette !

— Je pense à toutes ces années perdues... gémit l'Anglais, décomposé, que l'image des enfants Clearstone abandonnés à leur triste sort continuait à hanter comme au premier jour, lorsque Sam Goodridge lui avait appris la mort de Barbara.

— Il est l'heure de dîner et nos additions sont finies... Allons chez Meads, ça nous changera les idées ! lui proposa gentiment Antoine.

Le restaurant de Meads était l'unique endroit de l'île où l'on servait un *roast-beef* à la menthe acceptable pour un Anglais. Comme il était situé à l'autre extrémité de la ville, ils hélèrent un pousse-pousse. Aussitôt, dans un bruit de casseroles tombant d'une étagère, déboulèrent une dizaine de carrioles. Les hommes au torse maigre et noueux qui les traînaient étaient prêts à en venir aux mains pour se présenter en premier devant le client. Pour éviter une émeute, ils choisirent eux-mêmes l'heureux élu qui se mit instantanément à trotiner en ahanant jusqu'à l'adresse indiquée. Sous l'effet des pluies diluviennes qui s'étaient abattues sur l'île depuis trois semaines, la luxuriance végétale de Singapour semblait plus dense encore que d'habitude, renforcée par la découpe des troncs et des lianes luisants et noirs qui semblaient sculptés dans le métal tant leur port était assuré, à la manière des nervures plombées d'un gigantesque vitrail.

Sans jeter un regard sur la beauté environnante, les deux amis arrivèrent un quart d'heure plus tard chez Meads, un Gallois au ventre proéminent et aux impressionnantes moustaches, qui les installa à l'une de ses meilleures tables, sur la terrasse ombragée du restaurant.

— Comment procédons-nous, vis-à-vis de Jarmil ? demanda le Français en attendant la bouteille de pur malt qu'ils avaient commandée.

— On lui laissera sa part dans le coffre, avec une lettre d'explication. Il la trouvera à son retour ! répondit Nash, visage fermé.

— Ce jour-là, il nous maudira, mais il l'aura bien mérité !

Ils furent interrompus par le maître d'hôtel, un petit homme au crâne déplumé dont la jaquette noire, lustrée comme du cuir à force de n'être jamais lavée et constellée de taches de graisse, ressemblait à une véritable carte du ciel. L'intéressé ayant la réputation d'être un agent à la solde du gouverneur, payé pour écouter les conversations des clients, les deux convives stoppèrent net leur conversation.

— Messieurs, je vous conseille notre rôti de bœuf sauce menthe et pommes de terre soufflées ! À défaut, j'ai aussi d'excellents pagres dont le chef fait sauter les filets à la poêle avec des champignons noirs ! leur déclara la carte stellaire ambulante.

Ils optèrent tous les deux pour la viande.

— Où en étais-je ? fit Nash.

— À Jarmil ! Nous aurons vraiment été fair-play jusqu'au bout avec cet escroc ! Quand je pense que nous lui versons sa part d'une affaire qu'il aura pillée par ailleurs... tonna le Français tandis que l'Anglais ne pipait mot.

— Tu ne dis rien ? Ne serais-tu pas d'accord avec le point de vue que je viens d'exprimer ? reprit Antoine, surpris par le mutisme de son ami.

— J'imagine que tu es toujours sur ton projet de créer une affaire en Chine ? lui demanda alors celui-ci, visiblement désireux de changer de sujet.

— Plus que jamais... D'après ce qui se dit, la concession française de Shanghai est aux trois quarts vide. Je suis sûr que le consul de France se fera un plaisir de nous faciliter les choses si nous souhaitons nous y implanter... Au fait, si tu veux en être, ce sera avec le plus grand plaisir que je m'associerai avec toi !

— Pour ne rien te cacher, je me demande s'il est bien raisonnable de continuer à attendre en Chine quelque chose qui risque de ne jamais venir, soupira Stocklett, la mort dans l'âme.

— Tu ne vas pas me dire que tu comptes repartir à Londres ! s'exclama Antoine.

Pendant qu'un lourd silence prenait place entre les deux convives, Nash attaqua sans conviction sa tranche de *roast-beef*. Sa vie lui paraissait vide de sens. De ces cinq années passées à Singapour à essayer de maintenir à flot une compagnie au bord de la faillite, que lui restait-il à présent, si ce n'était le goût amer de la déception ? Tout le temps qu'il avait passé à essayer de redresser V.S.J. & Co l'avait empêché de se consacrer à sa tâche initiale qui était de ramener à Londres les petits Clearstone ! Si cela ne s'appelait pas faire fausse route, il n'était pas l'ancien chef comptable de Jardine & Matheson...

— Je ne vais tout de même pas finir mes jours en Chine, alors que les années passent et qu'à mon âge elles comptent double, surtout avec ce climat... fit-il, lugubre.

— Ne dis pas ça ! J'en connais plus d'un qui aimerait avoir ta forme, Nash ! plaisanta Antoine Vuibert.

Stocklett, plus abattu que jamais, regarda son compagnon. Au moins Antoine avait-il bonne mine et, à en juger par ses projets, envisageait-il l'avenir avec optimisme... C'était déjà ça. Il n'eût plus manqué que, par sa faute, son ami tombât aussi bas que lui !

L'Anglais essaya de répondre au grand sourire que lui avait décoché le Français mais il n'en avait plus la force. La tunique de sa culpabilité pesait, telle une cotte de mailles médiévale, sur ses vieilles épaules... Il se sentait à bout, vanné, prématurément usé comme une outre trop longtemps exposée au soleil et aux intempéries...

— Tu n'as pas l'air dans ton assiette ! Qu'est-ce qui ne va pas ? insista Antoine, qui connaissait son Nash comme sa poche. Tu me caches quelque chose, Nash ! Dis-moi ce que c'est !

— Rien... tu te fais des idées... protesta l'ancien comptable dans un murmure qui ressemblait étrangement à un sanglot, avant d'avaler un dernier morceau de *roast-beef* tout en se gardant bien de croiser le regard de son ami.

Nash avait trop peur que ce dernier y perçût son trouble.

Car pour rien au monde il n'eût avoué à Antoine l'ultime forfaiture à laquelle il s'était livré.

58

Anhui, 28 août - 2 septembre 1853

— Monsieur Bowles ? s'enquit Mesure de l'Incomparable, étendu dans la paille à côté du journaliste anglais et qui regardait fixement le plafond fait de poutres mal ajustées d'où s'envolaient en escadrilles les chauves-souris.

John, aussitôt, répondit :

— Oui ! Qu'y a-t-il ?

— Vous ne dormez pas ?

— Pas encore ! Il fait si chaud... et puis, je n'arrive pas à m'habituer à tous ces bruits...

Il faisait évidemment allusion aux ronflements des soldats endormis alentour, aux crachotements, aux reniflements et aux raclements des gorges irritées par les milliards de particules dégagées par la paille de riz et le fourrage séchés qui s'entassaient dans la grange.

— Moi, c'est pareil, monsieur Bowles... confia le militaire.

Ce n'était pas le fait du hasard si l'amant de Jasmin Éthéré, promu au grade de colonel dans l'armée des Taiping, était allongé à côté du reporter anglais dans ce grenier avec une trentaine de soldats de l'armée des gueux, mais bien parce qu'il y avait été envoyé en service commandé : le général Lin Fengxian, ancien chef de la garde personnelle du Tianwan promu par le Prince de l'Orient commandant en chef de l'offensive de l'ouest, lui avait confié la mission de cornaquer le journaliste.

Contrairement à ce qu'il avait imaginé au départ, la tâche ne s'annonçait pas de tout repos. Face à un ennemi qui rêvait d'en découdre après la cuisante défaite de Nankin, les conditions de l'offensive des Taiping laissaient à désirer, ce qui rendait l'armée des gueux fort vulnérable. En fait, le général Lin avait hérité là d'un cadeau empoisonné. Car s'il avait sous ses ordres une armée de vingt et un bataillons de quatre mille hommes chacun, l'équipement de ses soldats était réduit à sa plus simple expression... Dépourvu de cavalerie et d'artillerie, privé d'armes lourdes et de moyens de transport ainsi que de ravitaillement, ce dispositif de combat était totalement inadapté à la conquête de l'Anhui, une vaste province au terrain accidenté où les troupes mandchoues disposaient de nombreuses places fortes à flanc de montagne.

Suite à l'intervention du Tianwan en personne, qui comptait bien se mettre Bowles dans la poche, Mesure de l'Incomparable avait été déchargé du commandement de son régiment par le général Lin afin de pouvoir se consacrer au journaliste anglais, auquel il servait à la fois de guide et de garde du corps. Lin lui avait donné pour mission de satisfaire à toutes les exigences du journaliste du *Weekly*. C'est ainsi que les deux hommes avaient quitté Nankin à cheval, entourés par des milliers de fantassins qui s'étaient enroulé les pieds dans des bandes de feutre et avaient pour seule arme un vieux sabre rouillé passé dans leur ceinture. Seuls les officiers disposaient d'un arc et d'un carquois récupérés par les Taiping lorsqu'ils s'étaient emparés du dépôt de munitions central des troupes impériales. Malgré ces carences en matériel, ces soldats faméliques, vêtus de guenilles comme des mendiants et dont la plupart s'étaient battus comme des lions pour s'emparer de Nankin, partaient vers ces nouveaux combats avec un moral de vainqueur.

Après avoir longé le Chang Jiang sur une distance d'environ cent kilomètres, les deux hommes avaient abandonné leurs montures pour embarquer à bord d'une des longues barges abandonnées par les impériaux quelques semaines plus tôt, lorsqu'ils avaient dû se replier en catastrophe face à l'armée des gueux. Halés depuis la rive par des convois de buffles, les navires, chargés au point que leurs ponts affleuraient à la surface des eaux, avaient lentement remonté le fleuve jusqu'au village de Zhongyong. C'était à l'ouest de cette bourgade située à deux jours de marche d'Anqing, la capitale de la province, que les troupes mandchoues avaient installé leurs premières lignes de défense. Mesure de l'Incomparable et John Bowles y avaient débarqué à la nuit tombante, sous un déluge de flèches tirées par les impériaux depuis un petit fortin construit au milieu du fleuve. Un capitaine dont l'haleine puait l'alcool de riz, quoique cette boisson fût, du moins en théorie, strictement interdite chez les

Taiping, les avait emmenés dans ce grenier désaffecté où, après un dîner frugal, on leur avait attribué cet espace minuscule pour dormir.

Le bout de la Tige de Jade de Mesure de l'Incomparable restait imprégné par les ineffables gâteries que Jasmin Éthéré lui avait offertes avant son départ pour l'Anhui.

Comme d'habitude avant son départ au front, les deux amants qui partageaient le Heqi s'étaient unis avec fougue, chacun voulant donner à l'autre la ration de plaisir dont il serait privé pendant de longues semaines jusqu'au retour du guerrier. À l'instar de tous les officiers supérieurs de l'armée des gueux, Mesure de l'Incomparable n'avait droit à deux semaines de repos qu'au bout de trois bons mois de présence sur le champ de bataille... Sentant que s'il continuait à penser avec autant d'intensité à la contorsionniste, il risquait bel et bien d'avoir une éjaculation, il se redressa vivement. Il ne lui paraissait pas convenable qu'un adepte du Heqi prît du plaisir de façon solitaire sous prétexte que sa partenaire était absente. C'était une affaire de fidélité et d'honnêteté.

— Je suis très perturbé ! ajouta le Taiping, en mal de confidences.

Il trouvait l'Anglais sympathique et avait décidé de jouer avec lui son va-tout.

— Tu as un problème ? lui demanda John, quelque peu étonné par une entrée en matière aussi directe au pays où il était de bon ton de pratiquer la litote et l'allusion.

— Je pense à ma femme. Elle me manque énormément.

— Tu es marié ?

— Pas encore... Les officiers de l'armée des gueux ne peuvent se marier qu'avec l'autorisation expresse du Tianwan !

— Pourquoi le Tianwan t'empêcherait-il d'épouser la femme que tu aimes ?

— Hong n'accorde les autorisations de mariage qu'avec parcimonie ! Il y a tout un dossier à remplir et le couple doit se présenter personnellement devant le Céleste Souverain. Il arrive que Dieu ordonne à celui-ci de garder la femme pour lui. Dans ce cas, elle doit entrer au Céleste Harem ! Je n'ai aucune envie que pareille mésaventure arrive à la femme de ma vie !

— Je te comprends !

Le sous-officier chargé de l'inspection des feux les fit taire et les deux hommes se recouchèrent. Un peu plus tard, alors que Bowles était sur le point de trouver le sommeil, son voisin le secoua doucement.

— Monsieur Bowles, j'ai un grand service à vous demander...

— Si je peux faire quelque chose pour toi, ce sera avec plaisir ! murmura le journaliste en se redressant.

— Monsieur Bowles, tout à l'heure, je n'ai pas été assez précis avec vous, lui déclara Mesure de l'Incomparable dont le visage était figé par l'angoisse.

— Eh bien, vas-y, je t'écoute !

— Pourriez-vous nous aider, ma femme et moi, à quitter le Céleste Royaume ?

John, bouche bée, s'attendait à tout sauf à une telle requête, de la part de ce jeune et sympathique colonel de l'armée des gueux qu'il connaissait à peine.

Il se redressa, tandis que le Chinois faisait de même.

— Vous n'y êtes pas heureux ? bredouilla-t-il.

— Le Tianwan lorgne de plus en plus sur ma femme dont le corps est souple comme une liane. Pendant des années, elle fut contorsionniste dans des spectacles de cirque. Ses qualités physiques hors du commun en font la partenaire idéale pour un homme ! Le connaissant, je suis sûr que Hong souhaitera les tester lui-même. Rien ne saurait empêcher le Tianwan d'agir à sa guise... Or cette jeune personne est ce que j'ai de plus précieux au monde, monsieur Bowles !

— Je te remercie pour ta franchise... Cela étant, je ne vois pas en quoi je pourrais t'aider alors qu'il te suffirait de quitter discrètement Nankin avec ta femme ! répondit John, perplexe, et qui ne tenait pas à compromettre ses bonnes relations avec le Tianwan.

— Elle est réticente à l'idée de quitter la capitale des Taiping sans véritable point de chute. Elle a recueilli une fillette abandonnée qu'elle a peur de mettre en danger.

— Comment pourrais-je l'éviter ?

— Vous n'y êtes pas, monsieur Bowles. En fait, pour en avoir maintes fois discuté avec elle, le seul endroit où ma femme partirait volontiers, c'est l'Angleterre.

— Comme c'est drôle ! Comment ta femme a-t-elle entendu parler de l'Angleterre ? ne put s'empêcher de lâcher Bowles, amusé à l'idée que ce couple de Taiping rêvait d'aller refaire sa vie à Londres alors que lui-même se refusait à toute idée de retour au bercail.

— À Nankin, elle a une amie anglaise.

— Laura Clearstone ?

— Vous la connaissez ?

John acquiesça.

— Les propos de Laura sur l'Angleterre font tellement rêver ma femme qu'elle souhaite à tout prix y aller… D'après elle, les Anglais vivent bien mieux que les Chinois !

— Tu es prêt à partir avec elle ?

— Sans le moindre état d'âme, monsieur Bowles ! Ayant donné au Céleste Royaume plusieurs années de ma vie, je suis las de me battre dans la boue et de risquer ma peau pour des chefs qui n'ont pas de considération pour la piétaille… Et puis, j'aimerais fonder une famille et vivre tranquillement en paix afin d'assurer un meilleur avenir à mes enfants.

Habitué à la langue de bois dont usaient généralement les Chinois lorsqu'ils parlaient aux étrangers, John, qui observait attentivement le colonel Taiping, était surpris par sa spontanéité.

— Pour prendre un bateau pour Londres, il faut de l'argent. En as-tu ?

— Justement, monsieur Bowles, j'ai pensé que vous pourriez m'aider à trouver du travail à Shanghai.

— Je vais réfléchir à tout ça. Nous aurons tout le temps d'en reparler au cours des jours que nous allons passer ensemble…

La quête du bonheur individuel étant antagoniste aux sacrifices et aux efforts nécessités par les causes collectives, John, songeur, se disait que si les officiers supérieurs de Hong Xiuquan en étaient là, il était probable que les offensives de l'armée des gueux finiraient par faire long feu.

— Je vous remercie infiniment pour votre compréhension ! fit Mesure de l'Incomparable en serrant avec effusion les mains de celui qu'il considérait déjà comme son sauveur.

Juste avant de s'endormir, John, en repensant à sa dernière visite à Laura, eut des doutes et voulut en avoir le cœur net. Il se pencha vers son voisin et lui dit :

— J'ai croisé chez Laura Clearstone une jeune personne du nom de Jasmin Éthéré. Serait-ce ta femme ?

— Comment l'avez-vous deviné ?

— La description que tu m'en as faite était éloquente… murmura, soudain pensif, le journaliste, tout en se gardant bien de faire part à son guide de la bouffée de désir qu'il avait ressentie à la simple vue de la jeune femme.

Le lendemain, après une nuit peuplée par les ronflements et les mauvaises odeurs de ses voisins, Bowles retrouva son accompagnateur devant le bol de soupe servi par une cantinière hommasse aux soldats qui devaient partir combattre le jour même. Dehors, sur fond d'explosions, d'épais nuages de fumée empêchaient de voir à plus de quelques mètres. John, qui était sujet à des crises d'asthme, plaça aussitôt un foulard sur sa bouche. Sous une chaleur accablante, les soldats s'étaient déjà mis en rangs par quatre. Certains ajustaient leurs bandes molletières, d'autres se passaient sur le visage une mixture destinée à chasser les moustiques dont la région était infestée. Ils portaient tous des vêtements civils maculés de sang dont les déchirures dévoilaient ici les épaules, là les mollets ou encore les genoux. Bowles, qui était frappé par la maigreur cadavérique de ces hommes dont certains n'avaient pas quinze ans, faillit sortir son carnet à croquis mais il se ravisa. S'il commençait à dessiner tout de suite cette horde en hardes, il retarderait son départ vers le front, ce qu'il ne voulait à aucun prix, tout à sa hâte de se trouver là où ça chauffait.

Cela faisait des semaines qu'il rêvait de dessiner les corps à corps acharnés auxquels se livraient les impériaux et les Taiping, que bon nombre de ses compatriotes présents en Chine accusaient d'aller jusqu'à boire le sang de leurs victimes afin d'y puiser l'énergie vitale nécessaire à leurs prochains combats.

Mesure de l'Incomparable vint vers lui et désigna les colonnes de fumée qui montaient vers le ciel, par-dessus l'épaisseur poussiéreuse des roseaux.

— Les combats font rage, monsieur Bowles ! Il faut faire attention aux projectiles... surtout aux flèches enflammées !

John, de plus en plus excité par l'odeur de la poudre, trépignait intérieurement.

— Je l'ai bien compris ! Quand penses-tu pouvoir m'emmener sur le front ?

— La situation est très dangereuse.

— J'en ai vu d'autres ! s'écria John, fébrile.

— Le général Lin a bien insisté pour que je vous ramène entier à Nankin, monsieur Bowles ! Le mieux serait que nous attendions un ou deux jours ici, le temps que les ennemis abandonnent leur ligne de front. D'autres renforts sont prévus, qui devraient arriver dans la journée et nous permettre de repousser d'ici les impériaux.

— Comment pourrai-je entreprendre un reportage sur la façon dont les Taiping font la guerre si je me contente de faire un petit tour à Zhongyong et de regarder monter au ciel la fumée des combats ! Si tu ne veux pas m'accompagner, j'irai tout seul ! s'exclama le dessinateur journaliste en roulant de gros yeux.

— Si telle est votre décision, nous partons tout de suite... lui répondit, penaud, le Chinois qui avait cru bien faire mais avait des directives pour ne rien refuser à son interlocuteur.

Ils s'engagèrent sur une petite route où des fantassins cheminaient déjà en chantant des psaumes, sous la conduite de sous-officiers qui brandissaient de longs fouets destinés à stimuler les éventuels retardataires. À bout d'une demi-heure de marche et alors que les explosions étaient de plus en plus rapprochées, un sergent ordonna aux soldats de se mettre en position de charger. Les Taiping faisant monter au front ceux qui, en raison de leur inexpérience, allaient au sacrifice sans le savoir, les plus jeunes avaient été sommés de se placer en première ligne et continuaient à chanter à tue-tête, à mille lieues de se douter de ce qui les attendait.

À présent, des tirs nourris fusaient de toute part, tandis que dans l'air humide et chaud flottait une forte odeur de poudre. À quelques encablures des deux hommes champignonnait une épaisse colonne de fumée. Sur les collines environnantes, la plupart des toits de paille de riz des maisonnettes étaient en flammes. De la zone des combats, des cris fusaient, de peur et de douleur. Du coup, la colonne des petits soldats ne progressait plus que par intermittence, comme si la proximité des combats, d'un seul coup, avait tari l'enthousiasme de ces gamins qui, ce matin encore, chantaient joyeusement en ajustant leurs bandes molletières.

Bowles, qui n'écoutait que sa curiosité, s'impatientait.

— Il faut avancer plus vite !

— Monsieur Bowles, faites-moi confiance. Nous allons dans la bonne direction...

Ils furent interrompus par un lieutenant qui se ruait sur un pauvre gosse en sanglots, accroupi dans la boue, incapable d'avancer tellement la peur lui coupait les jambes.

— C'est la troisième fois que tu nous fais ce coup ! hurla l'officier au gamin, avant d'abattre d'un coup sec son sabre sur sa nuque.

Puis le Taiping s'empara de la tête coupée du petit supplicié qui venait de rouler sur le sol, avant de glapir à la cantonade :

— Les autres, tenez-vous-le pour dit !

Bowles, malgré l'envie de capter la scène, de rendre d'un seul trait le mouvement parfait de cette lame au moment où elle avait tranché les cervicales du jeune soldat, ne put s'empêcher de détourner le regard. Cahin-caha sous un déluge descendu du ciel, la cohorte se remit en mouvement vers une zone où, à en juger par les bruits de lames qui s'entrechoquaient, les cris gutturaux des assaillants et les gémissements des blessés, devaient se dérouler d'intenses corps à corps. Mesure de l'Incomparable, persuadé que le journaliste y réfléchirait à deux fois avant de faire un pas de plus, reprit :

— La ligne de front est juste derrière ! Quand il est si près du tigre, le chasseur ne va pas au-devant de l'animal. Il attend dans un fourré qu'il passe à sa portée !

— Comment voulez-vous que je décrive à mes lecteurs les combats de l'armée des gueux si je ne les vois pas ? répéta, excédé, Bowles, auquel l'odeur de la poudre semblait donner des ailes.

Ils remontèrent tant bien que mal l'étroit chemin où stationnait un détachement de soldats dont la tête était constituée d'enfants encore plus jeunes. La moitié était en larmes et tremblait comme des feuilles. C'est alors qu'un lieutenant leur barra sèchement le passage.

— Tu dois nous laisser passer ! lui ordonna Mesure de l'Incomparable.

— Personne ne doit monter au front tant que le capitaine Huang n'a pas levé la bannière noire… lui rétorqua l'officier en désignant son supérieur, posté sur un mamelon d'où il pouvait surveiller le champ de bataille.

Le guide de Bowles exhiba sous son nez la médaille distinctive qui pendait à son cou.

— Idiot ! Ne vois-tu pas que je suis colonel !

Le lieutenant s'effaça après s'être cassé en deux.

— À vos ordres, mon colonel ! Veuillez passer !

Ils franchirent un petit pont qui enjambait un ruisseau aux eaux rougeoyantes de sang et dont les berges étaient jonchées de cadavres pourrissants. Bowles extirpa à toute allure son carnet à croquis de sa sacoche mais ne put s'arrêter pour croquer cet amoncellement de chairs putrides au-dessus desquelles tournoyaient en vrombissant de grosses mouches bleues.

— Je ne vous conseillerai pas de rester sur ce pont trop longtemps… Les Mandchous prennent pour cible tous ceux qui mettent le pied dessus ! lui souffla l'amant de Jasmin Éthéré au moment où une lance enflammée se fichait dans le sol, à quelques mètres d'eux.

Sous un ciel parsemé d'éclairs, ils avancèrent de quelques mètres en se frayant un passage dans des roseaux coupants comme des lames de rasoir. Un peu plus loin, au milieu d'une rizière dévastée, de tout jeunes soldats aux cheveux longs et raidis par la boue se battaient au corps à corps, l'eau à mi-cuisses, contre les impériaux. Ceux-ci, tels de gros insectes en train de dévorer leurs proies chétives, portaient des vestes matelassées d'écailles articulées. Seuls trois petits Taiping avaient miraculeusement réussi à faire tomber à terre un fantassin adverse et s'acharnaient sur son crâne à coups de pierre. Quant aux autres, en fort mauvaise posture, ils se débattaient avec l'énergie du désespoir face à la main qui s'apprêtait à leur trancher la gorge avec un gros coutelas. Brûlant de saisir le poignant spectacle de ces enfants envoyés à l'abattoir qui s'opposaient tant bien que mal à des adversaires deux fois plus grands qu'eux, le journaliste confia à son guide :

— Ce serait parfait si je pouvais gagner le promontoire du capitaine à la bannière. De là-haut, la vue doit être imprenable sur tout le champ de bataille !

— Ce promontoire est très exposé, monsieur Bowles, à votre place, je n'irais pas. Les impériaux en font leur cible...

— Par où faut-il passer, si je veux éviter de m'enliser dans les marécages ? s'écria John qui n'écoutait plus que son instinct de journaliste désireux de raconter au monde entier le terrible sort de ces enfants soldats.

— Suivez-moi ! fit le Chinois, la mort dans l'âme.

Dès qu'il fut au pied du tertre, le reporter entreprit de l'escalader avant de se retrouver nez à nez avec le capitaine Huang, un « cheveux longs » d'une maigreur cadavérique et au visage rongé par la petite vérole.

— Que diable faites-vous ici ? s'écria l'officier Taiping, ahuri, dont la bouche édentée trahissait la dépendance à l'opium.

— Ce nez long est l'invité personnel du Tianwan ! hurla la voix de Mesure de l'Incomparable, resté en bas.

— Juste le temps de faire un petit dessin et je repars... ajouta John qui, en quelques gestes précis, avait déjà étalé son matériel à même le sol, sur le sommet du promontoire.

— Si les salopards d'impériaux s'aperçoivent que nous sommes deux, ils vont nous cribler de flèches... maugréa le capitaine.

Il avait à peine terminé sa phrase qu'une pierre catapultée et une nouvelle flèche enflammée s'abattaient à quelques centimètres de leurs têtes, au grand dam de Huang qui courut se réfugier derrière un rocher. Sans se préoccuper du danger, John, concentré à l'extrême, se mit à dessiner furieusement les corps à corps, en s'efforçant de ne pas se laisser impressionner par l'atrocité d'un combat aussi inégal. De part et d'autre de la rizière, les impériaux avaient massé des troupes fraîches. Chaque fois qu'une fournée de Taiping était massacrée, le commandement mandchou lançait de nouveaux combattants à l'assaut des enfants soldats et le piège mortel se refermait inexorablement sur les pauvres gamins. D'un réalisme saisissant, les dessins de John illustraient la violence de ces terribles affrontements où les jeux étaient faits d'avance. Les lecteurs du *Weekly* seraient édifiés. Le journaliste se voyait déjà en train de rédiger pour eux les légendes de ces horribles carnages dans lesquels sa mine de plomb fouaillait comme une épée dans la plaie. Elles seraient sobres, descriptives, très *matter of facts* : *Un enfant soldat est décapité par un soldat de l'armée mandchoue ; L'armée des gueux ne disposant que d'un armement de fortune, les enfants n'ont que leurs poings pour se battre ; Scènes de combats dans la rizière, dans la boue infestée par les serpents venimeux*. Quant à la une du journal, il la barrerait pour la circonstance d'un bandeau annonçant *L'extraordinaire témoignage de notre envoyé spécial plongé au cœur de l'enfer de la guerre civile*. Le numéro en question ferait un tabac. Il imaginait ses lecteurs, calés dans leurs confortables fauteuils, en train de siroter leur thé sous les vérandas de leurs belles demeures de style colonial anglo-indien. Il ne fallait pas se fier à l'apparence paisible de ces gens, car ils n'aimaient rien tant que l'odeur du sang et de la poudre, ils se repaissaient de sensationnel et se délectaient du malheur des autres, en se gavant des descriptions de cette Chine déliquescente qu'ils bourraient d'opium pour mieux lui faire oublier les atroces souffrances qu'elle s'infligeait à elle-même. Dans les « parties » organisées par les Taipan, ces riches hommes d'affaires qui tenaient le haut du pavé à Shanghai et à Canton, ce numéro passerait de main en main à toute allure. À sa lecture, les élégantes manqueraient de défaillir sous leurs immenses capelines tandis que les mâles, sanglés dans leurs gilets de soie barrés par leurs lourdes chaînes de montre, se gausseraient une fois de plus de « la sauvagerie de ces pauvres Chinois qui s'entretuaient au lieu de s'entraider ».

Un très violent orage éclata sur la zone, obligeant John à mettre à l'abri son carnet à croquis. Lorsqu'il leva les yeux, après avoir, tant bien que mal, fourré ses feuilles dans sa besace, le capitaine à la bannière noire avait disparu. Sous un ciel d'encre, la rizière s'était entièrement vidée de ses combattants. Au milieu des plants de riz rougis par le sang n'émergeaient plus que des centaines de cadavres.

C'est alors que le visage grimaçant de douleur de Mesure de l'Incomparable apparut soudain au journaliste.

— Que t'arrive-t-il ? hurla-t-il à l'adresse de son guide.

L'autre lui montra sa jambe gauche, transpercée de part en part par une flèche.

— Un salaud d'impérial m'a tiré dessus à l'arbalète... Il faut redescendre au plus vite... Dès que la pluie aura cessé, les Mandchous vont à nouveau s'en prendre à ce tertre... lâcha le Chinois qui avait l'air de souffrir horriblement.

La mort dans l'âme, Bowles, tel un chasseur obligé de rengainer son arme, s'exécuta. Ils entamèrent la descente du tertre. Le sol était si glissant que le journaliste proposa au Chinois de s'appuyer sur son épaule.

— Et dire que j'avais ordre de vous protéger ! soupira le blessé.

Lorsqu'ils arrivèrent au pied de la colline, après avoir failli cent fois se rompre le cou, à force de glisser sur les rochers mouillés, Mesure de l'Incomparable désigna, à moitié cachée par des roseaux, une cabane en ruine.

— Vous allez me laisser là et revenir au camp de base. Le chemin est juste à quelques mètres derrière vous. Il vous suffira de courir et vous tomberez sur les nôtres ! gémit le colonel blessé.

Le Taiping souffrait le martyre.

— Je ne vais tout de même pas t'abandonner ici !

— Je ne marche pas assez vite. Je vais vous retarder. La zone est trop dangereuse... J'ai reçu l'ordre de vous ramener sain et sauf à Nankin.

— Il n'est pas dans mes habitudes d'abandonner un blessé sur le champ de bataille ! protesta Bowles.

— Lorsque vous arriverez à Zhongyong, il vous suffira de prévenir les secours... Si je les intéresse encore, ils viendront me chercher. Sinon, je vous supplie de prévenir Jasmin Éthéré que je ne rentrerai pas à la maison, murmura le Chinois dont la blessure s'était agrandie pendant qu'il redescendait du tertre.

Le sang qui en coulait abondamment expliquait son extrême pâleur. Il était si épuisé que Bowles, soudain inquiet, crut bon de le rassurer.

— Tu vas revenir chez toi... J'en suis sûr... Je vais t'aider à...

L'Anglais n'avait pas achevé sa phrase qu'il fut interrompu par des hurlements, suivis de pas, en provenance des roseaux où un tumulte de tiges froissées, de coups de machette et de cavalcades était également perceptible.

— Cachez-vous dans la cabane ! Ce sont des Mandchous ! Nous sommes cernés ! lui ordonna Mesure de l'Incomparable, soudain saisi par une peur panique.

John plongea sans réfléchir vers la hutte de roseau et y atterrit à plat ventre dans la boue. Pour la première fois depuis qu'il suivait l'offensive des Taiping, il n'en menait pas large. Quelques instants plus tard, hors d'haleine et vert de peur, collant son œil contre la mince cloison de roseau, il aperçut trois cavaliers mandchous dont les montures ruisselantes d'écume caracolaient autour de ce pauvre Mesure de l'Incomparable qui gisait à terre.

— On te tient, gredin ! hurla l'un des impériaux après avoir sauté de son cheval.

— Un colonel Taiping ! Bonne pioche ! D'habitude, ils ne nous envoient que leurs gosses !

Pendant que l'un des Mandchous tenait les chevaux par la bride, les deux autres sortirent leurs machettes avant de se ruer vers le blessé comme des fauves sur leur proie.

— Il y avait un nez long sur le sommet du tertre ! Où est-il ?

Ils en avaient après lui !

— Le nez long travaille pour un journal de Shanghai... Il n'est pas soldat. Il ne combat pas ! eut la force d'expliquer le Taiping qui avait déjà perdu beaucoup de sang.

— Nous voulons interroger ce type !

— À l'heure qu'il est, il doit déjà être rentré à Zhongyong !

Les deux soldats se regardèrent en ricanant.

— Tu n'es qu'un vil menteur ! hurla le premier.

— Je vous jure que c'est vrai... ma tête à couper ! Je suis chargé de le chaperonner. Il a juste fait quelques dessins puis il est reparti vers le camp de base.

— Je n'ai aucune confiance dans ce colonel ! s'écria l'autre en balançant dans le visage du blessé un violent coup de pied qui le fit vaciller.

Puis, afin de vérifier si Mesure de l'Incomparable disait vrai, il piqua son torse avec la pointe de son épée. Le Taiping, étendu les bras en croix sur le sol boueux, se mit à hurler de douleur. Les impériaux s'acharnaient sur lui comme des chasseurs sur la bête qu'ils viennent de blesser et souhaitent achever. Bowles, qui n'était qu'à quelques mètres, retenait son souffle, pétrifié d'effroi. Mesure de l'Incomparable parlerait-il ? À en juger par les grandes taches brunes qui s'étaient formées sur sa poitrine et sur ses cuisses, le Taiping se vidait de son sang. Au bout de quelques minutes qui parurent des siècles au journaliste, le dernier compagnon de Jasmin Éthéré rendit l'âme, les yeux révulsés vers le ciel en prononçant le nom de Dieu et celui du Christ.

— Il est mort ! marmonna l'un des impériaux en balançant un dernier coup de pied dans le cadavre.

— Il bouge encore... fit l'autre, soupçonneux.

— Je te dis que non ! Nous l'avons eu. Un de moins ! conclut le sbire après avoir enfoncé une dernière fois son épée dans le cou de sa victime.

Bowles, qui s'attendait à une fouille de la cabane, les vit repartir avec un soulagement qui ne tarda pas à faire place à un lourd sentiment de culpabilité. Grâce à l'héroïsme de Mesure de l'Incomparable, il était sain et sauf. Mais si ce dernier était mort, c'était aussi à cause de son entêtement. En se rendant coûte que coûte sur le champ de bataille, il avait provoqué la mort d'un innocent. Épuisé, il s'allongea sur le sol et s'endormit aussitôt. Quand il se réveilla, la nuit venait de tomber et une légère brise chassait les nuages du ciel où apparaissaient des trouées de plus en plus vastes, toutes cliquetantes d'étoiles. À demi rassuré, il mit le nez dehors. Dans son halo de buée bleutée, la lune se dévoila, éclairant le corps de Mesure de l'Incomparable qui gisait, la gorge tranchée, dans une mare de sang caillé. Bowles manqua de défaillir et dut se retenir pour ne pas éclater en sanglots. Après le fracas des armes et les hurlements des blessés, une lourde chape de silence s'était abattue sur la plaine où, quelques heures plus tôt, des centaines d'enfants soldats avaient été abominablement massacrés. La brise était tombée et les roseaux dont la cime s'agitait d'ordinaire au moindre souffle d'air étaient figés. Bouleversé, John avança de quelques mètres en veillant à ne faire lui-même aucun bruit et retrouva sans peine le chemin par lequel ils étaient arrivés. Alors, sans réfléchir, il se mit à courir comme un fou en direction de Zhongyong, en écartant à s'en déchirer les mains les buissons que l'orage avait fait tomber sur la piste.

— Mon général, Dieu soit loué, le journaliste est vivant ! s'écria un Taiping sur lequel, tout à sa hâte de revenir au camp de base, l'Anglais avait buté.

— J'aime mieux ça ! S'il lui était arrivé malheur, le Tianwan ne nous l'aurait pas pardonné ! assura un autre militaire de l'armée des gueux dont les longs cheveux étaient noués en chignon à la façon des officiers de l'armée du premier empereur Qin ShiHuangdi.

John, en s'écroulant, eut le temps de murmurer :

— Si je m'en suis sorti, c'est grâce au colonel Mesure de l'Incomparable !

— Où est-il ? s'enquit l'officier au chignon dont la petite étoile brodée sur le col de la veste signalait qu'il avait rang de général.

— Mort ! Les impériaux se sont acharnés sur lui ! De vrais sauvages... souffla le journaliste au bord de la syncope.

Il voyait encore les coups s'abattre sur le jeune colonel Taiping qui rêvait de partir en Angleterre pour échapper à un sort qui l'avait, hélas, définitivement rattrapé.

— Il n'a fait que son devoir et a gagné son billet pour le paradis... Permettez-moi de me présenter, monsieur Bowles. Général de brigade Sérénité Accomplie, c'est à moi qu'échoit la triste tâche de commander les opérations dans ce maudit secteur de l'Anhui où nos troupes ne sont pas suffisamment équipées ! tonna l'antiquaire de Canton, visiblement moins ému par la mort de Mesure de l'Incomparable que par la criante disparité entre les combattants en présence.

— Pourquoi les enfants soldats sont-ils si peu armés ? demanda John qui ne pouvait, à cet égard, que partager le point de vue du général.

— Il faudrait poser la question au commandement suprême. C'est lui qui décide de l'équipement des troupes... Quant à moi, je dois faire avec ce qu'on me donne ! pesta le général.

C'est tout naturellement que le cousin de Tang s'était retrouvé chez les Taiping peu de temps après le départ pour Kunming de ce dernier. Davantage fasciné par le nationalisme de Hong que par ses idées religieuses, il avait décidé de combattre au grand jour, après s'être juré qu'il ne prendrait plus part à ces actions secrètes où il avait déjà risqué de perdre son âme en livrant des secrets qui ne lui appartenaient pas. Ayant rejoint Changsha, la capitale du Hunan, contre laquelle l'armée du Céleste Royaume menait une vaste offensive destinée à lui assurer le contrôle de cette province, il s'y était enrôlé comme simple soldat avant de grimper les grades quatre à quatre en raison de son courage et de son abnégation. Après la chute de cette ville, il avait combattu à Yangzhou, une autre cité opulente du Hunan qui était tombée comme un fruit mûr. À la tête de son détachement, il s'était emparé d'un convoi de cinquante jonques bourrées de céréales destinées à la cour de Pékin avant de rejoindre le reste de son régiment qui stationnait face au « grand camp nord du fleuve » d'où les troupes impériales se préparaient à lancer leur attaque sur Nankin. Aux abords de l'ancienne capitale de la Chine, Sérénité Accomplie, dont le goût pour la chose militaire s'affirmait de jour en jour, n'avait cessé de harceler les Mandchous, en visant spécialement leurs convois de ravitaillement dans le but de les affamer. Son acharnement avait payé. Au bout de trois mois d'une intense guérilla, les impériaux avaient été contraints de battre piteusement en retraite, abandonnant aux Taiping leurs embarcations et leurs armes lourdes, ce qui avait ouvert la voie à la prise de la ville. Suite à ces glorieux faits d'armes, le Prince de l'Orient Yang Xiuqing avait remis à l'antiquaire ses étoiles de général de brigade en présence du Tianwan.

Si Bowles en avait eu la force, il n'aurait pas hésité une seconde à croquer l'impérieuse silhouette de Sérénité Accomplie dont l'uniforme parfaitement ajusté et entretenu tranchait avec les défroques rapetassées de ses hommes qui, tels des moutons face au loup, regardaient leur chef d'un air craintif.

— Transportez-le à l'abri ! ajouta celui-ci.

Avant que John ait pu faire un geste, on l'étendit sur une civière puis on le transporta dans la grange où Mesure de l'Incomparable lui avait avoué qu'il souhaitait quitter la Chine pour l'Angleterre en compagnie de Jasmin Éthéré. En mémoire du défunt qui avait sacrifié sa vie pour la sienne, il devait absolument la prévenir.

— L'homme auquel je dois d'être ici sain et sauf aimait par-dessus tout une femme qui a pour nom Jasmin Éthéré. Je me dois de la contacter pour lui annoncer la terrible nouvelle ! lâcha-t-il, tandis que le médecin dépêché sur les lieux par Sérénité Accomplie commençait à l'examiner sous toutes les coutures.

— Vous avez bien dit Jasmin Éthéré ? rugit, estomaqué, Sérénité Accomplie.

— Tel est le nom que me cita le jeune colonel. Il était follement épris de Jasmin Éthéré. Il me parla de son corps, souple comme une liane. Elle est contorsionniste.

— J'ai bien connu une jeune contorsionniste qui portait le même nom. Ce ne peut être que la même personne... Où se trouve-t-elle ? murmura le général antiquaire, sous le choc.

Sérénité Accomplie, qui avait abandonné toute sa superbe, ne pouvait s'empêcher de penser au désespoir de Tang lorsque Jasmin Éthéré avait disparu. Une nouvelle fois, une vague de remords le submergea.

— Le colonel m'a expliqué qu'elle travaille à la Chancellerie de la Guerre.

— Je vous y conduirai dès mon retour à Nankin. Après-demain au plus tard. Je dois aller rendre compte au Prince de l'Orient.

— Jasmin Éthéré semble très proche de la jeune femme anglaise que le Tianwan a recueillie auprès de lui.

— Mme Clearstone...

— Vous la connaissez ?

— Qui n'a pas entendu parler de Laura Clearstone ! Son cas

fait l'objet de discussions passionnées entre les militaires de haut rang. Certains reprochent au Tianwan de la protéger, d'autres, au contraire, se félicitent de la présence d'une nez long au Céleste Royaume ! soupira Sérénité Accomplie qui ne portait pas spécialement les Occidentaux dans son cœur.

Un soldat se pencha sur l'épaule du général Sérénité Accomplie dont le visage se figea dans une moue réprobatrice.

— Le Prince de l'Orient nous rend une visite inopinée. Je n'aime pas trop ce genre de circonstances... souffla-t-il, tandis que John, épuisé par les moments qu'il venait de vivre, s'assoupissait enfin.

Une demi-heure plus tard, au son des cymbales et des tambours, Yang Xiuqing, suivi par sa garde rapprochée, faisait son entrée au village de Zhongyong. Sérénité Accomplie, qui vouait au Prince de l'Orient une admiration sans bornes, se précipita afin de lui rendre les honneurs. Le commandant en chef de l'offensive des Taiping en Anhui avait sa mine des mauvais jours.

— Que devient le journaliste anglais ? Le Tianwan s'inquiète pour son sort.

— Il est rentré entier, mon Prince... répondit respectueusement l'antiquaire devenu général.

Le Prince de l'Orient le fusilla du regard avant de balayer l'air d'un geste menaçant.

— Il se dit que tu critiques haut et fort la façon dont l'offensive est menée en Anhui... S'il apprend cela, le Tianwan entrera dans une terrible colère...

Le sang de Sérénité Accomplie se figea. Un de ses hommes avait dû répéter à Yang les propos qu'il avait tenus à Bowles sur le manque d'équipement de ses troupes. Au Céleste Royaume, il n'était pas d'usage de critiquer les décisions. Cela étant, quoique conscient d'aggraver son cas en argumentant face à Yang qui le dévisageait à présent d'une façon cruelle et hautaine, l'antiquaire trouvait profondément cruel le sort injuste qui était fait aux enfants soldats et était bien décidé à défendre leur cause.

— Mon Prince, nous envoyons au combat des garçons et des filles de dix ans n'ayant que leurs poings pour se battre !

— La foi en Dieu permet de déplacer les montagnes ! tonna, furieux, le Prince de l'Orient qui ne supportait pas la contradiction.

— En face, ils ont des fusils et des canons... J'ai même noté la présence de catapultes géantes...

Autour des deux hommes, un petit cercle de soldats s'était formé, qui regardaient leur général avec circonspection, sachant fort bien que ce n'était pas à un combat de grillons qu'ils s'apprêtaient à assister mais plutôt à celui entre un tigre et un agneau.

— Un soldat ne doit jamais remettre en cause les décisions de sa hiérarchie ! hurla Yang en trépignant.

— Je sais, mon Prince. Sachez toutefois que si vous souhaitez éviter une piteuse reculade de l'armée des gueux, il convient de lui fournir le matériel nécessaire, répondit Sérénité Accomplie, bien décidé à se défendre pied à pied.

Un frisson parcourut l'assistance où personne n'eût osé répliquer de la sorte aux propos d'un Prince et encore moins à ceux de Yang, dont les yeux injectés de sang trahissaient la fureur. D'un geste sec, le commandant suprême de l'offensive en Anhui fit signe à son ordonnance de lui remettre son sceptre *ruyi* en jade blanc, puis il ordonna à ses deux sergents gardes du corps :

— Tenez-moi fermement par le col ce piètre général, ce félon qui ose tenir tête au Prince de l'Orient !

Avant même d'avoir eu la présence d'esprit de se débattre, Sérénité Accomplie fut ceinturé comme un vulgaire malfrat. Les soldats paralysés par la peur baissaient la tête, sans illusions, sur ce qui allait advenir du général sous les ordres duquel ils étaient placés. Lorsque Yang, comme s'il lui arrachait le cœur, déclara, en agrippant les deux boutons ornés d'un dragon qui ornaient le col de la vareuse de coton de l'antiquaire avant de les jeter par terre et de les piétiner, qu'à compter de ce jour, le dénommé Sérénité Accomplie était déchargé du commandement de sa brigade et rétrogradé au grade de capitaine, pas un murmure ne s'éleva dans l'assistance.

— Un jour, le Tianwan te demandera des comptes à mon sujet ! hurla l'antiquaire en tendant vers le Prince de l'Orient un poing vengeur.

— Au sein des armées dont on m'a confié le commandement, c'est à moi et à moi seul de décider qui est digne du grade de général ! lui rétorqua Yang, qui se retenait de plonger son glaive dans le cœur de l'insolent.

59

Shantou, 25 janvier 1854

— Pivoine, ma chère enfant, veux-tu venir saluer le père Monceau ? lança Joseph Zhong à sa fille qui, aussitôt, accourut.

Devant Pivoine Maculée de Rose se tenait un homme de petite taille, légèrement replet et habillé à la chinoise. Quoique allant sur ses trente ans, il ne faisait pas son âge en raison d'une calvitie avancée qui conférait un aspect poupin à son visage arrondi au teint rose et aux yeux ronds comme des billes, d'un bleu intense, presque phosphorescent.

— Le père Monceau a remplacé le père Lanchon ! lui expliqua Zhong, manifestement ravi d'accueillir le successeur du prêtre qui l'avait baptisé.

Tout feu tout flammes et animé d'un terrible désir de bien faire, le père lazariste Alexandre Monceau avait débarqué à Canton un mois plus tôt à peine, frais émoulu du 95 de la rue de Sèvres à Paris où cette congrégation religieuse, fondée à l'époque de Louis XIII par saint Vincent de Paul dans le but de secourir les pauvres gens, avait établi son siège.

La vocation de ce jeune prêtre était née à la lecture des *Souvenirs d'un voyage dans la Tartarie et au Thibet* de son illustre aîné Évariste Huc qui avaient été publiés à Paris en 1850, à l'époque où son auteur se trouvait encore en Chine. Élevé par des parents très catholiques, c'était plein d'admiration pour l'intrépide missionnaire qui avait réussi l'exploit de traverser la Chine de bout en bout sans guide que le jeune Alexandre était allé sonner à la porte des bons pères avant d'y être reçu par leur supérieur en personne, le père Jean-Baptiste Étienne. « Monsieur Étienne », ainsi que l'appelaient les lazaristes, était un homme austère et qui tenait par-dessus tout à ce que son ordre religieux respectât les idéaux de pauvreté et d'humilité de son fondateur Vincent de Paul. La Chine étant l'une des principales terres de mission de celui-ci, son supérieur avait volontiers accueilli en son sein ce jeune Monceau encore tout feu tout flammes avant de l'envoyer s'inscrire à l'École des langues orientales afin qu'il y apprît le chinois et le japonais. Lorsqu'il s'était agi de trouver un successeur au père Lanchon, c'était tout naturellement que le choix du père Étienne s'était porté sur lui pour le remplacer.

Ce dernier n'avait pas connu son prédécesseur, mort des fièvres à Colombo, sur le chemin du retour vers la mère patrie. En revanche, il avait eu la chance de croiser le père Huc à son retour de Chine et le contact avec celui qui se faisait appeler « Lama de Jéhovah » et dont la santé était malheureusement fort déclinante n'avait fait que renforcer sa vocation de missionnaire dans l'Empire du Milieu.

— Fondez-vous dans la Chine comme un morceau de sucre dans une tasse de thé ! Vous verrez, vous ne serez pas déçu et les Chinois vous le rendront au centuple ! avait conseillé le père Huc à son jeune collègue, quelques jours avant qu'il n'embarquât à bord d'un navire qui reliait Marseille à Alexandrie.

Ce jeune prêtre encore très naïf, animé du désir de bien faire et qui, surtout, ne doutait pas qu'il ferait beaucoup mieux que son prédécesseur, avait décidé de commencer la tournée de ses ouailles par une visite à la famille Zhong que tout le monde citait, au sein de la petite communauté catholique de Shantou, comme l'exemple le plus parfait de l'efficacité du travail apostolique accompli par le père Lanchon.

Il avait également quelque chose de très précis à demander à Joseph Zhong.

— Mes respects, père Monceau, fit Pivoine Maculée de Rose.

Le jeune lazariste se tourna vers le père de la jeune fille et lui dit d'une voix flûtée :

— Joseph Zhong, il paraît que votre dispensaire est un modèle du genre !

— Vous êtes trop indulgent. Nous faisons les choses de façon bien modeste.

— Mais tellement efficace !

— Vous êtes trop indulgent !

— Que nenni ! Au fait, savez-vous que Zhangzhou manque cruellement d'hôpital ?

— Bien sûr !

Monceau eut une moue dégoûtée.

— Les gens viennent mourir dans la rue, juste devant la porte du presbytère. Il n'y a pas de jour où l'on ne soit obligé d'enjamber des cadavres pour entrer...

Il était impossible de savoir si c'étaient les morts eux-mêmes ou le fait que, par leur présence, ils gênaient l'entrée de sa maison qui contrariaient à ce point le lazariste.

— Beaucoup de mendiants arrivent également chez nous à bout de forces et malheureusement lorsque l'assaut de la maladie peut leur être fatal... essaya de lui expliquer Joseph Zhong.

Mais le prêtre, imperturbable, continuait à dérouler son raisonnement.

— Aussi l'idée m'est-elle venue de créer un dispensaire juste à côté du presbytère. Il y a là un vaste terrain vague qui s'y prêterait formidablement. Qu'en pensez-vous, monsieur Zhong ?

— Je trouve que c'est une excellente initiative... Il faut savoir que beaucoup de nos patients demandent à se convertir au catholicisme...

— J'ai entendu dire que les missionnaires anglais ont, dans ce domaine, une sacrée avance sur nous, grâce à un certain Morrison[1].

— C'est exact. Son gendre, le révérend Hobson[2], fait un travail remarquable. D'après ce qu'on dit, il aurait mis au point un remède permettant aux consommateurs d'opium de se passer de drogue... ce qui lui vaut les foudres des autorités anglaises. Les missions protestantes les plus performantes sont toutes dirigées par des pasteurs médecins.

Satisfait de constater que son interlocuteur avait parfaitement compris où il voulait en venir, Monceau lui lança d'un air entendu :

— Cela n'a rien d'étonnant. Quand on soigne les corps, les âmes suivent obligatoirement...

— Il est dommage qu'il n'y ait pas de médecins parmi les missionnaires catholiques...

— Je suis en désaccord avec vous ! L'activité d'un prêtre, qui agit au nom du Christ, est d'essence divine. Les protestants passent leur temps à mélanger le profane et le sacré... les torchons et les serviettes... fulmina le Français.

---

1. Il s'agit du révérend Robert Morrison (1782-1834), un missionnaire protestant doté d'une expérience médicale qui arriva en 1807 à Canton où il mourut après avoir créé de nombreux dispensaires.
2. Il s'agit de Benjamin Hobson (1816-1873), pasteur évangéliste et médecin, qui avait épousé l'une des filles de Morrison. Il passa vingt ans en Chine, de 1839 à 1859.

— Veuillez m'excuser mais, n'étant moi-même converti que depuis trois ans, j'ignore encore certaines subtilités de la religion du Christ, bredouilla Joseph, déstabilisé par la violence des propos du lazariste.

Un ange passa, Alexandre ayant dû ôter une de ses chaussures où un minuscule caillou s'était glissé. Puis, une fois l'opération réalisée, comme si de rien n'était, le jeune prêtre poursuivit :

— Et puis, il vaut beaucoup mieux proposer aux Chinois d'être soignés selon leurs propres méthodes plutôt que de vouloir leur imposer les principes de la médecine occidentale !

— Quoi qu'il en soit, le père Lanchon, votre prédécesseur, soignait les âmes à merveille ! Et pour le coup, je parle d'expérience.

— Je sais ! À tous égards, votre conversion fut exemplaire ! gloussa le jeune prêtre, soudain d'humeur guillerette.

Joseph Zhong, pieusement, courba l'échine et se signa, avant de murmurer d'une voix émue :

— Le père Lanchon m'ouvrit les yeux sur le Christ, Dieu fait homme et descendu du ciel pour nous sauver…

— Ne trouvez-vous pas ma démarche quelque peu présomptueuse ? Je n'ai aucune espèce de connaissance en médecine chinoise !

— Si je peux vous aider en quoi que ce soit, n'hésitez pas à me le demander…

Alexandre, qui n'attendait que ça, lui répondit du tac au tac :

— En acceptant de me détacher pendant quelques mois l'un de vos collaborateurs, vous me rendriez un bien fier service, monsieur Zhong !

Celui que le père Lanchon avait baptisé Joseph n'eut pas longtemps à réfléchir.

— Veuillez me suivre, j'ai peut-être ce qu'il vous faut, fit-il au bout de quelques instants.

Le père de Pivoine Maculée conduisit le père Monceau vers l'un des hangars à bateaux qu'il était en train d'aménager en hôpital. Les travaux touchaient à leur fin. La Pierre de Lune supervisait l'équipe de maçons qui mettait la dernière touche à la façade d'un ancien hangar à bateaux en haut de laquelle avait été accrochée une immense croix.

Joseph Zhong fit les présentations, qu'il termina par ces mots :

— En l'espace de quelques mois, La Pierre de Lune est devenu mon bras droit. C'est lui qui a supervisé les travaux du nouveau dispensaire. Grâce à ce bâtiment, nous pourrons doubler le nombre de nos patients...

— Bonjour, père Monceau. J'ai beaucoup entendu parler du père Lanchon, fit poliment le fils caché de l'empereur de Chine, avant de s'éloigner vers un ouvrier.

Joseph glissa au jeune lazariste :

— Avec un garçon de cette trempe, votre hôpital sortirait de terre en moins d'un an !

— A-t-il des connaissances médicales ?

— Il apprend vite et lit à la perfection le chinois classique. Il sait par cœur les livres qu'il faut connaître pour identifier les bonnes plantes et les substances adéquates. Il sait parfaitement prendre le pouls des malades et déterminer s'il est flottant, bondissant, faible ou effondré afin d'établir le diagnostic différentiel...

— Qu'appelez-vous diagnostic différentiel, Joseph ?

— Le diagnostic différentiel est basé sur huit principes[1]. Il permet de révéler le stade d'évolution du mal, la direction de cette évolution et la façon dont les symptômes affectent le patient. Après ce diagnostic, il devient possible d'établir une ordonnance en bonne et due forme.

— À partir de quand pourriez-vous me prêter ce garçon ?

— C'est l'affaire de quelques mois ! Dès que les travaux de cet hôpital seront achevés, La Pierre de Lune, à condition, bien entendu, qu'il soit d'accord, pourra venir vous prêter main-forte...

— Acceptera-t-il de venir travailler avec moi alors qu'il ne me connaît pas ?

— Je l'encouragerai à accepter. Cela m'étonnerait qu'il refuse de vous rendre service, surtout si vous lui expliquez la situation sanitaire à Zhangzhou. C'est un être d'une grande générosité. Très dévoué aux autres... Comme de nombreux bouddhistes !

Une vive lueur d'inquiétude traversa le regard du jeune lazariste qui alla se poser sur l'échafaudage où on apercevait la silhouette de La Pierre de Lune.

— Il n'est donc pas catholique ?

— Pas que je sache ! Il a été moine bouddhiste à Canton. Vous savez, pas plus que je n'y ai moi-même été contraint, je n'ai jamais forcé quiconque à se convertir...

Monceau esquissa une grimace. Par ses propos, son interlocuteur

---

1. Ces huit principes, ou *bagang*, sont le yin, le yang, l'interne, l'externe, le froid, le chaud, le vide et le plein.

venait de baisser de quelques crans dans son estime. À Paris, les bons pères de la communauté lazariste lui avaient seriné qu'il ne fallait surtout pas confondre compassion bouddhiste et charité chrétienne. Sûrs de leur bon droit canonique, les lazaristes, à l'instar des autres congrégations religieuses, mettaient dans le même sac les bouddhistes et les adorateurs de ces innombrables idoles qui pullulaient à la surface du globe. Il convenait de sommer les hommes de les abandonner au profit du seul Dieu valable, celui des chrétiens. Quant à la question de la conversion forcée, elle ne se posait même pas puisque c'était la seule façon de permettre à de pauvres mécréants promis aux flammes de la géhenne de se retrouver au paradis !

La Pierre de Lune repartit vers la foule des malades qui grossissait et qu'il fallait canaliser tandis que le lazariste et son hôte continuaient la visite.

Les patients étaient nombreux à affluer des contrées voisines et parfois de plus loin encore, afin d'être présents dès l'ouverture de la consultation de celui qu'on appelait désormais « le bon docteur Joseph ». La nouvelle qu'on pouvait se faire soigner gratuitement à Shantou s'était répandue comme une traînée de poudre, au point qu'au sein de la famille Zhong, les activités humanitaires étaient en train de prendre le pas sur celles du chantier naval. Mais Joseph, guidé par une foi grandissante, se donnait chaque jour un peu plus à cette œuvre consistant à dispenser des soins à une population qui n'y avait pas accès. Lorsque La Pierre de Lune, à l'issue de sa guérison, lui avait annoncé qu'il était à sa disposition pour l'aider, Joseph, sans hésiter une seconde, lui avait confié la supervision de l'aménagement d'un dispensaire digne de ce nom. Le bâtiment était pratiquement achevé. Outre deux salles de consultation, il comportait un dortoir permettant de recevoir une trentaine de patients, ainsi qu'un réfectoire où chacun pouvait manger gratuitement un bol de riz aux légumes.

Ce jour-là, une famille entière touchée par un terrible eczéma faisait la queue pour obtenir la crème à base de menthe pilée et d'huile de cade que Joseph Zhong leur avait déjà prescrite. Derrière elle, deux femmes hors d'âge, les pieds en sang et couverts de pus, en réalité deux squelettes cassés en deux, se tenaient par la main. À voir la mine terrifiée et les gouttes de sueur qui perlaient sur le front d'Alexandre devant le spectacle de ces pauvres gens dont certains étaient touchés par la lèpre, la petite vérole ou la tuberculose, il n'était pas difficile de constater que ce jeune prêtre inexpérimenté ignorait complètement ce qui l'attendait lorsqu'il avait décidé de marcher sur les brisées de feu le père Lanchon.

— Tous ces boutons purulents ne sont-ils pas terriblement contagieux ? murmura-t-il d'une voix d'outre-tombe lorsque la visite s'acheva.

— Quand on soigne les gens, il ne faut pas se poser ce type de question. Pour ce qui me concerne, mes malades ne m'ont jamais transmis leurs maladies ! Il suffit de se désinfecter les mains avec des baies de magnolia écrasées dans un peu d'alcool de riz…

— Excusez-moi, pourriez-vous me dire où se trouvent les toilettes, s'il vous plaît ? fit soudain, d'une voix mourante, Monceau, qui venait d'être pris d'une irrépressible envie de vomir.

Après avoir rendu ses tripes, il rejoignit la famille Zhong qui était déjà à table, en compagnie du jeune Chinois dont Joseph lui avait vanté les mérites.

— Pouvez-vous dire le bénédicité ? demanda pieusement ce dernier au Français.

D'un geste lent et solennel, Monceau s'exécuta, avec un air si pénétré qu'il touchait à la componction. Autour de la table, chacun se signa avec ferveur, sauf La Pierre de Lune, ce qui lui valut un coup d'œil aigu du lazariste.

— Quelles sont les maladies les plus courantes des Chinois, monsieur Zhong ? enchaîna-t-il pendant que le cuisinier posait sur la table une carpe baignant dans sa sauce aigre-douce.

— Quand on ne mange pas assez, on a des troubles du *Qi*[1]. Les gens qui viennent se faire soigner ont une déficience du *Qi* nourricier qui entraîne un affaiblissement du *Qi* gardien. Dès lors, le corps devient vulnérable aux agressions extérieures : le froid, le vent, la pluie, les pollens printaniers !

Médusé, le père Monceau, pour lequel la science médicale consistait à trouver le remède adéquat aux microbes et aux maladies, écoutait Joseph Zhong exposer les théories des souffles originels. Les mots employés étaient enchanteurs, presque magiques. De la qualité d'un bon *Qi* dépendait celle des trois autres humeurs somatiques : le sang *Xue*, l'essence vitale *Jing* et le fluide *Jinye*. Le *Jinye* était extrait des aliments digérés par les différents organes du corps qui, à leur tour, le transformaient en différents liquides : le foie en larmes, la rate en salive, le cœur en sueur et les reins en urine.

---

1. Le *Qi* ou souffle vital est au centre de la médecine chinoise qui considère que l'organisme est en bonne santé lorsqu'il en dispose d'une quantité suffisante.

— Quels types de plantes, ou plus généralement de substances, devrai-je selon vous me procurer lorsque j'aurai ouvert mon dispensaire... le style de médicament permettant de faire face au tout-venant ? demanda-t-il à son hôte après que celui-ci eut achevé son bref exposé.

— Si je peux me permettre de vous donner un conseil, le plus efficace serait de vous faire conseiller par un praticien, à défaut de quoi vous risquez fort d'être abusé par des charlatans qui vous fourniront du foin ou des mauvaises herbes...

Une lueur d'effroi traversa le regard du jeune lazariste. La mise en œuvre de son dispensaire serait moins simple qu'il n'y paraissait.

Le repas achevé, le père Alexandre Monceau se précipita vers notre calligraphe, le prit à part et lui lança :

— La Pierre de Lune, il faut absolument qu'on se parle !

— Je vous écoute, père Monceau.

— Voilà ! Je cherche quelqu'un qui m'aiderait à monter un dispensaire à Zhangzhou.

— Tout ce qui peut alléger les souffrances du peuple doit être encouragé !

— Les gens meurent dans la rue comme des chiens... Juste devant ma porte ! Le spectacle n'est pas beau à voir !

— Hélas ! dans toutes les villes chinoises, les gens pauvres meurent dans la rue...

— J'ai beaucoup de mal à côtoyer la souffrance des autres sans être moi-même en état de la réduire... Le plus tragique, c'est de se dire que tous ces miséreux rendent l'âme sans que celle-ci ait été baptisée ! Ne trouvez-vous pas cela terrifiant ? fit le lazariste avec ce ton un peu précieux dont il usait dès qu'il était question de religion.

— Je n'ai pas été baptisé, père Monceau.

— C'est ce que je me suis laissé dire. Je ne désespère pas de vous convaincre de devenir catholique. Vous devriez réfléchir... prendre exemple sur Joseph Zhong ! fit le jeune lazariste qui ne doutait pas une seconde du bien-fondé de ses propos.

La Pierre de Lune, tout en y mettant les formes, répliqua d'une voix égale à ce jeune prêtre dont la naïveté lui paraissait confondante :

— Il risque de m'être difficile de prendre exemple sur quelqu'un auquel je n'arrive pas à la cheville !

— Je n'insiste pas pour aujourd'hui, mais croyez bien que je reviendrai à la charge autant qu'il le faudra... En attendant, puis-je compter sur vous ?

— Pour le dispensaire ?

— Évidemment. Lorsque j'ai parlé de mon projet au docteur Joseph, il m'a aussitôt conduit auprès de vous.

— Il faut que j'en parle avec lui. Aujourd'hui, je travaille pour son compte. J'ai une dette à son égard. Je lui dois la vie... Ce sont des choses qui ne s'oublient pas, bredouilla le calligraphe, déappointé par ce jeune prêtre catholique assez imbu de lui-même.

— Avez-vous suffisamment mangé ? s'enquit le père de Pivoine Maculée de Rose.

La Pierre de Lune était surpris par le respect que Joseph Zhong semblait vouer à ce jeune prêtre aux manières brusques et pataudes.

— Parfaitement bien. J'ai la panse pleine... Au fait, Zhong, j'ai proposé à La Pierre de Lune de venir m'aider...

— Je lui ai dit que je ferais ce que vous souhaiteriez, souffla La Pierre de Lune.

— Les travaux d'aménagement de notre dispensaire sont en passe de s'achever. Si le père Monceau a besoin de toi à Zhangzhou, je ne peux que t'encourager à aller lui prêter main-forte. Son projet mérite de voir le jour, à la fois pour la santé de tous ces pauvres gens qui seront enfin soignés, mais également pour la gloire de Dieu tout-puissant et miséricordieux dont il témoignera ! répondit Joseph d'un air pénétré.

Monceau, ravi par ces propos, se tourna vers le calligraphe et lui lança, à la fois insistant et enjoué :

— Alors, qu'en dites-vous ?

Sans attendre la réponse du principal intéressé, le père de Pivoine crut bon d'ajouter :

— Dès que le gros œuvre sera achevé, il suffira à La Pierre de Lune de me prévenir et je viendrai moi-même vous prêter main-forte pour les aménagements intérieurs ainsi que pour les achats de remèdes.

— C'est très gentil à vous. J'en suis fort aise... s'empressa de répondre Alexandre en jetant à La Pierre de Lune une œillade qui se voulait complice.

— À présent, si vous le souhaitez, père Monceau, nous pourrions visiter la réserve où je range mes simples ainsi que mes substances médicamenteuses, ajouta Joseph Zhong pour qui le « prêt » de La Pierre de Lune au lazariste allait tellement de soi qu'il n'avait même pas éprouvé le besoin d'en parler à l'intéressé.

— Volontiers ! Si vous saviez ce que j'ai hâte de voir tout ça ! gloussa le jeune prêtre.

Joseph le conduisit derrière la cour du dispensaire où, après avoir sorti plusieurs clés de sa poche, il ouvrit une lourde porte renforcée par des plaques de métal. Aussitôt, de délicieux effluves de camphre, de géranium et de poivre mêlés à d'étranges notes qu'Alexandre sentait pour la première fois jaillirent de la douce pénombre où baignait l'entrepôt. À l'intérieur, toutes les substances, classées selon leurs vertus thérapeutiques, étaient rangées sur les étagères, dans des bocaux de grès ou de petites coupes en osier dûment étiquetés.

— Tout est là, dit Joseph.

— C'est extraordinaire ! fit Alexandre en avançant à pas de loup entre les rayonnages.

Légèrement inquiet, il passa devant les substances qui « libèrent vers l'extérieur » et augmentent la sudation, à l'instar de la jeune tige de l'arbre à cannelle, de la feuille de carotte sauvage, de celle de la grande bardane ou encore du bouton de fleur du magnolia ; puis, toujours sur le qui-vive, il découvrit les substances laxatives comme la rhubarbe, le séné, le chanvre, l'aloès, le miel d'acacia ; après quoi, ce furent les remèdes qui « évacuent la chaleur », connus pour leur pouvoir réfrigérant : le bambou, le lotus, la pivoine arborescente, le pastel, le pourpier sauvage, la gentiane, le frêne, la vesse-de-loup et la corne de rhinocéros ; puis ce fut au tour des remèdes déshydratants telles l'hysope, l'écorce de magnolia, ainsi que des diurétiques, à l'instar de la truffe, du plantain d'eau, du maïs, de la patate douce et de la mauve verticillée.

— De l'autre côté, il y a les remèdes qui « expulsent l'humidité venteuse[1] » comme la gentiane, le cognassier et la vipère…

— La vipère ?

— On fait bouillir le serpent après lui avoir coupé la tête et on le consomme sous la forme d'une soupe tiède, si possible avec du sucre…

Le jeune lazariste, liquéfié à cette idée, fit la moue.

— C'est très efficace !

— Je n'en doute pas…

— Ici, ce sont les remèdes qui « réchauffent le milieu intérieur » : l'aconit, le gingembre, le fenouil et le giroflier… et là ceux qui « ouvrent les portes de l'esprit[2] », le camphrier, dont vous pouvez sentir la délicieuse odeur, ainsi que le musc du bouquetin du Tibet. Dans cette armoire sont enfermées les drogues qui « calment

---

1. Il s'agit en fait des substances antirhumatismales.
2. Il s'agit de substances dont l'inhalation permet la réanimation après un évanouissement ou une crise d'épilepsie.

l'esprit » : le cinabre, la magnétite, l'os de fossile, l'écaille d'huître, le jujubier, ainsi que l'ergot de seigle.

— Et ça ? hurla soudain le lazariste, qui venait de tomber sur une coupelle pleine de scorpions séchés.

— Le scorpion doit se croquer entier. Il est le meilleur remède contre les douleurs de « vent humide » consécutives à une trop forte ascension du Yang provenant du foie...

— Je vois... fit Alexandre, accablé, qui ne comprenait goutte aux propos de son hôte et en était à se demander si le projet de convertir au catholicisme des gens à l'esprit si éloigné du sien ne relevait pas de l'utopie pure et simple.

Pendant que son père était parti faire visiter son entrepôt de plantes médicinales, Pivoine Maculée de Rose avait rejoint La Pierre de Lune. Il était revenu sur le chantier où les ouvriers achevaient de jointoyer les briques de la façade.

Avec des airs mystérieux, après avoir contourné une file de pauvres gens aux jambes couvertes de chancres, de suintements et d'ulcères qui attendaient patiemment leur tour, elle l'entraîna derrière une palissade et vint se placer tout contre lui avant de lui agripper brusquement le bras.

— Je ne veux pas que tu partes d'ici... souffla-t-elle, frémissante.

Elle devait avoir saisi des lambeaux de la conversation entre le lazariste et La Pierre de Lune.

— Dès que les murs du dispensaire de ce prêtre seront montés, je reviendrai... promis juré !

La jeune fille lui souffla d'une voix gémissante :

— J'en veux à mon père !

— Pourquoi ? Il ne faut pas...

— Ne vois-tu pas comment il se comporte avec ce prêtre ? Il se laisse mener par le bout du nez comme un enfant devant son maître.

— Il est respectueux avec lui comme il devait l'être, je suppose, avec le père Lanchon.

— Le père Lanchon était un modèle de délicatesse et de bonnes manières. Celui-ci ne mérite pas un tel respect !

— Si j'avais refusé d'aller aider ce prêtre, ton père aurait été déçu.

— Et moi dans tout ça ? lâcha-t-elle, venimeuse et fière, faisant tout pour retenir ses larmes.

Il ne l'avait jamais vue dans cet état, les lèvres gonflées d'un reproche retenu et les yeux brillants d'une sourde colère. N'était-ce pas la preuve, irréfutable, que cette jeune fille l'aimait ?

Le sac du Palais d'Été

À présent, ils étaient si près l'un de l'autre qu'il pouvait sentir son souffle léger. Insensiblement, ses lèvres se rapprochèrent de celles du calligraphe et sa bouche, furtivement, s'y posa. Il suait à grosses gouttes. À tout instant, un ouvrier pouvait les surprendre. Il bredouilla :

— Je te promets, je reviendrai. Je ne t'abandonnerai pas.

— Je veux t'épouser... Nous sommes faits l'un pour l'autre ! Je prie toutes les nuits pour que la Providence nous y aide ! murmura-t-elle d'une voix rauque et sur le ton d'un aveu.

60

Shanghai, 28 avril 1854

Dans le temple baptiste de l'Église du Septième Jour de Shanghai, la conférence de presse de la London Mission Society était sur le point de s'achever.

Face à l'activisme des congrégations catholiques, qui tenaient une comptabilité précise de leurs baptêmes et en communiquaient périodiquement les chiffres gonflés à souhait, les missionnaires d'origine anglo-saxonne avaient à leur tour décidé de faire part de la progression de leurs conversions depuis leur arrivée en Chine au début de l'année 1843.

Même si cette « guéguerre de religion » n'avait pas grand-chose à voir avec les conflits entre protestants et catholiques qui avaient empoisonné les pays du nord de l'Europe pendant des siècles, elle se traduisait toutefois par une âpre rivalité sur le terrain où chacun s'efforçait de devancer l'autre.

« Fulgurante » et « phénoménale » : tels étaient les termes employés par le révérend Charles MacTaylor dont le meilleur ami était le pasteur Roberts, ce qui expliquait la présence, parmi la dizaine de pasteurs qui participaient à la causerie, de celui qui, arrivé en Chine en 1838, faisait figure de pionnier parmi les missionnaires protestants œuvrant dans l'Empire du Milieu.

Dans la salle aux murs nus dont le seul meuble, à l'exception de quelques chaises bancales, était un gros lutrin de teck aux pieds chantournés, il n'y avait guère que trois journalistes présents. Outre John Bowles, étaient là le nouveau correspondant de l'*ILN* en Chine, que John mettait un point d'honneur à éviter depuis son arrivée, ainsi que Jules-Adolphe d'Aygues Vives, un fringant Nîmois parfaitement bilingue français-chinois qui était l'envoyé spécial du *Moniteur universel*[1] et avec lequel le journaliste vedette du *North China Weekly* entretenait des relations plutôt cordiales.

Une fois la causerie achevée, John ne fut pas étonné de voir le pasteur Issachar Jacox Roberts foncer vers lui.

— Bonjour, monsieur Bowles... Vous avez parcouru un sacré chemin depuis ce jour où vous débarquiez chez moi pour prévenir cette pauvre Mme Clearstone du décès de son mari ! s'exclama l'Américain dont la gigantesque main venait de lui broyer les cartilages.

— J'essaie de faire mon travail de façon honnête et impartiale... sachant que plus on croit connaître ce pays et plus il vous échappe, fit notre journaliste en souriant.

— Je vous présente John Bowles, le célèbre auteur des articles sur la Cour Céleste de Nankin ! lança Roberts à ses collègues.

— Que pensez-vous réellement du mouvement Taiping, cher Bowles ? Il m'a semblé, en lisant entre vos lignes, que vous aviez pour eux une certaine tendresse... Me trompé-je ? demanda à son tour MacTaylor à l'intéressé.

— Le chef suprême des Taiping est un peu mon disciple, déclara Roberts, soudain hilare.

— Vous parlez de Hong Xiuquan ? fit le journaliste, quelque peu incrédule.

— Parfaitement ! J'ai même donné à cet excité quelques cours de catéchisme. Il fut un temps où ce bougre ne cessait de me tanner pour que je le baptise, ce à quoi je me suis d'ailleurs toujours refusé.

— Le connaissant, le Tianwan a dû vous en vouloir... soupira John.

— Peut-être auriez-vous dû accepter, auquel cas votre ami Hong se serait contenté, au lieu de mettre ce pays à feu et à sang, d'apporter sa pierre à l'édification de l'Église baptiste du Septième Jour... s'écria, plaisantant à moitié, le révérend Stevenson, un arrogant pasteur originaire d'Atlanta, Georgie.

Débarqué en Chine trois mois plus tôt sans parler un mot de chinois, Stevenson, qui avait mis les bouchées doubles, n'était pas peu fier de se montrer déjà capable d'échanger quelques mots avec l'homme de la rue.

— Je ne pouvais tout de même pas accorder le sacrement du

---

1. *Le Moniteur universel* fut créé à Paris en 1789 par Charles-Joseph Panckoucke. C'était le journal français le plus important.

baptême à un individu qui croit dur comme fer qu'il est le frère cadet de Jésus...

— Comme je vous comprends ! fit MacTaylor en prenant des airs effarouchés.

— À vrai dire, il cherche à me revoir. Pas plus tard que le mois dernier, il m'a fait savoir qu'il m'accueillerait volontiers dans son palais du Céleste Royaume... À coup sûr dans l'intention de m'impressionner ! lâcha Issachar, mi-figue, mi-raisin.

— On dit que son palais ne compte pas moins de mille pièces... Du moins si j'en crois les dires de l'auteur de ce tonitruant reportage du *North China Weekly*, car, pour ce qui me concerne, j'estime ce fait rigoureusement impossible ! Même la Cité Pourpre Interdite n'en compte pas autant ! fit Stevenson en se tournant vers l'intéressé.

— Je n'ai pas dit que la demeure actuelle du Tianwan comptait mille pièces, je me suis borné à citer ce que racontait à ce sujet la populace de Nankin lorsqu'elle parlait de la « demeure aux mille pièces » que Hong Xiuquan entendait se faire construire ! corrigea le reporter, piqué au vif.

— Votre excellent papier fourmille de détails incroyables non seulement sur Hong mais aussi sur cette jeune femme d'origine anglaise, Laura Clearstone, qui s'est réfugiée chez les Taiping et qui a l'air, ma foi, de s'y trouver fort bien ! ajouta MacTaylor, en flanquant dans le dos de Bowles une gigantesque tape qui se voulait amicale et le fit toussoter.

À l'évocation du nom de Laura Clearstone, John fut soudain envahi par le souvenir de la dernière visite qu'il avait rendue à la jeune femme, pour retrouver la trace de Jasmin Éthéré à laquelle il tenait à annoncer personnellement la mort héroïque de son compagnon. Il ignorait que la contorsionniste était, ce soir-là, chez son amie où elle jouait aux dames avec Paul et Fleur de Sel dans la pièce voisine. Ayant tout entendu de leur conversation, elle était apparue, pâle comme un linceul, le regard exprimant un terrible désarroi, tandis que l'Anglaise s'était précipitée vers son amie pour la réconforter.

— Une Anglaise chez les Taiping ! C'est si romantique que je parierais qu'il s'agit là encore d'une rumeur colportée par les gens de la rue ! lâcha Stevenson d'un air dubitatif, bien décidé à enfoncer le clou.

Roberts, volant au secours de John, entreprit de moucher son impétueux collègue.

— Erreur, mon cher Stevenson ! Ayant hébergé cette jeune fille, sa mère... ainsi que son frère, un jeune trisomique muet comme une carpe, ce qui ne l'empêchait pas de faire les quatre cents coups dans le quartier, je peux attester que Laura Clearstone existe réellement.

— J'ai rencontré Mlle Clearstone pas plus tard que l'année dernière ! poursuivit John, pas mécontent de constater qu'Issachar Roberts le soutenait.

— O.K. Je fais amende honorable ! déclara Stevenson, qui n'aimait pas être pris en défaut.

— Décidément, monsieur Roberts ! Mais qui n'est pas passé par votre presbytère ? plaisanta MacTaylor pour détendre l'atmosphère.

— Mon presbytère étant ouvert à tous ceux qui viennent en pousser la porte, je vois en effet passer pas mal de monde, fit Issachar en se rengorgeant, avant d'ajouter : Voyez-vous, mon cher Stevenson, avant de connaître M. Bowles, j'étais comme vous, avec une opinion assez tranchée sur les journalistes dont je pensais que, pour se faire mousser et satisfaire leur ego assez immense, ils avaient tendance à broder des tapisseries imaginaires !

— Comme dans toute corporation, il y a des journalistes honnêtes et d'autres qui le sont moins. Pour ce qui me concerne, je me contente de décrire ou de dessiner ce que j'ai vu, conclut sobrement le reporter du *Weekly*.

À ces mots, Issachar Jacox fit le geste de se trancher la gorge.

— Vous êtes un homme courageux. Vous risquez gros, monsieur Bowles, en allant au cœur même du pouvoir Taiping...

— Pas plus que ça, monsieur Roberts. Hong Xiuquan avait donné des directives pour que je sois bien traité. Il m'avait même donné un sauf-conduit que je n'avais qu'à présenter au moindre problème.

— C'était un jour où ce psychopathe était bien luné. Croyez-moi, je l'ai vu perdre le contrôle de lui-même en quelques instants...

— Cet homme n'est sûrement pas un modèle d'équilibre mais je peux vous assurer qu'il sait parfaitement où il va. Si ce n'était pas le cas, il n'aurait pas réussi à fédérer autour de lui un aussi grand nombre de gens.

— Mes amis de la San Francisco Mission Society ne savent pas trop ce qu'il faut penser de ce mouvement. Devons-nous le combattre ? Ces gens-là sont-ils, ainsi qu'ils le prétendent, des chrétiens sincères ? Je serais très intéressé de connaître votre avis à ce sujet, monsieur Bowles...

— Bonne question ! couina, de son côté, Stevenson en lissant le col de sa veste de clergyman.

— Selon moi, la sincérité de Hong ne saurait être mise en doute.

Il y a dans sa doctrine de nombreux emprunts au protestantisme. Si les Taiping s'emparent du pouvoir, ils feront du protestantisme la religion officielle de la Chine. C'est bien pour ça que les jésuites sont devenus les ennemis jurés du mouvement Taiping... poursuivit John.

— Comme le chiendent, les papistes se sont répandus un peu partout sur le territoire chinois, y compris dans des villages reculés du Sichuan... c'est dire ! ajouta le révérend Antony Carter, un pasteur londonien que ses autorités avaient envoyé au Sichuan quelques années plus tôt pour y combattre l'influence des missions catholiques.

— Je partage en tout point l'avis de notre ami Carter ! Sans une action très forte de notre part, nous risquons de nous faire damer le pion par les curés catholiques ! vociféra MacTaylor.

— Pour aller dans le sens de M. Bowles, j'estime que les Taiping ont du souci à se faire ! Entre les jésuites et les lazaristes, sans parler des prêtres des Missions étrangères de France[1], le Céleste Royaume est cerné par des ennemis qui veulent sa perte ! ajouta Carter, la mine sombre.

— Vous voulez dire par là que si les prêtres catholiques s'opposent aux Taiping, les pasteurs protestants devraient les soutenir ? lui demanda Roberts, perplexe.

— Vous m'avouerez que c'est déjà là une bonne raison...

— Dans ce cas, pourquoi les autorités anglaises ne les soutiennent-elles pas de façon plus hardie ? s'enquit Charles MacTaylor.

Le Londonien, qui avait son idée sur la question, répondit illico :

— Les Taiping sont contre la consommation d'opium. Et avec ça, leurs chefs sont bien moins faciles à corrompre que le mandarin lambda...

— Vous sous-entendez qu'il pourrait donc y avoir alliance objective entre les Mandchous et les Britanniques sur le dos de la Grande Paix...

— Vous m'épatez, mon cher Issachar, avec votre sens de la déduction ! Je vous parie que la couronne britannique fera tout pour empêcher que la révolution prônée par mon ami Hong ne dépasse les limites de ce qu'ils n'hésiteront pas à qualifier de « décence » ! s'écria Antony Carter, dont les propos péremptoires jetèrent un léger froid au sein des pasteurs présents.

---

1. La Société des Missions étrangères, fondée en 1660 à Paris par les pères Pallu et de La Motte, avait reçu mandat du Saint-Siège d'évangéliser la Chine en y créant des vicariats apostoliques.

Le sac du Palais d'Été

Bowles, quelque peu étourdi par les propos qu'il venait d'entendre et pas mécontent de quitter l'atmosphère survoltée qui régnait dans le temple, s'apprêtait à prendre congé, lorsque Roberts lui fit signe d'approcher avant de lui dire à voix basse :

— Monsieur Bowles, il faut que nous parlions !

— Que puis-je pour vous, monsieur Roberts ? fit John, à contrecœur.

— Grâce à vous, je sais enfin où se cache cette Laura Clearstone... fit le pasteur d'un ton assez aigre.

— Vous étiez inquiet pour elle ?

Le pasteur américain éluda. Le départ précipité de Laura et de son frère lui restait en travers de la gorge.

— Monsieur Bowles, j'ai une question très simple à vous poser : cette personne a-t-elle tout son jugement ?

— Vous parlez d'elle ou de son frère ?

— De Laura ! s'écria Issachar en levant les yeux au ciel.

— Elle m'est apparue en parfaite santé, tant sur un plan général que mental ! répondit Bowles, agacé par le sous-entendu.

Roberts tendit à Bowles une pochette de cuir.

— Dans ce cas, auriez-vous l'amabilité de lui faire passer ceci ? Ce petit sac appartenait à Mme Clearstone. Sa fille ayant, si j'ose dire, filé à l'anglaise, je n'ai pas pu le lui remettre. Sa mère l'avait caché sous des couvertures dans l'armoire de sa chambre. C'est là que ma gouvernante l'a retrouvé.

— Si vous me le confiez, c'est que vous estimez qu'il contient des choses importantes... hasarda John.

— Effectivement, monsieur Bowles. Si tel n'avait pas été le cas, je n'aurais pas insisté pour que vous assistiez personnellement à cette petite conférence de presse ! ajouta le pasteur d'un air entendu.

— Devant me rendre sous peu à Nankin, cet objet lui sera remis en mains propres, monsieur Roberts.

— Quand vous la verrez, vous lui direz aussi que j'ai juste déduit les frais d'obsèques de sa mère de la somme d'argent qui était à l'intérieur, conclut le pasteur avant de tourner les talons.

Demeuré seul, Bowles, estomaqué, soupesa le petit sac. Compte tenu de sa taille, il était assez lourd. Puis, avec d'infinies précautions et conscient qu'il touchait là à des choses sûrement très intimes, il l'ouvrit et en étala le contenu sur une chaise.

À l'intérieur, outre vingt-trois livres sterling en argent, il y avait une enveloppe à en-tête du consulat ainsi qu'un petit carnet noir.

L'Empire des larmes

La lettre de Charles Everett Elliott était datée du 17 juin 1847, soit quatre jours avant la mort de Barbara.

Ma chère,
Vous trouverez dans la pochette les vingt-cinq livres dont nous sommes convenus. J'ai hâte de vous avoir à nouveau dans mes bras pour un nouveau moment inoubliable... Vivement que Rosy reparte à la pêche aux antiquités...
Votre Charles Everett.

Les obsèques de Barbara avaient coûté deux livres au révérend Roberts.

Restait le petit carnet noir, fermé avec un ruban rose et qui sentait la violette. C'était le journal intime de Barbara Clearstone dont le nom en lettres dorées apparaissait, gravé sur la couverture de cuir guilloché.

Machinalement, le reporter l'ouvrit à la dernière page et se mit à le feuilleter à l'envers, comme s'il avait déjà deviné que l'important se situait à la fin.

À la date du 16 juin 1847, cinq jours avant sa mort, la mère de Laura avait griffonné quelques phrases d'une écriture si illisible que Bowles dut s'arracher les yeux pour arriver à les déchiffrer :

De plus en plus lasse et fatiguée. Sacrifice suprême. Je l'ai fait pour mes enfants. Ils auront de quoi revenir à Londres. Elliott tiendra-t-il parole ? J'ose l'espérer !

Une enveloppe portant le nom de Laura avait été glissée entre les deux dernières pages.

John commença à lire les premières lignes de la lettre qui était à l'intérieur :

Ma chérie,
Lorsque tu liras cette lettre, je ne serai plus de ce monde. Mes forces m'abandonnent si vite. Tu prieras le Seigneur pour moi afin qu'Il m'accorde son pardon pour la somme des actes néfastes que j'ai commis.
Je m'en remets à toi pour que Joe ne manque de rien.
Tu trouveras dans la pochette de quoi acheter les billets de retour...

Pris de remords, John s'arrêta brusquement de lire.

Tout journaliste qu'il était, il ne se sentait pas, à cet instant précis, le droit de violer une correspondance qui ne s'adressait pas à lui.

61

Nankin, 10 mai 1854

Prise d'un irrépressible dégoût de tout, Jasmin Éthéré alla s'asseoir devant sa coiffeuse où son petit miroir rond de bronze renvoya son désespoir encadré de tresses sculptées dans l'ébène. Un irrépressible torrent de larmes lui brouilla soudain cette image. Pour la première fois, elle se sentait battue par le sort, incapable d'y faire face. Depuis le jour où Bowles était venu lui annoncer que Mesure de l'Incomparable avait péri au combat, elle se sentait en proie à une tristesse que même la joie de voir grandir Fleur de Sel n'arrivait pas à chasser.

D'un geste qu'elle eût été bien incapable d'expliquer, elle se leva d'un bond et arracha ses vêtements avant de se précipiter vers la grande psyché aux pieds griffus qui trônait, incongrue, à l'autre bout de la chambre et que l'ancien propriétaire de sa maison, un riche mandarin dont la famille avait été exterminée lors de la prise de Nankin, avait achetée à un ébéniste portugais venu tenter sa chance en Chine.

Entièrement nue comme lorsqu'elle s'exposait à la vue des hommes, Jasmin Éthéré se considéra longuement dans cette surface lisse qui entourait l'autre Jasmin Éthéré d'une eau sombre, presque mystérieuse, et la faisait surgir des profondeurs de la pénombre de la chambre. Les deux belles contorsionnistes avancèrent puis reculèrent en même temps, sans se quitter du regard, avant de faire un tour sur elles-mêmes, puis un autre, plus lent, leurs yeux scrutant les formes rebondies et désirables de leur double. Leurs mains lissèrent leur ventre, remontèrent jusqu'aux pointes de leurs seins qu'il suffisait d'effleurer pour qu'elles durcissent puis se mirent à descendre lentement jusqu'aux délicates fentes de la Vallée des Roses. Elle ferma les yeux, imaginant que l'une des Jasmin Éthéré était caressée par Tang, tandis que l'autre l'était par Mesure de l'Incomparable.

Accepter de plaire aux hommes mais ne jamais rien leur céder, partager le plaisir du Heqi tout en demeurant libre de ses faits et gestes, et enfin ne compter que sur sa propre volonté ainsi que sur sa bonne étoile pour échapper aux jougs de toutes sortes sous lesquels ployait la femme chinoise, telle avait été, jusque-là, sa devise.

Avait-elle eu raison de s'y tenir de façon aussi exigeante ? Le fait est que Tang et Mesure de l'Incomparable, les deux amants avec lesquels elle avait communié dans le Heqi, lui manquaient à présent affreusement.

Elle se regarda une dernière fois, détourna son regard d'elle-même pour poser ses yeux sur la psyché qui la considérait avec une ironie muette.

Alors, les entrailles serrées et prise d'un soudain vertige, elle se jeta sur son lit et, secouée de spasmes des pieds à la tête, continua à y vider ses larmes, hantée par le souvenir des deux êtres qu'elle avait profondément aimés.

Emportée par ce torrent de détresse qui créait dans sa tête un désordre étrange, elle ne voyait qu'une seule bouée de sauvetage : l'Angleterre !

C'est là qu'elle devait absolument partir avec Fleur de Sel...

Jasmin Éthéré en rêvait tellement, depuis que Laura lui avait parlé de son pays, qu'à force de la questionner sans cesse, elle s'en était brossé toute seule un portrait idyllique, imaginant Londres telle une immense ville propre comme un sou neuf, où les immeubles d'une blancheur immaculée bordaient des rues qui n'étaient pas jonchées d'ordures ni de charognes, dont les parcs résonnaient des cris joyeux d'enfants – garçons ou filles car en Angleterre on ne faisait pas la différence ! – habillés comme des princes qui jouaient au croquet ou à la marelle sous la surveillance de leurs « nannies », lesquelles les gavaient de sucreries.

Bref, l'Angleterre était un paradis sur terre où chacun était riche et où il faisait bon vivre.

Tout à son désir d'échapper à la funeste réalité qui l'enserrait désormais dans un étau, elle continuait à se projeter dans cet endroit idéal où elle était persuadée que sa fille serait heureuse, lorsqu'elle entendit, venant de la rue, le son de la trompe qui annonçait que la grande messe du sabbat aurait lieu dans une heure.

Elle l'avait complètement oubliée. Bien qu'elle ne fût pas

croyante, il n'était pas question pour elle d'arriver en retard. En raison de ses fonctions à la Chancellerie de la Guerre, Jasmin Éthéré était tenue d'y assister à une place précise, au deuxième rang de la travée réservée aux femmes. Contrevenir à cette obligation eût à coup sûr eu pour effet de compliquer ses projets de fuite.

Aussi, pareille à l'éclair, elle se leva promptement pour aller passer une robe de soie écarlate.

Elle arriva juste à temps à l'office et se fraya un chemin dans la grande salle de prières où l'assistance, à genoux et déjà en prières, attendait l'arrivée du Tianwan. Une dizaine d'hommes et de femmes, dont les corps raidis comme des planches étaient soutenus à bout de bras par les autres fidèles, étaient entrés en transe.

Lorsque, au son des trompes et des cymbales, nimbé dans un nuage d'encens et revêtu des attributs impériaux, apparut Hong Xiuquan, tenant par la main le Prince de la Voix Muette, la foule se tut brusquement. Suivit un interminable prêche du Tianwan sur les vertus de Jésus, son Grand Frère Aîné, ainsi que sur la force bénéfique du Vent Consolateur, c'est-à-dire de l'Esprit saint.

À l'issue de l'invocation des saints et de la bénédiction par lesquelles s'achevait toujours la messe du sabbat, le secrétaire particulier du chef des Taiping s'approcha de la contorsionniste qui s'apprêtait à quitter son banc et lui chuchota dans le creux de l'oreille :

— Jasmin Éthéré, le Tianwan souhaite te voir ce soir. Pourrais-tu te rendre au Palais Céleste ?

La contorsionniste regarda son interlocuteur avec étonnement. Pareille invitation ne lui disait rien qui vaille.

— Que me veut-il ?

— Je n'en sais fichtre rien. S'il a demandé à te rencontrer, c'est qu'il doit avoir de bonnes raisons ! répondit l'autre, goguenard.

Dehors, un palanquin l'attendait, et la mena aussitôt au palais du Nord où, ce soir-là, le chef des Taiping, qui, pour des raisons de sécurité, ne passait jamais la nuit au même endroit, avait pris ses quartiers.

À peine arrivée, elle fut conduite dans la chambre du Céleste Souverain où elle entra de mauvaise grâce, devinant ce qui l'y attendait. À l'intérieur régnait un curieux désordre. Des chaises, des tables et des ustensiles étaient renversés à même le sol.

Comment Jasmin Éthéré aurait-elle pu se douter que, quelques instants plus tôt, le Tianwan avait piqué une terrible colère en découvrant que son lit était vide alors qu'il s'attendait à ce qu'elle y fût déjà allongée, le corps entièrement nu et enduit d'onguents ?

Tel un fauve dans son antre, Hong était affalé sur un immense lit qui disparaissait sous plusieurs couches d'édredons de soie et de peaux de zibeline provenant du pillage du palais du vice-roi de Nankin. Son visage aplati, pâle, aux yeux étincelants d'excitation, était tapi dans ses longs cheveux sombres, comme un méchant sortilège au fond d'une maison hantée. Il lui fit signe d'approcher en même temps qu'il se lécha les babines. Prise de malaise devant l'attitude si peu équivoque du Tianwan, Jasmin Éthéré resta figée à quelques pas de la porte, prête, si c'était nécessaire, à prendre ses jambes à son cou.

— Déshabille-toi ! Je te veux entièrement nue !

La voix du Tianwan était sourde, légèrement haletante.

Elle fit mine de reculer mais comprit, au rictus du hakka qui avait bondi vers elle, que, si elle se refusait à lui, elle risquait tout bonnement la mort.

Alors, elle n'eut plus qu'une idée en tête : assouvir du mieux qu'elle pouvait les désirs du Tianwan afin de pouvoir le quitter le plus vite possible et, après avoir récupéré Fleur de Sel, fuir définitivement Nankin.

Retrouvant ses réflexes d'antan, elle repoussa d'un geste vif le chef des Taiping sur sa couche, et, après avoir effleuré ses lèvres avec son doigt, elle commença à se déshabiller avec des gestes lents, tout en se déhanchant. D'ordinaire, lorsqu'elle entamait cet exercice, elle voyait perler des gouttes de sueur au-dessus des yeux agrandis des mâles à qui elle se donnait en spectacle.

Cela ne rata pas puisque, tout émoustillé, Hong lui lança :

— Je t'aime comme ça... cela se présente bien !

Dès qu'elle fut entièrement nue, elle commença son numéro de contorsionniste, offrant la vue de son corps sous des angles parfaitement inconnus au Tianwan dont le regard exacerbé par le désir ne la quittait plus d'un pouce.

Dans la semi-obscurité de la pièce, Hong observait, fasciné, les contorsions de la jeune femme. Elle prit deux chaises et mit un pied sur chacune d'elles avant de les repousser lentement jusqu'à faire accomplir à ses jambes parfaitement tendues un grand écart qui dévoila les adorables bordures de sa Vallée des Roses. Tenaillé par le désir, le chef des Taiping, l'œil mi-clos et un sourire flottant au sommet de lui-même, déglutit avant de lui intimer l'ordre de venir le rejoindre sur le lit.

Aussitôt, pressée d'en finir, elle s'exécuta et grimpa sur les fourrures.

Dès qu'elle fut à sa portée, il se rabattit sur elle avant de la prendre sauvagement. Elle se laissa faire, convaincue que le Souverain Céleste n'arrivait ni à la cheville de Tang ni à celle de Mesure de l'Incomparable. Quelques instants plus tard, Hong, manifestement peu au fait de l'Union des Souffles, se répandait en elle avec brutalité et vitesse, sans aucune maîtrise de lui-même et dans un rugissement de tigre.

— Que dirais-tu d'entrer au Céleste Harem, ô Jasmin Éthéré ? lui demanda Hong en enfilant un peignoir de soie noire ornée d'oiseaux phénix.

Elle frissonna. C'était la pire chose qui pouvait lui arriver, que de finir ses jours dans ce lieu clos où le Tianwan entretenait ses esclaves sexuelles qui passaient leur temps à se disputer ses faveurs. Surmontant l'accablement qui la gagnait, elle réussit à articuler d'une voix défaite, car il lui fallait à tout prix continuer à donner le change :

— Pourquoi pas... Il faut simplement que le Céleste Souverain accepte que son humble servante aille ranger chez elle les quelques affaires qu'elle possède !

— Tu as tout ton temps, ma belle ! Loin de moi l'idée de te faire entrer au gynécée sans que tu aies eu le temps de te retourner. Si tu as un mari, je m'arrangerai avec lui... S'il est simple soldat, il deviendra lieutenant et sa solde sera triplée !

— Je n'ai personne, ô mon Tianwan !

— À la bonne heure ! En attendant de t'installer auprès de moi, je souhaite que tu reviennes demain soir...

Réprimant la vive répulsion que lui inspirait l'odieux comportement du chef des Taiping, la belle contorsionniste lui répondit humblement :

— Vos désirs sont des ordres. Demain soir, je serai devant vous !

Tandis qu'elle se rhabillait, bien décidée à prendre la clé des champs dès qu'elle serait sortie de ses griffes, elle le vit s'approcher, un petit flacon de parfum à la main.

— C'est pour toi ! Le vice-roi de Nankin faisait venir de Perse ce mélange d'essence de rose et de jasmin.

À regret – mais comment pouvait-elle faire autrement ? –, elle s'en aspergea, avec le sentiment qu'elle se couvrait de honte, en même temps qu'il collait une dernière fois ses lèvres sur les siennes.

Dès que le palanquin, entre un chien et loup douteux, l'eut ramenée chez elle, elle se rua dans la chambre de Fleur de Sel, réveilla la petite fille qui dormait à poings fermés, puis, après avoir passé un châle sur ses épaules, prit l'enfant dans ses bras et, tout en regrettant de ne pas avoir eu le temps d'aller dire au revoir à Laura mais elle y eût perdu un temps précieux, se mit à courir, dans la nuit trouée d'étoiles, vers l'unique porte de la ville encore ouverte à cette heure-là. Lorsqu'elle y arriva, harassée par l'effort, elle constata qu'une escouade de gardes en armes y contrôlait les allées et venues de ceux qui entraient et sortaient de Nankin. Depuis plusieurs semaines, les Taiping, qui craignaient des infiltrations d'espions, avaient renforcé tous les points de passage qui permettaient l'accès à la Céleste Capitale.

— N'aie pas peur, ma chérie, tout va bien se passer... soufflat-elle à Fleur de Sel lorsqu'elles approchèrent du poste de garde.

Dès qu'il vit Jasmin Éthéré, tenant sa petite fille par la main, l'un des hommes du poste s'avança vers elle et lui mit sa lanterne sous le nez.

— Ne passent que les titulaires d'un sauf-conduit !

La jeune femme accusa le coup, haletante. Puis, se souvenant qu'elle avait sur elle la petite plaque de bronze numérotée que délivrait à ses agents la Chancellerie de la Guerre, elle la brandit devant le soldat lui en disant, d'une voix qui se voulait assurée :

— Je suis l'assistante du Chancelier de la Guerre. C'est écrit làdessus. Je suis envoyée en mission spéciale !

— Attends là. Je dois aller voir mon chef ! fit le soldat avant de se rendre dans la guérite qui jouxtait la muraille.

Son chef, devant lequel elle fut aussitôt amenée, était un sergent dont l'embonpoint était tel qu'il remplissait à lui tout seul la casemate où il trônait sur un fauteuil d'osier dont c'était miracle qu'il ne s'effondrât pas sous son énorme poids. L'obèse, qui puait l'alcool de riz à plein nez, regarda la contorsionniste de son petit œil torve à moitié caché par les plis graisseux de son visage.

— Quel est le but de ta sortie ?

Vu le péril de la situation, elle n'avait pas d'autre choix que de tenter le tout pour le tout. Sans se démonter, elle désigna la petite plaque de bronze que l'officier tenait à la main.

— Je l'ai dit au soldat. Je suis envoyée en mission spéciale par la Chancellerie de la Guerre dont je suis une des agentes, comme c'est marqué sur ce document.

— Tu es mal tombée... je ne sais pas lire ! laissa tomber, dans un éclat de voix et entre deux lampées, la colossale masse de chair.

— Si tu ne me laisses pas passer, ça risque de te coûter très cher. Ma mission ne souffre pas le moindre atermoiement.

— Que vient faire un enfant, dans de telles circonstances ? ajouta, soupçonneux, le chef des gardes.

— Cet enfant me sert, précisément, de couverture... Tous ceux que ma route croisera auront ta réaction : ils seront à mille lieues d'imaginer que je m'apprête à agir pour le compte de la défense des intérêts suprêmes du Céleste Royaume ! poursuivit Jasmin Éthéré avec aplomb.

Le sang-froid et l'audace dont elle faisait preuve ébranlèrent le gros sous-officier qui, d'un air soudain absent, lui fit signe de passer.

Le cœur battant à rompre et tout heureuse d'avoir franchi ce premier obstacle, elle se hâta de traverser la haute muraille qui ceinturait Nankin.

Une fois à l'extérieur de la ville, elle eut un choc.

Depuis les remparts jusqu'à la plaine où, en contrebas, coulait le fleuve Bleu, s'étendait un immense campement de huttes de branchages où avaient trouvé refuge des milliers de familles de paysans chassées de leurs terres et que les Taiping n'avaient pas encore intégrées dans l'armée des gueux. Devant le spectacle des centaines de feux que ces pauvres gens avaient allumés et qui crépitaient dans la nuit, elle fut saisie d'effroi. Quand on était à l'abri des murailles de Nankin, il était impossible d'imaginer que toute la misère des campagnes environnantes se rassemblait ici, dans une atmosphère de cour des miracles, près de ces flammes autour desquelles des bambins en haillons trouvaient encore la force de faire la sarabande en riant aux éclats.

Fleur de Sel, terrifiée par ces ombres fantomatiques qui s'étiraient sur le sol, serrait très fort la main de sa maman.

Entre des mares croupissantes et au milieu de la foule des miséreux, des militaires de l'armée des gueux patrouillaient, le fouet et la lance à la main, afin de dissuader les familles, que le mouvement Taiping faisait visiblement rêver, de prendre d'assaut le mur d'enceinte de l'ancienne capitale impériale. Les cadavres des malheureux qui s'étaient lancés dans son escalade à mains nues gisaient au pied de ses murailles, désarticulés et à moitié dévorés par les chiens errants.

— Maman, où va-t-on ? gémit la petite fille, tandis qu'elles progressaient avec difficulté dans ce chaos infernal en contournant des murs de flammes et en enjambant des charognes.

— N'aie pas peur, ma chérie. On va prendre un bateau. Regarde là-bas, il y en a plein… répondit sa mère adoptive en désignant le port fluvial qu'on apercevait au loin dans le poudroiement argenté des eaux du Chang Jiang qui brillaient sous la lune.

Au bout d'une heure de recherche épuisante, Jasmin Éthéré, convaincue que le premier pas de sa marche vers Londres était à coup sûr le plus difficile, finit par trouver le chemin qui menait au port. Des centaines de pauvres gens le parcouraient en sens inverse, le visage rempli d'espoir. Attirés comme un aimant par ce Céleste Royaume dont le chef proclamait que tous les citoyens y étaient égaux et y jouissaient des mêmes droits, ils étaient loin de se douter qu'ils seraient condamnés à attendre de longues semaines, presque sans boire ni manger, au pied des murailles de l'ancienne capitale de la Chine avant d'être enrôlés dans l'armée des gueux pour y servir de chair à canon.

L'orage s'était levé. En contrebas, un sourd tonnerre, espacé de calmes, montait par intervalles du fleuve invisible. Soudain, au détour du chemin, elle le vit, sous la vive clarté de la lune, dans la nuit maintenant striée d'éclairs. L'approche du grand ruban bleuté et scintillant rendait euphorique notre belle contorsionniste. À la légère brise qui lui balayait le visage se mêlait désormais le souffle de la liberté reconquise. Son plan était parfaitement échafaudé. Dès le lever du jour, elle prendrait la première péniche pour Shanghai où, en six mois à peine, elle aurait tôt fait de gagner l'argent nécessaire à l'achat de deux billets pour l'Angleterre. Elle se donnerait en spectacle autant de fois qu'il le faudrait pour atteindre cet objectif.

Une détonation sèche la sortit brusquement de la douce euphorie dans laquelle elle avait glissé.

Surgie du bas-côté du chemin se dressait devant elle l'ombre d'une haute silhouette dont elle n'était pas capable de distinguer les traits en raison d'un contre-jour provoqué par la lumière qui se réfléchissait à la surface du fleuve situé en contrebas. L'individu, qui tenait un fusil dont le canon fumait encore, venait de tirer en l'air.

— Bonjour, belle jeune fille… lâcha-t-il en s'avançant vers elle d'un pas décidé.

L'inconnu s'exprimait avec un fort accent guttural, qu'elle n'avait jamais entendu.

— Bonsoir, monsieur… fit-elle, bien décidée à ne pas se laisser importuner et à poursuivre sa route.

C'est alors que l'homme lui barra brusquement le passage.

— Où vas-tu ainsi, par une nuit noire… avec ta fille ? Deux

femmes, dehors à cette heure-ci… ça paraît louche ! Avec moi, il faut répondre ! Mieux vaut ne pas jouer au plus malin !

L'homme, qui mangeait tellement ses mots que ses propos étaient difficilement compréhensibles, avait un ton menaçant.

— Je n'ai pas de comptes à vous rendre ! Je vais où bon me semble ! s'écria-t-elle en prenant dans ses bras Fleur de Sel qui s'était mise à pleurer.

L'homme empoigna brusquement le poignet de Jasmin Éthéré pour l'attirer vers lui, ce qui fit sortir du contre-jour sa face abîmée par les tavelures de la petite vérole où de petits yeux rougeoyants brillaient d'un éclat inquiétant. Quatre autres individus l'entouraient, armés de poignards dont les lames luisaient dans la pénombre. Ces hommes étaient-ils des Taiping ou bien des impériaux, ou encore des bandits de grand chemin qui agissaient pour leur propre compte ? Elle était incapable de le dire.

— Tu iras où je voudrai ! répliqua, d'un ton rogue, l'homme au visage grêlé en la poussant devant lui sur le chemin.

Elle s'apprêtait à lui répondre vertement lorsqu'elle sentit qu'on lui piquait le dos, ce qui la fit se retourner vivement. C'était la pointe du poignard de l'un des sbires, auquel il n'était pas question de faire défaut car il l'eût transpercée de part en part à la moindre incartade. Au pas de course, elle fut conduite jusqu'à une jonque qui mouillait au bout d'un quai désert. Arrivée au pied de la passerelle, l'homme au fusil lui intima de monter à bord.

Tenant fermement Fleur de Sel par les épaules, Jasmin Éthéré, qui n'était pas sujette au vertige, s'engagea d'un pas assuré sur les deux longues planches qui reliaient le quai au pont de la barcasse. Sur celle-ci l'attendait un équipage fait de petits hommes dont les cheveux longs étaient retenus par un bandeau noir qui ceignait leur front. Ils parlaient tous une langue à laquelle elle ne comprenait goutte. Dès qu'il fut à son tour à bord, l'homme au visage tavelé leur donna quelques ordres dans leur jargon et les deux Chinoises furent conduites dans la cale, avant d'être poussées dans un réduit sombre dont la porte fut refermée aussitôt en claquant.

— Chinoises ?

La contorsionniste se tourna vers l'endroit d'où venait la voix et vit un homme d'âge avancé dont le visage diaphane et émacié, que prolongeait une barbiche blanche, était vaguement éclairé par le hublot étroit à côté duquel il était assis.

— Oui ! répondit Jasmin Éthéré dans un souffle.

Le vieillard poussa un long soupir.

— À la bonne heure ! Je vais enfin pouvoir parler avec quelqu'un !

— Pouvez-vous me dire qui sont les hommes à bord de cette jonque ? chuchota la fugitive.

— Des pirates japonais. Tu n'as pas de chance. Ces hommes sont plus vils que des bêtes sauvages. Ils écument les mers, les fleuves et les canaux, à la recherche des navires marchands. Ils les éperonnent, en égorgent l'équipage puis en vident entièrement la cale !

Fleur de Sel, à ces mots, étouffa un sanglot.

— Comment font-ils pour ne pas se faire prendre ? s'enquit la jeune femme qui savait que tous les cours d'eau faisaient l'objet d'une surveillance permanente de la part de la police fluviale.

— Il leur suffit de naviguer en hissant un pavillon mandchou et, quand ils font l'objet d'un contrôle, ils sortent de leur cale de quoi calmer les appétits de n'importe quelle patrouille !

— Est-ce indiscret de vous demander ce que vous faites sur ce navire ?

— Pas le moins du monde. Après avoir navigué pendant vingt ans sur le fleuve Bleu, j'ai commandé un navire qui cabotait entre Canton et Shanghai. J'avais pour principal client la compagnie des nez longs anglais Jardine & Matheson. Il y a trois mois, ces maudits Japonais s'emparèrent de mon bateau, le vidèrent des caisses d'opium qu'il transportait et massacrèrent tous mes hommes à coups de hache. Comme ces bandits avaient décidé de faire une incursion jusqu'à Nankin, ils m'ont gardé en vie... d'autant que je baragouine le japonais. Je leur sers de pilote sur le Chang Jiang, où de nombreux bancs de sable rendent la navigation fort périlleuse...

— Vous êtes donc leur prisonnier ?

L'intarissable vieil homme montra à Jasmin Éthéré les lourds anneaux de fonte qui enserraient ses chevilles meurtries.

— Lorsqu'ils ont besoin de moi, ils me mettent sur le pont, à côté du gouvernail, et j'indique au navigateur par où il convient de faire passer le bateau. Tant que je leur serai utile, ils me garderont en vie. Dès qu'ils gagneront la mer, je suis sûr qu'ils m'y jetteront et que j'y finirai dévoré par les requins !

— Cette perspective ne semble pas vous révolter ! gémit la belle Chinoise, estomaquée par la résignation et le sang-froid du vieux capitaine.

— J'ai appris à accepter ce que le destin me réserve ! murmura ce dernier en souriant.

La jeune femme, dont l'instinct de survie lui commandait de

s'échapper à tout prix de cette jonque maléfique, s'approcha de la porte et constata qu'elle était hermétiquement close.

— Inutile de regarder par là ! Cette porte est fermée par une barre de fer.

Quant au hublot, il était bien trop étroit pour qu'elle s'y faufilât, malgré ses qualités acrobatiques.

— À votre avis, pourquoi nous ont-ils capturées, ma fille et moi ? lâcha-t-elle, soudain à bout de nerfs.

Après un moment de silence, le navigateur répondit :

— Je crains fort que la réponse ne te soit pas des plus agréables... Cela fait des mois que les Japonais cherchent une jolie fille pour l'offrir à Anaxang en contrepartie de l'autorisation de mouiller à Penghu[1]...

— Qui est Anaxang ?

— Le descendant de Coxinga[2].

— Je ne connais pas ce nom.

— Coxinga fut le pirate le plus célèbre de la mer de Chine... Il écumait les côtes du Shandong jusqu'à Canton. Malheur aux navires qui croisaient sa route : aucun ne pouvait résister aux assauts de ses hommes intrépides qui étaient capables de monter à bord de jonques lancées à pleine vitesse leur sabre entre leurs dents ! s'écria le vieux marin avec des accents lyriques.

Jasmin Éthéré frissonna, le regard perdu vers les eaux argentées du fleuve qu'on apercevait, inaccessibles, par l'étroit hublot.

— Je n'ai aucune envie de finir mes jours chez le descendant de cet individu !

— Dans ce cas, il te faudra trouver le moyen de t'enfuir...

— J'en ai vu d'autres, fit-elle d'une voix rauque, en pensant à la façon dont elle était parvenue à s'échapper des geôles de la police impériale de Canton avec Mesure de l'Incomparable.

Au petit matin, alors que la jonque naviguait depuis deux heures, portée par le fort courant du Chang Jiang, Jasmin Éthéré, allongée à même le sol avec Fleur de Sel pelotonnée contre sa poitrine et qui n'avait pas fermé l'œil depuis le départ du bateau, ressentit un grand choc. Aussitôt, sur la jonque, des cris fusèrent. Elle entendit l'équi-

---

1. Les îles Penghu, appelées aussi Pescadores, situées entre celle de Taiwan et le continent, furent occupées par des pirates jusqu'à la révolution maoïste.
2. Surnom donné par les Hollandais à Zheng Chenggong (1624-1662), célèbre pirate sino-japonais qui se rendit maître des côtes du Fujian avant d'aller mourir à Taiwan où il est encore considéré comme un héros national.

page monter quatre à quatre en hurlant les escaliers qui menaient au pont supérieur.

— Que se passe-t-il ? fit-elle en regardant le vieux marin que tout ce tintamarre avait réveillé.

— D'après ce que j'entends, notre jonque vient d'être abordée par une lorcha portugaise...

— Que viennent faire les Portugais ici ?

— Les Mandchous affrètent ces navires pour en faire usage de police fluviale. Ils essaient de nous arraisonner... Ils viennent même de monter à bord... Avec un peu de chance, tu pourras fausser compagnie aux Japonais...

Elle bondit vers la fenêtre et sortit du mieux qu'elle pouvait sa tête vers l'extérieur. Les coups de feu se succédaient, tandis que des projectiles enflammés retombaient dans le fleuve. À en juger par le tumulte au-dessus de leurs têtes et le tangage dont la jonque était à présent affectée, le combat faisait rage entre les impériaux et les pirates. Deux bonnes heures passèrent, pendant lesquelles les Japonais, submergés par le nombre de leurs assaillants, perdaient pied peu à peu. Elle pouvait apercevoir leurs corps ensanglantés tomber à l'eau les uns après les autres et entendre les hurlements de ceux qui étaient jetés vivants dans le Chang Jiang.

Le bruit et la fureur commencèrent à décroître, annonçant la fin prochaine des combats, jusqu'à ce morne silence suivi d'un calme étrange, attestant de la réalité de celle-ci.

Soudain, après un court laps de temps qui lui parut durer des siècles tellement elle s'attendait à ce qu'on vînt les libérer, une énorme explosion retentit, suivie d'un bruit terrifiant de cascade mêlé à des chuintements, en même temps que, dans un craquement de mauvais augure, le plancher de leur « cabine » commençait doucement à s'incliner.

— Qu'arrive-t-il ? lança-t-elle d'une voix angoissée à son compagnon d'infortune, en désignant la flaque d'eau noirâtre venue de dessous la porte et qui s'étendait lentement sous leurs pieds.

Le vieux navigateur préféra lui répondre par un sourire apaisant.

À quoi bon expliquer à cette belle Chinoise dont l'enfant, insensible au terrible drame, dormait dans ses bras du sommeil du juste que les impériaux venaient de couler leur jonque ?

Quelques instants plus tard, ils sombraient dans les eaux du grand fleuve où ils furent engloutis à jamais.

62

Shanghai, 28 juin 1854

— Heureux de vous voir, messieurs ! s'écria Deux Fois Plus de Chance, cachant mal une surprise qui ne l'empêcha pas de se casser en deux dès qu'il vit les deux nez longs occidentaux entrer dans ce qu'il appelait pompeusement son « bureau » et qui n'était en réalité qu'un minuscule appentis jouxtant l'entrepôt où s'entassaient des caisses manipulées par des coolies noirs de crasse et d'une maigreur cadavérique.

Aussi gros et ventru que haut et baraqué, le *comprador* auprès duquel la compagnie V.S.J. & Co écoulait sa marchandise à Shanghai était un Himalaya de chair d'origine mongole ainsi qu'en témoignaient, outre sa corpulence, son faciès plat et ses yeux si bridés qu'il était impossible d'en distinguer la couleur.

Le Mongol immense affichait un sourire de traître de comédie.

— Il serait grand temps que nous fassions les comptes ! lâcha Antoine Vuibert en se dirigeant d'office vers le fauteuil défoncé où le *comprador* faisait asseoir ses visiteurs.

— Ici, les affaires deviennent de plus en plus difficiles... Les grandes compagnies anglaises cassent les prix à qui mieux mieux... maugréa le Mongol qui savait fort bien pourquoi ses deux visiteurs étaient venus le trouver.

Le Français planta ses yeux dans ceux, impénétrables puisque invisibles, du grossiste, tout en lui tendant une feuille où s'alignaient des colonnes de chiffres.

— Voici l'état de nos créances... En te faisant cadeau des intérêts, il y en a pour deux mille trois cents pièces d'un *liang* en argent. Tu as quinze jours pour les honorer !

L'Empire des larmes

Le Mongol, tel un masque de l'Opéra de Pékin, grimaça.

— C'est bien peu de temps ! Pour vous payer, je dois faire rentrer toutes les liquidités que j'ai dehors ! Mes clients ont du mal à régler comptant...

— Ce n'est pas notre problème ! dit Stocklett pour enfoncer le clou.

— En été, les ventes d'opium fléchissent. Elles reprennent toujours à l'automne, ajouta le bougre, prêt à tout pour gagner du temps.

— À l'automne, il te faudra trouver un autre fournisseur...

Deux Fois Plus de Chance haussa un sourcil.

— La compagnie V.S.J. & Co a cessé d'exister. Nous l'avons dissoute, expliqua l'Anglais.

Le visage du Mongol s'habilla de méfiance.

— Vous arrêtez le commerce d'opium ?

— Depuis Singapour... oui ! fit le Français, sans plus s'étendre.

Bien décidé à se passer des services du gros *comprador*, il ne tenait pas à lui faire part de ses projets d'installation à Shanghai.

— J'espère qu'il aura compris de quel bois nous nous chauffons ! ajouta-t-il à l'intention de Nash, une fois sortis de chez le grossiste importateur.

— Avec ce genre d'individu, on peut s'attendre à tout...

À l'issue de leur visite à Deux Fois Plus de Chance, Antoine avait prévu d'aller au consulat de France pour se renseigner sur les possibilités d'implantation de sa société dans la concession française. Leur palanquin, qui était pourtant doté de quatre porteurs, mit une bonne heure à traverser la ville déjà terriblement engorgée vu l'heure avancée de la matinée.

Lorsque Antoine Vuibert et Nash Stocklett entrèrent dans le hall de la bâtisse de style vaguement néoclassique dont le toit de tuiles rouges tranchait avec la façade un rien pompeuse où le consul de France avait installé ses bureaux, un homme de haute taille y faisait les cent pas.

Dès qu'il vit nos deux compères, l'homme en question, après leur avoir décoché un large sourire, les apostropha :

— Je parierais que vous êtes des compatriotes !

— Moi oui... pas mon ami... il est anglais ! répondit Antoine, un brin amusé.

— Je me présente, Dominique Rémi, originaire de Besançon, horloger et marchand de vin !

— Vous réparez des horloges ?

— Je les importe, je les vends, je les répare... Je fais un peu de tout. Vous savez, les Chinois aiment beaucoup les pendules. Ils ont un rapport au temps très spécial. Pour eux, le temps ne s'épuise pas, il tourne et donc revient. D'ailleurs, ils ont la roue alors que nous avons le sablier !

— Je sais. Mon maître Stanislas Julien m'expliqua comment le père Ricci avait réussi à entrer en contact avec l'empereur Wanli[1] qui refusait obstinément de le recevoir parce que l'horloge mécanique dont il avait fait cadeau au Fils du Ciel était tombée en panne !

— Figurez-vous qu'il existe ici deux ou trois temples où les gens vénèrent Matteo Ricci comme le dieu des horlogers…

— Depuis quand êtes-vous arrivé à Shanghai, monsieur Rémi ?

— J'y ai débarqué le 15 mars 1848. Depuis, ma foi, je poursuis mon bonhomme de chemin. J'ai fait construire une maison non loin d'ici… Pour l'instant, je suis l'unique utilisateur de la concession française. C'est fou ce que nos compatriotes peuvent être frileux quand on les compare aux Anglais !

— Merci pour eux ! fit Stocklett en souriant.

— Nous venons voir le consul de France parce que nous souhaiterions implanter une maison de commerce sur les terrains concédés à la France… en espérant qu'ils ne sont pas trop infestés par les réfugiés qui fuient les zones de combat où sévit la rébellion Taiping ! soupira Vuibert.

— Et qu'il y a encore de la place ! ajouta l'Anglais.

— C'est plutôt la pègre du Guangdong ou du Fujian qui a tendance à s'installer par ici… attirée par la proximité des maisons de jeu et des fumeries. Le soir, je ne sors jamais sans mon arme… Quant à la place, ce n'est pas ce qui manque !

— Tous les espoirs sont donc permis ! plaisanta l'Anglais.

— Celui qui va être content, c'est M. de Montigny. Plus la concession sera occupée par des résidents français et plus la criminalité y baissera ! Aujourd'hui, c'est encore la jungle, demain, grâce à des gens comme vous, la concession française sera aussi pimpante et ordonnée que sa voisine anglaise ! s'exclama l'horloger bisontin.

Il suffisait en effet de traverser le pont en dos d'âne du canal Yangjinbang pour passer du terrain vague où en était encore la concession française, avec ses huttes de branchages qui abritaient des miséreux, dans un monde parfaitement ordonné et policé où s'alignaient le long de rues tirées au cordeau les magnifiques

---

1. L'empereur Wanli (1563-1620) régna à partir de 1573.

L'Empire des larmes

Hong[1] construits dans le style anglo-indien par les Taipan occidentaux qui dirigeaient avec maestria leurs maisons de commerce. À Shanghai, ces tout-puissants hommes d'affaires tenaient déjà le haut du pavé, recevant leurs convives avec munificence dans leurs vastes demeures construites au milieu de grands jardins où les roses anglaises se mêlaient aux magnolias et aux tulipiers...

— Comment vont les affaires de nos compatriotes, monsieur Rémi ? s'enquit le Dauphinois, désireux de savoir quelles étaient ses propres chances de réussite.

— Figurez-vous que, pour l'instant, je suis le seul Français à faire du commerce à Shanghai.

— Dans ce cas, je serai peut-être le second...

— Bienvenue au club, monsieur... ?

— Vuibert ! Pardonnez-moi ! J'ai oublié de me présenter ! Antoine Vuibert. Et lui, c'est Stocklett. Nash Stocklett.

Les poignées de main s'échangèrent.

— Il me semble avoir entendu parler de vous par M. de Montigny. N'est-ce pas vous qui avez brièvement collaboré avec lui ?

Antoine, préférant ne pas s'étendre et désireux de poursuivre sa petite enquête, changea de sujet.

— Les Chinois ne sont-ils pas devenus trop durs en affaires, monsieur Rémi ?

Le Franc-Comtois prit un air malicieux.

— Il est vrai qu'ils apprennent vite ! Quant à moi, je ne suis pas arrivé ici avec de hautes prétentions financières. J'essaie tout bonnement de vendre mes horloges et mon vin un peu au-dessus du prix qu'ils m'ont coûté !

— M. Rémi est un homme particulièrement modeste ! s'écria une voix qui venait du haut de l'escalier en bois ciré menant du hall du rez-de-chaussée à l'unique étage.

Charles de Montigny le descendait.

Il n'avait pas beaucoup changé, tout juste un peu grossi. Le consul de France avait traversé sans dommages collatéraux les soubresauts de la politique intérieure française : la révolution de 1848, le coup d'État du 2 décembre 1851, la restauration de l'Empire. Contrairement à d'autres agents du corps diplomatique qui y avaient laissé des plumes au point d'y perdre purement et simplement leur poste, Charles de Montigny avait su naviguer habilement entre les récifs,

---

1. Ce terme désigne un ensemble de bâtiments comprenant des bureaux, des entrepôts et des résidences.

jouant avec succès à l'homme indispensable pour la défense des intérêts français en Chine. Depuis qu'il était arrivé à Shanghai, l'insubmersible et néanmoins honorable consul de France avait déjà vu défiler pas moins de huit ministres des Affaires étrangères, des plus brillants et compétents – trop peut-être ! –, tel Alexis de Tocqueville, aux plus falots et aux plus ineptes, dont on oubliait les noms à peine ils quittaient leur poste.

Antoine ne savait trop quelle attitude adopter vis-à-vis de celui qui continuait probablement à lui en vouloir après l'envoi intempestif de sa lettre de démission.

— M. Rémi est un vrai pionnier. Il fut le premier de nos compatriotes à tenter l'aventure de Shanghai... Et je crois qu'il ne le regrette pas... n'est-ce pas, Rémi ? conclut, d'un ton paternel et comme si de rien n'était, le consul de France à Shanghai.

Puis il se tourna vers Antoine et lâcha, l'air mi-figue, mi-raisin, à l'intention de son ex-collaborateur :

— J'étais sûr que nous finirions par nous croiser un jour, Vuibert !

— Je dois m'excuser... j'aurais dû vous parler et pas me contenter de vous écrire, mais la carrière diplomatique n'était vraiment pas faite pour moi. Il y a des choses qu'on ne découvre que lorsqu'on les vit ! bredouilla Antoine, heureusement surpris par le ton employé par Montigny qui n'était pas monté sur ses grands chevaux.

— En effet, mon ami ! C'est pourtant un métier passionnant ! Votre successeur est ravi de travailler ici avec moi ! Depuis le temps où vous m'accueillîtes à mon arrivée ici, pour entrer dans la carrière, il faut montrer patte blanche. Ce jeune attaché consulaire avec lequel j'ai le plaisir et l'honneur de collaborer a été reçu troisième au concours diplomatique... lâcha le consul sur un ton appuyé et comme s'il parlait là d'une époque antédiluvienne.

— Il faut passer un concours pour devenir diplomate ! ne put s'empêcher de murmurer Antoine, ce qui lui valut un coup d'œil aigu et agacé du consul.

Rémi, sentant que la conversation entre les deux hommes risquait de tourner au vinaigre, jugea bon d'intervenir :

— Monsieur le consul, ces deux messieurs souhaitent implanter leur compagnie de commerce dans la concession...

Le visage de Montigny s'illumina.

— C'est là une excellente idée. À quel type d'activité pensez-vous ?

— En fait, M. Vuibert songe à de l'import-export, répondit Stocklett.

— Ici, c'est l'import-export qui marche le mieux. Quel type de marchandises envisagez-vous ? demanda Montigny avec entrain.

Cela faisait des mois que le consul de France se démenait pour tenter de convaincre des Français de s'implanter dans la concession française. Le projet de son ex-collaborateur était, à cet égard, une vraie aubaine qui lui permettrait de rédiger – enfin ! – une dépêche diplomatique en bonne et due forme annonçant au ministère des Affaires étrangères que l'exemple de l'horloger Rémi commençait à être suivi d'effet. Il faut dire que les autorités françaises commençaient à s'impatienter après que Montigny leur avait « vendu », trois ans plus tôt, l'idée de concurrencer les Anglais et de faire si possible mieux qu'eux sur les soixante hectares de terrain que le vice-roi de Shanghai avait accepté de mettre à la disposition de la France.

— Nous avons déjà lancé une affaire d'opium depuis Singapour. Elle marchait fort bien jusqu'à ce que nous soyons grugés par notre associé indien. Nous souhaiterions réitérer l'expérience ici, expliqua Antoine.

— Vous n'avez pas peur de faire de l'ombre à Jardine & Matheson ou à Dent[1] ? demanda l'horloger.

— Nous éviterons de les prendre de front. Jusqu'à présent, nous n'avons jamais tenté de débaucher les *compradores* travaillant avec eux. Pour être clair, nous nous sommes contentés de recevoir les demandes de ceux qui souhaitaient devenir nos grossistes, précisa le Dauphinois.

— Grâce à nos faibles frais généraux, nous arrivons à un prix de l'opium sensiblement inférieur à celui des grosses compagnies, ajouta l'Anglais.

— Tout cela est très excitant… Montez donc à mon bureau. Je vous offre le champagne ! s'exclama, soudain bon prince, le consul de France.

Charles de Montigny demanda à son maître d'hôtel d'aller lui chercher une des précieuses bouteilles de Dom Pérignon dont la France, chaque année, lui envoyait deux caisses scellées au plomb comme si elles étaient remplies de lingots d'or.

— J'espère que vous ne m'en voulez pas trop au sujet du terrain qui appartenait aux jésuites… hasarda Antoine, déjà légèrement gris.

---

1. Dent était alors la seule compagnie capable de rivaliser avec Jardine &Matheson.

Le sac du Palais d'Été

Les deux verres de l'ineffable nectar qu'il avait sifflés à la file, sachant qu'il n'avait pas bu une seule goutte de champagne depuis qu'il était arrivé en Chine, l'avaient rendu non seulement guilleret, mais également enclin à faire amende honorable.

— Il y a prescription, Vuibert ! Et puis votre initiative m'a donné des idées. C'est un peu grâce à vous si j'ai pu obtenir la concession, fit le consul que les petites bulles du nectar champenois portaient également à l'indulgence.

— Vraiment ?

Pas peu fier de son petit effet, Montigny répondit :

— Et comment ! J'ai commencé par placer le drapeau français sur cette maison qui appartenait aux jésuites avant qu'ils ne s'établissent à Zikkawei. Puis, sous l'amicale pression de M. Rémi, qui trouvait qu'il était nécessaire de prévoir des terrains destinés à des implantations françaises, je suis allé négocier avec Gong, le haut magistrat chinois chargé du rapport avec les étrangers. Les autorités chinoises ont accepté de me concéder soixante-six hectares[1]. C'est peu par rapport aux cent soixante-six que nos amis anglais ont réussi à leur arracher, mais enfin, c'est déjà un bon début ! J'espère bien pouvoir faire construire dans quelques années un bâtiment consulaire aussi imposant que le leur !

Il n'y avait pas une once d'humour dans les propos du consul, alors même que la concession française n'était encore qu'un vaste terrain vague où l'unique maison existante, en dehors de celle occupée par le consulat de France, avait été bâtie par l'horloger Rémi, au milieu des cimetières abandonnés aux herbes folles où des paysans chinois chassés de leurs terres continuaient à planter leurs cahutes de torchis.

— J'en suis fort aise ! Cette concession doit sûrement donner une fort belle image de la France... se borna à répondre Antoine, pour lequel l'heure n'était définitivement plus aux règlements de comptes.

— Nous sommes encore loin de l'objectif recherché... Mais enfin, je n'ai pas payé ces terrains un centime, alors que le père Freitas Branco voulait une somme faramineuse pour le sien. Il faut dire que ce jésuite était un drôle de bonhomme... paix à son âme !

— Il est mort ? s'exclama Vuibert qui faillit avaler de travers.

---

1. La concession française avait été octroyée à la France le 6 avril 1849. Située au nord de la ville, elle était bordée à l'est par le Huangpu et séparée de la concession anglaise par le canal appelé Yangjinbang.

— Oui... et même dans des conditions assez tragiques : criblé de balles au cours d'une attaque menée par la triade des Petits Couteaux contre l'église Saint-Ignace. On le disait terriblement affairiste. Tant qu'il était en vie, on assimilait volontiers la communauté des jésuites à un coffre-fort rempli de lingots d'or...

— Je connaissais un peu ce sacré lascar de Freitas Branco, ajouta Rémi.

— Je suis prêt à parier qu'il vous a proposé une association, souffla Antoine.

— Exact. Il était intéressé par le commerce des horloges.

— Vous ne m'étonnez pas ! Freitas était éclectique en ce qui concerne le choix de ses partenaires.

— Il prétendait que ses autorités lui mettaient une terrible pression sur les épaules pour qu'il leur ramène des ressources. Il m'avait proposé de me mettre en rapport avec l'un des préposés aux horloges de la Cité Interdite moyennant une commission de dix pour cent, précisa Rémi en accompagnant son propos du geste consistant à frotter le pouce contre l'index et le majeur.

— Ce diable d'homme avait un sens inné des affaires. Plusieurs sources m'ont assuré qu'il avait eu un enfant d'une Chinoise et que la mère et la fillette étaient mortes de la peste bubonique. Ce Freitas était un personnage digne d'un roman ! déclara à son tour le consul.

— Freitas savait tout avant tout le monde. Il connaissait la date de votre arrivée alors que je l'ignorais moi-même ! murmura Antoine, encore sous le choc de la nouvelle de la mort du Portugais et dont la voix, soudain plus grave, témoignait de l'onde de nostalgie qui l'avait envahi.

Comme si c'était hier, il se souvenait de son premier contact avec Freitas et de l'accent portugais à couper au couteau avec lequel il l'avait entrepris sur le quai, à peine avait-il débarqué à Shanghai...

— Le pire dans tout ça, c'est que ce pauvre garçon venait d'être nommé évêque de Timor par Rome. Il m'avait confié avoir hâte de quitter Shanghai, précisa Charles de Montigny, une ombre de tristesse dans les yeux.

La bouteille de champagne ayant été vidée, le consul leur proposa une collation, qu'ils acceptèrent sans se faire prier étant donné que c'était l'heure de déjeuner. À peine le rôti de porc à la purée de pommes de terre avalé, Rémi offrit à Stocklett de l'emmener visiter sa maison, laissant seuls le consul et son ancien secrétaire.

— Aimez-vous la Chine, monsieur Vuibert ? s'enquit le diplomate après avoir fait servir du café à l'intéressé, en prenant le ton enjoué de l'homme du monde au moment où il s'apprête à briller en public.

— À vrai dire, je me sens si bien en Asie que je ne me vois pas retourner en France, du moins pour l'instant. Et vous, monsieur le consul ?

— L'acclimatation fut rude... et puis tous ces officiels qui ne vous disent jamais non en face, à force, c'est usant... J'ai commencé à sillonner le pays de long en large. Figurez-vous que je suis devenu toqué d'antiquités chinoises et japonaises ! Ici, tout s'achète pour une bouchée de pain.

— J'étais sûr que vous vous y mettriez, monsieur le consul ! s'écria Antoine qui se souvenait parfaitement de la conversation qu'ils avaient eue à ce sujet.

— Je compte bien montrer mes collections chinoises et japonaises à l'Exposition universelle de Paris ! précisa M. de Montigny en se rengorgeant.

— Quand doit-elle ouvrir ?

— En principe, au printemps de 1855. Dans moins d'une petite année... Si l'empereur n'y met pas son veto !

— Pourquoi le mettrait-il ?

— Je plaisante ! En tant que promoteur des expositions universelles, l'empereur des Français serait le plus mal placé pour les interdire ! s'esclaffa le consul, bien content du tour qu'il avait joué à son ancien collaborateur.

Stocklett et Rémi, entre-temps, étaient revenus de leur petite escapade.

— La police impériale quadrille la concession, avertit l'horloger.

— Je croyais que les Chinois s'interdisaient d'empiéter sur les prérogatives des nations auxquelles ces terrains ont été concédés ! fit Antoine.

— Les Shanghaiens redoutent une offensive des Taiping... Ces gueux égorgent sans pitié les populations civiles. Dans leur sillage, ils ne laissent que des cadavres et des bâtiments brûlés... À Nankin, ce fut pire encore. La population de la ville a été massacrée, ajouta Rémi.

— Les Taiping sont de vrais sauvages, n'en déplaise à M. de Bourboulon ! ajouta aigrement le diplomate.

Au cours de la brève visite qu'il avait rendue aux Taiping à bord de la corvette *Cassini* le 30 novembre 1853, Alphonse de Bourboulon, le nouveau ministre plénipotentiaire de la France et à ce titre patron direct de Charles de Montigny, avait été agréablement surpris par les propos d'un haut responsable qui lui avait certifié que les Français et les « cheveux longs » ayant le même Dieu, ils ne mettraient aucun obstacle au développement en Chine de la religion catholique [1]...

— Êtes-vous sûr qu'ils sont aussi sauvages qu'on le dit ? demanda Stocklett, dubitatif.

— Lisez donc la presse ! lui rétorqua Charles de Montigny, soudain pincé.

— À Singapour, les journaux arrivent de Londres avec quatre mois de retard !

— M. le consul fait allusion à un reportage paru dans le *North China Weekly*, une gazette ma foi fort bien documentée. Le reporter y raconte l'offensive menée par les Taiping en Anhui. Ils envoient au front des enfants de dix ans à peine, armés d'arcs et de flèches, face aux fusils et aux canons des impériaux... Croyez-moi, la cruauté de ces gens qui se réclament pourtant de Jésus-Christ fait froid dans le dos, expliqua l'horloger sur un ton véhément.

— Il faut toujours se méfier de ce que racontent les journalistes. Très souvent, ils enjolivent ou enlaidissent... c'est selon ! fit l'Anglais, maussade.

— Ce reporter se rend systématiquement sur le terrain. Il ne décrit que ce qu'il voit... précisa alors le consul de France en allant ouvrir une armoire d'où il sortit un gros classeur qui débordait de coupures de presse et de paperasses, ajoutant : J'ai gardé les numéros du *Weekly* relatifs aux Taiping. L'autre jour, je les ai montrés au correspondant du *Moniteur universel*, un vrai journaliste en chambre, celui-là... Eh bien, figurez-vous que ce pauvre garçon a cru que je lui faisais la leçon ! s'exclama le consul, que le champagne rendait visiblement de plus en plus guilleret.

Les deux hommes se plongèrent aussitôt dans les journaux que Charles de Montigny leur avait communiqués. Passé un moment de stupeur, Stocklett, qui venait de dévorer l'interview de Laura Clearstone par John Bowles, la tendit à Antoine avant de s'écrier d'une voix tremblante :

— Monsieur le consul, il faut absolument que je contacte le jour-

---

1. Pour cette visite qui avait duré deux jours, Bourboulon s'était fait accompagner par Jacques de Courcy, secrétaire de la légation de France, ainsi que par un prêtre catholique, le père Clavelin. On ignore l'identité précise du chef Taiping qualifié de « Premier ministre » qui avait tenu ces propos pour le moins lénifiants à l'ambassadeur de France.

naliste qui a rédigé cet article ! Ce garçon est un ami très cher. À Londres, nous étions voisins de palier...

— Le plus simple serait de vous rendre directement au *Weekly*. C'est à deux pas d'ici. À la frontière entre la concession anglaise et la vieille ville chinoise.

Le siège du *Weekly* était aisément reconnaissable grâce à l'enseigne qui barrait le haut de la façade du petit immeuble de briques de style anglais où Bowles et Sassoon l'avaient installé un an plus tôt. En nage, Nash et Antoine déboulèrent dans une salle où s'activaient une dizaine de Chinois qui empaquetaient les exemplaires du journal sortis la veille de l'imprimerie.

— Où est Bowles ? s'écria Stocklett, hors d'haleine, à l'adresse de l'unique Occidental présent.

— Je suis son associé. Mon nom est Sassoon. Que puis-je pour vous ? fit ce dernier.

— Il faut absolument que je rencontre John Bowles. Je le connais depuis fort longtemps. Je suis un de ses vieux amis. Mon nom est Stocklett...

L'ancien comptable de Jardine & Matheson n'avait pas eu le temps d'achever sa phrase que Bowles apparut. Dès qu'il vit son ancien voisin, le journaliste se rua vers lui et les deux hommes tombèrent dans les bras l'un de l'autre.

— Monsieur Stocklett ! Si vous saviez comme je suis heureux de vous voir ici ! À présent me voilà rassuré... Moi qui pensais que vous n'aviez pas reçu mon courrier...

Nash tombait des nues.

— Mais de quel courrier voulez-vous parler, grands dieux ?

— Dès mon retour de Nankin, je vous ai écrit pour vous donner des nouvelles de Laura et de Joe Clearstone...

— Mon pauvre ami... j'ai quitté Londres depuis si longtemps que je ne me souviens même plus à quelle date exacte c'était ! Si vous saviez ce que je me félicite d'être venu jusqu'ici, malgré tout le temps qu'il m'a fallu pour avoir des nouvelles... lâcha l'ancien comptable de Jardine & Matheson d'une voix brisée par l'émotion.

— Je comprends, monsieur Stocklett. Je suis très heureux pour vous.

— Comment va-t-elle ?

— La dernière fois que j'ai vu Laura, je peux vous assurer qu'elle était en pleine forme...

— Quand était-ce ?

Nash, au comble de l'exaltation et du bonheur, était parti pour mitrailler John de questions plus précises les unes que les autres.

— L'année dernière. Je lui ai apporté le numéro spécial du *Weekly* sur le Céleste Royaume.

— Comme il me tarde d'aller la retrouver à Nankin ! s'exclama Stocklett.

— Vous tombez on ne peut mieux. J'y pars dans deux jours pour y remettre ceci à Laura : des papiers et de l'argent qui appartenaient à sa mère... J'aurais souhaité y aller plus tôt mais j'ai dû me rendre à Pékin pour assister à l'audience que l'empereur Xianfeng avait accordée à notre ambassadeur Bowring ! expliqua Bowles en brandissant le petit sac que le révérend Roberts lui avait remis.

— John, accepteriez-vous que je vous accompagne ? s'écria, éperdu d'espoir, l'ancien comptable de Jardine & Matheson.

— Vous êtes le bienvenu, Nash !

Antoine Vuibert, qui, quoique désireux de revoir la jeune Anglaise, n'avait pas envie de courir à nouveau des risques, demanda au journaliste :

— Les abords de Nankin ne sont-ils pas dangereux ? On dit que la ville est prise en tenaille par deux corps de l'armée mandchoue...

Le reporter sortit une feuille de papier qu'il déplia avant de la brandir fièrement sous le nez du Français.

— Il suffit de passer par les petites routes. Je dispose d'un sauf-conduit délivré par le Prince de l'Orient qui permet de franchir les barrages dressés par les cheveux longs...

Lorsqu'il sortit des bureaux du *Weekly*, Nash Stocklett, pour la première fois depuis qu'il avait appris la mort de Barbara Clearstone, était sur un petit nuage.

63

Nankin, 12 juillet 1854

À l'abri des larges feuilles du catalpa de son jardin qui rendaient un peu plus supportable la chaleur caniculaire qui s'était abattue sur Nankin, Laura Clearstone était en train de couper les cheveux de son fils Paul Éclat de Lune lorsque Xuanjiao vint la prévenir que John Bowles, accompagné par deux visiteurs étrangers, souhaitait la voir de toute urgence.

Dès qu'elle vit apparaître le journaliste, le visage de Laura s'éclaira.

— Vous ici, monsieur Bowles ? Quelle bonne surprise ! Après tout ce temps... Mais vous avez dû beaucoup peiner pour arriver jusqu'à Nankin !

Depuis plusieurs semaines, la contre-offensive des impériaux faisait rage, sous la houlette du général Zeng Guofan[1] dont les troupes harcelaient les lignes de défense de la Céleste Capitale. Un an plus tôt, la cour mandchoue avait nommé commissaire général du Hunan ce Han confucéen de pure souche, avant de lui confier la lourde tâche de laver l'affront de la prise de l'ancienne capitale impériale.

— Heureusement, j'ai toujours sur moi le sauf-conduit tamponné du sceau du Tianwan. Je ne suis pas venu seul, ajouta le journaliste qui s'effaça devant ses deux compagnons de route.

Dès qu'elle aperçut celui qu'elle n'avait jamais pu se résoudre à

---

1. Zeng Guofan (1811-1872) fut, avec Zuo Zongtang et Li Hongzhang, l'un des principaux artisans du sursaut mandchou qui leur permettra de reprendre Nankin en 1864. Pendant trente ans, Zeng tint son journal qui est une mine de renseignements sur la façon dont les néoconfucianistes appréhendaient la Chine de cette époque.

appeler « oncle Nash » et dont elle avait appris, depuis, qu'il était son père, Laura Clearstone, passé le moment de stupeur qui lui avait coupé le souffle, s'avança vers lui.

— Monsieur Stocklett ? Vous ici ! Mais c'est incroyable !

Elle était si heureuse de le revoir qu'elle en regrettait mille fois ce dégoût qu'il lui inspirait lorsqu'elle était petite. Rose d'émotion, elle tendit la main à l'intéressé, qui s'en empara et la couvrit de baisers.

— Bonjour, monsieur Vuibert ! Je suis heureuse de vous revoir… après tout ce temps ! fit-elle, en se tournant, légèrement raidie, vers le Français.

— Laura, tu n'as pas changé. C'est pour moi un moment merveilleux que de te retrouver en parfaite forme… murmura, bouleversé, Nash, sur lequel, entre-temps, s'était rué Joe.

Le trisomique lui faisait fête, à coups de petites tapes sur les bras et sur les épaules, assorties de grognements de satisfaction.

Quant à Laura, à cet instant submergée par les larmes, la brusque irruption de son père dans sa vie présente lui faisait l'effet d'un coup de tonnerre libérateur qui lui chamboulait l'esprit au point qu'elle était prise d'une irrépressible envie de lui dire la vérité tout de suite. N'étaient-ce tous ces intrus, dont la présence l'en empêchait, elle lui eût sauté au cou avant de lui livrer le secret que sa mère lui avait révélé.

— Vous non plus… euh ! monsieur… vous n'avez pas changé ! Je me vois encore dans votre bureau à Londres… Vous ne pouvez pas savoir ce que j'étais impressionnée !

— Je m'en souviens comme si c'était hier, murmura Stocklett, la gorge nouée par l'émotion.

— Quelle surprise de vous voir ici ! Depuis quand êtes-vous arrivé en Chine ? bredouilla-t-elle pour se donner une contenance avant d'appeler son fils afin de le présenter à ce visiteur qu'elle n'attendait pas.

— J'ai débarqué à Canton en décembre 1847. Dès que j'ai appris le décès de ta maman, je suis parti de Londres… Je projetais de te ramener en Angleterre, avec ton frère, mais quand je suis allé sonner chez le pasteur Roberts, croyant vous y trouver, vous n'y étiez déjà plus !

À l'évocation du souvenir douloureux des jours qui avaient suivi le décès de sa mère, le visage de la jeune femme s'assombrit.

— M. Roberts voulait m'envoyer aux États-Unis pour m'enrôler dans son Église. Joe détestait cet homme. Je suis partie de chez lui, je l'avoue bien volontiers, sur un coup de tête. Si j'étais restée chez cet Américain, Joe et moi serions à présent aux États-Unis.

D'un geste vif, Nash, balayant cette issue qui, heureusement, ne s'était pas réalisée, s'exclama :

— Tout est bien qui finit bien, ma chérie. Si tu étais devenue une Américaine, il y a fort à parier que nous ne nous serions jamais retrouvés.

— Vous êtes donc en Chine depuis plus de six ans, murmura-t-elle, songeuse, mesurant le temps qu'il avait fallu pour qu'ils vécussent tous les deux ce moment extraordinaire de leurs retrouvailles.

— Six ans... c'est si peu et si long à la fois ! Grâce à Antoine Vuibert, j'ai tenu le coup. J'ai rudement bien fait de rester en Asie. Sans lui, il y a belle lurette que je serais reparti pour Londres. Je finissais par désespérer de te revoir ! Pas vrai, Antoine ? fit-il en se tournant vers le Français.

— Si je comprends bien, c'est vous que je dois remercier ? lâcha-t-elle en décochant à l'intéressé un sourire qui, pour une fois, n'était pas de circonstance et que ce dernier s'empressa d'empocher avec satisfaction.

— Quant à toi, tu n'as pas perdu de temps : ton fils est magnifique ! Il te ressemble quand tu avais le même âge, ajouta Stocklett qui caressait la chevelure de son petit-fils.

Émue par cette compréhension toute paternelle, elle se retint d'aller se réfugier contre sa poitrine et se contenta d'observer son père, le seul lien qui, désormais, la reliait au monde d'hier, à cet ordre ancien auquel avait succédé celui des Taiping, fragile et à coup sûr éphémère construction où elle avait trouvé refuge pour ne pas être engloutie dans le grand chaos chinois.

À l'issue du dîner qu'elle avait tenu à préparer elle-même, elle entraîna Nash dans le jardin jusqu'à un buisson de pivoines arborescentes qui les mit à l'abri des regards et des oreilles indiscrets.

Sans lui laisser le temps de prendre la parole, l'ancien chef comptable tomba à ses pieds.

— Laura, je dois te demander pardon... C'est moi qui ai poussé ton père à venir en Chine ! lâcha-t-il, les yeux mouillés de larmes au milieu d'un visage boursouflé par les remords.

D'une voix douce, elle l'interrompit :

— Brandon n'était pas mon père...

Nash, estomaqué, se releva, puis, comme pris de vertige, s'empara des mains de sa fille et se mit à les serrer comme le marin son cordage.

— Que dis-tu là ?

— J'ai un secret à vous confier, de la part de maman !

— Parle ! fit-il, les yeux exorbités par la surprise.

Le spectre de Brandon venait de resurgir, hâve et furieux comme au fameux soir où s'était noué le drame. Il imaginait son cadavre habillé d'un simple drap – ce drap de lin immaculé qu'il avait, sous les yeux jaune phosphorescent de la chatte Daddy, sorti de son armoire ! – flottant quelques secondes sur les eaux de la Tamise avant de s'y enfoncer d'un seul coup, englouti par un remous plus fort que les autres.

— Sur son lit de mort, maman me fit une confidence à votre sujet, murmura-t-elle, palpitante, sans toutefois arriver à la formuler tellement elle lui paraissait incongrue face à cet homme qu'elle revoyait pour la première fois depuis tant d'années.

— Qu'est-ce à dire ? souffla-t-il, pâle comme un linge.

C'est alors que, brusquement, à la façon d'un cheval butant sur l'obstacle et se reprenant, soudain bloqué sur lui-même et incapable d'aller de l'avant, elle dit :

— Vous le saurez bientôt ! Avant cela, je veux savoir pourquoi vous me demandiez pardon...

— Parce que je suis un être indigne, Laura !

— Il ne faut pas dire ça ! s'exclama-t-elle.

Entre deux gémissements et le souffle court, Nash commença à s'expliquer :

— Si ton père est venu se casser le nez ici avec ses pianos, c'est entièrement... de ma faute. C'est moi qui lui ai mis dans la tête cette idée saugrenue.

— Si Brandon n'avait pas voulu aller en Chine, il n'y serait pas parti ! Les êtres humains sont toujours les premiers responsables des décisions qu'ils prennent, déclara d'un ton ferme la jeune femme qui s'estimait mieux placée que quiconque pour souscrire à de tels propos.

— Tu dis cela pour être gentille avec moi... murmura, accablé, l'ancien comptable.

— Non ! Je le pense sincèrement !

Stocklett approcha son visage de celui de la jeune femme et lui murmura dans le creux de l'oreille, d'une voix empreinte de détresse et avec précipitation :

— J'étais très amoureux de ta mère... Je pensais qu'elle resterait à Londres et ne partirait pas en Chine avec ton père. J'avais proposé à Barbara de l'épouser et de t'adopter, ainsi que ton frère. Je vous aurais élevés comme mes propres enfants. Ta maman fut le seul amour de ma vie...

Elle recula légèrement et vit, émue et touchée, du soulagement dans le regard douloureux de Nash.

— Maman me l'avait dit !

— C'est de cela qu'elle t'a parlé sur son lit de mort ? s'écria, sur un ton presque joyeux et comme divinement surpris, son père, pour qui la confidence de Laura équivalait à un cadeau aussi immense qu'inespéré que sa chère Barbara lui faisait parvenir d'outre-tombe.

La jeune femme hésita un instant et, constatant qu'elle n'avait plus la force de lui révéler qu'il était son père, se borna à acquiescer avant de baisser les yeux, troublée à l'extrême par sa propre attitude.

Face à elle, éperdu de reconnaissance, l'agnostique qu'était Nash Stocklett joignit les mains, comme s'il priait Dieu.

— Que t'a-t-elle raconté sur moi ? Je t'en supplie, ne me cache rien. Je suis prêt à tout entendre, fit-il avec les yeux d'un chien attendant la caresse de son maître.

— Elle ne m'a dit que du bien de vous, murmura Laura, surprise par la facilité avec laquelle elle s'était mise à mentir.

— Mais encore ?

— Maman m'expliqua dans quelles circonstances vous vous étiez rencontrés.

L'ancien comptable n'était pas loin de l'exultation. Ce que Barbara avait raconté à sa fille, avant de passer de vie à trépas, n'était tout simplement rien d'autre que la preuve éclatante qu'elle tenait à lui !

— Ta maman était une femme extraordinaire... merveilleuse ! Incapable de mentir ! Avec des qualités morales éminentes... Un mélange de beauté et de volonté farouche. Avec le recul, je comprends mieux pourquoi elle refusa de quitter le père de ses enfants. Elle pensait que c'était mieux ainsi !

La jeune femme vacilla légèrement. Si Nash avait su, il aurait découvert de quoi Barbara Clearstone, en l'espèce, était capable, elle qui avait non seulement menti à Brandon mais également à Nash et, pour finir, à elle, puisque Barbara avait attendu le jour de sa mort pour lui confier un secret qui la concernait pourtant au premier chef.

En disant à Nash la vérité, elle risquait de ternir l'image qu'il avait de Barbara, et de le plonger dans un désespoir extrême devant cette somme d'occasions manquées et de mensonges plus ou moins pieux.

Après qu'il eut fini son panégyrique, elle fixa ses yeux dans les siens et, submergée d'une onde de tendresse protectrice, elle ajouta :

— Maman avait beaucoup d'estime pour vous. Si elle n'avait pas épousé Brandon, vous auriez formé un couple parfaitement assorti.

Incapable d'articuler une réponse après un propos qui lui mettait tellement de baume au cœur, il lui ouvrit ses bras. Sans plus réfléchir, d'un mouvement brusque, irrépressible, elle s'y jeta comme une petite fille dans les bras de son père, avant d'y rester blottie de longues minutes.

— La nuit est tombée, je dois aller coucher mon fils, lui annonça-t-elle doucement, après qu'une lune pleine et rousse fut apparue, surplombant la cime des arbres.

Lorsqu'elle revint, après avoir chanté sa comptine habituelle et fait dire sa prière à Paul Éclat de Lune, Nash avait rejoint les autres.

Dès qu'il aperçut Laura, John Bowles se précipita vers elle et lui tendit la pochette de cuir que Roberts lui avait remise.

— De la part du révérend Roberts. Cette pochette appartenait à votre mère…

— Merci, monsieur Bowles, dit Laura, la tête ailleurs, avant de la placer distraitement dans sa ceinture.

— Dedans, il y a de l'argent… Et même une assez forte somme… insista le journaliste.

Avec des airs d'enfant sage, elle alla s'asseoir, posa la pochette sur ses cuisses et l'ouvrit. Puis, de plus en plus étonnée, elle commença par compter les vingt-trois pièces d'argent d'une livre sterling. Trouvant bizarre que sa mère eût conservé par-devers elle une telle somme, elle se plongea avec curiosité dans la lecture des documents qui l'accompagnaient et dont elle ne mit pas longtemps à découvrir le contenu.

Instantanément, son visage se décomposa, jusqu'à en devenir livide.

Nash Stocklett, auquel le trouble de la jeune femme n'avait pas échappé, se précipita vers elle.

— Tu n'as pas l'air bien, murmura-t-il d'une voix fondante de chaleur en effleurant ses cheveux avec sa paume.

Incapable de dire un mot, le visage pâle comme un linge et ruisselant de larmes, elle tendit à Nash la lettre d'Elliott ainsi que le journal intime de sa mère.

— J'imagine ce que ta maman a dû souffrir, murmura son père, livide et accablé, après avoir pris à son tour connaissance des documents conservés par Barbara Clearstone.

Laura imaginait sa mère surmontant son dégoût pour frayer avec cet affreux gros consul et acceptant la mort dans l'âme de coucher avec lui dans l'unique but de payer leur voyage de retour en Angleterre. En décidant de ne pas rester en Chine, ce qui était contraire à son désir le plus intime, elle avait donc fait un choix en faveur de ses enfants. Mais pourquoi, dans ce cas, n'en avait-elle pas parlé à sa fille ? Sans doute répugnait-elle à lui avouer la provenance des fonds qui auraient servi à acheter les billets...

— Pour moi, c'est la preuve que maman nous aimait, Joe et moi, plus que tout ! Elle savait que je voulais revenir à Londres.

Nash se rapprocha un peu plus de Laura mais, au moment où il s'apprêtait à lui glisser quelques mots dans le creux de l'oreille, elle l'entraîna à nouveau dans le jardin.

— Ne crois-tu pas que cet argent doit servir à ce à quoi ta mère le destinait ?

La jeune femme se raidit légèrement, respira un grand coup et annonça à son père d'un ton ferme, comme si elle avait fermé la porte par avance à toutes les tentatives de Nash pour la ramener en Angleterre :

— Ma vie est en Chine. Le père de mon enfant est chinois. Si je quitte ce pays, mon fils ne connaîtra jamais son père...

— Où est-il ?

— Si je le savais... soupira-t-elle avant de se mettre à sangloter. La Pierre de Lune a été enlevé sous mes yeux par des pirates sur la Rivière des Perles. C'était il y a six ans...

— Je suis sûr que tu le retrouveras !

— Vraiment ? lâcha-t-elle avec des mines de petite fille émerveillée écoutant une histoire dont elle sait par avance qu'elle se termine forcément bien.

— Tu peux me croire !

Ce propos était-il destiné à lui faire plaisir ou bien reflétait-il une certitude dont son père se sentait mystérieusement habité ? En tout état de cause, il lui faisait du bien.

C'est alors qu'elle sentit, juste derrière elle, la présence d'un intrus. Elle se retourna vivement. C'était Antoine Vuibert, sourire aux lèvres, qui la trouvait aussi désirable que la première fois où il l'avait vue chez le consul Elliott.

La façon dont le Français les avait rejoints sur la pelouse, au mépris de toute discrétion, irrita la jeune femme.

365

— Mademoiselle Clearstone ?

Elle se raidit.

— Oui, monsieur Vuibert ?

Il sortit un petit mouchoir de dentelle et s'épongea le front. Le trac. À cet instant précis et quoiqu'il en brûlât d'envie, lui proposer de l'épouser en précisant qu'il était prêt à considérer le fils qu'elle avait eu d'un autre comme le sien était incongru. Il ne voulait surtout pas d'une énième rebuffade.

— Lorsque vous viendrez à Shanghai, m'accorderez-vous enfin ce fameux dîner que vous m'avez refusé à Canton ?

Derrière le ton enjoué du Dauphinois, elle sentit comme une insistance somme toute assez proche de la supplication.

— Il faudrait déjà que je me rende à Shanghai, monsieur Vuibert... fit-elle, coupante.

Après qu'un ange fut passé, Stocklett, stupéfait et inquiet, déclara à Laura :

— Tu ne vas pas me dire que tu comptes rester à Nankin ? D'après ce qui se raconte, la disette ne va pas tarder à y sévir...

Plantant ses yeux dans ceux de son père, elle lui répondit d'une voix ferme :

— Ma place est ici, au Céleste Royaume. Dieu, par l'intermédiaire du Tianwan, a eu pitié de moi et m'a permis de trouver refuge chez les Taiping. Tant que La Pierre de Lune ne m'y aura pas rejointe, je ne bougerai pas de Nankin !

Nash, qui, voyant s'envoler ses espoirs de ramener à Londres les enfants Clearstone, avait du mal à cacher sa déception, lâcha, dans un filet de voix et tout en s'efforçant de faire bonne figure :

— Je ne peux que respecter ta volonté !

Il était temps, pour les hôtes de Laura, de prendre congé car, passé dix heures du soir, un couvre-feu rendait impossible toute circulation dans les rues de Nankin.

Lorsque son père vint la serrer dans ses bras, sur le perron de la maison d'où, à nouveau dans leur élément nocturne, les chauves-souris s'envolaient pour aller gober des insectes, quoique prise de panique à l'idée qu'il allait repartir pour Shanghai et que, peut-être, ils ne se reverraient plus, elle tint bon. Elle était décidée à demeurer fidèle à la ligne de conduite qu'elle s'était fixée et à porter dès le lendemain au bureau de l'intendant du camp des enfants les vingt-trois livres sterling que Barbara avait honteusement échangés contre sa propre chair.

Au moins serviraient-elles à améliorer l'ordinaire de ces bambins qui, déjà, manquaient de lait et de miel depuis que le prix de ces denrées avait commencé à flamber suite au blocus de l'ancienne capitale de la Chine par les impériaux...

En toute hâte, comme s'ils lui brûlaient les doigts et pour mieux oublier les cuisants souvenirs qu'ils faisaient naître, elle fourra machinalement dans la pochette de cuir ces vingt-trois vestiges de la détresse dans laquelle sa mère avait dû vivre les derniers jours de sa vie.

Demeurée seule dans la semi-pénombre de sa chambre à l'angle de laquelle brillait un lumignon, par un mouvement soudain, elle se jeta à plat ventre sur le lit qui paraissait s'écraser sous ses lourdes étoffes. Tandis que le flot de sa chevelure lui recouvrait tout le dos d'un ondoiement d'or et de cuivre, du fond de la nuit de ses yeux fermés surgit l'image obsédante de son amant disparu. Son cœur battait de coups inégaux en même temps qu'un cri intérieur la déchira, transformant en un spasme violent ce qui avait commencé par un imperceptible pincement au cœur :

La Pierre de Lune ! Le seul homme qu'elle avait vraiment aimé ! Le seul être qu'elle rêvait si fort de continuer à aimer encore et toujours !

Reviendrait-il, enfin ?

64.

Nankin, 21 octobre 1854

Ce matin-là, tout d'un coup, en se levant, Laura Clearstone sentit en plein cœur de l'automne, comme au cœur d'un fruit la piqûre du ver dont il mourra, la présence rafraîchissante de l'hiver. C'était, sur cette journée qui succédait à une période encore humide et tiède, un grand souffle d'air frais qui s'abattait. Nankin ne connaîtrait pas ses premiers frimas avant un mois et pourtant ils étaient là, déjà, sous-jacents à ce début de bise dont la jeune femme ressentit les effets – un léger picotement des joues et du bout du nez – sur son visage dès qu'elle posa un pied dehors.

Laura, qui s'était mise à élaguer un érable dont les feuilles rouges, telles des larmes de sang, jonchaient le sol, se souviendrait longtemps du visage fermé, méconnaissable, sévère et implacable, de Xuanjiao lorsqu'elle vint lui annoncer :

— Il faut préparer tes bagages, Laura. Le Tianwan a ordonné l'évacuation des femmes et des enfants de moins de dix ans de la Capitale Céleste ! Demain, la ville ne devra être habitée que par les mâles en âge de combattre.

Dans Nankin, où l'on croisait de plus en plus de gens hâves et maigres comme des squelettes, la famine commençait à sévir. Bientôt, si rien n'était entrepris, nul doute qu'elle ferait des ravages... Cela faisait plusieurs jours que les étals des magasins alimentaires et des marchands ambulants étaient vides. Pour éviter les émeutes, tous les grands marchés de la ville avaient été fermés et la recette du « repas de famine », cette soupe à base de feuilles d'ortie, de tiges de sorgho et d'écorces tendres de peuplier ou de mûrier, avait été placardée aux murs des bâtiments publics. Il faut dire que les temps devenaient particulièrement durs pour la folle entreprise de Hong Xiuquan. Après trois semaines d'un siège effroyable par les troupes mandchoues, la chute, le 1ᵉʳ mai précédent, de Xiangtan, une importante ville du Hunan où plus de dix mille Taiping avaient péri, avait sonné le glas de la conquête de cette province.

— Tu as préparé tes affaires ?

De la tête, la sœur de Hong fit un « non » énergique.

— Tu n'es donc pas obligée de quitter la Céleste Capitale ?

— Mon frère me l'a interdit ! Pour Hong, il y a belle lurette que je ne suis plus une femme... J'ai tout sacrifié au Céleste Royaume ! gémit Xuanjiao, tendue à l'extrême et prête à craquer.

Laura s'approcha de son amie afin de la serrer dans ses bras mais celle-ci la repoussa avec violence.

— Tu as l'air contrariée !

— On le serait à moins !

— Explique-toi, Xuanjiao... Je ne te veux que du bien !

— Je n'ai rien de plus à te dire... Je fais partie de ceux auxquels toute révolte est interdite... soupira, au bord des larmes, celle qui avait retrouvé son poste de commandant en chef de l'armée des femmes depuis que l'étau mandchou avait commencé à se resserrer autour du Tianwan, obligeant les Taiping à mobiliser toutes leurs forces.

Soudain, Laura pensa au Prince de l'Orient, avec lequel Xuanjiao avait officialisé sa liaison. Quelques semaines auparavant, la rumeur avait couru qu'il lui avait fait donner dix coups de bâton pour indocilité à son égard et qu'elle en avait été fort marrie[1].

— J'ai beaucoup d'estime pour toi. Je voudrais tant que nous restions amies.

— Entre amies, il ne saurait y avoir de trahison !

À ces mots, Laura comprit soudain la raison de la colère de son amie.

— Tu te méprends, Xuanjiao. Ce n'est pas parce qu'un homme fait la cour à une femme que celle-ci succombe obligatoirement à ses désirs... murmura-t-elle, bien décidée à appeler un chat un chat.

— Pardonne-moi... J'ai sur les épaules un poids trop lourd à porter... fit la guerrière, avant de se jeter dans les bras de la jeune Anglaise puis de lui baiser les mains.

À peine la sœur du Tianwan repartie, un officier Taiping se pré-

---

1. Ce fait est avéré. La liaison entre la sœur cadette du Tianwan et le Prince d'Orient, des plus tumultueuses, s'achèvera avec l'assassinat de celui-ci le 2 septembre 1856.

sentait devant Laura, un coffret d'ivoire à la main qu'il déposa sur la table après s'être cassé en deux.

— Mademoiselle, le Tianwan souhaite que le Prince de la Voix Muette le rejoigne au plus vite près du campement nord. Par ailleurs, le Céleste Souverain vous fait porter ceci.

Laura sentit le grand vide du vertige monter sournoisement en elle en même temps que se déchirait le voile épais qui recouvrait jusque-là ses yeux au sujet du comportement paranoïaque et manipulateur du Tianwan. Il n'était pas question de laisser son frère seul jouer les médiums à Nankin alors qu'elle-même en était chassée. Elle en était à peu près sûre : maintenant que Hong Xiuquan et le Prince d'Orient étaient à couteaux tirés, le chef suprême des Taiping avait absolument besoin d'une créature comme Joe, apte, en raison même de son incapacité totale à communiquer avec autrui, à lui servir d'« intermédiaire » avec Dieu.

C'était si simple, pour faire croire aux foules que Dieu en personne leur envoyait des messages, de faire parler un muet !

Si elle ne voulait pas tomber dans le piège, il lui fallait quitter Nankin le plus vite possible en emmenant son frère et son fils avec elle, avant que l'officier ne découvrît le pot aux roses. Si on lui avait dit, la veille encore, qu'elle serait contrainte de prendre la fuite, elle n'eût pas cru une seconde à une telle prédiction. À présent que le moment de l'arrachement était venu, elle se sentait prise d'un terrible vertige. Abandonner le refuge inexpugnable des Taiping où elle vivait depuis si longtemps à l'abri du monde extérieur n'allait pas de soi. Mais les murailles de la forteresse de Hong commençaient à se fissurer dangereusement face à l'ampleur des forces que les Mandchous avaient déployées dans le but de mettre un terme à l'épopée du Céleste Royaume. De quoi, à cet égard, l'avenir serait-il fait ? Elle n'en avait aucune idée, même si elle se faisait de moins en moins d'illusions sur la capacité de l'armée des gueux à résister aux multiples assauts des forces adverses.

Avalant sa salive et s'efforçant de ne pas laisser transparaître la moindre trace d'émotion dans sa voix, elle répondit au soldat :

— Mon frère dort. Je dois l'habiller... Il n'est pas présentable au Céleste Souverain !

— Le Tianwan n'aime pas attendre.

— J'en ai pour moins de dix minutes. Le Prince de la Voix Muette est incapable de s'habiller tout seul.

— Dans ce cas, je vais attacher mon cheval et je vous attends devant la porte, déclara l'officier.

Le sac du Palais d'Été

Dès qu'il eut tourné les talons, la jeune femme fourra à la hâte dans un sac quelques affaires de première nécessité ainsi que le petit coffret d'ivoire que le Tianwan lui avait fait porter. Puis, sans faire le moindre bruit, elle se rua dans le jardin où Joe et Paul jouaient tranquillement aux billes.

— Mes chéris, il faut partir d'ici très vite... leur souffla-t-elle en les poussant vers la porte du fond du jardin.

— Pas partir ! commença par grogner Joe, qui retrouvait toujours la parole lorsqu'il s'agissait d'exprimer son souhait de rester à Nankin.

— Ce n'est pas le moment, Joe ! gronda-t-elle en empoignant fermement son frère par le bras.

Celui-ci, passablement ahuri face à l'implacable volonté de sa sœur d'ordinaire si douce avec lui et dont les yeux, à cet instant, brillaient de colère, finit par se laisser faire.

Il suffit de quelques enjambées aux trois fugitifs pour se retrouver dans l'étroite ruelle encombrée de détritus qui servait de dépotoir aux maisons dont les façades donnaient sur l'avenue parallèle. L'odeur y était irrespirable, d'autant qu'au moment de la prise de l'ancienne capitale impériale, les Taiping y avaient traîné des cadavres d'habitants et d'animaux qui achevaient de s'y décomposer. Deux rues plus loin, ils débouchèrent sur une placette où ils étaient définitivement à l'abri du regard de l'officier. Là, ils furent aussitôt happés par une foule – une marée humaine ! – de femmes et d'enfants habités par la peur qui prenait la direction du sud dans une atmosphère de fin du monde. Quelques matrones, parmi les plus costaudes, tiraient de lourdes charrettes où elles avaient amoncelé leur progéniture ainsi qu'un sac de riz, tandis que d'autres portaient sur la tête d'immenses ballots de nourriture. Les plus malingres, qui étaient aussi les plus pauvres, traînaient après elles des enfants en âge de marcher. Quant aux bébés, ils avaient pour la plupart été abandonnés à leur sort et pleuraient, assis dans leur merde, sur le seuil des immeubles désertés par leurs mères. Aucun vieillard ne figurait dans cet immense cortège de créatures en haillons, aux yeux résignés profondément enfoncés dans les orbites, dont la plupart avaient ce teint cireux qui témoignait de leur déplorable état sanitaire. Tel un grand corps malade se vidant de son sang, la ville était en train de perdre ses habitants. Bientôt, dans ses rues désertées, on n'entendrait plus que les gémissements des enfants en bas âge que la privation de nourriture amènerait très vite à la mort.

Face à tant de dénuement et de misère, Laura, derrière laquelle

Joe, l'air buté et contrarié, marchait à la façon d'un automate, prenait conscience qu'il n'eût pas été raisonnable de demeurer un jour de plus dans cette ville que les troupes loyalistes avaient transformée en gigantesque souricière.

Paul Éclat de Lune, jusque-là muet mais conscient qu'un drame se nouait dans l'ancienne capitale impériale, demanda à sa mère :

— Maman, où comptes-tu aller ?

Mais celle-ci ne paraissait pas entendre, serrant les dents et pressant le pas, obnubilée par son désir de mettre le plus de distance possible entre eux et l'émissaire du Tianwan.

L'enfant réitéra sa question.

— Maman...

— Quoi, mon chéri ?

— Tu ne m'as pas répondu ! Où va-t-on ?

Comme elle n'en avait pas la moindre idée, sous une impulsion qu'elle regretta aussitôt en raison du faux espoir que ses propos risquaient de faire naître, elle prononça la première phrase qui lui passa par la tête :

— On va essayer de retrouver papa !

Une onde de joie submergea le visage de l'enfant qui se mit à hurler :

— Je suis trop content ! C'est où qu'on va retrouver papa ?

— On va d'abord aller à Shanghai... Là, on trouvera des gens qui nous diront où papa habite ! fit-elle sans hésiter à mentir à son fils, tandis que ce dernier, hilare malgré la vue des charognes qui jonchaient les rues et l'odeur des matières fécales, tirait à présent le bras de son oncle qui, sans ce geste, eût traîné les pieds.

— Tu sais ce que je lui dirai, à papa, quand je le verrai ?

— Non !

— Qu'il m'a beaucoup manqué !

Elle étouffa un sanglot, continuant à avancer à marche forcée comme si elle se dirigeait vers un néant qu'elle redoutait parce qu'elle risquait de s'y anéantir.

— Ton papa sera fou de joie de te voir... assura-t-elle, désespérée.

Cahin-caha, ils arrivèrent aux portes de la ville. Hier sévèrement contrôlées par des policiers en armes qui ne laissaient passer que les titulaires de sauf-conduits, elles étaient désormais désertées par leurs gardes. En franchissant les hautes murailles couronnées de grilles, aux pierres usées par les cordages, labourées par les traces d'huile bouillante et crevassées par des siècles de projectiles, Laura prit soudain conscience qu'elle quittait définitivement un monde fragile, une parenthèse prête à se refermer. L'orgueilleuse Nankin, hier encore, sous les Ming, le véritable phare de la Chine, n'était plus qu'une poche de résistance de moins en moins étanche à la merci des impériaux qui, après le moment de stupeur consécutif à la perte de ce joyau, avaient pris le temps nécessaire à la mise en place d'une formidable contre-offensive sous la houlette du gouverneur Zeng Guofan.

De l'autre côté de l'enceinte, les femmes et les enfants piétinaient en raison de l'étroitesse de la route qui n'arrivait pas à absorber le flot grandissant des fugitifs.

— Avancez plus vite ! Avancez plus vite, à l'arrière, ça bouchonne ! se mit à hurler un sbire avant de déployer un long fouet dont les lanières ne tardèrent pas à s'abattre sur les épaules à sa portée.

Pour éviter de les perdre dans le courant humain qui les emportait, Laura donna une main à son fils et l'autre à son frère.

— Mais c'est là le Prince de la Voix Muette ! murmura, stupéfaite, une petite femme noire de crasse, maigre comme un échalas et qui poussait avec peine un chariot où elle avait entassé le peu qu'elle possédait.

Très vite, chacun reconnaissait à présent celui dont Hong Xiuquan se servait comme médium et, au grand dam de la jeune Anglaise qui ne tenait pas à ce qu'on sût trop tôt en haut lieu qu'elle avait enfreint les ordres du Tianwan en emmenant avec elle son frère dans sa fuite, un attroupement se forma autour de Joe.

— Loué soit Dieu : le Prince de la Voix Muette est au milieu des femmes et des enfants ! lança une autre fugitive qui s'était précipitée vers le trisomique pour lui baiser les pieds.

Des mains se tendirent aussitôt pour le toucher car il était censé porter bonheur et très vite, dans la cohorte des gueuses et des gosses, un murmure joyeux ponctué d'actions de grâces et de signes de croix succéda aux gémissements essoufflés et aux pleurs étouffés. Chacun se passait la bonne nouvelle : si le Prince de la Voix Muette était parmi eux, c'était que le Tianwan l'y avait envoyé pour leur montrer le chemin !

Quant à l'intéressé, tout heureux de recouvrer son statut de demi-dieu, il affichait une mine béate et riait à gorge déployée.

— Maman, tous ces gens veulent qu'oncle Joe fasse des prières ! fit Paul, partagé entre la joie de son frère et l'angoisse qu'il sentait monter dans les yeux de sa mère.

L'Empire des larmes

Embarrassée, Laura ne savait trop quelle attitude adopter. À présent, ils étaient de nouveau à l'arrêt, tant la foule des dévots qui les entourait était dense. Rester là devenait dangereux car plus le temps passait et plus le Tianwan risquait d'envoyer ses gardes à leurs trousses pour récupérer Joe. Elle avisa un pan de mur sur lequel elle grimpa avant d'y hisser son frère. Paul Éclat de Lune eut tôt fait d'y monter à son tour. Au loin, à guère plus de deux kilomètres, elle vit briller le fleuve Bleu vers lequel descendait lentement la multitude de réfugiés. Elle fit écarter les bras à Joe puis, d'une voix blanche et étonnée par le culot dont elle faisait preuve, elle se mit à haranguer la foule :

— Il ne faut pas stationner ici car ceux qui sont derrière vont se trouver bloqués. Dieu le Seigneur tout-puissant, par l'intermédiaire du Prince de la Voix Muette, vous demande d'avancer vers le fleuve Bleu.

Aussitôt, la rumeur se répandit, colportant les propos de la jeune femme dont le frère se dandinait, tout fier d'exécuter son petit numéro médiumnique, et déclenchant l'ébranlement du cortège où s'élevèrent des hymnes à la gloire du Tianwan.

— Joe, il nous faut descendre vers le fleuve ! supplia-t-elle, voyant bien que son frère n'entendait pas quitter sa tribune devant laquelle tous ceux qui passaient se prosternaient en se signant.

Joe et Paul Éclat de Lune s'entendant comme larrons en foire, ce fut le jeune garçon qui, en sautant du mur avant d'inviter son oncle à le poursuivre comme dans un jeu, finit par obtenir de lui ce que Laura souhaitait.

Quand, au bout d'une heure de marche et sous un pâle soleil, ils arrivèrent enfin à proximité des berges du Chang Jiang, Laura, qui avait jusque-là l'esprit ailleurs, songea soudain au petit coffre d'ivoire que l'officier de Hong Xiuquan lui avait apporté. Elle entraîna son fils et son frère vers un belvédère désert d'où la vue sur le fleuve, qui paraissait ici vider le paysage de sa substance vers un mystérieux point de fuite, était époustouflante. Hors d'haleine, elle s'assit sur le banc de marbre moussu où les empereurs de la dynastie des Ming venaient jadis contempler les derniers feux du crépuscule lorsqu'ils noyaient d'or et de pourpre le roi des fleuves chinois.

Lorsqu'elle ouvrit la boîte, elle vit briller à l'intérieur des *liang* d'argent qu'elle prit la peine de compter un à un. Il y en avait très exactement cent cinquante. Ce n'était pas une petite somme. En tout état de cause, largement de quoi voir venir. Visiblement, Hong

Xiuquan avait tenu à ce qu'elle ne manquât de rien. Probablement était-il persuadé qu'ils ne se reverraient plus, sinon, pourquoi lui aurait-il fait porter une telle somme ? Le cœur serré, elle songea à leur première rencontre, lorsque son protecteur avait débarqué de façon tonitruante chez le pasteur Roberts, puis au geste qu'il avait eu, au moment de son accouchement, quand, grâce à sa Bible, il avait sauvé la vie de Paul Éclat de Lune et la sienne.

Malgré ses folles entreprises, ses frasques et sa paranoïa, elle resterait indéfectiblement attachée à la mémoire de cet homme qui rêvait de construire sur terre la Cité de Dieu, celle où chacun disposerait de ce dont il avait besoin ; celle où tous les hommes égaux entre eux vivraient en bonne intelligence. Vaste programme dont le projet, même s'il lui paraissait quelque peu utopique, restait toutefois admirable...

Quand elle arriva enfin au bord de l'immense fleuve Bleu qui n'avait d'azuré, à ce moment-là, que le nom, en raison de la couche brumeuse qui le nimbait de gris, elle avisa quelques péniches vers lesquelles elle se dirigea en toute hâte et dont les équipages refoulaient à qui mieux mieux, à grands coups de gaffe, tous ceux – l'immense majorité des évacués – qui n'étaient pas capables de se payer leur transport.

— Où va ce bateau ? demanda-t-elle à l'un des bateliers qui barraient l'entrée d'un gros navire en usant de leurs longues perches.

L'homme, après avoir regardé d'un air soupçonneux cette nez long aux cheveux clairs perdue au milieu de la foule aux cheveux noirs qui s'agglutinait autour de sa coque comme des mouches sur du miel, laissa tomber d'un ton rogue :

— Nulle part ! Passe ton chemin. Ce bateau n'est pas fait pour toi !

Laura lui fit miroiter un *liang* d'argent. Aussitôt, le marin changea d'attitude et afficha un sourire de circonstance.

— Un de plus et je vous amène tous les trois jusqu'à Shanghai en passant par Suzhou ! Deux petits jours de navigation et on y sera ! s'écria l'homme en découvrant tout grand l'antre édentée et putride qui lui servait de bouche.

Détournant le regard pour éviter de prendre de plein fouet la mauvaise haleine et les miasmes de l'opiomane, elle lui glissa deux pièces d'argent dans la main.

Au moment où sa sœur s'apprêtait à lui faire franchir l'étroite planche qui permettait de monter à bord de la péniche, Joe se raidit et manqua perdre l'équilibre. Paul Éclat de Lune s'approcha de lui.

— Oncle Joe, il faut que nous embarquions... Viens avec moi ! insista-t-il en souriant.

Mais Joe, complètement bloqué sur lui-même, persistait dans son refus.

Sous le regard paniqué de sa mère, son fils prit alors son oncle par la main et l'attira lentement vers la passerelle. Joe se laissa faire mais lorsqu'il y posa un pied, pris de panique face au vide, il poussa un hurlement de terreur et s'accroupit, tel un chat ayant peur de tomber à l'eau, ce qui fit sauter dangereusement la passerelle que les pluies avaient rendue glissante.

Laura, qui voyait déjà son frère basculer dans les eaux noirâtres du grand fleuve, se mit à hurler.

— Je t'en supplie, mon petit Joe, pas ça, pas maintenant ! Avance tout doucement. Surtout, ne panique pas...

Sur le quai, où un lourd silence avait étouffé les cris et les vitupérations de ceux qui ne pouvaient monter à bord, chacun craignait pour la vie du Prince de la Voix Muette. Aussi, lorsque Paul, au prix de mille ruses et d'une reptation savante, réussit à amener son oncle vers le pont, des applaudissements fusèrent, saluant cet appréciable exploit.

Sous des nuages noirs qui ne tarderaient pas à déverser leurs épais rideaux de gouttes sur la terre, Laura s'apprêtait à s'asseoir contre le bastingage et à souffler un peu quand elle entendit soudain un brouhaha qui lui fit tendre le cou. Elle aperçut au loin trois cavaliers au grand galop et sabre au clair devant lesquels la foule des gueuses et des gosses s'écartait peureusement. Ils étaient à coup sûr envoyés par Hong qui avait dû apprendre qu'elle avait emmené Joe dans sa fuite. Blêmissante, elle s'agrippa au bastingage. Dans moins de dix minutes, ils seraient là... et risquaient de réduire à néant sa tentative de fuite.

S'efforçant de garder son calme, elle sortit dix *liang* d'argent du coffret du Tianwan et se précipita vers l'arrière du navire.

— Je veux parler au capitaine... souffla-t-elle au premier matelot – un gosse qui ne devait pas avoir quinze ans – sur lequel elle tomba.

— Il est là, assis à côté du gouvernail, lui répondit ce dernier en désignant un gros Chinois qui mangeait des graines de lupin, calé dans un fauteuil sur lequel était attachée une ombrelle.

— Vous serait-il possible d'appareiller immédiatement ? supplia-t-elle en montrant à l'intéressé le plat de sa main où elle avait étalé ses pièces.

L'homme, après lui avoir lancé un coup d'œil torve, empocha sans broncher les dix taels avant d'extirper de sa poche une petite corne dans laquelle il souffla à trois reprises.

Quelques minutes plus tard, quand la péniche, tel un gros animal profitant de la puissance du courant, se mit à glisser vers le large, Laura, constatant avec soulagement que le navire était désormais hors de portée, essuya une larme.

En regardant l'étrave du navire qui prenait de la vitesse ouvrir les flots comme une charrue la terre du champ au moment du labour, la jeune femme se demandait avec angoisse ce que donneraient de telles semailles...

Arriverait-elle saine et sauve à Shanghai, avec son fils et son frère ?

De part et d'autre de la péniche, dans la très vague lueur perlée du soleil qui peinait à percer, les arbres, les rizières et les collines défilaient à présent à vive allure, comme s'ils avaient été les illustrations d'un livre dont un géant invisible eût tourné les pages.

Alors, consciente qu'un nouveau chapitre de sa vie commençait, Laura tomba à genoux et se mit à implorer Dieu de lui accorder la grâce de retrouver celui qu'elle n'avait jamais cessé d'aimer.

65

Shantou, 17 décembre 1854

L'arbre ne serait-il pas déjà devenu bateau ?
Depuis son départ de Zhangzhou, La Pierre de Lune, qui marchait d'un pas allant contre un vent marin à décorner les bœufs, ruminait cette phrase par laquelle Confucius décrivait une situation devenue irréversible.

Entre Laura Clearstone et Pivoine Maculée de Rose, quel devait être son choix ?

La question ne cessait de le tarauder depuis que la fille de Joseph Zhong lui avait déclaré sa flamme. Il lui était reconnaissant de l'avoir arraché à une mort certaine en l'amenant chez son père alors qu'il grelottait de fièvre. N'était-ce pas là un geste d'amour ? Pour autant, fallait-il accepter les doux assauts de cette jeune Chinoise, ce qui impliquait de faire le deuil de sa chère Laura ? Aurait-il, surtout, la force et la volonté d'aller jusque-là en rompant avec un passé dont il ne s'était jamais guéri ? Tant qu'il était auprès du père Monceau, accaparé par mille tâches, il s'était bien gardé de choisir, mais à présent que ses retrouvailles avec Pivoine approchaient, il sentait qu'il lui faudrait trancher.

La brise chargée de gouttes d'eau cinglantes le contraignit à trouver refuge derrière un gros rocher en forme de stèle qui surplombait la route. Il s'assit sur la terre humide, adossé au granit que des lichens teintaient de jaune pâle et, surpris par la paix mystérieuse qui régnait à l'ombre de la pierre levée, laissa enfin vagabonder son esprit.

Bientôt, le jeune lazariste le lui avait assez seriné pendant des semaines, ce serait le Noël des chrétiens, une fête dont les enfants, couverts de cadeaux pour la circonstance, étaient les rois. Il songea à Laura et à leur enfant. Comment passeraient-ils Noël ? L'enfant recevrait-il un cadeau ? Étaient-ils en vie, sa mère et lui ? Les reverrait-il ? Les questions se bousculaient comme jamais au portillon de ses doutes et de ses espoirs. Il lui sembla que les chances de revoir Laura étaient désormais si minces qu'il fallait l'aide d'une puissance surnaturelle pour qu'un tel événement se produisît.

Bouddha ? Dieu ? Le Tao ? Selon leurs cultures, tels des nains incapables de marcher seuls dans l'épaisse forêt de l'existence où les guettaient mille dangers, les hommes faisaient appel à ces concepts inexplicables, qui s'incarnaient dans des êtres surnaturels ou dans des forces supérieures. Entre ces trois voies suprêmes, La Pierre de Lune n'avait plus d'inclination particulière. Il préférait s'en tenir à l'adage de Zhuangzi : *une rencontre est toujours le fruit d'un hasard céleste.*

En caressant les algues et les champignons minuscules, rugueux comme la peau d'un lézard, qui habillaient la pierre d'un véritable manteau d'Arlequin, il se mit à regarder l'étrange spectacle du ciel où l'orage menaçait. Au loin, des éclairs striaient d'épais nuages noirs dont les contours, le soleil n'ayant pas encore dit son dernier mot, s'ourlaient d'une fine couche de poudre d'or. Soucieux de ne pas être la proie de la foudre dont on disait que les pierres levées l'attireraient, il reprit sa route en allongeant la foulée.

Depuis Zhangzhou, pour se rendre à Shantou, trois jours de marche étaient normalement nécessaires, mais il avait mis deux fois moins de temps pour parcourir la distance et ne se trouvait plus guère qu'à deux heures de marche du petit village de pêcheurs. Même s'il appréhendait un peu, en raison des enjeux qui y étaient attachés, le moment où il retrouverait Pivoine Maculée de Rose, il avait hâte d'y être et, là, de trancher ce terrible nœud gordien qui l'empêchait d'avancer. Pour effectuer son choix, il avait décidé de laisser faire son instinct. Il s'en remettrait à ce qu'il ressentirait au moment où il serait face à elle. Au point où il en était, il n'y avait pas d'autre issue que de laisser parler ses sens car il avait davantage confiance en eux que dans son intellect.

Une légère odeur d'iode s'engouffra dans ses narines, amenée par les brusques rafales de vent qui faisaient ployer la cime des arbres. Le littoral ne devait pas être loin. On devinait sa proximité à l'arcature formée par les troncs de bambous harassés par la violence des vents maritimes et à l'absence d'aiguilles sur les branches des conifères qui faisaient face à l'océan. Il faisait plus sombre.

L'Empire des larmes

Son cœur se serra lorsque la route, soudain, déboucha sur le grand miroir plan de la mer embué d'une très légère gaze de chaleur, festonné par les ridules blanches des vagues, soutenu par l'ossature vigoureuse de la côte où l'on pouvait apercevoir les toits du petit village de pêcheurs.

La brusque vision de Shantou le fit songer aux douze mois qui s'étaient écoulés depuis le baiser furtif qu'il avait échangé, dans ces mêmes lieux, avec la fille de Joseph Zhong.

Cette très courte année lui paraissait n'avoir duré que quelques jours tellement elle avait été remplie – on aurait pu dire envahie... – par les gigantesques travaux de construction du dispensaire dans lesquels s'était lancé le père Monceau et qu'il n'eût pas menés à bien sans l'efficace concours de La Pierre de Lune.

Il faut dire que l'affaire n'avait pas été sans mal. Les autorités locales n'avaient cessé de mettre des bâtons dans les roues du lazariste qui, benoîtement, pensait qu'il était possible d'utiliser le terrain vague jouxtant son presbytère pour ériger son fameux hôpital.

Le jour où La Pierre de Lune s'apprêtait à faire donner le premier coup de pioche à l'escouade de terrassiers qu'il avait sous ses ordres, un petit homme barbichu s'était présenté, au nom du sous-préfet de Zhangzhou. Ce fonctionnaire chargé de l'application des lois foncières leur avait expliqué que, le terrain appartenant à l'administration, il était interdit d'y ériger la moindre construction sans l'autorisation expresse de celle-ci. Alexandre Monceau avait eu beau avancer au mandarin qu'il voulait y construire un équipement dont tous les citoyens profiteraient, celui-ci avait déclaré au fils caché de Daoguang, qui servait d'interprète au prêtre français, que faute de certificat d'urbanisme, la police interdirait l'entrée du terrain aux ouvriers.

— Tu vas dire à ton chef que je passerai outre ses directives ineptes ! s'était emporté le lazariste, sûr de son fait.

Avec tact, La Pierre de Lune avait bien essayé de lui faire comprendre qu'il risquait fort de ne pas sortir vainqueur d'un bras de fer avec l'administration locale, rien n'y avait fait.

— Je n'ai pas de leçons à recevoir ! lui avait rétorqué, d'un ton rogue, le jeune prêtre.

Dès le lendemain, face à la trentaine de policiers armés qui interdisaient l'accès à la friche, Alexandre, tout penaud, avait dû faire machine arrière. Les jours suivants, La Pierre de Lune l'avait aidé à rédiger un mémoire au sous-préfet sur les avantages que les habitants de Zhangzhou retireraient de la présence d'un hôpital où chacun pourrait être gratuitement soigné « au nom de Notre-Seigneur Jésus-Christ ». Puis il avait soigneusement calligraphié le texte en caractères de chancellerie avant de le rouler dans un étui de bambou et de le porter à la sous-préfecture. Il y avait été reçu par un mandarin impavide qui avait refusé de se prononcer sur un délai quelconque quant à une éventuelle autorisation de construire. De retour au presbytère, La Pierre de Lune avait confié au lazariste :

— Si vous ne payez pas le sous-préfet, je crains fort que tout reste bloqué en l'état..

Le religieux était monté sur ses grands chevaux.

— C'est là un procédé totalement illégal ! L'administration est au service des citoyens et pas l'inverse !

— Ici, hélas ! c'est monnaie courante. Faute d'être payés convenablement par l'État, les agents publics prélèvent leur dîme sur la population...

À ces mots, Alexandre avait explosé.

— Et tu prends leur défense !

— Je vous explique la situation telle qu'elle se présente, père Monceau ! Loin de moi d'approuver l'attitude de ce haut fonctionnaire !

— Ce pays a vraiment besoin de valeurs morales... Vivement qu'il soit converti aux enseignements du Christ !

Après trois semaines de tergiversations, le missionnaire catholique, la mort dans l'âme et sans cacher le dégoût que lui inspiraient de telles mœurs, avait fait porter par La Pierre de Lune cinquante taels d'argent à la sous-préfecture. C'était un peu moins de la moitié de la somme qui lui avait été confiée par la rue de Sèvres en vue de son installation en Chine. Mais comme si elles étaient un signe venu du ciel témoignant de l'urgence qu'il y avait à convertir les Chinois aux idéaux chrétiens, ces premières embûches, loin de le décourager, semblaient au contraire avoir décuplé son énergie. À peine l'autorisation administrative obtenue, un mois environ après la remise des fonds – car conformément à la loi foncière, le certificat devait être signé par le gouverneur de la province en personne –, Alexandre s'était lancé dans la première phase du chantier qui avait consisté à déblayer le fameux terrain de tous ses détritus. La Pierre de Lune, stoïque et surmontant son dégoût, avait supervisé l'évacuation des matières fécales que les maraîchers alentour déversaient dans l'immense trou qu'ils avaient creusé en plein milieu de cette zone argileuse.

— Tous ces gens sont des porcs ! s'était exclamé le jeune prêtre lorsque son acolyte lui avait expliqué la raison de la puanteur qui planait au-dessus du terrain du futur hôpital.

Le fils caché de l'empereur de Chine avait failli lui rétorquer vertement que la fumure humaine était la plus efficace, mais il avait pris sur lui et s'était abstenu. S'il commençait à reprendre Monceau, il risquait d'y passer ses journées tant les jugements que le prêtre portait sur les mœurs des Chinois étaient nombreux et péremptoires.

Huit mois après le début des travaux de déblaiement et au terme d'un labeur acharné car il avait fallu acheminer sur place tous les matériaux nécessaires à la construction, les murs d'un dispensaire flambant neuf étaient enfin sortis de terre et le père Monceau, ravi, avait béni la dernière tuile que La Pierre de Lune avait posée sur le toit. La deuxième phase du chantier, qui s'annonçait bien plus courte que la première puisqu'il s'agissait essentiellement des aménagements intérieurs, allait enfin pouvoir commencer et, comme convenu avec Joseph Zhong, le calligraphe revenait à Shantou pour lui faire part de l'achèvement du gros œuvre.

Ces cinquante-deux semaines de cohabitation avec le jeune lazariste lui avaient permis de mieux faire sa connaissance. Alexandre avait des côtés horripilants lorsqu'il assenait à La Pierre de Lune ses considérations sur Dieu ou sur le catholicisme sans tenir compte de son point de vue sur la question ou qu'il déclarait fièrement que tous les enfants de moins de cinq ans dont les parents se présenteraient au dispensaire seraient baptisés de force. À cet égard, il faut dire qu'il était à bonne école puisque l'Église catholique encourageait ouvertement ses missionnaires à pratiquer de la sorte, ce qui n'allait pas sans entraîner chez les proches des petites « victimes » des réactions xénophobes parfois extrêmement violentes. Mais le jeune lazariste avait aussi un côté touchant, avec cet immense désir de bien faire qui l'amenait à se dépenser sans compter pour organiser la cantine où tous les pauvres pouvaient manger, à délivrer avec constance ses cours de catéchisme à quelques ouailles qui s'y étaient égarées, ou encore à imaginer un système loufoque destiné aux baptêmes de masse et consistant à installer dans le dispensaire un puissant jet d'eau sanctificateur devant lequel les bambins pourraient se présenter par fournées de vingt ou trente….

— Je ne suis pas sûr qu'un enfant de trois ans soit disposé à aller vers telle ou telle religion… avait hasardé La Pierre de Lune après qu'Alexandre s'était livré à un vigoureux plaidoyer sur la question.

— Permettre à des petits enfants d'aller au paradis, il n'y a rien de plus beau ! Ma vocation est de sortir les Chinois du péché dans lequel ils vivent.

Pour la première fois, le jeune calligraphe, surmontant sa réserve, avait interpellé le jeune lazariste sur la notion de relativité, dont il l'estimait singulièrement dépourvu.

— Ce qui est vrai pour vous l'est-il pour les autres, père Monceau ?

— Il n'y a qu'une vérité : celle de Dieu tout puissant et miséricordieux ! Et tous les jours je prie pour que ton âme en soit inondée ! avait tempêté le lazariste.

— Mais pourquoi Dieu tout puissant laisse-t-il tant d'hommes et de femmes dans l'ignorance de son existence ?

— Il appartient aux gens nés, comme moi, en Occident et qui ont la chance de connaître l'existence de Dieu ainsi que celle du Christ de convertir les autres hommes... les mécréants qui vivent dans l'obscurantisme sur les autres continents, en Afrique ou en Asie par exemple...

— Mais si ces derniers sont heureux avec leurs idoles, pourquoi faudrait-il les obliger à changer de religion ?

Monceau, consterné par le propos, avait pris un air à la fois condescendant et attristé.

— La question, mon cher La Pierre de Lune, n'est pas celle du bonheur, mais plutôt celle du salut ! Ne crois-tu pas qu'après la mort, il est préférable d'aller au ciel plutôt qu'en enfer ?

Le Chinois avait failli rétorquer au lazariste qu'il cherchait le paradis ici et maintenant mais, convaincu que ce dernier le prendrait fort mal et répugnant à humilier autrui pour le plaisir, il s'était abstenu.

Pour faire bonne mesure, à quelques jours de l'achèvement de la première phase des travaux, Monceau, à qui rien ne paraissait impossible, avait fait placarder aux quatre coins de Zhangzhou l'annonce de l'ouverture prochaine d'un « hôpital du peuple » par l'Église catholique, ouvert à tous les gens ayant besoin de se soigner. Dès le lendemain, une foule d'hommes, de femmes et d'enfants maigres comme des échalas avait afflué devant le presbytère. Alexandre, prenant son courage à deux mains, s'était mis à haranguer au nom de Jésus-Christ cette assemblée de pauvres gens estropiés et malingres qui n'avaient plus que la peau et les os et auxquels se mêlaient des lépreux aux extrémités rongées par leur mal, des galeux à la peau couverte de squames et de vermine, des paralytiques qui ne pouvaient se traîner qu'accroupis ou sur des planches à roulettes, ainsi que des tuberculeux au seuil de la mort qui crachaient leurs poumons dès qu'ils ouvraient la bouche.

Flatté par le succès inespéré de son annonce, Alexandre, surmontant le profond dégoût que lui inspirait cette populace immonde, avait dit à La Pierre de Lune :

— Bientôt, tous ces gens seront sauvés...

Le prêtre faisait allusion non pas à leur maladie mais au baptême qu'il comptait bien leur administrer dès leur admission au dispensaire.

Il faut préciser que, telle l'ortie ou la carotte sauvage, ces plantes coriaces qui s'adaptent parfaitement au terrain où elles poussent, le jeune lazariste était tellement obnubilé par l'au-delà qu'il n'avait pas mis très longtemps à s'habituer au spectacle de la maladie et de la misère d'ici-bas dont cette pauvre Chine fournissait la palette la plus complète.

— Au début, lorsque je croisais des pauvres dans la rue, je me sentais coupable... à force, on s'habitue... D'ailleurs, vous autres Chinois, vous semblez l'accepter parfaitement ! avait-il déclaré à son assistant, un soir qu'ils avaient buté sur les cadavres de deux nouveau-nés jumeaux que leur mère avait laissés devant la porte du presbytère.

Effaré par le propos, La Pierre de Lune, faisant, pour une fois, fi de sa réserve et de sa politesse naturelles, lui avait rétorqué, lèvres serrées :

— Moi, je ne m'y ferai jamais...

— Vous êtes si nombreux qu'il me paraît illusoire d'imaginer que vous pourrez tous manger à votre faim...

Une fois cet accablant constat effectué sur le ton anodin de l'énoncé d'une vérité d'évidence, le prêtre était allé lire son bréviaire dans sa chambre, la conscience tranquille et comme si de rien n'était.

Ce n'était pas la compassion qui étouffait Monceau, lequel avait pourtant sans cesse à la bouche les mots de « prochain » et de « charité », songeait La Pierre de Lune lorsque, le long de la dernière boucle du chemin qui menait à Shantou, un océan grisâtre et mouvementé lui apparut soudain, effaçant l'image de ce jeune prêtre avec lequel il n'avait pas grand-chose de commun, si ce n'était d'appartenir au genre humain...

Au large, sous des feux pâles et intermittents, la tempête faisait rage, si loin de la paix mystérieuse qui s'étend sur la mer lorsqu'elle est calme. Conjuguée aux souffles qui venaient de la mer, la brise de terre, très froide, coupante et qui lui balafrait le visage, l'obligeant à boutonner jusqu'au col son lourd manteau de laine, faisait monter les vagues jusqu'à la hauteur d'un immeuble de trois étages avant qu'elles ne se brisent, dans de terribles jets d'écume, sur les rochers noirâtres.

Après s'être laissé rouler quelques minutes par la vision et le bruit de ces lancinantes catastrophes à répétition, il dirigea ses pas vers le village de pêcheurs, le cœur rempli d'une étrange appréhension.

Il lui sembla désert, lorsqu'il y pénétra, le crachin ayant brutalement laissé place à un ciel lavé par les vents maritimes qui en avaient chassé l'orage et parlaient un langage d'une beauté rude au-dessus de ses maisonnettes décrépies. Le long des ruelles vides, telles de pauvres petites orphelines abandonnées, les maigres masures des gens de mer lui paraissaient encore plus chétives que jadis, tandis qu'une drôle d'odeur aigrelette s'exhalait de leurs portes, toutes béantes, à la façon d'organes dont l'ouverture a permis au souffle vital *Qi* de s'échapper du corps.

De plus en plus chiffonné, il s'avança vers l'unique trace de vie présente, un vieux couple assis sur le seuil de ce qui avait dû être l'échoppe d'un écrivain public, à en juger par l'enseigne qui pendait encore sur la façade. L'homme, dont le visage sculpté par de belles rides était marqué par un terrible abattement, tenait à la main tout ce qui lui restait : quelques pinceaux et une pierre à encre. La femme, le dos secoué par les pleurs, enfouissait son visage contre la poitrine de son mari.

Plus il s'approchait du vieil homme, et plus celui-ci avait l'air terrorisé.

— Vous me semblez dans l'affliction... Que se passe-t-il ici ? hasarda-t-il lorsqu'il fut à quelques pas de ces vieilles gens qui tremblaient de tous leurs membres.

— Excuse-moi, j'ai cru que tu avais les cheveux longs... marmonna l'époux.

— Vous m'avez pris pour un Taiping ? fit La Pierre de Lune en passant sa main sur son crâne parfaitement lisse d'où n'émergeait aucune natte.

— De loin seulement... Mes yeux m'abandonnent... fit le vieux, accablé.

N'y tenant plus, le jeune Chinois posa la question qui lui brûlait les lèvres :

— Où sont passés les gens du village ?

— Connais-tu la phrase de Mencius : *quand on est heureux, on l'ignore, comme le bateau sur l'eau ignore le courant* ? lui demanda le vieux lettré.

— Mon père me la fit calligraphier à maintes reprises...

— À présent que le malheur a frappé, je peux t'assurer qu'hier, nous étions heureux, quoique nous manquions de tout... soupira le vieil homme.

— Pourquoi dis-tu ça ? s'écria, d'une voix angoissée, La Pierre de Lune qui se doutait qu'un terrible drame venait de frapper Shantou.

— Hier, à la nuit tombante, les hommes aux longs cheveux ont investi Shantou... souffla la vieille femme entre deux sanglots.

— Ils maniaient le glaive avec une dextérité qui trahissait une longue habitude d'exterminer... Avec des torches, ils mettaient le feu aux maisons après en avoir sorti les habitants, ajouta son époux.

— À présent, je comprends mieux pourquoi ce village est vide... Tous les habitants ont fui devant les Taiping...

— Hélas non !

— Que voulez-vous dire ?

— Rends-toi au bout de la rue et tu comprendras... lâcha d'un ton las le vieux lettré.

D'un pas hésitant, La Pierre de Lune, qui s'attendait au pire, s'exécuta. Arrivé à l'angle d'un entrepôt, ce qu'il vit dépassait en horreur ses pires cauchemars. Dans une fosse laissée à ciel ouvert, des centaines de corps ensanglantés s'entassaient, emmêlés les uns dans les autres de façon si compacte qu'ils semblaient y avoir été comprimés par une énorme presse. Le déluge qui s'était abattu sur la région et transformait les rues de la bourgade en torrents alpestres avait rempli le tombeau collectif d'un liquide brunâtre qui en débordait par le biais de minuscules sillons formant sur l'argile un monstrueux réseau fourmillant de veinules.

Accablé, il quitta ce lugubre gisement de mort et revint d'un pas lourd vers le vieux couple.

— Nos deux fils, nos deux belles-filles ainsi que nos huit petits-enfants gisent dans la fosse... Les longs cheveux avaient décidé d'exterminer toute la population du village ! se mit à hurler la vieille en frappant les poings contre sa poitrine.

— Pourquoi tant de cruauté ? lâcha La Pierre de Lune qui bouillait de colère.

— Leur chef était sous l'emprise de l'opium... Le reste de la bande était composé d'enfants de moins de quinze ans qui lui obéissaient au doigt et à l'œil ! répondit d'un air sombre le vieux calligraphe.

— Savez-vous ce qu'est devenue la famille Zhong ? lui demanda, haletant, le fils caché de Daoguang.

— Ceux du chantier naval transformé en dispensaire ?

— Oui !

— Je n'en sais rien... Va voir. Peut-être ont-ils eu le temps de s'échapper ? Les gens aisés sont toujours mieux informés que les pauvres.

Fou d'inquiétude, le jeune Chinois s'apprêtait à se précipiter chez Pivoine Maculée de Rose lorsque, d'une voix infiniment lasse, le vieux lettré ajouta :

— Fais attention à toi, certains « longs cheveux » continuent à rôder dans les parages, à la recherche d'alcool et d'opium.

En toute hâte, il traversa le village martyrisé, en s'efforçant de ne pas prêter attention aux cadavres que les Taiping n'avaient pas pris la peine de traîner vers la fosse commune. Quand il aperçut les ruines encore fumantes du dispensaire et de la maison de Joseph Zhong, son cœur se serra et il eut la conviction que le pire avait dû arriver à cette famille chinoise convertie au catholicisme.

Tel un fantôme errant soucieux d'éviter le moindre bruit, il pénétra dans la cour sur la pointe des pieds, passa, sans oser y jeter un regard, devant la réserve aux simples qui avait été dévastée et se dirigea vers la salle commune de la maison. Elle n'était plus qu'une affligeante coque vide aux murs noircis par les flammes et dont le mobilier était réduit à l'état de cendres. Il en ressortit pour se rendre dans l'unique entrepôt à bateaux que Joseph avait gardé et fit le tour de la dizaine de barques retournées qui s'y trouvaient. Elles avaient été laissées intactes par les Taiping. Au moment où il allait se rendre dans la réserve aux simples, il entendit des pas et n'eut que le temps de se jeter, haletant, sous la coque de l'un de ces longs canots.

Tapi sous les planches où le goudron quasiment irrespirable de la laque de colmatage n'avait pas encore séché, il vit se déplacer une série de pieds nus, épais et grisâtres, à la plante racornie.

— Inutile de chercher par là ! Y a rien qui vaille ! s'écria une voix d'enfant, presque innocente.

Il ne put s'empêcher d'imaginer ce jeune Taiping, semant la mort, après avoir avalé une gorgée de gnole pour se donner du courage, en abattant son épée sur le cou de ses victimes avant de leur arracher les yeux et de leur couper la langue comme le prévoyait le manuel guerrier du Tianwan.

L'Empire des larmes

Le silence revenu, après s'être extirpé, à bout de souffle, de sa cachette, il se rua vers l'entrepôt à remèdes. Au milieu des débris de bambou, de feuilles de lotus et de pivoine arborescente, de pastel, de pourpier sauvage, de gentiane, de frêne, de vesse-de-loup et de corne de rhinocéros, trois pauvres corps gisaient, décapités. Quand il découvrit la face aux yeux mi-clos de Pivoine Maculée de Rose reposant sur des écorces de magnolia à un mètre environ de son cadavre éventré, son estomac se souleva et un jet de bile lui envahit la bouche, le forçant à rendre ses tripes. Il tomba à genoux. S'il était arrivé la veille, lui aussi eût péri, égorgé comme un porc. Qui devait-il remercier ? Lorsqu'il se surprit à accomplir d'une main peu assurée le signe de croix des chrétiens sur le front des trois Zhong, en commençant par celui du père et en finissant par celui de la jeune fille qui rêvait tant de l'épouser, il eut l'impression qu'une force supérieure l'avait poussé à faire ce geste.

Au bout de quelques secondes, conscient qu'il n'était pas raisonnable de rester là une seconde de plus, les Taiping risquant à tout moment de revenir, il se releva et regagna précipitamment la cour.

Le soleil dont elle était inondée et qui faisait luire les traces de suie des murs ruinés et des charpentes calcinées lui réchauffa le corps à défaut de l'âme. Prenant une fois de plus son courage à deux mains, il décida de voir un signe positif dans ce changement de temps.

Pour se donner de l'énergie, il tâta son étui à pinceau. La douceur du bambou poli, aussitôt, lui mit du baume au cœur.

Le malheur et le bonheur se touchent.

L'expression confucéenne pouvait prendre tout son sens à condition de sortir du malheur de Shantou car c'était la condition indispensable pour que le bonheur ait une chance de parvenir jusqu'à lui comme la flèche atteint sa cible.

Souvent, les gens se complaisent dans le malheur car celui-ci les culpabilise en les persuadant qu'une fois qu'on a été touché par lui, tout bonheur est inaccessible.

Ne pas se complaire dans le malheur. Chasser de soi le malheur... comme on chassait la maladie, par des remèdes et par des exercices respiratoires appropriés.

La méthode taoïste pouvait réussir, à condition qu'il eût la force et la volonté de se l'appliquer à lui-même.

Comme si la vie avait décidé de ne pas lui donner d'autre choix que de continuer la sienne, La Pierre de Lune constatait que sa volonté d'aller de l'avant restait intacte... Malgré la mort de

Pivoine, malgré le malheur qui avait frappé Shantou, il fallait absolument poursuivre la route, aller vers ce destin qui le poussait désormais à s'arracher au plus vite de ces lieux de mort pour repartir vers d'autres cieux dont on pouvait espérer qu'ils fussent plus cléments...

Le bonheur serait-il, pour une fois, au bout du chemin ?
Le malheur et le bonheur se touchent.
Un bonheur efface dix mille malheurs.
Ce bonheur, il le lui fallait à tout prix.

Alors, comme un automate et à l'aveuglette, sans même se poser la question de savoir où il devait se rendre, mais convaincu néanmoins que Laura l'attendait là où il irait, il se remit à marcher...

66

Shanghai 17 mars 1855

— Votre petit Paul fera à coup sûr un grand médecin ou un illustre avocat, madame Clearstone ! déclara Janie Greenwich, en glissant vers Laura une assiette de scones dégoulinants de beurre avant de lisser, d'une façon mécanique et qui trahissait l'accoutumance à ce geste, la nappe immaculée où un cran minuscule venait de se former.

Janie Greenwich était une petite femme à la face rabougrie et aux cheveux gris tirés vers un chignon serré dont elle s'assurait régulièrement de la tenue. Coquette, elle était vêtue de robes à fleurs qu'elle mettait un point d'honneur à assortir aux couleurs des saisons – mauve en hiver, jaune au printemps, rouge en été et jaune à l'automne – et à repasser jusqu'à ce qu'elles ne comportassent plus aucun « mauvais pli », ce qui pouvait durer des heures.

Cela faisait cinq ans que Mme Greenwich avait débarqué à Shanghai dans les valises de son mari, un certain Jay Hammersted Greenwich. Ce gros Gallois au visage sanguin barré par une énorme moustache dont il cirait les pointes avait fait le pari que les Chinois lui achèteraient les barriques dont les grandes propriétés viticoles de la région de Porto ne voulaient plus parce qu'elles étaient trop chères. Son équipée chinoise n'avait même pas eu le temps de tourner au fiasco que Jay, qui croyait naïvement que le whisky dont il buvait un flacon tous les jours servait de désinfectant à l'eau, avait été emporté par la fièvre typhoïde. Depuis sa mort, sa veuve louait les chambres de leur maison à des Anglais de passage en attendant d'avoir de quoi se payer un billet de retour au pays de Galles où elle avait tous ses neveux et nièces.

Le sac du Palais d'Été

En attendant cet événement, Mme Greenwich, qui n'avait pas eu d'enfant, s'était prise de passion pour le fils de Laura auquel elle faisait lire Dickens et qu'elle emmenait volontiers au jardin public dès que le temps s'y prêtait.

— Il se débrouille assez bien en tout, répondit sobrement Laura qui avait l'esprit ailleurs.

— Promettez-moi qu'une fois arrivée à Londres, vous le placerez dans un bon collège. Vous savez, le niveau du collège où on met son enfant, ça compte énormément. Même si ce petit est très doué, il ira d'autant plus loin que vous l'aurez inscrit dans un établissement de qualité, gloussa Janie avant de poser sa lèvre supérieure parcheminée comme un bec de tortue sur sa tasse à thé en porcelaine de Wedgwood et d'en aspirer quelques gouttes.

Puis, d'un geste emprunté qu'elle avait déjà dû répéter pas loin de deux bonnes dizaines de milliers de fois depuis sa naissance, elle appuya un mouchoir de dentelle sur sa bouche et proposa un autre scone à Laura, qui, d'un geste, le refusa. Comme dans toutes les bonnes maisons du pays de Galles, prendre le thé chez Janie Greeenwich s'apparentait à un véritable cérémonial.

— Il faudrait déjà que nous puissions y partir… Vu l'état de Joe, je crains que la date prévue ne soit compromise… soupira la jeune femme.

Elle s'était fait une raison. Même si elle était consciente que le traumatisme serait immense pour Joe, qui supportait difficilement de changer de cadre, rester en Chine, où les cent cinquante *liang* d'argent risquaient de s'épuiser très vite, n'avait plus grand sens. Plus les jours passaient, et plus ses chances de retrouver son époux étaient minces. La mort dans l'âme, quelques jours après son arrivée à Shanghai, elle s'était rendue dans les bureaux de Jardine & Matheson acheter des billets pour l'Angleterre. Il ne restait plus qu'une cabine pour trois adultes, qu'elle avait cru bon de réserver dans son entier, estimant que la cohabitation avec Joe risquait de ne pas être supportable pour un intrus.

Compte tenu de l'état de santé de son frère, il y avait désormais de forts risques qu'il leur fût impossible de partir comme prévu le 22 mars.

Laura alla chercher une carafe d'eau bouillie et, suivie par la vieille dame qui trottinait derrière elle comme un chien de compagnie, se rendit dans la chambre de son frère, une petite pièce tendue de tissu à rayures vertes et où régnait une odeur de renfermé à la limite du supportable, Mrs Greenwich exigeant, pour préserver, comme elle disait, « la fraîcheur de la tenture », que son unique fenêtre fût maintenue fermée.

Cela faisait dix jours que Joe n'allait pas bien. Il avait beaucoup maigri et passait ses journées à somnoler, brûlant de fièvre. À la vue de la peau de son ventre, parsemée de vilaines taches bleues, Laura, qui craignait que son frère ne fût atteint de la peste, avait fait venir à son chevet un médecin chinois qui lui avait assuré qu'il ne s'agissait pas de cette maladie mais plutôt d'une carence du « souffle interne gauche et froid » pour lequel il avait prescrit un mélange de réalgar et d'orpiment. Deux jours plus tard, les taches bleues avaient laissé place à de vilaines rougeurs squameuses et la fièvre, loin de tomber, semblait au contraire être montée d'un cran.

À pas comptés, Laura s'approcha du lit où le jeune homme gisait, visage tourné contre le mur, le corps pelotonné comme un animal en hibernation. Elle passa une main timide sur le front brûlant de son frère qui, contrairement à son habitude lorsque sa sœur accomplissait ce geste, n'ouvrit même pas les yeux.

— Il est beaucoup plus fiévreux que ce matin... constata Laura avec accablement.

Mrs Greenwich, dont les lèvres encore plus amincies que d'habitude marmonnaient une prière, s'approcha du malade, versa un peu d'eau dans un verre et y trempa le pouce avant de dessiner avec celui-ci le signe de la croix sur le front de Joe qui ne broncha pas.

— J'ai demandé au révérend MacTaylor de passer voir votre frère, fit-elle avec une mine de conspirateur.

— Je ne pense pas que Joe ait besoin de voir un pasteur...

La vieille galloise, après avoir levé les yeux au ciel, lança à sa locataire un regard plein de commisération.

— M. MacTaylor est à la fois pasteur et médecin... Lorsque mon pauvre Jay eut sa première crise de goutte, M. MacTaylor lui administra une bonne saignée qui le mit sur pied au bout d'un jour ! Et pourtant, sans mentir, je peux vous assurer que mon mari souffrait le martyre. Il était incapable de marcher tellement ses gros orteils étaient en feu ! Il vient me voir tous les quinze jours, moyennant quoi, les microbes me laissent à peu près en paix.

— Quand ce docteur doit-il passer ? s'enquit Laura, soudain prise d'un fol espoir.

Convaincue qu'il n'existait aucun médecin occidental à Shanghai, elle n'avait même pas eu l'idée d'en faire venir un au chevet de son frère ! Elle était vraiment au-dessous de tout ! Alors, mortifiée à l'extrême et par un élan qu'elle regretta aussitôt mais qu'elle ne dominait pas, elle se jeta en larmes dans les bras de la petite dame grisonnante.

— D'un moment à l'autre ! M. MacTaylor ne manque jamais un rendez-vous ! Il est de surcroît d'une ponctualité extrême ! Il ne faut pas vous mettre dans cet état, ma chère, fit celle-ci d'une voix chevrotante, quelque peu affolée par la réaction de la jeune Anglaise.

— J'ai peur pour Joe ! Son état me paraît s'aggraver d'heure en heure... gémit Laura en se tordant les mains.

— Une croyante ne doit pas avoir peur de la mort. C'est Dieu qui choisit le moment, ma chère ! Quant à votre voyage, vous pouvez fort bien le retarder, le temps que votre frère soit complètement guéri. La compagnie maritime vous remboursera vos billets sans problème. Il y a toujours quantité de passagers sur liste d'attente, ajouta la Galloise sur un ton sentencieux après avoir vérifié que son chignon était toujours impeccable.

— Vous avez raison, Mrs Greenwich. Je vous prie de m'excuser pour ce manque de retenue.

Laura, qui vivait un de ces entre-deux pendant lesquels on clôt les vieilles portes sans avoir pu, encore, ouvrir les nouvelles, était persuadée qu'elle ne pourrait faire le deuil de La Pierre de Lune qu'après avoir quitté la Chine. C'était la seule façon de s'arracher au passé. La perspective de devoir retarder son départ lui mettait un peu plus les nerfs à vif.

Elle était en train d'essayer d'enfourner dans la bouche de son frère une cuiller à café d'eau sucrée lorsque la pénombre baissa brusquement d'un cran supplémentaire dans la pièce dont la porte venait d'être bouchée par la carrure impressionnante d'un individu tout de noir vêtu.

— Bonjour, mademoiselle Clearstone ! J'ai entendu parler de vous dans les journaux ! Vous n'avez pas eu froid aux yeux en allant vous installer dans la gueule du loup ! fit la voix de stentor du pasteur écossais dont l'énorme main broya allègrement les phalanges de l'intéressée.

Ahurie, la jeune femme regarda Mrs Greenwich dont les pommettes venaient de s'empourprer. C'était évidemment la Galloise qui avait donné son nom à l'Écossais.

Elle ne put que bredouiller :

— Chez les Taiping, j'ai été fort bien traitée...

Après s'être penché au-dessus de Joe, MacTaylor lâcha, en lui prenant le pouls :

— Avec ce fou de Hong, vous pouviez vous attendre au pire...

Ce type n'est qu'un sauvage, comme d'ailleurs beaucoup de ses congénères lorsqu'ils versent dans le taoïsme ! Voyons un peu de quoi souffre ce malade...

— Mon frère subit une forte fièvre depuis dix jours, souffla Laura, livide, en regardant l'Écossais tâter son frère, toujours inconscient, de la tête aux pieds.

Le pasteur avait beau manipuler le corps de Joe dans tous les sens, lui lever puis lui baisser les bras, lui soulever les paupières et lui ouvrir la bouche de force, le trisomique, telle une chiffe, demeurait parfaitement inerte.

— Il n'est pas en bon état... Dommage que vous ne m'ayez pas appelé plus tôt ! murmura MacTaylor en tournant son regard vers la Galloise qui se contenta d'arrondir la bouche et de lever les yeux au ciel.

— À vrai dire, je ne connais pas grand monde à Shanghai ! lâcha la jeune femme, lèvres serrées et en baissant les yeux.

— Mais dites-moi un peu, vous êtes sûre que votre frère n'est pas de père chinois ? crut bon de lancer le pasteur pour détendre l'atmosphère.

Laura releva la tête et fusilla l'ecclésiastique du regard.

— C'est rigoureusement impossible, M. MacTaylor. Le père de Joe était anglais, tout comme maman.

— Allons donc mademoiselle Clearstone, je plaisantais ! Mon collègue et ami le docteur Down effectue des recherches passionnantes sur les gosses qui viennent au monde avec ce faciès mongoloïde ! s'esclaffa MacTaylor en dégrafant la chemise de Joe avant d'ajouter, plus sérieusement : Votre frère a-t-il l'usage de la parole ?

Laura, ne désirant pas s'étendre sur le sujet, se borna à répondre :

— Fort peu. En fait, Joe n'a jamais eu toute sa tête. Je ne l'ai entendu s'exprimer qu'en de rares circonstances...

S'étant emparée de la chemise du jeune malade, que le pasteur lui avait ôtée, elle constata avec effroi qu'en raison de la fièvre, elle était trempée de sueur, comme si elle eût été plongée dans l'eau.

— Beaucoup de Chinois doivent le prendre pour l'un des leurs ! fit le médecin qui avait sorti un stéthoscope avec lequel il commença à ausculter le trisomique toujours immobile.

Le torse de Joe avait tellement fondu et sa peau était désormais si distendue qu'il paraissait revêtu d'une camisole blanchâtre aux plis flasques où fourmillaient de petites lignes bleuâtres.

— C'est un fait ! Ici, en Chine, mon frère est dans son élément...

lâcha, d'un air sombre, Laura, qui attendait à présent avec angoisse l'annonce du diagnostic du géant écossais.

— Mademoiselle Clearstone, j'ai le déplaisir de vous informer que votre frère souffre d'un stade avancé de fièvre tierce ! déclara finalement le pasteur après avoir rangé son stéthoscope dans sa sacoche de cuir.

— Quel remède préconisez-vous, docteur ? réussit à articuler sa sœur d'une voix mourante.

L'Écossais fit au malade une ultime palpation au cou.

— Il est rempli de ganglions. C'est le signe que la maladie continue à progresser. Quant au remède, mademoiselle Clearstone, je ne vois guère que la saignée ! Le sang de votre frère est par trop rempli de miasmes pour qu'il puisse s'en sortir sans que son corps en soit quelque peu allégé...

— Une saignée ? fit la jeune femme, les yeux remplis d'horreur.

Elle connaissait le principe consistant à vider le corps du malade d'une partie de son sang mais demeurait jusque-là persuadée que cette coutume barbare administrée pour un oui pour un non jusqu'à la fin du XVIIIe siècle à des malades dont beaucoup en étaient morts avait disparu depuis belle lurette de la panoplie des prescriptions médicales.

— C'est là un remède fort efficace. Si mon pauvre Jay était là, il pourrait vous en parler ! s'écria Mrs Greenwich, comme si MacTaylor avait besoin qu'elle volât à son secours.

Lorsque Laura vit le pasteur disposer ses lancettes dans une petite coupelle d'acier en forme de haricot où il avait versé de l'alcool à 90°, elle lui souffla, d'une voix blanche et comme en proie à un sombre pressentiment :

— Pourriez-vous attendre un peu, monsieur MacTaylor... Je dois d'abord réfléchir... Mon frère est très affaibli... Je ne suis pas sûre qu'il supporte la médication...

Janie Greenwich s'approcha de sa locataire, planta ses petits yeux grisâtres comme ses cheveux dans les siens et lui chuchota d'un air excédé, en désignant Joe d'un doigt vengeur :

— Il ne faut pas contrarier les médecins, ma chère. Si M. MacTaylor devait prendre la mouche, vous seriez dans de beaux draps... et je ne parle pas de ce pauvre garçon...

Pour la Galloise, bigote autant qu'hypocondriaque, la double casquette – ecclésiastique et médicale – de l'intéressé transformait tous ses propos en paroles d'Évangile.

— Alors, mademoiselle Clearstone ? Que décidez-vous ? lança le pasteur qui venait de retrousser ses manches et de passer un long tablier blanc noué à l'épaule qui le faisait ressembler à un boucher.

Au bout de quelques secondes qui lui parurent des siècles, Laura finit par lui répondre dans un souffle, comme si elle avait dit au bourreau d'en finir avec Joe :

— Faites !

Tandis que Laura, incapable d'assister à une telle opération, était sortie de la chambre, MacTaylor, après avoir garrotté le bras droit de Joe, y enfonça, d'un geste lent, la pointe de son stylet. Sur-le-champ, le trisomique poussa une sorte de gémissement qui incita Mrs Greenwich à se signer à trois reprises et à se lancer dans la récitation d'un Pater Noster. Le pasteur plaça un récipient sous le bras déjà inondé de sang du malade avant de lancer à Janie :

— Mrs Greenwich, il ne me semble pas vous avoir vue verser votre obole ce mois-ci, dans le tronc de notre église...

— C'est exact mon Révérend. Depuis la fin de l'année dernière, j'ai plus de mal à louer mes chambres... répondit, en piquant du nez, la Galloise avant d'ajouter, l'air pincé : Les Britanniques n'hésitent plus à aller loger chez l'habitant ! Ils n'ont pas peur de la crasse !

Le pasteur ouvrit de gros yeux et fronça les sourcils.

— Une baptiste sincère se doit de ne jamais oublier son obole, Mrs Greenwich... Nos missions ne vivent que de la générosité des fidèles. Nous ne sommes pas comme les catholiques, qui reçoivent chaque mois d'énormes subsides du Vatican !

— Je sais, mon Révérend ! Je sais ! Il y a trois mois, j'ai logé gratuitement deux de vos collègues, les révérends Stevenson et March... et lorsque mes locataires sont trop pauvres pour me payer, je ne leur demande rien ! Et si un papiste venait toquer à ma porte, je refuserais de lui louer la moindre chambre ! s'empressa de préciser Janie.

— Cette jeune femme, Laura Clearstone, dont je suis en train de soigner le frère, vous paie-t-elle correctement au moins ?

— Depuis qu'elle est pensionnaire ici, elle a toujours payé sa semaine en temps et en heure.

— J'aime mieux ça ! Elle n'est pas sur la paille.

— Comment le savez-vous ?

— Mon estimé collègue le révérend Roberts a trouvé une coquette somme d'argent dans les affaires de sa mère. Elle est morte chez lui, alors qu'il l'hébergeait avec cette jeune femme et son frère. Il y en avait pour cent vingt-cinq livres... gloussa l'Écossais comme une vieille concierge faisant son boniment à sa collègue de l'immeuble d'en face.

— Si j'en avais la moitié, je serais déjà à Londres ! soupira Janie.

Appuyée contre le chambranle, Laura Clearstone, qui était restée là afin de guetter la réaction de son frère au traitement barbare que lui infligeait MacTaylor, n'avait pas perdu une miette de l'ahurissante mesquinerie de la conversation. N'y tenant plus, elle s'engouffra, fulminante, dans la pièce, prête à dire leur fait à MacTaylor et Mrs Greenwich, mais le spectacle de son frère à moitié assis, les yeux mi-clos et la tête d'une pâleur cadavérique penchée sur le côté, dont le sang tombait goutte à goutte dans le bassin de saignée stoppa tout net son élan vengeur.

— Il faut le laisser se reposer jusqu'à demain matin, déclara MacTaylor qui avait commencé à ranger ses instruments.

En d'autres circonstances, Laura lui eût sauté à la gorge.

— Ce garçon me paraît respirer plus calmement. Je suis sûr que son état va s'améliorer de façon spectaculaire. Si mon pauvre Jay était là, il le dirait mieux que moi... ajouta Mrs Greenwich.

Le pasteur s'approcha de la jeune Anglaise et lui tendit son immense main mais la jeune femme, incapable de la serrer, fit celle qui ne l'avait pas vue. Face à une telle fureur, l'Écossais, plutôt gêné, ne put que battre en retraite. Il s'éclipsa, suivi de Mrs Greeenwich, éplorée.

Le soir venu, après avoir couché son fils et être allée embrasser son frère toujours aussi immobile et blanchâtre, la jeune femme ouvrit tout grand les volets de sa fenêtre. Tels ces condamnés à mort que les autorités exposaient aux carrefours et dont les poumons étaient comprimés par la gangue qui les obligeait à se tenir pendant des heures sur la pointe des pieds pour éviter la pendaison, elle éprouvait un irrépressible besoin de respirer. Malgré la lueur des lanternes et des braseros que les gens des quartiers voisins avaient allumés, le ciel rempli d'étoiles lui faisait penser à un immense chaudron piqué de milliers de trous qu'un géant eût brandi au-dessus des flammes.

Après avoir inhalé le plus d'air possible, une fatigue inexplicable l'envahit soudain, irrépressible comme l'ivresse de l'alcoolique. Hébétée et à bout de nerfs, elle ferma les yeux. Lorsqu'elle crut les rouvrir, quelques instants plus tard, elle se mit à rêver qu'elle était un oiseau capable de voler si haut qu'il pouvait parcourir le firmament de cette nuit scellée sous une lumière bleuâtre, quasi minérale, en un mot, théâtrale. Atteindre l'inatteignable. Toucher le Yang alors qu'elle était le Yin. Fusionner avec La Pierre de Lune pour atteindre la Grande Harmonie.

Vaguement consciente qu'elle s'était échappée de la dure réalité qu'elle avait néanmoins à affronter, elle se laissa emporter avec volupté vers ces délicieux abysses du fond de la mer où il faisait bon se perdre lorsque la tempête régnait en surface...

Le lendemain matin, lorsque le premier rayon de soleil l'obligea à ouvrir un œil, elle était dans son lit, toute habillée. Elle ne s'était pas rendu compte qu'elle était allée s'y coucher. Telle une gifle cinglante, le présent arriva de plein fouet et les circonstances qu'elle avait à affronter lui revinrent en pleine face, chassant d'un seul coup la délicieuse atmosphère bénéfique et réconfortante dans laquelle elle avait baigné toute la nuit.

Habitée par la hantise de ce qu'elle pensait y découvrir, elle se précipita, hagarde et manquant de se cogner aux murs, dans la chambre de Joe et ne fut qu'à moitié surprise d'y découvrir son corps sans vie, au pied du lit défait.

Maudissant MacTaylor et étouffant un sanglot, elle se pencha vers le visage défiguré de son petit Prince de la Voix Muette d'où pendait, telle une racine de ginseng qu'on lui eût enfoncée dans la bouche, une langue énorme, effrayante, jaunâtre, toute habillée de saillies et torturée par les excroissances.

Malgré son infinie tristesse, Laura éprouvait aussi un sentiment de délivrance. Que de situations difficiles son cher petit frère avait dû affronter ! Autant d'affres et de crises pour si peu de satisfaction et tellement de quolibets ! Le monde d'ici bas n'était décidément pas fait pour les handicapés mentaux qui étaient déjà dans l'ailleurs. Un ailleurs où Hong Xiuquan avait probablement aussi un pied, ce qui expliquait la connivence qu'il avait nouée avec Joe...

Et elle ne doutait pas une seconde que Dieu, auprès duquel le stylet du pasteur écossais avait expédié Joe, saurait reconnaître les siens.

À présent apaisée, elle était sûre que son frère habitait désormais dans un autre monde.

Un monde qui, enfin, lui convenait.

Un monde où il serait, à jamais, l'égal des autres.

En proie à une terrible angoisse, elle se précipita dans la chambre de son fils et serra doucement dans ses bras l'enfant endormi qu'elle avait encore à charge en priant le Ciel pour que ce fût jusqu'à la fin des temps...

67

Canton, 19 mars 1855

Le bonheur se faisait désirer.

Cela faisait plusieurs minutes que cette adorable fillette aux grands yeux noirs et étonnés, hirsute et vêtue de hardes poussiéreuses, regardait avec insistance La Pierre de Lune. Depuis le matin, il était assis, incapable de bouger et insensible aux bourrasques qui s'abattaient sur Canton, le regard vague et brillant de larmes, sur ce banc humide du Grand Jardin Public devant lequel des gamins braillards et prétendument vêtus à l'européenne venaient le narguer en faisant des grimaces.

— Monsieur... monsieur ! Pourquoi pleurez-vous ? lui demanda-t-elle en se hissant sur ses petits pieds nus encore entiers.

Prenant conscience qu'elle était là, il s'essuya promptement les yeux.

— Quel est ton nom ?

— Les gens m'appellent La Clochette ! fit-elle d'une petite voix flûtée.

— Et où vis-tu ?

— Dans la rue, voyons ! s'écria la petite mendiante, comme si sa réponse allait de soi.

La vue de cette enfant à la candeur compatissante qui tranchait singulièrement avec la méchanceté arrogante de la horde des fils de *compradores* qui n'avaient pas cessé de le harceler lui mit du baume au cœur.

Sous le charme, il n'eut aucun mal à lui sourire.

— À présent que tu es en face de moi, La Clochette, tu vois, je ne pleure plus !

— Je suis contente.
— As-tu au moins mangé depuis ce matin ?

S'asseyant à côté de lui sur le banc de pierre, de sa petite main crasseuse, elle sortit de sa poche un gâteau enveloppé dans une feuille de papier.

— Oui ! Un marchand ambulant m'a donné deux beignets à la banane ! Il m'en reste un, vous le voulez ? fit-elle, l'air entendu, comme on donne un bon tuyau à son meilleur ami.

L'enfant croisa les bras et se mit à balancer ses jambes qui n'atteignaient pas le sol. Malgré son dénuement, elle restait une enfant...

— Non merci. C'est très gentil de ta part mais je n'ai pas faim !

Il mentait, car il n'avait pas mangé depuis deux jours, mais pour rien au monde il n'eût privé la fillette de sa maigre pitance.

Cela faisait trois mois que La Pierre de Lune vivotait tant bien que mal à Canton, de petit boulot en petit boulot et de plus en plus las. L'énergie qu'il avait mise à quitter la région côtière où les incursions meurtrières des Taiping se multipliaient, jetant des cohortes de survivants sur les routes, n'avait pas tardé à s'épuiser, faisant resurgir le traumatisme du massacre de la famille de Joseph Zhong.

Il ne savait même pas pourquoi il était revenu à Canton, alors même qu'il avait fui cette ville qui était synonyme pour lui de malheur, tel le pion d'un jeu de l'oie condamné par un mauvais coup de dé à revenir à la case départ.

Comme il n'était pas question pour lui d'exercer la calligraphie car cela supposait qu'il remît les pieds dans le quartier des Lettrés où il eût risqué d'être reconnu, en l'espace de douze semaines, il avait déjà changé huit fois de métier...

Les difficultés économiques consécutives à la guerre civile, dont les effets se faisaient de plus en plus sentir à tous les niveaux de la société, dissipaient la confiance et le respect confucéens qui caractérisaient les liens sociaux depuis des millénaires. Désormais le pur rapport de forces économique triomphait, chacun essayant de profiter de l'autre par la tromperie et la duplicité. Sous la pression de l'opium, la Chine basculait dans un nouveau système où entre patrons et employés, gouvernants et administrés, propriétaires et paysans, régnaient la peur et la méfiance. La violence de la coercition et de la révolte succédait au consensus millénaire établi par les codes rituels mis en place sous les Zhou.

La boue noire était bel et bien en train de noyer le Pays du Centre... et les principales victimes de ce cataclysme étaient les gens honnêtes comme La Pierre de Lune qui, la veille encore, avait dû batailler ferme avec un marchand de tissus qui refusait de lui payer la totalité des journées où il l'avait employé à classer les milliers de coupons de coton et de soie entassés dans une réserve qui n'avait pas été rangée depuis des années. Une semaine plus tôt, le même scénario s'était produit, cette fois avec un fabricant de brouettes que notre héros avait aidé à livrer sa marchandise à une compagnie de transport étrangère. Alors que cet artisan lui avait promis deux piastres, il ne lui en avait finalement octroyé qu'une, sous prétexte qu'il n'avait pas fait assez vite.

Le monde qui s'annonçait, où les gens étaient guidés par le seul profit immédiat fait – comment pouvait-il en être autrement ? – sur le dos des autres, ne lui disait rien qui vaille...

Face à cette descente aux enfers du pays dont il était l'un des fils, son esprit s'embrumait de chagrin et sa volonté était gagnée par le découragement. Chaque jour, l'espoir de retrouver Laura s'amenuisait. C'était suffisant pour qu'il se sentît dépérir comme la plante trop exposée au soleil.

— Bon... j'y vais ! s'écria soudain la fillette en sautant du banc, ce qui le fit brusquement sortir de ces réflexions lugubres et désabusées où il se complaisait comme ces buffles qui se vautrent dans la boue malgré les efforts de leurs maîtres pour les maintenir propres.

— Au revoir La Clochette, et merci pour tout !
— Monsieur ?
Elle lui tendait la main. Il la saisit.
— Promettez-moi que vous ne pleurerez plus...
— Promis La Clochette ! murmura-t-il en la regardant s'éloigner à cloche-pied.

Comme tous les enfants du monde...

Au fait, qu'en était-il, de son enfant à lui ? se demanda-t-il au moment où la silhouette de la petite mendiante disparaissait, happée par le magma végétal comme la pincée de sel qui donne tout son goût à la soupe que le prêtre taoïste va faire mijoter pendant des heures dans le tripode de bronze aux pattes griffues...

Lui ressemblait-il, son enfant à lui ? Aurait-il, un jour, le bonheur de le voir ? Peu lui importait, contrairement à la plupart de ses trois cents millions de compatriotes, que ce fût une fille ou un garçon !

Il scruta le ciel où le plafond nuageux venait brusquement de s'ouvrir, libérant d'un seul coup le grand espace azuré où il distingua sans peine un vol de grues, c'est-à-dire un heureux présage. Il se rêva en Immortel rencontrant la déesse de la rivière Luo, tirée par son attelage de six dragons attachés à son char nuageux, lequel était toujours précédé de dauphins et d'oiseaux aquatiques. Combien il eût aimé apprendre à son enfant, ainsi que son propre père le lui avait appris, ce beau poème de type Fu[1] comme les composaient les grands maîtres de l'époque du Premier empereur Qin Shihuangdi !

À son enfant, on veut donner ce qu'on a reçu et aussi ce qu'on n'a pas reçu...

Cet amour maternel, qui lui avait si cruellement manqué, son enfant le recevait grâce à Laura. Mais il lui manquerait toujours l'amour paternel.

C'est alors que la conviction lui vint qu'il n'avait pas le droit, au nom de cet enfant, de se laisser aller au découragement et à l'inaction.

Il se leva et fit quelques pas vers le magnolia pluricentenaire que les jardiniers du parc vénéraient comme un dieu, l'époussetant à longueur de journée et ramassant la moindre feuille et le moindre pétale tombés au sol. L'arbre se dispersait en mille branches qui se poursuivaient en bouquets de feuilles, luisantes et d'un vert profond, entre lesquelles, de temps à autre, s'ouvrait une fleur immaculée et odorante, telle une acmé vers laquelle toute la force de la plante se fût concentrée. Lui aussi devait concentrer ses forces vers un seul objectif : retrouver sa moitié et le fruit de ses amours avec elle... Après avoir posé ses mains contre le tronc argenté, pareil au corps d'un dragon, il huma l'une des fleurs qui était à sa portée avant d'implorer cet arbre de l'aider à accomplir son destin.

Puis, pour se redonner des forces et aider à renaître le peu d'espoir qui lui restait, il se mit à réciter quelques phrases de Zhuangzi, son philosophe préféré, le meilleur compagnon des bons et des mauvais jours :

La vie humaine, entre le ciel et la terre, est comme un poulain blanc qui franchit un précipice : en un éclair, il le saute ou s'y écrase. Tous les êtres, quels qu'ils soient, brusquement éclosent et brusquement disparaissent, selon la règle définie par le Tao. Une transformation les fait naître, une autre les fait mourir. Tous les hommes se lamentent à tort de cette situation alors qu'il ne s'agit pour eux que de quitter leur enveloppe naturelle pour en adopter une autre, d'essence spirituelle... Car le sans forme va vers la forme et vice-versa.

Il était ce poulain blanc, capable de sauter tous les obstacles et de

---

1. Les *Fu* sont la forme primitive de la poésie chinoise, inspirée des Chants de Chu, l'un des deux grands recueils de poésie de l'Antiquité.

franchir tous les ravins du monde, mais susceptible, tout aussi bien, d'y tomber.

Le bonheur, comme la vie, ne tenait qu'à un fil.

Mais ce fil, il avait l'impression de l'avoir encore en main : Laura retrouverait son mari et l'enfant connaîtrait son père.

Ragaillardi, il sortit du Jardin Public où les personnes âgées commençaient à amener leurs cages à oiseaux pour le cérémonial du chant du soir.

Après avoir traversé le quartier des Remèdes, il dirigea ses pas vers la zone des docks où il aimait regarder partir et accoster les vaisseaux bourrés de marchandises, en essayant de deviner ce que contenaient les caisses de bois et les ballots de jute charriés par l'incessante noria des coolies, mais aussi d'imaginer les destinations des navires qui se rendaient à l'autre extrémité du globe.

Au détour d'une grande place où des immeubles en bataille faisaient penser à de grands mammifères réunis le soir autour d'un point d'eau, il avisa une maison dont la façade de style occidental était ornée d'une large pancarte sur laquelle était écrit, en lettres vertes sur fond rouge, « Club des Anglophiles ». Il s'approcha de la bâtisse. Devant le porche, une sorte d'auvent de pierre flanqué de deux colonnes massives, des voitures à cheval déposaient des couples de nez longs élégamment vêtus, les femmes en robe de cocktail et en capeline, les messieurs en jaquette et en haut-de-forme, cigare au bec. L'arrogance des Occidentaux en terrain conquis personnifiée. Tout ce qu'il méprisait.

Il allait continuer son chemin lorsque, de façon inexplicable, il se sentit poussé vers le portier en livrée noir et or qui accueillait, cassé en deux, ses visiteurs avec force civilités.

— Parles-tu anglais ? lui demanda, dès qu'il l'aperçut, le concierge, dans la langue de Shakespeare.

À sa grande surprise, il s'entendit répondre, alors que cela faisait des années qu'il n'avait pas prononcé un seul mot d'anglais :

— Oui !

Cette simple locution déclencha chez l'Anglais un rire tonitruant.

— À la bonne heure ! Cela fait des semaines que M. Johnson cherche un serveur bilingue... Es-tu intéressé par le job ?

— Pourquoi pas ! répondit, sans grande conviction, La Pierre de Lune qui, à cet instant précis, eût plutôt rêvé de partir en jonque vers un pays lointain.

— Suis-moi. C'est M. Johnson qui va être content ! fit le portier en le prenant par l'épaule.

L'Empire des larmes

Au moment où le jeune calligraphe franchit la porte du bureau de Lee Johnson, une pièce minuscule qui empestait le tabac, le propriétaire-fondateur du Club des Anglophiles, pipe au bec et bésicles sur le nez, y faisait ses comptes. Les affaires étaient bonnes. Au diapason de la croissance des grandes maisons de commerce, le nombre des adhérents au Club des Anglophiles, où l'on jouait autant au bridge qu'on faisait des affaires, augmentait de mois en mois.

— Cette personne parle anglais, monsieur Johnson, déclara, l'air triomphant, le concierge en s'effaçant derrière le Chinois.

Lee leva une tête anguleuse, dont la partie inférieure était noyée dans une barbe poivre et sel qui n'arrivait pas à cacher la protubérance de sa pomme d'Adam. Puis, après avoir toisé La Pierre de Lune et réfléchi moins de dix secondes, il planta ses yeux globuleux dans les siens et lui dit :

— Pourriez-vous répéter cette phrase : « Madame, monsieur, bienvenue au Club des Anglophiles, que puis-je pour votre service ? »

L'intéressé s'exécuta de façon impeccable.

— Vous êtes embauché ! Harrow, vous voudrez bien donner un uniforme à notre ami. Ce soir, nous attendons pas mal de monde. Il ne sera pas de trop ! laissa tomber Lee en replongeant dans ses livres comptables.

— Bien, monsieur Lee ! fit le portier en adoptant une posture proche du garde-à-vous, une vieille habitude de l'ancien sergent de l'armée des Indes qu'il était.

Une heure plus tard, La Pierre de Lune était sanglé dans un gilet rayé sur une blouse blanche aux larges manches et un pantalon de satin noir, beaucoup trop grands, qui avaient été ajustés avec des épingles. Il servit aussitôt ses premiers cocktails et ses premières coupes de champagne bon marché aux Britanniques qui se pressaient au club à l'heure de l'apéritif.

— Tu t'es fort bien débrouillé. Demain, tu pourras accueillir les clients sur le perron à ma place. M. Johnson souhaite que je l'accompagne à une réception au consulat britannique... lui dit le portier, la nuit venue, alors que le club s'apprêtait à fermer ses portes.

— M. Johnson ne m'a pas dit combien le travail est payé... hasarda La Pierre de Lune qui était échaudé, à cet égard, par ses récentes mésaventures.

— Le fixe hebdomadaire est de deux livres sterling d'argent. Les pourboires sont partagés entre tout le personnel. Les bons jours tu peux doubler ton salaire. La paie est due chaque fin de semaine.

Pendant que Harrow lui parlait, l'attention de La Pierre de Lune fut brusquement attirée par la gravure qui s'étalait à la une d'un journal traînant sur une des tables de l'entrée.

Lorsqu'il s'en empara d'une main tremblante et en proie à une émotion irrépressible, il savait déjà que c'était Laura, sa chère et tendre épouse, qui y était représentée en compagnie d'un grand Chinois aux très longs cheveux noués en chignon.

La légende de l'illustration lui confirma que sa femme posait en compagnie du Tianwan des Taiping en personne. Couchée sur cette page pourtant froissée et maculée par de multiples traces de doigts, Laura était égale à elle-même, rayonnante d'une beauté stupéfiante, rassurante telle la flamme salvatrice éclairant soudain les ténèbres où il avait manqué de se perdre. Comme s'il craignait qu'une fois cette lumière éteinte sa femme lui échappât à nouveau, il commença à serrer éperdument la feuille mais se ravisa juste à temps.

Il ne fallait pas la chiffonner.

Alors, bénissant le hasard – mais en était-ce vraiment un ? – qui l'avait fait se diriger vers le portier du club et le nez encore tout rempli de l'odeur de la fleur du magnolia bénéfique, il se mit à dévorer d'un bout à l'autre, tel un animal affamé et sous le regard quelque peu effaré de Harrow, l'exemplaire du *Shanghai North Weekly*.

68

Shanghai, 28 mars 1855

Ce matin-là, à son lever, John Bowles, qui avait trouvé devant sa porte un petit bol de porcelaine bleu et blanc, s'était rué au commissariat central de Shanghai où l'attendait le policier auquel il donnait chaque mois deux taëls d'argent en échange de quelques bons tuyaux sur les faits divers susceptibles d'intéresser les lecteurs du *Weekly*.

— Bonjour, Face Cachée ! J'ai hâte de savoir ce qui s'est passé d'intéressant pour moi dans cette maudite ville ! plaisanta le journaliste en décochant un grand sourire à l'homme dont les joues rebondies et luisantes comme des pommes astiquées témoignaient de la forte inclination pour la bouteille.

Avec la mine entendue et satisfaite du traître de comédie qui livre un grand secret à son comparse, le policier lui chuchota dans le creux de l'oreille :

— J'ai jugé bon de placer le bol à l'endroit convenu parce qu'un nez long a été assassiné hier dans une maison de la concession française...

— Bigre ! Cela ne va pas arranger les affaires du consul de France... Déjà que ses compatriotes ne se bousculent pas au portillon. Mais dis-moi un peu, ce n'est tout de même pas l'horloger français qui a été tué ?

Face Cachée cracha sur le trottoir la chique de tabac qu'il avait emmagasinée dans sa bouche depuis son lever, se racla la gorge et expulsa un jet de salive brune qui toucha le flanc d'un chien galeux, lequel s'écarta aussitôt en poussant un drôle de cri.

— Les malfrats ne s'en sont pas pris à M. Rémy mais à un Anglais... à un de vos compatriotes !

Bowles, peu enclin à parler du meurtre d'un Français aux lecteurs du *Weekly*, s'empressa de demander à son informateur :

— As-tu son nom ?

— Stocklett. Nash Stocklett. C'est moi qui ai pris la déposition de son collègue, un certain Antoine Vuibert. Un nez long de France, pas très bavard...

— Qui a commis le crime ? Des Occidentaux ou des Chinois ?

Le flic plissa les yeux, ce qui eut pour conséquence de les réduire à l'état de deux fentes, puis poussa un long soupir avant de déclarer sentencieusement :

— Personne n'en saura jamais rien, si ce n'est ce diable de Français, qui fut témoin du meurtre... Mais il m'a fait une description si vague du meurtrier que celui-ci peut dormir sur ses deux oreilles. Mon travail s'annonce très difficile...

En d'autres circonstances, John eût éclaté de rire. Il n'y avait aucune sorte d'illusion à se faire quant à l'élucidation d'un tel crime. Chacun savait qu'à Shanghai – comme partout ailleurs – aucune enquête criminelle n'aboutissait jamais, à moins que la police n'y fût dûment encouragée par des proches des victimes, à coups d'espèces sonnantes et trébuchantes...

— Si tu as du nouveau, n'oublie pas de me prévenir.

Lorsque Bowles déboula, hors d'haleine, chez Antoine Vuibert, il le trouva assis sur une chaise, le regard vide et hors du temps, devant une bouteille de cognac dont il venait de boire la dernière goutte.

— Décidément, vous avez le chic pour vous mettre dans des situations périlleuses, fit le journaliste en guise d'entrée en matière.

— Je l'ai échappé belle... Lorsque les malfrats sont entrés ici, je venais de sortir faire une course... Ce pauvre Nash n'a pas eu cette chance... marmonna Antoine, livide et frissonnant, comme s'il sortait d'un mauvais songe.

Mais étant donné qu'il n'avait aucune envie de voir s'étaler dans la presse des éléments qui eussent nui à la mémoire de son compagnon, il se garda de raconter à Bowles l'enchaînement des faits qui avaient abouti au meurtre.

Car contrairement à ses dires, le Français était bien là, dans la maison, au moment où les faits s'étaient produits. Mais s'il avait échappé à la mort, c'était grâce à Stocklett lequel, d'un coup sec, avait eu le temps de refermer la trappe qui menait de la salle

L'Empire des larmes

commune à la cave où le Français était descendu prendre une bouteille de whisky à l'instant précis où Jarmil et Deux Fois Plus de Chance avaient fait irruption chez eux, un poignard à la main. Sous les pieds de Stocklett qui, pour mieux la camoufler, s'était crânement posté au-dessus de l'ouverture et n'en avait pas bougé d'un pouce, Vuibert avait tout entendu et tout vu à travers les larges fentes du mauvais parquet fait de planches mal ajustées.

— Je savais bien que je finirais par retrouver les gredins qui m'ont roulé dans la farine, avait hurlé Jarmil dont le visage déformé par la colère dégoulinait de haine et de rancœur.

L'Anglais, campé sur ses jambes, avait vivement riposté.

— En l'espèce, celui qui nous a abusés, Antoine et moi, c'est bien toi ! Maudit soit le jour où je t'ai naïvement fait confiance !

Au premier signe du Pondichérien, l'énorme masse de Deux Fois plus de Chance s'était alors mise en mouvement, tel un pachyderme que son maître vient de déchaîner. Il s'était rué sur Stocklett avant de lui assener un violent coup de pied dans les parties qui avait fait tomber l'Anglais à genoux. Le *compradore*, qui pesait au bas mot deux cents livres, avait fait trembler si fort le plancher du salon qu'Antoine, la peur au ventre, avait bien cru qu'il allait s'effondrer sur lui. Il n'était plus resté aux deux compères qu'à renverser leur victime dont le visage s'était retrouvé à peine à quelques centimètres du sien. Dans l'espoir de le réconforter, Antoine avait scruté la pupille de Nash. Pratiquement collée à la sienne, elle était dilatée par l'effroi et semblait le supplier de le tirer de là. Mais il ne pouvait strictement rien faire, d'autant que le corps de son compagnon, désormais recroquevillé sur la trappe, en bloquait l'ouverture.

— Où est le maudit Français ?

— À Pékin ! Nous avons un partenaire qui travaille pour la Cité Interdite. Antoine ne rentrera pas avant un mois… avait lâché Nash avec l'énergie du désespoir, sous les yeux éperdus de reconnaissance du Français.

Sans plus attendre, Jarmil avait commencé à appuyer la lame de son couteau sur le cou de Stocklett d'où le sang n'avait pas tardé à perler avant de se répandre sur le plancher, jusqu'à goutter sur les épaules du Français qui n'avait toujours pas bougé d'un pouce, de peur d'éveiller les soupçons des deux criminels.

— Tu es devenu fou, Jarmil, avait hurlé l'Anglais qui continuait à se débattre comme un beau diable mais dont la voix était déjà affaiblie par la blessure au cou qui avait touché son aorte.

— Tu me prends pour un idiot ! Vous vous êtes envolés avec la caisse et tu voudrais que je me laisse faire ? Heureusement que Keluak m'a prévenu qu'à l'issue de votre départ de Singapour vous comptiez vous rendre à Shanghai chez Deux Fois Plus de Chance !

Antoine, dont les bras étaient inondés du sang de Nash, s'était souvenu que ce dernier avait expliqué au Malais qu'ils commenceraient par se rendre à Shanghai afin de récupérer l'argent que leur devait le *compradore*. Malgré ses simagrées et ses serments de fidélité, Keluak avait bel et bien partie liée avec Jarmil. On ne se méfiait jamais assez !

— C'est toi qui as pillé la société. Avec tout ce que tu nous as volé, il n'aurait plus manqué qu'on te file ta part ! s'était défendu Stocklett dans un souffle.

Sa gorge encombrée par les glaires avait réduit la portée de sa voix à un filet presque inaudible. Puis, sous l'œil consterné d'Antoine pétrifié par la stupeur, il avait perdu connaissance.

C'est ainsi qu'Antoine, toujours coincé sous le plancher, avait découvert que, contrairement à ses dires, Stocklett n'avait pas donné à Jarmil ce qui lui revenait, du moins en théorie, des actifs à l'issue de la liquidation de V.S.J. & Co !

Le Pondichérien n'avait pas eu besoin de fouiller la maison. Il s'était contenté de palper rageusement le corps de Nash, sur lequel il n'avait eu aucun mal à trouver, dans la doublure de la veste, les 50 dollars d'or que le malheureux y avait fourrés avant leur départ de Singapour.

Jarmil les avait longuement mirés avant de les humer, satisfait du résultat. Quelques secondes plus tard, d'un geste brusque, il avait planté son poignard dans le ventre du malheureux Stocklett dont le gémissement, quoique très assourdi vu son état, avait néanmoins déchiré le cœur d'Antoine. Le Français, qui avait suivi d'un bout à l'autre ce terrible geste, brûlait d'en découdre et de venger son ami, au point qu'il avait dû se faire violence pour ne pas se mettre à tambouriner sur le plancher de la cave en criant à l'assassin : comme il n'était pas armé, les deux sbires n'auraient fait qu'une bouchée de lui s'ils avaient découvert sa cache juste sous leurs pieds.

À peine les deux hommes s'étaient-ils éclipsés que le Français, sans trop y croire, avait murmuré à Stocklett :

— Peux-tu rouler sur le côté, mon petit Nash, que je puisse sortir d'ici et appeler les secours ?

— Mmmm...

Nash vivait encore !

L'Anglais, si hébété qu'il était incapable de répondre, avait fini, dans un ultime effort, par exécuter un quart de tour sur le flanc, ce qui avait permis au Français de soulever la trappe et de s'extirper de la cave...

Il s'était aussitôt agenouillé auprès de Nash qui gisait sur le parquet, les mains crispées sur la lame du poignard enfoncée jusqu'à la garde dans son abdomen.

— Je vais aller chercher du secours... Tu vas t'en sortir, mon petit Nash...

— Reste ici, avec moi... prends-moi la main... avait soufflé le blessé dont les yeux vitreux et le teint cireux témoignaient de l'imminence de l'issue fatale.

— Tu ne veux pas que j'aille chercher un médecin ? J'en ai pour cinq minutes !

L'Anglais lui avait fait signe d'approcher et, malgré le gargouillis de sang qui jaillissait de sa bouche et rendait ses borborygmes peu compréhensibles, il avait soufflé au Français :

— J'ai pris la part de ce salaud de Jarmil... J'aurais dû te le dire... Pardonne-moi !

Antoine, bouleversé, avait serré la main de son compagnon dont le corps blanchâtre comme de l'eau de riz était en train de se vider de son sang.

— C'est ce que j'ai compris. Il ne la méritait pas. Tu as bien fait !

— J'ai divisé les actifs en deux parts égales, l'une pour toi et l'autre pour ma petite Laura, ma fille... Je ne regrette pas de l'avoir fait...

Tels avaient été les derniers mots de Nash Stocklett, au moment où, saigné à blanc, il avait perdu définitivement connaissance dans les bras de son compagnon pour ne plus jamais rouvrir les yeux.

Bowles, pour tenter de ramener vers lui l'attention de Vuibert, se racla la gorge et dit :

— Ce n'était pas votre heure !

— J'ai eu beaucoup de chance. Figurez-vous que j'étais allé chercher des œufs à deux rues d'ici. S'il n'y avait pas eu la queue chez la marchande, je ne serais pas devant vous avec cette fichue bouteille...

— Selon vous, qui a fait le coup ?

Antoine, après avoir dégluti, ne put réprimer un frisson.

— Je n'en ai pas la moindre idée. Si je le savais, je leur ferais payer fort cher le meurtre d'un innocent ! fit-il d'une voix sourde et lasse à la fois.

John, déçu par la réponse, voyait déjà l'information du

meurtre de Stocklett réduite à une simple brève en bas de page intérieure du *Weekly*. Parler d'un crime commis à Shanghai sans pouvoir en raconter la raison ni, a fortiori, en dépeindre les auteurs n'avait pas grand intérêt vu le nombre d'assassinats commis dans la ville.

— Pourriez-vous me dire où repose M. Stocklett ?
— Au cimetière de la concession anglaise. J'ai fait inhumer le corps très vite. Il n'était pas beau à voir... Et avec la chaleur, il n'aurait pas tenu une journée sans commencer à se décomposer !

Le journaliste reparti, Antoine, groggy comme un boxeur sonné, alla, d'un pas traînant, vers la fenêtre. En repensant à l'incroyable geste de Nash, lorsqu'il avait privé Jarmil de sa part à son profit et à celui de Laura Clearstone, il regarda le ciel où des diaprures blondes se dénouaient en sinuosités nonchalantes qui semblaient sans matière et d'une texture purement lumineuse. Sous cet amas d'azur teinté de flammèches, il se sentit soudain orphelin.

Depuis son arrivée en Chine, il n'avait pas vu passer les jours. Telle la poignée de sable que la main essaie vainement de serrer, le temps s'était écoulé sans qu'il pût le retenir. Que restait-il de ses illusions des premiers pas à Shanghai, de ses rêves de fortune faite en quelques mois en Chine, de sa soif d'aventures trépidantes et de cette quête d'un bonheur qui n'avait cessé de s'éloigner au fur et à mesure que le temps avait passé ? Pas grand-chose en vérité, si ce n'était des bribes de souvenirs qui s'effilochaient comme ces tissages qui reviennent inexorablement à l'état de fil.

Bien qu'il eût parfois risqué sa peau, il n'avait même pas l'impression d'être un rescapé ! Tous ces murs de flammes qu'il avait franchis ne lui faisaient à présent ni chaud ni froid. Il n'éprouvait même pas la satisfaction du miraculé qui a échappé au pire. Sans le savoir, il avait lié son destin à celui de Nash et, à présent que son ami était mort, il était comme une charrette enlisée dans la boue après avoir perdu l'une de ses roues.

Ce sentiment de solitude extrême était d'autant plus vif qu'il n'avait pas rencontré l'âme sœur.

Les filles aux pieds cassés qu'il avait connues moyennant finance et dont les caresses d'une ferveur soupçonneuse avaient un arrière-goût factice étaient si nombreuses qu'il eût été bien incapable d'en dresser la liste. Ces créatures – grandes ou petites, belles ou affreuses (et parfois les deux !) – étaient de simples exutoires pour des pulsions charnelles qu'elles ne calmaient que quelques jours. L'amour, les sentiments, la complicité, la tendresse, en un mot, tout ce qui permet à deux êtres de tisser des liens durables, n'avaient aucune place dans ces relations tarifées sur lesquelles la société locale fermait pudiquement les yeux.

C'est alors qu'il prit conscience, comme encouragé par un ciel qui lui faisait penser en cet instant à une mer dont de célestes récifs eussent obstrué l'occident, que depuis son débarquement en Chine, neuf ans plus tôt, la seule femme qui ne l'avait pas laissé indifférent, et même qu'il eût volontiers aimée, était Laura Clearstone...

69

Shanghai, 15 juin 1855

— Monsieur Bowles ?

John, qui détestait être dérangé en plein travail et avait le nez dans un dessin représentant le modèle de jonque de guerre à bord de laquelle il projetait de monter pour effectuer un reportage sur la piraterie en mer de Chine, leva la tête et regarda, l'air soupçonneux, ce jeune Chinois aux traits fins et au crâne rasé qui le dévisageait avec intensité.

Mais il y avait quelque chose de si fort dans le regard à la fois doux et volontaire de cet étrange visiteur, qu'au lieu de l'éconduire sèchement comme il faisait d'ordinaire avec les importuns, il lui demanda à brûle-pourpoint :

— Connaissez-vous le chinois classique ?

— Oui ! Je l'ai appris dans ma jeunesse... Mon père était calligraphe. Il m'a appris un peu le métier, répondit La Pierre de Lune, tout en se demandant où le journaliste voulait en venir.

À ces mots, ce dernier s'empressa de poser son crayon. Au moins ce beau Chinois pouvait-il lui être utile. Cela faisait trois jours qu'il s'échinait à déchiffrer ce maudit document dont la compréhension était nécessaire pour l'article qu'il devait rédiger. Mais outre qu'il ne savait pas lire suffisamment de caractères, il n'arrivait pas à se faire à la simple juxtaposition des mots de la langue classique, qui la rend si difficile à comprendre par les occidentaux habitués aux constructions syntaxiques.

— À la bonne heure, fit-il, tout sourire et en tendant au Chinois une petite boîte en fer-blanc que celui-ci ouvrit avec précaution.

À l'intérieur, il y avait une lettre que le fils caché de Daoguang ne mit pas longtemps à parcourir.

— C'est en effet du chinois classique…. Ce texte paraît, ma foi, fort bien calligraphié, comme un lettré le ferait pour un poème. D'où vient ce document ?

John prit des airs de conspirateur.

— La police l'a retrouvé dans la poche de l'un des auteurs de l'attentat de la semaine dernière…

— Un attentat ?

La Pierre de Lune n'avait aucune idée de l'événement auquel Bowles faisait allusion.

— Vous n'habitez sûrement pas à Shanghai. Ici, les gens ne parlent que de ça !

— J'arrive de Canton…

Par un curieux mimétisme, le journaliste, pareil à l'inspecteur sur le point de dénouer l'énigme, s'était mis à arpenter son bureau de long en large.

— Un truc de fou ! Deux terroristes se sont fait sauter en même temps au commissariat de police principal de Shanghai ! Cinquante-huit morts parmi les policiers et les civils. De mémoire de Shanghaien, il s'agit du plus gros massacre commis en même temps par deux bombes humaines… de leurs corps déchiquetés, il ne restait presque rien, si ce n'était la lettre que l'un d'entre eux avait sur lui ! Certains y voient la main des Taiping, d'autres celles d'une Triade… Tout le monde considère cet événement comme annonciateur d'une période troublée pour cette ville dont l'économie portuaire pourrait fortement en pâtir.

Dans le feu de l'action, Bowles, excité comme une puce et avec de grands gestes, reprenait les expressions dont il comptait émailler son papier. L'explosion ayant réduit en bouillie les deux criminels, il était impossible de savoir s'ils portaient ou non des cheveux longs. Grâce à Face Cachée, John avait opportunément récupéré la fameuse lettre qu'il s'était révélé incapable de traduire et que La Pierre de Lune venait de finir de parcourir, bouleversé.

— L'attentat a été commis par deux Taiping, monsieur…

Bowles, écarquillant les yeux, s'arrêta tout net de marcher.

— Vraiment ? C'est passionnant ! Comme nous bouclons dans deux jours, il ne me reste que fort peu de temps pour écrire ce foutu papier. Heureusement que vous êtes venu me voir… J'allais m'embarquer dans une hypothèse crapuleuse de société secrète liée à la Triade. J'aurais eu tout faux !

— Leur lettre revendique l'attentat. Ses deux auteurs servaient dans l'armée des gueux du Céleste Royaume. Selon ce qui est écrit, ce geste est le prélude à l'attaque de Shanghai et de Pékin par les troupes du Tianwan.

— Génial ! Je savais que ça finirait comme ça ! Un peu de piment ne fait jamais de mal à une soupe ! s'écria drôlement le journaliste.

Tel un fauve enfin tombé sur de la viande fraîche, il se réjouissait par avance de ces événements qui, s'ils se produisaient, rompraient l'espèce de monotonie dans laquelle il voyait s'engourdir Shanghai la laborieuse, si occupée à commercer et à croître qu'on l'eût crue à l'écart des soubresauts de l'actualité.

Un bref silence s'installa entre les deux hommes, rompu soudain par le calligraphe qui déclara, la voix nouée par l'émotion :

— Monsieur Bowles, vous n'allez pas me croire si je vous dis que je connaissais ces deux individus...

— Mais c'est fantastique ! hurla John en se retenant d'embrasser son interlocuteur.

Si le dieu de la Chance eût existé, nul doute que celui qui voyait déjà les lecteurs se ruant sur son journal pour y lire la biographie des deux bombes humaines eût fait brûler mille cierges à sa gloire !

— J'ai croisé ces deux hommes à Canton où ils vendaient des antiquités...

— Super ! Des antiquaires terroristes ! C'est tout ce que j'aime !

Et en plus, songea John qui exultait, « antiquaires et terroristes » était un titre absolument parfait pour son papier...

— Par ce geste, Sérénité Accomplie et le prince Tang voulaient prouver aux Mandchous que l'armée du Céleste Royaume pouvait les toucher au cœur.

— Est-il question des nez longs dans leur lettre ? fit le journaliste, dont le rêve était évidemment de pouvoir établir un « pont » entre cet attentat et ses lecteurs, ce qui achèverait de pimenter son papier...

Docilement, La Pierre de Lune replongea dans sa lecture.

— Il y est écrit que les nez longs sont, je cite, « les principaux responsables du flot de boue noire qui s'est répandu en Chine en emportant tout sur son passage » et que « l'empereur Xianfeng est l'allié objectif et le valet de pied des puissances occidentales qui corrompent les corps avec la boue noire et les esprits avec leur religion de ce Dieu en trois personnes qui n'arrive pas à la cheville de Confucius et de Laozi ».

À ces mots qui témoignaient que les missions étrangères en prenaient également pour leur grade, Bowles soupira d'aise.

— Incroyable ! Les missionnaires vont faire une de ces têtes lorsqu'ils liront ça !

Le calligraphe poursuivit sa lecture.

— « Nous sommes deux Han qui voulons restaurer un pouvoir légitime. Nous nous appelons respectivement Tang le prince et Sérénité Accomplie. L'attentat que nous avons commis est un avertissement sans frais à l'actuel Fils du Ciel. Bientôt, le Céleste Royaume sera capable de frapper au cœur l'infâme usurpateur qui mène ce pays à sa perte. »

— Bigre ! Ils n'y vont pas de main-morte ! souffla John, de plus en plus ravi.

C'était inespéré : la Chine, ce grand tronc d'arbre millénaire et impavide, dont le bois était si dur qu'il la mettait hors d'atteinte des événements et des soubresauts, qui, ailleurs, eussent fait sauter n'importe quel régime, allait enfin s'enflammer comme de la vulgaire étoupe !

— « La Grande Chine, celle du Premier empereur Qin Shihuangdi, revivra et vaincra pour redevenir ce qu'elle n'aurait jamais dû cesser d'être : le Centre du Monde ! » Signé Sérénité Accomplie et Tang le prince !

C'était donc un acte nationaliste accompli par deux patriotes qui, cherchant à frapper les esprits, n'avaient pas hésité à sacrifier leur vie à la cause qu'ils servaient.

Mais pas plus Bowles que le fils caché de Daoguang ne sauraient jamais que Sérénité Accomplie et Tang, ayant souhaité mourir ensemble en offrant leur sang pour la cause de leur pays, avaient mûrement réfléchi à cet acte dont la préparation leur avait pris plusieurs semaines.

Quelques mois plus tôt, ils s'étaient retrouvés, telles deux âmes esseulées et déçues, après que Tang, la haine au cœur contre les méprisables Occidentaux, eut quitté Kunming pour Nankin où Sérénité Accomplie, lui-même dégradé de toutes ses fonctions de commandement par le Prince de l'Orient, avait été muté dans un obscur bureau du ministère de l'Approvisionnement des Forces Armées. En commettant un attentat en plein Shanghai, ils avaient non seulement agi de leur plein gré mais aussi en héros, persuadés qu'avec ce geste ils porteraient un terrible coup au moral des usurpateurs. Pour Sérénité Accomplie, ce glorieux fait d'armes était également une façon de prouver au Tianwan qu'il avait en sa personne un combattant valeureux du concours duquel Yang Xiuqing avait eu grand tort de se priver. Il était donc essentiel que fussent connues à la fois leur identité et les motifs pour lesquels ils avaient décidé de passer à l'acte. C'est pourquoi, en prenant soin d'en calligraphier soigneusement les caractères, ils avaient rédigé cette lettre de revendication qu'ils avaient placée dans un étui en fer, afin qu'elle ne fut pas détruite par l'explosion, un peu comme on jette une bouteille à la mer en espérant que quelqu'un finira bien par tomber dessus.

— C'est tout ?
— Je vous ai tout lu, monsieur Bowles.
— Je vous remercie du fond du cœur pour votre aide ! s'écria le journaliste, avant de filer sans plus attendre à sa table de travail, prêt à y noircir la quantité de feuilles nécessaire pour que son article soit le mieux informé et le plus croustillant possible.

La Pierre de Lune se racla la gorge.
— Monsieur Bowles... si je suis venu vous trouver, c'est parce que je suis à la recherche d'une jeune dame dont le nom est Laura Clearstone.
— Elle était encore ici, dans ces bureaux, pas plus tard qu'hier... avec son fils ! répondit distraitement l'Anglais, sans même lever les yeux, tout à sa réflexion sur la façon d'articuler les informations de première main dont il disposait à présent sur l'attentat du commissariat de police.

Le sang du fils caché de Daoguang ne fit qu'un tour. Fébrile, il hurla presque :
— Laura est à Shanghai ?

Soulagé d'un poids immense en même temps que fou d'espoir, il se disait qu'il avait eu mille fois raison, y compris dans les moments les plus difficiles, de ne jamais céder au désespoir et de rester fidèle à la mère de son enfant. Il se sentait si joyeux que, pour un peu, il se fût jeté au cou de celui qui lui avait appris une si bonne nouvelle.

Devant la violence de la réaction de son visiteur, parfaitement calme et maître de lui jusque-là, le journaliste, étonné, leva à contre-cœur les yeux vers lui.
— Elle est arrivée à Shanghai il y a plusieurs mois...
— Je la croyais à Nankin, chez les Taiping. J'ai lu votre enquête avec infiniment d'intérêt, monsieur Bowles.

La Pierre de Lune serrait si fort son exemplaire du *Weekly* qu'il l'avait chiffonné.
— Vous êtes trop aimable...

— Que fait Laura à Shanghai ?

— Au printemps dernier, après avoir été contrainte de quitter Nankin d'où le chef des Taiping a fait évacuer toutes les femmes et tous les enfants en bas âge, elle projetait de prendre un bateau pour Londres. La mort de son frère Joe l'en ayant empêchée, Laura Clearstone a prévu de quitter Shanghai ces jours-ci.

Une ombre passa sur le visage du calligraphe de sang impérial qui frissonna avant de se mettre à trembler comme une feuille. Après ce qu'il venait d'apprendre, la vie sans Laura lui semblait encore plus insupportable qu'avant.

— Vous êtes sûr qu'elle n'est pas encore partie ? murmura-t-il d'une voix mourante.

— Puisque je vous dis que non ! lui lança, agacé, le journaliste.

— De quoi Joe Clearstone est-il mort ?

— Le pauvre garçon a été emporté au début du printemps par la fièvre tierce. Mais si ce n'est pas indiscret, pourquoi au juste, cherchez-vous à rencontrer Laura Clearstone ?

La Pierre de Lune, éludant la question, poursuivit :

— Quel âge a son enfant ?

— Il va sur ses huit ans. Sa mère en est très fière. Elle est en perpétuelle adoration devant son fils ! Elle m'a raconté comment le Tianwan en personne l'aida à mettre l'enfant au monde, grâce à une Bible.

Incapable de dire un mot, La Pierre de Lune se réfugia dans un long silence qu'il finit par briser en murmurant, bouleversé :

— Et si je vous disais que cet enfant est le mien, monsieur Bowles…

John se raidit. Jetant un coup d'œil inquiet à l'auteur de ces propos inouïs, il se demanda s'il n'avait pas à faire à un dangereux mythomane qui risquait fort d'avoir tout inventé, au sujet des propos des deux antiquaires terroristes… Il devait en avoir le cœur net car il y allait de sa crédibilité de journaliste. Fronçant les sourcils et plongeant des yeux méfiants dans ceux de l'inconnu, il lui demanda avec autorité, prêt à l'éconduire comme un malpropre :

— Je m'excuse, mais nous n'avons pas été présentés. Vous connaissez mon nom, mais je ne sais pas le vôtre. À qui ai-je l'honneur ? Quel est votre métier ?

— Mon nom est La Pierre de Lune. Je suis calligraphe. Laura Clearstone est la mère de notre enfant. Cela fera bientôt huit ans que le destin nous a séparés…

Bowles, qui venait de ressentir comme un énorme coup à l'estomac, se tassa sur sa chaise. Puis, considérant d'un air hébété ce visiteur tombé du ciel que lui envoyait ce si généreux dieu de la Chance à la gloire duquel il devrait désormais songer à ériger non pas une, mais bien deux statues, il s'écria, au comble de l'extase :

— Vous avez bien dit que vous vous appeliez La Pierre de Lune ?
— Tel est mon nom, monsieur Bowles !

Le journaliste émit un couinement de joie.

C'était à proprement parler miraculeux : le fils d'Irina Datchenko et de Daoguang était également celui dont Laura Clearstone avait obstinément refusé de lui révéler le nom lorsqu'il avait essayé de savoir qui était son époux... Et cet homme-là, dont il pouvait constater que le visage était typiquement eurasien, se trouvait à présent juste devant lui !

Aussitôt, la question qu'il avait sur les lèvres fusa d'un trait :

— Possédez-vous un étui à pinceau ?
— Oui ! Depuis que mon père me l'a donné, je l'ai toujours sur moi.

À ces mots, John, déjà gagné par l'euphorie, crut défaillir de joie. Le cœur battant à tout rompre, pointant ses mains tremblantes vers La Pierre de Lune, il lui demanda d'une voix que l'émotion avait réduite à un souffle :

— Auriez-vous l'obligeance de me le prêter, s'il vous plaît...
— Mon père me le remit le jour de sa mort et me fit jurer de ne jamais m'en séparer... fit le calligraphe, en lui tendant le tube de bambou qu'il venait de sortir de sa poche.
— Merci ! hurla Bowles qui s'en empara avec la voracité d'un chien affamé saisissant un bout de viande.

Bowles, d'un geste vif, en arracha la doublure.

— Que faites-vous là ? Il ne faut pas l'abîmer ! protesta, ébahi devant la grossièreté du procédé, l'époux de Laura Clearstone.

D'un air triomphant, Bowles sortit du bout des doigts le document qui était caché entre la doublure et le tuyau de bois, et montra à La Pierre de Lune la feuille sur laquelle l'empereur Daoguang avait apposé son gros cachet à l'encre rouge portant son nom de règne.

— Ceci est un certificat de paternité. Regardez et lisez-moi ça ! Le nom de votre père est écrit en toutes lettres sur ce document, de même que la phrase par laquelle il vous reconnaît comme son fils !

Le visage du jeune calligraphe se renfrogna.

— Ceci ne saurait en aucun cas être le nom de mon père...

déclara, d'une voix blanche, celui qui venait d'y déchiffrer le nom de règne du précédent Fils du Ciel.

— Vous êtes le fils de l'empereur Daoguang ! Je peux vous l'assurer !

— C'est impossible. Mon père avait pour nom Bouquet de Poils Céleste. Il est mort à Canton sous mes yeux du supplice des Dix Mille Couteaux !

— Bouquet de Poils Céleste était l'homme à qui votre véritable géniteur vous confia lorsque vous n'étiez qu'un tout jeune enfant !

La Pierre de Lune, bien décidé à faire taire les élucubrations de Bowles, s'écria :

— Je n'en crois rien ! Comment vous permettez-vous d'avancer une chose aussi absurde ?

— Une mère à la recherche de son fils ne saurait inventer de telles histoires…

— Vous connaissez ma mère ? s'écria, abasourdi, le jeune calligraphe.

Même si l'un n'allait pas sans l'autre, autant le fait que la femme de Bouquet de Poils Céleste n'était pas sa mère lui paraissait aller de soi, autant l'idée qu'il avait du sang impérial dans les veines lui semblait totalement absurde.

— C'est elle qui me révéla votre existence… Votre mère était russe.

À ces mots, déjà passablement chamboulé par les révélations de l'Anglais, le fils caché de l'empereur de Chine joignit les mains tandis qu'une onde d'angoisse parcourait son visage.

— Vous parlez de ma mère au passé !

— Elle est morte, lâchement assassinée à Canton par la police impériale… la peur du scandale. Elle avait fait exprès le voyage pour retrouver son fils ! Votre mère était une femme d'une beauté stupéfiante et au caractère bien trempé. Vous pouvez être fier d'elle ! Bien plus, en tout cas, que de votre père ! Admirez un peu ces traits de madone !

Accompagnant son propos d'un geste théâtral, John montra à La Pierre de Lune, de plus en plus médusé, le portrait d'Irina Datchenko au Club des Anglophiles qu'il venait de sortir d'un des tiroirs de son bureau.

Émerveillé, le fils de la Sibérienne découvrit le beau profil de médaille de sa mère, ses traits qui reflétaient à merveille le mélange de beauté altière, d'élégance naturelle, de passion dévorante et de volonté farouche dont elle était faite, ainsi que son regard d'azur.

La qualité et la précision du dessin de Bowles témoignaient de la fascination que son modèle avait exercée sur son auteur.

— Elle était très belle en effet...

— Ce dessin date de la veille de la mort de votre maman.

La Pierre de Lune frissonna et jeta au journaliste un regard douloureux.

L'oubli n'efface pas le passé. Il suffit qu'il pleuve un peu, sur certains déserts, pour qu'ils se couvrent d'un somptueux tapis de fleurs.

En l'espèce, pour La Pierre de Lune, c'était de fleurs épineuses, auxquelles il s'était déjà profondément écorché les mains...

— Comment avez-vous rencontré ma mère ?

Le visage de Bowles s'anima à nouveau.

— La Sibérienne ! murmura-t-il, le regard perdu dans le souvenir de cette femme qui était passée dans sa vie comme un ouragan.

— C'était son nom ?

— C'est ainsi qu'on l'appelait à la cour de Chine !

— Par quel miracle l'avez-vous connue ?

— Par hasard, dans la rue, à Canton où je me trouvais pour un reportage. Je l'avais suivie, tellement je la trouvais belle. Lorsqu'elle apprit que j'étais journaliste, elle accepta de poursuivre la conversation. En fait, elle cherchait à faire connaître son histoire – et donc la vôtre ! – au monde entier... Nous reprîmes rendez-vous pour le lendemain, le jour funeste où elle fut tuée ! expliqua John d'une voix voilée par le chagrin.

— Vous avez donc assisté au meurtre ?

Le visage du jeune calligraphe était figé par l'horreur.

— Et même aux premières loges... fit Bowles en se collant à lui, comme ça, juste à côté d'elle ! Les sbires de la police secrète impériale se ruèrent sur la Sibérienne avant de la poignarder sauvagement. C'était un guet-apens. Ils la suivaient depuis qu'elle s'était enfuie de Pékin. Il y avait du sang partout... Elle mourut en quelques minutes.

— Si je comprends bien, vous l'avez échappé belle !

— J'ai eu beaucoup de chance de m'en sortir. Les flics commencèrent par me prendre pour un espion. Puis ils me relâchèrent. Quand je fus emmené au poste, je crus que je n'en sortirais pas vivant. D'ordinaire, ils ne font pas de quartier lorsqu'on a été le témoin d'un événement auquel on n'était pas censé assister...

Submergé par l'émotion, La Pierre de Lune murmura à voix basse, comme s'il se fût parlé à lui-même :

— En somme, ma mère est morte à cause de moi...

— Elle ne supportait plus d'être séparée de vous. Pour faire pression sur votre père, elle avait accepté que j'écrive un article retraçant les coups pendables dont vous et votre mère aviez été victimes de la part de la cour impériale. La pauvre femme ignorait qu'elle était déjà pistée par la police et que ses jours étaient comptés.

Comme si un abîme se fût soudainement ouvert sous ses pieds, le fils d'Irina Datchenko s'écria, d'une voix étranglée par l'angoisse :

— L'article en question, monsieur Bowles vous l'avez publié ?

— Non ! Le journal pour lequel je travaillais le refusa... sous le vil prétexte qu'il s'agissait d'un sujet trop explosif ! fit John avec un tic nerveux.

Si le souvenir de sa rupture avec *The Illustrated London News* continuait à lui laisser à la bouche un goût amer, ce qu'en revanche il se gardait bien de dire à son visiteur, c'était qu'un scoop de cette nature en restait toujours un... quel que fût le moment où il paraîtrait !

Les meilleurs plats ne sont-ils pas ceux qui mijotent le plus longtemps ?

En cette période où les tensions ne cessaient de s'exacerber entre l'Angleterre et la Chine, ce pavé qu'il comptait bien jeter dans la mare dès que l'occasion s'en présenterait créerait sans nul doute d'énormes remous... Il deviendrait ce que tout journaliste, un jour ou l'autre, a rêvé d'être : un empêcheur de tourner en rond, celui qui enfonce les coins là où ça fait très mal ! Le redresseur de torts qui, en distribuant les bons et les mauvais points aux puissants, est capable de leur fermer le clapet.

— Ma mère étant décédée, ça n'aurait d'ailleurs servi à rien ! se risqua à dire La Pierre de Lune.

Le pauvre ne se doutait que ce propos iconoclaste allait lui attirer la réplique immédiate de Bowles.

— Détrompez-vous ! Mme Datchenko connaissait le rôle des journaux... Si cet article avait été publié, vous seriez devenu intouchable ! Daoguang aurait probablement été obligé de vous rapatrier à la Cité Interdite et de vous coucher définitivement sur la liste de ses successeurs potentiels ! Si ça se trouve, c'est vous qui lui auriez succédé... Vous pourriez, à cet instant, être assis sur le trône de la Salle de la Félicité Perpétuelle et recevoir l'hommage des délégations étrangères...

— Je serais dans de beaux draps !

C'était un cri du cœur.

— En tout cas dans des draps de soie...

Dans une exultation plutôt enfantine, Bowles se voyait un peu en héros du récit qu'il comptait écrire avant de le livrer à ses lecteurs. N'était-il pas, au demeurant, celui qui, ayant fait le lien entre La Pierre de Lune et Laura Clearstone, allait permettre à leur histoire de se conclure de façon heureuse ?

Spectateur, narrateur, mais aussi acteur... le rêve de bien des commentateurs n'est-il pas, précisément, de sortir de leur rôle ?

Comme il brûlait aussi d'être le témoin direct de leurs retrouvailles, ce qui ne manquerait pas – l'émotion, on le sait, faisant vendre – de pimenter un peu plus son futur article, il proposa à son visiteur de le conduire auprès de la jeune femme.

— Elle loge à deux pas d'ici, chez la veuve d'un marchand de tonneaux qui loue des chambres à ses compatriotes d'Angleterre, précisa-t-il.

— Je vous le revaudrai, monsieur Bowles ! s'écria le Chinois qui n'attendait que ça.

Bowles lui tendit l'étui à pinceau.

— Gardez-le ! Il vous portera bonheur ! assura La Pierre de Lune.

Dès qu'ils furent en vue de la petite maison de style anglo-indien où habitait Mrs Greenwich, La Pierre de Lune poussa un cri. Par l'une des fenêtres du premier étage, il venait d'apercevoir sa femme, aisément reconnaissable à ses longs cheveux blonds et à sa fine silhouette qui n'avaient pas changé depuis cette nuit funeste au cours de laquelle les chemins de leurs vies avaient failli se séparer de façon irrémédiable.

Laura allait et venait, s'activant à préparer les valises en vue de son prochain départ. Ne se doutant évidemment de rien, elle continuait à vaquer à ses rangements lorsque, arrivé au pied de la maison, le fils de la Sibérienne et de Daoguang, contrôlant tant bien que mal son souffle tellement il était ému, héla doucement celle qu'il n'avait pas serré dans ses bras depuis huit très longues années.

— Laura ! Ma Laura !

Dès qu'elle entendit – reconnaissable entre mille ! – son cher, son unique La Pierre de Lune, la jeune femme se rua à la fenêtre d'où, sous le coup de la surprise, elle se retint de tomber, tandis que sa voix nouée par l'émotion, pareille à un appel au loin jeté en plein ciel, lançait à son mari :

— Mon amour ? Toi ici ! Dieu soit Loué !

— C'est moi ! J'ai fini par te retrouver... murmura ce dernier au bord de la syncope tellement sa joie était forte.

L'Empire des larmes

Moins d'un instant plus tard, elle était face à lui, frémissante et désirable comme au premier jour. Au milieu du flot incessant des passants et des brouettes et dans l'air vicié par les fosses d'excréments avoisinantes, il y eut alors une hésitation tumultueuse qui rapprocha très vite leurs deux visages fascinés l'un par l'autre. Ils étaient éblouis et seuls au monde, insensibles aux bruits et aux odeurs nauséabondes, mutuellement happés par cette soif inextinguible de bonheur qu'ils allaient enfin pouvoir assouvir.

Ce fut Laura qui, la première et au mépris de toutes les convenances, s'empara de la tête de son époux et colla violemment sa bouche contre la sienne.

— Mon amour, tu es vivant ! J'en étais sûre !

Enfin libérée de tant d'années de solitude avec l'angoisse pour unique compagne, elle gémissait, poussant sa tête à petits coups brusques contre sa poitrine déjà toute secouée de sanglots saccadés et rapides qui se poursuivaient, se chevauchaient comme les bulles sur l'eau bouillante.

Tandis que, de son côté, il lui dévorait les doigts, doucement, humblement, tendrement, en les mouillant de ses larmes, elle, comme assoiffée, plongeait ses yeux dans les siens pour y boire à longs traits.

Ensemble, le *Yin* et le *Yang* pouvaient enfin s'accorder en donnant raison au proverbe : *Un bonheur efface dix mille malheurs* !

— Nous ne nous quitterons plus jamais… murmura-t-elle, pâmée jusqu'à l'impudeur en dégageant ses mains avant de coller une nouvelle fois ses lèvres aux siennes.

Devant cette posture pourtant des plus classiques mais qu'elle considérait comme totalement inconvenante, Mrs Greenwich, qui s'était postée à la fenêtre pour observer leurs retrouvailles, détourna le regard avec une petite moue de dégoût. Pour la très prude Galloise, entre un baiser mouillé et un coït en bonne et due forme exécuté dans le secret d'un lit, il n'y avait pas à proprement parler de différence…

— Tu es arrivé à temps. Je pars pour Londres dans une semaine, avec notre fils, Paul Éclat de Lune ! Quant à mon pauvre petit Joe… murmura Laura, tout en conduisant son mari vers le perron de la maison.

Il l'interrompit doucement.

— Je sais, M. Bowles m'a tout raconté !

Puis il la serra à nouveau dans ses bras en même temps qu'elle posait tendrement sa tête sur son épaule, puisant dans la chaleur de ses muscles cet ineffable sentiment de protection dont elle avait été privée depuis si longtemps.

— Tu as donc vu John Bowles ? fit-elle, abasourdie.

— J'ai retrouvé ta trace grâce à son article du *Weekly* ! C'est lui qui m'a amené jusqu'à chez toi ! fit-il en se tournant vers Bowles qui les suivait à quelques mètres.

Elle lui prit la main et fut secouée d'un frisson violent qui la fit vaciller.

— Et dire qu'à une semaine près, nous nous serions ratés…

Le bonheur, tout comme la vie, ne tient souvent qu'à un fil…

Il lui répondit à petits coups de langue dans le pavillon de l'oreille qui firent immédiatement surgir en elle les premiers fourmillements du désir. Alors qu'elle se revoyait, le ventre tout agité des spasmes de la jouissance, sur le tapis d'herbe de la petite île du Lac de l'Ouest, il lui demanda après un nouveau flot de caresses suivi d'un long baiser profond qui la fit définitivement succomber à une onde de plaisir.

— Où est notre fils ?

Elle s'épongea le front. L'émotion et le reste l'avaient déjà mise en nage.

— Au jardin public. Il ne devrait pas tarder à rentrer…

— J'ai hâte de le voir…

— C'est fou ce qu'il te ressemble ! lâcha-t-elle après l'avoir longuement considéré.

Tandis que Bowles s'éclipsait, ravi de ce qu'il avait constaté et bien décidé à croquer leurs bouillantes retrouvailles à peine serait-il rentré au bureau, Laura prit son époux par la main et le conduisit jusqu'à sa chambre et là, dès que la porte fut refermée, un bel élan sauvage ponctué par des halètements et des râles qui firent se dresser les cheveux sur la tête de leur logeuse les jeta goulûment l'un vers l'autre.

70

Shanghai 22 juin 1855

Sous la chaleur accablante du deuxième jour d'été, les matelots du *Commodore*, un gros steamer quasi flambant neuf qui reliait pour la seconde fois Shanghai à Londres, *via* Hongkong et Macao, achevaient de laver son pont supérieur à grande eau. À peine les hommes en bleu avaient-ils renversé leurs lourds baquets d'eau qu'elle s'évaporait à vue d'œil, ce qui les dispensait de pousser la serpillière.

Du haut de la passerelle de commandement du navire, l'officier de quart ajusta un porte-voix devant sa bouche et se mit à crier :

— Mesdames et messieurs les passagers sont priés de monter à bord. Si tout va bien, le *Commodore* part dans une demi-heure !

Le départ du *Commodore* étant le seul prévu pour la journée, sur le port, après l'agitation habituelle consécutive au chargement des gros vaisseaux en partance pour l'Europe, un calme étrange régnait, à peine troublé par le cri strident des mouettes. Non loin des quais moussus et à certains endroits comme effondrés sous le poids des marchandises entassées, les coolies écrasés par la moiteur ambiante s'étaient repliés à l'ombre des hangars. Certains somnolaient, collés les uns aux autres, d'autres jouaient au mah-jong ou tout simplement rêvassaient, le regard perdu vers l'horizon d'un improbable eldorado qu'ils n'atteindraient jamais. Quant aux mendiants d'ordinaire agglutinés sur les quais pour ramasser les miettes qui, forcément, tombaient de ces vaisseaux bourrés à craquer, ils en avaient été repoussés par la police portuaire en raison de l'arrivée d'une délégation mandarinale venue de la cour impériale inspecter le bon fonctionnement de la douane.

Dans sa robe blanche au col ourlé de crochet de satin qui dégageait son cou et mettait en valeur sa longue chevelure, Laura Clearstone, qui tenait à la main un bouquet d'immortelles séchées mauves et jaunes, resplendissait. À ses côtés, La Pierre de Lune, en costume de coupe occidentale, paraissait n'avoir jamais été vêtu qu'à l'européenne. Sous ses nouveaux habits, le sang caucasien qui coulait dans ses veines semblait avoir éclipsé le sang mandchou. On l'eût aisément pris pour un dirigeant d'une florissante compagnie de commerce occidentale ou encore pour l'ambassadeur d'une grande puissance. À quelques mètres de ses parents, Paul Éclat de Lune gambadait en riant, comme tous les enfants du monde qui se font une joie d'essayer un nouveau jouet.

En tout état de cause, qui ne connaissait pas l'incroyable histoire de ces deux êtres eût à coup sûr pensé qu'il s'agissait d'un de ces rares et heureux couples britanniques qui repartaient de Chine, non pas complètement ruinés, mais après y avoir amassé le pécule qui leur permettrait d'acheter un joli cottage dans le Yorkshire ou au pays de Galles où ils pourraient s'installer comme rentiers jusqu'à la fin de leurs jours.

À la vue du bateau à quai, imposante masse métallique d'une blancheur étincelante, émergeant sans peine au milieu du fouillis crasseux des jonques de pêche aux voiles à moitié affalées, le cœur de la fille de Barbara Clearstone et de Nash Stocklett se serra, sous l'effet de la sensation de clore un chapitre du livre de sa vie et d'en ouvrir un autre, fait de bonheur et de joie.

Pour bien se persuader qu'elle n'était pas dans un rêve, elle étreignit un peu plus fort la main de La Pierre de Lune. Avec sa paume tiède et légèrement sèche, presque rugueuse, c'était en tous points une main rassurante, la main d'un homme qui avait bourlingué et effectué quantité de travaux pénibles pour survivre, le contraire de la main d'un intellectuel, reconnaissable à sa peau diaphane, à ses doigts effilés et à ses longs ongles recourbés, preuve insigne exhibée par son heureux propriétaire que, contrairement au reste des gens, il ne touchait à rien d'autre qu'à des pinceaux, du papier et des sceaux. Mille fois depuis leurs retrouvailles, perdus jusqu'à l'épuisement des sens dans les bras l'un de l'autre, ils s'étaient mutuellement raconté leur histoire, émerveillés par la façon dont ils avaient chacun affronté tant de dangers et surmonté d'aussi nombreux obstacles sans jamais perdre l'espoir de se retrouver, tels des grimpeurs qui, par miracle, arrivent en même temps au sommet de la montagne après avoir emprunté des chemins éloignés.

Elle se revit, arrivant à Canton avec ses parents, petite fille insouciante qui n'avait aucune idée du monstre marin par la gueule duquel elle allait être happée et qui venait de la rejeter enfin sur la grève après lui avoir fait traverser d'insondables océans hostiles.

Neuf années s'étaient écoulées depuis qu'elle avait posé le pied pour la première fois sur la terre de Chine. Parce qu'il était le plus complet, le nombre « neuf » était celui de l'empereur, dont les palais comportaient toujours, pour cette raison, neuf cours successives qu'il fallait traverser avant d'arriver au « saint des saints »...

Elle aussi, guidée par un Destin favorable, avait traversé neuf cours avant de retrouver La Pierre de Lune dont du sang impérial coulait dans les veines !

Des quatre Clearstone à avoir débarqué en Chine, ce grand dragon qui se nourrissait des êtres en même temps qu'il les engendrait par millions, elle était la seule à demeurer saine et sauve. Non seulement elle y laissait sa mère, mais aussi Nash Stocklett, son vrai père. La cohorte des morts se mit à défiler, comme si, pour apaiser le grand dragon qui avait mangé ses parents mais, en échange, lui avait offert un mari, elle devait accomplir le rituel consistant à égrener le chapelet du souvenir de ceux qui n'étaient plus là...

C'est alors que, transperçant le nuage de brume, l'image de son frère sur son lit de mort, refit soudain surface en lui portant un terrible coup. Comme sous le choc d'un réveil subit qui la ramenait à une réalité cruelle, elle étouffa un sanglot. Son époux, qui avait perçu son trouble, la prit par les épaules.

— Pourquoi pleures-tu ?

— Ce n'est rien... juste le souvenir du départ de Joe vers le paradis. Et puis aussi la joie... souffla-t-elle tout en regardant Paul Éclat de Lune qui, fier et heureux de connaître enfin son père, ne le quittait pas d'une semelle.

À la vue du gros navire qui allait le transporter jusqu'en Angleterre et semblait les attendre, l'enfant battait des mains et sautait comme un jeune cabri.

Laura soupira longuement avant de frémir.

— J'aurais tant voulu que Joe revienne à Londres avec nous...

— Joe est au Ciel ! Là où il est, il est bien. Il repose en paix.

— Tu crois en Dieu ? fit-elle, estomaquée, à l'écoute de ces locutions qui étaient employées par les pasteurs et les prêtres.

Il lui sourit, tandis qu'il faisait descendre son doigt le long de l'arête de son nez puis sur sa bouche, avant de murmurer :

— Je crois en toi, ma Laura...

À ce simple contact, elle sentit naître les premiers fourmillements du plaisir qu'elle avait éprouvé la nuit précédente, avec La Pierre de Lune. Comme chaque nuit depuis leurs retrouvailles, ils s'étaient plusieurs fois jetés dans les bras l'un de l'autre, vibrant à l'unisson, ivres du désir de ne plus faire qu'un dans la jouissance et affamés de prolonger celle-ci jusqu'au petit matin, tout à leur soif de rattraper le temps si long pendant lequel ils n'avaient pas fait l'amour. Pour rester maîtresse d'elle-même, la jeune Anglaise se raidit légèrement et serra très fort dans ses doigts son bouquet d'immortelles.

C'était le lendemain de leurs retrouvailles, après une nuit passée à redécouvrir leurs corps, à en respirer tous les effluves et à en boire tous les sucs, que son mari le lui avait offert en lui assurant que leur amour était aussi immortel que ces fleurs longuement séchées au soleil.

À quelques pas derrière eux et avec ce sens aigu de l'observation que lui valaient ses longues années de pratique journalistique, Bowles observait la joie de ces trois êtres que le Destin ou la Providence avait enfin réunis. Il avait tenu à suivre jusqu'au pied de la passerelle les héros de la fabuleuse histoire dont il s'apprêtait à dévoiler au monde entier les moindres détails. Un dessin les montrant en train de monter à bord du *Commodore* serait, à cet égard, du plus bel effet. Il s'écarta de la foule des passagers, sortit un crayon de sa poche, fixa son regard sur ses modèles et commença à esquisser leurs silhouettes sur le carnet qui ne le quittait jamais. Quelques traits plus tard, Bowles était satisfait : il ne manquait plus que les expressions des visages de ses héros.

Quand il rejoignit Laura et La Pierre de Lune, ils étaient déjà arrivés au pied de la passerelle où l'officier chargé du contrôle des passagers, un gros écossais qui étouffait dans sa vareuse de serge bleu marine et dont le teint rubicond trahissait un amour immodéré pour le pur malt, demanda au fils caché de Daoguang de lui montrer ses titres de transport.

— Nous sommes trois sur le billet. Nous partageons la même cabine. Je voyage avec ma femme et mon fils... répondit, non sans fierté, ce dernier.

— Dès que vous arriverez à la coupée, le stewart vous conduira jusqu'à votre cabine monsieur Moon ! ajouta drôlement l'officier en leur faisant signe de monter, sans se rendre compte qu'il avait mangé une partie du nom – « Moon Stone », Pierre de Lune – de son interlocuteur, tel qu'il figurait, pompeusement écrit en lettres gothiques sur le billet qui leur avait été délivré par l'agence Jardine & Matheson en remplacement de celui que Laura n'avait pas pu utiliser en raison de la maladie de son frère.

Bowles, qui tenait à finir son dessin et à saluer une dernière fois les principaux personnages de cette incroyable saga qu'il comptait dévoiler à la face du monde, fendit la foule des autres passagers et héla Laura d'une voix forte alors qu'elle s'engageait sur la passerelle.

Dès qu'elle l'aperçut, ravie, elle s'écria :

— Quelle bonne surprise, monsieur Bowles ! C'est adorable de votre part, de vous être dérangé pour nous regarder quitter ce beau et grand pays ! Il nous reste à vous saluer...

— Quel sera le thème de votre prochaine enquête, monsieur Bowles ? demanda La Pierre de Lune d'un ton enjoué.

— J'ai obtenu l'autorisation d'embarquer sur une de ces jonques de guerre qui patrouillent en mer de Chine afin de suivre au jour le jour la vie de l'équipage. Le commandant de la flotte du sud s'est un peu fait tirer l'oreille pour signer mon sauf-conduit...

Comme toujours lorsqu'il évoquait ses futures enquêtes, le journaliste, tel le chasseur ses proies à venir, devenait volubile.

— Il faut faire attention à vous, monsieur Bowles ! La mer de Chine est infestée par les pirates japonais et philippins...

— Nous verrons bien... Et puis s'il m'arrivait de tomber aux mains des pirates, j'en tirerais un fort beau récit ! Vous vous rendez compte : « Journal d'un prisonnier aux mains des pirates »... ça ferait un tabac ! plaisanta John.

Laura se tourna vers lui.

— Monsieur Bowles, pourrais-je vous demander un ultime service ?

— Oui, mademoiselle Clearstone ! Ce sera avec grand plaisir.

Laura hésita un instant, regarda son époux puis, voyant dans ses yeux qu'il approuvait le geste qu'elle s'apprêtait à faire, elle tendit au reporter son bouquet d'immortelles.

— Pourriez-vous placer ces fleurs sur la tombe de mon frère ? Il repose au cimetière de la concession britannique.

— Ce sera fait ! répondit John sans hésiter.

Rassurée, la jeune femme se blottit contre l'épaule de son mari.

— Si Dieu n'avait pas voulu que mon frère meure, je ne serais pas ici, avec mon mari ! murmura-t-elle en frissonnant.

— Ce fait ne m'avait pas échappé ! De même que votre époux ne serait pas venu me trouver s'il n'était pas tombé sur un article de journal faisant état de votre présence chez les Taiping... La presse n'a pas que du mauvais... conclut le journaliste.

C'est alors que des cris au nom de Laura se mirent à fuser, provenant des murs grisâtres de la ville dont la crête sinueuse, tel un long serpent surpris par le promeneur et qui s'enfuit dans un taillis, s'enfonçait dans la brume.

Encore sur ses gardes, La Pierre de Lune se retourna vivement et dit à sa femme, l'air inquiet.

— Quelqu'un a l'air de t'appeler !

Malgré la distance, Laura reconnut aisément Antoine Vuibert qui lui faisait de grands signes d'au revoir. L'espace d'un moment, clouée d'étonnement, elle demeura bouche bée. En un instant, ses rapports avec le Français, de l'agacement qu'elle avait ressenti à son égard dès leur premier contact jusqu'aux mots vifs par lesquels elle l'avait éconduit lorsqu'il lui avait formulé, à Nankin, sa demande en mariage, se précipitèrent dans sa tête. Elle en était à regretter d'avoir été aussi dure avec lui lorsqu'elle le vit à deux pas d'elle et faisant tourner son chapeau avec les yeux d'un chien battu implorant une caresse.

— J'ai trouvé ce sachet dans les affaires de votre père... J'ai cru bon de vous l'apporter. L'argent qui est dedans vous revient... fit-il, gêné, en lui tendant un petit sac de cuir où il avait placé les 50 dollars qu'il avait touchés après la liquidation de V.S. & J.

Suivit un silence pareil à un long cri. Laura, toujours aussi fière, détourna le regard et se raidit légèrement.

— Je n'ai pas besoin d'argent...

Antoine insista, l'air blessé.

— Vous pourriez vous payer une jolie maison à Londres. À Paris, avec une telle somme on a un petit immeuble de rapport, ajouta-t-il maladroitement.

— Gardez-les pour vous !

— Décidément, je n'ai pas de chance avec vous... tout ce que je vous propose, vous le refusez ! fit le Français, dépité.

Consciente qu'en persistant dans son refus elle lui infligerait une nouvelle blessure, Laura eut soudain pitié du Dauphinois en manque de considération et d'affection.

— C'est vous qui avez raison, j'ai tort de refuser de les prendre... s'écria-t-elle en tendant la main.

— Merci ! Que Dieu vous bénisse ! souffla le Dauphinois, un éclat de reconnaissance dans les yeux, avant de repartir aussi vite qu'il était arrivé.

L'Empire des larmes

La sirène du navire se mit à hurler, déchirant le magma sonore ambiant où se mêlaient les chuintements des poulies servant à hisser les marchandises, les ahanements des coolies, le grincement des roues de leurs brouettes et les cris gutturaux ainsi que le claquement des badines de leurs contremaîtres.

Il fallait embarquer.

— M. Bowles, je ne vous remercierai assez pour ce que vous avez fait... sans vous, mon fils n'aurait pas retrouvé son père ! lui déclara Laura.

— Je suis ravi de constater que vous semblez trouver que le travail de journaliste est parfois de quelque utilité... plaisanta John en baisant la main de la jeune femme.

— Quand vous viendrez à Londres, faites-nous signe ! Je vous ferai parvenir notre adresse dès que nous y serons installés.

— Au revoir monsieur Bowles et tous mes vœux pour votre prochaine enquête à bord de la jonque de guerre ! ajouta La Pierre de Lune.

— À toutes fins utiles, je vous signale que, depuis l'année dernière, le *Weekly* est en vente à Londres, au kiosque à journaux situé juste derrière Saint Martin in the Fields !

Lorsque le bateau s'ébranla et qu'il vit sa coque se détacher du quai par petites secousses pour s'enfoncer dans le halo de brume qui, très vite, l'engloutirait définitivement, John, guilleret comme jamais, pensa avec gourmandise à son fameux numéro spécial du *Weekly*.

Il ne lui manquait que la preuve que le document de l'étui à pinceau était authentique. Il ne doutait pas qu'il finirait, tôt ou tard, par l'obtenir, la chance étant avec lui depuis qu'il était tombé par hasard sur Irina Datchenko. Il fallait continuer à enquêter... S'acharner à chercher sans jamais baisser les bras... Ne pas hésiter à aller jusqu'à Pékin pour remonter à la source du fleuve...

Et ce jour-là, le scoop deviendrait absolument irréfutable. Excité comme une puce, il imaginait déjà la tête de Goodridge et celle de la direction du *The Illustrated London News* lorsqu'ils découvriraient le résultat du boulot abattu par leur ancien petit dessinateur qu'ils n'avaient pas hésité à virer comme un malpropre. « Son » scoop serait sa revanche sur la façon si « politique » – et si peu professionnelle ! – avec laquelle ses anciens patrons pratiquaient le métier de journaliste.

Nullement gêné de braquer les projecteurs sur le bonheur de ces trois êtres au destin exceptionnel qui voguaient à présent vers leur nouveau destin, il exultait et se félicitait d'avoir su prendre son temps avant de lâcher dans la nature cette incroyable histoire.

Demain, lorsqu'il apprendrait au monde entier les turpitudes dont le précédent empereur de Chine s'était rendu coupable, c'est tous les journalistes en chambre, de Londres et d'ailleurs, toujours prompts à disserter sur la Chine sans jamais y avoir mis les pieds, qui en recevraient une vraie grande leçon...

Et puis, au-delà de la gloriole, il pensait à la divinement belle Irina Datchenko, à cette femme qui avait péri parce qu'elle avait osé s'opposer au pouvoir suprême du Fils du Ciel et dont la mémoire, enfin, serait vengée.

71

Pékin, 28 octobre 1860

John Bowles était mort de froid.

C'était un de ces jours de début d'hiver où la bise du Nord, implacable courant d'air venu des steppes, insinueux et coupant, soufflait si fort que les rares habitants de Pékin devaient prendre leur courage à deux mains pour quitter leurs maisonnettes calfeutrées.

Dans l'atmosphère glacée du petit cimetière catholique concédé deux siècles plus tôt par les autorités chinoises aux pères jésuites, au milieu des tombes de marbre blanc, la sonnerie aux morts venait de retentir, ouvrant la cérémonie des funérailles des otages français que les troupes mandchoues avaient « lâchement enlevés » en même temps que les otages anglais, selon l'expression utilisée par les diplomates des deux puissances occidentales belligérantes.

Comme c'est toujours le cas dans les circonstances où personne n'entend rien céder, le coup de main opéré par les commandos mongols s'était achevé par un carnage. La plupart des malheureux otages avaient auparavant subi des traitements ignobles de la part de leurs geôliers.

Dans un froid attisé par la méchante bise, de part et d'autre des six cercueils recouverts de serge noire ornée d'une grande croix argentée, se tenaient, alignés dans un ordre impeccable, d'un côté les officiels et les officiers – immobiles et droits comme des « i », sous le commandement du général Cousin-Montauban – qui s'efforçaient de faire bonne figure, et de l'autre les soldats du rang, trépignant quand ils ne battaient pas la semelle, ne cachant rien de leur souhait de voir s'achever une cérémonie où ils risquaient de congeler.

Le sac du Palais d'Été

Sur la façon dont il fallait mener l'offensive contre les Chinois, entre les Français et les Anglais, derrière une unanimité de façade, « entente cordiale » oblige, et malgré les blessés et les morts, la méfiance réciproque restait la règle.

Pour faire bref, c'était à qui damerait le pion à l'autre dans la course tragique vers l'humiliation de la Chine où les deux pays s'étaient lancés.

Lord Elgin n'assistait pas aux obsèques, pas plus que le baron Gros, d'ailleurs, n'était présent à celles des quatre otages anglais qui s'étaient déroulées la semaine précédente. La cérémonie britannique, destinée à impressionner la cour impériale, avait été organisée de façon grandiose. Le convoi funéraire était passé dans les rues de la ville, précédé par un détachement des dragons de la Garde de la Reine d'Angleterre, tandis que les cornemuses et les trompettes du 60e régiment jouaient une impressionnante marche funèbre. La population pékinoise, persuadée qu'il s'agissait d'un étrange rituel qui précédait l'assaut final, s'était barricadée chez elle, totalement effrayée.

John Bowles, en soufflant sur ses doigts pour les empêcher de trop s'engourdir, se mit à penser à la tonalité du papier – toujours son vieux réflexe de journaliste ! – qu'il rédigerait à l'appui de ses dessins funéraires. À n'en pas douter, elle serait belliqueuse. Les récits qu'il avait entendus, colportés à foison par les soldats de la coalition franco-anglaise, des conditions atroces dans lesquelles étaient morts ces prisonniers de guerre n'incitaient guère à l'indulgence. Attachés à des cordes continuellement mouillées par leurs geôliers, au point qu'elles avaient fini par leur sectionner les chairs où la gangrène s'était s'infiltrée, les pauvres bougres avaient rendu l'âme dans d'atroces souffrances, assaillis par les miasmes dont leurs geôliers avaient encouragé le développement avec méthode en arrosant leurs plaies avec leurs excréments. Les Mandchous avaient appris des Chinois leur ingéniosité méticuleuse à faire souffrir sans tuer trop vite. Leurs bourreaux étaient devenus des ingénieurs ès supplices auxquels on devait des méthodes d'achèvement aussi diverses que celle de la gangue, une sorte de potence où la pendaison prend des heures, de la goutte d'eau qui tombe pendant des semaines sur le crâne et rend fou le supplicié, persuadé qu'on lui donne des coups de marteau, ou encore celle des Mille Couteaux, ce lugubre et pervers cérémonial au cours duquel le condamné est méticuleusement pelé comme un oignon.

Son article occuperait une double page. Celle de gauche pour la cérémonie anglaise et celle de droite pour la cérémonie française. Ainsi il n'y aurait pas de jaloux. Même si le *North China Weekly* avait un lectorat d'origine essentiellement anglo-saxonne, Bowles ne désespérait pas d'étendre l'influence de son organe à la communauté française puisque celle-ci ne disposait pas encore d'un journal.

À l'issue de l'éloge funèbre vibrant mais bref prononcé par le colonel de Bentzmann, Bowles vit s'avancer Mgr Joseph-Martial Mouly, coiffé de sa mitre et qui tenait un goupillon avec lequel il se mit à bénir les cercueils.

C'était la première fois depuis quinze ans que l'évêque français de Pékin avait été autorisé à pénétrer dans son diocèse. Il est vrai que le prélat jouissait d'une telle aura que le prince Gong[1] en personne, frère cadet de l'empereur Xianfeng et l'un des rares hommes d'État éclairés de la cour mandchoue, l'avait supplié de servir d'intermédiaire entre le pouvoir mandchou et les alliés. C'était d'ailleurs pour cette raison que Mgr Mouly était arrivé à Pékin cinq jours plus tôt.

Bowles avait décidé de consacrer un encadré au portrait de cet homme à la vie digne d'un personnage de roman ou d'un agent secret dont il avait entendu parler à maintes reprises.

Arrivé en 1834 à Macao, le prêtre lazariste Mouly avait trente-quatre ans lorsqu'il avait été chargé d'évangéliser la Mongolie. Il avait mis huit mois pour se rendre sur place, après avoir traversé la Chine déguisé en malade, le visage quotidiennement badigeonné de thé afin de le jaunir et de passer pour un Chinois. De peur d'être démasqué – à l'époque, les prêtres étrangers étaient persécutés –, dans les auberges où il faisait halte, cet aventurier trompe-la-mort au caractère doux et calme ne dormait que le visage face au mur ou recouvert d'épaisses couvertures. En 1842, la consécration était venue du Vatican qui lui avait confié l'« évêché » de Mongolie, une charge purement symbolique. Nommé évêque du Zhili Nord en 1856, les autorités ne lui avaient pas accordé l'autorisation d'établir sa résidence à Pékin et il comptait sur la mission du prince Gong pour l'obtenir.

Malgré tous les dangers qu'il avait dû braver pour en arriver là, cet homme avait la revanche modeste et ce n'était pas ce trait de

---

1. Réputé pour sa finesse et son intelligence, le prince Gong (1833-1898) était francophile et anglophile. À la mort de son frère (août 1861) il fut le principal artisan de la « Restauration » du régime mis à mal par la prise de Pékin et occupa avec brio jusqu'en 1884 le poste de ministre des Affaires étrangères de la Chine.

caractère qui fascinait le moins John Bowles, lequel avait pu s'entretenir avec lui pendant un bon quart d'heure avant le début des funérailles.

Frénétiquement, il se mit à dessiner les contours du visage émacié et glabre de cet agent secret du Christ, puis sa bouche d'ascète, amincie et blanchâtre sous des pommettes en saillie. Avec ses yeux légèrement plissés, auréolés de fines ridules comme un vieux soleil – l'infaillible marque de ceux qui ont l'habitude de marcher contre le vent – Mgr Mouly, qui aimait sincèrement les Chinois, avait même un petit côté autochtone, comme si ses tribulations en Chine avaient contribué à siniser cet extraordinaire missionnaire.

Au bout d'une heure, la main de John tremblait de fatigue lorsqu'il acheva son reportage en croquant la transmission du goupillon entre l'évêque héroïque et le vainqueur de Palikao par laquelle s'achevaient ces funérailles, chacun étant à présent invité à bénir les lugubres bières qui attendaient leur mise en terre. Il n'avait même pas achevé son dessin qu'il en avait déjà imaginé la légende : *Sous les yeux rougis des soldats français, l'émouvante réunion du sabre et du goupillon.*

Il achevait de ranger son travail dans le carton qu'il portait toujours en bandoulière et s'apprêtait à quitter le cimetière lorsqu'il s'entendit héler.

C'était la voix du général Grant, venu, comme si de rien n'était, traîner ses guêtres aux abords des tombes, une fois les Français repartis.

— Bowles, vous ne venez donc pas avec nous ?

— Où ça, mon général ?

— Au Palais d'Été, voyons !

— Je l'ai déjà arpenté et dessiné sous toutes les coutures... du moins ce qu'il en reste !

— Mais vous n'avez rien vu à côté du spectacle auquel je vous convie !

Bowles ne comprenait pas ce que le généralissime anglais voulait dire.

— Vous n'êtes visiblement pas au courant !

— Pas vraiment !

Une mine gourmande s'afficha sur le visage de l'officier général.

— L'incendie...

— Mais quel incendie ?

— Nous avons décidé de faire du Palais d'Été un vaste bûcher...

Je vous assure que le spectacle risque de valoir son pesant de cacahuètes.

À ses pieds et comme s'il approuvait ses propos, le pékinois Rockett qui le suivait partout comme son ombre, agitait la queue. Bowles détestait encore plus Grant quand il devenait vulgaire ou qu'il fanfaronnait. Pour lui, un officier général ne devait pas s'abaisser à employer les mots de son corps de troupe. Aussi, il le regarda sévèrement, prêt à lui dire son fait. Puis, s'étant rendu compte que le généralissime, sourire aux lèvres, avait parlé tout ce qu'il y a de plus sérieusement, John, abasourdi, articula :

— Vous allez détruire le *Yuan Ming Yuan* ?

— Lord Elgin me l'a ordonné. Il prétend que c'est même la seule issue possible pour donner aux Mandchous la leçon qu'ils méritent ! À vrai dire, je suis assez de son avis...

Malgré son côté rond et rubicond, Lord Elgin cachait sous une apparence plutôt joviale un esprit extrêmement acéré. Quand il prenait une décision, le plénipotentiaire britannique voulait qu'elle fût exécutée dans l'instant. Il n'avait pas eu de mots assez durs à l'encontre des autorités mandchoues, au cours de l'hommage qu'il avait prononcé lors des obsèques de ses compatriotes.

— C'est à cause des otages ?

Le regard de Grant se durcit.

— Cela ne vous suffit pas ? Des trente-sept Anglais et Français pris contre les lois de l'honneur et le droit des nations, dix-huit ont été assassinés de manière barbare... et les dix-neuf à être revenus vivants furent traités de façon horrible !

Bowles se tut.

Clamer son indignation ne servait à rien. S'il voulait exercer son métier de façon efficace, tout journaliste responsable devait savoir jusqu'où aller dans l'expression de son propre jugement. En l'espèce, ce qui comptait pour lui, c'était avant tout d'assister à l'embrasement du Palais d'Été, dont les lecteurs de son journal seraient évidemment friands, et non de faire état de son profond dégoût.

Lorsqu'ils arrivèrent aux abords du Yuan Mingyuan, l'air embaumait l'essence de bois de cèdre dont les pavillons étaient faits, tandis que le ciel était obscurci par les gigantesques flots de fumée noirâtre s'échappant des ruines que le fort vent d'altitude poussait par vastes brassées en direction du nord où ils formaient une sorte de Grande Muraille boursouflée. Lorsqu'ils y pénétrèrent, les soldats du 60ᵉ Rifles et du 15ᵉ Punjabis, torchères à la main, couraient par petits groupes d'un endroit à l'autre en hurlant de rire, comme s'ils s'adonnaient à une macabre danse sur fond d'explosions en guise de musique. Sous le regard consterné de John et dans une atmosphère âcre que la chaleur des brasiers faisait trembloter, tout, depuis les arbres des jardins jusqu'aux poutres des palais, en passant par les débris du mobilier issus des saccages perpétrés les jours précédents, était déjà en train de griller à une vitesse hallucinante.

— Quel spectacle ! souffla Grant, bluffé par la vision de ces flammes qui dévoraient ces trésors végétaux et architecturaux comme un fauve la chair fraîche encore pantelante.

Bowles se retint de lui jeter à la face qu'il trouvait ce propos parfaitement déplacé et préféra sortir son calepin pour prendre des notes plutôt que de se lancer dans une diatribe inutile.

Car le mal était fait.

Et il s'étalait devant lui sans qu'il fût besoin de le commenter. Il suffisait de le décrire. L'incendie du Palais d'Été était si hallucinant, si énorme, si frappant pour l'esprit et somme toute si apocalyptique, qu'il ne se sentait même pas le besoin de le dessiner. En revanche, comme il n'avait aucune mémoire olfactive, il consigna rapidement quelques mots sur les atroces odeurs de brûlis de matières végétales mais aussi de viande grillée d'oiseaux, de chats et de chiens, de soie brûlée, de tabac, d'encens, de myrrhe et d'huile de camphre vaporisés par les flammes qu'exhalaient, par touches successives, les pavillons incendiés.

À ce rythme, même le peu d'or qui n'avait pas été pillé par les soldats, incrusté dans le bois et le métal, dernier vestige de la splendeur de ces lieux immémoriaux dont les Fils du Ciel avaient fait leur résidence estivale depuis des siècles, finirait par se transformer en cendres...

Le feu, tout comme l'eau, non seulement anéantissait les choses, mais il savait aussi rappeler cruellement à l'homme la fragilité de ce qu'il a mis des siècles à construire...

D'un pas alerte, Grant entraîna Bowles vers la salle du trône qui servait de lieu de commandement à son adjoint le général John Michel auquel il avait confié la tâche de « superviser » les opérations de mise à feu.

Au milieu des tuiles cassées et des gravats qui jonchaient le sol, derrière une dérisoire table pliante, le lieutenant général Michel, un personnage plutôt lymphatique, que Bowles trouvait même assez nuageux, bref terriblement anglais, s'efforçait de hurler des ordres à ses officiers supérieurs qui étaient censés les répercuter à leurs capitaines et ainsi de suite jusqu'au soldat du rang lequel n'en avait cure, tout à sa frénésie de destruction et de pillage tel un chien de chasse à la curée que le maître d'équipage ne peut plus arrêter... Comme souvent au sein de la pyramide hiérarchique militaire, lorsque la situation, comme on dit, « échappe au commandement », les directives venues du sommet se dégradaient à mesure qu'elles descendaient vers la base, transformant celle-ci en une machinerie aveugle, barbare et destructrice...

Bowles, toujours aux basques de Grant que Michel, désormais, accompagnait, quitta sans déplaisir cette caricature de salle d'état-major.

Un peu plus loin, de l'autre côté d'une cour dont la colonnade de marbre noirci par les flammes ne soutenait plus que le ciel, il pénétra dans ce qui était, dix jours plus tôt encore, la bibliothèque impériale, riche de plus de dix mille volumes. La mémoire de la Chine n'intéressait pas plus les soldats britanniques que leurs homologues français mais elle s'était révélée un si bon combustible qu'il ne restait plus qu'une fine couche poussière de cendre où apparaissaient ici et là quelques morceaux de papier calciné !

— Il est dommage que vos hommes ne nous aient pas donné le temps de faire quelques caisses de ces vieux livres... Je suis sûr qu'ils auraient intéressé la bibliothèque du British Museum... lâcha Grant à l'intention de son adjoint.

— Tout est allé si vite... soupira, mi-figue mi-raisin, ce dernier.

John suivait, de plus en plus accablé, les deux généraux qui bavardaient entre eux comme si de rien n'était alors qu'ils traversaient des successions de ruines. Lorsqu'ils arrivèrent devant le célèbre bateau de marbre arrimé aux berges de l'immense lac Kunming, il faillit éclater en sanglots tandis que le clebs de Grant s'empressait d'aller y lever la patte. Tel un vaisseau fantôme réduit à ne plus être que l'ombre évanescente d'un glorieux passé, ce navire hier encore à la blancheur immaculée et reproduit tant de fois par des gravures jésuites qui avaient fait le tour du monde n'était plus qu'une fantomatique installation d'arcades craquelées et de poteaux noircis qui surgissaient des eaux glauques tristement laquées de noir.

— Nos sikhs aiment plus que tout le feu, se félicita bêtement Michel, alors qu'ils venaient de tomber sur un bûcher alimenté par une cohorte de petits soldats enturbannés qui riaient aux éclats.

— Ils sont parfois difficiles à tenir mais d'une efficacité redoutable, ces diables d'Indiens... comme d'ailleurs tous les molosses... ajouta Grant, en appuyant son propos d'un rire gras.

Le sac du Palais d'Été

Un peu plus loin, un photographe gigotait derrière son trépied, cadrant les incendies du mieux qu'il pouvait.

— Bonjour, Signor Felice Beato... Je vois que vous êtes à votre affaire ! s'écria le généralissime.

— En effet, mon général... De tout ce que j'ai photographié, rien n'égale cette journée ! Toutes ces flammes qui dévorent ces splendeurs... quel spectacle inoubliable ! Un véritable rêve de photographe, mon général... lâcha le reporter italien qui avait gardé un accent italien à couper au couteau.

Beato paraissait concentré à l'extrême, avec cet air gourmand qu'ont les fauves lorsqu'ils sont en chasse et que la pauvre gazelle est enfin à portée de leurs crocs. Bowles, dont le voyeurisme n'allait pas jusque-là, en était si écœuré qu'il préféra détourner le regard.

Grant et son acolyte laissèrent le mitrailleur d'images à ses œuvres morbides et poursuivirent leur tournée d'inspection comme si de rien n'était. Puis, pour une raison inconnue et alors qu'ils passaient devant un élégant pavillon miraculeusement préservé, le généralissime flatta l'encolure de son pékinois. À cet instant, Bowles, qui bouillait de colère et d'ordinaire aimait plutôt les chiens, eût volontiers étouffé entre ses mains ce balai ambulant dont les poils étaient couverts de cendre à force de fureter ici et là, la queue au vent, visiblement ravi de faire un si grand tour avec son maître.

Ils repassèrent devant les sikhs.

Cette fois, par petits groupes, les Indiens balançaient dans le bûcher des portes en bois de cèdre ornées de masques de dragons. Les planches de plus de trois mètres de haut se consumaient à une vitesse hallucinante, laissant le sol jonché de faces de *Taotie*[1] incandescentes. Les hurlements de joie des sikhs qui menaient, pieds nus, la sarabande sur ce tapis rougeoyant lui glacèrent le sang. Pour ce peuple, le feu purifie tout, est bénéfique et mène au paradis, de sorte que ces hommes qui faisaient allègrement brûler le palais d'Été étaient persuadés d'accomplir un rituel salvateur.

— Ces sikhs sont vraiment d'une efficacité redoutable, ne put que constater Grant devant la disproportion entre la taille gigantesques des portes et celle des hommes minuscules qui les transportaient en ahanant, avant de les jeter, d'un coup de rein, dans les flammes crépitantes. Il faudrait proposer à notre ministre de la Guerre d'en faire un corps d'élite...

Grant, songeur, parlait le plus sérieusement du monde.

---
1. Nom chinois du motif de dragon.

L'Empire des larmes

— Vous avez toujours d'excellentes idées mon général ! Il suffirait de dresser ces petits diables d'Indiens comme des chiens d'attaque… renchérit, d'un air entendu, son compère en illustrant son propos d'un léger coup de cravache sur le plat de sa paume.

Grant éclata d'un petit rire nerveux.

À cet instant, s'il se fût écouté, John Bowles eût copieusement injurié les deux hommes. Craignant de ne pas réussir à se contenir, le dessinateur chroniqueur de presse, à bout de patience, abandonna le général en chef et son adjoint à leurs assauts d'humour douteux.

Pour calmer ses nerfs, avisant la Tour du Parfum de Bouddha qui continuait à dominer le Palais d'Été du haut de ses quarante mètres, il décida de monter tout en haut, en espérant que ce fût encore possible.

D'un pas lourd, la tête bourdonnante et s'attendant au pire, il commença à gravir les marches. Par bonheur, l'imposante pagode de quatre étages de style tibétain avait été protégée par sa situation : on ne pouvait y accéder que par une série d'escaliers particulièrement raides devant lesquels les soudards avinés avaient calé les uns après les autres…

Arrivé au dernier étage du sanctuaire, il s'accouda au balcon qui ceinturait la plate-forme supérieure. Une douce odeur d'encens imprégnait encore les statues des arhats devant lesquelles les pieux lamas accomplissaient leurs prières avant de déserter les lieux, au moment où les troupes alliées avaient fait irruption. Accablé, John contempla le paysage chaotique et dévasté qui s'étendait sous ses yeux à perte de vue. Malgré le froid ambiant, la chaleur dégagée par les incendies rendait l'air étouffant, irrespirable et angoissant. Des grappes d'explosions, tantôt terribles tantôt assourdies, déchiraient l'inquiétant brouhaha provoqué par la ronde infernale des incendiaires et des pillards. De l'admirable pont des Dix-Sept Arches sur lequel les empereurs aimaient se promener sans escorte, il ne restait plus que deux piles qui surgissaient, tels des moignons pathétiques, des eaux noirâtres du plan d'eau.

Ce qu'on appelait hier encore le Paradis Terrestre des Collines de l'Ouest, n'était plus qu'un désolant amas de ruines et d'arbres calcinés.

Sic transit gloria mundi…

En faisant brûler le Palais d'Été, le diabolique lord Elgin avait fait d'une pierre deux coups : il punissait les Mandchous en même temps qu'il effaçait les traces des exactions inouïes commises dix jours plus tôt par les soldats français et anglais. Ni vu ni connu. Pas vu pas pris. Fort astucieusement, Elgin avait tablé sur le fait que personne ne saurait jamais rien de ce qui s'était réellement passé au Palais d'Été. Pour le plénipotentiaire anglais, l'honneur de l'Occident pacificateur qui, sous prétexte de lui donner une bonne leçon, venait d'infliger à cette malheureuse Chine la plus terrible humiliation de son histoire, resterait sauf...

Sauf que Bowles, à l'instar du photographe Felice Beato, avait assisté aux pillages et que les deux hommes étaient bien décidés à témoigner de ce qu'ils avaient vu.

Il faut toujours se méfier des journalistes...

Lorsque, au bout d'une heure et la gorge en feu, il regagna les berges du lac Kunming, notre pauvre John avait l'impression de redescendre dans les enfers.

Il s'affala sur la berge. À contre-jour, en ce milieu d'après-midi, les alignements des toits des maisons basse du voisinage se perdaient dans les nuages de fumée qui obstruaient le ciel.

Son regard se posa sur une boule de feu dont il lui semblait, malgré la distance qui l'en séparait, percevoir la chaleur, tellement elle était incandescente.

Il se leva et, comme attiré par un aimant, se mit à marcher vers elle.

Juste devant les fondations calcinées d'un pavillon d'agrément, une magnifique statue de Bouddha en bois de santal brûlait comme une torche.

Le spectacle de la divinité au sourire pacifique dévorée par les flammes d'un enfer qu'elle ne méritait pas le fit éclater en sanglots. Il enrageait devant une telle injustice. L'image de cette saisissante beauté en train de s'évanouir était à la fois choquante et envoûtante. À tout prix, il lui fallait la conserver car elle suffisait à résumer la tragédie qui se déroulait au Palais d'Été. Ce Bouddha enflammé était le témoignage choc que Bowles voulait conserver pour le transmettre aux générations futures. Il lui fallait absolument dessiner ce Bouddha avant que son beau visage impavide, serein et calme, à présent inondé par de brûlantes larmes de sève, ne se fût évanoui dans le néant des flammes. Il lui restait deux ou trois minutes, tout au plus, pour mener à bien sa tâche car le bois de santal brûlait comme de l'amadou.

En toute hâte, il fouilla dans la poche extérieure de son manteau pour y trouver la mine de crayon grasse qui ferait l'affaire.

C'est alors qu'il tomba sur l'étui à pinceau de la Pierre de Lune. Persuadé que cet objet chargé de symboles l'aiderait dans sa tâche impossible, il le plaça dans la poche intérieure de sa veste, contre son cœur.

Il se concentra, prit son élan et s'acharna en quelques traits, tandis que l'image de son modèle apparaissait sur la page de son carnet, d'une beauté stupéfiante, presque insoutenable... Grâce à l'étui de La Pierre de Lune dont il sentait contre sa peau les palpitations, il avait réussi à capter la tristesse qui émanait du visage de cette belle statue en train de mourir.

Il en avait déjà trouvé la légende : *Même le Bienheureux Bouddha était en larmes...*

En le publiant en première page du *North China Weekly*, il ferait de ce portrait le témoignage aussi admirable qu'irréfutable du crime monstrueux commis par la France et l'Angleterre contre une civilisation millénaire rendue impuissante par l'aveuglement et la naïveté de ses chefs suprêmes.

Après avoir levé son crayon gras et rangé son dessin dans sa sacoche, il décida de sortir du Palais d'Été pour échapper au spectacle de ces splendeurs dévastées et réduites en cendres, de ces murs calcinés qui tombaient en miettes, de ces arbres centenaires massacrés par les flammes.

Mais auparavant, il lui restait une dernière tâche à accomplir.

D'un geste assuré et précis, John sortit de sa poche l'étui à pinceau de La Pierre de Lune et le jeta dans les flammes rougeoyantes où la merveilleuse statue achevait de se consumer.

Car à l'issue de cette journée passée dans l'enfer du Palais d'Été en flammes, il venait de prendre sa décision.

Et elle était sidérante, de la part de ce chasseur invétéré de scoops.

John ne ferait pas état de l'histoire de La Pierre de Lune ni de celle de Laura Clearstone dans le dernier papier qu'il lui restait à rédiger pour conclure son enquête sur les Taiping dans son fameux numéro spécial du *Weekly*.

En renonçant, pour cette fois, à son rôle de voyeur des misères du monde, l'œil à l'affût des malheurs des autres et des catastrophes planétaires, Bowles venait d'opter pour celui de protecteur de la vie privée d'un couple et d'un enfant dont il voulait le bien.

À l'instar de ces événements qui permettent aux êtres de faire la part des choses et de les remettre à leur place, en les aidant à distinguer l'accessoire de l'essentiel, le saccage du Palais d'Été avait, en l'espèce, agi sur le journaliste comme un catalyseur.

La jeune Laura Clearstone, son mari et leur fils avaient droit à la paix et au bonheur. Révéler leur passé eût forcément troublé leur quiétude et à coup sûr rendu plus difficile leur départ vers une nouvelle existence. Dévoiler leur histoire à la face du monde n'eût pas redonné vie à la belle Irina ni changé d'un iota les mœurs de la police secrète impériale...

Bowles préférait se concentrer sur la dénonciation du crime contre la culture qu'était la mise à sac du Palais d'Été. La cause lui paraissait plus urgente et plus noble à défendre, même si elle toucherait de moins près les lecteurs du *Weekly*, plus friands de « people » que de grands principes ou de saccages d'antiquités.

De quel côté était la barbarie ?

La question méritait d'être posée et John en connaissait par avance la réponse : elle était à coup sûr du côté de ceux qui avaient laissé leurs soudards s'acharner sur ces splendeurs du passé. En incendiant ces pavillons, ces pagodes et ces jardins merveilleux, non seulement ils avaient fait disparaître un ensemble architectural unique, mais – bien plus grave encore ! – en effaçant le témoignage de la fascination qu'avait exercée l'Occident sur les Trois Grands empereurs de la dynastie mandchoue, ils repoussaient la Chine vers elle-même, vers ces vieux démons de grande muraille protectrice derrière laquelle s'abritait le Centre du Monde en même temps qu'il se coupait de sa périphérie...

La brutalité, la morgue, l'assurance de mener un combat juste – qui est souvent le prétexte aux pires ignominies – étaient bel et bien du côté des chancelleries européennes. En forçant les Chinois à acheter leur boue noire, les Anglais étaient loin de se douter qu'ils avaient non seulement déclenché un processus colonial dont les plus grands épisodes allaient se dérouler une cinquantaine d'années plus tard, sur tous les continents de la planète, mais également donné l'exemple à leurs grands rivaux...

Persuadé qu'après une telle action criminelle, les relations entre l'Occident et la Chine ne seraient plus jamais les mêmes, Bowles comptait bien mettre en exergue, dans sa relation de la prise de Pékin par les puissances occidentales, le fait que lord Elgin était allé beaucoup trop loin dans sa volonté de punir le pouvoir mandchou en décrétant l'incendie de la résidence estivale des Fils du Ciel.

Contre ce qu'il qualifierait de « crime contre la civilisation chinoise », sa plume serait, à n'en pas douter, trempée dans le vitriol.

En revanche, l'histoire de La Pierre de Lune et de Laura Clearstone resterait secrète à jamais, comme un fabuleux trésor enfoui dans un lieu si hostile que la pioche d'un archéologue ne pourrait jamais le déterrer.

L'Empire des larmes

John Bowles avait parfaitement retenu la leçon que lui avait enseignée le spectacle de l'incendie du Palais d'Été.

Persuadé que le bonheur des êtres humains était une denrée si précieuse qu'il avait à tout prix, comme les plantes rares, besoin d'être préservé, il ne voulait pas être celui qui troublerait le bonheur du fils caché de Daoguang et de sa famille, dont le bateau, poussé par des vents favorables, voguait à présent vers Londres, toutes voiles dehors…

*Achevé d'imprimer sur les presses de
l'Imprimerie **Bussière**
à Saint-Amand-Montrond (Cher)
en octobre 2006*

Mise en pages : Bussière

N° d'édition : 1141/01. — N° d'impression : 62128-063696/4.
Dépôt légal : novembre 2006.
Imprimé en France